서사문화교육의 전망과 실천

저자 **최 인 자**(崔仁子)

1966년 강원도 강릉 출생.
현재 신라대학교 국어교육과 조교수.

서울대 사범대학 국어교육과 졸업. 동 대학원에서 석·박사 학위 취득. 주된 관심
분야는 서사적 사고력 교육, 서사 문화교육, 그리고 아동·청소년의 서사 발달 및
평가임. 저서로『국어교육의 문화론적 지평』(2001, 소명출판),『서사문화와 문학교
육론』(2001, 한국문화사), 논문으로는「작중 인물의 의미화를 통한 소설교육 연구」,
「한국 현대 소설의 담론 생산 방법」이 있고 공저로는『문학 교수·학습 방법론』
(1998, 삼지원),『문학 독서 교육, 어떻게 할까?』(2005, 푸른사상),『TV드라마와 한
류』(2007, 박이정) 등이 있음.

서사문화교육의 전망과 실천

초판 인쇄 2008년 9월 18일
초판 발행 2008년 9월 25일

지은이 최인자
펴낸이 이대현
편 집 이태곤
펴낸곳 도서출판 역락
　　　　 서울 서초구 반포4동 577-25 문창빌딩 2층
　　　　 전화 02-3409-2060(편집), 02-3409-2058(영업)
　　　　 FAX 02-3409-2059
　　　　 이메일 youkrack@hanmail.net
　　　　 등록 1999년 4월 19일 제303-2002-000014호
ISBN 978-89-5556-637-6 93810

정 가 24,000원

* 잘못된 책은 교환해 드립니다.

서사문화교육의 전망과 실천

최 인 자

도서출판 역락

▌책을 펴내며

　우리는 서사의 바다에 둘러싸여 살고 있다. 아침에 일어나 저녁에 잠들 때까지 생각하고, 만나고, 자라고, 꿈꾸고, 다투고, 실망하고 절망하는 일련의 과정들이 모두 서사의 매개로 이루어진다. 서사는 우리 삶의 표현이 아니라 삶 그 자체라 할만하다. 이야기하고 싶음은 인간의 원초적인 욕망이지만 더 좋은 삶으로 나아가기 위한 문화적 욕망이기도 하다. 한 사람의 삶이 건강하다면 그가 가지고 있는 서사가 건강하기 때문이다. 건강한 서사는 뚜렷한 선이 있으면서도 상황에 따라 언제든지 유연하게 움직이며, 또 타인의 서사에 개방적이다. 공동체 역시 마찬가지이다. 그 공동체가 선명한 문화적 정체성을 가지고 있고, 또 개방적일수록 서사들은 번성한다. 그런 문화 역시 건강하고 역동적이다.

　이 책에서는 서사와 인간 발달, 문화의 연관성에 눈을 돌리면서 서사문화교육의 방향성과 가능성을 탐색하고자 하였다. 전통적으로 서사는 텍스트의 유형으로 인식해 왔다. 그러나 서사는 인간 삶이 이루어지는 의미론적 환경의 가장 저층에 존재하며, 자아를 구성하고 문화를 공유, 재창조하는 의미 생성의 핵심 기제에 자리 잡고 있다. 문화의 생성과 변화, 창조의 제반 국면에 '서사'가 개입하지 않는 경우란 거의 없다고 할만큼 서사의 문화적 편재성은 대단하다. 그런 점에서 우리는 전통 문학의 범주에서 나아가 문화의 포괄적인 틀로 서사의 다채로운 존재들과 기능을 교육할 필요가 있다. 물론 이미 학계에는 '소설교육'이란 개념을 '서사교육'이란 개념으로 확장한 바 있다. 이에 기본적으로 동감하면서도 이 책은 서사 능력이, 이 시대에 요구되는 문화 능력 중 가장 핵심 능력이자 문식력임을 부각시키고자 했다.

물론 서사 능력은 교육받지 않고도 자연스럽게 획득할 수 있다고 생각할 수도 있다. 가뜩이나 배워야 할 것이 많은 시대에 이야기하는 것조차 배워야 한다면, 실망할 사람이 있을지도 모르겠다. 그러나 민감한 서사 감각과, 정교한 서사 도식을 지니고 있는 사람이라면, 자신의 삶과 타자, 또 문화를 더 깊이 이해할 수 있으며, 경험의 이면에 존재하는 다양한 관점과 의도, 맥락들, 또 현재와 과거, 미래의 전체적 구도를 파악할 수 있다. 또 나아가 다양한 서사의 자원을 통해 훨씬 지혜로운 판단을 내릴 수 있다. 이런 점에서 서사를 잘 만들고, 잘 이해하는 사람야말로 이 시대의 인재가 갖추어야 할 중요한 덕목이라 하겠다.

이 책은 크게 네 영역으로 되어 있다. 먼저, 1부에서는, 서사문화교육의 이념을 탈근대, 다문화, 다매체의 시대적 상황과 관련지어 탐구하였다. 이 시대, 서사교육은 왜 필요하며, 어떠한 주체상을 추구할 것인가? 또, 다문화, 탈근대의 상황에 서사교육은 어떤 방향으로 응답해야 하는가라는 질문에 대한 탐색이다. '서사적 주체'는 고립된 근대적 의식 주체와는 달리 응답의 윤리를 가지고 공동체 내에서 자기 정체성을 가지는 존재이다. 그는 사회 문화적 조건에 의해 구성됨과 동시에 새로운 문화적 가능성을 탐색하는 존재이다 서사문화교육은 근대를 넘어서는 대안적인 문화 창출이라는 과제와 만나고 있음을 보여주고자 했다.

2부에서는 서사 발달과 학습자의 서사 경험을 분석하였다. 서사 능력은 성별, 학년에 따라 어떻게 발달해 나가는가? 또, 그들이 생산하는 서사 패턴은 어떻게 달라지는가? 하는 질문에 대한 탐색이다. 특히, 서사는 문화적 다양성에 너그러울 뿐 아니라 그 다양성을 한층 폭넓게 만들어준다고 생각한다. 이러한 관심에서 남학생과 여학생, 학년별 인식, 관심의 차이에 따른 서사 패턴의 차이를 살폈다.

3부에서는 서사문화교육의 내용을 서사적 사고, 소통, 윤리로 정리해 보았다. 서사 문화 능력이란 범박하게 말해, 서사를 통해 문화를 비판적으로 읽고, 공유하며, 재창조할 수 있는 능력이다. 이러한 능력은 서사 도식이나 서사 문법에 대한 앎만으로는 획득되기 어려울 것이다. 이에 서사 활동을, 인간이 문화를 이해하고 생산하는 기본 활동 과정과 접목시켜 교육내용으로 구안하고자 했다. 서사적 사고력은 필자가 애착을 가지고 있는 주제이다. 서사 창작과 이해 과정을 서사적 사고의 과정으로 재구성하고, 이에 필요한 전략을 체계화하였다. '소통'과 '윤리'는 이 시대 국어교육이 지속적으로 개척해 나가야 할 범주라고 본다. 이 책에서는 텔레비전 서사, 영상 서사물, 대화적 서사물을 읽고, 비평하고 소통하는 교육 내용을 제시하였다.

4부에서는 서사문화교육 방법을 고민한 것으로 교재 선정 원리와 교수 학습 방법을 제시하였다. 서사 교재 구성 원리는 학습자의 발달 단계, 곧 인지적, 정의적, 문화적 발달 단계에 따른 원리를, 교수 학습 방법에서는 서사적 대화를 활용한 문학 토론 방식을 창안하고자 하였다.

이 책은 필자의 세 번째 책이다. 앞의 책에서는 '국어문화교육'이라는 큰 틀로 생각을 펼쳤는데 이 책에서는 '서사문화'로 그 내용을 구체화하고자 하였다. 나의 이런 행보는 국어교육학의 대단히 긍정적인 변화를 반영한다고 생각한다. 원론을 공유하면서도 각론의 세부로 파고들고, 또 그 결과를 원론으로 환류하여 새로운 관점을 확보하는 선순환은, 국어교육이론의 성숙에 중요한 밑거름이 된다면 큰 보람이라 여길 것이다. 나의 '학문적 서사'에도 정리와 새로운 출발의 매듭이 될 수 있기를 기대해 본다.

이 책을 쓰는 내내, 상상적 청자로서 도움을 주신 우한용 선생님과 박인기 선생님, 김대행 선생님께 감사드린다. 이 분들은 학회에서 논문을 발표하고 나면 꼭 의견을 주시기도 하고, 여러 경로로 아이디어를 나누고 일깨워 주셨다. 또 언제나 믿고 지켜 봐 주시는 은사님들, 여러 선배님들 그리고 동기들, 또 날카로운 질책을 숨기지 않는 후배들 모두 항상, 나의 마음속에 있는 상상적 청자들이다. 이들 모두에게 감사를 표한다. 나이가 들어갈수록 논문을 혼자 쓰는 일보다는 쓴 논문을 함께 읽고, 실천을 만들어 가는 일이 더욱 소중하다는 점을 깨닫는다. 역시, 논문에 대한 이야기 만들기가 중요한 것이다.

함께 지내야 하는 시간들을 책 쓰는 시간으로 양보해 준 현재와 현준, 그리고 언제나 든든한 후원자임을 자처하는 남편 김형진에게 고맙다는 인사를 하고 싶다. 느닷없이 내민 원고를 책으로 묵묵히 엮어 주신 도서출판 역락의 이대현 사장님과 이태곤 본부장님께도 감사드린다. 좋은 책으로 보답 할 수 있는 날이 있기를 간절히 바란다.

부산 백양산 자락 연구실에서

2008. 9

저자

차 례

● 책을 펴내며 _ 5

제1부   서사문화교육의 지향

| 제1장 | 근대를 넘어서는 서사교육의 지향 · 17

1. 서사와 교육 _ 17
2. '서사 문식력'의 필요성과 '서사적 주체' 형성의 의미 _ 20
3. 서사적 문식력 교육의 방향과 내용 _ 24
4. 서사 문식력 교육의 가능성 _ 35

| 제2장 | 다문화 시대, 서사문화교육의 방향 · 37

1. 시대의 변화와 서사문화교육 _ 37
2. 서사문화교육의 과제 _ 39
3. 문화적 소통 능력을 위한 서사문화교육 _ 42
4. 서사문화교육의 지향 _ 49

| 제3장 | 디지털 시대, '문화적 기억'을 위한 문학 고전 읽기교육 · 51

1. 문학 고전 독서의 새로운 가능성 _ 51
2. 디지털 시대, 고전 변용 텍스트 읽기의 지향: '문화적 기억들'의 활성화 _ 54
3. '문화적 기억'들의 활성화를 위한 고전 변용 텍스트 읽기 방식 _ 60
4. 융합과 참여를 위한 읽기 _ 74

제2부　　서사능력발달과 서사문화 경험

| 제1장 |　서사 능력 발달의 성별 패턴 비교 연구 · 79

1. 서사 능력 발달 연구의 필요성 _ 79
2. 서사 발달 연구의 쟁점과 사회 · 문화적 접근 _ 83
3. 남녀 초 · 중등 학생의 서사 수행 능력 발달 프로필 _ 89
4. 남녀 학생의 서사 수행 능력 발달에 대한 가설 _ 111
5. 서사 표현 능력 발달의 서사교육적 의의 _ 114

| 제2장 |　아동기와 청소년기, 서사 창작 경험의 발달 특성 · 117

1. 창조성 교육의 생태학적 접근 _ 117
2. 아동기와 청소년기 창조성에 대한 발달적 관점 _ 121
3. 아동기와 청년기, 문학 창작 경험의 발달적 특성 _ 127
4. 창작 경험 발달 가설과 그 문학교육적 시사점 _ 143
5. 문학 창작 교육 내용의 위계화 제안 _ 149

| 제3장 |　중학생의 학년별 서사 문화 발달 양상 · 153

1. 학습자의 서사문화 고려하기 _ 153
2. 중학생의 학년별 서사 스타일 양상 _ 156
3. 중학생의 학년별 서사경험 비교 _ 167
4. 서사교육과정의 방향성 제안 _ 172

제3부 서사문화교육의 내용 : 사고·소통·윤리

|제1장| 서사적 사고력을 기르는 서사 창작 교육 · 179

1. 서사적 사고력 교육의 중요성 _ 179
2. 서사적 사고의 특성과 그 과정 _ 183
3. 모티프 중심의 서사적 사고력 교육 방안 _ 191
4. 사고력 교육을 위한 창작 교육 _ 201

|제2장| 허구적 서사물의 플롯 이해와 서사 추론 교육 · 203

1. 서사 추론 능력의 범교과적 의의 _ 203
2. 허구적 서사물의 플롯 해석과 서사 추론 교육 _ 205
3. 허구적 서사물의 플롯 이해에 수반되는 서사적 추론의 유형 _ 216
4. 서사적 합리성을 위한 서사 추론 교육 _ 226

|제3장| 텔레비전 서사 문화 비평 교육 · 229

1. 소통적 관점에서 텔레비전 문화 접근하기 _ 229
2. 텔레비전 매체의 소통적 특징과 '공공성' 문제 _ 232
3. 텔레비전 서사 문화의 특징과 문제적 양상 _ 239
4. '사회적 소통의 실제'에 입문하는 텔레비전 교육 _ 252

| 제 4 장 | '진정성' 윤리 중심의 대화적 서사 교육 · 255

    1. 대화적 서사 장르의 중요성_255

    2. 대화적 서사의 특징과 진정성 윤리_258

    3. 대화적 서사의 진정성 구현 양상_263

    4. 서사 윤리를 통한 주체 형성_272

| 제 5 장 | 영상 서사물의 수사적 읽기 교육 · 275

    1. 서론_275

    2. 디지털 문화 환경과 영상 서사물의 수사적 읽기_278

    3. 영상 서사물의 수사적 읽기: 〈소나기〉를 중심으로_281

    4. 영상 서사물의 수사적 읽기 교육 전망_299

| 제 6 장 | 한국 TV 토크쇼의 서사 패턴과 그 문화적 기능 읽기 · 301

    1. 토크쇼와 문화 분석_301

    2. 주부 대상 TV 토크쇼의 서사 패턴_305

    3. 여성들에게 들려 주는 이야기, TV 토크쇼의 문화적 기능_316

    4. '순응적 여성 주체'와 주부 대상 TV 토크쇼_319

제4부　서사문화교육의 방법

| 제1장 | 서사 텍스트 교재 선정의 원리 · 323

1. 학습자의 발달 특성과 서사 텍스트 교재 선정 _ 323
2. 텍스트 선정에서 학습자의 발달 특성을 어떻게 고려할 것인가 _ 327
3. 청소년의 발달 특성과 서사 텍스트 선정 원리 _ 332
4. 문학 텍스트 선정을 위한 제도와 정책 제언 _ 347

| 제2장 | 서사적 대화를 활용한 문학 토의 수업 · 349

1. 문학 수업, 왜 바뀌지 않을까 _ 349
2. 문학 토의 수업에서 '서사적 대화'의 가치와 의의 _ 354
3. 서사적 대화를 활용한 문학 토의 수업 설계 원리 _ 361
4. 문학 수업에서 대화성의 원리 _ 371

■ 참고문헌 · 372
■ 찾아보기 · 387

제1부 서사문화교육의 지향

제1장 _ 근대를 넘어서는 서사교육의 지향

제2장 _ 다문화 시대, 서사문화교육의 방향

제3장 _ 디지털 시대, '문화적 기억'을 위한 문학 고전 읽기교육

근대를 넘어서는 서사교육의 지향

1. 서사와 교육

'서사'는 전통적으로 '교육'과 밀접한 연관을 맺어 왔다. 인류는 서사를 통하여 공동의 문화적 기억을 전수하고 창조하여 왔다. 우리는 잠자기 전에 들었던 이야기, 인생의 갈림길에서 앞날을 고민하며 나누었던 이야기, 야단맞으며 들었던 이야기를 통해 어른으로 자라난다. 영화 〈피터 팬〉에는 이런 장면이 있다. 피터팬이 웬디에게 네버랜드로 가자고 제안을 할 때, 웬디는 아이들에게 이야기를 읽어주어야 한다고 따라 나선다. 웬디가 읽어 주는 이야기는 네버랜드의 어머니이자 선생님이었을 것이다. 영원한 아이들의 세상인 네버랜드에는 '이야기'가 없었다는 사실은 서사와 교육의 관계를 다시금 음미하게 하는 대목이다.

우리나라에서 서사와 교육의 접목이 본격적으로 논의된 것은 2000년대 전후이다. 두 가지 흐름을 짚어 볼 수 있겠는데, 하나는 국어교육에서의 서사교육 논의이고, 또 다른 하나는 교육에서 일고 있는 이른바 '교육의 서사화' 움직임이다. 전자는 '소설에서 서사'로의 기치를 걸고 한편으로는 현대 문화에서의 소설의 위상 변화에 대응하고, 또 다른 한편으로는 다양한 서사 장르를 통합적으로 운용하려는 입장을 밝혔다.1) 소설교육을 영화, 드라마, 라디오, 만화 등의 다양한 대중 매체 서사교육으로 확장하였고 서사를 통한 사고력, 비판 능력, 윤리 형성 등을 제시하였다.

반면, 교육 일반론이나 개별 교과에서의 '서사'(내러티브)에 대한 관심 역시 폭발적으로 늘고 있다.2) 논증적 사고 양식의 대안으로 내러티브 사고에 주목하고 이를 교육과정, 교과서, 교수 학습 방법, 평가 등의 전 영역에 걸쳐 응용하고자 노력하고 있다. 특히, 역사교육, 과학교육 등 다양한 교과 교육에서도 '서사'가 유의미하게 활용되고 있는 사례3)는 서사가 지닌 통합교과적 에너지를 확인시켜 주고 있다.

이런 흐름은 '서사'의 교육적 인기를 보여주고는 있지만, 몇 가지 아쉬움이 있는 것도 사실이다. 무엇보다 기존 논의가 개별 교과별로 파편적으로 이루어지고 있어, 서사 현상을 총체적으로 고려하지 못한다는 점이

---

1) 서사교육의 이념과 방향에 대한 논의로는, 우한용(2001), "서사의 위상과 서사교육의 지향", 『서사교육론』, 동아시아. 문영진(2001), "서사교육의 방향 설정에 관한 일 연구", 『동시대의 삶과 서사교육』, 한국문화사. 김상욱(2001), "서사교육의 교육과정", 우한용 외, 『서사교육론』, 동아시아. 임경순(2003), "서사교육의 지향", 『국어교육학과 서사교육론』, 한국문화사.
2) 대표적인 연구물로는 다음이 있다. 한승희(1997), "내러티브 사고양식의 교육적 의미", 교육과정연구 15, 교육과정학회. 김소희(2003), "열정의 교육서사를 향한 시론", 교육인류학연구 6, 교육인류학회. 강현석(2005), "합리주의적 교육과정 체제에서 배제된 내러티브 교육과정의 가능성과 교과목 개발의 방향 탐색", 교육과정연구 23, 한국교육과정학회.
3) 김한종(1999), "역사수업 도구로서 내러티브의 구성형식과 원리", 사회과학연구 3, 한국사회과학연구회. 김만희·김범기(2002), "내러티브 사고의 과학교육적 함의", 한국과학교육학회지 22.한국과학교육학회. 김희용(2004), "내러티브(Narrative) 도덕교육의 성격과 실제", 교육철학 25, 한국교육철학회.

있다. 서사가 자아, 문화, 경험, 의식을 구성하는 역학적 기제를 갖추고 있고, 이미 간학문적 개념으로 자리잡고 있으며, 또 서사적 사고력이 제 반 교과에서 다루어지고 있는 '서사' 능력의 범교과적 의미를 충분히 보 여주고 있다고 생각한다. 따라서 이젠 교과별 관심을 넘어서 '서사 능력' 자체를 교육의 새로운 영토로 구축하는 통합교과적 발상이 필요하다.

또, '서사'의 기획이 근대를 비판하고 대안적인 문화를 모색하는 에너 지 역시 서사교육의 이념으로 고려할 필요가 있을 것이다. 탈근대 사회 에서 '서사'는 근대적 주체와 근대적 의식의 한계를 넘어서려는 움직임을 전제로 하고 있다. 포스트휴머니즘의 중심에 서 있는 서사론은 보편성이 란 명목하에 오만하고 형식적인 자아상, 생각하는 자아에 갇힌 근대적 의식에서 벗어나려는 문화적 모색을 진지하게 담고 있다. 그런데 이 같 은 문화적 지향의 전반적인 검토를 고려하지 않고, 단지 '서사 텍스트'의 교육으로만 서사교육을 한정해 버리고 만다면 '서사'가 지니고 있는 풍부 한 교육적 계기를 살리지 못할 뿐 아니라 서사교육의 이념적 지향을 고 려하지 못할 것이다.

이제 서사교육은 서사의 다양한 문화적 기능과 중층적 기제들을 충분 히 고려하는 가운데, 그 이념적 지향을 살피고 이에 근거하여 교육 내용 을 검토할 때가 되었다고 본다. 특히, 기존의 서사교육이 주로 서사의 자기 인식적 기능이나 자아 정체성 형성과 같은 주체성 형성의 측면에 초점을 두었다면[4], 이제는 서사가 사회 문화적 과정의 총체적 연관 속 에서 존재하며, 수행을 통해 정치적, 문화적 가능성을 초대할 수 있다는 관점에서 접근할 필요가 있다고 본다. 이는 서사의 수행적 기능과 사회 문화적 실천의 역할, 그리고 윤리적 속성을 동시에 고려해야 하는 과제를 던져주고 있다.

---

4) 임경순(2003), 위의 책, 93~104면.

이런 문제의식을 바탕으로, 이 글에서는 근대를 넘어서기 위한 서사교육의 방향성을 모색하고자 한다. 이를 위해 먼저 '서사적 문식력'이란 개념으로, 서사가 범교과적 문화 능력으로 교육될 수 있다는 점을 주장할 것이다. 이 '서사 문식력'이란 개념은 서사교육의 위상을 재정립하는 데 핵심적인 개념이기도 하다. 다음, 서사교육이 길러 낼 서사적 주체의 상을 '이야기하는 주체'(narrating subject)로 설정하여 서사교육의 지향을 고찰하고자 한다. 다음, 이를 바탕으로 3절에서는 근대를 넘어서는 서사론의 흐름을 고찰하면서 '서사 문식력' 교육의 내용 요소를 제시하겠다. 이 논의를 통해, 서사를 이해하고 창조하는 능력이 우리 사회를 발전시키고, 한 개인의 성장을 이루는 기초 능력의 하나로 대접받고, 실천될 수 있는 새로운 문식력 교육의 장을 열 수 있기를 기대한다.

2. '서사 문식력'의 필요성과 '서사적 주체' 형성의 의미

1) 서사적 문식력의 필요성

먼저, '서사 문식력'이란 개념으로, 근대와 탈근대 상황에서의 서사교육 위상을 논의하고자 한다. 일반적으로 문식력은, 개인의 성장과 필요 그리고 사회의 요구에 기대에 부응하기 위해 학교에서 교육하는 일련의 지식과 기능, 능력을 말한다. 이는 시대에 따라 부단히 변모되어 왔는데, 그 기저에는 '개인의 목표를 실현하고 사회를 바람직한 방향으로 변화시키는 데 필요한 힘'을 선정하려는 노력이 면면히 이어져 왔다. "어떤 문식력이 이 시대에 가장 필요한가?"라는 질문은 언제나 선택과 배제를 염두에 둔 역사적인 과제였던 것이다.

그런데 근대의 문식력(literacy) 교육에서 '서사'는 주변화된 장르 혹은 사고력으로 인식된 측면이 있다. 일단, 상위학교 입학시험이나 취직 시험 등과 같이 제도화된 문식력에서 경쟁 우위를 점하고 있는 것은 논술 능력이다. 부르너의 표현대로 한다면, '논증적 사유'가 서사적 사유의 압도적 우위에 있는 셈이다. 또, 국어교육과정을 보더라도, 서사는 여러 장르 중의 하나로 규정되고 있으며, 주로 산문 장르, 또 문학 예술 영역으로 국한되어 다루어지고 있다. 2007년도 교육과정 개정 논의 과정에서의 자료를 보면, 서사는 '서사문, 신문 기사, 전기문, 만화와 애니메이션, 동화, 수기, 소설, 추리물, 영화, 시사만화, 기행문, 자서전, 편지' 등의 텍스트 유형으로 자리 잡고 있다.5) 이를 다시 서사 장르론6)으로 본다면 역사적 장르(전기문, 자서전, 수기), 문학적 장르(애니메이션, 동화, 소설, 영화, 시사만화, 추리물, 기행문), 수사적 장르(편지)로 배치되고 있어 문학예술 영역으로의 경사를 선명하게 확인할 수 있다.

그러나 20세기 이후, 이른바 '체험과 이야기의 시대'가 되면서 사회적으로 '서사'의 위상은 대단히 높아지고 있다. 문화 산업에서의 '서사물'의 증대, 서사적 형식에 의한 지식 생산 증가, 매체의 발달에 따른 다양한 '스토리텔링' 활동, 근대적 사유 체계 반성에 따른 사유 방식과 상상력의 다변화 등은 이른바 서사의 시대를 만들고 있다고 해도 과언이 아닐 것이다. 이는 '서사 능력'에 대한 사회적 기대와 요구가 그만큼 강해졌음을 의미한다.

단적으로, 직업적 문식성으로 '서사 능력' 혹은 대상에 대한 '서사적 이해'를 갖추어야 할 직업군도 많이 늘고 있다. 가령, 의사, 교육자, 변호사, 저널리스트, 역사가, 상담가, 큐레이터 등은, '좋은 이야기 감각'을

---

5) 2007년도 교육과정 개정을 위한 토론회 자료집에 제시된 장르체계이다. 이 분류는 공시된 교육과정에서는 빠져 있지만 장르 의식을 확인할 수 있다는 점에서 자료로 삼는다. 교육과정평가원(2006), 국어과 개정교육과정 토론회 자료집.

6) 크게 역사적 장르, 문학적 장르, 수사적 장르로 나누어 보았다. Adam Zachary Newton(1995), *Narrative Ethics*, Harvard University Press, pp.12~13.

가져야 직업을 잘 수행할 수 있는 사람들이다. 이들은 구체적인 상황 속에 놓인 행위와 사건, 인물을 다루어야 하며, 또, 과거와 현재, 미래의 시간적 연속성을 부여하여 일관된 의미를 구상할 수 있어야 하기 때문이다. 의학교육에서 서사를 활용하여 심각한 질병을 이해하거나 윤리를 성찰하고, 탐정물로 임상 추론 교육을 하고 있다7) 또, 법관의 판단은, 사건을 어떤 문제의 서사로 구축할 것인가 하는 서사 감각을 전제하며, 큐레이터의 활동 역시 그 장소에서 어떤 스토리를 만들 것인가에 대한 구상을 바탕으로 한다. 이러한 직업저 능력에서도 볼 수 있듯이 좋은 이야기 감각을 가진 사람만이 그 공동체에 적합한 문제 틀과 안목으로 일처리를 할 수 있으며, 리더쉽을 기를 수 있다.8) 아울러 '좋은 이야기'는 그 사회에서 추구하는 '좋은 삶good life'에 대한 실천적 지혜를 가꾸어 나간다는 점도 빠뜨릴 수 없는 사항일 것이다.

또한 사회적 요구 뿐 아니라 개인적 차원에서도 '서사 능력'은 중요하다. '서사'가 자아 정체성 형성의 역할을 한다는 점은 많은 논자가 이미 밝히고 증명했거니와9) 서사는 문화 주체로서의 삶을 영위하는 데에도 매우 중요한 능력이다. 현대를 서사의 시대라고 하지만 사실, 진정한 서사를 찾아보기 힘들다는 점도 서사 문식력 교육이 필요한 이유가 된다. 경험의 총체성과 진정성이 사라진 상황에, 개인들은 자기 삶의 서사조차 미디어의 서사로 대체하며 경험을 매개하고 있다. 근대의 전체주의적 속성, 과도한 합리화와 기계적인 일상에서, '서사'는 제 자리를 찾기 힘들다. 서사의 회복은 근대적 자아의 소외를 극복할 수 있다는 의미를 가진다. 서사를 읽고 만드는 행위를 통해 세계와 문화를 심층 해석할 뿐 아

---

7) Anne Hunsaker Hawkins and Marilyn Chandler McEntyre, 신주철 외 역(2000), 『문학과 의학교육』, 동인.

8) Jerome Bruner, 강현석·이자현 역(2005), 『브루너 교육의 문화』, 교육과학사.

9) Schrag. Calvin O, 문정복 역(1999), 『탈근대적 자아를 넘어서』, 울산대 출판부
임경순 (2003), 『서사 표현 교육론 연구』, 역락.

니라 자신의 주체적인 목소리를 확보할 수 있기 때문이다.

이런 정황은 서사 능력을 이 시대의 문식력의 하나로 선정할 수 있는 충분한 근거가 된다고 본다. 서사교육은 '문식력' 교육의 위상을 얻음으로써, 개인의 성장과 사회와 문화 발전을 위해 반드시 갖추어야 할 기초 능력으로 저변 확대될 수 있다고 본다.

2) 서사적 주체 형성의 의미

그렇다면, '서사 문식력' 교육으로 구체화될 수 있는 인간상은 무엇인가? 우리는 '서사적 문식력'을 통해 근대적 주체를 넘어선, 대안적 주체를 모색할 수 있다. '서사적 주체' 특히, '이야기하는 주체'(narrating subject)10) 그것이다. 이 주체는 이야기하기를 통하여 기성의 문화적 기억들과 대면하고, 다른 사람과의 상호작용 속에서 자기 이해와 자기 형성을 도모하는 일종의 경험적 존재이다.11) 이 존재에서 우리는 근대적 의식 주체를 넘어선, 주체의 또 다른 모습을 볼 수 있다.

이 '이야기하는 주체'는, '이야기'의 시간적 경험과 상호작용의 실천을 통해 정체성을 만들어가는 존재라고 할 수 있다. 그의 정체성은 불변의 객관적 규범이 아니라 이미 말해진 이야기 속에서, 그리고 형성 중인 이야기들 속에 스스로 참여함으로써 만들어진다. 곧, 이전의 이야기에 바탕을 두고 있으며, 동시에 새로운 가능성을 만들어 냄으로써 문화적 공동체의 기억 속에서 자신의 기억을 만드는 상호작용의 경험을 수행한다.

---

10) '이야기하는 자아'는 서사의 담론 행위적 요소를 중시하고 있다. '말해진 이야기'가 기성의 구조적 결과를 보여준다면, '이야기하는'은 기성의 담론을 바탕으로 화자와 청자가 상호작용하면서 담론적 실천을 수행하는 사건성이 강조된다. Schrag, Calvin O, 문정복 역(1999), 『탈근대적 자아를 넘어서』, 울산대 출판부. Adam Zachary Newton(1995), *Narrative Ethics*, Harvard University Press, pp.12~13.
11) 이는 서사의 원형을 대화적 서사에서 찾는 견해와도 일치한다.

이러한 자아는 혼자만의 의식 속에 거주하는 고립된 존재가 아니라, "맥락적 상황과 환경, 담론에 의해 구성됨과 동시에 이를 구성할 수 있는 존재"12)이며, 공동체의 관습에 자리 잡으면서도 응답의 윤리를 지켜 새로운 가능성의 대안을 찾아나가는 존재라고 할 수 있다. 이는 근대적 주체의 주체와 객체, 의식과 육체, 문화와 자아의 이분법적 단절을 극복한 존재상이다. 또, 탈근대적 주체의 회의에 가득 차 있는 해체된 존재를 어서 전통과 유대하면서도 성찰하고, 행동하는 자아의 모습이다.

'서사적 주체'는 바로, 이 '서사 문식력'이 추구하는 주체상이다. 서사 문식력의 이러한 지향까지 고려하여, '서사 문식력'을 정의한다면, 다음과 같다. 곧, 서사적 문식력은, '서사의 이해와 해석을 통해 공동체의 문화를 이해하고 그 속에서 자신의 정체성을 발견하며, 자아와 문화에 꾸미어 새로운 가능성을 만들 수 있는 능력'이라 할 수 있다.

3. 서사적 문식력 교육의 방향과 내용

1) 근대를 넘어서는 서사론의 지향

'서사 문식력' 교육의 방향성을 잡기 위해서는, 근대를 넘어서는 서사론의 지향들을 고려할 필요가 있을 것이다. 구조주의만으로는 서사 활동에 개입하는 중층적 맥락과 인간의 실천 양상을 살피기 어렵기 때문이다. 근대를 넘어서려는 서사론의 관심은 대략 세 가지로 이해된다.13)

---

12) Jerome Bruner, 강현석·이자현 역(2005), 『브루너 교육의 문화』, 교육과학사.
13) 물론 이 속성은 필자가 추출한 것이다. 탈고전적 서사론의 경향은 크게, 서사 인지론, 수사론, 탈구조론으로 정리될 수 있다. David Herman, Manfred Jahn and Marie-Laure Ryan edt(2005), *Routledge Encyclopedia of Narrative Theory*, Routledge.

첫째 서사의 '수행성', 혹은 실천성에 대한 관심14)이다. 서사는 특정의 관점의 의도를 반영한 텍스트이다. 서사 구조 자체에 대한 질문은 누가, 어디에서 왜 만들었고, 누구에게 전달되고자하는 것인지, 어떻게 기능하는가 하는 수사적, 화행적 질문으로 대체되고 있는 것이다.15) 서사 텍스트는 사회 문화적 과정의 일부로 이해되며 그 맥락 내에서 어떤 역할과 기능을 하는지가 중요해지고 있다.

둘째, 가치의 다원성을 통해 사회적 정의를 복원하는 정치적, 윤리적 시각이다. 구조론적 서사론이 동일성의 바탕 하에서 보편 문법을 추구하였다면, 탈구조론에서는 이질성과 차이, 타자와의 이해를 강조한다. 여기서 서사의 윤리적 전환이 이루어지는데, 서사는 타자에 대한 응답과 책임성, 가치에 대한 탐색과 추구, 또 가치의 민주성을 회복하려는 시도와 결합되고 있다.

셋째, 의미 생성의 속성이다. 서사는 사고 양식이자, 의미 생성 방식 중의 하나이다. 사고 양식으로서의 서사는 이론 범주로 환원되지 않는 경험의 질적 특수성, 이질성을 포착하는 사유 방식이다. 논증적 판단이 가설에 기초하여 이루어진다고 한다면, 서사적 사고는 오히려 가설을 생성함으로써 경험에서 새로운 의미를 발견하는 지식 발견의 방법이 되고 있다. 특히, 서사는 부분적인 사실들을 전체 렌즈로 엮어, 전체화된 판단을 가능케 한다는 특징이 있다. 특정의 사건, 경험을 서사화하는 과정은 행위와 행위를 둘러싼 맥락과 주체, 관계, 도구 등의 복합적인 관계망을 구축하는 과정이기도 하다.

이와 같은 이론적 흐름에서는 서사의 역동성과 중층성에 한층 관심을

---

14) 이는 서사교육 내부에서도 중시되었다. 우한용(2001), "서사의 위상과 서사교육의 지향", 『서사교육론』, 동아시아. 문영진(2001), "서사교육의 방향 설정에 관한 일 연구", 『동시대의 삶과 서사교육』, 한국문화사.

15) David Herman, Manfred Jahn and Marie-Laure Ryan edt(2005), op. cit., p.378.

두고 있는 것으로 보인다. 텍스트 그 자체보다도 맥락, 주체, 문화적 요소들과의 복합적 관계, 이야기를 하는 사람과 듣는 사람의 상호작용, 구체적 맥락 속에서 이야기되고, 다시 이야기되는 역동적인 교섭의 과정이 서사에서 중시된다. 서사 문식력 교육 역시, 이런 요소를 입체적으로 고려할 필요가 있을 것이다. 이에 이 글에서는 '비판', '소통적 교섭', '생성'의 서사 활동으로 그 내용을 탐색해 보고자 한다.

2) 서사 비판과 해석의 교육 : 맥락적 해석의 문제

먼저, 서사가 특정의 관점에서, 특정의 의도와 효과를 가지고, 특정의 맥락에서 생성된 것임을 파악할 수 있는 교육이 필요하다. 우리 문화 현상에서는 '서사'라는 형식적 틀을 들추어내는 것만으로도 우리의 행위와 문화 이면을 심층적으로 해석할 수 있다. 서사는 특정의 관점에서 우리 경험을 매개하는 의미의 도식임에도 불구하고, 정작 의식의 프레임으로 포착되지 않은 것이 많다. 우리의 감정, 행위, 실천적 지식, 사고, 제도 등 제반의 것들은 실은 일련의 서사 도식을 전제로 이루어진다. 근대초기 소설에 등장하는 앞날에 대한 '희망'의 감정은 이른바, 근대적 '진보의 플롯'을 깔고 있지 않던가? 그러한 플롯은 오랜 세월 동안 전해져서 우리의 가치와 희망, 공포, 정체성에 깊숙이 관여하고 있는 이른바 '지배적 플롯master plot'으로 작동하고 있지만, 그것이 '근대적'인 맥락 속에서 생성되었다는 것을 아는 순간 우리는 대안적 가능성을 모색할 수 있게 된다.

이렇게 서사 비판에서는 서사 형식을 분석하고 이를 맥락 속에서 파악하는 민감도가 중요하다. 비문학적 서사라고 하더라도 문학적 서사와 상호 연관성을 지니는 예를 쉽게 볼 수 있다. 가령, 탐정 서사의 플롯은 핸드폰 광고에도 차용되고, 저녁 시간에 나누는 가족 대화적 서사에도 등장한다. 바로 이러한 '플롯'의 분석 그 자체가 특정 사건과 행위에 대한

문화적 의미망으로 안내한다. 역사적 서사물도 마찬가지이다. 자서전이
나 역사 기술처럼 사건의 사실적 재현으로 알려져 있는 서사물도, 실은
문학적 서사와 같이 특정 유형의 플롯을 사용하고 있다. 하이든 화이트
가 프라이의 신화 비평 방법을 활용하여 역사 기술의 플롯을 분석하고,
그것이 각각 어떤 역사관과 관련되는지를 살핀 것이나 부르너가 자전적
서사에 등장하는 네 패턴의 플롯을 분석하여 각기 다른 정체성을 파악한
것이 그 예이다.16)

또 '초점 화자'도 서사를 통한 문화 비판의 주요 형식이다. 여러 등장
인물들 중 어떤 초점화자가 전면에 부각되고, 어떤 화자는 이면의 이야
기(shadow story)로 남는지, 또, 어떤 초점화자의 시각이 권위와 신뢰감
을 얻으며, 어떤 시각은 그렇지 못한가를 분석함으로써, 우리 사회의 권
력 관계는 물론이고 그 속에서의 작가의 위치를 파악할 수 있다 이들 초
점화자들의 위계와 신뢰도는 주체와 지각 대상 사이의 사회 문화적 관계
속에서 규정되는 것이며, 이데올로기적 선택의 문제라 할 수 있다.17) .

그 예로 T.V 학습지 광고에 나타난 '초점화자의 위계'를 통해, '어린이
학습자'의 정체성이 어떻게 재현되고 있는가를 보여주고자 한다. 먼저, '재
능 교육' 광고18)를 보면, 이 광고는 "좋아서, 쉬워서, 스스로"라는 문구로
요약되는 자기 주도적 학습을 내세우고 있다. 광고의 스토리 자체는 학
습자가 스스로 지도를 찾고, 문제를 해결해 나가는 이야기를 통해 자기
주도성을 강조하고 있는 듯이 보인다. 그러나 서사 담론을 분석해 보면,
학습자는 전지적 카메라의 시점에 의해 비추어지는 대상화된 존재로 주

---

16) Jerome Bruner(1994), *"Life as Narration"*, Dyson, Anne Haas, Genishi,
    Celia, *The Need for Story*, National Council of Teachers of English.
17) 이에 대한 설명은 David Herman, Manfred Jahn and Marie-Laure Ryan
    edt(2005), op. cit., pp.90~91.
18) 이 광고는 2006년 제작된 '시스템 학습의 힘'편이다. 다음 인터넷 자료를 분석 하였
    다. http://blog.naver.com/qybo?Redirect=Log&logNo=70025683752)

변화 되어 있다. 초점화자는 카메라이고 그는 권위적 우위의 시각에서 미로 속의 아이들을 비춘다. 미로 속의 아이들이 방황하다가 학습지의 과학적 시스템에 의해 문제를 해결하는 과정을 초월적 시각에서 조명하는 것이다. 결국, '스스로'를 표면에 내세우고 있지만, 학습자들의 정체성은 학습지의 구원을 받아야 스스로 할 수 있는 존재로, 또 공부에서 "앞서 나가기" 위해 노력해야 하는 존재로 재현되는 것이다. 이러한 초점화의 위계에는 '학습자'의 정체성에 대한 문화적 인식을 반영하고 있다는 점에서 문제적이다. 학습자는 도움이 필요한 결핍된 존재이며, 남보다 잘하기 위해 경쟁해야 하는 존재라는 특정의 관점이 노출된 인식이 그것이다.

이젠 '눈높이 대교' 학습지 광고19)를 살펴도록 하겠다. 이 광고의 서사는 입학을 앞둔 어린이가 입학하기 전에 불안해 하고 있는데 학습지가 그 문제를 해결해 줄 수 있다는 것이다. 이 광고는 '재능교육'과 달리, '어린이 학습자'를 초점화자로 사용하고 있다. 그의 내면은 1인칭 직접화법으로 전달되고 있어, 학교 가는 불안감을 실감 나게 표현한다. 화자목소리라는 청각적 초점화자로 학습자의 심리를 전달하는 것이다. 그러나 동시에 김광석의 〈이등병의 편지〉가 배경 음악으로 나오고, "나라가 나더라 학교에 가란다"라는 과장된 대사를 통해, '입학'은 '입대'와 은유적으로 대치된다. 이제 화자의 목소리는 이등병의 목소리로 이중화되면서 더 이상 어린이 학습자의 목소리를 대변하지 않는다. "여자도 끝이야"나 우유를 술처럼 마치는 장면에서, 그는 일거에 '신뢰할 수 없는 화자'로 되어 버린다. 지나친 과장 때문이다. 이 때문에 시청자들은 어린이 화자의 불안을 공감하기보다는 웃음으로 회화화, 혹은 대상화해 버린다. 결

---

19) 이 광고는 2008년도 '놀이터' 편이다. 심의에 걸려 부분적으로 개작을 한 뒤 방영되었다. 이 글에서는 원본 광고 텍스트를 대상으로 한다.
http://www.diodeo.com/id=lovelee&movie=000727278&pt-code=01

국, 이 광고는 어린이 초점화자를 신뢰할 수 없는 화자로 만들어 버림으로써 학습에 대한 불안과 공포를 전면에 내세우면서도 동시에 이들 목소리의 진정성을 차단해 버리는 전략을 쓰고 있다. 이 모든 불안은 '학습지'만이 해결할 수 있는 것이다. 여기에서 재현되고 있는 학습자의 정체성 역시 결핍된 존재의 모습이며, 구원이 필요한 문제적 존재의 상이라 하겠다.

이 두 편의 광고는 초점화자의 위계적 구조가 사회 문화적 정체성의 재현과 밀접한 연관을 가지고 있음을 보여주고 있다. 결국, 누구의 눈으로 말해지고 정당화되는가를 판단하는 '초점화자' 분석이야말로 자연스럽게 비판적 해석의 역할을 하고 있는 것이다. 광고문 이외에도 판사의 법조문, 일상인들의 대화, 뉴스나 다큐멘터리 등도 초점화자 분석을 통한 서사 문화 비판의 자료로 쓰일 수 있다.

3) 서사의 소통 윤리 교육 : '경쟁하는 서사들'의 교섭

우리는 서사적 경쟁의 시대에 살고 있다. 우리의 삶을 이루는 제반의 영역들은 서로 다른 관점으로 만든 이야기들로 가득 차 있다. 동일한 이야기에 대해서 각기 다른 버전의 이야기를 쏟아 내기도 하고, 또 동일한 사건에 대해서 각기 다른 이야기를 이끌어 내기도 한다. 집단마다 모두 다른 이야기를 토해 내고 있다.[20] 신문과 텔레비전 뉴스는 같은 사건에 대한 다른 이야기들을 경쟁적으로 쏟아 내고 있고, 일상 대화에서의 갈등은 경험에 대한 다른 버전의 이야기 때문에 나타난다.

이러한 서사적 경쟁은, 일상생활 뿐 아니라 학문, 정치, 법정과 같은

---

20) Michael McGuire(1989), "The Rhetoric of Narrative", Britton, Bruce K, Pellegrini, Anthony D, *Narrative thought and Narrative language*, Lawrence Erbaum.

공공적인 영역에서도 나타난다. 역사학, 물리학, 경제학 등에서 나타나는 이론적 갈등은, 결국 현상에 대한 다른 관점에서의 이야기 구성 때문이라 해도 과언이 아니다. 또 법정에서의 대립 역시, 한 사건에 대한 각기 다른 해석을 드러내는 경쟁적 서사들의 대결이라 할 수 있다.21) 일본 영화 〈라쇼몽〉이나 텔레비전 프로그램 〈부부클리닉 : 사랑과 전쟁〉은 이와 같은 서사적 갈등을 극화한 사례일 뿐이다. 이처럼 쟁투하고 있는 서사들과 어떻게 협상, 교섭하고, 대화해 나갈 것인가는 현대인들에게 요구되는 서사 능력 중의 하나이다.

근대적 서사론에서는 서사의 초역사적, 초문화적 보편성, 동일성, 단일성을, 탈근대에서는 서사의 차이성, 이질성, 저항성 등을 강조한 바 있다. 그러나 전자는 거대 서사가 지닌 '은폐된 지식' 체계를 보지 못할 뿐 아니라 언어 게임의 다양성을 살피지 못하였으며, 후자는 차이나는 언어들의 상호 연관성과 소통성을 고려하지 못하고 있어 현대인이 당면한 이 문제를 해결하기 어렵다. 서사의 경쟁적 양상은, 서사가 근대적 '지배 서사'의 단일한 틀이 깨어지고, 그만큼 지식의 다원화, 민주화, 정의 실현으로 이어지고 있는 양상이라고 볼 수 있다고 하더라도 이에 어떻게 대응할 것인가의 문제는 여전히 남는다.

이 문제는 소통에 바탕을 둔 '서사 윤리' 차원에서 접근할 수 있다. 서사론의 윤리적 패러다임은 다양한 접근이 있었지만, 주된 이슈 중의 하나는, '응답성'과 '타자성'의 문제라 할 수 있다. 윤리적 주체는 타자에 대한 책임을 갖고 이들과의 관계 속에서 변화되어 나가는 존재이다. 서사와 윤리가 마주치는 대목은, 서사가 재현하는 입법적 가치 규범 때문이

---

21) H. Porter Abbott(2002), *The Cambridge Introduction to Narrative*, Cambridge University Press, pp.138~153. 이 책은 서사 개론서인데, '서사적 경쟁'을 서사의 중요한 본질로 소개하고 있다. 그만큼 서사의 본질적인 속성으로 자리잡고 있음을 반증하는 것이다.

아니라 서사의 '상호작용'성 때문이다.22) 서사 상황(narrative situation)
은 화자와 청자, 작가와 인물, 독자와 텍스트, 텍스트와 텍스트가 서로
연관되어 호출하고, 응답하며, 유도하는 관계들과 힘을 창출하는 곳으로,
서사 윤리란 규정된 가치와 규범에 의해서가 아니라 이와 같은 '이야기하
는' 이의 상호작용과 그 역사적 구체성에서 비로소 생겨나는 것이다.

이 상호 작용성을 경쟁적 서사 문제와 접목시킨다면, 서사들 간의 갈
등은 정초된 규범이나 각자의 차이와 불일치를 강조하는 것으로는 해결
될 수 없다. 이 대신, 대화적 응답의 과정에서 의미와 가치를 구성하는
일종의 '서사적 협상'(narrative negotiation)이 문제 해결의 단서가 된다.
이는 하나의 서사, 혹은 서사들 간에 존재하는 문화적 요구와 도덕적 갈
등의 차이들과 교섭하고, 또 다른 '가능성'들을 찾아 새로운 이야기들을
만들어내는 능력이라 할 수 있다.23)

한나 아렌트는 특정의 관점이 개입하는 '이해'의 양식은 의당 차이와
불일치가 존재할 수밖에 없으며, 그럼에도 불구하고 상위의 인간적 공통
감으로 소통될 수 있다고 보았다. 이 소통은 특정의 관점으로 일치와 합
의를 이끌어 내는 것이 아니라 각각의 정체성을 인정하고 존중하며 대신
또 다른 가능성을 모색하는 방식이라 할 수 있다.24) 서사 역시 해석을
담은 '이해'의 양식이라는 점에서 이러한 소통을 가능케 한다. 인간의 공
통감은 인간으로서 공유하는 상위의 욕망, 가령, 좋은 삶을 만들고자하
는 의지에서 가능한 것이다. 서사는 보편성과 특수성을 자연스럽게 매개

---

22) Adam Zachary Newton(1995), *Narrative Ethics*, Harvard University Press,
pp.12~13.
23) 서사의 교육적 의의 중의 하나는, 서사가 사회 문화적 차이들을 서로 소통할 수 있도
록 한다는 점이다. 이에 대한 이론적 근거와 방법을 밝힌 책으로는 다음이 유용하다.
Anne Hass Dyson Celia Genishi(1994), *The Need for Story-Cultural
diversity in Classroom and Community*, National Council of Teachers of
English.
24) 김선욱(2002), 『한나 아렌트 정치 판단 이론』, 푸른숲.

하는 존재이다. 서사는 보편적 규범과 가치를, 서사의 특수한 상황과 주인공에 의해 실험하고, 검사하고 의문시하는, 마치 논쟁과 같은 기능을 가지고 있다.25) 서사적 문식력은 이 논쟁에서 공유하고 있는 토대가 무엇인가를 이해하며 또 다른 가능성을 찾는 노력이라 하겠다.

4) 서사 쓰기 교육 : 경험의 탐구와 정체성 구성

다음 서사 쓰기 교육, 혹은 서사 창안 교육을 생각해 볼 수 있다. 서사는 장르, 형식, 재료, 문화, 계급, 역사 유형을 넘어서 인간의 사고와 행위에 관련되는 그 모든 것에 걸쳐 있다. 서사가 앎의 양식임과 동시에 앎을 표현, 전달하는 양식이라는 점에서, 서사 쓰기는 소설 창작, 영화 시나리오 작가와 같은 전문적인 창작 행위로만 국한될 수는 없다. 오히려 지식 혹은 의미 생성의 실천의 다양하고도 포괄적인 장에서 그 영역을 넓힐 필요가 있다.

서사 쓰기는 근대가 개발한 논증적 글쓰기와는 다른 방식으로 경험의 의미를 이해하고 탐구하며, 정체성을 개발할 수 있는 좋은 방법이 될 수 있다. 그것의 효과는 근대적 실증주의나 이성적 합리성에 기반한 논술적 글쓰기를 비판했던, 역사학이나 교육학 등 다양한 학문 분야에서의 글쓰기 실천이 그 사례로 보여주고 있다. 이미 서사는 간학문적 범주로서, 기호학, 커뮤니케이션, 문화연구는 물론이고, 의학이나 자연과학, 경제학과 인류학, 사회학과 같은 사회과학 등에서 연구 대상과 연구 방법, 지식 생산 방법으로 활용되고 있다.

가령 인문 사회 과학에서의 '내러티브 탐구'와 같은 글쓰기는 내러티브

---

25) John A. Robinson and Linda Hawpe(1986), "*Narrative thinking as a Heuristic Process*", Narrative Psychology, Sarbin, Theodore Ray Praeger, p.124.

를 활용하여 추상적 논리나 형식적 범주로 파악할 수 있는 인간 경험의 복잡함과 깊이를 '이해'하는 방식으로 활용하고 있다. 경험의 특이성, 시공간의 구체성이 드러나는 서사적 글은, 일반 범주나 논리적 규범으로는 포착할 수 없는 경험적 특수성, 이질성을 드러낸다. 이는 이른바, '스토리텔링 운동'이라고 하여, 지배적 도덕이나 윤리적 판단에 대항하여 자신의 삶을 이야기함으로써 문화 민주주의를 실현한 일련의 움직임 등으로 나타난 바 있다.26)

다음은 필자의 〈서사교육론〉 강의 시간에 대학생이 쓴 글이다. 이 글은 '학습 일지(learnign journal)'로 자신의 '배움'에 대한 경험을 작성하라는 필자가 수업 시간에 제시한 과제에 대해 쓰여진 것이다. 이 학생은 대학 2년생인데, 자신의 '시 쓰기를 배웠던 경험'에 대해 쓰고 있다.

> 14살, 학교에서 '시'를 체계적으로 배우던 시기에 나는 학교 외에서 시를 쓰는 사람과 친분을 가지게 되며 또래에 비해 색다르게 '시'를 접할 수 있었다. 그 분을 닮아가고 싶은 마음에 무작정 쓴 처음 시에는 내 감정들을 나열하여 시처럼 운율을 넣고 적당히 꾸며놓았던 것이 고작이었다. 이후 학교에서 다양한 시적 표현법이나 시에 대한 심도 있는 이해를 하게 되며 시 속에 내 생각을 좀 더 효율적으로 집어넣고, 내가 바라본 것과 느낀 것 등을 좀 더 효과적으로 표현하는 방법을 배우게 되었다.
>
> 영탄법이 어떻고 대구법이 어떻고 도치법이 어떻다가 중요한 것이 아니었다. 물론 그런 기법을 통해 시의 완성도를 좀 더 높일 수 있었다. 하지만 어떤 기법의 이름을 형식적으로나 시험에 대비하여 외우기 이전에 나는 내가 무엇을 바라보았고, 그래서 무엇을 깨달았고, 또 지금 어떤 생각을 하고 있는지 등 나에 관한 여러 가지 것들을 '시'라는 도구로 표현해내는 동안 자연스럽게 그것을 익히게 되었다. '노력하는 자는 즐기는 자만 못하다'는 옛말이 틀린 것 없었다.
>
> 두꺼운 교과서에 빼곡히 들어서 갑갑해 보였을 시가 내 일상에 찾아와

---

26) H. Poter Abbott(2002), op. cit., 12장 참조.

내 습관이 되고 내 삶의 일부가 되어 나를 만들어간 지 어언 7년이다. 누군가에게는 진로를 결정하기 위해 배우는 하나의 과정에 지나지 않았을지도 모를 글쓰기. 내게 있어서는 글쓰기 그것을 위해 진로를 국어교육으로 결정하는 아이러니까지 빚어낸 것을 보며 괜히 멋쩍다.

　다른 사람들에게는 '시'가 어떤 의미일지 모르겠지만, 적어도 내게 '시'는 남다른 의미를 지닌다. 내 주위는 대개 '시'가 감수성이 풍부하고 격식 있는 사람이 쓰는 품격 있는 글로 생각하지만 나는 다르다. 격식도 없고 품격도 없고 감수성도 썩 깊지 않은 나 역시 시를 즐겨 쓰기 때문에, 내게 있어 시란 내 감정표현의 방법, 나의 흔적, 그리고 또 하나의 나와 같은 것이다.

근대적 의미에서 우리가 어떤 지식을 배운다고 하면, 그것은 그, 대상에 대한 객관적 앎을 얻는다는 것을 의미한다. 그러나 이 지식과 앎의 경험을 서사로 표현한다면 사정이 달라진다. 서사를 통해 지식은 주체의 삶 속에서, 그리고 학습이 이루어지는 맥락적 의미를 잃지 않기 때문이다. 위의 글에서 학생은 시를 배우게 되는 과정과 함께 시를 배운다는 것이 자신의 삶에는 어떤 의미였는가를 서술하고 있다. 서사 속의 주인공이 '나'이기 때문에 배움은 '객관적 지식'의 상태가 아니라 '나'의 삶 속에서 의미화된다. 또, 배움 그 자체를 넘어서 배움이 만들어진 여러 맥락들, 가령, 자신의 배움에 도움을 준 사람, 배움의 상황 등이 서사라는 전체적 렌즈를 통해 드러나고 있다. 만약, 이 학생이 보다 정교한 플롯 도식을 활용하였다면, 자신의 배움의 경험을 보다 총체적으로, 깊이 있게 이해할 수 있었을 것이다. 이처럼 서사 쓰기를 통해 우리는 앎과 삶을 통합하는 새로운 형식을 찾을 수 있으며, 정체성 형성과 지식 습득을 통합할 수 있다.

이와 같은 서사적 글쓰기는 논술적 글쓰기에 비해 다른 이점을 지닌다. 1) 경험의 전체상을 깊이 있게 이해할 수 있도록 한다. 2) 글쓰기 주체의 세계관과 비전, 정체성이 드러나며, 글쓰는 과정을 통해 이 주체 자신이 변모해 나간다. 3) 앎은 주체의 행위, 삶과 통합된다. 지식은 객관적 대상이 아니라 자신의 정체성을 형성하는 과정 속에서 사유되다. 이런 이점을 고려한다면 서사적 글쓰기는 논술 쓰기와 마찬가지로 지식의 학습이 이루어지는 전 교과에서 다루어질 필요가 있겠다.

4. 서사 문식력 교육의 가능성

이제까지 논의를 통해 서사 문식력 교육의 필요성과 방향성을 제시하였다. 서사 능력이 우리 사회의 기초적인 문식력으로 인식되고, 교육되는 것 자체가 이미 근대를 넘어선 발상이라고 생각한다. 서사를 특정 문학 예술 영역이나 텍스트 유형으로 보는 것에서 나아가, 문화를 이해하고 자아를 구성하는 핵심 능력으로 보는 관점은 지식과 사고를 다원적으로 열어 놓으려는 탈근대적 시도가 담겨 있기 때문이다. 이 글은 서사가 문화와 자아, 사회에 미치는 제반의 영향력과 기능, 그리고 서사적 의미 생성에 개입하는 역동성과 중층성을 모두 고려하는 문식력 교육을 제시하자 하였다. 서사 활동을 비판, 교섭, 창안으로 삼원화하여, 서사를 통해 공동체의 맥락 안에서 자신의 위치를 갖는 정체성 탐구의 교육을 마련하고자 하였던 것이다. 이미 대학에서는 '스토리텔링' 교과가 연계 전공 형태로 개설되기도 하고, 중, 고등학교에서도 통합교과적 에너지를 가장 많이 가지고 있는 영역으로 서사교육이 지목되기도 한다. 아직, 서사 능력은 논술 능력에 비해 논리화나 체계화가 미흡한 것도 사실이지만, 이는 다만, 연구자의 분발을 요하는 문제일 것이다.

제 2 장

다문화 시대, 서사문화교육의 방향

1. 시대의 변화와 서사문화교육

새로운 세기에 대한 기대와 불안이 이러한 이른바 '밀레니엄 담론'으로 우리 곁을 지나간 적이 있었다. 한 때에 지나가는 유행이라 비판한 사람도 많았다. 그래서 그런지 지금 밀레니엄이란 말을 쓰는 경우는 많지 않다. 하지만 21세기라는 예측할 수 없는 시대에 조금의 불안도 갖지 않는 사람이 있을까. 특히, 교육은 미래의 가능성을 싹틔워나가는 영역이라는 점에서 '21세기'라는 세기적 전환은 단순히 한 번 쯤은 흘러가는 이야기가 아니라 교육의 지난 성과와 앞으로의 방향을 되짚어 보는 중요한 이슈가 된다. 또, 이슈가 되어야 한다.

이 글에서는 이를 위한 논의의 단서를 지금, 21세기의 사회, 문화적 상황에서 찾고자 한다. 당대 맥락으로부터 무관한 교육이란 있을 수도 없지만 사실 의미도 없다고 생각한다. 교육에서 강조하는 문식 능력은 그 시대가 요청하는 정치적, 경제적 요구로부터 직·간접의 영향을 받지 않을 수 없기 때문이다. 가령, 7차 교육과정 이후 본격적으로 중시되고 있는 '창의력'은 교육 내적 필요성도 있지만 '지식 기반 사회'에서 요구되는 사회의 변화에 기인한 측면이 더 강하다. 곧, 후기 포디즘이라 일컫는 '다품종 소량' 사회는 지속적으로 새로운 것을 생산할 수 있는 능력, 변화를 주도할 수 있는 능력을 중시하게 되었고, 그 과정에서 창의력과 '문학'은 급부상하게 되었음을 상기할 수 있겠다.

이제, 우리가 주목해야 하는 것은 현대의 '다문화 시대', 서사의 역할이다. 이미 우리는 다문화 사회에서 생활화고 있다. 다문화 시대에는 매체의 발달, 네트워크화된 경제 구조 등으로 문화의 다양성과 차이성이 극대화된다. 또한 그러면서도 역으로 생태 환경이나 대중매체 등의 힘으로 그 다양성은 획일화되기도 한다. 이처럼 다름과 같음이 동일한 힘으로 작동하고 있는 상황에서 우리에게 요구되는 것은 바로, 타자와의 문화적 소통 능력이다. 이 소통은 표준화된 공적인 규범에 의존하는 것이 아니라 사적이고 전인적인 상황 속에서 이루어지는 것이기 때문에 문화적 차이를 온전히 이해함으로써만이 가능하다. 이런 상황에서, 문학문화교육은 기존의 민족 문화 중심, 생활 문화 중심의 교육에서 문화적 소통 능력 중심의 기획으로 재구조화할 필요가 있다고 본다. 이 글은 비교 문학의 논의를 빌어와 문화적 소통 활동 중심의 서사 문화교육을 제시해 보고자 한다.

2. 서사문화교육의 과제

사실 기존에서 문학교육의 문화론적 접근은 문학을 확장하는 데 기여해 왔다. 우리는 이미 다양한 방식으로 문학 문화교육을 논의해 왔다. 기존에 논의된 '문학교육의 문화교육적 기획'은 크게 네 가지 정도로 요약될 수 있다. 첫째, 고급 정신문화 입문교육[27], 둘째, 생활 문화/대중 문화 교육[28], 셋째, 삶의 교육이 그것이다.

첫 번째 관점은 인문적 교양 획득의 차원, 그러니까 고급스러운 정신문화 전수 차원에서 문학을 주요 교과목으로 인정하는 것이다. 여기서는 문화유산과 인문 정신 습득이 주요 교육 내용이 된다. 둘째와 셋째의 관점은 비슷한 맥락이긴 하지만 약간의 차이가 있다. 두 번째 관점은 문학 활동을 대중적인 생활 문화 속에서 위치 짓고 문학어와 일상어, 고급문학과 대중문학의 가파른 이분법을 누그러뜨림으로써 일상적 삶의 맥락에 다가가는 교육을 지향하는 것이다. 학습자 중심의 관점에서는 의의가 있으나 '친숙하고 흥미 있는 내용'으로만 교육이 될 수는 없기 때문에 문제가 발생한다.

반면, 세 번째의 관점[29]은 문학과 다양한 지식, 매체와의 역동적인 상호작용에 초점을 두고 '문학을 통한' 초교과적 차원의 논의를 펼친다. 이 관점은 '문화'를 삶의 전체적인 방식으로 이해하면서 여러 영역을 통합적으로 고려할 수 있다는 장점이 있다. 문학을 문화의 하나로 본다면 문학은 독자적이고 전문적인 영역이라기보다 다른 영역들과의 '관계'에 위치하여 '접속'하며 또 이러한 접속을 통하여 새로운 문화 창조에 참여

---

27) 아놀드와 리비스 중심의 문학교육론이 이에 해당되며, 우리나라에서는 초기 문학교육의 중심 이론적 기반이었다. 우한용 외(1988), 『문학교육론』, 삼지원.

28) 이 관점은 고전문학교육과 매체교육의 관점에서 주로 논의되었다. 김대행 교수의 작업이 대표적이다.(김대행, 『국어교과학의 지평』, 서울대 출판부, 1995.)

29) 박인기(2005), 『문학을 통한 교육』, 삼지원.

하는 과정을 중시할 수 있다. 그리하여 교육에서도, 문학다움 그 자체의 전수보다는 인간이 세계에 주체적이고 창조적으로 참여하는 제반의 과정에 '문학'을 다양한 방법으로 '접속'함으로써 문학교육의 폭과 깊이를 갖출 수 있게 된다. 문학은 도착점이 아니라 출발점이다.

이런 논의가 문학교육의 지평을 확장하였다는 점은 분명하다. 그러나 우리는 문학이 가진 문화적 기능의 또 다른 면으로 눈을 둘려야 한다고 본다. 그것은 바로 소통 능력이다.

서사는 그 자체로 독특한 '지식의 형식'이고 또 '소통의 방식'이다. 서사학자들은 서사는 경험적이고 주관적인 판단에 기초한 지식을 형성하며, 나아가 '공감(정서적 반응)과 수평적인 대화'에 기반한 소통 방식이라는 점을 강조한다. 비교컨대, 논술이나 논문이 작가의 권위성을 전제로, 작가의 서사를 일방적으로 한 치의 빈틈도 없이 전달하려는 것이라면, 이야기는 그것이 문자적 서사이든 구어적 서사이든 간에 독자의 참여 속에서 진행된다.

특히, 서사는 문화적 이중 기능을 지니고 있어 문화적 소통 능력의 교육에서 의미있는 역할을 한다. 서사의 문화적 이중 기능이라 함은, 타자의 문화에 동화됨과 동시에 자신의 문화를 생산하는, 문화 통합과 분화를 동시에 지니고 있다는 점이다. 서사에는 독특한 공감의 기제가 있어 다른 문화를 받아들일 수 있는 태도와 다른 문화의 내용을 지식으로 안내한다. 서사를 통해 우리는 도저히 이해할 수 없는 것을 이해할 수 있게 되고 또 타인의 문화를 관용할 수 있다. 동시에 나의 서사를 자연스럽게 보태는 힘도 지니고 있다.

서사 모티프의 인류적 보편성과 문화적 차이성은 이 두 기능을 유연하게 수행할 수 있도록 한다. 서사는 본질적으로 초문화적, 초맥락적 모티프와 함께 상황이나 발화 주체에 따라 분화된 다양한 변이체들로 존재한다. 리꾀르는 이를 '보편적인 동사'와 '개별적인 주어' 간의 변증법이라 제시한 바 있는데,30) 인류의 삶과 관련되는 일반적인 모티프들은 문화권, 곧 사회, 문화적 상황이나 특정 집단에 따라 무수한 변이체들로 분화되는 것이다. 가령, '변신' 모티프는 신화에서부터 소설에 이르기까지 자주 등장한다. 하지만 이 모티프는 시대나, 지역, 또 여성화자냐 남성화자냐에 따라 무수히 다양한 변이체들이 있으며, 이는 끊임없이 다시 쓰여진다. 이처럼 서사는 문화적 보편성과 차이성을 동시에 함축한다는 특징을 지닌다.

그러나 이런 문화적 기능을 우리는 충분히 고려하고 있지 못한 듯하다. '단일한 작품', '단일한 서사의 원리'를 중심으로 이루어지는 현재의 교육은 여러 형태의 이야기 판본 중에서도, 오로지 한 편만을 선택하여 개인적 학습자의 읽고 쓰는 과정을 중시하고 있기 때문이다. 여기에는 문화적 보편성과 차이성을 동시에 성찰할 수 있는 기회가 주어지지 않는다. 이야기를 통해 동일한 주제가 다양한 문화에 따라 어떻게 다르게 변이되며, 그러면서도 동일하게 지속되는 것은 무엇인지, '다양성과 통합성'을 동시에 파악할 때, 이야기의 생명력은 살아나는 것이다. 수많은 제 2탄, 3탄을 만나고, 스스로도 새로운 제 4탄을 마련할 때, 서사교육에서 가능한, 진정한 '상상력 교육'이나 '공감적 소통' 능력은 가능할 것이다.

이를 위해서는 학습자의 자기 표현 기회를 확대하는 것만으로는 부족하다. 자신의 이해는 타자의 문화에 대한 이해와 분리될 수 없는 것이다. 이에 이 글에서는 '비교문학'의 방법을 기반으로 하여 다양한 문화적 전통들이 접속할 수 있는 서사교육의 방향을 제시하고자 한다.31)

---

30) Karl Kroeber(1992), *Retelling/Rereading*, Rutgers.
31) 관련 연구로는 임정옥(2001), "문학교육의 비교문학적 방법론 연구", 우리말글 23, 우리말글학회.

3. 문화적 소통 능력을 위한 서사문화교육

일반적으로 비교문학은 '국가간 문학비교'로 알려져 왔고, 특히, 문학적인 '영향'과 '전수'를 역사적 고찰에 중점을 두었다. 그러나 미국 중심의 비교 문학자들은 작품의 미적 특질을 중심으로 하여 다양한 영역과의 '관계망' 속에서 문학을 비교/대비하는 새로운 접근법을 선보인 바 있다. 이들에 따르면, 비교문학은 "문학을 한 문화를 구성하는 다른 요소들과 연관시키면서 탐구하는 태도"를 바탕으로 하여 "다른 문화적 영역에 속해 있는 작품들을 비교 연구"[32)하는 분야라 할 수 있다. 그리하여 1) 국외 문학 비교, 2) 국내 시대별(세대별) 문학 비교, 3) 다른 예술(매체)과의 상호조응, 4) 다른 지식 영역과의 비교 등으로 그 대상을 확장해 나가기도 한다. 물론, 이처럼 폭넓은 정의가 비교 문학자 내부에서는 학문적 엄밀함을 가로 막는다하여 비판의 대상이 되기도 하지만 역설적으로 비교문학이 특정의 방법이 아니라 '타자와의 만남'을 통해 문학을 이해하는 보편적 시각의 하나임을 보여준다는 점에서 보면 의미 있는 시각이다.

비교문학적 시각에 따른다면 단일 작품의 해석, 분석은 다른 작품과의 '비교'와 '대조'를 통해 문화적 보편성과 차이성을 확인하는 교육으로 확장될 수 있다. 사실, 7차 교육과정에서의 교재는 대부분 '단일한 텍스트'를 중심으로 읽거나 쓰는 활동이 주를 이루었다. 그러나 비교문학적 시각에 의한다면 모든 텍스트는 문화적 관계 속에서 형성된 것이기 때문에 그 자체로만으로 의미가 없다. 따라서 둘 이상의 작품이나 텍스트들을 '관계'짓는 일이 필수인 것이다. 관계 짓기 위해서는 공통의 범주가 공유되어야 한다. 지그버트 프라워는 『비교 문학연구』에서 다음의 비교문학적 연구 주제를 제시[33)하고 있다. 이를 텍스트 관계짓기의 기본 원리로

---

32) Yves, Chevrel, 박성창 역(2001), 『비교문학, 어떻게 할 것인가』, 민음사, 45면.

원용할 수 있을 것으로 판단되어 인용해 보겠다.

1. 자연현상(바다, 삼림), 인간 존재의 근원적인 문제(죽음, 사랑, 밥, 전쟁, 종교, 운명) 재현 관련 비교
2. 주요 모티프별(세 가지 소원, 마술 반지, 세 가지 임무, 황무지) 비교
3. 반복적으로 나타나는 상황별(부자갈등, 영원한 삼각관계, 골리앗과 대항하는 다윗, 새벽에 헤어지는 두 연인, 불가능한 예언의 성취 등) 비교
4. 사회적, 직업적, 도덕적 유형의 재현별 비교(기사, 여행자, 도시와 농촌, 노동자, 유태인, 죄수, 비겁한 군인, 잉여인간)
5. 유명인물의 문학적 재현 비교(프로메티우스, 지그프리트, 햄릿, 나폴레옹, 김일성, 이순신 등)

이러한 요소들 중 어떠한 변인을 중심으로 할 것이냐는 교육공동체가 합의해야 할 것이다. 다만 중요한 것은 이들이 제반 문화권을 가로지는 보편의 속성을 띠고 있어, 문화적 다양성을 구조화하기 용이하다는 것이다.

1) 상호 문화적 구조화

문화권에 따라 이야기의 공통 주제, 공통 모티프가 어떻게 다양한 판본으로 변형되는가를 대비함으로써 다른 문화를 쉽게 이해할 수 있을 뿐 아니라 자신의 문화적 정체성을 보다 선명하게 자각할 수 있다. 곧, 전설, 신화, 전래 동화, 소설, 영화 등을 공간(지역, 국가)별, 그리고 시간별로 대비함으로써 각 문화에 대한 '상호 문화'(cross-culture)적 이해의 지평을 열 수 있다는 것이다. 각 문화권의 유사점과 차이점을 이해함으로써 특정 문화에 대한 편견을 버리고 수평적인 이해의 시각을 열어 나간다.

---

33) 김현실(2001), 「주제사 연구의 전개」, 『비교문학의 새로운 조명』, 97~98면에서 재인용.

먼저 지역이나 국가 등 공간별로 대비하여 문화의 차이점과 유사성을 비교할 수 있다. 다양한 연구가 가능하겠지만[34] 이 글에서는 우리의 전통 설화인 「해와 달이 된 오누이」와 중국의 전래동화인 『론포포』[35]를 대비하도록 하겠다.

먼저 두 서사의 공통점은 보호자가 부재한 상황에서 외부 침입자를 물리치는 어린이의 이야기라는 점이다. 등장 인물, 문제 상황, 그리고 문제 해결에 있어 많은 부분이 유사하다. 먼저 이들 가족에는 아버지와 어머니, 혹은 아주머니가 없다. 한국의 동화는 홀어머니와 오누인데 반해 중국의 동화는 아주머니와 세 딸이라는 가족 구조상에서 차이가 난다. 또 한국의 어머니가 아버지 없는 집의 살림을 위해 고생하면서도 호랑이의 속임수에 쉽게 넘어갔다는 점에서 어리석은 면이 있는 반면, 중국의 '아주머니'는 할머니 집에 문안 인사를 갈 정도로 사교적이며 유연하다. 어머니가 부재하게 된 사연 역시 다르다. 한국이 생활고 때문인데 반해 중국은 사교적인 활동 때문이다.

두 이야기 모두, 어른이 없는 집에 닥친 외부 침입자가 사건을 주도한다. 다만, 한국은 그것이 '호랑이'인데 반해, 중국은 '늑대'이다. 한국의 호랑이는 어머니를 잡아먹은 막강한 지력과 완력을 가진 존재다. 반면 중국 설화에서 늑대는 주인 없는 집에 잠깐 들어간 영리한 존재일 뿐이다. 침입자의 성격이 다르기 때문에 주인공의 대응방식도 차이가 난다.

---

34) 1990년대 이후 이 방면에서는 동아시아 문학권 내 대비 연구가 다양한 각도에서 진행되었다. 조동일 교수는 동아시아 문학과 유럽 문학과 비교하여 동아시아 문학의 세계성을 입증한 바 있다.(조동일(2001), 『소설의 사회사 비교론』 1, 2, 3, 지식산업사.) 또한 한국문학과 동남아시아 문학을 대비하여 김동인의 『붉은 산』과 보코르 후타수홋(인도네시아)의 「총검」, 이상 문학과 호치민(인도네시아) 문학의 비교, 윤동자와 호세 리잘(필리핀)을 비교함으로써 동아시아 국가의 식민 통치와 이에 대한 문학적 대응 방식을 대조한 연구도 있다.(김혜순 외(2002), 『비교 문학의 새로운 조명』, 태학사.)
35) 에드 영, 김윤태 역(1996), 『론포포』, 보림.

한국 설화에서 오누이가 그의 교활한 꾀에 속아 넘어가지는 않지만 '도망'감으로써 위기 상황을 해결하려는 반면, 중국 설화에서 세 딸은 적극적인 기지로 늑대를 이긴다. 한국은 '오빠'의 용맹이 중국은 첫째 '딸'의 지혜가 돋보인다는 차이도 있다.

한국 설화는 하느님이 구원자로 등장하여 악한 호랑이를 벌하여 주고 착한 오누이를 구원하는 권선징악의 주제를 제시하고 있다. 여기서 오빠는 도망쳐 나와 하느님께 '기도'하는 행위가 중심이다. 반면, 중국 설화에서는 첫째 딸이 꾀를 써서, 늑대 스스로 자신의 탐욕 때문에 파멸하도록 한다. 한국에는 초월적임 힘이 있어 인물의 선과 악을 판단하고 권선징악의 자연적 질서로 인도한다고 되어 있는 반면, 중국 설화는 인물 자신의 노력과 지력으로 악의 현실을 해결해 나가는 인간적 힘을 강조한다.

따라서 두 이야기는 '약한 자의 강한 자 이기기'라는 모티프를 공통으로 가지고 있으면서도 한국 설화는 초월적인 질서와 착한 사람은 결국 잘되게 되어 있다는 식의 운명론적 가치를 중시하는 반면, 중국 설화는 인간적인 노력과 지혜를 강조하는 행위적 가치를 중시한다. 이렇게 양국의 이야기를 대비하여 읽음으로써, 한국적 문화의 특성, 중국 문화의 특성 양자를 개방적으로 이해할 수 있게 된다. 또한 한 걸음 더 나아가 약한 자의 꾀와 지혜를 다루는 이야기의 보편성을 인식하게 된다. 이를 간단히 요약하면 다음과 같다.

공통점	해와 달이 된 오누이	론포포
인물	홀어머니와 오누이	아주머니와 세 딸
문제 상황	보호자의 부재와 외부의 침입	보호자의 부재와 외부의 침입
문제 해결	침입자 격퇴, 오누이의 변화	침입자 격퇴

차이점	해와 달이 된 오누이	론포포
인물 성격	‣ 홀어머니 : 희생적이나 나약함 ‣ 오누이 : 영리하고 불쌍함 ‣ 호랑이 : 탐욕스럽고 영리함	‣ 아주머니 : 선함 ‣ 세 딸 : 영리함 ‣ 늑대 : 탐욕스럽고 어리석음
적대자	호랑이	늑대
구원자	하느님	없음
문제 해결주체	오빠	장녀
주제	권선징악	외부의 침입자를 물리친 지혜

동일 모티프나 주제의 변형은 공간별 대비 뿐 아니라 시간별 대비에 의해서도 가능하다. 전통적인 서사 모티프가 시간의 변화에 따라 어떻게 변모되는가를 시간별로 대비하는 활동이다. 가령, 혼사장애 모티프로 한다면, 고전 소설 〈춘향전〉, 1910년대 이광수의 「무정」, 2000년대 T.V 드라마 〈네 멋대로 해라〉(박성수 연출)를 비교 대비할 수 있다. 주된 갈등과 관련된 행위자가 누구이고, 갈등의 원인, 해결 주체, 해결 방안 등을 대비하는 과정은 각 시대별 추이에 따른 문화의 차이와 변화에 대한 인식과 함께 한다. 또 동일 설화의 주요 모티프가 지역별로 다르게 전승된 사례를 통해, 각 지역 문화의 차이와 공통점을 함께 읽는 작업도 가능하다.

물론 공간별 대비와 시간별 대비를 동시에 입체적으로 결합할 수도 있다. 가령, '백설공주' 이야기와 배수아의 〈안나 프란세스〉란 작품을 대비하여 교재로 편성할 수 있다. 두 작품은 여자 아이의 성장과 결혼을 담고 있으나, 후자의 작품은 서구적 모티프가 1990년도의 한국 상황에 수용되면서 변형되고 있다. 반드시 행복하지만은 않은 성장, 백마 탄 왕자님의 부정, 구원자보다는 자신에 의한 문제해결 등은 전통적인 백설공주

의 이야기와는 다른 모습이다. 그 공통점과 차이점을 읽음으로써 서양과
한국, 그리고 전근대와 탈근대의 사회, 문화적 차이와 유사점을 동시에
파악할 수 있게 된다. 이를 앞에서 서술한 활동으로 위계화하면 다음과
같다.

이러한 대비를 통해, 백설공주의 신비화된 이데올로기를 비판할 수 있
음은 물론이거니와 현재의 관점에서 과거를, 동양의 관점에서 서구를,
서구의 관점에서 동양을 이해할 수 있게 된다. 그 과정에서 문화적 가치
에 대한 개방적인 인식은 물론이거니와 이야기의 형식, 기능에 대해서도
다양한 인식이 가능하다. 이 인식은 단지 '인식'에 그치는 것이 아니라
창의성을 위한 토대가 된다.

2) 상호 매체적 구조화

다음은 상이한 매체나 표현 양식들이 서로 영향을 주고받는 텍스트들
의 대비이다. 이미 매체를 활용한 국어교육 방법이 다양하게 시도되고
있지만, 주로 '문학'을 중심에 놓고 '매체'를 부수적으로 이용하는 방법이
논의되고 있다. 하지만 상호매체성에 기반한다면 문학의 원리와 다른 매
체 혹은 다른 예술 양식의 원리가 상호 교류하는 측면에 관심을 둔다.
특정 그림을 소설 모티프로 차용하거나 거꾸로 소설의 모티프를 그림에
서 수용하기도 하며 나아가 이것이 제목으로 구체화되기도 한다. 이외에
도 음악적 요소를 활용한 시와 시적 요소를 활용한 음악, 건축이나 회화
의 원리를 구성에 활용한 소설이나 특정 패턴의 시 구조를 활용한 그림
등은 다른 표현 양식들이 서로 교류하여 영향을 주고 받는 현상이다.

이들 텍스트의 특징은 다른 예술 텍스트와의 일정한 관계 속에서만 존
재한다는 것이다. 이상 시가 근대 건축공법과 함께 하듯이, 김지하의
〈담시〉와 판소리 양식, 김동리의 〈무녀도〉, 이외수의 〈벽오금학도〉 등은

각각 미술과 문학이 특정의 관계를 형성하여 만들어진 것이다. 상호 매체적 관점은 특정 매체를 우위에 놓고 그것을 위해 다른 매체를 활용하는 것이 아니라 각 표현, 매체 문화의 수평적 영향 관계를 통찰함으로써 각각의 정체성과 특성을 파악하는 데 주안점을 둔다.

이렇게 되면 대중문화와 이른바 고급문화의 비교 역시 가능하다고 본다. 가령, 동일 모티프를 지니는 TV 드라마와 소설(동화), 이를 테면 예전에 방영된 바 있는 〈걸어서 하늘까지〉의 작품을 문순태 작가의 소설 판본, 텔레비전 드라마 판본, 영화 판본으로 나누어 공통점과 차이점을 비교한다면 각 매체 문화의 차이, 그러면서도 공유하고 있는 부분들을 파악할 수 있다. 특히 현대 사이버 상에서는 영상과 음성, 문자 등 다양한 매체들이 혼합, 공존하고 있다는 점에서 각 매체의 표현 특성과 가능성을 다른 매체와의 관련 속에서 이해한다는 것은 매우 중요하다.

3) 상호 담론적 구조화

마지막으로 문학 텍스트를 동일 주제를 지닌 다른 담론(지식) 영역과 대비할 수 있도록 구조화할 수 있다. 문학과 의학, 문학과 법학, 문학과 사회, 문학과 역사, 문학과 여성주의, 문학과 정치, 문학과 경제 등의 결합이 가능하다. 문학은 삶의 다양한 측면을 재현하는 만큼 제반 지식 영역의 내용을 포괄적으로 수용하고 있다. 하지만 동시에 허구적 개연성을 활용하여 기존 지식과는 다른 형식과 내용으로 지식을 생산하기도 한다. 문학 자체가 형상적 사고를 기반으로 한 지식이기 때문이다. 이런 점에서 동일 주제가 문학 텍스트와 비문학 텍스트에는 어떠한 유사점으로 혹은 어떠한 차이점으로 나타나는지를 분석한다면 다양한 정신문화를 대비할 수 있게 된다.

가령, '병'이라는 테마를 기준으로 삼아, 의학 사회학 등에서 쓰여진 각종 질환에 대한 특성을 담은 글과 특정의 '병'을 주요 모티프로 하는 현대소설을 대비할 수 있다. 이들의 공통점과 차이점을 이해하는 과정에서 과학문화와 문학문화의 개별적 특성이 인식될 수 있다. 가족이란 테마로 사회과학적 글과 소설 혹은 희곡을 대비한다면, '가족'에 대한 다른 영역의 정신 문화에 대한 이해로 나아갈 수 있다. 또, 같은 문학 내에서도 대비가 가능하다. 아동문학에서 '가족'을 다루는 방식과 성인 문학에서 '가족'을 다루는 방식, 고급 문화와 대중 문화에서의 차이가 그것이다.

이러한 활동은 '문학을 친숙하게 하기 위하여', '생활맥락'이나 '대중문화'와의 연관을 중심에 두었던 기존의 문학교육과는 분명히 구별되는 것이다. 대중문화와 고급문화, 또 교과로 구획되는 다양한 지식 영역간의 횡단과 교류를 통하여, 학습자들은 문학의 문화적 보편성과 특수성을 이해할 수 있도록 하기 때문이다. '쉽게 가르치는 것'이 학습자들의 흥미와 관심을 불러들이는 유일한 방법은 아니다. 오히려 학습자들의 지적 관심들과 접속하고 나아가 지적 도전과 실험에 동기를 부여하는 것이야말로 학습자의 자발성을 불러들일 수 있을 것이다. 이런 점에서 상호담론적 교재 구조화는 다양한 지적 관심과 문학을 접속시킬 수 있다는 이점을 지닌다.

4. 서사문화교육의 지향

다른 사회의 영역과 마찬가지로 교육 역시 사회와 문화적 변화에 민감하게 반응할 수밖에 없다. 기존의 교육은 주로 사회나 문화의 변화에 수동적으로 따라가는 입장이 강했다. 하지만 교육의 본질적 가치를 고려한다면 교육은 사회의 가치를 주도적으로 생산하는 역할이 인식되어야 할 것이다. 이 글은 21세기는 다문화 사회로 다양한 문화간의 교류와 소통이 필요해진다는 전제 하에, 기존의 문학교육의 기본틀이라 할 수 있는 개인적 활동 중심의 문학교육에 대한 대안을 모색하고자 하였다. 그리하여 단일하고 폐쇄적인 문학성 개념을 개방하고, 다양한 문화와 소통하여 문화간 보편성과 차이성에 동시에 참여할 수 있는 서사교육을 제시하였다. 서사물은 특히, 인류 보편의 공통된 주제, 모티프를 공유하면서도 그 것이 이야기되는 상황에 따라 다양하게 분화된다는 점에서 이런 교육은 서사물의 기본적인 본질에도 적합하다고 할 수 있다. 하지만 이를 교육과정으로 구체화하기 위해서는 문학능력 발달 단계와 학교 급별, 다른 국어교육/문학교육 영역과의 관계 등이 고려되어야 할 것이다.

제 3 장

디지털 시대, '문화적 기억'을 위한 문학 고전 읽기교육

1. 문학 고전 독서의 새로운 가능성

인류는 시대에 따라 자신의 읽기 방식을 개발해 왔다. 혼자만의 방에서 조용히 묵독하면서 상상력의 나래를 펼치는 성찰의 책 읽기는 우리에게 가장 익숙한 독서 방식이지만, 실은 근대 개인주의와 문자 중심의 문화의 소산이다. 근대 이전으로 거슬러 가면, '읽기'는 여러 사람들과 '함께 이야기하기'였고, 전통에 자신의 해석을 덧붙여 나가는 집단적 상호작용의 일부였었다. 그렇다면 오늘날의 디지털 시대는 어떠한가? 이처럼 독서 방식에 대한 역사적 접근은, 독서 문화의 다양성은 물론이고 독서 문화의 새로운 가능성에 대한 질문으로 안내한다.

디지털 시대는 고전 독서 문화에도 큰 변화를 가져오고 있고, 앞으로도 이 변화는 지속될 것으로 예상된다. 먼저, 고전 '텍스트' 자체가 다양하게 변용되고 있다. 많은 고전 자료가 디지털화되었고 디지털화될 예정으로 되어 있다. 또, 디지털의 비트라는 유연한 매체는 고전을 다양한 장르와 매체로 변용하고 있다. 이제 고전은 '읽을 거리'를 넘어서 보고, 듣고, 연행하는 복합 감각적 '놀 거리' 역할도 하고 있다. 또 고전의 위상과 독서 방식 역시 크게 변화하고 있다. 문자 매체의 물질적 실체가 고전 텍스트의 지적 권위를 이끌었다면, 디지털 문화의 임의성, 가변성, 상호구성성은 텍스트 내적 의미의 자기 동일성을 회의하게 만들고 있다.

디지털은 또, 모든 매체를 '재중계'함으로써 '기존의 자료와 매체에 대한 관계 방식'에서 큰 변화36)를 가져오고 있는데, 고전 읽기에서도 디지털 매체에 의한 중개와 재중개가 점차 늘고 있다. 그 결과, 독자들은 책 읽어주는 텔레비전 프로그램으로 자신의 읽기를 대체하거나, 컴퓨터의 독서 기계가 제공하는 서평이나 해석에 자신의 생각을 맡기는 등 독서의 진정성이 사라지는 부작용도 나타나고 있다.

이런 변화에 대한 기존의 입장을 보면, 한편으로는 문자 책의 진지한 독서와 디지털 기반의 가벼운 읽기가 분화될 것이라는 점을 전제로 전통적 독서 방식의 가치를 주장하는 입장37)이 있고, 또 다른 한 편으로는 변화된 조건을 고려하여 고전과 변용된 텍스트 간의 대화적 읽기38)를 시도하거나 또 디지털 문화 콘텐츠의 시각으로 고전 읽기의 방법을 새롭게 개척39)하려는 입장이 공존하고 있다. 물론 양자가 대립 관계에 있다

---

36) Pierre Revy, 김동윤·조준형 역(2000), 『사이버 문화』, 문예출판사.
37) 최병우(2003), 『다매체 시대의 한국문학 연구』, 푸른사상, 74면. 김상욱(2007), "디지털 시대 문학의 수용", 『디지털 시대, 문학의 길』, 푸른사상. 서유경(2008), "디지털 시대, 고전 서사물의 읽기 방식", 한국독서학회 21회 학술발표대회.
38) 박인기(2007), "디지털 환경과 문학 현상의 거시 전망", 『디지털 시대, 문학의 길』, 푸른사상. 최인자(2007), "영상물의 수사적 읽기를 통한 서사문화교육", 한국문학이론과 비평35, 한국문학이론과 비평학회. 황혜진(2007), "문화적 문식성 교육을 위한 고전소설과 영상 변용물의 주제비교", 『고전소설과 서사론』, 월인.
39) '문화 콘텐츠적 시각'은 이미 '문화 콘텐츠학'으로서의 위상을 부여받고 있다.

고 보기는 힘들겠지만, 전자는 문자 중심 독서 문화의 상대적 우위를, 후자는 매체 변용 텍스트들의 상호교류를 중시하는 경향성이 존재한다.

필자도 디지털이 책의 대체가 아니라 보완이라는 점에는 공감한다. 그러나 새로운 매체 환경은 고전 읽기 방식의 확장이라는 문제를 여전히 제기하고 있다고 본다. 그러니까 고전 읽기(읽기 교육)의 다원적 모델이 필요하지 않겠느냐는 것이다.40) 고전이 지니는 전범에 걸맞는 전통적 독서 방식 뿐 아니라 디지털 매체의 변화 속에서 개방·변용된 형태의 고전을 읽는 새로운 읽기 방식도 모색되어 통합적으로 운영되어야 한다.

이 글은 현대적 변용의 고전 텍스트들을, 고전 읽기의 본질로 고려하면서도 디지털 독서 문화의 긍정성을 십분 발휘할 수 있는 방식으로 읽을 수 있는 방안을 모색하고자 한다. 현재와 같이 디지털 환경이 인간의 인지론과 존재론 전반에 걸쳐 작동하고 있는 지금, 변화된 환경을 고전 독서에서 수용할 것인가 말 것인가 그 수용이 긍정적이냐 부정적이냐 하는 문제들은 소극적일 수 있다고 생각한다. 오히려 디지털 매체를 새로운 독서 문화 만들기의 기획에 적극 활용하는 문제,41) 그래서 매체 조건을 인정하면서도 매체 결정론에 빠지지 않고 디지털 문화를 더 가치 있게 활용하는 방안이 더 중요하다고 생각한다.

디지털 문화는 이전 시대와 단절된 전혀 새로운 시대가 아니다.42) 디지털 시대의 새로움은 인정하지만 그것은 인류 과거 역사에 깊이 뿌리 내리고 있다. 가령, 성경은 비록 책의 형태이지만 '하이퍼텍스트성'을 고스란히 간직하고 있다. 단일 저자를 넘어서 서로 다른 시대에 편집된 수많은 이질적 텍스트들을 추리고 합성하고 있기 때문이다.43) 디지털을

---

40) 박인기(2007), "디지털 환경과 문학 현상의 거시 전망", 『디지털 시대, 문학의 길』, 푸른사상.
41) Mark, Foster 김승현 이종숙 역(2005), 『미네르바의 올빼미가 날기 전에 인터넷을 생각한다』, 이제이 북스.
42) Mark, Foster, 김승현 이종숙 역(2005), 위의 책, 12면.

'중세의 부활'로 보는 견해44)도 이런 맥락일 것이다. 그런 점에서 우리가 모색하는 새로운 독서 방식도, 전혀 새롭고 낯선 어떤 것이라기보다 기존의 인류가 추구해 왔던 독서와 고전의 또 다른 본질을 되살리는 일이 아닐까 생각하고 있다. 또, '읽기 방식'은 특정의 주체성 형식이나 문화적 지향까지도 내장하고 있다고 할 때 새로운 독서 방식을 고려하는 문제는 고전 독서의 이념을 새롭게 정비하는 일과도 무관하지 않다고 본다.

2. 디지털 시대, 고전 변용 텍스트 읽기의 지향
   : '문화적 기억들'의 활성화

앞에서 지적하였듯이, 디지털 시대에서 일반 독자들의 '고전' 읽기는 변용된 텍스트 읽기로 간접화되는 경향이 있다. 이 글에서 다룰 〈심청전〉만 해도, 영화, 오페라, 발레, 개그 판소리, 소설, 희곡, 시 등 다양한 매체에서 문화 콘텐츠로 각색되고 있다. 그리고 이들 변용 텍스트들은 '비동시적인 것의 동시성'을 가능케 하는 디지털 매체의 엄청난 저장력으로 하여 고전 읽기의 또 다른 맥락으로 작용하고 있다. 그런데 과연, 이 변용 텍스트 수용을 고전 독서라고 할 수 있을까? 만약 그렇다면 '고전 독서'의 가치, 혹은 '고전 독서의 본질'라는 관점에서 이를 어떻게 규정할 것인가 하는 문제가 다시 제기된다.

일반적으로 '고전'(classic)45)은 오랜 세월 '시간의 검증'을 이겨내면서

---

43) Pierre Revy, 김동윤·조준형 역(2000), 위의 책, 213~214면.
44) Ronald J. Deibert(1997), *Parchment, Printing, and Hypermedia*, Columbia University Press.
45) 옥스퍼드 사전에 의할 때, '고전'의 개념은 크게 세 가지로 쓰인다고 한다. ① 과거에 쓰여진 작품(ancient), ② 훌륭한 가치를 지니고 있는 작품(classic), ③ 보편과 표

지속적으로 읽혀진 텍스트라 할 수 있다. 고전의 가치는 과거 텍스트가 오늘의 우리 삶과 맺는 관계와 기능에서 발생한다. 과거의 텍스트가 오늘의 우리에게 충분한 문제의식을 던져주고 또 미래적 의미에 열려 있을 때 그것은 고전으로서의 가치가 있다고 한다.46)

그런데 문제는 그 관계와 기능이다. 전통적 관점에서는 고전의 항구성, 탁월성에 주목하면서 보편적 공감력으로 이 관계를 설명하였지만, 근대 이후에는 고전의 역사성과 상대성이 부각되면서 고전의 의미를 특정 집단의 문화나 가치와 연관지어 그 가치를 맥락화, 역사화하는 경향이 있다. 이 때, 고전은 고정된 '의미 정전'이라기보다 다양한 해석에 열려 있는 '자료 정전'47)이라 할 수 있겠다. 커모드(Kermode) 역시, 고전 텍스트는 '기호의 잉여성'을 지니고 있어 다양한 가치 평가와 복수의 의미가 가능하다는 특징을 내세운 바 있다.48)

특히, 그는 고전 다시 읽기는 당대 독자와는 다른 에피스테메 속에서 이루어지기 때문에 원본 고전과 불연속적일 수밖에 없으며 변화와 다양성을 그 특징으로 한다고 지적하였다. 변용된 텍스트들의 의미는 원본 고전으로 환원될 수 없다는 것이다. 이는 전통과의 단절을 내세우는 현대 문화나 디지털 시대의 자유로운 변용 텍스트에 대한 설명으로 적합하다.

그러나 그렇다고 해도 변용 텍스트들을 원본 텍스트와의 연속성을 완전히 상실한 채 개별 텍스트로, 혹은 대체 텍스트로만 수용한다는 것은

준이 된 작품(cannon)이 그것이다.(조희정(2006), "고전 리터러시의 '시공간적 거리감' 연구", 국어교육 119, 한국어교육학회, 재인용). 본고에서는 ②와 ③의 의미로 사용하며, 특히, '문학 고전'을 중심으로 한다.

46) 이재선(2002), "우리에게 '고전'이란 무엇인가?", 시학과 언어학 3, 시학과 언어학회. 조희정(2004), "고전 리터러시를 위한 새로운 구도", 국어교육학 연구 21집, 국어교육학회.

47) 고규진(2004), "다문화 시대의 문학 정전", 독일언어문학 23집, 독일언어문학회.

48) Frank Kermode(1975), *The classics*, The Viking Press, pp.139~140.

바람직하지 않다. 비록 단절적이라고 하더라도 이들 텍스트들은 고전과의 상호 텍스트적 관계 속에서 존재하며 고전이 다시 읽혀지는 해석의 역사에 위치하기 때문이다. 고전 독서로서의 본질을 생각한다면, 양자 사이의 역동적인 상호 텍스트적 관계를 살리는 일이 중요한 것이다.

여기에 '문화적 기억'이란 개념은 고전 변용 텍스트 읽기의 의미를 생각해 보는 데 큰 도움을 준다. 야스만(Aleida Assmann)은 이전 텍스트와 이후의 텍스트가 상호적 관계를 맺고 생산, 수용되는 현상을 '문화 기억'(cultural memory)들이 전승, 수용, 변형, 재창조되는 과정으로 설명하였다.49) 그는 특히, '텍스트'를 다른 텍스트를 기억하는 인위적 공간으로 설명하면서, 텍스트 간의 상호적 관계를 의미의 전승과 변형이 이루어지는 문화적 맥락으로 위치시켰다. 이렇게 보면 변용 텍스트야말로 문화적 기억의 공간이라 할 수 있다. 그것은 오랜 세월의 지속을 통하여 전승된 그 집단의 문화적 기억을 전달할 뿐 아니라 나름의 새로운 의미를 간직하여 독자의 새로운 의미 구성을 개방하기 때문이다. 이런 점에서 '변형 텍스트' 읽기는 고전 텍스트와의 상호 텍스트성을 통해 당대의 문제의식을 중첩시키고, '문화적 기억들'을 활성화하는 것이라 할 수 있다.

특히, 고전 읽기를 이렇게 규정하는 것은, 디지털 문화에서는 남다른 의미를 띤다. '디지털 매체'는 세계 곳곳의 원격에 있는 것을 바로 눈앞의 대상으로 현존시키지만, 동시에 그것을 순간과 파편으로만 존재하는 휘발성을 지니기 때문이다.50) 이런 상황에서 '문화적 기억' 활동으로서의 고전 변용 텍스트 읽기는 그 순간의 기억들에 연속성을 부여하며 고전 독서의 가치를 살릴 수 있다고 본다.

---

49) 최문규 외(2003), "문화, 매체, 그리고 기억과 망각", 『기억과 망각』, 책세상. Aleida Assmann, 변학수 외(1999), 『기억의 공간』, 경북대 출판부. 이광복(2007), "문화적 기억과 상호텍스트성, 그리고 문학교육", 독어교육 39, 한국독어독문학교육학회.
50) 이기현, "정보사회와 매체 문화", 『매체의 철학』, 나남출판.

1) '문화적 기억'들의 활성화와 디지털 독서의 환경

문제는 고전 읽기에서 문화적 기억을 어떻게 활성화시킬 것인가? 어떻게 기억의 역동성을 살릴 수 있을 것인가이다. 야스만(A. Assmann)에 의한다면, 기억에는 여러 종류가 있다. 수학 공식이나 의식 절차처럼 과거의 것을 그대로 불러들여 저장하는 기술art로서의 기억과 과거의 것을 치환, 변형, 왜곡이 불가피한 생산적 에너지로 작동하는 활력 vis으로서의 기억이 그것이다. 또, "구체적인 당파적 관점을 지니고 살아 있는 특정의 구성원에게 속하는" "기능 기억"과 "모든 이에게 속하면서 동시에 그 누구에게도 속하지 않는 것으로서의 기억"인 "저장 기억"이 그것이다. 저장 기억은 기능 기억을 비판하고, 상대화하며, 새로운 대안 가능성을 모색할 수 있도록 한다.51) 고전 읽기가 '문화적 기억'을 활성화하기 위해서는, 기술보다는 활력으로서의 기억을, 또 특정 당파적 관점에 국한된 '기능 기억'보다는 이에 비판적으로 이의를 제기하고, 다른 가능성을 모색하는 '저장 기억'의 역할을 강화할 필요가 있다고 본다.

이를 살리는 읽기 방식은 무엇일까? 이 글에서는 디지털 환경이 제공하는 새로운 독서 방식을 적극 활용하는 방안을 고려해 보고자 한다. 논자에 따라서는 디지털 매체는, '메모리의 창고'일 뿐 기억의 물화된 공간이라 비판하기도 한다. 물론 디지털 매체의 기억 방식이 문자 특유의 비판적, 성찰적 기억과 거리가 있는 것은 사실이다. 그러나 디지털 매체는 엄청난 저장 능력을 가지고, 정보들을 종합적으로 가공하여 "예기치 않은 것들의 갑작스러운 결합을 통해 독자 및 수용자에게 새로운 지평을 열어주는" 일종의 충격의 미학에 기초한 기억을 작동시킬 수 있다는 이점이 있다.52)

---

51) Aleida, Assmann, 변학수 외 역(1999), 위의 책, 449~453면.
52) 최문규(2003), "문화, 매체, 그리고 기억과 망각", 『기억과 망각』, 책세상.

대표적으로 디지털 독서의 대표적인 방식인 하이퍼 리딩(hyper reading)의 원리가 그러하다. 하이퍼 리딩은 월드와이드 웹과 같은 매체의 힘을 빌어, 대등한 텍스트들을 서로 연관지어 다중 참조하면서, 전방위적인 네트워크로 수행하는 비선조적 읽기이다.53) 독자는 검색되는 다양한 자료들을 참조하여 자신의 독서 경로를 의도적으로 선택하여 비판적, 창의적으로 읽을 수 있으며, 그 과정에서 텍스트와 텍스트들 '사이'가 창출하는 여러 수사적 관계에 의해 예기치 않았던 새로운 의미들을 이끌어 낼 수 있다. 이 수사적 관계는 은유, 환유, 제유, 과장, 원인과 결과, 정체성과 반정체성54) 등 문학적 의미 구성과도 유사할 정도로 다양하다. 물론 이런 읽기가 사유의 역사성과 치밀함을 훼손할 여지가 있는 것도 사실이다. 그러나 새로운 텍스트적 관계 속에서 시도되는 고전 텍스트 읽기는, 고전의 배타적 중심화나 기능 기억의 고정성에서 벗어나 고전이 함축하고 있는 복수적인 의미들을 실현시킬 수 있다는 점 역시 중요하다.

디지털에서 상용화된 '하이퍼텍스트'라는 조건은, 고전 읽기에서도 '상호텍스트성'의 의미를 부각시키고 있는 것이다. 곧, 텍스트들의 열린 관계망 속에서 다중참조적인 '전방위적인 연결'이라는 환경을 제공하는 것이다. 이로써 문자 매체가 마련한 '전문화', '분리'를 극복하고 통합, 참

---

53) 이후는 다음 논의를 참조하였다. Ilana Synyder Edt(1998), *Page to Screen*, London and New York, pp.102~122.

54) Ilana Synyder Edt(1998), "Rhetoric of hyper reading critically", *Page to Screen*, London and New York, pp.102~122. 시나이더 Synyder의 의견에 따른다면, '반정체성'은 동일 주제어가 다양한 맥락(시기, 역사 등) 에 병치되어 있을 때 그 차이성을 내세움으로써 사고의 확장, 전환을 시도하는 링크의 방식이다. 반면, 정체성은 반대로 상이한 맥락에서도 공통점, 보편성을 찾아서 정체성을 획득하고, 그 공유 지점을 찾는 방식이다. 가령, '삼포 가는 길'이란 제목을 네이버 검색 엔진에 치면 이와 관련된 무수한 정보들이 검색된다. 황석영의 작품은 물론이고, 개인들이 쓴 수필, 삼포 가는 길 영화, 노래, 관련 참조 자료 등 음식점 이름이 등장한다. 이 때, 차이점을 추구하는 '반정체성'은 '삼포 가는 길'의 다른 매체, 다른 영역, 다른 문화들과 대비하여, 그 차이점을 살핀다. 반면, '정체성'은 그럼에도 이들 〈삼포가는 길〉에서 반복되는 상위의 공통적 의미를 추구한 것이다.

여, 상호작용의 독서 문화가 마련될 수 있다. 결국, 고전 읽기의 상호 텍스트적, 상호 매체적 연관은, 고전 읽기가 다른 사람들의 관점과 연결하여 고전의 다가적 의미를 살리며 입체적인 독서 방법을 구안할 수 있다는 장점55)이 있다. 이 때, 독자는 집단 속에서 참여하는 '매개적 자아'56)로서, 자기 자신만의 독자성보다는 관계 속에서 존재하는 유연한 존재로 흐름과 함께 변화되는 다중적 존재의 경험을 할 수 있다.

이 경우, 관건은 링크의 수사학, 곧 어떤 의도로, 어떤 관계의 텍스트적 관계들을 구성할 것인가 하는 점이다. 이 글에서는 고전과 변용 텍스트들 간의 대화적 관계 특히, 비동일적 소통 관계에 중심을 둔 읽기방식을 제안하고자 한다.

동일성의 소통57)이 고전과의 '공감'적 기억, 문화적 동질성에 중심58)을 두고 있다면, 비동일성의 소통은 문화적 차이와 불일치, 모순들을 오히

---

55) 외국 문학교육에서도 새로운 문학교수법(문학 읽기 방법)의 개념으로 '상호매체성'과 '상호텍스트성'을 제안하고 있어 눈길을 끈다. 이광복(2000), "독일 문학교육을 위한 새로운 문학교수법적 개념들", 독일언어문학 13집, 한국문학교육에서는 정재찬 교수가 '다원주의적 읽기 방식'(1997)을 제안하였고, 이후 상호텍스트성 중심의 독법 교육(2007)으로 구체화하였다. 정재찬(1997), "사회·문화적맥락 중심의 문학교육과정 내용 체계", 『문학교육과정론』, 삼지원, 232~233면. 정재찬(2007), "상호텍스트성을 통한 현대시 교육 연구", 국어교육학연구 29, 국어교육학회.

56) Charles T. Meadow(1999), *A Web of Converging Media*, The Scarecrow Press, pp.70~80.

57) 이 때 '동일성'은 상고주의적 전통에서 고전을 그 자체로 암기하는 활동을 의미하는 것만을 의미하는 것은 아니다. '고전 리터러시'를 '고전이 운용되는 맥락에 대한 이해와 그것의 활용 능력'으로 규정하고, 고전과 독자 자신과의 '조회'를 중시하는 경우에도, "자신이 접속하는 텍스트와 내가 직면한 상황 속에서 동일 코드를 찾아 내는 것이 조회의 관건"이라고 하여, 동일성을 중시한다(조희정(2004), "고전 리터러시를 위한 새로운 구도", 국어교육학 연구 21집, 국어교육학회).

58) 동일성 기반 소통이론은, 고전 독서 방법에서 많은 성과를 낳았다. 정병헌(2000), "고전문학교육의 본질과 시각", 이상익 외 『고전산문교육의 이론』, 집문당. 정운채(2000), "〈심청가〉의 구조적 특성과 심청의 효성에 대한 문화론적 고찰", 이상익 외, 『고전산문교육론의 이론』, 집문당, 204~211면. 서유경(2002), "공감적 자기화를 통한 문학교육 연구", 서울대 박사학위 논문. 조희정(2004), "고전 리터러시를 위한 새로운 구도", 국어교육학 연구 21집, 국어교육학회.

려 소통의 중요한 변수로 보려고 한다. 소통 이론가들 중에서도 공동체 주의자들에 따르면, 좋고/나쁨과 같은 가치 판단의 문제에서는 불일치와 차이가 오히려 소통의 본질적 요소라 할 수 있다. 그래서 타일러(Taylor, Charles)는 진정한 소통의 원형을, 서로간의 의견 차이를 내세우고 크게 소리 지르고 싸우면서도 오래 지속되는 친구 사이의 이야기에서 찾고 있다. 이런 소통관에 의한다면, 우리는 고전에서 오늘날 삶을 위한 지침을 발견할 수도 있겠지만, 오히려 고전에 저항함으로써 우리 삶을 예속시키고 있는 것을 통찰하거나 우리 문화의 문제점과 모순을 이해할 수도 있을 것이다. 이러한 고전 읽기는 고전 텍스트에 잠재된 다양한 가치와 복수의 의미를 발견하고, 고전을 통하여 "독자들은 '우리'가 되어 서로 어울려 살 수 있는 방법을 배우고, 소통"59)할 수 있다는 점, 그래서 보다 역동적인 문화적 기억들을 이끌어 낼 수 있다는 점일 것이다.

3. '문화적 기억'들의 활성화를 위한 고전 변용 텍스트 읽기 방식

앞에서 제시한 비동일성의 소통으로 문화적 기억을 활성화 화하기 위해서는, 세 단계의 독서가 필요하다고 생각한다. 첫째는 상호적 읽기의 단계이다. 상호적 읽기는 변용 텍스트들과 고전 텍스트를 서로 비추면서, 특정의 시각에서, 특정의 정체성으로만 저장된 고전의 '기능 기억'을 상대화하고 거리를 두며, 대안 가능성을 염두에 두는 것이다. 여기서는 상호 조명이 핵심이다. 두 번째 단계는, 비판적 읽기이다. 이 비판적 읽기는 변용 텍스트들이 어떤 사회 문화적 위치를 판단함으로써, 자신의 시각과 입장을 찾아가려는 노력을 하며 비판하는 것이다. 다음 세 번째

---

59) 송무(2002), "고전과 이념", 시학과 언어학 3, 시학과 언어학회.

단계는, 개작적 읽기 실천이다. 다시 쓰기를 통해, 자신의 시각에서 대안적인 모색을 하는 것이다. 이들은 대화, 비판, 재창조의 순환적 과정이라 할 수 있겠다. 이 글에서는 지면 관계상, 상호적 읽기만을 중심으로 서술하도록 한다.

1) '상호적 읽기'의 가능성

'상호적 읽기'는 고전과 고전 변용 텍스트 등 둘 이상의 상호 연관성을 지닌 복수의 텍스트들을 상호 조명하는 대화적 읽기이다. 대화란 둘 혹은 셋 이상의 존재가 쌍방의 관점에서 이해하여 차이와 불일치의 요소를 포함하면서도 보다 상위의 보편으로 소통하고, 새로운 것을 도출할 때 가능한 것이다. 여기에는 상호 이해의 정신이 포함되어 있는데, 이 정신에 의할 때 고전 텍스트와 변용 텍스트들은 차이점을 온존시키면서도 공통감을 잃지 않는 방식으로 소통할 수 있다고 본다. 이는 차이만을 강조함으로써 소통의 계기를 무시하는 탈구조론이나 탈식민주의론, 그리고 동일성만을 강조함으로써 소통의 역동성과 문화적 다양성을 무시하는 본질론적 관점을 모두 극복할 수 있다. 이 상호적 이해의 정신을 확장하면 상호적 읽기에는 상호담론, 상호매체, 상호문화 등 다양한 종류가 있을 수 있겠다. 이 글에서는 과거의 고전과 현재의 변용적 텍스트들 간의 상호 매체적 읽기와 상호 문화적 읽기를 시도할 것이다. 읽기 방식을 예증하기 위한 서술로, 작품 전체에 대한 실증적 분석은 제시하지 않도록 하겠다.

2) 상호 매체적 읽기

상호매체성은 특정 매체가 다른 매체로 전이되는 과정에서의 상호 연관성을 지칭한다.60) 상호 매체적 읽기에서는 매체로 변용된 텍스트들을 병치시켜 각 매체들의 특징적인 표현 방식과 지각 양식들을 상호 조명할 수 있다. 변용된 텍스트들은 상위의 보편성을 가지면서도 매체적 차이점을 지니는바, 그 공통점과 차이점을 서로 조명하는 과정에서 문자 매체로 실현되지 못했던 고전의 또 다른 의미, 대안적 의미를 탐색할 수 있다. 이 글에서는 애니메이션 〈왕후 심청〉61)을 상호 매체적으로 읽도록 하겠다.

〈왕후 심청〉은 고전 소설 〈심청전〉의 기본 서사 구조를 수용하면서 이 작품의 문화적 기억과 접속하고 있다. 애니메이션 장르로 기억하고 있는 '심청전'은 어떤 것일까? 〈왕후 심청〉은 2005년, 남북 공동 제작으로 만들어진 장편 애니메이션이다. 이 작품은 심청의 '인신공희'(人身供犧)와 '재생', 심봉사의 '개안' 등을 거의 그대로 차용하고는 있으나 애니메이션 장르의 속성으로 재해석이 이루어지고 있어 상호 매체적 해석이 요구된다. 매체는 단지 전달의 도구가 아니라 그 자체가 '메시지'이기 때문에, 고전의 '변용'에 각 매체의 논리가 어떻게 작동하고 독서 경험에 개입하는지를 서로 비추어 보는 일은, 다매체 시대 고전 재해석의 또 다른 방법이라 할 수 있겠다.

애니메이션 〈왕후 심청〉의 변형을 플롯, 인물 성격 창조, 서사 담론 면에서 살펴보도록 하겠다. 먼저, 플롯 면에서 본다면 〈왕후 심청〉은 고

---

60) 이와 같은 '상호매체성' 개념은 이광복의 개념에 근거한다. 특히, 문자 매체가 시각적, 청각적 매체로 전이될 경우 사용한다. 이광복(2007), "문화적 기억과 상호텍스트성, 그리고 문학교육", 독어교육 39집, 한국독어교육학회.

61) 이 텍스트는 넬슨 신 감독이 만든 애니메이션 '왕후 심청'(90분용 필름)이다. 이 작품은 7년간의 제작 과정을 거쳐 2005년 극장 상영하였고, 같은 해 트레본 국제 애니메이션 장편 영화제에서 경쟁 부문에 출품되었으며 2003년에는 안시 국제 애니메이션 영화제 프로젝트 경쟁부분 특별상을 수상하였다. 지금은 재개봉 계획 아래 시중에는 배포되어 있지는 않은 상태이다. 본 연구를 위해 스튜디오와 필름을 제공해 주신 넬슨 신 감독에게 감사드린다.

전 소설 〈심청전〉62)에는 없는 '선과 악'의 이분법을 가지고 오며, 이를 '고난과 성취(보상)'와 적극 결합하고 있다. '선'의 편에는 충신인 심봉사와 심청, 이들을 돕는 동물 조력자(가희, 단추, 터벙이)가 있고, '악'의 편에는 이 역적 이러니 대감, 뺑덕 어미, 뺑덕이가 있다. 기존의 인물 성격을 변형하고, 새로운 인물들을 첨가한 것인데, 특히 뺑덕 어미는 돈을 가로채기 위해 심청을 인당수로 보내는 존재로 적극적으로 변형되어 있다. 이런 인물 구도에서 플롯은 '선'의 인물들이 '악'의 인물들의 괴롭힘에 의한 '수난'과 그것을 극복함으로써 얻는 '성취'의 드라마로 압축될 수 있다. 곧, '충신 심봉사'가 역적의 모함에 의해 눈멀고 온갖 고난을 겪다가, 심청의 효심으로 개안하고, 심청은 왕후가 되는 서사 도식인 것이다.

이러한 서사에서 고전 소설이 핵심 주제인 심청의 '효'는, 오히려 부분적인 기능만을 하고 있다. 악이 축출되고 선이 복권되며, 탁월한 개인이 고난을 이기고 성취를 이룬다는 '성취의 서사'가 이루기 때문이다. 제목도 '왕후 심청'으로 되어 있듯이, "심청은 어떻게 왕후가 되었나?"라는 것이 오히려 중심 되는 서사 문제로 봐도 무방하다는 것이다. 그 결과 '효'는 고전 소설에서와 같이 깊은 고민으로 형상화된 인륜적, 윤리적 측면보다는 사회적, 정치적 보상 측면에서 가치화되고 있다.

이와 같은 변형은 애니메이션의 장르적 속성과 연관 지어 이해해 볼 수 있다. 애니메이션은 움직일 수 없는 것에 움직임을 부여하는 역동성으로 현실에 상상력을 가져오며, 또, 유아부터 성인까지 두루 수용자로 전제하기에 이들이 모두 감동받을 수 있는 보편 정서를 다루는 장르로 알려져 있다.63) 〈왕후 심청〉은 선과 악, 고난과 성취로 '효'라는 다소 추상적이고 밋밋한 주제에, 역동적이고 극적인 사건성을 부여하며 '고난과

---

62) 〈심청전〉은 판소리, 고전소설의 이본들의 내용이 매우 상이한 작품으로 알려져 있다. 이 글은 문학적 완성도가 뛰어나다고 평가받는 완판 을미본 심청전을 텍스트로 삼는다.
63) 박기수(2004), 『애니메이션 서사 구조와 전략』, 논형.

성취'라는 원형적 플롯으로 다양한 독자들의 감동을 유도하고 있는 일종의 애니메이션 전략을 활용하는 것이다.

나아가 이는 애니메이션 장르의 가장 생명인 '매력 있는 캐릭터 창출'에 적극 기여하고 있다. 이 작품에 등장하는 '심봉사'와 '심청'은, 고전 소설에 등장하는 인물들과 달리 매우 적극적이고, 능동적인 존재들이다. '심봉사'는 무기력한 존재가 아니라, 가족을 책임지기 위해 물건을 만들어다 팔고, 자상하며 침착한 인물이다. 또 심청은 당차고 적극적이면서도 매력있는 육체를 지닌 존재로 그려지고 있다. 그녀는 스님을 찾아가 비밀리에 공양미 삼백 석을 계약하고, 자신의 노동으로 이를 얻으려고 노력한다. 자신의 상황을 긍정적으로 받아들이고, 이를 해결하려는 의지를 지닌 존재인 것이다. 마을 사람들이나 장승상 댁 부인의 인정도 '효녀'가 아니라 '일 잘한다'는 개인적 능력의 탁월성 때문이었다. 이는 궁극적으로 '왕후 심청'의 자질에 대한 증빙이 되기도 하는 것이다.

그러나 이 작품은 애니메이션적인 완성도가 다소 떨어지며, 관객 동원에도 성공적이지 못했다.[64] 그 원인으로 생각해 볼 수 있는 것은, 다소 경직된 선과 악의 이분구도이다. 서사의 움직임이 인물의 의지나 동기보다는 이 선/악의 요소에 의한 간섭을 받기 때문에, 인물의 매력도도 많이 떨어진다. 가령, 인당수 제물이 될 것을 제의받은 심청은, 별다른 갈등이나 고민 없이 응낙한다. 이는 고전 소설에서 보여주는 '심청'의 인간적, 실존적 고민과 큰 차이를 보여주는 것이다. 또, 심봉사 역시, 양반 '충신'의 이념적 모습으로만 그려질 뿐, 개인적 욕망이 드러나지 않는다. 상황에 대한 주체적인 인식이나 내면적 갈등을 보여주지 않는다. 게다가 용궁에서 심청은 아무런 역할을 하지 않는 수동적 존재로만 그려지고 있

---

64) 5000명의 관객이 작품을 관람한 것으로 기록되어 있다. 김용범(2005), "고전소설 〈심청전〉과의 대비를 통해 본 애니메이션 〈왕후 심청〉 내러티브 분석", 한국언어문화, Vol.27, 한국언어문화학회.

다. 물론 '악'의 요소를 역적이나 탐욕과 같은 사회적 요소로 환원한 것
은, '영상 매체' 특유의 상상력이라고 하겠지만, '선과 악'의 구분 자체가
이미 '선'의 선험적 우위를 전제로 하기 때문에 심청과 심 봉사는 '선'한
존재로서 자기 증명을 할 필요가 없게 된 것이라 할 수 있다. 심청은 효
녀이고, 심 봉사는 충신이라는 것이 미리 전제되어 있기 때문이다. 결국,
당위적 윤리감, 양반적 혈통주의는 '효'의 중층적 의미를 단순화하고 있
는 기제라 하겠다.

그러나 이 애니메이션에는 또 다른 즐거움의 요소가 있다. 심층 구조
로 환원되지 않는 이질적인 서사 계열체들, 동물 조력자를 비롯하여 다
양한 인물 군상들, 뮤지컬의 청각적 요소, 화려한 영상들이 그것이다. 먼
저, 이 작품에는 통합체의 층위로 묶이지 않은 채 느슨하게 결합된 이질
적인 네트들의 계열체들이 산재하고 있다. 고난과 성취의 서사가 진행하
면서도 인과적으로는 연관되지 않는 '모험의 서사', '성장의 서사', 환타지
의 서사, '사랑의 서사' 등이 산견된다. 가령, 심봉사가 고향을 떠난 뒤
방랑하고 이무기 대감을 피해 도망 다니는 장면은 '모험의 서사'로서 긴
박감을 제공한다. 또, '성장의 서사'도 있다. 거위 가희가 스스로 날아 올
라 비상하는 대목이 그것이다. 또, 아버지의 뜻과는 별도로 자신의 사랑
을 찾겠다는 왕자, 그 왕과 심청의 만남, 심청에 대한 왕자의 애틋한 마
음에는 '사랑의 서사'가 담겨 있다. 이들은 애니메이션 특유의 '최종 기의
로 환원되지 않는 기표의 유희', '계열체의 이완'으로서, 심층 구조의 단
순함을 보완하여 수용자의 '참여적 향유'를 유도하고 있는 장치라 할 수
있겠다.

동물 조력자 인물군(텀벙이, 가희, 단추)도 또 다른 즐거움의 요소이다.
주로 심청과 심봉사를 도와주는 기능으로 국한되어 있지만, 전체적인 서
사 구조에 얽매이지 않고, 엉뚱하며, 실수가 많고, 웃음을 유발하는 등

의미의 잉여적 요소가 많아, 볼거리를 제공하고 있다. 또, 용궁 속의 화려한 영상과 초현실적 세계로 그려지고 있어 그 자체가 유희의 즐김이 된다.

이처럼 〈왕후 심청〉은 고전 소설에서 '효'의 주제를 반복 기억하면서도, 애니메이션 특유의 극적 전개와 매력 있는 캐릭터 유지를 위해 '선과 악', '고난과 성취'의 측면을 강화하고 '효'의 의미를 사회적 보상이나 개인적 성취 차원으로 변형하였다. 이는 고전 소설에서 보여주는 '효'를 둘러싼 실존적 갈등은 제거하고 인륜적 가치를 축소하되, 사회적 '보상'으로 전이한 것이라 할 수 있다. 대신, 심청에 내재해 있는 능동적, 적극적 성향을 부각시켰으며, 다양한 조력 주인공들의 삶과 연관된 다양한 요소, 가령, 사랑, 모험, 우정, 성장들로 계열체를 구성하여 수용자들의 복합적인 체험과 즐거움을 누릴 수 있도록 하였다.

3) 상호 문화적 읽기의 방식

상호 문화적 읽기는 이질적인 맥락에서 생성된 고전 변용 텍스트들을 고전 텍스트와 상호 연관 지어 상위의 공통점을 전제로 하면서도 차이점을 상호조명하면서 읽는 방식65)이다. 변용된 텍스트들은 고전의 재해석을 전제로 하지만, 그 해석의 관점은 상황과 집단에 따라 사회적으로 구성된다고 할 수 있다.66) 곧, 그들은 자신의 사회 문화적 위치에서, 고전

---

65) 외국 문학 교육에서는 정전화된 세계 문학 정전이 다양한 문화권에 따라 어떻게 변형되는가를 다루기 위해 이 개념을 사용하고 있다. 우리나라의 경우, 민족이나 국가별 문화 차이가 없다는 점은 이들 국가와 다르다. 그러나 '문화'의 범주를 어떻게 사용하느냐에 따라 '상호 문화'의 개념은 다를 수 있다고 본다. 본고에서는 다른 문화권역들 간의 관계뿐 아니라 동일 문화권 내에서도 분화된 하위문화들(시대, 세대, 성, 지역)과의 관계를 파악하는 범주로 사용하도록 한다.

66) 이 변용의 기제를, 리쾨르는 '보편적 서술／특정의 주체'라고 하여, 공통의 서사가 집단별로 재해석되는 양상을 제시하였다. Karl Kroeber, *Retelling／Rereading*,

이 제기하는 근원적인 이슈들에 응답하면서 문화적 기억들을 변형, 재구성67)해 나간다는 것이다. 이에 변용 텍스트들을 상호 조명하여 그들의 상이한 '문화적 기억'들을 서로 대화하게 함으로써, 고전 텍스트가 지니고 있는 복수의 의미들과 가치들을 드러냄은 물론이고 독자 자신의 의미 참여 기회를 넓히는 것이다.

이 글에서는 〈심청전〉의 변용 텍스트들이, '심청'을 재구성하면서 표상하고 있는 '여성성' 혹은 '여성상'68)이 시대에 따라 달라지는 양상을 상호 문화적으로 읽고자 한다. 〈심청전〉의 고전으로서의 가치는 주로 삶과 죽음, 효, 재생과 구원, 인간 본연의 분투와 같은 삶의 보편적 문제와 관련지어 주로 상징이나 문화적 원형의 차원에서 논의되었다. 그러나 고전을 현실 실제 경험의 세계와 연관 지어 분석하는 것도 필요하다고 본다. 고전의 감동은 현실 경험의 구체상을 공유함으로써 가능한 것이기도 때문이다.

이런 관점에서 〈심청전〉이 재현하고 있는 여성성의 문제를 읽기의 주제로 삼을 수 있다. 〈심청전〉은 '심청'이라는 여성 주인공의 삶을 주축으로 하면서 다양한 여성상을 함축하고 있으며,69) 현대적 변용 텍스트들도 대부분 '여자'로서의 '심청'의 삶이 주축을 이루고 있다. 고전의 주인공

Rutgers University press, p.44.

67) Kathleen McCormick(1994), *The Reading of Reading & Teaching of English*, Manchester University.

68) 이에 대해서는 여러 연구자들이 지적한 바 있다. 고은미(2000), 여성주의적 관점에서 본 판소리 〈심청가〉, 한국언어문학44집, 한국언어문학회. 유정숙(2005), "죄인 훈의 희곡 '달아 달아 밝은 달아' 연구", 우리어문연구 27집, 우리어문연구학회.

69) 〈심청전〉에서 '여성성' 혹은 '여성'을 문제 삼은 논의로는 다음이 있다. 고은미(2000), "여성주의적 관점에서 본 판소리 〈심청가〉", 한국언어문학 44집, 한국언어문학회. 유영대(2000), "〈심청전〉의 여성 형상-곽씨부인과 뺑덕어미를 중심으로-", 한국고전여성문학연구 1, 한국고전여성문학회. 진은진(2003), "〈심청전〉에 나타난 모성성 연구-〈효녀실기심청〉을 중심으로", 판소리연구 15, 판소리학회. 주형예(2007), "19세기 판소리계 소설 〈심청전〉의 여성재현-공감(共感)과 불화(不和)의 재현양식", 한국고전여성문학연구 14, 한국고전여성문학회.

들이 대부분 그러하듯이, '심청'의 성격도 다소 복합적이고 중층적이다. 최하층의 존재이면서 동시에 최상층의 존재이며, 가난과 출세, 정신적 요소와 육체적 요소, 수난과 구원 등의 복합적 요소가 내재되어 있어 다양한 반응을 유도한다는 것이다.

이 글에서는 70년대 〈달아달아 밝은 달아〉와 90년대 〈심청은 왜 두 번 인당수에 몸을 던졌는가?〉에 나타난 여성성의 담론을 시대적 문화의 차이를 중점적으로 고찰하도록 하겠다.

먼저, 70년대, 최인훈의 희곡 〈달아 달아 밝은 달아〉의 심청 재현에 나타난 여성성의 의미를 살펴도록 하겠다. 이 작품은 〈심청전〉의 인신공희, 그리고 지닌 죽음과 재생이라는 기본 플롯을 그대로 차용하면서도, 작가가 처한 70년대적인 문제의식으로 하여, 그 의미와 가치를 의도적으로 전도하거나 변형하고 있다.

심청의 '인신공희'의 의미를 보자. 이 작품에서 이 모티프는 두 가지 의미를 띤다. 하나는 '몸을 판다'는 '인신공희'가, 〈심청전〉과 같이 초월적 질서에 대한 믿음을 바탕으로 한 제의적 성격에서, '인신매매'라는 근대의 물신적 행위로 바뀌어 있다. 여기에는 계약자와 피계약자가 있고, 이익을 보는 사람이 있다. 계약자는 중국 남경 상인이라는 국외자와 뺑덕어미이다. 이익을 보는 사람도 이들이다.

또 다른 하나는, '인신공희'가 심청의 진정과는 무관하게 심봉사의 자기 욕망에 따른 것임을 보여주어, '효'라는 이념의 허위성을 폭로한다는 점이다.

(가)
심청 : 백미 삼백 석을 어디서 얻으려구.
심봉사 : (머뭇거리며), 왜, 네가 전날에 하던 말 있잖냐?
심청 : 무슨 말?

심봉사 : 그, 장부자네가 너를 수양딸로 삼겠다던 말.
심청 : (기가 질려서 한참만에) 그랬지요.
심봉사 : 그 말이 불쑥 하도 서럽된 김에 생각나서 내가 그만.
심청 : 실은 수양딸이 아니라 그 집 소실로 오라는 말이었어요.70)

(나)
뺑덕 어미 : (중략) 청이로 말하면 대국나라 색주가 고대 광실 높은 집
   에 분단장을 고이하고 밤마다 저녁마다 풍류 남자 맞고 예니 도화동
   이 구석에서 비렁뱅이 한 평생에 비할 건가?
심봉사 : 그럴까?
뺑덕어미 : 더 이를 말씀이오. 그러다가 운만 트이면 고관대작 눈에 들
   어 부귀영화 누릴 텐데
심봉사 : 그럴까?
뺑덕어미 : 제가 효도를 하여 이름이 천추에 남겠다 몸이 호강하여 팔
   자혁 펴 이룩하니 이 아니 곱재기 효도요?
심봉사 : 듣고 보니 과연 그렇군. (270~271면)

(가)에서 심봉사는 자기 욕심을 채우려는 욕망의 화신으로 (나)에서는
딸을 팔고도 양심의 가책마저도 느끼지 않는 아버지의 모습으로 그려져
있다. 심청이 내면화하고 있는 아버지와 실제의 아버지는 엄청난 간극이
존재하는 아이러니적 상황인 것이다. 〈심청전〉에서 심청은 아버지에 대
한 인정으로 인당수에 갈 것을 결정하고도 자신의 운명에 대한 깊은 갈
등을 보여준다. 그러나 이 작품에서 '심청'은 아버지의 욕망을 내면화한
결정일 뿐 자신의 주체적 판단을 내리지는 않는다. 이런 모습은 심청의
선택이 가부장적 이념에 의한 것임을 보여주는 것이다. 이런 맥락에서
심청의 인신공희는 '희생'에 불과한 것이라 하겠다. 이는 고전 〈심청전〉
의 기억에 대한 저항이며, 의미 전도라 하겠다.

---

70) 최인훈(1979), 『옛날 옛적에 훠위이 훠이』, 문학과지성사, 259면. 이후는 면수는
   표기함.

따라서 이 희곡에서는 '용궁루'에서의 죽음, '귀향'의 의미 등도 변형된다. 먼저, 이 희곡에서 '용궁루'는 성적 착취라는 현실적 코드로 재해석되고 있다. 이곳은 '용'으로 불리어지는 남성들이 '빚'에 몰린 심청을 감금한 채 '헝클어져버린 해당화꽃'처럼 파괴하는 곳이다. 특히 작가는 그림자극의 형태로 행위의 선과 음향 효과만을 살려 그 폭력성을 단순하고 강렬하게 제시하고 있다.

이곳에서 심청은 '효녀'가 아니라 '조선에 온 꽃'이며 단지 '매춘부'일 따름이다. 그녀는 성적 장면에서 '인형'을 쓰는 것으로 자기 자신을 상징적으로 표현하는데, 이는 '인형'처럼 영혼 없는 물질로 대상화되고 있음을 보여주는 것이다. 푸코가 말했듯, 여성의 몸은 육체성을 넘어서 역사적 수난을 고스란히 보여주는 존재라고 할 때, 아무런 '말'도 하지 못한 채 침묵 속에서 고난을 겪고 있는 여성의 몸은, 성적 수난과 학대에 시달리는 식민화된 존재로서의 모습을 대변하고 있다. 특히, 배경이 '중국'(용궁)과 '일본'(해적선)으로 되어 있는데, 제국주의 대 식민주의는 성애적 관계로 반복[71]된다고 할 때 심청의 식민화된 수난의 몸에 대한 가해자는 '남성' 뿐 아니라, 제국주의로까지 확대될 수 있다. 일본 해적선에 잡혀, 성적 학대와 보수 없는 가사 노동으로 감금되어야 하는 상황은 식민화된 수난의 여성의 몸을 극단적으로 보여준다. 그런데 흥미로운 것은, 심봉사도 역시 '용띠'임을 표나게 내세우고 있어, 아버지와 딸조차도 가해자와 피해자의 구도로 만나고 있다.

조선시대와 같은 가부장 사회에서, 여성이 사회적 보상과 인정을 받을 수 있는 것은 효녀 혹은 열녀라는 호칭이었다. 또 반대로 이들 호칭은, 가부장제 사회의 이념을 유지하는 보상기제기도 하였다. 효녀 '심청전'에 대한 '기능 기억'은 주로, 이 보상 기제와 함께 한다. 그러나 이 희곡은

---

71) Rita, Felski, 김영찬·심진경 역(1998), 『근대성과 페미니즘』, 거름.

이 기능 기억을 거부하고, 심청을 사회적 희생양이 된 모습으로 보여준다. 해적(일본)들의 수탈에 의해 '머리가 세고, 허리는 굽고 할머니가 되고 눈이 먼' 그녀는, 효녀가 아니라 '괴물', '미친 청이'로 대접받는다.

희생양은 위기에 처한 질서를 바로잡기 위해 지배적 권력을 가진 사람이 수행하는 합법적 폭력이다. 희생양으로 선택되는 사람은 뒷탈이 걱정 없도록 하기 위해 주변부적인 존재, 이국적인 존재, 결함이 있는 존재 등, 특정의 표지가 있는 사람으로 선택된다. 심청의 경우, '맹인'이라는 이유도 있지만, 무엇보다 결정적이었던 것은, 물신화된 다른 사람들과는 달리 '효'와 '낭만적 사랑'의 순수 정신만으로 살고 있다는 점이다. 그녀는 노래 가사처럼 "초가 삼간 집을 짓고 양친 부모 모셔다가 천년만년 살고지고"를 꿈꾸었고, '낭만적 사랑'의 관점으로 용궁 이야기를 들려준다. 그러나 아이들에게조차 그것은 놀림거리가 될 뿐이다. 순수함은, 오히려 '희생양'의 표지가 되어, 그녀를 소외, 격리시키는 계기인 셈이다. 이처럼, 농락당하는 육체와 고귀한 정신의 모순과 갈등은 이 희곡이 기억하는 여성성이다. 이는 70년대 군부독재와 근대 물신주의, 제국주의적 폭력 구조에 대한 작가의 문제 제기적 성격을 띠고 있으며, 동시에 여성의 추상화된 낭만 정신의 허위성을 비판하는 것이기도 하다.

이처럼 '심청'을 근대화 과정에서 국가 권력에 의한 희생양, 혹은 식민화된 몸의 존재로 기억하는 방식은 여러 텍스트에 나타난다. 최두석의 시, '심봉사─아버지가 죽었을 때 하던 일 중단하고 꼬박 삼년상을 치렀다는 한 양공주의 삶에 대하여'도, '심청'은 식민지적 근대화 과정에서 가족의 생존을 위해 양공주가 되었고, 흑인 아들을 데리고 살다가 죽은 여성의 삶72)을 지칭하는 은유로 활용되고 있다. 시인은 이 땅의 사내를 모두 '심봉사'라고 하며 심청을 근대화 과정에서의 역사적 희생자로 제시

---

72) 최두석(1990), "심봉사─아버지가 죽었을 때 하던 일 중단하고 꼬박 삼년상을 치렀다는 한 양공주의 삶에 대하여", 〈성에꽃〉, 문학과지성사.

한다. 또, 조선일보 기사문(2008년도 3월 3일)에서도 '두만강 심청'이라고 하여, 인신 매매 브로커에 의해 '중국으로 팔려가는 조선의 딸'을 '심청'의 은유 도식으로 표현하고 있다.[73]

그러나 이런 인식과 달리, '심청'에서 여성의 '모성성'을 기억하고 있는 작품이 있다. 90년대 〈심청이는 왜 두 번 인당수에 몸을 던졌는가?〉(오태석)이다. '모성성' 혹은 '모성적 사유'는 자녀를 보살피고, 돌보며, 키우는 일련의 모성적 역할에 의해 만들어지는 속성이다. 사라 러딕(Sara Ruddick)은 자녀들이 느끼는 두려움과 사회적 위험을 제거하고, 그들의 생명을 보존하며 안전하게 양육하기 위해, 모성적 활동은 '보존'(preservation), '성장'(growth), '사회적 적응'(social acceptable)을 담당할 것을 요구받는다고 하였다. 이를 위해 모성적 경험은 보호, 훈육, 양육의 활동으로 구성된다.

〈심청이는 왜 두 번 인당수에 몸을 던졌는가?〉에서 '심청'은 이런 모성적 활동을 잘 보여준다. 이 작품의 '심청'은 고전 소설에 나오는 인물과 같이 순수한 도덕성을 지니고 있는 인물이다. 또한 다른 인물의 고통에 공감하고, 그들을 보살피고, 배려하는 이타적인 존재이기도 하다. 그녀는 배금주의로 생명이 위협받는 현실에서 생명을 치료하고 보살피는 존재인 것이다. 가령, 그녀는 아무도 거들 떠보지 않는 다친 '세명'을 도와주어야 한다고 설득하며 용왕의 꾐에 빠져 팔려가는 어린 소녀들 구해 집으로 돌려보내려고 인당수에 투신한다. 이는 '위험'에서 구출하여 '안전'하게 생명을 유지하는 '보존'에의 의지라 할만하다. 또 돈을 위해 화염병

---

73) 기사 내용을 간단히 보면 다음과 같다. 제목은 "'두만강 심청'이고, 소제목으로 '굶어 죽어가는 가족 위해 4만 6000원에 중국으로 조선의 딸들이 팔려간다'로 되어 있다. 가족을 위한 희생양의 개념으로 '심청'을 은유하고 있다. 또, 국가 권력에 의한 희생양으로서의 여성상 역시, 양공주, 정신대 위안부 할머니들이 존재한다. 황영주(1999), "심청전 읽기로 본 한국에서의 근대 국가와 여성", 한국정치학보 34-4호, 한국정치학회.

제조업자가 되는 '세명'을 바로잡고자 불을 지르는 일을 하기도 한다. 이는 올바른 길로 안내하는 '훈육'의 성격을 띠고 있다. 그녀는 인물들이 어려운 상황에 처할 때마다 그들의 고통에 동감하며, 삶의 의지를 북돋워 주고자 노력한다. 자신의 과거를 되돌아 보고, '어머니'와 '집'이라는 정서적 원천을 일깨워 주는 것이다.

> "잊지 말아요. 젖소 서른 세 마리. 고향 가서 엄마 만나요."[74]

> "나 심청이요. 내가 인당수에 뛰어들어 줬더니 남경 뱃사람들 억심만큼 법디다. 알았죠. 그거 노나갖고 집에 가요. 엄마 만나고 좋은 사람 만나 순애 모냥 애 낳고 살아요." (46면)

기존 연구[75]에서는 이 '심청'을 서사에서 적극적인 성격을 지니고 있다기보다는 관찰자나 문제 제기적 기능에 충실한 것으로 지적되어 왔다. 물론 '심청'은 적극적인 행위나 주체적인 판단을 하는 존재는 아니다. 그녀가 '용왕'이나 '세명'에 비해 그 역할이 축소되어 있는 것은 사실이다. 그러나 이러한 모습은 모성성에서 중시하는 '수용성'으로 해석할 여지가 충분하다. 그 근거로 '심청'의 이타성이 '용왕'을 비롯한 다른 인물들의 탐욕적이며, 광기어린 '이기성'과 선명하게 대비되고 있다는 점을 들 수 있다. 이 소설에서 세속적인 현대인의 전형으로 등장하는 용왕은, 자기를 도와 준 '세명'을 모른 척하고, 처녀들을 사들여 매매춘을 하려는 배금주의적 인물이다. 게다가 심청이 돌아 본 90년대의 서울은 인명 경시와 배금주의, 가치 전도로 광기 어린 폭력성이 난무하는 반(反)생명적 공간이

---

74) 서연호 편(2005), 『오태석 공연 대본 전집 10』, 연극과 인간, 24면. 이후는 면수만 표기함.

75) 유인경(2002), "오태석 연극에 나타난 그로테스크-〈심청이는 왜 두 번 인당수에 몸을 던졌는가〉를 중심으로", 한국극예술연구, Vol.16, 한국극예술학회.

다. 이는 극단적인 '육체의 훼손'과 '죽음'으로 나타나고 있다. 심청은 이 훼손을 치료하고, 보살펴 생명본래의 곳으로 되돌리는 역할을 하고 있는 것이다. 결론적으로 이 작품은 고전이 지닌 '인신공희'와 '대속'의 모티프는 반복하였지만, 물에 빠진 심청이가 현실에 돌아온다는 모티프를 변용하여 90년대 한국 현실의 문제 상황으로 재가공하였고, 이를 효과적으로 드러내기 위해 '심청'을 여성이 지닌 모성성으로 기억하고 있는 것이다.76)

이제까지 살펴본 바, 70년대 희곡 〈달아 달아 밝은 달아〉, 90년대 희곡 〈심청이는 왜 두 번 인당수에 몸을 던졌는가?〉의 문화적 기억을 서로 비추어 보면, 고전 '심청'의 여성성은 복수적 의미로 개방된다. '식민화된 몸을 가진 희생양', '보살핌의 이타적 존재'가 그것이다. 이처럼 상호 텍스트적 관계에서, 고전을 읽을 때, 우리는 고전에 담긴 고정된 의미나 가치보다는 이 속에 있는 이슈, 딜레마, 문제들을 확인하고 오히려 의미를 역동적으로 생산할 수 있다. 여성과 국가, 여성과 자본주의, 여성과 가부장적 제도, 여성 수난의 개인사와 사회사, 구원자로서의 여성 등의 이미지가 그것이다. 이 이슈들에 답을 하는 과정은 독자가 다양한 문화적 기억들과 교섭하고, 해석하여 참여함으로써 자신의 정체성을 찾고 새로운 의미를 생성하는 과정이라고 할 수 있다.

4. 융합과 참여를 위한 읽기

디지털 문화는 융합과 참여라는 큰 흐름을 만들어 내고 있다. 디지털 시대, 문학 고전의 읽기 방식에 대한 모색 역시 이로부터 자유로울 수 없을 것이다. 디지털 시대, 고전 독서 방법은, 고전 텍스트의 변용과 디

---

76) 이러한 기억은 황석영의 〈심청—연꽃의 길〉(문학동네, 2007)로 이어지고 있다.

지털이라는 환경의 변화를 고려하여 모색되어야 한다. 이 글은 현대적 변용의 고전 텍스트들을, 고전 읽기의 본질로 고려하면서도 디지털 독서 문화의 긍정성을 십분 발휘할 수 있는 방식으로 읽을 수 있는 방안을 모색하고자 하였다.

변용된 고전 텍스트가 고전 독서로서의 가치를 갖기 위해서는, 고전 텍스트와의 상호연관성을 고려하는 '문화적 기억들'의 활성화가 매우 중요하다는 점을 밝혔다. 곧, 변용된 고전 텍스트 읽기는 고전 텍스트와 상호 연관성을 통해 문화적 기억들을 전승, 변형하며, 새롭게 창조할 수 있는 가능성을 모색하는 것이어야 한다는 것이다. 그러나 이것이 단순히 과거 고전에 각인된 문화적 기억들을 전달받는 데 그치지 않으려면, 이를 활성화하기 위한 읽기 방법이 필요하다. 이를 '상호적 읽기' 방법으로 모색하였다. '상호적 읽기'는 고전과 고전 변용 텍스트들을 대화적 관계로 규정하고, 상위의 공통점을 전제로 하면서도 다양한 차이점, 불연속성을 부각시켜 읽는 방식이다. 고전은 보편적 공감력을 지닌 존재이기도 하지만 저항할 존재이기도 하다는 것이다. 이런 상호적 읽기는 고전을 고정된 의미로 규정하는 관습화된 기능 기억에서 벗어나 복수의 다가적인 의미로 이끌어내어, 독자 자신의 정체성에 입각하여 선택하고, 새로운 의미를 개척할 수 있을 것으로 보았다. 이를 〈심청전〉의 변용 텍스트들로 상호 매체적 읽기와 상호 문화적 읽기를 확인해 보았다. 애니메이션 〈왕후 심청〉에서는 애니메이션의 장르적 속성에 따른 원작과의 차이를 비교함으로써, 매체의 속성이 문화적 기억에 어떻게 영향을 미치는가를 읽었다. 상호 문화적 읽기에서는 심청의 여성성에 대한 기억들이 시대에 따라 변모되는 양상을 상호 조명함으로써, 고전 작품의 다가적, 복수적 의미망을 되살려 새로운 의미 생성의 기초로 잡고자 하였다. 물론 이 상호적 읽기는 비판적 읽기, 개작적 읽기 등과 함께 결합될 때 효과를 발휘할 수 있을 것으로 본다. 상호적 읽기만 논의하여, 필자가 의도하였던 읽기 방식의 전체상을 보여주지 못하였다는 점을 아쉽게 생각한다.

제 2 부

서사능력발달과
서사문화 경험

제 1 장 _ 서사 능력 발달의 성별 패턴 비교 연구

제 2 장 _ 아동기와 청소년기, 서사 창작 경험의 발달 특성

제 3 장 _ 중학생의 학년별 서사 문화 발달 양상

서사 능력 발달의 성별 패턴 비교 연구

1. 서사 능력 발달 연구의 필요성

이 글은 초·중등 남녀 학생을 대상으로 하여 서사 표현 능력 발달 과정에 나타나는 남녀 차이를 실증적으로 분석하고자 한다. 연구 방법은 횡단적 비교 연구(cross-sectional study)이다.

사실, 발달 연구는 그 중요성에 비해 상대적으로 소외된 연구 분야이다. 교육적 위계화나 수준별 교육 등과 관련지어 점차 관심이 높아지고는 있지만, 연구에 엄청난 시간과 비용이 들어가는 등의 이유로 하여 본격적인 실증 연구는 아직 초기 수준이다. 하지만 발달 연구가 국어교육의 질적 심화를 중요한 영역이라는 점은 누구나 인정할 것이다. 비고츠키의 지적대로, 가장 의미있는 교육은 학습자의 현재의 발달 상황과 잠재적인 발달 가능성 사이에서 설계될 수 있는 것이라면, 국어교육의 질적 심화를 위해서는 학습자의 발달 특성에 대한 실증적이고 구체적인 자료를 확보할 필요가 있다. 가령, 교사가 발달 프로필에 대한 정보를 지니고 있다면, 그/그녀는 학습자 개개인의 현재 능력을 집단적 준거에 기초하여 진단할 수 있고, 또 이후의 발달 과정을 예상하고 학습자의 '발달 서사'에 적합한 교육 내용을 설계할 수 있다. 교육적 의사 결정에서 개인과 집단의 발달 과정에 대한 기초적 이해는 필수적인 것이다.

기존의 발달 연구는 주로 이론 연구 형태로 진행되었다.1) 특히, 수준별 교육과정의 도입에 따라 많은 연구가 이루어졌는데, 엄밀히 말한다면, 기초적 발달 연구라기보다는 발달의 국어교육적 활용과 관련된 연구라 할 수 있겠다. 특히 서사 능력과 관련해서는 학년에 따른 교재의 장르별 분배 문제2), 서사 능력의 단계별 위계화3), 초등학생의 서사 교재 위계화4)가 연구된 바 있다. 이러한 연구는 초·중·고에 이르는 교육 내용의 위계화, 체계화에 필요한 기초 자료를 제공하였다는 점에서 그 의의가 있다.

하지만 이제는 발달 연구에서도 다양한 접근이 필요하다. 기존의 연역적 가정에 기반한 보편적 발달 모델은 그 탈맥락적 한계를 고려하여 경

---

1) 신헌재(1995), "아동문학 작품 선정을 위한 기준 고찰", 국어국문학114호. 국어국문학회. 김종철·김중신·정재찬(1998), 『문학영역의 수준별 수행평가 모형 탐색』, 서울대 국어교육연구소. 김중신(1994), "소설 교재의 위계화(位階化) 가능성에 대한 고찰", 국어교육연구 11, 서울대 국어교육연구소. 김창원(1997), "초·중등 문학교육의 연계 연구", 한국초등국어교육 13, 한국초등국어교육학회. 김상욱(2001), "초등학교 아동문학 제재의 위계화 연구", 국어교육학연구 12, 국어교육학회.
우한용 외(2001), 『서사교육론』, 동아시아.
2) 신헌재(1995), "아동문학 작품 선정을 위한 기준 고찰", 국어국문학 114호. 김중신(1994), "소설 교재의 위계화(位階化) 가능성에 대한 고찰", 국어교육연구 11, 서울대 국어교육연구소.
3) 김종철·김중신·정재찬(1998), 『문학영역의 수준별 수행평가 모형 탐색』, 서울대국어교육연구소. 우한용 외(2001), 『서사교육론』, 동아시아.
4) 김상욱(2001), "초등학교 아동문학 제재의 위계화 연구", 국어교육학연구 12, 국어교육학회.

험적 실증적 연구로 보완되어야 한다. 이상적인 발달 모델은 일반화, 보편화의 장점이 있음에도 불구하고, 문화적 차이를 전혀 인정하지 않는다. 한국인과 미국인은 인간적 보편성과 문화적 차이성을 동시에 갖는데 이상적인 발달 모델에서는 동일성에만 초점을 둔다. 특히, 21세처럼 문화 변동의 주기가 빠르고 또 다양한 하위문화로 분화되는 상황에서는 이상화된 단일모델만으로는 사회·문화적 변화에 능동적으로 대응하기 힘든 측면이 있다. '지금, 여기'의 학습자들이 어떻게 발달해 나가는가에 대한 경험적 연구가 필요한 것이다. 이에 이 글에서는 다음의 방향으로 발달 연구에 접근하고자 한다.

첫째, 발달을 사회·문화적 맥락에서 접근하는 해석적 관점을 취한다. 이는 학습자의 발달을 사회·문화적 맥락, 곧 '학습자가 소속된 집단이나 일상적 상호작용, 그리고 문화 환경에 '위치'(situated)시키고 그 발달의 특성을 해석하려는 것이다. 능력의 우열보다는 학습자가 소속된 사회적 집단의 정체성, 문화 환경과 발달의 관련성에 중심을 둔다.

둘째, 보편적인 단수의 발달 모델보다는, 문화적, 개인적 차이에 따라 달라지는 다성적인 발달 모델에 관심을 둔다. 발달을 능력별 위계화라는 다소 단선적이고 수직적으로만 이해하는 시각은 교육이 추구하는 이상적 모델을 확고하게 설정할 수 있는 장점이 있다. 하지만 학습자의 문화적 배경의 차이를 고려할 때 '다르게 발달한다'는 식의 수평적 다양화의 발달관도 필요하다. 실제 7차 교육과정은 학습자의 '수준'과 '관심'의 다양성에 맞는 교육을 중시하고 있는데, 이는 '학습자의 개성을 존중하자'는 식의 당위적 선언만으로는 구체적인 교육 성취로 이어지기 힘들다. 교사가 우리나라 학습자의 실제적인 능력과 개성을 예측 가능한 패턴으로 이해하고 각각의 장점과 단점을 파악하고 있어야 그들의 개성을 살리는 일도 가능해진다. 이에 단일한 발달모델에 기반한 목적론적이고 위계적 단계보다는, 다소 불연속적일 수 있는 각 단계가 처한 발달 과제의 특수성에 주목할 것이다.

셋째, 언어 발달에서 '능력'과 '개성', 곧 '기능 발달'과 '스타일의 발달'을 종합적으로 고려하고자 한다. '언어 기능'은 표준적이고 일반화된 잣대로, '언어 스타일'은 학습자의 정체성이나 삶의 맥락과 관련된 언어적, 발달적 차이를 진단할 수 있다. 가령, '짜임새 있는 구조를 만들 줄 안다'는 표현 기능 차원에 속하는 문제이지만, 반면 '어떤 형태의 구조를 잘 만드는가' 는 표현 스타일 차원의 문제가 된다. 전자는 기본 능력 관련 정보를, 후자는 학습자의 관심과 문화, 인지적, 정의적 특성에 대한 정보를 준다.

이러한 관점을 실현하기 위해, 이 글에서는 크게 세 가지 문제를 해결할 것이다. 먼저, 서사 발달의 사회 문화적 접근과 관련된 이론적 문제들을 살펴보고 서사 발달의 지표 범주를 설정한다. 다음, 남학생과 여학생의 서사적 글쓰기에 드러나는 수행 능력과 서사 스타일의 발달 과정에 나타나는 특징을 분석한다. 이를 바탕으로 서사 발달 단계와 경로에 대한 가정을 세우고 관심별 교육을 구체화하는 방안에 대해 제안하기로 한다. 단, 미리 말해두고자 하는 것은 여학생과 남학생을 구분 짓고 그 본질적 차이성 규명에 관심을 두고 있지는 않다는 것이다. 현실 상황에서는 남학생 스타일을 지닌 여학생도 있고, 또 여학생 스타일의 남학생도 존재할 수 있다. 다만, 성별의 문제가 초 · 중등 학생들의 발달에 개입하는 중요한 문화적 변인이라 판단하고, 학습자의 발달적 개성을 판단할 수 있는 핵심적인 범주로 활용하고자 한다.

연구 방법은 질적 사례 연구이다. 연구 참여자는 초등학교 1, 3, 5학년, 중학교 1, 2, 3학년5) 남녀 학생 각각 20명씩, 120명이다. 이들에

---

5) 현장 연구 시기는 4~6월이다.

게 두 가지 수행 과제를 제시하였다. 하나는 만화("개구리야 어디있니?"라는 25컷 만화)를 제시하고 이야기글로 전환하는 것6)이었고, 또 다른 하나는 '커닝'이라는 제목의 허구적인 서사문 쓰기였다.7) 공간은 학교 교실이었다. 또, 교사(30명)와 학생(글쓰기에 참여한 학생)을 대상으로 남녀 문학/서사 능력에 관한 설문을 시행하였다. 자료 분석 방법은 이론 연구에서 추려낸 서사 발달 지표였다. 객관적인 연구 결과를 위해 석 달의 시차를 두고, 자료를 두 번 분석하였다.

이 글의 한계는 1) 글쓰기 과정에 대한 진단은 하지 못했다는 것, 2) 개별 사례 연구이기 때문에 일반화에 한계가 있다는 점, 3) 종단적 발달 연구를 전혀 하지 못했다는 점이다. 그러나 이 문제들은 한 편의 글에서는 해결하기 어려울 것이며, 지속적인 논의로 보완되어야 할 것이다.

2. 서사 발달 연구의 쟁점과 사회 · 문화적 접근

서사 능력(narrative competence)은 인간의 언어 능력 중에서 가장 먼저 발달하는 영역이다. 만 5~6세면 특별한 교육 없이도 말이 되는 이야기, 재미있는 이야기에 대한 분별이 가능하다고 한다. 서사 발달은 인지 심리학, 사회 언어학, 문화론 등 다양한 입론을 바탕으로 연구되었다8)

---

6) 이 만화는 소년이 잃어버린 개구리를 찾는 25컷의 간단한 구성으로 되어 있어 중, 고등학생에게도 적합한 자료인가에 대해 의문을 가질 수도 있다. 그러나 Ruth A. Berman은 성인 발달 연구에서도 이 자료를 활용하여 국제적 비교 연구를 수행한 바 있다. 우리나라 자료를 활용할 수도 있겠지만 이후 외국 학습자와의 국제적 비교 연구도 가능하다는 점에서 이 자료를 선택하였다. Ruth A. Berman(1994), *Relating Events in Narrative : A Crosslinguostic Developmental Study*, Lawrence Erlbayum Associates.

7) 이 글에서는 지면 관계상 전자의 과제만 분석하기로 한다. 후자는 제목만 주고 거의 자유 창작으로 진행되었기 때문에 남녀의 서사 스타일을 중점적으로 논의할 수 있다. 따라서 남녀의 서사 스타일 관련 논의는 이후 다른 지면을 활용하여 발표하도록 한다.

하지만 서사발달은 서사에 대한 관점에 따라 사뭇 그 결과가 달라지기 때문에 이론적 쟁점과 과제를 살펴보면서, 이 글의 이론적 위치를 밝히고자 한다.

서사 발달 연구의 주요 쟁점은 형식적 요소와 내용 요소를 어떻게 결합하느냐, 무엇을 서사 발달의 지표로 보느냐 하는 것이다. 70년대 인지론과 구조주의에 기반한 서사 발달 연구는, 서사 형식, 특히 서사 구조가 완성되어 가는 과정을 사고 능력의 발달 과정과 결합하여 발달 단계를 설명하였다. 가령, 애플비 Applebee9)는 서사 구조(narrative structure)의 발달 단계를 비고츠키의 인지 발달 단계에 맞추어 구조화하여 '나열하기'(Heap), '장면제시'(Seaquence), '원시적인 서사'(Primitive narrative), '비중심화된 연결'(Unfocused chains), '중심화된 연결'(Focused chains), '서사'(Narrative) 등의 단계로 설정하고, 각 연령별 발달 단계를 배치한 바 있다. 이러한 발달 단계는 매우 논리적이지만 내용 요소와는 무관하게 서사 형식적 측면만을 위계화하고 있기 때문에 정작 이러한 표현이 어떠한 사고나 어떠한 상징행위와 연관되어 있는지에 대한 종합적 정보를 얻지는 못한다. 서사 형식의 발달 과정만 본다는 점이다.

이러한 사정은 인지 심리학자들이 제시한 '스토리 문법'(story grammar)이나 '서사 도식'(narrative shema)도 마찬가지이다. 이러한 개념은 학습자들이 스토리를 '회상'하는 방식을 고찰하여 그들의 서사를 이해하는 방식과 인식을 파악하기 위한 것이었는데 이 역시, 위계화된 행위와 사건들, 인과 관계의 구조, 플롯 장면의 단위 등 고정된 형식 규칙을 중

---

8) 이에 대해서는 Bamberg, M.(1997)가 1) 구성주의적 입장 2) 상호작용적 입장 3) 비교 문화적 입장 4) 사회 문화적 입장 5) 형식적 입장으로 정리한 바 있다. Bamberg, M.(1997), *Narrative Development Six Approach*, Lawrence Erlbaum Associates.

9) Applebee, A. N.(1978), *The child's concept of story: Ages two to seventeen*. University of Chicago Press, pp.58~62.

심으로 서사 발달에 접근하고 있다. 여기에는 모든 서사 형식에 잠재되어 있는 보편 도식만을 전제하고 있어 학습자의 다양한 표현과 정체성을 포괄하지 못하고, 학습자 자신의 문화에서 발달을 보지 못하는 탈맥락적이라는 점이 아쉽다.

이러한 한계를 극복하려는 관점으로 라보프Labov류의 사회 언어학적 관점과 문화론적 관점의 발달 연구10)를 들 수 있다. 라보프는 청자를 앞에 둔 자기 이야기 서사물을 대상으로 하였고, 어린이부터 성인까지 폭넓게 고찰하였다. 그는 서사 표현에서 사건을 재현하는 요소와 사건을 평가하는 요소를 분리시키고 나서, 표현주체의 관점과 전망이 서사에 투영되는 '평가'적 요소를 발달의 질과 관련되는 핵심 문제로 주목하였다. 곧, 구조주의와 같이 서사의 구조와 형식을 미리 정하지 않고 표현 주체가 사건을 자신의 관점에서 평가하고 그 주제를 얼마나 다양한 방식으로 효과적으로 표현하는가를 발달 지표로 삼은 것이다. 이 관점은 텍스트의 미시적인 부분까지 정교하게 고찰할 수 있다는 장점이 있음에도 불구하고, 텍스트 그 자체에만 초점을 두고 있어 형식주의적이라는 한계가 있다. 또, 과연 '평가적 요소'가 발달의 최종적인 지표인가에 대해서도 의문을 던져 볼 수 있다. 평가적 층위 외에도 서사에는 소통적 층위가 존재

---

10) 이 관점은 1980년대 중반부터 90년대에 이르기까지 많은 연구결과를 냈다. Ruth A. Berman(1994)는 이 글에서 사용한 "Where is frog?"의 만화를 다양한 언어권, 연령층에게 제시하여 그 차이를 분석하였는데, 장면이 전환되는 부분을 영어권이나 독어권은 얼마나 다른 방식으로 표현하는지, 문화권(동양과 서양)에 따라, 사건에 대한 평가적 시각이 어떻게 달라지는가 등을 연구하였다. 이외에도 다음의 연구가 있다. Bamberg Michael(1991), "Binding and Unfolding: Towards the Linguistic Construction of narrative discourse", *Discourse Process* 14, Sage Publication. Bamberg Michae & Robin Damrad-Frye(1991) "On the ability to provide evaluative comments: further explorations of children's narrative competencies, *Child Language* 18. Cambridge University Press. Bamberg Michael(1994), "Actions, events, scenes, plots and drama. Language and the constitution of part-whole relationships", *Languages Sciences*, Vol 6.

하기 때문이다. 3장에서 설명하겠지만, 이 글에서는 재현/평가의 이분법
을 넘어서, 재현/평가/소통의 3분으로 서사 수행을 설명하도록 하겠다.

이에 반해 사회·문화적 맥락에서 해석적으로 접근하는 연구는 서사
형식과 문화적 정체성의 연관에 주목하였다. 서사는 경험에 의미를 부여
하는 상징 활동이라고 하여 서사 형식을 표현 주체가 세계를 어떻게 이
해하고 있는가, 사회 현실을 어떤 이미지로 받아들이고 느끼는지 하는
일종의 의미화 방식과 연관 지어 파악하였다. 따라서 어린이들의 이야기
에는 그들의 문화에 익숙해 있는 사회적 가치들, 구조화된 관계들이 묻
어 있다는 것이다.11) 따라서 표현 주체는 소속된 집단이나 문화 환경의
사회 문화적 맥락 속에서 인식되었다.

학습자는 무색무취의 보편적인 존재가 아니라 특정 지역에 거주하며
특정 집단의 사람들과 대화하며 특정 매체와 특정 문화적 자원의 영향력
을 받는, 여자거나 남자이고, 중산층이거나 하류층이며, 도시에 있거나
농촌에 있으며, 책을 주로 보거나 인터넷을 주로 보는 존재인 것이다.
서사 능력 역시 그들이 어디에 속하느냐에 따라 다른 스타일, 다른 양식
으로 나타난다는 것이다. 때문에 '서사 능력'은 단일한 형식으로 고정될
수 없으며, 특정의 관심과 가치의식에 따라 여러 서사 스타일이 교차하
는 '장(field)', 곧 복수의, 역동적인 공간으로 이해될 수 있다. 외국의 경
우 인종, 성별, 계층 등 하위문화에 따른 서사 발달의 차이에 대한 연구
가 매우 활성화되어 있다.12) 이런 관점은 서사 발달을 서사 형식에 얼

---

11) Pam Gilbert(1994), "And They Lived Happily Ever After: Cultural
Storylines and the Construction of Gender", *The Need for Story*, Anna
Haas Dyson & Celia Genishi, The National Council of Teachers of
English, pp.124~138.

12) 가령, 헤스 Heath(1983)는 계층과 인종에 따라 서사 발달의 양상이 다르다는 점을
밝혔는데, 아프리카 노동자층의 아동의 이야기는 다소 감정적이고 대상을 종합적으
로 보는 서사 패턴을 사용한다면, 백인 중산층 아동의 이야기는 다소 객관적이고 분
석적 서사 패턴이다. 그런데 학교의 언어 문화는 후자에 가깝기 때문에 흑인들이 적

마나 숙련되어 있는가 하는 것만으로 볼 것이 아니라, 그들이 세계를 이해하고 경험 의미를 부여하는 방식에 대한 나름의 문화 문법까지 고려해야 한다고 지적하여 많은 시사점을 준다. 하지만 교육적 관점에서 본다면 보완이 필요하다. 학생들의 현 문화에 대한 이해는 도와주지만, 교육적 전망은 제시하지 않기 때문이다.

이 글은 사회 언어학적 관점과 문화론적 관점, 언어적 접근과 문화적 접근을 포괄적으로 수용하여, '서사 수행 능력'과 '서사 스타일'을 통합적으로 다루고자 한다. 양자는 이론적 패러다임에서는 서로 분리되어 있지만 교육의 현실에서는 연계될 수 있다. '능력 교육과 정체성 교육'은 상호적이기 때문이다.

전자는 서사 표현의 기능과 전략에 얼마나 숙달되어 있는가 그 장점과 단점은 무엇인가를 다룬다. 다만, 정해진 서사의 구조, 형식을 숙달하는 기계적 과정으로 보지 않고, 자신의 의도와 주제를 실현하기 위해 일련의 서사적 형식을 기능적으로 활용하는 측면에 주목하겠다. 후자 '서사 스타일'은 학습자의 사회 문화적 정체성이나 자신의 문화적 배경을 존중하면서 정체성과 자아 성장의 측면에서 그만의 독특한 발달적 개성을 다룬다. 이는 학습자의 언어문화를 '그들의 시각'에서 이해할 수 있다는 장점을 지닌다. 그들이 정서적으로 이끌리는 테마는 무엇이며, 이를 상상하는 방식은 어떤 것인지, 또 그 과정에서 어떤 문화적 자원들을 활용하는지에 대한 정보를 얻을 수 있다.

이 글의 주제로 삼고 있는 '남녀'라는 성적 정체성의 차이와 관련된 연

응하기 힘들다는 점을 밝혔다. Heath, S. B.(1983), *Ways with Words: Language, life, and work in communities and classrooms*, Cambridge university Press. 이외에도 다문화적 접근이 있었다. Bruner, J.(1986), *Actual minds, Possible Worlds*, Havard University. Wertsch, J. V.(1991), *Vocies of the mind : A Sociocultural Approach to Mediated Action*, Havard University Press.

구는 상당히 진척되어 있는 편이고, 또 대립적인 견해도 있다. 가령, 니코폴로우A. Nicolopoulou[13],는 여자 어린이는 규범과 질서(order) 지향적인 서사를 보여주고, 남자는 혼돈(disorder) 지향적인 서사를 보여준다고 제시하였다. 여자 어린이는 인물들을 결혼과 가족을 중심으로 관계화하고, 중심이 있으며 일관되고 확고한 구조의 이야기를 즐기는 반면, 남자 어린이는 싸움과 해체, 파괴 중심의 플롯과 산만하고 역동적인 구조의 이야기를 즐기며, 물리적, 규범적 위반과 드라마틱하고 강렬한 이미지에 긍정적이라고 하였다.

하지만 이러한 연구 결과는 '4세~5세의 아동'의 경우이다. 성인의 경우는 다른 결론이 나오기도 한다. 서사 연구는 아니었지만 도덕 인식을 통해 길리간Gilligan[14]은, 여자는 관계 중심적, 맥락 기반적인 이야기가, 남자는 규범과 질서에 기반한 위계적인 이야기가 나타난다고 주장한다. 하지만, 대부분의 연구자들은 남녀는 이야기 능력과 스타일 모두가 다르다는 점을 인정하고 있다.[15] 하지만 이런 연구는 어린이 서사물(child

---

13) Ageliki Nicolopoulou, "Children and Narratives: Toward an Interpretive and Sociocultural Approach.", Michael Bamberg(1997), *Narrative Development Six Approach.* Lawrence Eribaum Associates, Publishers.

14) Gilligan Carol, 허란주 역(1992), *In a Difference Voice*, 『다른 목소리로』, 동녘.

15) 흥미로운 것은 그러한 차이가 생겨난 이유에 대한 분석이다. 가령, 사라 미쉘은 Sarah Michaels은 부모와 함께 시간을 보내는 이야기에서 상호작용의 패턴이 남녀가 다르다는 점을 강조하였다.(Michaels, S(1981), "Sharing time : Children's Narrative Styles and differential access to literacy", *Language in Society*, 10, Cambridge University Press.) 또, Tuck, Bayliss, Bell(1985)는 여자 어린이는 이야기를 잘 하긴 하지만, 주로 집안 활동, 옷, 로맨스, 판타지 세계, 요정, 마녀, 말하는 동물이나 상업적 장난감에서 나오는 형상들만을 전형적으로 주로 다루고 있다고 하여 낭만적 요정물에의 감염을 문제시하였고 또 이 때문에 여자 어린이들이 탁월한 이야기 능력에도 불구하고 사회적으로 인정받지 못한다고 지적하였다. (Warhol Robyn(2001), "How narration produces gender : Femininity as effect and effect in Alice Walker's The Coolor Purple", *Narrative 9*.Ohio State University Press.) 이외에도 필드 벨렌키는 여성들은 남성과 달리 감각과 주관적인 내면을 중시한다는 인식적 특징에 주목하였다.(M. Field Belenky, B.

narrative)에 한정되어 있고, 또한 서구모델이라 한국적 상황에서의 구체적인 논의가 필요하다.

3. 남녀 초·중등 학생의 서사 수행 능력 발달 프로필

1) 서사 발달 지표 설정

이제, 초·중등학생의 서사 수행 능력 발달을 살펴보기로 한다. 먼저, 발달 과정을 진단할 수 있는 발달 지표 설정이 필요하다. 그 지표는 기존의 이론을 원용할 수도 있겠지만, 미리 규정하기보다는 실제 사례의 내용을 해석하여 재구성하고자 한다. 미리 규정된 발달 지표는 자칫 실제의 발달 사례를 충분히 고려하지 못한 채 선언적인 재단평가를 할 우려가 있기 때문이다. 다만, 서사 표현의 과정은 미리 분절화 해 놓고 각 요소를 정리할 것이다.

서사는 특정의 화자가 시간적으로 연속된 사건을 전달하는 장르이다. 이를 라보프Labov식으로 분석한다면, 사건에 대한 '재현 행위'와, 또 서술자의 '담화 행위'적 측면으로 나눌 수 있을 것이다. 이 구분은 특히, 서사 발달 분석에서 효과적이다.16) 왜냐하면 발달의 형식적인 요소 뿐 아니라 내용적인 요소까지 종합하여 분석적으로 살필 수 있기 때문이다. 다만, 아쉬운 점이 있다면 너무 범주가 커서 다소 추상적인 측면이 있다는 것이다. 반면, 라인하르트Reinhart17)는 이런 문제를 해결하기 위해

McVicker Clinchy, N. Rule Goldberger, Jill(1986), *Women's ways of Knowing*, Basic Books.)

16) Reinhart(1997), "Narrative Theory and Narative Development : The Labovian Impact", *Journal of Narrative and Life History 7*, Lawrence Erlbaum Associates.

1) 서사적 층위 2) 평가적 층위 3) 설명적 층위로 세분화한 바 있다. 이는 재현의 층위를 평가적 층위로 구분하고, 서사 전개를 다시 서사적 층위와 설명적 층위로 나누는 등 보다 구체화되어 있다. 그러나 본 연구에서는 이를 수용하면서 3) '설명적 층위'를 '소통적 층위로' 바꾸고자 한다. 그 이유는 학생들의 글을 검토한 결과, 서사적 층위나 설명적 층위가 아님에도 단지 독자의 이해를 돕고 미적인 효과를 위해 이야기를 풀어나가는 경우가 많다는 점을 확인하였기 때문이다. 서사 본질의 한 축이 '소통'에 있다고 한다면 이는 더욱 타당하다고 생각한다. 다만 층위에 따라 발달의 선후가 다를 수 있고, 또 특정의 영역을 표현하는 방식도 다양할 수 있다는 점은 충분히 고려되어야 한다.

  1) 서사적 층위 : 사건과 행위를 인식하고, 시간적 연속성에 따라 배열할 줄 안다. 사건 재현 능력과 연관되는 것으로, 하위요소로는 사건성에 대한 인식과 연속적인 시간 배열 능력이 포함된다. 능력 여부와 함께 표현 방식 역시 발달의 지표가 된다.[18]

    ① 사건성 이해
      ‣ 중심이 되는 사건과 행위를 파악하고 있다.
      ‣ 서사의 장면을 이해하고, 에피소드별로 사건을 정리한다.
      ‣ 사건의 역동적인 변화와 전개를 표현한다.

---

17) Ibid., pp.235~244.
18) 본고에서 사용한 "Where is frog?"의 만화는, 소년이 집에 기르던 개구리를 잃어버리고는 숲 속에 찾아나서 다시 찾게 되었다는 내용이다. 이 사건은 크게 네 시퀀스로 이루어져 있다. 1) 저녁 시간의 방 2) 아침, '방'에 있었던 일 3) 숲 속에서 개구리 찾기 4) 연못에서 개구리 발견하기이다. 이 과정은 시간적인 연속으로 이루어져 있기는 하지만 만화이기 때문에 여러 가지 사건이 한 화면 속에서 동시적으로 발생하는 경우가 있다. 소년이 소리쳐 부르는 동안에 개는 꿀벌 통을 넘어뜨리는 식이다. 이 때문에 학습자는 문자로 서사화하는 과정에서 연속적인 시간으로 재구성해야 한다.

② 연속성 이해
- 사건의 시간적인 앞, 뒤를 구분한다.
- 사건과 사건의 연속적인 관계를 이해하고 배열한다.
- 시간적 연속성을 표현하는 방식은 무엇인가?
③ 시간적 연속을 표현하는 특정의 언어

2) 평가적 층위 : 사건(행위)의 원인, 결과, 인물의 심적 상태 등을 해석하고 평가하여 사건의 의미를 구축할 수 있는 능력이다. 플롯을 구축할 수 있는 능력이라 할 수 있다. 평가적 층위는 매우 다양한 방식으로 나타날 수 있는바, 사건에 대한 화자 자신의 주관적인 주석 뿐 아니라, 그 화자가 추론하여 인물의 것이라 말하는 인물의 동기, 감정, 심적 상태 역시 포함되어 있다. 하위 요소로는 통일된 의미로 전체를 구성할 수 있는 '통일성'과 사건의 중층성과 다양성을 이해할 수 있는 '복합성'이 있다.19)

① 통일성
  a. 통일된 의미 구축
  - 사건들을 시간적인 순서로 연결한다.
  - 전체적인 구조보다는 개별 사건들간의 부분적인 인과성만을 인식하고 있다.
  - 개별 에피소드보다는 전체적인 서사 구조의 인과성만을 인식하고 있다.
  - 부분적인 에피스드와 전체의 서사구조를 잘 조화시켜 통일된 의미를 제시한다.

---

19) 〈개구리〉 만화는 단순해 보이지만, 중층적인 구조를 지니고 있다. 소년은 보호하는 존재인지 위협하는 존재인지, 개구리를 새로 잡는 이야기인지, 개구리를 찾는 이야기인지, 자연은 위협하는 대상인지 친구와 같은 존재인지가 분명치 않고 사건에 담긴 의도와 우연의 관계들도 매우 복합적이다.

b. 사건 해석 · 추론/표현 방식
‣ 인물의 내면적 동기와 심리적 반응을 추론한다.
‣ 상황적 변인(시공간적, 사회 문화적 상황)과 관련지어 사건을 추론, 해석하고 있다.
‣ 작중 인물과 작중 인물의 다양한 관계를 해석한다.

c. 해석과 평가를 표현하는 방식
* 명시적 표현 :
‣ 사건에 대해 명시적인 설명을 통해 주석을 단다.
‣ 주제 구성을 위해, 평가적 해석이 들어가 있는 어휘를(동사, 형용사, 명사) 활용한다.
‣ 주제 구성을 위해 통사론적인 장치를(부사절, 형용사절) 다양하게 구사한다.

* 암시적 표현:
‣ 주제가 서사 전체에 녹아들어가 있다.
‣ 수사적 장치 중 주로 어떤 장치를 활용하는가?
  : 가령 부정적 표현, 인물간의 대화, 반복, 운율, 서술 양상과 태 등등. (그외는 기술)

② 복합성
 a. 다양성
‣ 중심 사건 외에 주제를 부각시키는 종속적 사건을 활용한다.
‣ 근간화소 외에 자유 화소를 활용하여 의미를 풍부하게 한다.
‣ 두 가지 이상의 모티프를 엮는다.
‣ 사건의 다양한 변인(상황적 변인, 내면적 동기, 관계적 변인 등)을 해석하고 있다.
‣ 복수의 시각(인물과 화자)에서 다각도로 대상(사건, 인물)을 이해하고 있다.

b. 복잡성
‣ 대상(사건, 인물)의 모순적인 논리를 수용한다.
‣ 동일 대상에 대한 이질적이고, 다양한 관점을 포괄한다.

c. 다기능성
‣ 하나의 형식에 다양한 기능(multi-function)을 전략적으로 활용
  한다.

③ 플롯 패턴(의미구조의 유형)

3) 소통적 층위 : 화자가 자신의 시각을 청자가 이해하고 흥미를 느낄
수 있도록, 구체적이고, 형상화된 표현으로 전달하는 층위이다.

① 구체성
‣ 시공간적 배경과 연관 지으며 사건에 대한 구체적인 정보를
  제공한다.
‣ 인물의 성격과 형상을 구체적으로 제시한다.

② 미적 감동, 흥미성
‣ 허구성을 자각하여, 허구적 인물과 실제의 글쓰는 사람을 분
  별할 줄 안다.
‣ 독자의 흥미와 관심을 이끌어내기 위한 수사적 장치를 활용
  한다.
‣ 서사적 거리를 다채롭게 활용하여 독자의 지적, 정서적 참여
  를 조절한다.
‣ 전제를 활용하여 드러낸 내용과 드러내지 않은 내용을 수사
  적, 미적으로 고려하고 있다.
‣ 비유 등의 다양한 이미지를 활용하여 감각적으로 표현한다.

2) 남녀 초·중등 학생의 서사 수행 능력 발달

(1) 초등 1년 남녀 학생의 발달 프로필

먼저 서사적 층위의 발달을 보면, 이 시기는 남녀 모두 중심 사건과 사건성 자체에 대한 인식이 부족하였다. 줄거리 전개가 주관적인 인상에 따라 특정 장면을 과도하게 강조하거나 생략하였고, 또 '그리고, 그래서'의 나열로 사건을 이어가는 '파편적' 연쇄형의 서사가 많았다. 특히, 여학생보다는 남학생들의 글이 이런 경향을 나타낸다.

평가적 층위에서는 흥미 있는 차이가 나타난다. 여학생은 주로 '전체적인 서사 구조'는 있는데 부분적인 인과성(특히, 숲 속 장면)이 부족한 경우가 많았고, 반면 남학생은 그 반대로 부분적인 장면에서의 역동성은 있는데 전체적인 의미를 부여하지 못하는 경우가 많았다.

그 결과, 여학생은 부분적인 에피소드의 수가 상대적으로 적고 서사의 '요약'적 틀을 제공하는 언술이 많았다. 곧 "소년과 개구리가 있었습니다."라는 전체에 대한 진술이 남학생보다 월등히 많았다. 반면 남학생은 부분적인 에피소드의 수가 많았으나, 전체 서사 구조에 대한 안내는 부족하였다. 또, 의미화 패턴에서도 차이가 있었다. 남학생의 경우, '개구리를 찾아 집으로 가져갔다.'는 식의 성취형 결말이 많은 반면, 여학생은 '개구리가 있었다.'는 식의 발견형 결말이 많았다. 성취형이 인물이 자신의 의도를 실현하는 역동적인 패턴이라면, 발견형은 잃어버린 대상의 확인에 그치는 다소 정태적인 패턴이다. 이는 남녀의 인식 차이를 드러내는 것으로 조심스럽게 추론해 볼 수 있겠다.

하지만 소통적 층위는 남녀 모두 거의 발달하고 있지 않음이 드러났다. 허구와 작가 자신을 구분하지 못하거나 독자가 이해할 수 있는 온전한 허구적 세계를 그려내지 못했다. 가령, '개구리가 없어졌다.'라는 진술이 있기 위해서는 먼저, '개구리'의 존재에 대한 안내가 있어야 함에도 불구하고, 이 시기의 많은 학생들은 이를 놓친다.

▸ 초등학교 1학년 남학생 예시문

아이가 잠을 자고 있었습니다. 그런데 개구리가 없어져서 개구리가 올 때까지 기다렸는데 개구리가 오지 안와서 밖을 봤는데 없어서 강아지가 나가서 아이가 강아지를 데리고 와서 옷을 입고 나갔습니다. 그런데 강아지가 벌집을 건드려서 벌들이 강아지를 따라다녀서 강아지는 도망을 갔습니다. 그리고 아이는 강아지와 개구리를 찾았습니다. 아이는 사슴에 올라타고 개구리를 찾았습니다. 그런데 사슴이 아이를 물에 빠뜨렸습니다. 그래서 강아지를 찾고 나갔습니다. 개구리를 찾았습니다.

▸ 초등학교 1학년 여학생 예시문

나라라는 착한 소녀와 덕크라는 장난꾸러기 강아지랑 개구리가 있었습니다. 나라는 잠을 자고 있었습니다. 뿌드덕 뿌드덕 소리와 같이 개구리는 나갔습니다. 나라는 깊은 잠에 푹 빠져서 못 들었습니다. 그 때 아침에 일어나 보니까 개구리가 없었습니다. 그래서 장난꾸러기 덕크가 한 줄 알았습니다. 그래서 나라가는 개구리가 제일 좋아하는 숲으로 가 보았습니다. 열심이 찾아보니까, 구멍이 하나 있었습니다. 그 때 덕크가 벌집을 밀치려니까 깜짝 놀랐습니다. 그리곤 큰 바위에 올라가 부르려고 했습니다. 그 뒤에 노루가 있는 줄도 모르고 말입니다. 노루가 물을 마시려고 숙여서 풍덩 빠졌습니다. 근데 나무 뒤에서 개골개골 울었습니다. 그래서 뒤를 보니 개구리들이 노래를 하고 있었습니다. 그리고 나라에 개구리가 아니어서 다른 개구리가 있었습니다. 나리네 개구리였습니다.

(2) 초등 3년의 남녀 발달 프로필

이 시기에는 앞의 학년에 비해 통일된 구조를 형성하는 능력이 눈에
띄게 발달한다.

먼저, 서사적 층위를 보면, 남녀 모두 비약이 많고, 일관된 초점을 유
지하여 못하여 사건의 연속성이 떨어졌다. 또한 시간적인 앞뒤를 살펴
적절한 시제로 표현하는 방식도 서툰 경향이 있다. 하지만 통일성 면에
서는 남녀 모두 눈에 띄게 발달하였다. 일관된 의미 구조를 형성하는 능
력이 나타나는 것이다. 특히 상위 학습자의 경우, 남녀 모두 전체와 부
분을 조화롭게 활용하되, 자유 화소 등을 통해 사건을 보다 입체적으로
해석하는 사례도 나타나고 있다. 자유 화소는 주로 서두 부분, 개구리와
의 만남 장면에 나타났다. 개구리와의 첫 만남에 새로운 이야기(생일날 선
물로 받은 개구리, 낮에 고생하여 잡은 개구리 등)를 부여하여 단순히 개구리
'잃어버리기 - 찾기'에 다른 의미를 중첩시키고 있는 것이다. 물론 이는
주로 상위 학습자에서만 발견된다.

또, 평가적 층위에서는 주로 인물의 내면적 동기와 심리에 대한 해석
이 남녀 모두 발달하기 시작한다는 점이 특기할 만하다. 특히 여학생은
인물간의 관계에 대한 해석이 남학생에 비해 많다. '개구리와 소년'의 관
계 뿐 아니라 '소년과 개'의 관계도 중시되는 예가 그것이다. 평가적 해
석을 표현하는 방식에서는, 남녀 모두 화자가 직접 표현하는 명시적인
방식보다는 '간접적인 방식'을 더 선호하였다. 인물 사이의 대화 추측, 가
정 등의 서술 양태 등을 주로 활용하였다. 플롯의 패턴에서는 1학년과
마찬가지로 역시 남학생은 성취형 패턴이, 여학생은 발견형 패턴이 많았다.

그러나 소통적 층위에서는 여전히 여학생이 남학생보다 뛰어났다. 비
유나, 의성어, 의태어, 구체적인 묘사 등이 더 많이 나타났고, 동일 기능
을 표현함에 있어 다양한 표현 방법을 활용하는 경우가 많았다.

▶ 초등학교 3학년 남학생 예시문

창현이는 강아지와 아침에 잡은 개구리를 구경하였습니다. 그리고 창현이가 자는 도중에 개구리가 유리병에서 뛰쳐 나갔습니다. 아침에 창현이가 일어나 보니 유리병에 개구리가 없어진 걸 알아챘습니다. 창현이는 신발에 혹시 들어 갔나하고 찾아 보았지만 없었습니다. 그리고 강아지를 찾으려고 했는데, 머리가 껴 버렸습니다. 그리고 창밖을 열고 개구리를 불렀습니다. 강아지는 창틀 밑에 있었는데 갑자기 밑으로 떨어졌습니다. 그래서 왜 그랬냐고 물으며 창현이는 강아지를 혼냈습니다. 창현이와 강아지는 밖에 나가서 다시 개구리를 불렀습니다. 구멍에 있을까 하고 구멍에다 불렀습니다. 두더지가 나와 창현이의 코와 맞닥뜨렸습니다. 그리고 강아지는 나무에 달린 벌집을 꺼내기 위해 나무를 흔들었습니다. 강아지는 기어코 꺼냈지만 벌이 화가 나 나오고 창현이는 나무 위에 올라가 구멍 있는 데에 다가 개구리를 불렀습니다. 그러자 부엉이가 나와 창현이는 깜짝 놀라 땅으로 곤두박질쳤습니다. 그리고 강아지는 벌에게 쏘여 도망쳤습니다. 부엉이는 화가 나서 창현이를 계속 공격하다 멈추고 나뭇가지 위로 갔습니다. 창현이는 바위 위로 올라가 나뭇가지를 잡고 불렀습니다. 그 뿌리는 수사슴의 뿔이었습니다. 수사슴은 창현이를 떼어내기 위해 달려가 낭떠러지로 갔습니다. 그리고 다행히 낭떠러지는 높이가 작고 연못이 있었습니다. 그리고 연못에 떨어졌습니다. 강아지하고요. 창현이는 어떤 소리가 나귀를 기울여 보았습니다. 창현이는 더 잘 듣기 위해 강아지 보고 조용히 하라고 하였습니다. 무언가가 있는지 확인하려고 통나무 뒤로 넘어 갔습니다. 거기에는 엄마 개구리, 아빠 개구리가 있었습니다. 아기 개구리가 오는데, 어제 아침에 잡은 아기 개구리가 있었습니다. 그리고 그 개구리를 갖고 집으로 갔습니다.

▶ 초등학교 3학년 여학생 예시문

조지가 개구리를 찾아서 강아지와 놀고 있다. 조지가 강아지와 잠을 자고 있는데, 개구리(로고)가 없어졌다. 잠에서 깨어난 조지는 깜짝 놀랐어요! 글쎄… 로그가 없어진 거예요. 조지는 강아지(데니)와 로그를 찾으려고 데니가 눈이 안 보일까봐 로그를 키웠던 흰 통을 씌어 주었다. 그리고 조지는 로그가 자기 옷이나 물건에 숨어 있지 않은가 데니를 앞에 우뚝 세우고, 옷부터 다른 곳까지 꼼꼼히 찾아보았지만 찾지 못했다. 창문에서도 조지는 "로그야, 로그야" 데니는 멍! 멍! 집 앞 공원 숲에서도 로그를 찾는다. 그런데 조그만 땅굴이 눈앞에 보였다. 조지와 데니는 땅굴, 벌집에 각각 다가갔는데……. 조지가 건드린 땅굴에는 사나운 쥐가 살고 있었고, 데니는 강아지라서 벌집이 뭔 줄도 모르고 대뜸 건드렸다. 갑자기 조지와 데니는 로그를 찾으러 다른 장소로 이동을 하려는데, 또 조지가 굴 하나를 발견했다. 그 굴에 다가간 조지는 커다란 새 한 마리를 보고 깜짝 놀라, 뒤로 떨어지고, 데니는 벌들에게 쫓기고 있었지만, 정체불명의 새가 나타나서 벌떼들을 쫓아내서 조지와 데니는 로그를 찾으러 다른 장소로 이동할 수 있었다. 하지만 새는 조지와 데니에게 불만이 있는지 날개를 "푸드덕, 푸드덕"하면서 조지와 데니를 위협했다. 그런데 꾀를 낸 조지가 데니와 함께 몸을 웅크려 새의 위협을 간신히 피했다. 조지는 바위위로 올라가 "로그"를 열심히 불러대는데 그 순간! 사슴 한 마리가 조지와 데니를 덮쳐 바위 앞 개울물에 던져버렸다. 개울물 속에 빠진 조지와 데니는 간신히 물을 일으키고 로그를 찾으려고 개구리들의 사는 장소를 가려고 했는데…… 물을 첨벙첨벙하고 데니가 멍, 멍하면 개구리들이 도망을 칠 것 같아 데니에게 쉿! 하고 주의를 주며, 개구리들이 사는 장소에 갔다. 그 개울물 나무통 밑에는 개구리 두 마리 새끼가 있었는데. 둘이 짝짓기를 해 둘을 낳았다. 하나는 큰 개구리, 1명은 바로 작은 개구리 로그였다. 조지는 로그를 찾아 제 손에 올려 놓고, 개구리들에게 손을 움직이며 안녕! 하고 데니와 즐겁게 집으로 향했다.

(3) 초등 5년 남녀 발달 프로필

이 시기에는 통일성을 갖춘 서사문 쓰기, 그리고 소통 능력이 비약적으로 발전하기 시작한다.

먼저, 서사적 층위는 중심 사건들의 연결은 잘 이루어지나 동시다발적인 사건의 표현은 남녀 모두 아직도 미흡하다. 남학생의 경우, 3학년에 비해 '그리고, 그래서'의 단순 나열식 접속사가 줄어들고, '다행히' 등의 평가적 어휘에 의해 접속하는 등 다양한 표현은 등장하였다. 하지만 현재형만 사용하거나 행위의 주체를 생략하는 경우도 많았다. 특기할만한 점은 여학생과 달리 남학생이 사건을 주체 쌍방간의 작용에 의한 역동적인 상태로 제시하고 있다는 것이다. "톰은 부엉이 집도 들여 봤지만 개구리는 없었다. 부엉이도 놀라 톰을 공격하였다."와 같은 식이다. 반면 여학생은 인물의 내면 중심으로 서술한다.

또한 이 시기에는 남녀 모두 서사적 응집성이 향상된다. 특히, 단일한 초점을 사용하여 의미의 밀도를 높인다. 대부분 '소년'을 초점화자로 삼고 있는데, 사건을 소년의 인식, 반응, 깨달음과 연결지어 응집성을 강화하고 있다. 가령, 3학년은 '밤이 되어 소년은 잠을 잤다. 아침이 되어 개구리가 나갔다. 소년은 개구리를 찾으러 갔다'는 식으로 전개하는 반면, 5학년은 '밤이 되어 소년은 잠을 잤다. 아침에 일어나 개구리를 찾아보니, 없었다. 그는 속상했다. 그래서 개구리를 찾으러 갔다'는 식으로 표현하여 사건 그 자체보다도 초점 주체를 설정하여 사건의 의미를 장악하는 경향이 두드러진다.

하지만 평가적 층위에서 보면 서사적 추론의 복합성은 3학년과 거의 유사하게 나타난다. 전체 구조만 승하여 부분적인 에피소드로 장면화하지는 못하거나, 전체 흐름과 무관한 부분을 과도하게 강조하는 경향이 나타난다. 상위 학습자의 경우도, 종속적인 사건을 덧붙임으로써 '잃어버린 개구리 찾기'의 단선적인 스토리에, 소년의 성격, '동물-인간'의 우정이라는 주제 등을 덧붙이는 정도로 표현하지만, 앞의 학년과 질적으로 구별되는 특성은 나타나지 않는다. 다만, 3학년에 비해, 인물의 성격이나 객관적 정황, 인물의 내적 갈등을 추론하는 글이 상대적으로 많은 경향이 있다. 또 이 시기에는 다채로운 방식으로 화자의 평가를 표현한다.

가령, "개구리는 도망갔다."는 표현도 "탈출했다.", "가족이 그리워 연못으로 갔다.", "신나게 달아났다."는 식으로 다양하게 표현하는 것이다. 그리고 주로 전지적 작가 시점을 활용하여 주석적인 설명, 평가적 어휘, 절들 등으로 확실하게 표현하고 있는데, 이 역시 화자가 평가하는 서사의 의미를 확고하게 드러내는데 기여하고 있다.

또, 소통적 층위를 보면, 이전 학년과 매우 다른 모습의 발달을 보여주고 있다. 단순한 정보 차원이 아니라 청자의 흥미와 관심을 고려하여 서술 시간을 조절하고 서사적 긴장감을 유지하는 서사 전략이 나타나기 시작한다. 가령, "과연, 소년은 개구리를 찾게 되었을까요?" "그리고 토니는 행복한 꿈을 꾸었습니다. 뭐냐구요? 생각해 보세요"등의 진술이 생긴다. 다양한 서사적 거리와 서술 양태로 인물의 놀라움이나 고통을 생생하게 전달하고 있는 것이다. 하지만 비교하여 본다면, 여학생의 글이 상대적으로 더욱 그렇고 남학생의 언어는 단순하고, 반복적이며, 섬세하지 못하다. 여학생은 남학생에 비해 인물과 사건을 구체적으로 묘사하는 경향이 있다. 플롯 패턴에서는 남녀의 차이가 크게 다르지 않다. 다만 이전 학년에서는 주로 '성취형'이 나타났음에 반해, 서로를 보살피고 관심을 가져주는 '배려형'이 나타난다는 점이 새롭다.

▶ 초등학교 5학년 남학생 예시문

어느 날 밤에 잠을 자려고 했는데 같이 키우던 개구리가 개골거리며 어디론가 가 버렸다. 다음날 아침, 아이가 깨어나 개구리가 잘 있나 살펴보았다. 개는 개구리가 있던 병 안을 보며 소리를 질렀다. 개는 자기가 찾아 오겠다며 밖으로 나갔다. 그 아이도 옷을 갈아입고 개구리를 찾으러 나갔다. 한 번 소리도 질러보고, 가까운 산에도 가 보았다. 아이는 작은 구멍에 있을까 자세히 살펴보았다. 그나저나 호기심이 난 강아지는 벌집을 건드렸다. 아이가 보고 있던 구멍에서 다람쥐가 나오니 깜짝 놀랐다. 아이는 아주 큰 나무에도 올라가보았다. 그런데 큰 새가 날개를 퍼득거리며 또 한 번

아이는 놀랐다. 그리고 장난치던 개는 화가 난 벌들이 모여 덤벼들어서 개
도 놀라 빠르게 달렸다. 아이는 끝까지 찾아보려고 바위 위에도 올라가 나
뭇가지를 잡고 소리를 질러 보았다. 그런데 잡고 있던 나뭇가지가 움직이
며 낭떠러지 쪽으로 그 나뭇가지는 사슴이었다. 따라오던 개와 함께 아이
는 떨어졌다. 다시 힘을 내어 나갔다. 부러진 큰 나무를 지나려는데 거기엔
개구리 가족들이 있었다. 그래서 그 아이는 행복한 모습을 보고 다시 집으
로 돌아갔다.

▶ 초등학교 5학년 여학생 예시문

　토니는 강아지 토토와 개구리를 키우고 있었습니다. 토니는 너무 졸려
서 강아지 토토와 잠을 자는 사이에 개구리가 병속에서 나와 탈출을 했어
요. 토니는 일어나서 개구리가 담겨져 있는 병을 보았어요. 그런데 개구리
가 사라진거예요. 토니는 개구리를 찾기 위해 자신의 옷, 부츠, 침대 속까
지 살펴보았지만 개구리는 보이지 않았습니다. 토니는 생각을 했죠. '그래,
집안에 없으면 밖에 있을까요!'. 라고 생각을 하곤 숲으로 갔어요. 토니는
개구리야! 개구리야! 라고 불러도 나오지 않아서 숲 속으로 들어가서 찾다
가 동그란 땅구멍이 있어서 거기에다가 "개구리야 개구리야"라고 불렀지
만 두더지만 나왔습니다. 토토는 벌집을 건드려서 벌에게 쫓기고 있었어
요. 토니는 바위위로 올라가서 개구리야 개구리야 하며 불렀습니다. 그런
데 바위 뒤엔 숫사슴이 있었습니다. 토니는 숫사슴 얼굴에 타서 수사슴이
놀라 절벽 웅덩이가 있는 쪽에 떨어트리곤 안심이 되었는지, 다시 바위로
갔고 토니는 옷을 털고 일어나려고 하는데 "개굴 개굴 개굴 개굴" 소리가
났어요. 토니는 강아지를 보고 "쉿!" 하라고 했습니다. 그리고 나무 뒤를
보니 엄마 아빠 개구리가 보였습니다. 시간이 좀 지나자 새끼들이 들어 나
왔습니다. 토니는 "데려갈까? 아니야 가족의 행복을 위해 가져 가지 말자"
그러고는 개구리야 안녕~ 하며 집으로 돌아갔습니다. 그리고 토니는 행복
한 꿈을 꾸었습니다.

(4) 중학교 1년 남녀 발달 프로필

이 시기에는 남녀 학생의 능력 차이가 다소 두드러진다. 먼저, 서사 층위에서는 남녀 학생 모두 공간 이동에 따른 사건 변화를 포착하고 있었다. 집 안과 밖, 숲에서의 공간 이동, 물로의 이동 등 공간 이동이 구체적으로 제시된다. 특히 여학생의 경우 여러 사건들이 장면별 에피소드로 정리되고 있으며, '상황 - 시도 - 갈등 - 결과'의 에피스드형 구조를 잘 구사하는 경향이 있다. 남학생은 사건성에 대한 인식은 분명해졌으나 작품 전체를 초점을 가지고 통괄하기 힘들어 했다.

평가적 층위에서는 남녀의 차이가 매우 두드러진다. 남학생은 특이하게도 초등학교보다 퇴행적인 모습으로 나타나고 있다. 파편적인 서사가 많아지고 부분적인 인과성에만 머무르고 있으며 사건을 단순하게 중개하는 식의 서술이 이루어지고 있어 다른 사례에서도 이런 결론이 나오는지 확인할 필요가 있다. 여학생의 경우도, 전체와 부분의 유기적 통일성을 고려하는 능력은 다소 퇴보하고 있다. 하지만 대신 복합성의 측면에서는 진일보한 모습이다. 종속적인 사건과 자유 화소를 삽입하고 하위 플롯을 만들어, 사건 외에도 인물들 간의 관계 문제를 다루거나 인물의 성격과 내면 의식, 상황 변인 등을 보완함으로써 의미를 풍요롭게 가꾸고 있다. 특히, 인물의 심리, 정서의 관점에 입각한 평가가 주도적으로 많았다. 하지만 그럼에도 불구하고 인물의 성격화는 거의 이루어지지 않는다. 또, 여학생의 경우는 복수의 시각을 인정하여 모순과 갈등을 이해하는 '질적인 복합성'도 나타나고 있다. 가령, 소년과 개구리의 관점을 별개로 설정하고 둘 사이의 인식의 차이나 갈등을 다루기도 한다.

평가적 층위에서는 남녀 모두 전지적 작가의 명시적 설명이 두드러졌다. 다만, 이전과는 달리 주석적인 설명보다는 어휘나 절 등의 평가를 제시하였는데, 특히, 남학생은 사건 해석을 특정의 단어(특히, 동사, 탈출했다, 납치했다, 등등)로 압축하며, 장면화하기 보다는 직접적이고 간결하며 명시적으로 사건에 대한 해석을 전달하는 경향이 강하였다. 반면 여학생은 여전히 형상적인 언어를 즐기며, 특히 '대화'를 다기능적으로 활용하는 능력이 뛰어나다. 대화를 통해 인물 심리 추론, 사건의 진행, 이후 사건에 대한 복선적 역할까지 표현하여 표현의 경제성을 살리고 있는 것이다.

남녀의 차이는 소통의 층위에서 선명하게 구별되었다. 여학생의 글은 대부분, 배경 설명이 많고 다양한 묘사를 통하여 사건을 제시하며, 의도에 따라 신축성 있게 서술 시간을 활용하는 등 독자의 흥미를 전략적으로 고려하고 있었다. 하지만 남학생은 상위 수준의 글만 독자의 흥미를 고려하였다. 하지만 남녀 모두 시공간을 사건과 연관 짓는 표현은 거의 나타나지 않아, 시공간에 대한 의식이 가장 늦게 발달한다는 점을 알 수 있었다. '의미 구조의 패턴'에서는 큰 차이가 없었다. 대부분이 성취형의 패턴을 드러냈다.

▶ 중학교 1학년 남학생 예시문

한 꼬마가 개구리를 잡아서 어항에 넣었다. 그 집 개는 신기해서 들여다 보았다. 밤이 되어 모두 자고 있을 때 개구리가 어항에서 나와 도망을 쳤다. 아이는 아침에 일어나서 개구리가 없는 것을 보고 뒤지기 시작했다. 컨텐 뒤, 침대 밑 등등. 창문을 열어 창 밖도 보고…… 그 때 개가 밖으로 나갔다. 아이도 같이 따라 나섰다. 이 둘은 개구리를 찾으러 숲으로 들어갔다. "개구리야!" 하고 외쳐 보기도 하고, 땅 밑 구멍도 뒤지고,, 개는 괜한 벌집을 건드려서 벌한테 쏘였다. 꼬마는 숲속을 샅샅이 뒤졌다. 나무 구멍 속, 돌 밑, 또 바위에 올라가 소리치고… 하지만 개구리는 나타나지 않았다. 다만 부엉이가 울고 독수리가 나타나 찾는 것을 방해했다. 그런데 꼬마가 사슴의 뿔을 건드려 사슴이 화가 자기 등에 엎히고막 달려나가는 것이었다. 그리고는 어느 호수에 개와 꼬마를 떨어뜨렸다. 꼬마와 개는 어리둥절했다. 이 고생도 잠시 개구리 소리가 들려 왔다. "개굴, 개굴, 개굴, 개굴……" 개는 좋아 짖어댔다. 꼬마는 개 보고 조용히 하라고 했다. 꼬마는 소리가 나는 대로 살금살금 다가갔다. 나무 토막 위에 올라가 밑을 보았다. 개구리 두 마리가 서로 사랑을 속삭이고 있었다. 그 뒤에 새끼 개구리들이 있었다. 아마도 아빠, 엄마, 개구리와 그 자식들인 것 같다. 꼬마는 그 중 새끼 개구리들을 데리고 집으로 갔다. 개구리들에게 손을 흔들며. 그 뒤 꼬마와 개는 개구리를 잘 키워 나갔다. 쭈--욱. 이들 임무 완수……

▶ 중학교 1학년 여학생 예시문

　내 이름은 코니이다. 그리고 난 내가 키우는 강아지 토토와 같이 오늘 아빠께서 잡아다 주신 개구리를 보았다. 동화책 속에서만 보던 개구리는 정말 신기했다. 하지만 난 개구리의 행동을 관찰하려고 했지만 끝내 잠이 와서 잠을 잘 수밖에 없었다. 드디어 햇살이 반갑게 나를 깨우는 아침이 되었다. 어젯밤 개구리가 사라졌다. 나와 토토는 온 집안을 다 찾아 다녔다. 하지만 끝내 찾을 수가 없었다. 토토와 나는 창문을 열고 개구리를 불렀다. 토토는 개구리가 갇혀 있던 통을 머리에 쓴 채 마당으로 추락했다. 난 그런 애꿎은 장난을 친 토토가 얄미워 화가 난 얼굴로 토토를 혼내 주었다. 내 눈에 띈 커다란 숲. 혹시 숲으로 가지 않았을까 하는 생각에 난 숲으로 들어갔다. 어딘가에서 '윙, 윙, 윙--' 하는 소리가 아주 크게 들렸다. 토토는 어딘가를 향해 숲속으로 더 깊이 뛰어 들어갔다. 난 부엉이가 쫓아 와서 토토를 따라 들어갔다. 더 이상 부엉이가 쫓아오지 않았다. 그 때 마침 내 눈앞에 보이는 아주 큰 바위로 올라가 굵어 보이는 나뭇가지를 잡고 "개구리야, 어디있니?" 하고 또 한번 소리쳤다. 그와 동시에 나뭇가지가 벌떡 일어서서 내가 그 나뭇가지에 걸리고 말았다. 그 나뭇가지는 놀란 나머지 어딘가를 향해 막 뛰어갔다. 토토도 놀랐는지 나를 따라 뛰어 왔다. 갑자기 그 나뭇가지가 멈추면서 나와 토토는 어딘가로 추락했다. "엄마, 엄마" "풍덩--풍덩"하는 소리와 나와 토토는 물 속으로 빠져 버렸다. 그 때 개굴개굴, 개굴 하며 소리가 났다. 바로 통이 굵은 나무통 뒤에서 나는 소리였다. 나와 토토는 조용히 가 보았다. 두 마리의 개구리에서 작은 아기 개구리까지 막 뛰어 나왔다. 난 그 모습을 보자 다시 데리고 가고 싶지 않았다. 엄마, 아빠를 누군가 데려 간다면 나도 슬프니까. 만약 내가 그 엄마, 아빠 개구리를 데려간다면 슬퍼할 것이기 때문에 난 인사를 해 주며 집으로 왔다. 정말 무섭기도 했지만, 개구리 때문에 나 또한 잊고 싶지 않은 소중한 추억으로 마음 한 구속에 개구리가 자리 잡았다.

(5) 중학교 2년 남녀 발달 프로필

이 시기는 남녀 모두 복잡한 서사 추론과 표현의 구체성이 현저하게 발달해 가는 시기라 할 수 있다. 남녀의 차이도 다소 존재한다.

서사적 층위를 보면, 여학생의 경우는 이제 매우 숙련된 모습을 보여준다. 특히, 사건과 사건의 연속을 인물의 다양한 반응과 함께 표현하는 양태가 나타난다. 하지만 남학생의 경우 이전 학년과 유사하게 서사적 연속성의 표현에 다소 어려움을 느끼는 모습이다. 다만, 사건과 사건 사이의 비약은 다소 적어진 경향이 있다.

평가적 층위 역시, 여학생의 서사적 통일성은 현격하게 발달한다. 부분과 전체의 서사를 잘 조화시켜 의미를 제시하고 '수미일관'의 구조적 안정성을 보이는 경우가 많다. 반면, 남학생은 부분과 전체의 관계가 비유기적인 경우가 더 많다. 하지만 복합성의 층위에서는 남녀 모두 사건을 평가하는 시각이 다층적이고 복합적이다. 소년과 개의 시점을 각기 분리하여 제시하고 양자의 차이를 강조하거나 소년 내부의 심리적 갈등을 드러내고, 인물의 의도와 현실적 논리와의 갭을 표현하는 경향이 있다. 이는 대상의 복잡하고도 또 모순적인 진실을 파악하는 서사 추론 능력이 발달하고 있음을 보여주는 것이다. 또한 사건 해석의 관점도 다양하다. 또, 둘 다 현실적인 의제로 알레고리를 만드는 작품이 등장하였으며, 특히 남학생은 여학생에 비해'현실적 변인'[20]을 고려하는 경향이 많

---

20) 가령, '과학대회에서 쓸 개구리였기 때문에 힘들게 찾았다. 인간의 동물 착취 비판, 몸에 좋은 개구리를 잡아먹으려고 찾는다는 식이다.

았다.

소통적 층위에서도 질적인 변화가 나타난다. 남녀 모두, '대화'를 다기 능적으로 활용하는 것은 일반적인 경향이 되었다. 또 명시적인 설명보다는 간접적인 형상으로 표현하는 경우가 많다. 특히, 여학생은 표현 방식이 더욱 다양해지고 있는데, 상위 학습자의 경우 복선, 전제와 함축을 활용하고, 또 서술자의 어조와 태 역시 다채롭게 표현한다. 곧, '의문형, 추측, 현재적 진행' 등의 다양한 형태로 서사적 긴장과 흥미를 자아내고 있는 것이다. 또, '모순적이고 비정형적인 상황'을 제시하면서 서사적 문제 상황을 강력히 드러내는 바르트식의 '해석학적 약호'도 상위 학습자의 글에는 나타난다. 그런데 플롯과 의미 구조의 패턴에는 남녀 차이가 확연히 나타난다. 남학생은 여전히 성취나 대결형의 역동적인 서사로 주로 표현하는 반면, 여학생은 '행복추구', '친구되기' 등의 조화와 화해의 서사가 상대적으로 더 많다.

▶ 중학교 2학년 남학생 예시문

어느 날 소년은 개구리를 잡아와서 데리고 놀았어요. 개구리는 물도 없는 이곳이 너무 싫었어요. 그러던 때에 밤이 되어 소년과 강아지가 자고 있을 때, 개구리는 기회를 엿보다 병에 서다가 탈출을 했어요. 아침이 되어 일어난 소년은 개구리가 없어지자 찾기 시작했어요. 일단 방안을 뒤지고 밖으로 나가기로 했어요. 그런데 때에 강아지가 개구리를 담을 병을 깨버렸어요. 소년은 화를 내고 싶고 짜증이 나지만 빨리 개구리를 찾아 보기로 했어요. 숲에 들어가 찾아보고 땅속도 뒤져보고 벌집도 찾아 보고 나무위도 찾고 했는데, 나오지 않았어요. 그러던 줌 온갖 동물들의 방해를 받고 쫓기고 하였어요. 돌 뒤를 찾아보다가 사슴뿔에 걸려서 냇가로 떨어직 되었어요. 냇가로 떨어진 소년은 개구리 울음 소리를 듣고 조용히 다가갔어요. 그곳에는 개구리 가족이 노래를 부르고 있었어요. 소년은 개구리 가족에게 개구리 새끼 한 마리만 키우고 싶다고 애원하여 허락을 받은 뒤 새끼 개구리를 들고 즐겁게 집으로 갔어요.

▸중학교 2학년 여학생 예시문

아이는 오늘도 혼자 개와 놉니다. 여전히 부모님은 일터에 나갔습니다. 어느새 밤이 되어 잠을 잡니다. 아이가 잠이 든 사이에 개구리가 도망을 갑니다. 다음날 아이는 개구리가 사라진 것으로 알고 집안을 뒤집니다. "개구리야, 개구리야. 어디 있는 거야?" 아이가 개구리를 찾고 있는 사이 개는 개구리가 있던 물병에 머리가 끼어 창문에서 떨어집니다. 아이는 개와 함께 밖으로 나갑니다. "개구리가 어디에 있을까?" 아이는 산속을 뒤집게 됩니다. 아이는 땅에 있는 구멍에 개는 벌집에 말을 합니다. "개구리야 거기에 있니?" 아이는 나무를 뒤집니다. 부엉이가 있습니다. 그리고 바위에 올라가 나뭇가지를 잡았는데 그건 사슴의 뿔입니다. 사슴의 등에 올라탄 아이는 개와 함께 벼랑에 떨어집니다. 연못입니다. 연못에서 개구리 우는 소리가 들립니다. "개굴개굴" 아이는 조심조심 다가갑니다. 알고 보니 개구리 가족입니다. 그리고 개구리가 그의 가족들과 함께 있습니다. 아이는 미안했습니다. 자신의 친구가 되어주길 바라나 봅니다. 하지만 가족에게 돌려 보내야 합니다. 그렇지 않으면 개구리와 가족들이 슬퍼할 테니 아이는 그냥 가려 합니다. 그 때 개구리가 아이에게 갑니다. 아이는 기뻐하지만 보내려합니다. 그래도 개구리는 아이를 따라갑니다. 아니는 개구리와 개와 함께 행복한 모습으로 집에 갑니다. 아이는 이제 외롭지 않습니다. 자신에게 개구리와 개가 있기 때문입니다.

(6) 중학교 3년의 남녀 발달 프로필

이 시기는 2학년과 질적인 차이를 나타내지는 않으며 다만 서사적 추론의 복합성이나 소통적 층위에서의 발달이 돋보인다. 특히, 여학생은 다양하고 개성적인 표현 면에서 남학생보다 뛰어난다. 먼저 남학생의 경우, 시제 착오 등이 아직 발견되기도 하지만, 사건의 역동성을 '위기적 국면'을 중심으로 잘 살리고 있다. 엉키던 사건들이 에피소드적인 구조로 장면화되고 있으나 비약과 급전, 우연 등의 요소가 아직도 상존하고 있

다. 이는 단지 능력의 차이라기보다는 남학생들의 사고 스타일과도 연관
지어 볼 수 있겠다.

하지만 평가적 층위나 소통적 층위는 여학생에 비해 상대적으로 뒤떨
어지는 경향이 있다. 위기와 갈등, 모험의 사건적인 요소만이 강화되어
있어 사건의 의미를 구성할 수 있는 국부적인 장면이나 묘사가 거의 없
는 형편이다. 다만, 상황적 변인(가령, '여름날 더워서 문을 열어 두고 잤기 때
문에 개구리가 도망갔다' 라거나, '자연이 아름다워 호기심이 발동했다는 식')을 보다
다양한 방식으로 고려하고 있다. 하지만 서사적 표현이 단조롭고 반복적
이며, 독자의 이해를 고려하지 않은 서술이 아직도 발견되고 있다.

이 시기의 여학생은, 서사적 층위나 사건의 통일성 측면에서는 매우
숙련된 모습을 보이고 있다. 서사적 추론에서도, 인물의 내면을 상황적
변인과 연관 짓거나 작중 인물들 간의 이질적 관점들을 파악하고 갈등
관계를 구축하는 등의 특징이 이전 학년과 비슷하게 나타난다. 특히, 소
통적 층위의 발달은 더욱 두드러지고 있다. 일단, 다기능(multi-function)
적인 언어가 많아져서 인물의 대화, 상황 묘사로 사건과 심리, 복선 등
을 동시에 포착하는 표현들이 많이 증가하였다. 가령 아래 예문 중 밑줄
그은 ① "아내와 자식이 있는 땅굴로 다시 들어가 버렸다"은 복선의 역할
을 하고 있으며, ②는 사건과 인물의 심리를 간접적으로 전달하고 있다.
이외에도 또 시점을 선택적으로 활용하여 '개', '개구리', '소년의 편지체'
등으로 다양하게 설정하고 감각적이고 구체적인 언어로 표현하고 있다.

▶ 중학교 3학년 남학생 예시문

테디는 애완견 키언과 개구리를 잡아 왔습니다. 둘은 무척이나 개구쟁
이었고 수집가였죠. 개구리를 가지고 신나게 장난을 치다 밤이 되었고, 자
게 되었습니다. 그렇게 꿈나라 여향을 떠날 쯤 개구리를 넣어 둔 병이 달
그락 거리더니 개구리가 사라져 버렸어요. 창문도 닫지 않고 병도 막아두

지 않은 게 결국은……. 아침이 되고 테드와 키언이 일어났을 땐, 개구리가 보이지 않았어요. 테드는 아무리 찾아봐도 보이지 않아 화를 내고 그것도 모르는 태언은 병에 얼굴을 넣고 장난을 쳤죠 일단 잠도 깰 겸, 둘은 창문을 열고 고개를 내밀었죠. 그러다 병에 낀 키언은 중심을 못잡고 떨어졌어요! 테드는 내려가 키언을 잡고 혼을 냈죠. 개구리를 찾으러 나가보니 자연이 너무나 아름다웠어요. 테드가 고함치며 주위를 둘러보는데 키언은 꿀 냄새를 맡았죠. 테드가 두더지 구멍을 향해 개구리를 찾으러 소리쳤죠. 키언은 벌집 근처까지 다가가 나무를 흔드는 것이었어요. 아무것도 모르는 테드는 나무 위 부엉이 집까지 찾으러 다녔어요. 키언이 나무를 흔들다 벌집이 떨어지고 벌들이 키언에게 달려들기 시작했어요. 키언은 죽어라 뛰었죠. 그 때쯤 테드는 부엉이에 놀라 나무에서 떨어지고 말았어요. 아픈 데를 만지면서 부엉이를 째려보다 다시 개구리를 찾아 나섰어요. 물론 벌들에게 물린 키언도요. 바위위에 올라가 나뭇가지를 잡고 개구리를 불렀는데 그 나뭇가지는 사슴의 뿔이었어요. 사슴은 놀라 벼랑까지 뛰다 밑을 보고는 멈췄죠. 그러나 테드는 날라가 버렸고 키엔 역시 벼랑을 보지 못하고 떨어졌어요. 정신을 차리고 일어나보니 썩은 나무 기둥 옆에서 개구리 소시락 들리는 것이었어요. 테드와 키언은 조용히 다가갔어요. 살금살금 다가가 개구리를 잡으려 할 때쯤, 새끼 개구리들이 풀숲에서 테드의 개구리에게 오는 것이었어요. 테드는 엄마인 것을 알아차리고 그들의 모습에 자신이 잘못했다는 것을 알 수 있었죠. 다시 잡아간다면 저 작은 개구리들은 어떻게 살아가겠느냐구요? 테드는 그들에게 손을 흔들며 다시 집으로 갔답니다.

▶ 중학교 3학년 여학생 예시문

　작고 깊숙하면서 조용한 마을에 사고 있는 소프는 방학을 맞이했다. 방학이라 지루한 나머지 소프는 개구리를 잡아 유리병에 넣고 밤늦은 줄 모르고 관찰하면서 소프의 강아지인 메이도 잠이 들었다. "사각…… 사각……" 유리병 속의 개구리가 유리밖으로 나오는 줄도 모르는 소프는 세

상 모르고 잠에 빠져 있었다. 그리고 어느덧 해가 얼굴을 내밀고 소프가
일어나자 유리병이 비어 있다는 걸 보았다. 그러자 소프는 마음이 급한 나
머지 옷속과 침대 아래를 열심히 뒤지기 시작하였다. 그런데 메이가 소프
의 속도 모르고 장난을 치려다가 그만 유리병 속에 메이의 얼굴이 끼어버
렸다. 그것도 모르는 소프는 창문을 열고 그 개구리를 찾으려는 도중에 메
이가 떨어진 것이다. "와창창……" 그만 메이가 쓰고 있던 유리병이 깨지
고 그제서야 메이가 유리병을 쓰고 있다는 걸 안 소프는 메이를 한 번 노
려본 뒤에, "어서 개구리 찾으러 가자!" 들과 숲을 거닐며 요리조리 다녔
다. 그러다가 땅굴을 발견한 소프는 얼굴을 들이댔다. 그러자 눈이 어두운
두더지도 소프를 노려본 뒤에 ① 아내와 자식이 있는 땅굴로 다시 들어가
버렸다. 한편 메이는 나무 위에 있는 벌집을 건드리고 그 바람에 떨어져서
그 안에 있던 벌들이 모두 메이를 공격하더니만 당황한 메이는 그때부터
줄행랑을 치기 시작했다. 우리의 소프는 어디있을까? 나무타기를 하면서
개구리를 찾다 그만 부엉이가 나타나고 놀란 소프는 떨어지고 화가난 부
엉이는 소프를 공격을 한 뒤에 다시 자신의 집으로 돌아가고 여전히 소프
의 개구리 찾기는 계속되었다. 소프가 바위로 올라가 나뭇가지를 잡더니
갑자기 올라가는 느낌을 받은 소프는 눈이 동그래졌다. "사슴이다!" 화가
난 사슴은 소프를 낮은 낭떠러지에서 내팽개치고 놀란 메이도 같이 내동
댕이치면서 웅덩이로 떨어졌다. 소프와 메이는 서로를 내상 쳐다보며 멋쩍
은 웃음 지었다. 그 때였다. "엇…… 조용히 해봐……" 살금살금 무언가를
소프가 보았다. 그건 바로 소프와 메이가 그토록 찾길 바라던 개구리였다.
그 개구리를 보고 말했다. ② "메이. 내가 잡은 개구리가 아기 개구리를 낳
은지 얼마 안 된 나머지 걱정이 되었나봐. 저기 봐봐……" 그때였다. 개구
리 부부의 아기 개구리가 나오는 것이었다. 그 개구리 부부는 자신들의 처
지를 이해해 준 것이 고마운지 아기 개구리 한 마리를 소프에게 선물하고
소프랑 메이는 개구리 부부와 헤어졌다.

4. 남녀 학생의 서사 수행 능력 발달에 대한 가설

1) 남녀의 차이에 대한 발달 가설

비록 한정된 표본 집단이었지만, 앞의 사례 연구를 통해 다음과 같은 발달 가설을 제기한다.

① 성별에 따라 수행 능력의 차이가 있다.

▶ 초·중등학생의 경우, 전 학년에 걸쳐 여학생의 수행 능력이 다소 뛰어나다. 다만, 상위학습자의 경우 이 차이는 최소화된다.

② 성별에 따라 서사 발달 경로에 차이가 있다. 곧, 남녀에 따라 먼저 발달하는 것과 나중에 발달하는 것, 먼저 관심을 두는 것과 나중에 관심을 두는 것에 다소 차이가 있다.

▶ 남학생은 전반적으로 여학생에 비해 뒤떨어지지만 서사적 추론의 복합성이 먼저 발달하고 소통적 요소가 나중에 발달하지만, 여학생은 서사적 복합성과 독자의 흥미를 고려하는 요소가 함께 발달한다.

▶ 남학생은 서사 추론에서 갈등적 요소와 상황적 변인의 해석에 관심을 두는 반면 여학생은 인물의 심리적 내면과 인물 간의 관계에 가장 관심을 둔다.

▶ 남녀 공히 가장 늦게 발달하는 것은 '시공간' 의식이며, 서사의 '구체성' 영역이다.

③ 성별에 따라 서사 수행의 장단점에 다소 다르다.(특히, 초등학생의 경우)

▶ 남학생의 장점은 사건을 역동적으로 인식하며, 부분적인 에피소드를 잘 묘사한다는 것이다. 이에 서사적 추론이 복잡하고 다양하지만 전체적인 구조 형성력이 상대적으로 약하여 우연과 비약이 중학교에도 이

어진다. 반면, 여학생은 저학년부터 서사 구조에 대한 인식이 발달해 있으며, 전체적인 서사 구조를 완성도 있게 표현한다. 하지만 선택하는 구조가 다소 단조롭고 비슷한 유형으로 패턴화되어 있다. 남학생은 귀납적, 활동적이며, 여학생은 연역적, 직관적이라는 연구 결과가 있는데, 본 연구에서도 이 내용이 확인된다.

서사 표현 능력 발달의 남녀 차이에 대한 교사의 인식을 조사한 결과21), 대부분, 남녀의 발달 차이를 인정하였고, 특히 서사와 관련해서는 여학생의 능력이 더 뛰어나다는 평가를 했다.(남교사 80%, 여교사 64%) 발달의 차이가 나타나는 구체적인 시기로는 중학교 1(남교사 60%), 2학년(여교사 54.4%)을 지목하였다. 차이의 원인으로, 남교사는 '정서'의 차이(50%)를, 여교사는 '지식'의 차이(57.1%)를 꼽았다. 또 남녀의 장단점에 대해서 남학생은 구성력(남교사 50%)과 논리력(여교사 32.14%)이 뛰어난 반면 여학생은 상상력(남교사 33.3%)과 어휘력(여교사 27.5%)이 뛰어나다고 답했다. 더 많은 사례 조사로 결론의 타당도를 높여야겠지만, 이 글의 결론이 인정된다면 남학생들은 상상력에서, 여학생들은 구성력에서 더 높은 성취를 보인다.

2) 초 · 중등 남녀 학생의 서사 발달 단계에 대한 가설

레벨	남학생	여학생
1수준 (초등1)	▸중심 사건에 대한 인식이 부족하여 사건을 파편적으로 나열한다. ▸개별 장면에서의 부분적인 인과성을 더 많이 배려한다. ▸주관적으로 표현하며 독자를 배려하지 못한다.	▸중심 사건의 기본 구조를 파악하지만 연속적으로 표현하는 것은 서툴다. ▸서사의 전체적인 의미 구조와 틀을 더 많이 배려한다. ▸주관적으로 표현하지만 의성어, 의태어 중심의 구체적 표현도 나타난다.

---

21) 대상은 중 · 고등학교 교사(경력 4~10년) 40명이다. 설문지 내용은 이 글의 결론 뒤에 실려 있다.

2수준 (초등3)	‣사건의 연속성이 드러나기는 하지만, 시제와 초점이 혼란스럽다. ‣의미의 통일성을 구축하기 시작한다. 하지만 인물 의도 중심의 단선적인 서사 추론을 한다. ‣구체적인 표현은 부족하다.	‣사건의 연속성이 드러나기는 하지만, 시제와 초점이 혼란스럽다. ‣의미의 통일성 뿐 아니라 전체와 부분의 유기적 조화도 고려하기 시작한다. 입체적인 서사 추론을 시도하나 자연스럽지는 않다.(인물 내면과 인물 관계 중심의 해석) ‣흥미를 고려하여 서술하고자 하며, 사건과 인물에 대한 구체적인 묘사가 발달하기 시작한다.
3수준 (초등5)	‣사건을 '작용 - 반작용'형태의 역동적인 형태를 취한다. ‣단일 초점화로 서사적 응집성을 살린다. 전체와 부분의 유기적 조화가 늘었으나 서사적 추론은 여전히 단순한 편하다. ‣전지적 화자를 활용하여 독자의 흥미를 살리고자 하나 표현이 다양하지 못하다.	‣사건의 연속성을 살릴 수 있으나 동시 다발적인 사건은 잘 다루지 못한다. ‣전체와 부분의 유기적 통일성을 능숙하게 다루나, 서사적 추론의 시각이 다양해진다.(내적 갈등, 상황 변인 고려) ‣전지적 화자를 활용하여 독자의 흥미를 끌기 위한 다양한 표현 방식이 등장한다.
4수준 (중1)	‣공간 이동을 중심으로 사건의 연속성을 표현할 수 있다. ‣서사의 통일성은 향상되나 추론의 복합성이 떨어진다. ‣평가적인 어휘를 활용하여, 직접적이고 간결하게 표현하려고 한다. 장면화는 상위 학습자의 글에서만 드러난다.	‣공간 이동을 중심으로 사건의 연속성을 표현하며, '상황 - 시도 - 갈등 - 결과'의 에피소드 구조를 인식한다. ‣서사의 통일성이 향상될 뿐 아니라 복합적인 요소를 고려하여 사건을 해석한다. ‣주제를 간접적으로 표현하고자, 장면화를 시도하며 대화를 다기능적으로 활용한다.
5수준 (중2,3)	‣사건의 역동성은 잘 드러나나, 시간적인 연속에서 혼란스러운 경향이 있다. ‣사건을 다양한 관점에서 입체적으로 해석하는 경향이 있으며, 특히 현실적, 상황적 변인을 중시한다. ‣다기능적인 표현이 늘고, 소통을 위해 다양한 미적 장치를 활용한다.	‣시간적인 연속은 잘 표현하나 사건의 역동성이 다소 떨어지는 경향이 있다. ‣전체와 부분의 유기적인 조화, 일관된 의미를 잘 표현한다. 모순과 갈등 등 대상을 복합적으로 인식할 수 있다. ‣다기능적인 표현이 늘고, 소통을 위해 다양한 미적 장치를 활용한다.

5. 서사 표현 능력 발달의 서사교육적 의의

이제까지 남녀의 성별 차이를 중심으로, 서사 수행 능력과 서사 스타일 면에서의 발달 과정과 단계를 살펴보았다. 이 글은 사회 언어적 방법론을 빌어, 서사 발달의 서사적 층위, 평가적 층위, 소통적 층위를 나누어 분석하였다. 그 결과, 서사 수행 능력의 발달은, 서사적 통일성, 복합성의 발달과 표현의 다양성, 동일 표현의 다기능적인 활용으로 확인할 수 있다. 다만, 남학생은 부분적인 통일성이 먼저 발달하고, 여학생은 전체적인 통일성이 후에 발달하며, 여학생이 약간 더 빨리 발달한다. 복합성은 비슷하게 발달하는데, 서사적 추론의 관점에는 남녀의 차이가 있다. 모두 인물의 의도나 동기부터 시작하나, 남학생은 상황적 변인, 현실적인 변인과의 관련성에 더욱 관심이 많고, 반면 여학생은 인물의 내면과 인물들과의 관계에 초점을 둔다. 아직 더 많은 사례로 보완되어야겠지만, 이러한 남학생과 여학생은 능력과 관심 면에서 약간의 차이가 있다고 보인다. 다만, 이러한 차이가 그들의 문화 경험이나 태도 변인과 어떠한 관련을 맺는지는 이후의 과제라 할 것이다. 7차 교육과정 이후, 표준 교육과정을 관심이나 수준에 따라 다양하게 분화하는 문제가 제기되고 있다. 남녀의 차이를 고려하는 것은, 학습자의 개별적 특성을 충분히 고려하는 교육의 생태학적 배려를 위해서라도 매우 중요하다고 본다.

교사용 〈설 문 지〉

학교:_____ 이름:_____ 경력:_____ 성별:_____

1. 남녀 학생의 문학(특히, 이야기)을 읽고 쓰는 능력에 차이가 있다고 보십니까?
① 차이가 많다 ② 차이가 조금 있다 ③ 차이가 거의 없다 ④ 차이가 전혀 없다

2. 차이가 있다면 누가 더 우수하다고 생각하십니까?
① 남학생이 매우 우수하다   ② 남학생이 조금 우수하다
③ 여학생이 매우 우수하다   ④ 여학생이 조금 우수하다

3. 문학 능력에 남녀 차이가 있다면 그 원인은 무엇이라고 생각하십니까?
① 사고 방식의 차이   ② 언어 능력의 차이   ③ 지식의 차이
④ 정서의 차이(관심, 흥미 등)   ⑤ 성에 대한 우리 사회의 편견

4. 남녀간 차이가 가장 현격하게 나타나기 시작하는 시기는 언제일까요?
① 1학년   ② 2학년   ③ 3학년

5-1. 다음 중 여학생이 남학생에 비해 우수한 영역은 무엇입니까?
     (있는 대로 골라 주십시오)
① 문학 창작   ② 문학 감상   ③ 설득적 글쓰기   ④ 설득적 글 읽기
⑤ 설명적 글쓰기   ⑥ 설명적 글읽기   ⑦ 자기표현 글쓰기   ⑧ 자기 표현 글 읽기

5-2. 다음 중 여학생이 남학생에 비해 우수한 영역은 무엇입니까?
     (있는 대로 골라 주십시오)
① 문학 창작   ② 문학 감상   ③ 설득적 글쓰기   ④ 설득적 글 읽기
⑤ 설명적 글쓰기   ⑥ 설명적 글읽기   ⑦ 자기표현 글쓰기   ⑧ 자기 표현 글 읽기

6-1. 남학생이 여학생에 비해 상대적으로 우수한 부분은 무엇이라 생각합니까?
① 어휘력 ② 상상력 ③ 문장력 ④ 글의 구성력 ⑤ 배경 지식 ⑥ 논리력

6-2. 여학생이 남학생에 비해 상대적으로 우수한 부분은 무엇이라 생각합니까?
① 어휘력 ② 상상력 ③ 문장력 ④ 글의 구성력 ⑤ 배경 지식 ⑥논리력

7. 글에는 학생들의 사고 방식이 잘 드러납니다. 이들 글에서 남녀 사고 방식의 차이
를 느낀 적이 있다면 적어 주십시오.

제 2 장

아동기와 청소년기,
서사 창작 경험의 발달 특성

1. 창조성 교육의 생태학적 접근

이 글에서는 초·중·고등학생의 문학 창작 경험의 발달적 특징을 비교·검토하고, 이를 바탕으로 창조성22) 발달을 위한 문학교육의 과제를 검토하고자 한다. 국어교육에서는 1990년대 이후, '창조성'과 관련된 논의가 양적, 질적으로 급성장하고 있다. 주된 연구들을 살펴보면, '창의적 사고력'과 관련된 연구23), '국어과'라는 영역 특수성에 기반한 창조성 교

---

22) 이 글에서는 '창의성'이란 말 대신 '창조성'(creativity)이란 개념을 사용한다. 이 개념이 '문학적 창의성'의 특징을 더욱 잘 표현하고 있다고 판단하기 때문이다. 스턴버그(1988)도 밝히고 있듯이 '문학, 예술' 영역에서의 창의성은 작품이나 텍스트를 생산함으로써 실현될 수 있는, 생산적 창의성(productive creativity)에 속한다. 이는 수학/과학의 문제 해결적 창의성과 구별된다.

23) 김대행(1998), "사고력을 위한 문학교육의 설계", 국어교육연구 5집, 서울대국어교육연구소. 김중신(1999), "문학교육장의 새로운 구성을 위하여: 창의적 사고력과 문

육 연구24), 창조성 교육의 교육과정적 요건25), 장르 변용 등의 언어문화 생산에 관한 연구 등으로 요약될 수 있을 것이다. 이런 성과에도 불구하고 접근 방법이 다양하지 못했다는 점은 반성될 필요가 있다. 주로 사고력 교육이나 텍스트와 관련된 이론적 연구가 주된 흐름으로 자리잡고 있는데 창조성 자체가 워낙 다층적이고, 복잡한 변인으로 이루어지고 있다는 점을 감안한다면 다양한 시각의 접근이 있어야 하고, 동시에 각론별 세분화된 논의가 동시에 진행되어야 한다. 가령, 국어과 내에서도 읽기 쓰기 등의 활동적 변인 뿐 아니라 장르별 변인에 따라서 창조성 교육은 다르게 접근할 수 있다. 논설문 쓰기와 서사문 쓰기에서 요구되는 창조적 문제 해결력에는 공통점도 있겠지만, 장르별 차이도 크다. 후자의 문제 발견 과정에는 '강한 느낌'이 '큰 깨달음'을 견인하며 또 글쓰기 대상과의 동화가 중요하다.26) 이 글에서는 특히, 문학·예술 분야의 창조성을 특화할 것이며 또 학습자들의 실제 경험에 대한 실증적 연구를 수행하도록 하겠다.

하지만 이전에 우리가 검토할 것이 있다. 그것은 우리의 교육에서 유통되는 '창조성에 대한 신화'이다. 언젠가부터 창조성은 교육의 문제를 해결하는 만능통치약처럼 언급되고 있다. 창조성이 21세기 핵심적인 문식력의 하나라는 점을 부정하기는 힘들 것이다. 하지만 여기에 전제되어

학교육", 문학교육학 4호, 한국문학교육학회. 박영목(2003), "창의적 사고력 신장을 위한 국어교육의 내용과 방법", 한양대 교육문제 연구소 창의성 교육 세미나 자료, 한양대학교 교육 문제 연구소.

24) 김은성(2003), "국어과 창의성 교육의 관점", 국어교육학 연구 18집, 국어교육학회, 65~98면. 이삼형·유영희·권순각(2004), "언어적 창의력 프로그램 개발 연구", 국어교육학연구 19집, 국어교육학회.

25) 김창원(2003), "창의성 중심의 국어과 교육과정연구 방향", 국어교육학연구 18집, 국어교육학회, 97~128면.

26) Charlotte L. Doyle(1998), "The Writer Tell: The Creative Process in the writing of Literary Fiction", *Creativity Research Journal 11*, pp.29~35. 이는 소설가들의 창작 과정에 대한 논의에서도 반복된다.

있는 신자유주의 경쟁 논리에 대해서만큼은 경계할 필요가 있다. 지식 기반 사회에서 창조성이 고부가가치 창출의 주요 덕목이고 보면, 창조성 교육은 원래의 의도와 무관하게 자칫, 기업이 요구하는 인력 양산의 도구적 성격으로 전락할 수도 있다는 우려의 촉수를 세워야 한다. 이런 문제의식은 많은 연구자들이 공유하는 것이지만, 이제는 창조성 교육의 철학에 적극적으로 반영하고 연구와 실천에 적용해야 할 것이다.

창조성은 인간이 환경에 능동적으로 대처하는 생존의 기초이자 본질로서, 문화적 존재로서의 자신을 발휘할 수 있는 기초적인 능력이다. 인간은 창조 능력을 발휘할 때 비록 창조의 고통이 뒤따른다고 하더라도 가장 행복하며 즐겁다. 또, 역으로 행복하고 자신의 가치를 발견할 수 있는 환경이라야 창조 능력도 발휘할 수 있다. 그런 점에서 창조성의 문제를 개인적인 특성이나 능력을 넘어서 제도나 지식 영역, 현장(문화의 장)과 체계적으로 연계하여 다루는 칙센트미하이 Mihaly Csikszentmihaylyi[27]의 접근은 호소력이 있다. 그의 의견을 수렴한다면, 창조성 교육의 테제는 개인의 능력 계발 문제를 넘어서 자신의 개성과 관심을 최대한 실현할 수 있고 스스로 문화 주체가 될 수 있는 교육, 또 이로써 자신의 잠재적 가능성을 키워나가고 공동체와 우리의 삶을 더욱 풍요롭게 가꾸는 교육의 과제와 함께 생각해야 한다.

이런 맥락에서 창조성 교육을 생태학적으로 접근할 필요가 있다. 국어교육의 생태학적 접근[28] 전반을 논의할 수는 없겠지만 이 관점의 장점은 학습자의 생태적인 환경과 개별적 특성을 교육 환경과 상생적으로 결합하는 노력을 체계화할 수 있다는 것이다. 곧, 창조성 교육의 문제는 아

---

27) Mihaly Csikszentmihaylyi, 노혜숙 역(2003), 『창의성의 즐거움』, 북로드.
28) 최현섭(1994), "생태학적 국어교육관과 국어교육 평가", 한국초등국어교육 10집, 한국초등국어교육학회. 박인기(2003), "생태학적 국어교육의 현실과 지향", 한국초등국어교육학회 학술대회 발표 자료집. 이성영(2003), "생태학적으로 타당한 독서교육을 위하여", 한국초등국어교육학회 학술대회 발표 자료집.

동·청년 문화 등의 다양한 문화 수용이나 근대 교육의 도구성과 과학주의를 넘어서는 문제 틀과 함께 기획할 필요가 있다.

이 글은 학습자들의 실제적인 창조 경험과 그것의 발달적 특성에 대한 기초 연구를 수행하고자 한다. 창조성 교육은 개인의 주체성과 자발성을 전제하기 때문에 학습자의 관심과 흥미, 인지적, 정서적 패턴에 대한 기초 정보가 큰 역할을 할 수 있을 것으로 기대된다. 전문 작가의 창작 과정이나 창작의 원리로 문학교육의 내용을 구안할 수도 있겠지만, 창조성에는 '동기화'라는 정의적 측면이 적극적으로 개입한다는 점을 고려할 때 이 이상적인 모델들은 학습자의 경험이나 발달 단계에 맞게 재구성될 필요가 있다.

이런 관점에서 보면 기존 연구의 공리 역시 다른 관점에서 이해도리 수 있다. 가령, 그간 연구에서는 창의성 교육에는 언어 관습에 대한 이해가 매우 중요하다는 점을 적극 제안한 바 있다. 이는 원론적으로는 타당한 지적이다. 하지만 발달론의 시각에서 보자면 '언제나' 타당한 것만은 아니다. 관습에 민감하고 또 적극적으로 반응하는 시기에만 관습 교육은 적합하기 때문이다. 또, 언제까지나 의미 있는 것만도 아니다. 자기 개성을 찾아나가고 기존의 관습을 넘어선 새로운 장을 펼치고자 할 때는 그 효력을 상실한다. 그리고 각 시기마다 관습을 교육하는 방식도 달라야 한다. 학습자의 주관적 반응을 존중해야 할 때도 있고, 관습의 역사적인 변모 과정까지도 종합적으로 고려해야 할 때도 있다.

이런 점에서 창조성은 영역별 특화와 함께 연령별 분화가 필요하다. 특히, 창조성 발달에서 '연령'은 매우 중요한 변인이라는 점을 지적하고자 한다. 성별, 지역별, 재능별 차이도 있지만, 연령에 따라 경험이나 지식의 양과 질, 사고 패턴에 현격한 차이가 있고 또 각각의 사회적 역할이나 또래 문화도 상이하다. 가령, 아동기와 청년기는 '성에 대한 관심'의 유무에 따라 인간관계의 경험이나 현실에 대한 이해의 폭이 대단히 달라지며 또, 청년기와 성인기는 해당 영역에서 요구되는 지식이나 기능 습득의 정도에 있어 상당한 차이가 있는데, 이는 곧장 창조적 산출물의 차이로 이어진다. 이 글에서는 학년별로 발달 과정을 살피기로 한다. 이로써 각 연령대의 학습자들이 지니고 있는 고유한 관심과 경험을 담은 그들의 '발달의 서사'를 구축할 수 있기를 기대한다.

2. 아동기와 청소년기 창조성에 대한 발달적 관점

1) 아동기와 청소년기의 문학 창조성 발달에 관한 이론 검토

이 장에서는 일반 창조성을 영역별(문학적 창조성), 연령별(아동기, 청소년기)로 특화하여 접근하는 이론을 검토하고 이를 전체 논의의 전제로 삼기로 하겠다.

문학(예술) 영역 창조성은 문학이나 예술이라는 영역의 특수성에 의해 규정되는 것이지만, 그렇다고 일반 창조성과 전혀 다른 새로운 것은 아닐 터이다. 이에 일반적인 창조성에 기반하되 문학적으로 재규정하기로 하겠다. 일반적으로 창조성은 '새롭고 유용한 산출물의 생산 및 생산 과정'으로 정의되지만, 이는 대단히 '복합적이고 입체적인 현상'으로이다. 이전에는 개인의 자질이나 특성에만 주목하였지만, 종합적이고 체계적인 접근을 하는 것이 전체적인 연구 경향이다. 이에 따라 창조성은 네 가지 변인(4P)29)으로 설명된다. 개인의 자질, 인지적·정의적 특성(person-

---

29) Rhodes, M.(1987), "A Analysis of Creativity", Fishkin(1999), "Issues in studying Creativity in Youth", *Investigating Creativity in Youth : Research And Methods*, Hampton, p.6 재인용.

ality), 창조 과정(process), 산출물(product), 상황변인(press situation)이 그것이다. 이를 문학 영역에 적용한다면, 문학 창조력은 "독창적이면서도 유용한 문학 산출물을 생산할 수 있는 능력"이라 할 수 있으며, 여기에는 "문학적 관심과 태도(personality)", "문학 창조 과정"(process), "작품 산출(product)", "사회 문화적 변인(situation)"이 포함되어 있다. 다시 이를 능력 개념으로 바꾸면, '사고력'(창조 과정 변인)과 '문학적 의사소통 능력'(산출물 생산 변인), '문화 생산력'(상황 변인), '문학 태도'(인성 변인)30)로 구조화할 수 있다.

문제는 바로 이러한 다층적인 변인으로 인하여 먼저 발달하는 것과 나중에 발달하는 것, 관심의 표면에 먼저 부각되는 것과 나중에 부각되는 것이 있다는 점이다. 발달적 관점에서 볼 때, 창조성은 전 인생에 걸쳐 지속적이고 장기적으로 발달해가는 일종의 과정적인 것이다. 비고츠키도 말했듯이, "창조성은 점차적으로 발전하며 장기간의 내적인 성숙과 종의 발달의 결과로 나타난 최후의 산물이다."31) 그것은 역사의 어깨 위에 서 있는 것이며 개인의 전 인생에 걸친 장구한 노력의 소산이다. 창조성도 일종의 인생 주기를 갖는다. 특정 나이가 되면 싹이 터서 개화하며 또 때가 되면 퇴락하기도 한다. 이 과정에서 때로는 슬럼프에 이르기도 하고 또 정점을 맞이하기도 한다. 영역에 따라 차이가 있지만, 문학 창조성은 일반적으로는 10세에서 12세부터 서서히 두각을 나타내서 13~15세부터 본격적으로 시작한다고 되어 있다. 수학이나 음악은 보다 어린 나이에 능력을 실현하는 반면 문학이나 과학 등은 더 많은 경력을 필요

---

30) 이러한 통합적인 접근은 김창원도 지적한 바 있다. 그는 특히, "표현과 이해 과정, 사고력, 문화 생산력"의 통합을 강조한다. 이런 시각에서 본다면, 문학교육이나 국어교육에서 '창조성'을 '창의적인 표현이나 이해'라고 하여 '비판적 표현/이해'와 같은 하위 활동 영역으로 설정하는 것은 재검토할 필요가 있다. 김창원(2003), 위의 논문, 참조.

31) Vygotsky, L.S. 팽영일 역(1999), 『아동의 상상력과 창조』, 창지사, 51면.

로 한다. 시는 10대 초반부터 20세 후반이, 소설, 극작가 등의 글쓰기는 40대 중반이 정점으로 되어 있다.32)

그런데 아동으로부터 시작하여 성년에 이르는 이 유구한 발달의 과정이 과연, 일관된 흐름으로 유지되느냐 아니면 단절된 단계들로 구성되어 있느냐에 대해서는 이견이 존재한다. 바로, 연속적 발달관과 불연속적 발달관이 그것이다.33) 전자는 발달의 일관성과 점차적인 변화를 강조한다. 단계별 차이보다는 공통점에 주목하여, 아동은 경험과 지식이 증가하면서 점차적으로 성인의 창조성을 이어받는다고 보는 것이다. 반면, 후자는 각 단계별 특징과 불연속적인 변화를 중시한다. 이 경우, 아동의 경험이나 지식의 부족을 어른과는 다른 창조성을 형성할 수 있는 조건으로 인식하고 있다.

현 교육과정에서 선택하고 있는 것은 전자의 관점이다. 이 경우, 교육의 목적과 방향을 분명하게 정한다는 점에서는 이점이 있지만 학년별·개인별 개성과 특징을 섬세하게 고려하지 못할 우려가 있다. 하지만 그렇다고 불연속적인 특성들만 강조하다 보면 전체 교육의 방향을 잡기 힘들어진다. 따라서 이러한 문제를 해결하기 위해서는 창조 능력의 발달 과정을 전체적으로 조망하면서도 창조성의 레벨과 유형에 대한 다양한 목록들을 가지고 각 연령별 발달 단계의 차별화된 특성들을 동시에 고려할 필요가 있다. 곧, 창조성을 단일한 실체로 간주하고 이를 일률적으로 적용하기보다는, 발달의 연속성과 불연속성을 동시에 고려하자는 것이다. 거시적으로는 아동은 성인의 성취를 이어받는다는 목표를 수행해야겠지만 이에 도달하는 경로와 과정에서는 각 단계마다의 고유한, 차별화된 발달 과제들을 고려해야 한다.

---

32) Mark A. Runco(1999), "Developmental Trends in Creative Abilities and Potentials", *Encyclopedia of Creativity*, Academic Press, p.459.
33) Mark A. Runco (1999), op. cit., p.450.

선행 연구는 '아동기와 청년기 창조성'과 '성인의 창조성'의 공통점보다
는 차이점에 더 주목하고 있다. 양자는 일단 경험과 지식에서 차이가 나
며 또, 관심과 흥미를 나타내는 대상, 즐기는 '창조의 형식'이 다르다.[34]
유아는 모방놀이(역할 놀이, 상상놀이)로 아동은 그림 그리기로 청년은 문
학 창작으로 자신의 창조 에너지를 발산하며, 성인은 숙달된 전문 영역
에서 자신의 실력을 겨룬다. 또 이들은 '창작 과정'에서도 차이가 있다.
나이가 어릴수록 문제 해결력이 약하며 의도성이나 전략적 접근이 부족
하다. 또, 창작 활동에 기반이 되는 지식이 불완전하기 때문에 '표현과
생산 결과'에서 커다란 차이가 있다고 한다.[35]

하지만 이러한 차이에 대한 평가는 서로 다르다. 아동기 창조성을 우
위에 두면, 경험과 지식의 부족이 오히려 어른들의 관습적인 문제 해결
력을 탈피하여 창의성을 실현하는 데 더욱 긍정적이라 평가할 수 있다.
반면, 성인기 창조성을 우위에 두면 경험이나 지식의 부족은 다양한 사
고를 방해하며 표면적이고 감각적인 성취에 그치는 요소가 된다고 평가
된다. 순수 예술/나 수학 영역은 전자의 입장을 문학이나 과학 영역은
후자의 입장을 지지하지만, 어쨌든 연령별 창조성의 유형과 질에 차이가
있다는 점에는 동의한다. 이러한 이유로 성인의 창의성을 진단하는 범주
와 창의성 개발 교육 프로그램을 아동과 청소년에게 그대로 적용하는 것
은 무리로 본다. 특히, 아동기는 아직 개화하지 않은 '창조의 싹'을 가지
고 있기 때문에, 그 잠재성을 개발하는 데 초점[36]을 두어야 한다.

특히, 문학과 예술 영역의 창조성 발달에서 쟁점이 되었던 것은 '독창

34) Vygotsky, L.S. 팽영일 역(1998), 위의 책. 참조.
35) Susan Merrill Rostan and Jeanie Goertz(1999), "Creators Thinking and
    Producing : Toward a Developmental Approach to Creative Process,
    Investigating Creativity in Youth : Research And Methods, Hampton.
36) LeoNora M. Cohen and Judith A. Gelbrich(1999), "Early Childhood
    Interest : Seeds of Adult Creativity", *Investigating Creativity in Youth :
    Research And Methods*, Hampton.

성'과 '관습성'의 역학 관계와 경험과 지식, 상상/공상의 역할과 관련된 문제이다. 예술 창의성 발달에 대한 'U'자 모델은, 아동기에는 대단한 창의적인 성취를 보이다가 관습적인 단계에 들어서면 부진과 슬럼프에 빠지다가 이후 다시 창조적 성취가 이루어진다고 설명하였다.37) 이 경우, 관습 학습의 단계는 창조성이 일시적으로 후퇴하는 시기라 할 수 있다. 그러나 비고츠키는 이 단계는 슬럼프가 아니라 상상력이 추상적이고 고차원적인 사고력과 함께 발달하면서 기존의 '재생적 상상력'이 '생산적 상상력'으로 전환하는 중요한 시기라고 재평가하였다. 이 시기에 해당되는 청소년기는 공상이나 상상력이 추론 능력, 논리력 등의 고등 사고력과 상호 작용하여 상상력에서 질적 비약이 이루어진다는 점에서 창조성 발달의 황금기라는 것이다.38) 그의 연구는 창조성 발달에서 청소년기와 '언어'(특히 문학 창작)의 중요성을 각별히 강조하고 있다는 점에서 본 연구에 많은 시사점을 준다.

2) 사례 조사 및 분석 방법

이 글은 개별 사례를 중심으로 횡단적 발달 연구를 시도하였다. 연구 대상자는 1) 초등 3학년(남녀 30명), 2) 초등 5학년(남녀 33명), 3) 중학교 2학년(여학생 35명), 4) 고등학교 1학년(여학생 35명)39)이다. 원래는 초등 2, 3, 4, 5학년과 중등 1, 2학년, 고등 1학년 모두를 대상으로 하였으나 의미있는 변화를 보이는 4개 단계로 구조화였다. 사례의 수가 적고, 관찰 시기도 짧았다는 점을 고려하여 이 과정에서는 이론 연구의 결

---

37) 이 모델은 주로 미술 등의 시각 예술에 초점을 두었다.
38) Saba Ayman-Nolley(1992), "Vygotsky's Perspective on the Development of imagination and Creativity", *Creativity Research Journal* 5, pp.77~86.
39) 여학생만 대상으로 한 연구는 남녀 공학에서 재검토할 필요가 있다. 문학 창조성에서 남녀의 성차는 의미있는 차이를 만드는 변수이기 때문이다.

과40)도 동시에 고려하였다.

다음, '창작 경험'을 1) 창작 과정 2) 창작 산출물 3) 창작에 대한 태도로 요소화하고 이 세 가지를 중심으로 자료를 수집하였다.41) 1) 창작 과정과 관련된 자료는 '한여름밤'이란 소재로 창작을 하도록 하고, 그 글쓰기 과정에서 자신이 경험한 '문제 발견(problem finding)'과 '문제 해결 과정'의 내용을 중심으로42) 학생들에게 반구조화된 설문과 집단 인터뷰43)를 수행하였다. 일종의 글쓰기 과정에 대한 자기 진술을 분석한 것이다. 문학 창작에서의 문제(problem)는 산출물의 '독창성'과 '질'을 구성하는 핵심적인 변인이다. 특히, 문제 발견은 '왜'(정서적 동기)와 '어떻게'(인지적 과정)를 종합적으로 살펴보았다. 그리고 문제 해결과정에서는 자신의 발상을 구체화하기 위해 어떤 전략을 활용하는가를 문제 삼았다.

2) 창작 산출물의 검토는 학생들에게 '한여름밤'이란 소재로 한 편의 이야기를 쓰도록 하고 학생들의 글을 질적으로 분석하였다. 특히, 학년별 상상의 패턴을 살피기 위하여 '한여름밤'이란 소재를 어떤 모티프로

---

40) 필자가 검토한 바로는, 대부분 '관습' 학습과 '독창성' 실현을 중심으로 하여, 단계화하고 있었다. Storr(1988)는 1) 특정 영역에서의 성취물 학습. 타인의 작업 모방, 2) 자신의 목소리 발견, '장'고 소통하면서 개인성이나 전문가의 시기에 입문 3) 보다 추상적이고 보편적인 아이디어 탐구로 나누었다. 또, '전관습기', '관습기', '탈관습기'로 나누기도 한다.

41) 이 세 변인은 창조성을 이루는 4P 중에서 '상황 변인'이 빠진 것이다. 상황 변인은 우리나라 교육적 상황이나 사회 문화적 상황이 포함될 터인데, 너무 광범위하여 이 연구에서는 제외하였다.

42) 이러한 연구 디자인은 Alane J. Starko(1999)의 도움을 받았다. 창작 과정을 직접 검토하지는 못했고, 창작 과정에 대한 자기 기술에만 의존하였는데, 양자는 차이가 있을 수 있으므로 이에 대해서는 이후 연구로 보완되어야 할 것이다. Alane J., Starko(1999), *Problem Finding : A Key to Creative Productivity*, Anne S. Fishkin Edt., *Investing Creativity In Youth : Research and Methods*, Hampton Press, INC.

43) 인터뷰의 내용은 설문 내용과 거의 유사하였다. 단, 집단 면접의 형태로 하여 학생들 상호간에 주고받는 내용에 주목하였는데, 이는 조사자와 피조사간의 사회적 관계가 답변에 영향을 미친다고 보았을 때 그 부정적 영향을 최대한 줄이기 위해 피조사 간 상호간의 대화를 중시한 것이다.

표현하고 있는가 또 어떤 서사 플롯으로 표현하고 있는가를 중심으로 자료를 분류·해석하였다.44)

3) 창작에 대한 인식과 경험, 관심은 관심 있는 장르와 매체를 비롯하여 창작에 대한 정의적, 인지적 반응과 학교 창작의 경험을 설문하였다. 종합적으로 학생들은 1) '한여름밤'이란 소재만 제시한 허구적 서사문 쓰기 2) 1)의 창작 과정에 대한 설문과 인터뷰 3) 창작 경험 일반에 대한 설문에 응답하는 방식으로 이 연구에 참여하였다.

자료 분석 방법은 질적 연구와 양적 연구를 종합하였다. 창작 산출물의 자료 코딩은 연구자의 직관에 의해 분석하였으나 모티프나 플롯 분석 등은 서사 구조 분석 작업이라는 점에서 그 신뢰도에서 큰 문제는 없을 것으로 보인다. 다음, 2) 창작 과정과 3) 창작에 대한 태도는 설문의 내용을 계량화하였고, 인터뷰의 내용은 질적으로 분석하였다. 전체적으로는 경험의 기술보다는 경험의 해석에 주안점을 두었다. 이 글의 관심이 '창조력'이 아니라 '창작 경험'에 있기 때문이다.

이 글의 한계는 대단히 많다. 사례의 수도 적고 단기적인 연구였으며. 또, 자연스러운 상황에서의 창작이 아니었다. 다만 창작 경험 연구의 가능성을 살피는 시론으로서 만족하고자 한다.

3. 아동기와 청년기, 문학 창작 경험의 발달적 특성

1) 초등학교 저학년의 창작 경험 : 체험 위주의 비의도적 창작

---

44) 이러한 접근은 비고츠키를 참조하였다. 대신 창작 능력보다는 창작 패턴을 살펴보는 데 중심을 두었다. Vygotsky, L.S, 팽영일(1998), 『아동의 상상력과 창조』, 창지사, pp.113~115.

(1) 창작 과정의 특징 : 주관적·비의도적 창작

이 시기 학생들은 자의적이고 비의도적인 형태로 창작을 경험하는 것으로 나타났다. 문학 창작 동기에 대한 설문에 대해, 초등학교 저학년들은 주로 감정적 반응들, 즉 재미있어서(10명), 상상이 떠올라(7명), 경험한 것이라서(5명), 느낌을 살리고 싶어서(슬프거나, 외로운 등)(4명) (총 26명)을 제시하고 있었다. 또 동일 질문의 인터뷰에서도, "너무 재미있어서", "모험 이야기를 좋아하기 때문에", "내가 상상한 것이기 때문에", "여름이 좋아서", "내가 생각한 것이니까", "실제 경험한 것이기 때문에", 등의 주관적이고, 감정적인 반응이 압도적으로 나타났다. 이들의 창작 활동이 자신에게 놀랍고 재미있었던 경험을 기억하는 일종의 '재생적 상상력'에 기반하고 있음을 보여주고 있다.

창작의 문제 발견이나 해결 과정에서도, 비의도성과 자의성은 그대로 나타난다. 인터뷰 결과, 학생들은 "선생님이 쓰라고 해서", "이런 생각이 나서" 등 다소 비의도적이고 자의적인 방식으로 문제에 접근하고 있었다. 글쓰기 계획에 대한 설문에서도 "떠오르는 대로 쓴 경우"(18편), "전체 줄거리 작성한 후 쓴 경우"(10편) (총 28명)으로 유사한 결과가 나타났다. 또, 창작 과정상의 어려움에 대해서도 글씨나 길이 등 '글쓰기 완성' 자체, 혹은 상상이나 생각이 떠오르지 않았다는 등의 다소 막연하고 추상적인 문제를 다수의 학생이 지적하였고, 해결 방법에 대한 분명한 전략은 없는 것으로 나타났다.

이런 결과로 볼 때, 이 시기의 학생들이 창작을 의도적이고 목적적인 과정이 아닌 다소 자의적이고 주관적인 구성물로 접근하고 있다고 할 수 있겠다. 이는 발달 이론가들이 성인 창작과 구분되는 아동 창작의 특성으로 지목한 '비의도성'45), 주관적이고 자의적인 형태의 창작이라 할 수

---

45) Fishkin(1999), "Issues in studying Creativity in Youth", *Investigating*

있다. 3학년보다는 2학년에서 이런 경향이 강했다. 다만, 상위 수준의 학습자 경우, 처음 시작, 결말 처리 등 구조와 관련된 문제를 고민하고 있었는데, 이들의 글은 상대적으로 수준이 높았다.

(2) 산출물의 특징 : 정서적 결합을 중시하는 창작 경향

이 시기의 산출물은 개별 사건들의 파편적인 연쇄 형태로서, 사건을 의미로 전화하는 '구조화'가 거의 되어 있지 못하였다. 담당 교사의 설문 결과도 유사하였는데, 그는 인터뷰에서 초등학교 저학년은 구조에 대한 자각이 거의 없을 뿐 아니라 구조 자체에 저항감을 느끼기 때문에 이야기보다는 동시를 선호한다고 지적한 바 있다. 이 시기 학습자들의 이야기는 논리적이고 인과적인 사건 결합보다는 자신의 주관적인 '정서'적 결합으로 이끌어 가기를 좋아한다. 대표적인 예로 다음의 이야기를 들 수 있다.

　옛날에 아름다운 여왕님이 있었다. 그런데 여왕님은 한 가지 걱정이 있었다. 바로 아기가 없다는 것이다. 그러던 어느날 놀라운 일이 벌어졌다. 여왕님이 드디어 아기를 낳았다는 것이다. 아이를 나을 수 있었던 이유는 여왕님이 별똥별이 떨어질 때, 소원을 빌으셨기 때문이다. 그런데 한 가지 안 좋은 일도 있었다. 여왕님께서 며칠 안 있으면 돌아가신다는 것이다. 그래서 백성들은 장례식을 치를 준비를 하고 있는데 아기가 많이 많이 자라서 15살이 되었는데 백성들이 장례식을 치르는 모습을 보고 공주는 충격을 받아서 왕비님께 달려가 물어 보았다. "왜 백성들이 장례식을 치르고 있지요?"…생략…

이 이야기는 비약과 우연, 극단적인 사건들로 가득 차 있다. 하지만 깊이 있게 들여다보면, 이 아동이 느끼는 가족과의 이별에 대한 공포나

Creativity in Youth : Research And Methods, Hampton.

주인공에 대한 동정의 마음을 읽을 수 있다. 이 시기 학생들의 글에는, 가족이나 부모의 죽음에 대한 공포, 사회적 금기에 대한 걱정, 육체적·정신적 아픔, 사회의 부조리함을 평정하고 싶은 마음, 자연에 대한 호기심과 신기함 등의 생생한 감정들이 주로 표현되어 있었다. 이 감정의 논리가 바로 플롯의 구성 원리인 셈이다. 물론 '개연성'에 대한 자각이 전혀 없었던 것은 아니다. 자신들의 글을 비평하는 설문에서 3학년은 비약과 우연의 문제를 비평적으로 지적하기도 하였다. 그러나 작품 산출물은 이를 실현하지 못하고 있었다.

학생들의 글에서 발견되는 핵심 모티프를 추출하여 이 시기 상상력의 특징을 분석해 보았다. 그 결과, '한여름밤'을 소재로 한 서사문 쓰기에서 주로 나타난 모티프는 '여름밤의 꿈(5편), 한여름밤의 폭력/사고(5편), 한여름밤의 추억(5편), 한여름밤의 금기(4편), 한여름밤의 도둑(3편), 한여름밤의 숲(3편), 한여름밤의 외계인/귀신(3편) (총 28편)의 순이었다.

이들은 다시 '경험 재현의 이야기', '모방적인 이야기', '완전 공상적인 이야기' 등으로 분류할 수 있는데, 특징적인 것은 경험 재현의 이야기가 허구적인 이야기보다 상대적으로 많았다는 사실이다. 특히, 한여름밤에 일어난 폭력에 대한 적나라한 묘사는 이 시기의 학생들의 글에서만 찾아볼 수 있었다. 도덕적인 판단 이전에 폭력의 놀라움, 고통스러움 그 자체에 충실한 글들이었다. 이러한 사실은 비고츠키 Vygotsky 46)의 지적대로 공상과 환상은 아동기보다는 청소년기에 더욱 발달한다는 점을 확인시켜 주었다. 다만, 그 경험의 내용은 학년에 따라 다소 차이가 난다. 2학년이 자신의 감정을 중심으로 하는 경우가 많은 반면, 3학년이 되면 사회적 관계와 갈등까지 등장하고 있었다. 물론 이 경우에도 갈등은 객관적으로 조망되지 않으며 주관적인 감정 차원에서 머무른다.

---

46) Vygotsky, L.S(1994a), "Imagination and Creativity in the Adolescent", *Soviet Psychology*, M. E. Sharpe INC, pp.73~88.

(3) 창작에 대한 태도와 관심 : 창작에 대한 긍정적 태도와 매체 통합적
   인 창작

이 시기는 매우 많은 양의 창작을 생산하며 또 자신의 창작 경험에 대
해 대단히 긍정적이다. 자기의 글에 대한 장점과 단점을 제시하는 설문
에서 대부분의 학생이 자신의 글에는 단점이 없다고 제시하였다. 여기에
는 교사와 부모의 격려도 적극적인 기능을 하고 있었다.

왜 창작을 하느냐의 질문에서도 "글쓰기 실력을 높이려고", "선생님과
부모님의 칭찬"을 받으려는 식의 외적 동기가 강하게 작용하고 있다는
점으로 미루어 보아, 이 시기 문학적 글쓰기는 공식적인 문식력으로 인
식되고 있음을 확인할 수 있다. 실제로 창작은 교사와의 교실 내 상호작
용 속에서 자주 경험할 수 있는 활동이었다.

그런데 주목할 점은 이 시기에는 '쓰기'라는 행위 자체를 대단히 부담
스러워한다는 점이다. 10살 어린이들은 조사자가 글쓰기를 주문하자 절
반 이상은 그림과 글을 함께 표현할 정도로 그리기에 친밀감을 보였다.
또 교사와의 면담 과정에서도 학생들이 쓰기보다는 말하기, 그리기에 더
욱 적극적이라는 사실을 알아 낼 수 있었다. 아직은 '쓰기' 자체를 어렵
고 낯설어 하였으며, 장시간의 쓰기를 노동으로 인식하였다. '쓰기'라는
활동이 창조적 표현 충동을 억압하는 형국이었다.

2) 초등학교 고학년의 창작 경험 : 관습 모방과 환타지에 대한 관심

(1) 창작 과정의 특징 : 사회적 · 의도적 창작과정

이 시기에는 창작 과정에 개입하는 자신의 의도성이나 청자와의 소통
적 변인을 자각하기 시작하였다는 점이 특징적이 있다. 창작 동기를 확
인해 본 결과, 개인적인 재미나 흥미라는 유희적 요소 외에도 도덕적 계

몽이나, 인지적 호기심 등의 변인이 등장하고 있다. 비율 면에서 보면 재미의 유희적 충동(12명), 호기심(11명), 도덕적 계몽(7명) (총 30명)으로 나타난다. 역시 "재미있어서", "기억이 제일 많이 남아서" 등의 유희적 충동이 주류를 이루지만, "재미있어서" 뿐 아니라 "재미있게 하려고", "감동을 주려고", "친구간의 우정을 잃지 말라고", "컴퓨터를 많이 하지 마라", "자기 꿈을 잃지 마라" 등의 의도적이고 계몽적인 특성도 증가했다. 이 때문에 글의 내용은 다소 도식적으로 되고 있다. 하지만 이러한 변화는 긍정적이다. 주관적인 단순 표현에서 독자를 대상으로 주장하고 알리는 창작의 사회적 측면을 자각하고 있으며, 글쓰기를 보다 '문제 해결적인' 의식적 과정으로 인식하고 있음을 보여주고 있기 때문이다.

창작에서 설정한 문제를 살펴보면 저학년보다 추상적인 것으로 바뀌고는 있었으나 아직은 서사 구조 속에서 뚜렷하게 드러나지는 않은 상태였다. 인터뷰 결과, 이 시기 학생들이 가졌던 문제 의식은 "귀신은 있을까?", "한 여름 밤의 무서운 일은 무엇이 있을까?" 등 막연한 의문 상태이다. 잘 정의된 창의적인 문제의 요건인 '현재의 상태'와 '목적의 상태' 간의 긴장이 확보되고 있는 상태라고 하기는 어려운 것이다. 이런 점에서 볼 때, 이 시기 학생들은 저학년에 비하여 창작 의도를 설정함에 있어서는 발전하고 있으나 이를 글쓰기의 실제 문제적인 상황으로 구성하고 있지는 못하고 있었다.

문제 해결 방법에 대한 인식 역시, 상대적으로 부족하였다. '해결 없음'(12명), '글쓰기 관련 지식을 활용한 해결'(4명) '문화적 자원을 활용한 해결'(2명) (총 18명) 등이 그 결과로 나왔다. 발달 이론에 의하면 잘 구조화된 문제의식은 '탈관습기'에 의해서나 가능하다고 한다. 곧, 기존의 관습(미적, 도덕적)을 충분히 이해하면서도 여기에 비평적 문제의식을 덧붙일 수 있을 때 가능한 것이다.

(2) 산출물의 특징 : 관습 모방과 환타지에 대한 관심

이 시기의 산출물은 미적, 도덕적으로 모두 관습적인 경향을 띤다. 미적으로 보면 모티프가 다양하지 않으며 특정 유형의 패턴으로 고정되어 있음을 발견할 수 있다. 한여름밤 관련 모티프는 ① 귀신/외계인(15편), ② 한여름 밤의 추억(9편), ③ 꿈과 환타지 여행(4편), ④ 한여름밤의 사고/소통(2편) 등으로 나타나는데, ②의 내용이 압도적으로 많고 ①도 획일적인 내용이 주를 이룬다.

> 서울시 여의도의 한 주택가에 A라는 아이가 살고 있었다. 한여름날 A의 부모님은 동창 모임에 가시고, A 혼자 집을 보아야했다. A는 등뒤가 서늘하고 무서워 제일 친한 H를 불렀다. H는 A네 집에 오면서 공포 영화를 빌려왔다. 둘은 그 영화를 같이 보았다. 그런데! 귀신이 나오는 장면에서 갑자기 불이 꺼지고 T.V도 꺼졌다. 딴 집들은 모두 불이 켜져 있고 A네 집만 정전이 된 것이었다. A와 H는 공포에 떨며 H네 집으로 달려 갔다. 그러나 H네 부모님이 어디 가셨는지 문이 잠겨 있었다. H와 A는 어떻게 할지 몰라 구멍가게로 들어가 손전등을 샀다. 계산을 하려고 둘은 주인 할머니를 불렀다. 계산을 하고 거스름돈을 받는데 H의 손에 닿은 할머니 손은 사람의 손이라고 볼 수 없을 만큼 앙상하고 너무 차가왔다.

이 작품은 대중 서사물에서 흔히 볼 수 있는 도식이 반복되고 있다. 중·고등학생들의 글에도 이런 도식이 발견은 되고 있으나 이 시기는 공상적 요소가 많고 보다 드라마틱한 서사 구조로 표현한다는 특징이 있다. 여기에는 두 가지 판단이 가능할 것이다. 하나는 이 시기는 '초월적인 존재'와 '환타지'에 인지적 관심이 있다는 판단이다. 학생들의 산출물에 '귀신'이나 '외계인' 등의 초월적인 존재가 압도적으로 많이 나타나며 신비하고 초월적인 현상에 대한 강한 호기심을 드러내고 있다는 점을 그 근거로 삼을 수 있다.

또 다른 하나는, 이 시기는 특정 관습에 관심을 가지고 열심히 모방하는 단계라는 것이다. 이 학생들의 관습에 대한 예민함은 창작 과정에서도 드러난다. 이들의 글쓰기를 계획을 보면, '장르'적 측면, 곧, '재미있는 이야기로 쓸 것인지' '웃긴 이야기로 쓸 것인지' '무서운 이야기로 쓸 것인지'를 먼저 문제 삼는다고 하였다. 학생들의 산출물은 유사한 도식들로 전개되고 있을 뿐 아니라 이 도식에 대한 뚜렷한 자기반응이 없다. 따라서 이 시기가 문학 혹은 문화의 관습의 모방을 즐기는 시기라는 판단이 가능하다.

(3) 창작에 대한 태도와 관심 : 창작에 대한 호의적 태도

창작에 대한 태도는 저학년과 거의 유사하였다. 창작에 대한 호의적인 감정을 유지하고 있었으며 부정적인 반응보다 긍정적인 반응이 많았다. 단, 남녀의 태도는 차이가 있었다. 남학생은 부정적인 반응이 여학생은 긍정적인 반응이 더 많았다. 또, 창작을 부모님과의 상호작용 속에서 수행하는 경우가 혼자 창작하는 경우도 많았다. 문학 창작에서도 내면적인 동기(행복해서)가 외면적인 동기(칭찬, 글쓰기 실력)를 앞지르고는 있지만, 이 시기의 창작은 아직도 '공식적인 문식력'의 장 속에서 수행되고 있었다. 하지만 아직도 글보다는 만화를 선호하였다.

3) 중학생의 창작 경험 : 관습의 내면화와 낭만적 사고 경향

(1) 창작 과정상의 특징 : 관습의 내면화와 자유 연상

이 시기에 학생들은 글쓰기 관습, 문학 유산과 관련된 변인을 글쓰기 과정에서 적극적으로 고려하고 있었다. 글쓰기 과정의 어려움에 대한 설문에서, 학생들은 "시작 부분이나 결말 처리 방법", "문장과 문장의 관

계", "인물 성격화", "잘 연결되어 글이 맞게 되느냐"의 문제를 지적하였
다. 이처럼 창작 방법론적인 문제를 제기하는 것은, 이전 시기와는 매우
다른 모습이다. 또, 문제 해결 과정에서 고려한 변인도, "책이나 TV의
이야기를 생각하면서 해결했다"는 응답이 다른 학년에 비해 높게 나왔다.

이와 같이 전반적으로 문학 관습을 중시하는 경향은 창작에 대한 인식
에서도 반복된다. 글의 요건에 대한 설문에서 그들은 "문학 형식에 대한
이해", "학습한 글쓰기 규범에 맞는 글"이 중요하다고 평가하고 있었다.
이러한 내용들은 모두, 문학 관습이나 글쓰기 규범에 대한 관심과 의식
이 높아지고 있음을 보여주는 것이다. 하지만 아직은 관습에 적절하게
표현하고 있는가의 문제를 중시하고 있어, 관습을 비평하거나 주체적으
로 선택하는 단계에 이르지는 않고 있다.

창작의 동기에서는 상상이나 연상이 중요한 요인으로 나타났다. 설문
결과, ① 상상해서(12명), ② 경험이 기억나서(4명), ③ 좋아하는 내용이
라서(5명), ④ 쓸 거리가 없어(3명), ⑤ 바람이 있어서(1명) (총 25명)의
순이었다. 쓰는 과정에 대한 사후 인터뷰에서도 대부분, 창작의 의도나
교훈 등을 앞세우기보다는 연상과 상상의 과정을 밝히고 있다. "생각나
는 단어들을 모아서 썼다", "그냥 떠오르는 단어들을 엮어 보았다.", "이
런 저런 것이 갑자기 생각나서" 등의 내용을 밝혔다. 자신이 다루고자 한
창작의 문제를 밝히라는 질문에서도, 대부분이 인지적 호기심 "주인공의
꿈이 아니라 진실이라면?", "한여름밤에는 아이들이 무엇을 할까?", "한
여름밤 나무는 무엇을 볼까?", "내가 나의 죽음을 볼 수 있다면?" 등 학
생들은 다소 사변적이고 추상적이며 관념적인 질문들을 던지고 있었다.
산출물에서도 에세이적인 형태가 3편이나 되었다.

비고츠키 Vygotsky, L.S[47])는 청소년기는 상상력의 황금기이며 공상이

---

47) Vygotsky, L.S(1994b), op. cit., pp.73~80.

가장 많아지는 시기라고 하였다. 이런 의견에 기댄다면, 이 시기는 자유 연상과 공상을 즐기는 단계라 판단할 수 있을 것이다. 하지만 이 시기에도 문제 해결의 방법에 대한 자각은 거의 없다. 창작 과정에서 문제에 대한 해결 방식에 대해 대부분의 학생이 "그냥 깊이 있게 생각했다"라고 답변한다.

(2) 창작 산출물의 특징 : 자기 표현과 낭만적 공상의 창작 경향

이 시기 창작 산출물을 분석하면 일단 모티프가 다양하고 다채롭다. 주된 모티프로는 ① 사랑의 꿈(8명), ② 답답한 마음(4명), ③ 여행(4명), ④ 환타지(4명), ⑤ 추억(3명), ⑥ 힘든 삶(3명), ⑦ 모기와의 전쟁(1명) (총24명) 등이었다.

이 모티프들은 크게 1) 낭만적인 상상과 공상의 작품 경향과 2) 자기 표현의 경향으로 분류될 수 있다. 1)의 경향은 초등학생부터 지속적으로 나타났던 것이다. 그러나 이 시기에는 질적으로 차별화된 특성이 나타난다. 초등학교의 공상이 주로 전래동화나 민담류와 같은 허구의 세계였고 객관적인 인과 논리보다는 주관적인 정서의 논리로 이루어졌다면, 중학교의 공상은 타인의 삶에 대한 감정이입을 전제로 한 '그럴듯한 허구'의 모습으로 나타난다. '허구적 자아'의 체험이 확대되는 것이다. 다양한 사회적 계층의 인물이 등장하며 이국적인 시간과 공간(외국)이 형상화되는 등 공상의 폭이 넓어진다. 그리고 사건 그 자체보다는 나름의 현실적·사회적 문제에 기반하여 '의미화하려'는 창작 경향이 주를 이룬다. 물론 '극단적인 사건 전개'나 '주관적인 힘이나 정열', '이국적인 취향' 등 에간 Egan[48]이 지적한 낭만적 성향도 두드러진다. 하지만 이 공상의 요소에

---

48) Egan,Kieran(1998), *Imagination in Teaching and Learning*, Routledge, 1998.

는 객관적 문제의식이나 추론도 개입하고 있음도 주목할 수 있다. 다음 글을 살펴보자.

> "할 일이 많은 걸. 휴. 오늘도 회사에서 자야겠군". 나의 이름은 경수. 월급 받는 회사원이다. 따르르릉. "여, 여보세요?". "여보, 나 예요. 오늘 민아 생일이예요. 아침에 당신이 준 선물 보고 기다려요. 지금 들어와요." "오늘 안 되겠는데. 미안해서 어쩌지.", "당신 정말." 뚜뚜뚜… 그런 날들이 반복되고 몇 주가 지난 일요일. "여보, 내일 여름 휴가는 집에서 일하지 말고, 아이들이랑 바닷가에 가요. 어, 휴가 날이 당신 생일이네……", "어? 벌써? 음, 이번에도 힘들 것 같아.", "아빠 너무 해." 쾅. 나는 어릴 때 가난하게 살았다. 가난은 너무 싫었다. 나는 항상 생각했다. 미래의 내 아내와 아이가 나처럼 고생시키고 싶지 않다고 열심히 공부했다. …중략… 남편은 너무하다. 결혼 한 뒤 여행을 간적이 없다. 심지어 같이 시장을 가본 적도 없다. 일만 너무 열심히 하고 나와 아이에게 소홀한 것이 너무 슬플 뿐이다.

이 글은 '여름의 휴가'를 소재로 하고 있지만, 아내와 남편의 각기 다른 내면을 드러내면서 사회적 문제나 가족 간의 갈등을 형상화하고 있다. 어색하지만 구체적인 형상에 현실에 대한 문제의식을 결합하고 있는 것이라 할 수 있을 것이다.

이러한 변화는 비고츠키 Vygotsky, L.S[49]가 지적한 상상력의 발달 과정으로 이해할 수 있다. 유아나 아동 시절의 상상은 현실 모방의 충동을 바탕으로 하기 때문에 현실과 구분되는 새로운 세계를 만들고자 하지만 '재생적 상상력'에 머문다. 하지만 청소년기는 추론 능력, 추상적 사고 작용과 상상력이 결합하면서 현실을 모방하기보다는 현실을 넘어서는 새로운 의미를 생산할 수 있게 된다. 이 글의 조사 결과에 따르면, 우리나라

---

49) Vygotsky, L.S(1994b), "Imagination and Creativity in the Childhood", *Soviet Psychology*, M. E. Sharpe INC, pp.84~96.

에서 그 시기는 중학교 2학년부터이다. 이때부터 자신의 주관적 상상과 '객관적 세계'의 조율에 대해 깊이 있게 생각하기 시작한다. 물론 아직은 주관적인 내면과 객관적인 논리 사이의 어색한 종합이 존재하는 '습작기' 이지만 말이다.

또한 이 시기에는 자기 내면 표현의 욕구가 왕성해지고 있다. 특히, 사춘기의 이성에 대한 관심, 미래에 대한 불안, 학교생활의 고달픔이 고백체나 '꿈'의 형식으로 표출되고 있는데, 이는 특정 장르에 속한다기보다는 포괄적인 자기표현의 글쓰기라 할 만하다. 하지만 세부 묘사나 인물을 구체화하는 능력이 급격히 발달하고 있다는 점은 특징적이다.

> 나는 초등학교 때부터 우울한 날이나 기분이 나쁜 한 여름밤에 Mp3와 아이스크림을 달랑 손에 쥐고는 옥상에 눌러 앉는 습관이 있다. …중략… 옥상이란 친구와 함께 있는 한여름 밤에는 슬프지도 않고 우울하지도, 답답하지도 않다. 하루 중 가장 행복한 순간이고, 내게 있어 유일한 낙이다. 그런 식으로 방학이 끝나갈 때가 다 되도록 나의 일상은 반복되었다. 방학이 끝나기 1주일 전, 여느 때와 상관없이 옥상에 누워 하늘을 보고 있었다. 여느 때처럼 낮에 있었던 일을 생각해 봤다.

하지만 아직은 내면의 토로라는 차원에 머물고 있음을 발견할 수 있다. 자신들의 욕망이나 문제를 보편적이고 포괄적인 시각으로 검토하려는 노력은 상대적으로 미흡하기 때문이다. 이는 고등학생의 글에서나 발견할 수 있다.

(3) 창작에 대한 관심과 태도 : 또래 문화로서의 문학 창작

이 시기, 학생들의 창작 활동은 교사와의 공식적인 활동보다는 친구들 사이의 또래 문화적 성격이 강했다. 인터넷 소설 장르로 실제 작품 활동을 하기도 하고 이를 희망하기도 하였다. 창작에 대한 인식에서도 "재미

있다", "성취감을 느낀다"가 압도적이었다. 비록 창작 방법이나 창작 과정
에 부담감을 느낀다고 하더라도 창작 자체에 대해서는 긍정적이었다. 표
현 매체는 '글'을 가장 선호하였고, 창작에서 독창성을 중요한 변수로 자
각하고 있었다.

4) 고등학생의 창작 경험 : 비평적 자의식과 소설적 사고 경향

(1) 창작 과정의 특징 : 비평적 자의식과 '관습'의 선택적 활용

이 시기는 앞의 단계와는 질적인 변화가 나타나고 있다. 비판적 사고
력, 문학 관습에 대한 비평적 자의식이 발달하고 이를 선택적으로 활용
하려는 경향이 두드러진다는 점이다. 창작 동기 설문 결과를 보면, ①
개인적인 욕망 표현(11명), ② 체험 기억/기록(9명), ③ 사회적 문제의식
표출(6명), ④ 별 생각 없다(6명) (총 32명)로 나타났다. 중학생과 유사하
게 '자기표현'의 동기가 매우 강했는데, 특징적인 것은 이 욕망이 자신과
사회가 처한 현재를 문제적으로 바라보고 새로운 무엇인가를 찾는 '가능
성'의 사고와 연관되어 있다는 점이다. 인터뷰 결과 얻었던 결과, 곧 "ー
가고 싶어서", "ー이 되고 싶어서", "ー사회가 되었으면 해서", "한여름밤,
우리 청소년들은 어디에?", "바뀌었으면 해서", "방학은 왜 이렇게 보내
니?" 등도 이와 관련지어 해석할 수 있겠다. 그러니까 이들은 현실에 대
한 불만을 문제적으로 인식하면서 허구를 구성하고 있는 것이다. 원래
문학 창작은 문제 해결보다는 문제 제기의 성격을 띤다. 이는 현재의 상
태를 또 다른 가능성 차원에서 인식하여 문제적인 것으로 접근함으로써
가능한 것이다. 이런 점에서 고등학생의 경우, 허구에 대한 인식은 가능
성의 사고, 대안 구성의 사고라는 본래의 개념에 도달하고 있음을 알 수
있다. 창작 이후, 이들이 허구적 세계를 완성했다는 것에 대해 강한 자

부심과 성취감을 느끼고 있는 것도 이와 관련될 것이다.

또한, 이 시기의 창작 과정에는 비평적 자의식이 강하게 작용하고 있었다. 고등학생들은 작품 만들기의 어려움을 토로하면서 내용 생성이나 작품 구조 측면 외에도 시점 선택, 문체 선택, 시·공간 배경 선택 등, 서사의 세부적이고 구체적인 면을 고려하고 있다. 상위 학습자의 경우 이러한 전략적인 고려는 매우 세밀하다. 가령, 자신의 창작 과정에 대한 진술에서 "청소년 문제를 타인의 시각에서 보도록 하는 것이 효과적이어서 회상의 서술로 바꿈", "아이의 관점보다는 제3자인 여자의 관점이 타당할 듯해서 바꾸었다"과 같은 내용이 나타나나고 있다. 이런 점에서 이 시기는 문학관습이 내면화된 수준을 넘어서 주체적으로 선택되고 활용되는 단계라는 판단이 가능하다. 물론 이 선택과 활용은 자연스럽고 또 원활하게 이루어지고 있지는 않았다. 오히려 이것이 간섭으로 작용하여 창작에 대한 부정적 반응이 긍정적 반응보다 많았다. 하지만 이는 그만큼 창작에 영향을 미치는 문화적 변수를 복합적으로 고려하는 것이라는 점에서 발달 과정에서 보자면 긍정적이다.

하지만 이 시기에도 창작 과정상의 문제 해결 방법은 다른 학년과 유사하게 자각된 전략을 가지고 있지는 않았다. 이전 시기보다도 지식이나 문학 자원의 도움을 받는 사례가 적었다. 이는 독서량이 줄어들었고 또 상위 학교 진학과 관련하여 대단히 수동적인 형태로 문학 독서를 하고 있기 때문인 것으로 해석된다.

(2) 산출의 특징 : 개성적 스타일에 대한 관심과 소설적 인식

이 시기 산출물은 자기표현과 개성, 자기 욕망의 표현을 중시하는 경향이 있다. 주된 모티프를 분석한 결과 ① 탈출(18명), ② 꿈(8명), ③ 추억(4명), ④ 귀신(2명) (총 32명)으로 나타났고 주로 '탈출-귀환'이라는 욕

망을 전제로 하고 있었다. 여기에는 '억압적인 현실'과 '개인적 욕망' 사이의 '갈등'이 구성적 긴장이 깔려 있다.

이러한 경향은 이 시기만의 매우 독특한 특징이다. 유사한 경향을 보였던 중학생의 경우, 자신의 욕망을 현실과의 갈등보다는 고백적인 토로에 치중한다면 고등학생은 이들의 갈등적인 관계를 부각시키면서 사건의 역동성을 살리는 것이다. 그리하여 환상과 공상의 요소가 있더라도 이를 '꿈'의 모티프 등을 활용하여 현실 원칙과의 일정한 긴장 속에서 표현하고자 한다. 이런 점에서 이 시기는 현실과 개인 욕망의 갈등 상황을 다루는 '소설적 인식'의 경향이 있다. 물론 이 갈등은 다소 체험적이고 개인적인 측면에 머물러 있기도 하다. 사회 전체의 시각에서 문제를 조망하기보다는 개인의 욕망 표현 그 자체를 중시하고 있기 때문이다. 또, 대부분은 아래 제시된 글과 같이 '강요된 화해'로 '현실'에 편입되는 결말을 맺기도 한다. 하지만 소설적 인식으로 하여 이전 시기와는 달리 '사회(현실)과 나', '인물들의 관계'에 대한 인식은 증가하였다는 점은 강조할 만하다.

> 또 여름이 왔다. 많은 사람들이 가족들과의 휴가를 기대한다. 친구들과의 모닥불을 피워 놓고 함께 지샐 밤도 꿈꿔본다. 하지만 그 때, 내가 10대일 때만해도 그런 여행은 기대조차 하지 않았었다. 그 나이라면 누구든지 친구에 울고 웃을 때가 아니었던가. 그런데 가정 혹은 학교에선 그 때까지만 해도 우리를 아이 취급했다. 우리도 나름대로의 사고 방식이 있었고, 문화가 있었고, 우리끼리 즐기고픈 그런 것들이 있었기 마련이다. 그랬었기에 그날도 나는 이 후덥지근한 여름 밤을 가시게 해 줄 거리를 만들기 위해 엄마를 조르고 또 졸랐었다. "엄마— 방학인데요. 별로 위험하지도 않아요. 경찰들도 밤에 보초 다니고, 그 바닷가는 사람도 많고, 텐트도 충분해서 편하게 잘 수 있다구요" 학교 친구들과 선배들과 여름 방학을 이용해 바닷가로 1박 2일 여행을 가기로 했다. …중략… 20살이 된 지금도 여름만 되면, 무더운 여름이 되면 아직도 옛 기억이 나는 걸 보면 그 땐

정말 친구와의 여행들을 바라고 원했었나 보다. 그렇게 울고불고 하던 일들이지만, 고교 동창생들과 기차 여행을 가는 지금은 훈훈한 추억이 되어 나를 미소 짓게 한다.

또한 주목할 점은, 자기 표현의 욕망이 '자신의 개성적 문체'에 대한 욕망으로까지 이어지고 있다는 것이다. 고등학생은 인터뷰 과정에서 중학생과는 달리, "자기 문장", "자기 문체"에 대한 개념을 가지고 있었으며 개성을 좋은 글의 핵심 요건으로 생각하였다. 이를 반영한 듯 표현에서도 구체적인 세부 묘사는 물론이고 일상적이고 개성적인 표현이 증가하고 있다.

(3) 창작에 대한 관심과 태도 : 비평적 자의식의 발달과 생산성의 양적 저하

이 시기 흥미로운 것은 이러한 비평 의식이 자기 산출물에 대한 비평으로 이어지고 있다는 점과 창작의 생산성이 대단히 약화된다는 점이다. 학생들은 자신의 글을 대부분, 부정적으로 평가하였다. 그리고 그 이유를 묻자 나름의 객관적인, 비평적 안목을 제시하였다. 가령, "어설프다", "잘 다듬어지지 않았다.", "수준이 없다", "유치하다", "구성력이 부족하다", "글이 어른스럽지 못하다.", "많은 단어를 사용해야 하는데 안 된다. 어려운 단어가 많이 없다.", "문장이 딱딱하고 이야기가 재미없다." 등의 답변이 있었다. 또, 창작이 싫은 이유에 대해서도 "남이 보고 유치하다고 생각할까봐", "표현력이 부족해서" "형식에 맞추어 못 써서" "내가 원하는 대로 글이 잘 써지지 않아서" 등으로 응답하였다. 비평적 안목으로 자신의 글도 평가하고 있는 것이다.

또한 반대로 '잘한 점', '좋은 점'을 질문하자 자신의 개인적인 차원에서의 '긍정적인 판단'을 제시하였다. "솔직하다, 내 생각이 들어가 있어 좋았다, 내 심정을 잘 드러내었다. 내 마음을 드러낼 수 있었고, 반성할

수 있었다." 등의 답을 내 놓았다. 이런 답변은 학습자들이 '객관적인 비평'과 '주관적인 의미'를 구분 짓고 있음을 보여준다. 그렇다면 창작에 대한 부정적 반응도 이 둘 사이의 부조화로 설명할 수 있다. 비평적 안목은 '역사적 창의성'을 판단할 수 있는 상황이 되었는데 아직 자신의 글쓰기는 이 기준에 만족스럽지 못하게 되자 창작에 대한 실망감이나 두려움으로 표출되고 있는 것이다. 비고츠키 Vygotsky, L.S[50]는 이러한 과정을 창조력 발달에서 필연적으로 겪어야 한다고 지적한 바 있다. 청년기 비평적 자의식이 발달하면서 아동기에 비해 창의적 산출물은 위축되지만 이를 통해 논리력과 상상력, 비판력을 함께 갖추는 질적 고양이 이루어진다는 것이다.

아울러 이 시기의 창작 활동 역시, 은밀하며, 사적인 활동으로 인식되고 있었다. 창작을 매우 싫어한다는 반응이 많았음에도 불구하고, "억눌린 마음을 풀고 시원하고 창조의 성취감을 느낀다"는 답변도 많았다. 미적 저항까지는 아니지만 창작은 현실의 압박감을 풀어주는 문화적 기능을 담당하고 있다고 볼 수 있겠다. 하지만 현실적으로는 개인적으로 자족적이고 은밀한 문화 활동에 그치고 만다.

4. 창작 경험 발달 가설과 그 문학교육적 시사점

이제까지의 논의 결과를 일반화하기는 힘들 것이다. 학년별 특징이 반드시 이러하다고 본질적으로 고정하는 것은 무리라 인정한다. 다만, 이 연구의 결과가 학습자들의 발달 과정을 점검할 수 있는 기본 '좌표'의 역할은 할 수 있을 것으로 본다. 가설 차원에서 그 좌표를 설정하고자 한다.

---

50) Vygotsky, L.S(1994b), op. cit, pp.84~96.

1) 문학 창조성의 발달 단계와 과정에 대한 가설

(1) 발달 단계에 대한 가설

한국의 초·중·고등학생의 문학 창작 경험의 발달 과정을 조사한 결과, 크게 4단계의 발달적 위계가 가능하다. ① 1단계 : 주관적이고 자의적인 창작 시기(초등학교 1, 2, 3학년), ② 2단계 : 관습 모방과 환타지가 발달하는 시기(초등학교 4, 5, 6학년), ③ 3단계 : 관습을 내면화하고 낭만적인 사고에 관심을 갖는 시기(중학교 1, 2학년), ④ 4단계 : 관습에 개성적으로 접근하며, 소설적 인식에 관심을 갖는 시기(중학교 3학년, 고등학교 1, 2학년)이다. 이 중, 1, 2 단계는 아동기에 3, 4 단계는 청소년기에 해당되며 특히, 3단계에서 창조성 발달에서 질적 비약이 진행된다.

(2) 발달 과정에 대한 가설

전 발달 과정에서 가시적으로 확인할 수 있는 것은 창작에 대한 정의적 반응이자 활동의 양이다. 하지만 이 가시적인 변화와 질적 변화가 일치하는 것은 아니다. 특히 고등학교 이후, 비평적 안목이 발달하면서 생산성과 관심이 줄어들지만 산출물의 질은 높아진다.

전 과정에서 가장 큰 폭의 변화를 보이는 것은 창작 '문제 발견'과 관련된 항목이다. 일종의 발상 방식이라 할 수 있는데, 초기에는 유희적인 관심과 자기 연상에 따른 주관적인 형태의 창작을 하지만 갈수록 현재 존재하는 것과 존재하지 않는 것에 대한 뚜렷한 의식을 가지고 '문제'적으로 접근한다. 이러한 특징은 4단계에 현격히 드러난다. 또 연령에 따라 문제 구성에 동반하는 감정에서도 차이가 있다. 어릴수록 유희적이고 긍정적인 감정이 주를 이루지만 중학생과 고등학생은 자기표현의 욕망과 함께 현실에 대한 부정적 감정도 강해진다. 반면, 가장 변화하지 않는 것은 문제 해결 방법과 전략이다. 초등학생부터 고등학생 모두, 창작을 막연하고 애매한 쓰기 활동으로 인식하고 있었다.

또한 연령에 따라 창작의 매체나 창작 활동 방식에서 차이가 있다. 어릴수록 '글'에 대한 압박감이 강해서, 그리기와 '쓰기'를 통합적으로 운영하는 경향이 강하다. 하지만 중, 고등학생은 '쓰기(글)'을 선호했다. 창작 활동은 나이가 들수록 은밀한 형태가 되었고, 사적인 활동으로 변화되었다. 초등학생은 창작을 교사나 부모로부터 인정받는 활동으로 중학생은 사적인 취미 생활로 이해하였다. 창작에 대한 인식도 매우 달라져서, 1, 2단계에서는 글쓰기 능력을 키워준다는 기능적 접근과 자기 만족적 접근이 함께 균형을 잡고 있었지만, 3단계 이후는 개인적인 자기만족으로만 한정되면서, 억압적인 현실에서 심리적 해방감을 느끼는 일종의 '미적 저항' 형식으로 자리 잡고 있었다.

2) 발달 가설의 문학교육적 시사점

(1) 창조성 교육의 장기적 · 통합적 접근 필요성

문학 창조력을 사고력, 의사 소통력, 문화 생산력의 통합으로 파악한다면, 창조성 교육은 독창적인 아이디어를 산출하는 방법이나 창의적 표현 기법을 익히는 창의 기술의 습득을 넘어서는 것이다. 그것은 자신의 산출물을 다른 사람과 소통하고 인정받는 과정이기도 하고, 또 자신이 처한 삶과 현실을 통찰하면서 문화적 자생력을 확보해 나가는 실천이기도 하다. 이 연구의 과정에서 필자가 살펴본 초 · 중 · 고등학생들의 창작 활동에서도 역시 이런 특성을 발견할 수 있었다.

이런 이유로 문학의 창조성 교육은 개인적 차원에서의 창조성과 문화적 차원에서의 창조성을 통합적으로 고려할 필요가 있다고 본다. 창의성 교육의 대중화를 고민하면서, 이른바 '심리적 창의성'과 '역사적 창의성'으로 구분하여 전자, 그러니까 개인적인 차원에서의 새롭고 독창적인 창의 경험을 교육에서 주로 논하게 되었다. 하지만 아동문화, 청년문화의 시각에서 본다면 개인의 창조물은 그 개인의 심리에만 국한될 수는 없다. 창조의 과정을 통해 학습자 스스로 변화할 뿐 아니라, 자신이 처한 주변 문화를 새롭게 인식하고 바꾸어 나가기 때문이다. 필자는 리서치 과정을 통해, 초·중·고등학생들도 아동문화나 청소년 문화의 틀 속에서 나름의 문화 산물을 즐겁게 만들어가고 있음을 발견할 수 있었다. 물론 이 산물들의 질에 대한 또 다른 논의도 필요할 것이다. 하지만 주장하고 싶은 것은 문학 창조성을 '교실 창조성'에만 가두지 말고, 학습자가 현실적으로 의미있는 과제들과 대면하고 자신의 목소리를 사회에 표현할 수 있도록 하자는 것이다. 아동과 청소년을 '미성년'의 자리에 놓고, 그들의 문화 주권을 충분히 배려하지 못하는 것은 창조성 교육의 부정적인 요소가 된다.

이를 위해서는 사회적으로 이미 발견된 내용을 교사의 안내에 의해 학습하도록 하는, 이른바 '맥락적 창의성'(situational creativity)의 교육 뿐 아니라 실제 현실의 문제들에 대해, 새로운 발견과 통찰을 시도하여 사회적으로 의미 있는 문화 생산물을 만드는 '현실적 창의성'(real creativity)[51]을 통합적으로 교육해야 한다. 이제까지 논의로 본다면, 자기 표현의 욕망이 강해지는 중학생(청소년기) 이후에는 '현실적 창의성' 교육이 가능하며 특히 4단계에서는 적극적으로 시도할 만하다. 이를 위해서

---

51) 이 개념은 렌줄리(J. S. Renzulli)가 영재교육과정 구성에서 사용하였다. '맥락적 창조성'이 배움에 기초하는 교실 맥락을 전제로 한 창의성 교육이라면, '현실적 창조성'은 실제 현실에서도 역사적인 의미를 지니고 있는 창의성이다. 하지만 필자가 판단하기로는 영재교육에만 한정될 필요는 없다. 문제는 청소년 문화의 독자성과 주체성을 인정하고 그들의 목소리를 문화 생산의 차원에서 수용하느냐의 문제이기 때문이다.

는 비판적 사고력과 상상력, 비평교육과 창작 교육, 창의 기술과 가치 교육이 통합적으로 이루어질 필요가 있다.

아울러, 창조성 교육은 장기적이고, 지속적인 관점에서 기획되어야 한다. 우리나라의 교육 현실에서는 유아교육에서는 최고의 관심을 보이지만, 상급 학교로 올라갈수록 실제적인 비중은 약화된다. 유아의 남다른 발상에는 놀라워하면서도 정작 중·고등학교 시절에 나타나는 창조성의 싹은 살피지 못하기도 한다. 하지만 이 글에서 검토한 바로는 창조성의 질적 비약이 이루어지는 3단계가 창조성 발달의 결절점이 된다. 초등과 중등의 연계 교육 중요성을 다시 한 번 확인하였다.

(2) 단계별 발달 특성의 문학교육적 시사점

〈1단계〉: 주관적, 자의적 창작 시기(초등학교 저학년)

▶ 창작을 '쓰기'보다는 '만들기' 개념으로 접근할 필요가 있다. 스토리텔링, 그리기와 쓰기의 통합, 종합 예술인 연극 등으로 창조성을 유발하는 매체와 형식을 다원화해야 한다.

▶ 경험을 중심으로 창작의 문제를 구성하는 단계이니 자신의 경험에서 다양한 느낌과 연상을 도출하도록 한다. 구조적 완결성보다는 표현의 유창성 중심의 지도가 필요하다.

▶ 서사 장르는 이야기 시, 경험적인 이야기, 동화류가 적합하다.

〈2단계〉: 관습 모방과 환상적 사고의 시기(초등학교 고학년)

▶ 글쓰기에 대한 관심도 생기지만, 만화, 스토리텔링(인터넷 포함)에 각별한 관심을 보인다.

▶ 기존의 관습을 모방함을 즐거워하기 때문에 다양한 관습을 제공하되 개인적인 차원에서의 비평을 시도하는 것이 좋다. 다소 관습적인 패턴이

창작에 반복될 수 있다.

▶ 환타지와 공상 능력이 발달하기 시작하지만 이에 집착하기도 하니 다양한 유형의 장르를 접하도록 하는 것이 필요하다.

▶ 서사 장르는 유래담(전설), 유머, 신화, 민담 등이 적합하다.

〈3단계〉: 관습 내면화와 낭만적인 사고의 시기(중학교 1~2년)

▶ 창작의 매체로는 '글'을 선호하며 친구들과의 관계 속에서 다소 사적인 문화 활동이 된다. 학교 공식적 문식력 차원에서의 창작 환경을 제공하고 독려할 필요가 있다.

▶ 문학 관습을 내면화하기 시작하므로, 다양한 문학 관습을 학습하고 비평하며 이를 창작과 연결하는 활동이 필요하다.

▶ 자기의 표현에 관심이 있다. 이 표현 동기를 최대한 존중하되, 감정에 국한되지 않도록 추론, 분석 등 여타의 고등 사고력을 활용하여 추상적이고 보편적인 문제를 사고할 수 있도록 한다.

▶ 세부묘사와 구체적인 형상 창조 능력이 급격히 발달하기 시작한다. 장르별 세분화된 지식의 교육이 요구된다.

▶ 낭만적 사고 경향이 정점에 이르며 '극단적인 것', '이국적인 것', '주관적인 표현', '사변적이고 추상적인 것'에 관심을 지닌다. 이런 특성을 생산적으로 활용할 수 있는 과제가 좋다.

▶ 서사 장르는 영웅담, 여행담, 알레고리, 고백체 소설이 적합하다.

〈4단계〉: 관습에 대한 개성적 접근과 소설적 사고의 시기(중학교 3년, 고등학교 1~2년)

▶ 문학 창작을 개인적인 차원에서 주로 생각하기 때문에, 창작의 문화적 기능과 의의를 사회적 차원에서 이해하도록 해야 한다.

▶문학 관습을 비평하고, 주체적으로 선택할 수 있는 단계이다. 하지만 이에 따라 창작에 대한 부담과 두려움도 증가하기 때문에 격려하고, 많이 쓰게 하는 활동이 필요하다.

▶추상적이고 보편적인 문제를 다룰 수 있으나, 문제 해결력은 발달하지 못한 상태이다. 문학 관습과 문학 자원을 주체적이고 창의적으로 활용할 수 있는 활동이 필요하다.

▶현실과 개인의 갈등, 이상과 현실의 대립을 진지하게 생각하는 소설적 사고가 강하다. 이러한 사고를 생산적으로 활용하는 과제가 좋다.

▶서사 장르는 사회 비판적 소설, 아이러니나 풍자 형식의 소설이 적합하다.

5. 문학 창작 교육 내용의 위계화 제안

이제까지 창조성 교육의 생태학적 접근이라는 관점에서 초, 중, 고등학생의 창작 경험의 발달적 특성을 분석하고, 문학교육적 시사점을 살펴보았다. 창조성 교육이란 테제가 교육의 도구성과 과학성을 넘어서기 위해서는 생태학적 관점이 창조성 교육의 철학 차원에서 필요하다. 생태학적 관점은 교육 환경이 학습자의 개별 경험과 삶의 생태와 상생적으로 결합하는 문제를 제기한다. 이런 시각으로 볼 때, 국어교육에서 창조성 교육은 영역별 특화와 연령별 분화가 필요하다. 아동기와 청소년기의 창조성과 성년기의 창조성은 지속적으로 일관된 흐름을 유지하면서도, 동시에 개별 연령별 차이 나는 특성을 지니고 있는바 문학교육은 창조성의 발달에 대한 일련의 보편 목적론의 방향을 유지하면서도 동시에 해당 연령별로 창조성의 특정 유형과 레퍼토리를 동시에 고려할 필요가 있다.

본 연구의 결과에 따른다면, 우리나라에서 아동기와 청소년기는 4단계의 의미있는 변화를 보여주는데, 그 내용으로는 1) 1단계 : 주관적 자의적 창작 시기(초등 저학년), 2) 2단계 : 관습 모방과 환상적 사고의 시기(초등 고학년), 3) 3단계 : 관습 내면화와 낭만적인 사고의 시기(중학교 1, 2년), 4) 4단계 : 관습에 대한 개성적 접근과 소설적 사고의 시기(중학교 3년, 고등학교 1년) 등이 그것이다. 1단계는 체험적이고, 자의적인 주관에 의한 창작 활동을 하고 있지만, 창작에 대한 매우 긍정적이고 호의적인 인식을 지니고 있으며 공식적인 문식력의 하나로 선호하고 있다. 생활적인 이야기를 즐긴다. 2단계는 여전히 적극적으로 창작 활동에 임하며 환타지류의 관습을 모방하면서 다소 도식적인 패턴이 글에 나타난다. 황당하고 초현실적인 비약이 심한 이야기를 즐긴다. 3단계는 친구들과의 사적인 취향으로 창작을 인식하고 있으며, 관습을 자유롭게 선택하고 활용하는 등 내면화된 모습이 나타난다. 자기 이야기에 심취하거나 관념적인 독백 등을 즐긴다. 4단계는 창작을 잘 하지 않으려는 경향이 있어, 그 생산양이 극도로 줄어드는데 상대적으로 문학에 대한 비평적 의식을 대단히 발달해 간다. 비평적 안목과 창작 능력과의 부조화가 창작에 대한 감소로 나타나는 듯하다. 문학 작품의 경향도 세계와 자아간의 갈등과 조화라는 소설적 도식이 주된 작품 경향을 이룬다.

이러한 발달 단계는 창조성 교육이 장기적으로 통합적으로 이루어져야 함을 보여주고 있다. 우리나라의 경우, 창조성 교육은 상대적으로 어린 연령에 집중적으로 이어지며 3단계나 4단계만 해도 개인적인 취향 정도로 창작을 이해하고 있었다. 이 과정에서 창작 활동을 대단히 사적이고, 개인적인 활동으로 이해하는 것도 문제였다. 또한 창조성 교육에는 상상력, 비판력, 논리력, 의사 소통력 등이 종합적으로 고려되어야 한다는 결론도 얻을 수 있었다. 3단계, 4단계로의 발달은 바로 이러한 종합적 사고력이 발달함으로써 가능한 것인데, 이런 점을 고려한다면, 창조성 교육을 '창의적 표현과 이해' 등의 하위 항목으로 분리하는 것보다는 '실제'의 종합적인 응용력 차원에서 포괄적으로 다루어야 한다는 더 유익하다는 결론을 내릴 수 있다. 이 연구는 경험 연구를 자처하였지만, 세련된 연구 방법으로 객관적인 논의는 전개하지 못한 한계도 있다. 이러한 부분은 이후 연구로 돌린다.

제 3 장

중학생의 학년별 서사 문화 발달 양상

− 대도시 여자 중학생을 중심으로

1. 학습자의 서사문화 고려하기

이 글은 대도시 여자 중학생의 서사문화를 발달적 관점에서 분석, 해석하고자 한다. '서사문화'라 하면 대단히 포괄적인 의미망을 지니겠지만, 이 글에서는 학생들이 표현하고 향유하는 서사 표현 일반과 일상의 서사 경험을 포괄하는 개념으로 사용하겠다.

이러한 범주는 그 동안의 발달 연구가 주로 관심을 두었던 '능력' 연구와 차별화된 문제를 던져 줄 것이다. 능력 연구가 주로 교육자의 입장에서 '언어(서사) 수행 능력'을 위계화하는 데에 관심을 둔다면, 학습자의 서사 문화 연구는 그들 내부의 입장에서 언어 수행이 지니는 문화적 특성을 이해하는 데에 초점을 두게 된다. 따라서 정해진 관점으로, 무엇을 할 수 있고 못하는가를 평가하기보다는 그들이 무엇을 즐기고 어떠한 식으로 표현하는가를 객관적으로 기술하여 그들 고유의 인지적, 정서적 특성에 접근하고자 할 것이다. 이러한 연구는 수준별 교육을 보완할 수 있는 관심별 교육의 문제를 환기하고 이를 구체화할 수 있는 기초 연구의 성격을 띨 것이다.

사실, 발달 연구는 교육 내용은 물론이고 교육의 방향을 설정에 지대한 영향력을 행사한다. 특히 학습자 중심 교육에서 그 가치는 더욱 빛난다. 비고츠키 Vygottsky의 지적대로 가장 의미있는 교육이 학습자의 현재적 발달과 잠재적인 발달 가능성 사이에서 존재하는 것이라면 학습자의 발달 특성에 대한 이해는 필수적이다. '지금, 여기'에 있는 학습자들은 어떻게 발달해 가는가, 이들의 발달 과정에 가장 긍정적인 영향을 미치는 것은 무엇이며 발달상의 장애가 되는 것은 무엇인가 등등 발달 단계와 발달의 메커니즘에 대한 종합적인 이해는 진정한 의미의 학습자 중심 교육을 위해 반드시 필요하다. 그럼에도 불구하고 우리나라의 경우, 학습자의 실제적인 발달 상황에 대한 정보가 대단히 부족한 것은 사실이다. 학습자 중심 교육을 표방하면서도 실제 학습자에 대한 정보는 너무나 빈약한 것이다.

기존 연구에서는 발달 연구를 주로 교육 내용 위계화의 관점에서 수행하였다.52) 이 연구들은 실제의 학습자가 아닌 이상적 학습자를 대상으로 하고 있고, 또 발달이 이루어지는 구체적 맥락을 무시하고 탈맥락적으로 이루어졌다는 아쉬움이 있다. 물론 이상적 모델은 교육이 추구하는

---

52) 신헌재(1995), "아동문학 작품 선정을 위한 기준 고찰", 『국어국문학』 114호, 국어국문학회. 김종철·김중신·정재찬(1998), 『문학영역의 수준별 수행평가 모형 탐색』, 서울대 국어교육연구소. 김중신(1994), "소설 교재의 위계화(位階化) 가능성에 대한 고찰", 국어교육연구 11, 서울대 국어교육연구소. 김창원(1997), "초·중등 문학교육의 연계 연구", 한국초등국어교육 13, 한국초등국어교육학회. 김상욱(2001), "초등학교 아동문학 제재의 위계화 연구", 국어교육학연구 12, 국어교육학회. 우한용 외(2001), 『서사교육론』, 동아시아.

바를 확고하게 제시할 수 있다는 장점이 있다. 하지만 결과적이고 단선적인 발달 모델만을 제시하기 때문에 학습자의 발달 상황에 대한 구체적인 정보, 곧 그들이 왜 그러한 발달을 보이며, 사회·문화적 배경에 따라 얼마나 다양한 발달 패턴이 있는가 등은 설명하지 못하게 된다. 자칫 교육의 사회·문화적 적합성 확보에 문제가 될 수도 있다. 문학은 사회·문화적 배경에 따라 미적 취향이나 미적 가치 판단 등에 차이가 발생하는데, 단선적이고 탈맥락적인 발달 모델로는 이러한 차이들을 포괄하기 힘들기 때문이다.

실제로 7차 교육과정에서도 학습자의 '수준'과 '관심'의 다양성을 중시하고 있다. 하지만 '자아 정체성의 실현', '학습자의 개성 존중' 등의 추상적인 선언만으로는 이러한 교육이 이루어지기는 힘들 것이다. 학습자의 문화적 다양성을 포괄하기 위해서는, 교사는 학생들의 다양한 능력과 개성을 예측 가능한 패턴으로 이해하고 이들의 발달 과정에서의 장점과 단점을 파악하고 있어야 한다. 위해서는 수직적 위계화로 나아가는 발달 연구 뿐 아니라 수평적 다양화로 진행되는 발달 연구도 필요하다. 곧 학습자의 다양한 개성과 관심을 진단하고 이해하는 데 도움이 되는 발달 연구도 요구된다는 것이다. 특히, 21세기와 같이 사회 문화적 다변화의 상황에서는 학습자 역시 '보편적 단수'라기보다는 '복수'로 접근할 필요가 있다. 표준적인 공통점과 아울러 맥락에 다른 차이점을 동시에 고려하는 입체적이고 역동적인 구조를 생각해 볼 수 있다는 것이다.

이러한 문제의식에서 이 글에서는 발달을 특정의 사회, 문화적 맥락 속에서 이해하는, 해석적 발달 연구의 관점을 취한다. 이 연구의 수행 절차는 다음과 같다. 먼저, 부산시내 여자중학교 1개교 1, 2, 3학년 총 120명을 대상으로 '커닝'을 소재로 한 허구적인 서사문을 창작하도록 한다. 다음. 서사 스타일을 분석한다. 특히, 서사문화 분석을 위한 범주로 이 '서사 스타일' 개념을 정립하도록 하겠다. 다음 3장에서는 중학생의 생활 문화, 특히 서사문화를 조사한다. 이를 위하여 설문 조사와 심층면접을 동시에 병행하였다. 다음 4장에서는 앞의 기초 연구를 바탕으로 문학교육구성에 대한 제안을 하도록 하겠다. 본 연구는 횡단적 발달 연구이며 주로 학년별 발달 과정에 초점을 두도록 하겠다. 특히, 횡단 연구 (cross-sectional study)의 장점을 활용하여 학년별 공통점과 차이점을 비교 분석하는 데 초점을 두겠다.

2. 중학생의 학년별 서사 스타일 양상   ·

1) '서사 스타일'

서사는 경험과 세계를 이해하고 표현하는 가장 기본적인 도식이다. 우리는 서사를 통해 세계에 대한 이미지나 상을 만들어 나간다. 어린이들이 세계를 어떻게 이해하고 있는가, 사회 현실을 어떻게 느끼고 있는가를 살피기 위해서는 그들이 만드는 이야기를 살펴보면 된다. 서사 활동은 언어활동 이전에 상징적 행위의 하나라는 인식이 필요한 것이다. 곧 서사는 인간이 세계와 경험에 의미있는 질서를 부여하고 나아가 자신의 정체성을 구성하는 상징적 매체이다. 서사는 과학적-실증적 도식과는 달리 인식 주체의 관심과 태도, 의도 등이 농밀하게 파고들어 인간적 진실을 표현하는 것이다.53) 따라서 서사 형식은 세계에 의미를 부여하는 문화적 방식에 따라 다양해질 밖에 없다.

이러한 관점에서 보면, 서사 발달을 이상적이고 단일한 모델로 환원하

---

53) Jerome, Bruner(1986), *Actual minds, Possible worlds*, Havard Univ Press.

는 것은 문제가 된다. 또한 맥락을 무시한 채 서사 텍스트 그 자체만을
파악하는 것도 서사발달을 단순화하는 것이다. 때문에 해석적 연구에서
는 서사발달을 '사회·문화적 맥락' 속에 위치짓고,54) 각 학습자들이 소
속된 집단이나 일상적 상호작용, 그리고 문화 환경과의 관계 속에서 이
해하고자 하였다. 이제 학습자는 무색무취의 보편적인 존재가 아니라,
특정 지역에 거주하며, 특정 집단의 사람들과 대화하며 나름의 정체성을
지닌 특정 집단 속에서 살면서 특정의 매체와 문화 자원의 영향력을 받
는 여자거나 남자이고, 중산층이거나 하류층이며, 도시에 있거나 농촌에
있으며, 책을 주로 보거나 인터넷을 주로 보는 존재인 것이다. 이것의
의미는 서사 능력 역시 그들이 어떠한 맥락 속에 존재하느냐에 따라 다
른 스타일, 다른 양식으로 나타난다는 것이다. '서사 능력'은 학습자의 문
화적 배경에 따른 관심과 가치 의식으로부터 자유로울 수 없으며, 따라
서 단일한 문법으로 정리된다기보다는 일종의 여러 서사 스타일이 교차
하는 '장(field)', 곧 복수의, 역동적인 공간으로 이해될 수 있다.

문제는 학습자의 글에서 서사의 이러한 특성을 진단, 파악할 수 있는
범주일 것이다. 기존에 학습자의 글을 진단하기 위한 범주들은 다소 형
식주의적이고 규범적인 특징을 지니고 있다. 특정의 서사 요소를 미리

---

54) 서사 발달 연구에는 매우 다양한 입장이 있다. 미셸 밤베르그 Michael Bamberg
(1997)에 따른다면 1) 구성주의적 입장 2) 상호작용적 입장 3) 비교 문화적 입장
4) 사회 문화적 입장 5) 형식적 입장으로 정리될 수 있겠다. 1) 구성주의적 입장은
서사 발달을 개인의 인지 발달의 측면에서 접근하며 2) 상호작용적 입장은 사회적
상호작용의 발달, 곧 사회성 발달의 측면에서 접근하며, 3)은 문화권에 따라 발달의
방향과 노선이 어떻게 다른지 비교하며 4)는 발달이 이루어지는 사회·문화적 맥락
변인을 강조하여 특히 문화적 환경이나 정체성과 발달의 관련성을 중시하며 5)는 언
어 형식의 차이, 그 자체를 중시한다. 물론 이러한 관점은 그 어떤 것 하나만으로는
완전한 것일 수는 없으며 다양한 각도에서 입체적으로 조망될 필요는 있다. 하지만
우리나라의 경우, 주로 1)과 5)의 관점만이 중점적으로 연구되었다. Bamberg, M.
(1997), *Narrative Development Six Approach*, Lawrence Erlbaum Asso-
ciates.

정해 놓고 이를 일괄 규정하는 방식이 그것이다. 하지만 이러한 범주들은 미리 정해진 고정된 서사를 강요하기 때문에, 아동이나 청소년의 서사물을 부족하거나 결핍된 것으로 판정할 우려가 있다. 또한 발달의 과정을 학습자 자신의 삶과 문화 속에서 이해하기도 힘들다.55) 이 경우 양적 평가는 가능할지 모르지만 '질적 평가'는 힘들다.

이에 이 글에서는 '서사 스타일'(narrative style) 개념을 대안으로 살펴보고자 한다. 문화론에서는 '스타일'을 하위문화의 정체성이 표현되는 범주로 이해하여 왔다. 스타일은 주로 형식적 특징을 다루지만 이 형식을 내용적 요소, 특히 대상에 대한 가치평가와 관련지어 분석할 수 있다는 점에서 형식주의적 개념과는 구별된다. 이에 대해서는 바흐찐의 논의를 살펴볼 수 있는데, 그는 서사의 형식은 대상에 대한 가치평가, 곧 옳고/그르고, 좋고/나쁘고, 중요하고/중요하지 않다는 가치판단에 의해 다양한 스타일로 굴절된다는 점을 밝힌 바 있다.56) 형식과 의미가 통합된 범주로 서사 스타일을 이해할 수 있다는 것이다. 또한 서사를 상징활동으로 이해한다면 이 스타일을 특정 사회, 문화적 맥락에서의 파악하여 서사 형식의 다양성을 포괄할 수 있다는 장점이 있다.

따라서 스타일 분석은 '서사의 요소'를 미리 정해 놓고 이를 확인하는 방식으로 이루어지지 않는다. 오히려 학습자의 서사 형식은 그가 표현하고자 하는 내용은, 개인 혹은 집단의 정체성과의 연관 속에서, 그 형식 속에서 이해할 필요가 있다. 아동이나 청소년의 서사물을 '서사론'에서 규정하는 엄격한 형식적 측면으로 이해하면 그들의 발달 과정을 그들의 관점에서 이해하기 매우 힘든 측면이 있다. 그들의 글은 표준적인 잣대

---

55) 외국 학자의 경우, 이러한 문제의식을 강하게 지니고 있는 사람은 Gee이다. 그는 어린이들의 구어 서사물은 분절과 호흡 단위로 의미적 구분이 이루어짐에 주목하고, 그 분석 방법을 개발하였다. Gee, J.P Edt(1997), *Narrative Development*, Harvard University.

56) Mikhail, Bakhtin, 이득재 역(1988), 『바흐친의 소설 미학』, 열린책들, 참조.

를 만족시키는 예화에 불과하기 때문이다. 이러한 문제 때문에 부르너는 서사에 대한 정의를 '의도(intention)의 그럴듯한 결합'이라는 식의 매우 포괄적인 정의만을 인정하고 나머지는 학습자의 다양한 스타일을 인정하는 방식을 제안한 바 있다.57) 합리적인 해결이라 생각한다.

이는 학습자의 글을 미학적으로 접근하는 방법이다. 미학적 접근은 사회, 문화적 실천의 관점에서 형식 창조를 이해한다. 이 경우 '잘된 글(good writing)'과 '못된 글(bad writing)을 가려내는 일보다는 글 속에서 학습자의 정체성과 개성을 발견하고자 한다. 언어 능력이나 사고력의 수준보다는 글 속에 담긴 학습자의 미적 관심과 미적 가치 평가 방식에 주안점을 두는 것이다.

사실, 이러한 접근에는 매우 중요한 전제가 있다. 그것은 학습자를 창작의 주체, 저작의 주체(authorship)로 이해한다는 것이다. 물론 학습자는 아직은 미숙하고 발달 과정 속에 있지만 창작의 과정에서는 자신의 저작권을 행사할 수 있는 권리도 있다. 그들은 일종의 '학습 작가'인 셈이다. '학습'보다는 '작가'에 초점을 맞추었을 때 우리는 그들 자신의 고유한 가치관과 인지 스타일이 문체상의 어떠한 스타일로 만들어지는가를 문제삼을 수 있게 된다. 우리가 기성 작가의 글에서 그들만의 스타일과 개성의 길을 읽으려고 하듯이 말이다.

하지만 스타일을 개인적 차원으로만 파악한다면 그것은 악무한에 빠져버리기 때문에 교육에서 수용하기 힘들다. 모두 다양하다면 그것은 현실적으로 불가능하기 때문이다. 하지만 스타일을 특정의 문화적 정체성과 관련한다면, 무한정 다양한 것만은 아니다. 가치와 관심은 개인적이면서도 사회적이며, 개별적이면서도 보편적이기 때문에, 사회, 문화적으로 의미있는 몇 가지 패턴이 존재할 수 있는 가정이 가능하다. 마케팅 회사

---

57) Bruner, Jerome(1986), op. cit., 참조.

에서의 고객 파악에 보면 이러한 가정은 쉽게 확인될 있다. 고객의 관심
을 사회, 문화적 좌표에 따라 몇몇 패턴으로 나누고 이를 기반으로 다양
한 상품을 개발하는 것이다. 문학교육에서도 이러한 작업이 가능하리라
본다. 성별, 지역별, 계층별, 또래 집단별, 나이별 등 의미있는 사회, 문
화적 변인을 주축으로 이들의 다양한 문화를 진단하는 기초 연구가 가능
하다는 것이다.

실제로 외국의 경우, 이러한 관점에서의 기초 연구가 대단히 광범위하
게 진행되어 왔다. 물론 다인종 다민족 국가라는 특수성도 존재했겠지
만, 서사 발달을 다양한 문화적 배경 속에서 이해하려는 접근은 유의미
한 것으로 보인다. 대표적인 연구를 보면 헤스Heath58)는 계층과 인종에
따라 서사 발달의 양상이 다르다는 점을 밝혀 '발생론적 문식성'(emer-
gent literacy)의 문제를 제기하였다. 아프리카 노동자층의 아동의 이야기
는 다소 감정적이고 대상을 종합적으로 보는 방식의 이야기였다면, 백인
중산층 아동의 이야기는 다소 객관적이고 분석적이라는 것이다. 그런데
학교에서의 문식성 문화는 후자에 가깝기 때문에 이들이 불리하다는 주
장이다.

이 글에서는 학년별 변인을 중심으로 중학생의 서사 표현 문화를 살펴
보도록 하겠다. 물론 학년별 발달의 차이는, 지역, 성별, 계층보다는 사
회, 문화적 맥락의 면에서의 차이가 선명하지 않은 것은 사실이다. 하지
만 우리나라 중학생, 고등학생은 학년이 올라감에 따라 진학, 입시에 대
한 부담이 커지고 또 이에 따라 인지적 관심이나 가치관도 달라지며 놀
이문화 역시 약간의 차이가 드러나게 된다.

특히, 중학생(13~16세)은 청년 초기로써 독특한 인지적, 정서적 특성을
지니고 있으며, 비약적인 발달이 이루어지는 단계이기도 하다. Egan59)

---

58) Heath, S. B.(1983), *Ways with words: Language, life, and work in communities and classrooms*, Cambridge university Press.

은 아동, 청년기의 발달을 신화적 단계(4/5세~9/10세), 낭만적 단계(8/9
세~14/15세), 철학적 단계(14/15세~19/20세)로 설정하고 우리나라의 중
학생에 해당되는 낭만적 단계는 인간의 원초적인 범주로 이해할 수 없는
객관적인 외부 세계가 있다는 것을 발견하는 시기이며, 자율적인 것으로
지각되는 외부세계와 새로운 관계를 형성해야하고 자신들의 독특한 정체
성을 발달시켜야 하는 과업의 시기라고 지적하였다.60)

서사 스타일 분석은 미리 정해 놓은 서사적 요소를 확인하는 객관적
방법이 아니기 때문에 비평가의 주관적이고 직관적인 감각이 개입할 수
밖에 없다. 다만, 스타일 확인을 위한 기본 지표의 층위만 설정하도록
한다.

스토리, 담론의 다양한 층이 존재하겠지만, 여기에서는 인지적 관심과
가치 의식을 확인하기 위해 스토리 차원에서의 스타일을 분석하도록 하
겠다. 1) 인물과 세계의 관계 양상, 2) 인물 관계의 양상, 3) 플롯 구조
(사건 결합 방식) 4) 의미 도식이 그것이다. 이를 종합적으로 서사 스타일
을 분석하도록 하겠다.

1)은 다시 ① 세계 우위 스타일 ② 인물 우위 스타일 ③ 세계와 인물
의 대결 스타일로, 2)는 ① 권력적 관계 중심 ② 도덕적 관계 중심 ③
내면적 관계 중심으로 3)은 인물의 목표와 인물의 변화 관계에 따라 ①
정태적 플롯 ② 발전의 플롯 ③ 하강의 플롯으로 구분할 수 있다. 이러
한 표지는 스타일을 확인할 수 있는 큰 좌표 차원에서 활용하도록 한다.

먼저 지적해 둘 것은, 이러한 스타일이 각 학년별로 단일하게 나타나
는 것은 아니라는 점이다. 한 학년에도 이러한 스타일이 동시에 나타나
는 경우가 있다. 하지만 상대적으로 빈도수가 높은 유형을 학년별로 구

---

59) Egan, Kieran(1992), *Imagination in teaching and learning : the middle school*, The University of Chicago Press.
60) 임충기(1988), "인간발달의 교육적 조망", 논문집, 서원대, 98~100면.

분하는 것은 가능하리라 본다.

연구 자료는 각 학년마다 총 40명을 선정하여, '커닝'이라는 소재로 서사문을 한 편 써 보도록 했다.

2) 중학생의 학년별 서사 스타일 분석 결과

(1) 1학년 : 고전주의적 스타일

연구 자료는 1학년 총 40명의 학생 중, 불성실한 글을 제외한 38편의 글이다. 결론적으로 1학년의 서사문에서는 균형과 질서, 조화, 화해에 기반한 서사 도식이 주로 나타나고 있었다.

부분별로 살펴보면, 인물과 세계의 관계는 1) 인물 우위(55%) 2) 인물과 세계의 조화, 화해(35%) 등의 순으로 나타났다. 1) 인물의 우위는, 사건 조직이 인물의 주관적인 의지와 감정을 중심으로 모든 사건이 시작되고 해결되는 것이다. 착한 마음을 먹었다면 아무리 잘못해도 인정받고, 오해 없이 착하게 살 수 있다. 가령, 커닝이라는 일탈적 사건이 발생했어도, 인물이 뉘우치기만 하면 선생님과 친구는 용서하고 수용한다. 이 과정에서 갈등은 거의 찾아보기 힘들다. 세계는 인물이 뜻하는 바를 수용하는 합리적인 질서 속에서 행복하게 진행된다고 전제하기 때문이다. 인물은 이 세계에서 보호되고 안정을 받고자 하며 권위나 관습에 순종하는 존재로 형상화된다. 비록, 인물이 미처 생각하지 못하는 세계 나름의 논리를 인정한다고 하더라도, 이는 1)에 비하여 상대적으로 적다.

다음 여기에서 인물 관계는 주로 도덕적 관계(89%) 속에서 형상화된다. 가령, 커닝의 일탈적 사건이 문제가 되는 것은, 교사나 부모가 실망하고, 친구와의 우정이 깨어지기 때문이다. 인물은 도덕을 준수하여 인물유대에서 안정감을 얻고, 또 보호받고자 한다. 이 때문에 형상화된 인물은 개성적 인물보다는 전형적 인물이 더욱 많다. 보편적인 도덕 질서 속에서 인물의 개성이나 인물간의 관계를 이해하는 것이다.

다음, 플롯은 '문제'→'해결' 식으로 매우 단선적이며, 주로 '발전적 플롯'(85%)이 주로 나타난다. 곧, 인물은 일탈적 사건을 통하여 새로운 깨달음을 획득하여 발전적으로 나아가는 방향으로 그려지는 것이다. 이는 모순과 갈등, 혼란보다는 긍정과 화해, 질서를 선호하는 모습이다.

이러한 서사 스타일에는 '질서/혼란＝선/악'의 이분적 가치체계가 전제되어 있다고 할 수 있다. '질서'는 물론 도덕적, 사회적 질서에 따른 것이며 이 질서로부터의 이탈은 그 자체로 문제시된다. 따라서 '혼란'에 의한 '악'은 인물의 행위, 체험의 결과 도출되는 것이 아니라 이미 전제되어 있다. '커닝을 했더니 나쁘다'가 아니라 '커닝은 나쁘기 때문에 커닝은 하면 안된다.'는 식이다. 커닝의 의미를 개인적 행위를 통해 새로이 부여한다기보다는 정해진 공준된 의미를 활용하는 것이다. 이에 따라 '일탈/질서'는 '선과 악'으로 단순화, 고정화된다. '과장'과 '단순화'도 강하다. 커닝 때문에 인생의 패인이 되는가하며, 커닝을 계기로 완전히 성공하기도 한다.

이를 종합할 때, 이 시기는 전반적으로 균형과 질서를 존중하는 고전적 스타일이 중심이 되는 시기라고 할 수 있겠다. 개인은 자아에 대한 고민을 가지고는 있으나, 이 자아는 세계와의 조율 속에 존재하지 않으며 대신 세계의 도덕적 질서에 편입함으로써 안정감을 구하고 있다.

(2) 2학년 : 낭만주의적 스타일

2학년의 시기에는 주관적 이상과 가치를 내세우는 낭만주의적 스타일이 압도적이다. 인물과 세계의 관계에서는 역시 인물 우위(75%)가 압도적으로 많다. 하지만 1학년과는 달리, 주로 문제 해결의 주체로 그려지고 있으며 불의를 해결하거나 권위를 조롱하는 일을 맡는다. 예를 들어 커닝을 잘 해서 능력 없는 교사를 따돌리고 성공했다거나, 아니면 자신들의 커닝 때문에 쫓겨나는 교사를 자신의 힘으로 학교로 돌아오게 했다는 식이다. 또 이들 인물의 의지는 아무런 장애 없이 성공한다. 세계 우위에 서서, 자신들이 원하는 질서를 창조하고 있는 것이다. 초월적 능력, 환상적인 존재의 출현이 비교적 다른 학년에 비해 자주 출몰하는 것도 이러한 맥락에서 이해해 볼 수 있겠다.

또한 인물은 주체적이고 능동적인 존재로 그려지고 있으나 세계에 대한 객관적 이해는 거의 내세우지 않는다는 특징이 있다. 세계는 합리적이고 언제나 자신이 원하는 진실이 존재하는 행복한 곳으로 이해하고 있는 것이다. 혹, 오해와 비리가 있다고 하더라도 이는 실수일 뿐 자신이 원하는 세계로 돌아온다. 때문에 심각하고 드라마틱한 '갈등'은 상대적으로 미약하다. 하지만 이들의 이야기에서 인물은 개별적이고 자신의 판단으로 움직이는 존재로 그려지고 있어, 1학년과는 다르다. 하지만 이들 글에서는 세계의 질서에 의해 인물이 패배하거나 세계와 인물이 화해할 수 없는 갈등을 나타내는 글은 상대적으로 약하다.

인물 관계는 주로, 사적인 친/소에 따른 감정적인 상태(78%)로 그려진다. '커닝' 대상의 글쓰기 경우, 부모, 친구, 교사 모두 사적인 친과 소가 주된 문제가 된다. 선과 악이 문제가 아니라 믿고 있는 선생님은 배신할 수 없고 친구의 의리도 꺾을 수 없다는 것이 문제가 된다. 1학년과 거의 비슷하게 사적 관계가 중요시되고 있다.

플롯 구조는 역시 단선적이다. 대부분 '어느 한 학교가 있었는데'로 시작하고 사건의 결합도 대부분 단일한 스토리 라인에 의해 이루어진다. 하지만 '초월적인 존재와 능력'에 의해 비약과 모순이 발생하는 경우도 있다. 주인공의 변화 과정은, 대부분 정태적 플롯(47%)이나 발전적 플롯

(35%)으로 마무리되어 있다. 자신의 원하는 목표를 별 어려움 없이, 그리고 내적 변화 없이 완성하거나, 아니면 잘못을 빌고 내적으로 발전한다. 때문에 결말이 비극, 패배로 마무리되는 경우는 거의 없고 해피엔딩이다.

이러한 유형은 현실보다는 당위적 이념과 개인적 의지를 중시하며 개인의 개별적 감정에 관심을 가진다는 점에서 낭만주의적 스타일과 유사하다고 하겠다.

(3) 3학년 : 현실주의적 스타일

3학년은 다른 학년에 비해 다양한 스타일이 나타났다. 그만큼 자아의 개성이 강해지고 있다고도 할 수 있겠다. 여기에서 인물과 세계의 관계는 1) 세계 우위(42%) 2) 인물과 세계의 조화(38%)가 거의 유사한 비율로 나타났다. 이 유형은 공통적으로 인물의 의도와는 별개로 세계의 객관적 질서가 존재한다는 인식을 바탕으로 하되 1) '세계 우위'는 세계의 객관적 질서에 의해 인물이 좌절, 패배하는 유형이며, 2) '인물과 세계의 조화'는 세계의 요구에 인물이 부응하고, 또 인물의 요구를 세계가 수용하는 조화와 화해의 세계를 구축하는 모습이다. 많은 비율은 아니지만 3) 인물과 세계의 갈등과 대결 형태(15%)도 나타나는데, 이 경우 양자의 합치되지 않는 긴장을 통해 교육 문제, 사회 문제 등의 인식으로 진척되기도 한다. 이 역시 인물과 세계에 대한 동등한 인식을 기반으로 하고 있는 것이다.

여기에서 인물 형상화 방식 역시 다른 학년과는 다른 모습이다. 이른바 '개성적 인물'이 형상화되고 있는 것이다. 물론 이러한 인물은 작중 인물 중에서도 자신의 경험과 밀접한 관련에 있는 존재(가령, 학생)에만 국한되고 있지만, 인물은 그 인물만이 처하고 있는 독특한 상황 속에서 그리고 나름의 내면과 판단을 가진 존재로 그려진다. 가령, 컨닝을 하기로 마음 먹었다면 2학년은 성적을 올리기 위해 등으로 단순화되어 있지만 3학년은 가정 환경이나 인물의 내적 고민 등과의 관계 속에서 '왜' 성적을 올리게 되었는지 등에 대한 상황적 정보가 제시된다. 도덕적 판단 역시 마찬가지이다. 1, 2학년은 '컨닝은 당연히 나쁘다' 식의 도덕 명제로 전제하고, 인물들은 이러한 외적 규정에 의해 처벌되거나 후회하고 있지만, 3학년은 인물의 후회, 미안함 등과 같은 주관적이고 감정적인 반응 속에서 컨닝의 부도덕함에 대해 스스로 판단하는 식으로 그려진다.

이에 따라 인물과 인물의 관계 역시 복합적인 요소들이 고려되어 입체적이 된다. 도덕적 규범과 사적인 감정이 모순되기도 하고, 표면과 이면, 사적 요소와 공적 요소가 동시에 고려되며, 양자가 모순적일 수 있다. 1학년이나 2학년의 경우, 교사는 무조건 '선'이고, 문제 해결적 존재로 그려지는 것이 대부분이지만, 3학년의 경우는 교사의 오해나 편견, 친한 친구의 부도덕 등의 문제가 제기된다. 때문에 인물의 내면과 감정에 대한 서술이 상대적으로 많고, 내적 갈등 역시 비율을 차지한다. 사회적 관계에 대한 이해는, 대부분 사회적으로 공준된 관계에 이의를 제기하기보다는 이를 수용하는 경우가 많았다. 교사와 학생의 관계, 부모와 자식의 관계 등은 일반적인 상-하의 수직적 관계에 대해 다른 문제제기를 하는 서사는 거의 없었다. 대신 더 많은 관심을 보이는 것은 친구 등의 수평적 관계였다.

플롯 유형은 1) 후퇴적 플롯(52%) 2) 발전적 플롯 순(40%)으로 등장한다. 1) 후퇴적 플롯은 인물의 목적이 달성됨에 따라 인물이 겪는 시간 체험이 다소 부정적인 방향으로 흘러가는 것인데, 가령, '컨닝'이라는 사건에 의해 전학을 가고, 왕따가 되고, 0점 처리를 받고, 부모님께 꾸중을 받고 식으로 부정적인 방향으로 시간이 진행되는 것이다. 2) 발전적 플롯은 '컨닝' 사건 이후 인물이 긍정적이고 발전적인 방향으로 변화되는 것인데 자신의 잘못을 뉘우치고 새로운 깨달음을 얻었거나, 친구 혹은 교사와 화해하여 새로운 관계를 형성하게 되었다거나 하는 내용이 그것 이다. 1, 2학년에 비해 상대적으로 '정태적 플롯'은 적다. 또한 사건 결 합이 매우 현실적인 질서에 의해 움직인다는 특징도 있다. 환상, 비약, 과장 등은 1,2학년에 비해 확연히 줄어 들었고, 학교나 가족의 현실적 질서에 기반하여 사건들이 결합하였다.

여기에서의 가치 도식은 1학년이나 2학년과는 달리 고정되어 있기보 다는 인물이나 상황의 주관적 진실, 상황적 진실에 따라 매우 유연하게 변화하고 있었다. 동일한 행위이라도, 인물의 정황이나 체험에 따라 각 기 달리 판단될 수 있다고 보는 것이다. 도덕적 판단과 현실적 판단의 갈등이 서로 모순되게 얽히거나 자신의 가치와 타인의 가치가 일치하지 않는 등의 현실의 복잡다단한 세계를 그리고 있다. 이에 따라 부분적이 긴 하지만, '양가적 인식', 곧 선이 곧 악이 되고, 참이 곧 거짓이 되는 현실의 모습을 보여주고 있기도 하였다. 이러한 모습은 환경과 인물의 관계를 문제삼는 현실주의적 스타일과 유사하다.

3. 중학생의 학년별 서사경험 비교

다음 생활 문화의 차원에서 서사적 취향과 관심을 분석하였다. 설문조 사(부록1)와 소집단 면접 조사를 병행하였는데, 면접 조사의 경우 1) 생 활에서의 문학문화(매체, 활용 빈도) 2) 문학과 서사물에 대한 취향(좋아하는 장르, 서사에 관심을 두는 부분 등) 3) 학교 문학교육에 대한 의견을 물어 보 았다. 설문조사는 1개 학교 1개반 총 105명을 대상으로 하였고, 결과는

표 1과 같다. 조사의 신뢰도를 높이고 그들 자신의 언어로 이야기되는 그들의 문화를 이해하기 위하여 소집단 심층 면접을 실시하였다. 10~15명의 소집단을 대상으로 한 비구조적인 면접이었다. 여기에서는 다채로운 반응을 확인하기 위하여 열린 질문을 던졌다.

설문 항목	1학년 여학생	2학년 여학생	3학년 여학생
가장 많이 접하는 서사 장르	만화(20%), 단편소설류(18%), 서정소설류, TV 드라마 (10%)	만화(26%), TV 드라마(19%)	서정소설류(25%), 만화, TV 드라마(17%)
가장 좋아하는 서사 장르	영화(18%), 만화(18%), TV 드라마, 서정소설 (12%)	서정소설(20%) 만화(20%), TV 드라마(17%)	서정소설·추리소설 (16%), 단편소설·만화 TV 드라마(10%)
여가시 주로 이용하는 매체	텔레비전(48%)	텔레비전(50%)	텔레비전(38%)
서사물 접하는 횟수 (1주 동안)	1~2번(16%) 3-4번(14%)	1~2회(26.3%), 9회 이상(18.3%)	9회 이상(32%)
흥미있는 문학 장르	소설(48%)	소설(60%)	소설류(57%)

설문지와 심층 면접의 결과를 종합하여 판단한다면, 먼저 1) 생활에서 존재하는 문학문화의 양상은, 1, 2, 3학년 거의 비슷하게 주로, 텔레비전, 영화, 인터넷, 대중 문학물로 나타났다. 대신, 심층 면접의 결과 고학년일수록 책과 고전물과 접하는 횟수가 줄어들고, 대중매체 중심의 획일적인 문화로 변화된다는 응답을 얻었다. 1학년은 고전적인 작품에 대한 관심이 상대적으로 많았고, 서점 이용도 면에서 2, 3학년보다 압도적

이었다. 2학년의 경우, 일주일에 2권씩 독후감을 의무적으로 제출하는 교육을 받고 있었는데, 실제로 책을 읽는다고 답한 사람은 35명 중에서 7명에 불과하였다. 하지만 3학년은 서사 취향이 뚜렷하여 대중매체류를 좋아하는 학생과 고전류를 좋아하는 학생으로 이원화되었다.

특히, 심층면접 결과 2, 3학년은 인터넷 소설에 거의 모든 학생이 관심을 보였다. 이들은 여가 시간의 놀이 문화를 물었을 때 '인터넷에서 소설을 본다'고 할 정도로 인터넷 소설에 몰입하고 있었으며, 동호인 모임에 가입하거나 직접 읽고 쓰는 활동을 하고 있었다. 이 소설을 접하지 않은 학생은 또래 집단의 대화에 참여할 수 없을 정도라고 하였다. 학생들이 이 소설에 매료되는 이유는 크게 두 가지를 꼽았다. 낭만적 사랑 이야기라는 것과 청소년들의 삶을 다루고 있는 이야기라는 것이다. 이들의 '성'과 '사랑'에 대한 관심을 유별났는데, 2, 3학년이 생활에서 읽고 있는 문학물은 대부분이 로맨스물이었고 또한 일상 대화 주제의 대부분도 '남자'라고 밝힐 정도였다. 인터넷 소설은 특히 낭만적인 사랑 이야기를 담고 있어 흥미있다고 답변하였다. 또, 인터넷 소설은 단지 '인터넷'상의 소설이라는 측면보다는 '청소년들만의 공간 속에서 청소년들의 이야기를 주고 받는다'는 의식이 강했다. 청소년 문화의 하나로 의식하고 있는 것이다. 3학년의 경우, 한 설문자는 인터넷 소설은 자신들의 생활 경험과 감정을 진솔하게 보여주고 있어 어른들의 고정관념에서 벗어날 수 있고 자유로운 의식을 얻는다는 논리를 펴기도 하였다.

이들이 주로 활용하는 매체는 텔레비전과 인터넷이 압도적이었고, 다음으로 3학년은 영화, 1학년은 만화를 꼽았다. 텔레비전과 인터넷을 주로 사용하는 이유는 간편하고 경제적이라는 지적을 하였고, 예상외로 여학생들은 '게임'에 별 관심을 나타내지 않았다. 심층면접에서 이들은 스트레스 해소와 흥미, 오락을 위해 문학을 찾는다고 답변하였다. 또한 학교에서 배우는 문학 공부가 생활 속에서는 거의 연결되지 않지만, 여가 생활에서 접하는 문학작품은 학교 생활에 영향을 미친다고 답변하였다.

다음 심층면접에서 2) 서사적 취향을 물었다. 여중생들은 다른 어떤 장르보다도 서사물에 대한 관심이 많았다. 소설, 영화와 같은 허구적 서사는 물론이고, 수필, 전기와 같은 사실적 서사 모두에 관심을 나타냈으며, 반면 설명문이나 논설문, 시를 가장 어렵고 흥미 없는 장르로 꼽았다. 하지만 학년별로 그 취향은 조금씩 달랐다. 1학년은 '순정물'과 '환타지', '무서운 이야기', '슬픈 이야기' 등 괴기 서사나 감정적인 자극이 강한 이야기가 좋다고 하였다. 그 이유로는 드라마틱한 사건 전개가 흥미롭다는 점을 많이 꼽았으며, 이야기를 주로 스트레스 해소나 현실 도피의 수단으로 활용하고 있었다. 2학년은 로맨스물, 순정, 코믹물을 좋아하고 있었으며, 그 이유로는 자신들의 관심에 부합하며, 재미있다는 점을 들었다. 3학년은 서사적 취향이 더욱 다양하였다. 환타지, 로맨스물, 유머, 추리물 뿐 아니라 사회물, 역사물에도 관심이 많다고 답했으며, 그 이유로는 진로에 대한 정보를 얻기 위해서라는 답변을 얻을 수 있었다. 면접 결과 각 학년별로 서사 취향이 달라지고 있음을 확인할 수 있었는데, 1학년은 순정물, 2학년은 로맨스와 서정소설류, 3학년은 유머가 그것이었다.

서사물에서의 관심도 학년에 따라 차이가 있었다. 설문지에 의하면, 1학년의 경우, 결말을 2학년의 경우 인물의 성격과 배경을 3학년의 경우 갈등과 배경에 관심을 둔다고 하였다. 좋은 이야기에 대한 조건에 대해서는 1, 2, 3학년 모두 '흥미있는 사건 전개'에 두었지만 2위에 대해서는 학년별로 달랐다. 1학년은 '삶에 대한 새로운 깨달음', 2학년은 '감각적인 언어와 문체', '삶에 대한 깨달음', 3학년은 '참신한 상상력'으로 변화하고 있었다.

3) 학교 문학 교육에 대한 생각은 학년에 따라 부정적인 방향으로 변하고 있었다. 1학년은 학교 교육에서는 토론, 등의 다양한 활동식 수업을 받고 있었고 또 이러한 국어교육에 긍정적인 입장을 표명하는 학생이 더 많았다. 하지만 3학년은 분석 중심의 문학교육을 비판하였으며, 특히, 매 시간 작품 분석 방법이 너무 획일적이어서 흥미를 끌지 못한다는 점을 지적하였다. 또한 교과서에 실린 글이 너무 도식적이고, 교훈적이며 단순한 사고만을 강요한다고 지적하였는데, 이러한 지적은 앞에서 살펴본 3학년의 서사 스타일을 보더라도 이해될 수 있었다. 곧 이들은 보편적인 도덕률을 넘어서 상황에 기반한 현실 논리에 관심을 가지고 있는데 교과서의 작품은 이에 미치지 못한다고 생각하는 것이다.

학교 문학과 학습자들의 생활문학의 불일치에 대해 어떻게 생각하느냐고 질문하자, 1학년은 학교에서는 일상에서 경험하지 못하는 장르를 접하게 하기 때문에 의미있다는 긍정적 반응이 더 많았고, 2, 3학년은 학교 교과서에 실린 글은 나름대로는 인정하지만, 자신들에게는 별 영향을 미치지 않는다는 식으로 답변하였다. 특히, 학년이 높아갈수록 학교에서 배운 것은 시험 답안지에 쓰면 된다는 식의 부정적인 답을 하였다. 이는 2학년부터 내신 성적과 관련되면서 학교문학은 성적 확보 차원으로만 생각하고 생활문학은 스트레스와 흥미 차원으로만 생각하는 이원적 생각이 뿌리깊게 있었다.

연구 결과, 학년별 문학문화는 차이점보다는 공통점이 더 많았지만, 연령별 발달 과업이 달라짐에 따라 중심점도 조금씩 달라지는 양상을 보였다. 이들은 모두 서사물을 대단히 좋아했고 또 즐겨 이용하고 있었지만, 1학년은 설화(괴담, 유머물 포함), 만화와 같이 단순하고 당위적인 가치를 바탕으로 한 서사물을 즐기며, 2학년은 로맨스물, 코믹물과 같이 낭만적인 가치에 기반한 서사물을, 3학년은 자신들의 개성과 취미에 따라 환상물, 사회물 등 매우 다양한 서사물을 가까이 하면서도 현실적인 문제로 관심을 넓히고 있었다.

4. 서사교육과정의 방향성 제안

그렇다면 이런 연구결과가 서사교육에 시사하는 바는 무엇일까? 인류 보편의 발달 모델을 만들고자 했던 삐아제의 경우, 일련의 발단 위계에서 이전의 발달 단계는 이후 발달 단계를 위한 단계로 이해되었다. 가령, 중학교 1학년에서 소설의 갈등을 가르치는 것은 이를 기초로 하여 2학년에서는 소설의 인물을 교육할 수 있기 위한 것이다. 이러한 발상에서는 중학교 1학년 학생들의 인지적 정서적 특성이 '갈등'에 관심을 가지고 있는가, 이들의 발달 과업을 해결하는 데 기여하는가에 대한 문제의식을 찾아 볼 수 없다. 보편 모델은 '인간의 발달 과정'을 '하나의 발달 모델'로 단선화하고 연속적인 것으로 파악하기 때문이다. 이에 에간 Egan[61]은 '교육적 발달학'이란 영역을 제시하여, 각 단계의 학습자들의 관심이 추구하는바, 세계와 자신에 대해 지식을 얻는 방법, 학습 방법 등에 대해 충분히 알고, 각 단계에서 발달시켜야 할 것을 발달시키자는 제안을 한 바 있다.

이 글에서의 연구 결과를 교육적 발달관과 연결지어 보자면, 1학년에서 중심이 되는 고전주의적 서사 스타일은, '당위적인 가치'나 규범에 기대어 자아의 안정감을 찾는 그들의 성장 과업과 관련지어 해석해 볼 수 있다. 에간 Egan의 교육적 발달 이론에 기반 하면 이들은 이전의 원초적인 범주로는 객관적 세계를 파악할 수 없음을 깨닫고 정서적으로 불안정

---

61) 임충기(1988), 위의 논문, 참조.

한 상태에 놓여 있다. 이들은 아직은 자아 발달이 이루어지지 않았기 때문에 기존의 당위적인 규범이나 도덕이 제시하는 현실 인식에 기대어 안정을 되찾으려 하는 것이다. 현실의 경험을 당위적이고 보편적인 가치를 기준으로 의미화하기 때문에 이러한 지향이 고전주의적 스타일로 연결되고 있는 것이다. 이들 연령대는 아직은 부모나 교사와의 유대 속에 있으며 나름의 집단적 정체성을 확보하지 않은 상태라 할 수 있다. 때문에 학교 교육이나 주변 문화 환경에 긍정적인 태도를 보이고 있으나 수동적으로 반응하고 있다.

2학년의 낭만주의적 서사 스타일은, 자신의 주관적 가치에 기반하여 세계에 의미를 부여하는 성장 과업과 관련지어 해석할 수 있다. 자신의 의지와 행위에 힘을 부여하며, 자신의 힘으로 경험에 의미를 부여하고자 하는 것이다. 때문에 인지적 관심은 현실보다는 추구해야 하는, 혹은 추구하고자 하는 '이상적인 가치'에 둔다. 하지만 이러한 가치는 아직은 객관적인 규범이나 도덕적 관습에 대한 인식을 충분히 고려하지 않은 것이기에 매우 주관적인 것에 머무르고 있다. 일상 서사물에서 낭만적 사랑이나 서정적이고 감각적인 문체, 코믹물 등에 집중적인 관심을 보이는 것도 이 때문이다. 가장 탈현실적이고 감정적인 모습을 보여주는 단계라 할 수 있다.

3학년의 현실주의적 스타일은 소설적 서사의 모습에 가장 가까이 가 있다. 이들은 현실 속에서 자아 정체성을 제법 진지하게 모색한다. 현실과 자아를 동등한 위치에 놓고 양자의 관계에 대해 고민하며, 보편적 도덕과 개별적인 가치, 자아와 타자의 관계의 모순적인 상황을 모순 그 자체로 인식하고 있는 것이다. 이는 자신의 진로를 구체적으로 고민해야 하는 이들의 사회적 상황과 무관하지 않을 듯하다. 따라서 이들의 인지적 관심은 현실적인 가치에 있다. 또한 이들은 자아, 혹은 자기 집단의 정체성에 대한 나름의 인식을 지니고 있으며, 기성 세대나 타자와의 차별을 시도하기도 하여 한 반 내에서도 다양한 스타일이 공존하였다. 하지만 기성 세대에 대한 강한 반발감도 있었다.

이처럼 발달을 사회, 문화적 맥락 속에서 해석하게 되면, 그들의 관심과 태도, 그들의 문화를 문학교육에 적극 반영할 수 있다는 장점이 있다. 관심(interest)은 특정 방향으로 정향지워진 태도와 가치를 의미하는 일종의 정의적 영역이다. 사람은 누구나 자신의 개성과 가치관, 정체성에 따라 상이한 관심을 가지게 된다. 학습자 중심의 교육에서 이러한 관심은 대단히 중요하다. 동일한 내용을 교육하더라도 자신의 관심과 태도에 알맞은 과제가 제시되었을 때 충분한 교육적 효과를 거둘 수 있다. 이는 단지 '제재'나 '주제'의 문제만은 아니다. 표현의 형식은 그 자체로 특정의 사고 방식과 가치 체계를 내장하고 있기 때문에, 어떠한 서사 장르와 서사 형식을 교육할 것인가의 문제와도 직결되는 것이다. 특히 서사 교육은 동일한 서사물이라 하더라도 다양한 하위 서사 장르가 존재하고 있어 이러한 작업은 더욱 필요하다.

이제까지의 분석을 바탕으로 하여, 학년별 관심을 고려한 서사교육을 제안한다면 다음과 같다. 먼저, 1학년은 사건 중심으로 서사물에 접근하되 '플롯'을 중심에 둘 필요가 있다. 이들의 관심을 끌 수 있는 서사 장르로는 설화, 민담, 뉴스를 고려할 수 있다. 다음 2학년은 인물 중심으로 접근하되, 인물의 성격과 행위에 초점을 둘 수 있다. 하위 장르로는 유머, 서정적 소설, 로맨스, 고백체(편지체) 소설이 적당하리라 판단된다. 3학년은 갈등을 중심으로 접근하되, 인물과 환경의 대결 양상을 중심에 둘 수 있다. 하위 장르로는 현실주의 소설, 역사물, 모더니즘 소설 등이 가능하리라 본다.

〈부 록〉

여중생의 '커닝'에 관한 창작글

〈2학년〉

…(중략)…

담임 선생님께서 들어오셨다. 아이들은 모두 속으로 좋아라 웃어대고 있었다. 담임 선생님이 다른 선생님들보다 편하기 때문이다. 정민이는 영어 시험을 보다가 의식하지 않고 수연이 쪽을 보게 되었다. 세상에! 수연이가……. 우리 학교의 자랑이던 전교 1등 손수연이 창틀에 숨겨 놓았던 컨닝 페이퍼를 조심스레 꺼내는 것 아니겠는가? 이것을 본 사람은 정민이 밖에 없었다. 정민이는 쉬는 시간에 선생님께 말씀 드렸다. 하지만 선생님께서는 "설마 수연이가 그럴 리 있니?" 이러시며 정민이의 말을 믿어주시지 않으셨다. 정민이는 수연이에게 "아까, 니가 컨닝하는 것을 보았는데 선생님께 자수하지 그래?" 수연이의 잘못했다는 말을 예상하고 있었던 정민에게 던진 수연의 한 마디는 충격적이었다. "전교 1등은 그럼 아무나 되는 줄 알았니?" 정민이는 수연이의 그 말 때문에 증거를 찾기로 결심했다. 그 때 지인이가 정민에게 반쯤 구겨진 쪽지를 주면서 말했다. "수연이의 컨닝 페이퍼 종이인데요…… 그제서야 선생님은 정민이의 말을 믿으시고 수연이를 불러 물어 보셨다. 수연은 아무말도 하지 않다가 입을 열었다. "전교 1등이 되고 싶었을 뿐인데……"

〈3학년〉

…(중략)…

"선생님. 이예린이 컨닝해요!" 나는 깜짝 놀라 그 쪽지를 숨길 새도 없이 선생님이 다가오셨다. 그리고는 내 손에 있던 쪽지를 낚아채 가시더니 보시고는 내 시험지와 답안지를 찢어 버리시고는 따라 나오라고 하셨다. 정말 한 순간의 일이었다. "정말. 아니에요. 시험을 치는 데 쪽지가 날아왔어요"라고 말하자 선생님은 "그럼 그걸 던진 아이가 누구지?" 하고 심문하듯이 말하셨다. "그건… 모르겠어요…" 정말 어쩔 수가 없었다. …(중략)… 그러던 어느날. 누군지는 잘 모르겠지만 어떤 아이의 말도 그 이름을 말하고 싶지 않은 아이가 교무실로 끌려오다시피 왔다. 그 아이는 더욱 입을 열지 않았고 그렇게 1시간이 흐른 후 선생님이 내게 일단 집으로 가라고 하셨다. 그렇게 다음날…… 학교로 갔다. 그런데 어제보다 학교는 더 소란스러웠고 아이들이 소근대는 이야기를 들었다. "야, 예린이한테 쪽지 던진 애가 ……ㅇㅇㅇ라며? 진짜… 끝까지 아니라고 우기던데… 거짓말 다 들통난거지 뭐…… 예린이 진짜 불쌍하다.……그렇게 컨닝 사건은 처음과는 다르게 어수선하게 끝났다. 지금 나는 학교도 정상적으로 생활하고 있고 그 아이는 어디 갔는지 없는 상태이다. 아이들 소문에 의하면 캐나다로 이민 갔다고도 하고. 집이 망해서 달동네에 숨어 숨는다고도 한다. 아무튼 그 때의 일을 생각하면 눈앞이 아찔하다.…… 역시 진실은 밝혀지는 것이다. 언제라도…

제3부

서사문화교육의 내용: 사고 · 소통 · 윤리

제1장 _ 서사적 사고력을 기르는 서사 창작 교육

제2장 _ 허구적 서사물의 플롯 이해와 서사 추론 교육

제3장 _ 텔레비전 서사 문화 비평 교육

제4장 _ '진정성' 윤리 중심의 대화적 서사 교육

제5장 _ 영상 서사물의 수사적 읽기 교육

제6장 _ 한국 TV 토크쇼의 서사 패턴과 그 문화적 기능 읽기

서사적 사고력을 기르는 서사 창작 교육

1. 서사적 사고력 교육의 중요성

지식 기반 사회에서 서사적 사고력의 위상은 날로 높아 가는 듯하다. 단적으로 교육학이나 인공 지능 이론에서의 관심이 이를 뒷받침하고 있다. 교육학에서는 부르너가 논증적 사고를 보완할 수 있는 '대안적 지식'으로 서사적 사고(narrative thinking)에 주목[1]한 뒤 교육과정이나 교수 방법론에서도 이를 활용할 수 있는 다양한 방법이 거론되고 있다. 또, 인공 지능이론에서도 상황을 고려할 수 있는 유연한 사고 능력의 하나로 서사적 사고를 중시하고 있다. 물론 여기에는 '이야기'와 감성 사회로의 진입이라는 새로운 사회 문화적 분위기를 떠올릴 수도 있을 것이다. 하지만 이야기 능력은 인류의 역사와 문화가 시작된 이래 우리의 삶에 편

---

1) Bruner, Jerome(1986), *Actual minds, Possible worlds*, Harvard University.

재해 온 대표적인 문화 능력의 하나였음을 강조하고 싶다.

서사적 사고력은 우리 삶의 전반에 펼쳐 있으면서도 동시에 매우 중요한 실천적 함의를 지니고 있다. 우리는 한 편의 소설로만 이야기를 접하는 것은 아니다. 내일을 비롯한 모든 미래의 계획, 인터넷을 위시한 대부분의 자료 수집과 추론, 과거에 대한 기억과 회상 등, 제반의 사고 과정에 이야기가 개입한다. 특히, 가드너는 모든 영역에서의 뛰어난 리더들은 '위대한 이야기꾼'이라는 명제를 제시하면서 정치가나 과학자들을 예로 들어 리더쉽과 서사 능력의 연관을 강조[2]한 바 있다.

이러한 사실들은 서사교육에서 서사적 사고력 교육의 의의를 다시금 되돌아 볼 수 있는 계기가 된다. 논리적 사고훈련을 위해 논술문 쓰기와 읽기를 수행하는 것처럼 서사교육 역시 서사적 사고력 향상의 측면에서 설계될 필요가 있다는 것이다. 사실, 근대화 과정에서 논술 장르가 교육적 제도에 의해 막강한 권력을 획득하였다면 서사 장르는 '문학'의 특정한 영역으로만 제한된 측면이 있다.

물론 '사고력 교육으로서의 문학교육'이란 명제는 이미 보편화되었다고 할 수 있다. 문학교육 원론 차원에서는 김대행 교수[3]와 김중신 교수[4]의 작업이 있었고, 서사교육에서는 우한용 교수[5]의 작업이 있었다. 하지만 아직은 문학적 사고나 서사적 사고의 특징을 원론적으로 강조하는 차원이고, 교육 설계로 이어질 수 있는 구체적인 논의는 부족한 것도 사실이다. 이 글이 주로 다룰 서사표현교육[6]과 관련된 연구는 더욱 그러하다. 특히 문학적 사고의 개별적 요소(가령, 비유, 혹은 발상)에 주안점을

---

2) Gardner, Howard, 문영린 역(2001), 『다중지능』, 김영사.
3) 김대행 외(1988), "사고력을 위한 문학교육의 설계", 국어교육연구 5, 서울대 국어교육연구소.
4) 김중신(2003), "문학교육에서의 인지의 문제", 문학교육학 11, 한국문학교육학회.
5) 우한용 외(2001), 『서사교육론』, 동아시아.
6) 특히 이 글에서는 '허구적 서사문 창작 관련 내용을 다룬다. 관련 연구로는 임경순(2001), "서사표현교육의 방법과 실제", 『창작교육 어떻게 할 것인가』, 푸른사상.

두고 있기 때문에 발상에서 작품 완성에 이르기까지의 '완결된 전체의 구성'과 관련된 구체적 논의는 아직 부족한 편이다.

이 글에서 풀어 나갈 핵심적인 과제는 1) 서사적 사고의 특성과 그 과정 밝히기 2) 서사적 사고력에 중점을 둔 서사 창작 교육 구안하기이다. 특히 이 글에서는 서사적 사고를 줄거리 구성 능력7)과 연관짓되 가설 생성적 사고라는 점에 초점을 맞추고, 이러한 사고에 도달할 수 있는 경로를 가추법과 해석학적 서사론에 기대어 해명하고자 한다.

사실, 서사적 사고는 논증에 비해 구체적으로 밝혀진 부분이 적다. 논증은 논증의 방법, 훌륭한 논증이 되기 위해 갖추어야 할 조건 등에 대해 많은 연구가 있어왔지만 서사는 워낙 다양한 사례가 가능하기 때문에 과학화되지 못한 측면이 있다. 물론 구조주의 서사론은 모든 서사의 기본 문법을 과학적으로 체계화한 바 있지만 문제는 만들어진 '구조'를 넘어서 만들어가는 '구성적 과정'에 대한 정보를 제공하지는 않는다는 것이다. 구조주의 이론에 기반한 서사교육이 서사적 사고력 개발의 측면에서 볼 때 만족스럽지 못한 이유도 여기에 있다.

'서사적 구성 과정'에 대한 이론은 '서사 도식'을 비롯한 인지심리학에서 주로 연구되었다. 물론 인지심리학은 '인지 구성'의 관점에서 서사를 다루기 때문에 서사적 특수성에 대한 배려가 취약하고 유아기나 아동기로 논의가 제한되고 있어 아쉬움이 있다.

이 글은 '가추법'(abduction)의 기본 틀을 원용하되 서사적 특성을 보완하는 방식으로 서사적 구성에 추동되는 사고 과정을 밝히고자 한다. 가추법은 일종의 '가정적 추론'(hypothet- ical inference)으로 창의적이면서

---

7) 서사교육에서 '줄거리 구성 능력' 혹은 '구조 구성 능력'에 대한 연구가 부각되고 있는 추세이다. 정래필(2002), "플롯 구성을 활용한 이야기 쓰기 교육 연구", 서울대 석사 학위논문. 한명희(2003), "이야기 구조의 구성모형에 관한 연구", 국어교육학연구 16, 국어교육학회.

도 논리적인 사고 방법이다. 물론 서사적 추론은 가추법의 한 유형에 불과하지만8), 주어진 사실에 대한 허구적 가정을 세워 진실을 구성하는 추론 방식은 서사적 구성의 본질적 특성과 상통한다.

이러한 논의는 서사표현교육 방법으로 구체화되어야 할 것이다. 7차 교육과정 이후, 서사표현교육의 방법은 주로 패러디와 같은 창조적 재구성이나 모방문 쓰기 혹은 서사 표현의 형식적 측면을 연마하는 방식으로 접근해 왔다. 그러나 여전히 해결되지 않은 과제는 서사 내용과 형식의 통합이다. 형식 연마 중심의 문학교육에 대해서는 많은 비판이 있었지만, 이는 아직도 만족할 만한 해결을 보지 못하고 있다. 가령, 서사적 구성 능력을 가르친다고 하면 '발단-전개-위기-절정-결말'의 플롯 도식으로 사건을 채워 넣게 되는데, 이렇게 되면 학습자는 사건과 사건이 결합되는 인과적 논리를 추론하기보다는 정해진 틀에 맞추어 내용을 도식적으로 재단하게 될 뿐이다. 이런 점을 극복하기 위해서는, 대략적인 주제나 서사 틀에서 출발하여 세부적인 내용을 채워나가는 '하향식 모델'9)이 의미가 있다고 판단하여 '모티프'를 중심으로 한 교육 방법을 제시하고자 한다.

---

8) 가추법은 '징후, 예견, 시나리오, 새로운 이론 발견' 등 다양하게 쓰이는데, 특히 탐정 수사나 상담 등에서 쓰이는 '시나리오'는 서사적 측면이 강하다.

9) 작문교육에서 하향식 모델이라는 용어를 사용한 예는 아직 없었다. 하지만 '도식'이나 '사고 틀'로부터 의미를 구성해 나가는 일반적인 과정을 '하향식 모델'(top-down)로 부르고 있음을 볼 때(op. cit., pp.7~8.), 이렇게 명명해도 별 무리는 없을 것으로 본다. 참고로 서사 발달 연구에서도, 전체적인 서사 구조를 능숙하게 수행한 뒤 문단 차원에서의 세부적인 서사 논리를 발전시키는 사람을 '하향식' 발달이라고 하고, 반대의 경우 '상향식' 발달이라고 지칭하는 사례에서도 이는 확인된다.

2. 서사적 사고의 특성과 그 과정

1) 서사적 사고의 특징

인지 심리학에서는 서사를 단순한 텍스트의 유형을 넘어서, 경험에 의미를 부여하고 재현하는 특정 패턴으로 사상(事象, 자료)을 조직하는 지각 활동으로 본다. 특히, 서사는 일련의 시간적 흐름 속에 존재하는 사건을 처음, 중간, 끝을 가진 인과적 연쇄로 조직하여 사건에 대한 자신의 판단을 구체화한다는 특징을 지나고 있다. 이를 '서사적 이해력'(narrative comprehension)이나 '서사 도식'(narrative shema)란 개념으로 표현하며 이 서사에 의해 생산된 지식을 서사적 지식(narrative knowledge)이라 한다.10) 이 글에서는 부르너가 지적한 대로, "인간사를 의도와 '방향(흐름)' 속에서 전체적으로 파악하는 사고"라는 개념11)으로 포괄적으로 사용한다.

그러면 서사적 사고의 특징은 무엇인가. 알려진 대로, 부르너는 논증적 사고와 서사적 사를 대별하여 서사적 사고를 대안적 사고 방식으로 제안12)하였다. 그 특징의 핵심은 가설 생성적인 사고라는 데에 있다. 논술적 사고가 이미 만들어진 범주, 가설, 법칙, 등을 경험적 사실에 적용하는, 환원적 사고인데 반해, 서사적 사고는 사건과 사건의 결합 속에서 맥락적으로 의미가 생성된다. 두 사고 모두 명제와 명제, 사건과 사건에 대한 인과성을 문제 삼지만, 논술적 사고에서는 인과적 연결이 이미 정해진 연역적 가정과 가설에 근거하여 이루어지는 반면, 서사적 사고에서는 사건과 사건의 결합 과정에서 의미가 새로이 구성된다. 때문에

10) Mandler, Jean Matter(1984), *Stories, Scripts, and Stcenes : Aspects of Schema*, Lawrence Erlbaum Associates.
11) Jerome, Bruner(1986), op. cit., 2장.
12) Jerome, Bruner, 강현석·이자현 역(2005), 『브루너 교육의 문화』, 교육과학사, 7장 참조.

논술의 결론은 다른 사람들이 그대로 반복할 수 있지만 서사의 경우, 말하는 사람에 따라 항상 새로운 이야기가 만들어진다. 논술의 진실은 진/위를 전제로 기성의 가설을 확증하며, 논리적 형식에 기반을 둔 탈맥락적 판단이다. 반면, 서사는 동일 사건이라도 어떠한 플롯 속에 짜이느냐에 따라, 무수히 다른 의미들이 만들어진다. 새로운 가설이 성립되는 것이다. 플롯을 짠다는 것, 이해한다는 것은 이미 만들어진 가설에 비추어 개별 사건을 이해하는 것이 아니라 개별 사건과 '테마'가 변증법적으로 상호작용하면서 새로운 가설을 생성해나가는 과정인 것이다.

요약한다면, 서사적 사고는 첫째, '전체적으로 이해하는 판단력'의 특성을 지닌다. 가령, '이민을 신청하는 사람들이 많아지고 있다.'라는 사건을 논술적 사고로 본다면, '이민자의 급증'은 '인력이나 국부의 유출이라는' 기존의 전제로 결론이 나지만, 서사적 사고라면 이 사건을 다른 어떤 사건과 결합하는가에 따라 결론은 달라진다. '그러다가 다시 돌아오는 사람이 많아졌다'와 결합하였다든가, '이민의 세계적인 추세 속에서, 이민자의 증가는 거꾸로 우리 사회로의 역이민자가 많아졌다'와 결합된다면, 또 새로운 의미가 만들어지는 것이다. 무엇을 처음과 결말로 잡느냐에 따라 새로운 판단이 생겨날 수 있다는 것이다.

둘째, 부분과 전체의 관계가 해석학적 순환 속에 존재한다는 점이다. 논증적 사고는 전체의 구조 속에서 부분의 위치가 결정되지만, 서사적 사고 부분들의 연속에 의해 전체가 구조화된다.

셋째, 서사적 사고는 해당 공동체 내에서의 서사 관습 및 문화적 레퍼토리와의 상호작용 속에서 진행된다는 것이다. 사실 이야기 한다는 것은 근본적으로 '다시 이야기하기'이다. 바르트가 모든 이야기의 초국가적, 초문화적 동질성을 발견하였던 것처럼 이야기는 제반 국경을 넘나들면서 반복된다. 하지만 바르트가 놓친 것은 그 이야기들이 언제나 새롭게 혁신되면서 다시 이야기 된다는 것이다.13) 서사가 문화적 보편성과 차이성을 중개하는 역할을 하는 것, 그래서 세계 인류가 유사한 모티프를 지니고 있으면서도 다양한 변이체를 생산하는 것은 바로 이 때문이다.

이는 이야기하기의 사회적 기원을 보여주는 것으로 서사적 사고력 교육이 개인적 활동 뿐 아니라 서사 문화 자원(resource)과의 역동적인 장(force) 속에서 이루어짐을 보여준다.

2) 서사적 추론의 사고 과정

이와 같은 서사적 사고의 과정을 구조화할 수는 없을까. 특히, 우리가 교육에서 문제삼아야 할 것은 '창의적'인 고등의 사고력 교육이다. 어느 정도의 서사적 사고는 거의 3세 정도면 가능하다고 보기 때문이다.14)

서사물의 논리적 구조를 도식화하는 작업은 구조주의자들의 연구에 의해 어느 정도 진행되었다. 토도로프처럼 서사물을 '1. 평정 2. 행위에 의한 평정의 파괴 3. 파괴의 인식 4. 파괴를 보상하려는 시도 5. 처음의 평정 상태 회복'이라고 하여 '평정-파괴-안정'이라는 도식으로 정리한 것이다. 하지만 이 경우 서사적 사고 과정 자체를 직접 드러내지 못한 채 해석된 논리 도식만을 보여주고 있을 뿐이다. 사실, 사고 과정은 머릿속 활동이기 때문에 직접 확인하기는 거의 불가능할 것이다. 하지만 교육이라는 목적론적인 활동을 위해 일정한 경로를 마련하는 것은 가능할 것이다.

부르너는 줄거리 구성 과정이 퍼어스가 말하는 '개연적 삼단논법의 추

---

13) Barbara Herrnstein Smith(1982), "Narrative Versions, Narrative Theories", Critical Inquiry 7, 석경징 외 역, 「현대 서술 이론의 흐름」, 솔, 1997, pp.117~148.
14) Edward Branigan(1992), op. cit., p.3.

론'으로 진행된다고 지적한 바 있다.15) 플롯 짜기란 시간적으로 배열된 사실들을 인과적 연쇄로 변형하는 작업이라 할 수 있다. 여기에는 제반 사상들을 원인과 결과의 관계로 추론할 수 있는 능력이 요구되는데, 이것은 바로 가추법의 개연적 삼단 논리의 과정과 일치한다.

가추법은 어떤 결과로부터 원인을 추론하여 낯설고 새로운 사실에 대한 '개연성 있는 가설'을 설명하는 논리이다. 연역법이 일반 전제로부터 특수 사실을 판단하고, 귀납법이 특수 사실들을 종합하여 규칙을 정립한다면, 가추법은 특수 사실을 보고 전제를 선택하여 사례를 추론한다. 가추법의 개연적 삼단 논법을 요약하면 다음과 같다. ① 새로운 사실(surprising fact) C가 목격되었다.(문제 확인 단계) ② 가설 A가 진리이라면, C는 당연히 참이다.(문제 해결을 위한 솔루션(가설) 발견 단계) ③ 따라서 가설 A가 참인지 검증해 봐야한다.(솔루션 검증 단계)16)

가령, '이 거리는 밤에만 사람이 많이 다닌다'는 사실이 있다면, 왜 그러한지를 설명할 수 있는 가정을 추론하여 제시하는 것이다. '밤에는 사람들이 술을 마신다.'는 전제를 선택하여 '이 거리에는 술집이 많아 사람이 많이 다닌다'라고 설명할 수도 있고, 아니면 '밤에는 교통이 편한 곳으로 사람이 몰린다.'는 전제를 선택하여, '이 거리에는 버스 노선과 지하철 노선이 많다 그래서 밤에 사람이 많다.'로 설명할 수도 있다. 사실을 설명할 수 있는 가정을 배경 지식에서 선택, 혹은 창안하여 제시하는 것이다. 이러한 가추법은 사실, 행위의 의도나 목적을 가정하는 일상의 생활에서 흔히 사용하는 것이다. 하지만 의학이나 과학에서는 논리성과 창의성을 겸비한, 고등적인 창안의 사유 방식으로 각광을 받고 있다. 한편, 워드 U. Wirth는 가추법을 언어 행위에서 요구되는 추론 활동 전반으로 확장하여, 우리가 발화를 이해하거나 생산하는 활동은 소통의 관습을

---

15) Bruner, Jerome(1986), op. cit., pp.11~43.
16) Umberto Eco, 김주환 · 한은경 역(1994), 「논리와 추리의 기호학」, 인간사랑.

이해하고 이에 맞추는 사고보다는 드러난 발화에서 드러나지 않은 발화자의 의도를 추론하는 활동 전반으로 확장한 바 있다.17) 하지만 가추법은 대단히 포괄적인 논리이고 보면, 이 글의 관심대로 이를 서사적 사고 과정에 적용하기 위해서는 서사론과 결합할 필요가 있다.

① 놀라운 사실로부터 출발

서사의 구조는 처음의 평형 상태가 파괴되고 이를 다시 평형으로 이끄는 과정으로 구성된다. 여기서 일어나는 사건/행위는 일종의 기존의 친숙한 배경 지식으로는 곧바로 해석되지 않아야 이야기의 질적 가치가 생긴다. 그런 점에서 서사가 추구하는 핵심적인 문제는 가추법에서의 '놀라운 사실'에 해당되는 것이어야 한다. 가령, '한 남자와 한 여자 사이의 순탄한 결혼'이란 문제는 좋은 서사적 발상이라 할 수 없다. 우리의 친숙한 배경지식과 너무 밀착되어 있어 왜 그렇게 되었는가에 대한 개연적인 설명이 필요하지 않기 때문이다. 대신 '두 남자와 한 여자 사이의 사랑'거나 '두 여자와 한 남자 사이의 사랑' 혹은 '사랑하는 사람들의 이별'이 서사적 발상으로는 더 적당하다.18)

이러한 이유로 일반적인 작문 교육을 원용한 문학적 표현교육은 한계가 있다. 여기에는 문학적 표현은 쓸거리 혹은 일반적인 주제를 먼저 정하고 이를 문학적(서사적 표현)으로 바꾼다는 식의 생각이 전제되어 있기 때문이다. 하지만 문학적 표현은 사고부터 문학적 사고여야 한다. 서사

---

17) Uwe Wirth(1999), "Abduction Reasoning in Peirce's and Davidson's Account of Interpretation", *Transactions of the Charles S. Pierces Society*, Winter, Vol 15.

18) 송하춘 교수는 사물을 설명하는 네 가지 방법으로 "1. 그런 것을 그렇다고 말하기 2. 그런 것을 아니라고 말하기 3. 아닌 것을 아니라고 말하기 4. 아닌 것을 그렇다고 말하기"로 설정한 뒤, 소설의 발상으로 적당한 것은 2와 4라고 지적하였다.(송하춘, (2002), 「발견으로서의 소설 기법」, 고려대 출판부, 23면.) 이런 견해 역시 이 글과 일치한다.

물을 창작하기 위해서는 발상부터 서사적이어야 하고, 논문을 쓰기 위해서는 주제부터 논문에 적당한 것이어야 한다. 필자는 '커닝'이라는 소재로 여자 중학생이 쓴 허구적 서사문을 수집하였는데, 서사성이 떨어지거나 창의성이 부족한 글의 대부분은 서사적 표현 능력이 부족하기보다는 다루고 있는 서사적 문제 자체가 적당하지 않은 것이었다. 가령, 컨닝을 왜 했는지에 대한 이유도 분명하지 않은데 커닝한 이후의 죄책감만을 중점적으로 다루고 있거나, 사건의 문제성을 포착하지 못하고 있었다. 이런 점에서 서사적 이야깃거리는 가추법의 '놀라운 사실'에 해당되는 것이야 한다.

② 가설 생성으로서의 줄거리 구성

이렇게 보면 서사의 줄거리는 이 '놀라운 사실'에 대한 개연적인 설명이라 할 수 있다. 가령, 놀라운 사실로 "외출 후 집으로 돌아오지 않는 할아버지"를 잡았다면, 줄거리는 이 사실에 대해 그럴듯한 설명을 만드는 것이다. 곧, "그 일이 왜 일어 났는가"(분석적 추론)와 "그래서 어떻게 되었는가"(종합적 추론)에 대한 설명이 곧 줄거리인 셈이다. 그런 점에서 줄거리 구성 역시 가추법과 같이 드러난 '놀라운 사실'을 바탕으로 드러나지 않은 부분을 추론하는 과정이라 할 수 있다. 이것은 개연성과 가능성에만 바탕을 둔 설명이기 때문에 여러 가지 대안을 마련하고, 선택하는 과정으로 점철된다. 소설의 플롯 역시 정태적인 것이 아니라, '가능한 대안'들의 선택을 표현이라고 보는 것도 이 때문이다.[19]

줄거리 구성은 이 대안을 어디서 어떻게 선택하느냐에 따라 여러 유형으로 나눌 수 있다. 이는 일종의 줄거리 구성 유형이라 할 수 있는데, 매우 거칠지만 에코가 제시한 가추법의 유형을 참고하면 이를 추려낼 수

19) Ruth Ronen(1990), "Paradigm Shift in Plot Models", *Poetics Today 2*, Winter.

있다. 그는 가추법의 유형을 ① 규범화된 가추법(overcoded abduction), ② 덜 규범화된 가추법(undercoded abduction), ③ 창조적 가추법(creative-abduction)로 나누었다.

먼저 ① 규범화된 가추법(overcoded abduction)은 놀라운 특정의 사실에서 규칙/ 사실을 추론하는 과정이 매우 자동화되어 있는 경우이다. 여기에서는 주어진 사실을 주어진 종류의 신호로 자동적으로 파악한다. 가령, "외출 후 돌아오지 않는 할아버지"라는 사실을 '당연히' 사고를 당한 때문이라고 단정하는 방식이 그것이다. 이렇게 추론하면 '외출한 할아버지', '할아버지의 사고'라는 사건이 별다른 논리적 전제 없이 직접 연결된다.

다음, ② 덜 규범화된 가추법(undercoded abduction)는 놀라운 사실에 대한 가정적 설명들이 동일한 수준의 개연성을 지닌 규칙들 속에서 선택한 경우이다. 이 규칙들은 생활에서 통용되는 '세속적 지식' 중에서 선택되며, 때문에 그럴듯하게 받아들여질 수 있다는 개연성을 중시한다. 외출 후 할아버지가 돌아오지 않으시는 이유는 여러 가지가 있을 것이다. 돌발적인 사고나 만남, 처음부터 계획된 의도, 할아버지의 성격과 연관된 행동 등. 하지만 이렇게 여러 가지 가능성을 고려하여 선택했다면, 왜 그것을 선택했느냐에 대한 '개연성'을 높이기 위하여 다양한 연관 속에서 줄거리를 풀어나갈 것이다. 하지만 이 연관들은 '세속적 지식'의 큰 틀 속에서 보면 무리가 없어야 한다.

다음, ③ 창조적 가추법(creative-abduction)은 가정 자체가 기존의 것에서 선택된 것이 아니라 완전히 새로이 만들어진 것이다. 이것은 '세속적 지식'보다는 가능한 지식을 추구한다. 때문에 패러다임을 혁신하거나 의학, 과학 등에서 새로운 이론을 개발하는 방법으로 주로 활용한다. 여기에서는 선행 사건과 후행 사건의 의미적 거리가 멀고, 전혀 새로운 방식의 결합이 시도되어 매우 참신한 가설이 생성된다. 그리하여 가능성의 범주가 중시된다.

이를 각각의 서사 유형과 관련짓는다면, 1)는 관습적인 도식을 반복하는 대중매체의 서사물 2)는 현실적 개연성을 중시하는 리얼리즘의 서사 3)은 창의적인 발상을 중시하는 민담이나 신화, 유머, 모더니즘의 서사가 해당될 것이다.

그러나 여기까지는 서사의 기본 뼈대를 완성하는 데에만 필요한 능력이다. 정작, 줄거리 구성을 위해서 요구되는 것은 '의미있는 전체'를 구성할 수 있는 판단력이다. 이는 '처음-중간-끝'의 구조화된 전체 패턴 안에서의 요소들 간의 '관계'를 고려하는 능력이라 할 수 있다. 동일 사건이라 하더라도 어떠한 사건, 인물, 상황과 관계하며 또 전체적인 흐름 속에서 어디에 위치하는가에 따라 의미는 달라진다.

우리가 학교에서 흔히 접할 수 있는 포스터의 이분법이 있다. "왕이 죽었다. 그러자 왕비가 죽었다."와 "왕이 죽었다. 너무 슬퍼서 왕비가 죽었다."가 그것이다. 하지만 후자의 플롯 논의는 대단히 단선적이다. 마치 행동주의 심리학처럼 '단일한 원인'이 '단일한 결과'로 이어지는 단선적인 '체인'의 고리이다. 하지만 '왕의 죽음이 슬퍼서 죽은 왕비'의 이야기라면 요정담 정도에 불과할 것이다. 소설과 같이 가장 세련된 서사물일수록 '총체적인 진실'(whole truth)을 드러낸다고 할 때 소설은 사건의 개연성을 소설의 전체적 구도와 관련지어 다층적, 중층적으로 연결한다. '왕이 죽어 슬프기도 하지만 자식 키울 자신도 없었고 신하들의 당파 싸움을 견디기도 힘들었다'는 식의 현실적 변인이 함께 첨가되어야 구체적인 진실이 된다. 국지적인 부분 맥락이 아니라 광의의 전체적인 맥락 속에서 인과적 추론이 이루어져야 하는 것이다. 고전으로 평가된 작품은 대부분이 그러하다.

③ 서사 논리의 검증

다음은 줄거리에 나타난 서사 논리의 검증이다. 가추법에서는 범인 추리와 같은 경우를 제외하면, 대부분 논리의 개연성을 '사회 문화적 수용 가능성'으로 평가한다. 곧 해당 공동체에서 독자들이 받아들일 수 있는가의 문제이며, 때문에 사회문화적 지식과 연관되는 것이다.

3. 모티프 중심의 서사적 사고력 교육 방안

1) 모티프 중심 창작 교육의 의의

이제 문제는 서사적 사고력을 효과적으로 교육할 수 있는 방안이다. 앞에서 서술한 서사적 사고력의 특성을 고려하여, '모티프'를 중심으로 한 교육 방안을 제시하고자 한다. 모티프는 내용 구조의 기본 단위이자 추상적인 수준의 내용으로서 전통 속에서 유지될 힘을 가진 최소의 이야기 단위이다. 이는 전체 이야기 구조와는 별도의 독립적인 단위로 존재하며 인류의 문화와 정신 유산을 반영한다.[20] 특히, 프렌첼은 모티프는 사회적 심리적 '긴장감'을 가지고 있는 인상적인 것이어야 한다고 하여 일반 제재와의 차이를 분명히 하였다. 가령, 〈노인〉이 아니라 〈사랑에 빠진 노인〉이 〈바보〉가 아니라 〈똑똑한 바보〉가 〈아이〉가 아니라 〈도둑맞은 아이〉, 〈신성한 아이〉 등 모티프라는 것이다.

---

20) 모티프에 대한 정의를 살펴보면 '전통 안에서 유지될 힘을 가진 이야기의 가장 작은 단위'(뤼티), '주제적 구조의 보다 작은 단위' 혹은 '하나의 작은 질료적 단위, 하나의 내용 요소이며 전체 플롯, 한편의 이야기를 지칭하는 것이 아니라 하나의 상황적 요소의 표현〉(엘리자베스 프렌첼), 〈작가가 역사적인 현상으로서 증명한 반복되어 왔고, 또 앞으로도 반복될 인간 정신의 현상들〉(자우어) 등이 있다.(이재선(1996), 「문학 주제학이란 무엇인가」, 민음사.)

이러한 모티프는 창작 과정에서 매우 생산적인 기능을 담당한다.

첫째, 모티프는 구조 형성의 기능을 담당한다. 모티프는 내부에 의미와 구조를 함축하고 있어, 창작 과정 전체에 대한 가시적인 윤곽을 제공한다. 탄력적인 모티프는 플롯의 시작이자, 갈등의 첫 매듭을 제공해 준다. 따라서 이야기의 부분적인 요소들에 대해서도 계층적 위계를 부여한다. 이는 소재와 구별되는 것이다. 소재가 어떤 확정된 인물과 사건으로 다양성이 적다면, 모티프는 '다양한 전개의 가능성을 내포한 줄거리의 시작을 익명의 인물과 주어진 사물로 지시한다. 가령, '정거장'이 있다면 소재라면 정거장에서 일어난 일을 다룬다. 하지만 이것이 모티프라면 정거장이기 때문에 일어날 수 있는 일을 다루는 것이다. 또한 모티프는 대단히 추상적인 내용 단위에 불과하기 때문에 세부 사실과 기본 모티프와의 관계가 대단히 역동적이다. 세부 사실에 따라 기본 모티프 자체도 변형되고 새롭게 창안되기도 하는 것이다.

둘째, 주제 조직의 기능(발상 제공)을 담당한다. 모티프는 간결하면서도 극적 긴장을 지닌 인상적인 형상으로 되어 있어 강렬한 지적 자극을 부여한다. '바꿔치기 된 아이'라는 모티프가 있다면, 당장 우리는 몇 가지 질문을 떠올리게 된다. 왜 바꿔치기 되었을까? 의도적인 행위였을까. 아니면 피치 못할 사정이 있었을까. 혹, 그 아이가 남다른 아이였을까. 집안이 좋았을까, 아니면 남다른 각별한 능력이 있었을까. 사람들의 더러운 음모 관계에 끼어 들은 것은 아닐까. 바꿔치기한 장소는 어디일까 등등. 이처럼, 모티프는 그 안에 복잡한 사실, 상황, 인간의 태도 양식, 결단 및 존재론적 방향, 가능성을 전제하고 있기 때문에 엄청난 양의 정보와 상이한 차원의 생각들을 동시에 끌어들이고, 강렬한 연상을 촉발한다.

셋째, 모티프는 서사 전통과 접속하되 이를 생산적인 자원으로 활용할 수 있는 매개 역할을 한다. 모티프는 전통 속에서 유지되어 왔고, 또 앞으로도 유지될 가능성이 많은 내용 단위이다. 이는 텍스트와 텍스트의 '관계' 속에서 성립된 것으로 작품이 의사소통 될 수 있고, 또 그 공동체에서 요구하는 사회 문화적으로 적합한 창의성에 이르게 한다. 아울러 확장한다면 문학과 문학의 교류 뿐 아니라 다른 예술과 문학의 교류, 또 문화권들의 교류로 나아갈 수도 있다.

이런 점에 기능에 주목한다면, 모티프를 중심으로 한 서사 표현 활동은 서사적 사고력 교육에 매우 유의미하다. 그 이유는 핵심적인 내용 단위를 먼저 설정하고 이에 세부적인 형상들로 주제를 구체화하기 때문에 내용과 형식, 주제와 구조를 통합적으로 다룰 수 있다. 또한 개인적인 사고 활동을 다양한 문화적 자원과 접속함으로써 읽기/쓰기 통합은 물론이고 다양한 문화권과의 교류 속에서 사고력을 개발할 수 있다. 이러한 내용을 2)절의 내용에 적용하여 교육 방법을 구체화하면 다음과 같다.

2) 모티프 중심 서사 표현 교육의 절차

(1) 모티프 중심의 서사 과제 설정

학습자의 서사 창작 활동을 유도하기 위한 기존 교육에서의 서사 과제는 크게 두 가지로 판단된다. 하나는 '인물을 형상화해 보자' 혹은 '처음-중간-끝의 구조에 맞게 써 보자'와 같은 류의 서사 형식의 연마를 강조하는 서사 과제이고, 또 다른 하나는 '이 작품의 결말을 바꾸어 써 보자' 혹은 '아버지에 대한 이야기 한 편을 만들어보자'와 같이 내용을 중심으로 한 개방형 과제이다. 전자가 분절화된 과제라면 후자는 통합적 과제이다.

하지만 2장에서 살핀 바와 같이 서사적 사고 과정이 '놀라운 사실'에 대한 개연적인 설명으로 구축된다면 '놀라운 사실'에 해당되는 '모티프'로 서사 과제로 제시하는 방안을 생각해 볼 수 있다. 모티프는 인상적이면서도 강렬한 형상으로 지적 자극을 주기 때문에 '놀라운 사실'의 효과를 담당하기 때문이다. 또한 일정한 방향을 지니면서도 학습자의 다양한 접근이 가능한 '비구조화된 과제'로서 창작 활동의 개방성과 폐쇄성을 적절하게 제어 할 수 있다는 장점도 있다.21)

모티프는 내용에 따라 1) 행위 모티프, 2) 상황 모티프 3) 장소 모티프 4) 인물 모티프 5) 의식 모티프가 있다. 구체적으로 보면 1)은 사기, 여행, 모험, 성공 2) 두 남자와 한 여자, 사랑에 빠진 노인, 갈림길에 놓인 사람 3) 밤, 바다, 도시 4) 사기꾼, 방자, 사제, 염세가, 수전노, 염세가 5) 기억, 향수, 분노 등의 내용이 포함된다. 이 모티프들은 인류의 의미있는 상황을 압축하고 있으며 그 자체로도 훌륭한 정신 유산이라 할 수 있다. 때문에 사고력 교육의 '내용'적 요소로 고려해 볼 수 있다.

활동 중심 창작/표현 교육이라는 명제 하에, 사실 그 동안 중시된 것은 '사고 방법'의 문제였다. 하지만 심층적이고 고차적인 사고 활동으로 들어가면 사고 내용과 방법은 분리될 수 없다. 기본 주제 단위는 인문 사회 과학 교양에 기초하면서도 현실적 대응력을 지닐 수 있는 기본적인 개념, 가령, '변화', '문제 해결', '사회' 등을 생각해 볼 수 있다. 이런 점에서 보면, 학습자의 사고 특성을 고려하여 의미있는 문화 자원으로서의 문학교육 모티프 목록을 체계화하는 작업도 필요하리라 본다.

(2) 모티프의 탐구

모티프로 서사적 문제를 구성하였다면, 다음에는 모티프를 해석, 탐구

---

21) 물론 모티프는 개인의 창작 과정에서 자율적으로 발견할 수도 있다. 이러한 경우라도 만약 학습자의 창작동기가 '사실' 수준에 머무른 것이라면 모티프 차원으로 확장할 필요가 있다. 가령, '학교에서 집단 컨닝을 일상적으로 하고 있는 아이들'을 보고, 한 편의 소설 쓰기를 생각했다면 이 '놀라운 사실'은 보다 추상적인 내용 단위이자 사회 심리적 긴장을 지닐 수 있는 모티프 '남의 생각 훔치기' 혹은 '선생님 속이기' 등으로 구조화할 수 있다.

하는 단계이다. 이 단계는 줄거리 구성에 필요한 서사적 추론의 준비 단계로서, 선택 가능한 대안들과 배경지식을 활성화하는 데 초점이 맞추어진다. 퍼스가 말했듯이 많이 설명할 수 있다는 것은 보다 많이 이해할 수 있음을 의미하며, 추론 과정에는 해석이 매우 중요하기 때문이다.

모티프 탐구에서 해야 할 것은 무엇인가. 리쾨르의 서사론22)에 기댄다면 1) 현실 세계 내 행동과 2) 서사적 전통이라는 서사 활동에 관여하는 두 변인을 고려할 수 있다. 1) '현실 세계 내 행동'은 서사가 '행위의 창조적 모방'이라는 점에서 서사가 구축될 수 있는 '전이해'(preunder-standing)이다. 이 행위는 서사 활동의 전제임과 동시에 변형의 대상이다. 그의 연구는 우리가 해석해야 할 행위에 대해 많은 시사점을 주었다. 그는 행위를 구조화하여, 행위의 의미, 행위의 상징, 행위의 시간성으로 나누었다. 행위의 의미는 '누가, 왜 , 무엇을, 어떻게, 누구와 함께 혹은 누가와 맞서'라는 물음으로 요약될 수 있는 '상황, 행동의 의도, 목적, 상호작용(협력, 갈등), 수단, 도움, 예기치 않은 결론'23)이라는 행동의 개념망에 의해 생긴다. 이 개념망이 있어야 물리적 변화와 구분되는 서사적 계열체가 가능해지며, 서사에서 이 행위의 의미가 '전제'됨과 동시에 '변형'된다. 다음, 행위의 상징은 그 문화에 내재하는 규범, 상징, 가치이다. 특정 행동은 특정 문화에서 결코 가치중립적이지 않은 것이다. 공동체의 문화에 따라 특정 패턴의 줄거리가 유지되는 것은 이 때문이다. 다음, 행위의 시간성이다. 가령, '아버지와 아들의 갈등' 모티프를 삼았다고 하면, 현실 세계를 대상으로 하여 어떤 상황에서 누가 어떤 목적으로 갈등이 진행되는지, 인간 관계는 어떻게 형성되며 어떠한 매개로 갈등이 진행되는지를 탐구하는 것이다.

---

22) Paul Ricoeur, *Temps et Recit 1*, 김한식 · 이경래 역(1999), 『시간과 이야기1』, 문학과지성사.

23) Paul Ricoeur, 김한식 · 이경래 역(1999), op. cit., 12장.

다음 2) 서사적 전통의 탐구이다. 모티프는 역사적 변화에 따라 끊임 없이 변화되면서도 정체성을 유지해 왔다. '아버지와 아들의 갈등' 모티 프는 〈삼대〉, 〈태평천하〉, 〈대하〉에 이르는 현대소설의 서사 문화를 유 지하고 있다. 물론 이 모티프의 주제들은 모두 다르다. 〈삼대〉가 가족사 를 사회 역사적 변모와 함께 다루어 돈과 가족을 결합하였으며, 〈태평천 하〉는 '극복 대상의 아버지'라는 개념을 제시하였고, 〈대하〉 역시 구세대 의 대명사인 아버지와 새로운 시대를 갈망하는 아들의 대립이라는 주제 를 만들었다. 그러면서도 공히 이들은 모두 아버지 대신 자아의 정체성 여행을 떠나고자 했던 근대적 주체의 특징을 드러낸다. 이처럼 전통은 '침전과 혁신' 속에서 역동적으로 움직이는바, 서사 전통의 탐구를 통해 학습자들은 '선택'의 범주를 넓힐 수 있다. 이처럼 모티프는 소재와 달리 과거의 유산과 직접적 계승 관계에 있지 않고 간접적인 영향 관계에 있 으면서 현재에 새로운 모티프의 개발과 탐색 · 창안이 가능하다는 특징을 지닌다. 모티프는 자기 주도적인 탐구 속에서 진행될 수 있다.

(3) 모티프의 구체화, 변형, 결합으로서의 줄거리 생성

다음은 줄거리를 구성하는 단계이다. 학습자들은 모티프라는 어느 정 도 가시화된 전체 윤곽에, 세부적인 사실들을 새겨 넣어 구체적인 형상 을 부여하여 문제적 사안에 대해 개연성 있는 가설을 만들어 나갈 수 있 다. 그것은 특정의 성격을 지닌 인물, 행위, 그 행위의 목적과 의도, 다 른 사람과의 상호작용, 시간적 전개 과정 등의 세부 사항을 새겨 넣는 것이다. 가령, '광인의 여행'이라는 모티프가 있다고 하자. 여기에 세르반 테스는 '돈키호테'라는 기사도 소설에 빠진 광인과 산쵸라는 인물을 창조 하였고, 그의 환시를 통하여 근대적 세계를 답사하였다. 반면, 한국의 염 상섭은 '김창억'이라는 편집증적인 성격을 가진 인물을 중심으로 다른 사람과의 구체적인 관계 대신에 관념적인 세계를 창조하였다. 이처럼 익명의 추상적인 상황을 함축한 모티프에 구체적인 인물과 상황을 만드는 것이다.

그런데 이 과정이 고등의 서사적 사고력 교육으로 발전하기 위해서는 단선적인 인과 논리를 극복하는 문제가 매우 중요하다. 실제 학습자들의 서사문을 분석하면, 대부분 단선적인 사건을 인과적으로 연결하거나 '구성'이 아닌 '삽화' 수준의 줄거리를 만들고 아니면 도식적이고 관념적인 이야기가 대부분임을 확인할 수 있었다.24) 정교하고 창의적인 서사적 사고가 부족한 것이다. 서사적 사고력의 패턴 자체가 너무 다양하기 때문에 이를 유형화하는 작업은 다른 기회로 미루고 여기에서는 1) 은유적 발상의 활용 2) '의미있는 전체' 구성하기를 제시하고자 한다.

1) 은유적 발상은 '시' 창작 뿐 아니라 서사 창작에도 매우 중요하다. 은유적 발상은 '이질적인 요소들을 종합하기 때문에 단선적인 인과론을 극복할 수 있다. 특히 은유는 아직 드러나지 않은 새로운 형태에 대한 '감'을 잡을 수 있도록 하는 데 매우 중요하다. 새로운 것의 생성은 분명한 논리보다는 은유와 같은 이미지에 의해 대략적인 방향을 잡기 쉽기 때문이다. 기존의 브레인스토밍이 떠오르는 대로의 생각을 나열한다는 점에서 '재생적 상상력'이라면 은유적 발상법은 의도적으로 동떨어진 사물들을 결합함으로써 의미의 생성을 추구한다는 점에서 '생산적 상상력'에 가깝다. 여기에서는 서로 동떨어진 것을 가깝게 접속하고 차이나는 것들을 유사한 것으로 묶어 '새로운 적절함'을 만들어낸다. 따라서 여기에서도 은유적 발상법이 중요한 역할을 할 수 있다. 특히 이야기 한 편은 비록 단편이라도 전체를 한꺼번에 파악하기 힘들기 때문에 핵심적인

---

24) 필자가 '컨닝'이라는 소재로 중학생의 서사문을 받았을 때 그 내용의 대부분은 '개인적인 일탈로서의 컨닝'과 그리고 반성, 또 컨닝 때문에 벌어지는 교사와 학생의 갈등과 해결이었다. 그리고 대부분이 사건의 진행에만 중심을 두고 있었다.

세부적인 요소들을 '은유적 발상'으로 창안하는 작업은 효과적으로 본다.

이에 대해 교육 현장에서 쉽게 활용할 수 있는 도식이 바로 '명사+명사' 결합, '형용사+명사' 결합, '동사+동사' 결합법이다.25) 가령, 아버지와 아들의 갈등을 주된 모티프로 삼고 있는 〈삼대〉는 가족사와 시대사를 동시에 결합하여 '가족'을 매개로 당대 현실의 총체성을 확보하고 있는데 이를 위해 작가는 은유적 발상을 다양하게 활용하고 있다.

그의 인물은 매우 이질적인 요소들이 중층적으로 결합되어 있다. '부르주아 아버지', '양반 부르주아 할아버지', '룸펜 마르크시스트', '계모이자 친구의 연인인 술집 여자', '경쟁자인 아버지', '바람둥이이자 거짓말장이 기독교 신자', '친구의 아버지이지만 동시에 사랑의 방해물이 되는 경쟁자' 등이 그러하다.

행위 역시 마찬가지이다. 주인공 덕기는 '마르크시스트를 심정적으로는 가까이 하지만 현실 관계에서는 멀리한다.' 그래서 '옹호하기도 하고 옹호하지 않기도 한다.', '할아버지는 금고 사당을 지키려고 했지만 바로 그것 때문에 금고는 위태로워진다.', 이면에는 궁극적으로 '가족이라는 혈연 공동체'와 '돈', '이념'과 '돈'이라는 언뜻 보면 모순적인 것처럼 보이는 존재들을 결합하는 발상이 담겨 있다. 이러한 결합이 '새로운 적절함'을 확보하였기 때문에 작가는 가족을 비롯한 모든 인간관계에 편재하는 '돈'의 실체를 파헤치는 데 성공한 것이다.

이에 따라 이 소설의 인과관계는 사회적 관계와 개인의 내적 욕망이 동시에 혹은 서로 모순적으로 개입하는가하면 이념적 관계와 현실적 이해관계가 동시에 작용하여 형성된다. 여기에는 여러 모티프가 결합하고 있다. 〈삼대〉의 경우, '아버지와 아들의 갈등' 모티프가 '돈' 모티프나 '두

---

25) 김정섭, 박수홍(2002), "지식 창출을 위한 논리로서의 가추법과 교수 설계 적용을 위한 탐색", 교육공학연구 18, 한국교육공학회, pp.31~57.

남자와 한 여자' 모티프와 결합하여 줄거리가 진행되는 것처럼 주도 모티 프를 내세우고, 이에 주변화된 모티프를 만들어갈 수 있는 것이다. 물론 장편소설이라는 특성도 있겠지만, 2절에서 검토한 '덜 규범화된 가추법' 이나 '창조적인 가추법'은 바로 이러한 은유적 발상을 전제로 한다.

하지만 이러한 발상은 2) '의미있는 전체'로 배열될 때라야만이 서사적 주제로 표현될 수 있다. 도식적인 틀을 제시하는 것은 무리한 일이 되겠 지만 교육의 장면에서는 역시, 간명하게 제시하는 것 역시 필요하다는 점에서 서사의 일반적 사례를 범례로 제시할 수는 있다. 다음은 라보프 Labov의 도식26)이다.

1. 개요(abstract)
2. 오리엔테이션(orientation)
3. 개시 사건(initiating event)
4. 주인공의 목적 혹은 정서적 반응(emotional response or statement of a goal by the protagonist)
5. 복잡한 행동들(complicating actions)
6. 결과(outcoms)
7. 결과에 대한 반응(reactions to the outcome)

이 도식의 한계는 분명하다. '목표 지향적 서사'에만 합당하며 인물들 의 상호작용적 관계를 충분히 반영하지 못하고 또한 대단히 서구적 모델 이다. 서사 도식이 문화 유형을 반영한다면 한국적 서사문화의 도식을 정리, 발견하는 일도 시급히 필요하다. 하지만 이 도식은 1, 2가 원래의 상태에 대한 요약과 상황 제시를 3, 4, 5가 중간 사건을, 6, 7이 결과 를 함축하여 서사가 '원래의 상태 – 사건 – 이후의 상태'의 구조로 되어 있 음을 잘 보여준다. 다만 이 구도를 정형화된 틀, 공식보다는 사고를 서

---

26) Toolan, Michael, 김병욱·오연희 역(1993), 「서사론」, pp.207~233.

사적으로 정리, 안내할 수 있는 매개 정도로 느슨하게 적용하는 것이 필요할 것이다.

(4) 서사 논리의 개연성 검증

서사논리는 개연성에 의해 구축되기 때문에 검증하는 작업이 쉽지 않다. 앞에서도 개연성은 사회문화적 적합성의 문제라고 지적한 바 있는데, 이는 결국 사회적 합의가능성의 문제가 된다. 모티프는 전통의 연속성 속에 있기 때문에 사회문화적 적합성을 확보하는 데 이점이 있다고 할 수 있다. 다만, 서사 텍스트 내부에서 개연성을 검증할 수 있는 방안으로 가추법에서의 '경제성'의 원칙을 응용해 보고자 한다. 경제성의 원칙이란 가장 간결하고 효율적인 전제들로 개연적 설명이 추론되어야 한다는 것이다.[27] 이를 서사 논리에 적용한다면, 서사에 표현된 세부 요소들은 넘치거나 모자람이 없이 주제를 형성하는 '의미있는 전체'가 되어야 한다.

필자가 조사한 중학교 2학년 여학생의 서사문을 예로 들겠다. 이 학생은 친구의 거짓말로 컨닝했다는 누명을 썼다가 다른 친구의 증언으로 오해가 풀렸다는 내용의 이야기를 썼다. 여기서 누명을 씌운 사람은 우등생이고 증언을 한 사람은 그 반에서 왕따 당하는 학생이었다. 아마도 이 학생은 우등생의 이면적 저열함과 왕따 당하는 학생의 순수함을 주제로 삼은 것 같다. 하지만 정작 서사로 표현된 내용에서는 이들 두 사람이 왜 이러한 행동을 했느냐에 대한 근거가 전혀 제시되어 있지 않다. 서사가 그 자체로 완결된 전체라면 개연성을 추론할 수 있는 근거 역시 텍스트에 표현되어야 한다는 것 이것은 개연성 확보를 위한 일차적인 요소라 하겠다.

---

27) Uwe Wirth(1999), op. cit., 참조.

4. 사고력 교육을 위한 창작 교육

이 글에서는 서사창작교육이 서사적 사고력을 교육하는 방향으로 나아가야 하고, 이를 위해서는 모티프라는 주제론적 요소를 중심으로 하향식의 창작 교육 모델이 적합하다는 점을 논증하고 구체적인 교육 방안을 제시하고자 했다. 이 논문을 구상하게된 이유는 초, 중등 학생들의 허구적인 서사문이 대단히 도식적인 주제를 반복하고 있거나 아니면 개연성 없는 허구를 탐색하고 있다는 점을 발견하였기 때문이다. 사실, 이들이 한 편의 완성된 이야기를 쓰는 것은 쉽지 않은 일이다. 실제로 다른 장르와 비교하면 이들이 쓴 '허구적 서사문'은 그 밀도가 떨어지는 편이다. 이 때문에 교사도 한 편의 이야기를 전체적으로 완성하기보다는 이어쓰기나 다시쓰기 형태의 부분적 완성이나 아니면 쓰기의 일반적인 과정을 중심으로 교육하고 있는 형편이기도 하다. 하지만 서사 창작에 활용되는 '서사적 사고'는 주체적인 삶의 실천이나 발견적인 사유에 매우 중요한 사고 양식이고 이를 위해서는 '완결된 전체'를 스스로 구성하는 능력이 매우 중요하다.

이에 따라 서사창작의 과정을 문제적인 사안에 대한 '가설 생성의 과정'으로 보고, 이를 교육할 수 있는 방안을 제시하였다. 특히 '모티프'라는 구조론적 의미론적 기본 단위를 활용하여 완전 창작의 부담을 없애려고 하였다. 그 교육 방안을 제시한다면, 1) '모티프'로 서사적 문제를 발견/설정한 뒤, 2) 모티프에 전제된 일상의 '행위' 도식과, 전통의 서사문화 탐구하기 3) 모티프를 구체화, 변형, 결합하여 줄거리를 만든다. 이 과정에는 '은유적 발상법'이 가능하다. 4) 서사적 논리의 개연성을 검증한다. 이러한 교육 방안이 기존과는 차별되는 새로운 것이라는 점을 주장할 생각은 없다. 다만, 창작교육에서는 문화적 자원을 폭넓게 활용하

고 창작 방법 뿐 아니라 특정한 주제에 대한 이해를 넓히는 사고력 교육
이 보완되어야 한다는 점을 강조하고자 하였다.

제 2 장

허구적 서사물의 플롯 이해와 서사 추론 교육

1. 서사 추론 능력의 범교과적 의의

서사는 경험에 의미를 부여하는 근본 형식이다. 우리가 세상을 이해하고 꿈꾸고 욕망하는 그 모든 것에는 서사가 개입한다. 사고 형식으로서의 서사는 여러 특징이 있다. 논증과 달리 감정과 지식, 이론과 가치가 통합되어 있어 경험의 복잡하고도 미묘한 의미를 발견할 수 있다. 또 연역의 틀로 환원되지 않고 다양한 정보 결합에 의해 새로운 의미를 만들어 나가는 '레고식' 유연성을 지니고 있기 때문에, 급변하는 세상을 발빠르게 설명할 수 있는 생산력도 갖추고 있다.28) 서사적 사고가 교육에

---

28) '서사' 혹은 '서사적 리서치' narrative research는 사회과학에서 경험의 심층 의미를 탐구할 수 있는 혁신적인 연구 방법이 되고 있다. 이는 아카데미즘의 제도화된 글쓰기조차 논증 일변도가 아니라 서사나 다양한 형태의 글쓰기로 확장되고 있음을 보

서 주목을 받는 이유는 이 때문일 것이다.

기존 연구에서 서사적 사고력은 그 속성과 포괄적인 특징은 파악되고 있지만 하위 요소와 유형, 또 교육할 수 있는 경로와 절차적 과정 등에 대한 구체적 논의는 부족한 편이다. 이전의 논의가 '서사'라는 보편 우산 개념을 중심으로 서사 현상을 통합적으로 설명하는 데 주력했다면, 이제 는 서사 내의 다양한 양식과 모드의 특성을 특성화하여 구체화할 필요가 있는 것이다. 허구적 서사와 경험적 서사, 전통적 서사와 모더니즘적 서 사, 문자적 서사와 영상적 서사를 서사적 보편성과 함께 각각의 특징으 로 분화하여 체계화할 수 있다.

이런 문제의식 하에서, 이 글에서는 '서사적 사고력 교육'의 관점에서 허 구적 서사물의 플롯 이해 문제를 다루고자 한다. 허구적 서사물(fictional narrative)에 관심을 갖는 이유는 '허구 세계'가 지닌 특유의 인식적 가치 때문이다. 허구성의 본질에 대해서는 아직도 많은 논란이 있지만, 그것 은 현실 경험의 대안적 의미를 모색할 수 있다는 점에서 서사 추론을 정 교화하고 창의적으로 교육할 수 있는 주요 자원이 될 수 있다. 특히, '플 롯'은 서사적 의미 구성의 본질이 된다는 점에서 지속적인 논의29)가 필 요하다고 본다.

이 글에서 다룰 하위 문제는 크게 세 가지이다. 첫째, 허구 세계의 인 식적 가치에 기반하여 서사 추론 교육에서 허구적 서사물이 지니는 의의 를 논구할 것이다. 둘째, 허구적 서사물의 플롯 해석에 요구되는 서사 추론의 요소를 살필 것이다. 이 때, 기존의 플롯 개념을 확장하고 재규 정하는 작업도 이루어진다. 셋째, 소설 〈봄봄〉을 중심으로 하여 플롯 이 해 활동에서 요구되는 서사 추론의 유형을 체계화하고자 한다. 사실 추 론 활동은 모든 문학 독서 교육의 근간이 되는 것이지만 아직 유형화,

---

여주는 것이다.
29) 최시한(2005), 『현대소설의 해석과 교육』, 문학과지성사.

체계화가 되어 있지 않은 형편이라 교육 내용 구성에서도 위계화나 계열화가 힘들었던 것도 사실이다.

이러한 문제들을 해결하기 위해 서사론, 논리학, 인지 심리학을 모두 고려하는 다소 간학문적인 접근을 시도할 것이다. 서사적 사고력은 인지 심리학, 문예이론, 논리학, 인류학, 문화론 등 제반 학문에서 다루었지만 각각의 장단점을 지니고 있다. '인지 심리학'에서는 서사적 사고의 과정을 미세하게 파악할 수 있다는 장점을 지니고 있음에도 불구하고 주로 에피소드식 단순 서사만을 다루기 때문에 한계가 있다. 또, 서사론은 서사적 구성의 특성을 잘 다루고 있으나 텍스트에 기반한 논의만 하기 때문에 서사적 사고의 '과정적 측면'을 논의할 수 없다. 반면, 논리학은 허구 세계의 인식적 가치와 논리적 범주에 대한 내용을 제공하고는 있으나 서사 텍스트의 고유한 점을 살리지 못하고 다소 추상적이다.

이에 이 글에서는 추론의 기제와 유형은 인지 심리학에서 플롯 이론은 문예이론(서사론)에서 플롯 논리의 해석을 위한 양상 논리는 논리학에서 접근하여 간학문적으로 논의하고자 한다. 다만, 이 글은 다소 이론적 가능성을 탐구하는 데 주안점을 두고 있어 교육 실천을 위한 모델화 작업은 후로 미룬다. 추론의 절차 중심으로 서술하여, 다른 소설 텍스트에서도 적용될 수 있도록 하겠다.

2. 허구적 서사물의 플롯 해석과 서사 추론 교육

1) 서사 추론의 특징과 허구적 서사물의 교육적 가치

텍스트 독해에서 추론(inference)은 주어진 정보를 활용하여 새로운 정보를 획득하는 과정으로 정의할 수 있으며, 글의 의미를 파악하는 데 있어 핵심적인 역할을 수행한다. 배경 지식이 있다고 하더라도 추론을 통해 활성화되지 못한다면 독해 과정에서의 의미 구성이 이루어지지 않는다는 점에서 독해력의 핵심적인 변인으로 지목되기도 하였다.30) 특히, 해석이나 판단과 같은 고등사고력에서는 추론 활동이 독해의 성패를 좌우한다. 이들 활동은 모두 텍스트에 전달된 정보에서 그 이상의 것을 인지하고 예측하며 이해하는 활동이기 때문이다. 영재교육과 같이 고등사고력 중심으로 특화된 프로그램의 경우, '추론' 활동을 모든 언어활동의 근간으로 삼기도 한다.

이 글에서 사용한 '서사 추론(narrative inference)'란 개념은 서사 텍스트의 이해 과정에서 작동하는 추론을 포괄적으로 지칭한다. 이 개념은 학문적으로 합의된 개념은 아니나 이미 인지심리학에서는 설명문과 서사문의 이해에 요구되는 추론의 속성과 유형은 서로 다르다는 점이 인정되고 있는 사용될 수 있다고 본다.

우리가 한 편의 이야기를 읽는 과정에는 반드시 추론이 개입한다. 서사는 특정의 사건과 행위만을 선택하여 배열한 것이기에 많은 빈자리와 갭, 공백이 있기 때문이다.31) 그래서 독자는 텍스트에 제시된 '현재'의 사건을 보고 드러나지 않은 '과거의 사건'이나 '미래의 사건'을 추론해야 하고, 또 제시된 사건과 행위, 묘사를 보고 이야기되지 않은 다른 정보들을 파악해야 한다.

인지 심리학의 논의32)에 따르면, 서사 이해에서 추론은 두 가지 기능을 한다. 하나는 구조 내 빠져 있는 정보의 빈 자리를 채워 넣도록 한다.

30) 이성규(1999), "텍스트에 제시된 정보의 통합 훈련이 추론 능력 신장에 미치는 효과 연구", 교원대 석사학위.

31) S. 채트먼, 한용환 역(2003), 『이야기와 담론』, 푸른사상.

32) William H. Warren & David W. Nicholas, Tom Trabasso(1979), "Event Chains and Infrerences in understanding Narratives", Roy O. Freedle, *New Directions in Discourse Processing*, Ablex.

특히, 서사는 독자의 일상적 지식을 동원할 수 있기 때문에 설명문에 비해 다양한 추론이 일어난다. 또, 추론은 기본적인 사건들을 다른 사건들과 결합하여 상위의 의미 조직을 만들어 내는 기능을 한다. "그는 밥을 먹었다. 그래서 일을 했다"라고 한다면 추론을 통해 독자는 발화자의 의도나 이 발화의 주제를 파악할 수 있는 것이다.

서사 추론은 소설이나 영상과 같은 예술적 텍스트 뿐 아니라 일상적 구어 서사텍스트에서도 작용한다. 가령, 약속 시간에 늦은 발화자가 상기된 얼굴로 "나 얼른 오려고 했는데, 차가 막혔어. 게다가 오다가 사고까지 났지 뭐야"라고 말하였다. 그러자 수화자는 "너 숙제 안 했구나. 쉽게 넘어 가려고!"라고 하였다면, 그는 이미 서사 추론을 하고 있는 셈이다. 나아가 우리가 지니고 있는 상식이나 일상적 지식은 이러한 관습적인 서사 추론을 전제로 하기도 한다.

추론은 분명, 독자가 능동적으로 의미 구성을 하는 대표적인 활동이라 할 수 있다. 그러나 모든 추론이 능동적이고, 주체적인 것만은 아니다. 추론은 무의식적이고, 관습적인 형태로 이루어지기도 하기 때문이다. 그리하여 종종, 추론 과정은 지배 이데올로기가 반복되거나 추론자의 주관적인 지식만이 활성화되어 다소 자의적인 형태로 이루어질 수도 있다. 필자는 대학교 1학년 학생들과 '원미동 시인'(양귀자)을 읽고 토론한 적이 있다. 이 때 한 생은 '시인'의 운둔 생활을 해석하는 과정에서 '학생 운동'에 대한 자신의 이미지와 배경 지식을 과도하게 동원하여, 시인은 또 다른 혁명을 준비하고 있다는 식의 엉뚱한 줄거리를 넣어 해석하였다. 그러면서 정작 텍스트에 제시된 그 시인의 연약하고, 현실 패배적인 모습은 읽지 않고 건너 뛰어 버렸다. 서사 추론은 이처럼 자신의 배경 지식에 따라 특정 부분만을 확대 해석하는 '과도한 읽기'(over reading)나 정보를 단순화하고 의미를 배제하는 '단순한 읽기'(under reading)의 원인이 되기도 한다.33) 이런 정황에 비추어 본다면, 서사 추론 교육은 서사 추론이 전략적이고 의도적인 차원에서, 그리고 창의적 방식으로 이루어질 수 있도록 방향 잡아야 한다.

소설과 같은 허구적 서사물을 플롯 차원에서 정밀하게 읽는 활동이 가치 있는 것도 바로 이 대목이다. 우리는 '허구 세계'가 지닌 인식적 가치에 주목할 필요가 있다. 소설의 '허구성'은 현실에 대한 특정 유형의 논리이자 의미론으로서 거칠게 말한다면, 가능 세계들(possible worlds)을 탐구할 수 있는 공간을 제공한다. 가능 세계는 '실제 하지는 않지만 언제든지 현실화될 수 있는 잠재적인 세계'로서 현실과 대립되는 세계가 아니라 상황에 따라서는 언제든지 현실화될 수 있는 세계이다. 이는 꿈, 희망, 믿음, 바람 등으로 일상생활에서도 존재하지만, 체계적으로 구조화되는 것은 예술에서이다. 특히, 소설은 현실 세계와 현실에 존재하는 가능 세계들을 중층적이고도 체계적으로 재현하며, 아울러 '필연성'과 '가능성'의 교차 조직을 통하여 현실에 대한 대안적 의미를 탐색한다.34) 루카치, 벤야민, 커모드 등의 이론가가 소설이 허구적 장치를 통해 근대 경험의 세계에서는 주어져 있지 않은 의미를 발견하고 모색하는 장르라고 지적한 것도 이런 맥락에서 이해할 수 있다.

독자는 허구적 서사물의 플롯을 이해하는 과정에서 관습적인 추론에서 벗어나 창의적이고도 의도적인 차원에서의 추론을 경험할 수 있다. 실제로 의학교육에서는 서사물(특히, 추리 소설)을 교재로 하여 임상적 추론 훈련을 교육하는 경우가 있다.35) 의사는 환자의 이야기를 통해 병에 대한

---

33) Porter, H. Abbott(2002), *Cambridge introduction to Narrative*, Cambridge, pp.79~82.
34) Ronen, Ruth(1994), *Possible worlds in Literary Theory*, Cambridge, pp. 167~170.
35) Anne Hunsaker Hawkind and Marilyn Chandler McEntyre(2005), 신주철 · 이영미, 이영희 공역, 『문학과 의학교육』, 동인.

서사를 읽고 이해해야 하기 때문에 진단 추론 능력이나 상담 능력이 필요하다. 이를 위해 소설의 플롯 읽기를 주요 교육 방법으로 활용하는 것이다. 소설이 다양한 영역의 서사 추론 능력 교육에 기여할 수 있음을 보여주는 사례라 하겠다.

2) 추론적 의미 실천으로서의 소설 플롯 이해
: 알고리즘의 극복을 위하여

그렇다면, 소설 플롯 이해에 수반되는 추론 활동은 무엇인가?

먼저 허구적 서사 플롯을 이해하는 활동의 속성을 이해해야 한다. 사실, 모든 플롯의 이해는 추론 활동을 전제로 한다. 텍스트 심층의 질서를 파악해야 하기 때문이다. 플롯은 서사론 중에서도 가장 복잡하고도 다의적인 개념36) 중의 하나로 '사건의 인과적 결합'이라는 협의의 개념에서부터 '작품의 전체적 의미 질서'라는 광의의 개념에 이르기까지 그 폭도 넓거니와 인과성 중심의 전통적 플롯 개념에서부터 느슨한 통일성까지 포함하려는 현대소설의 플롯 개념에 이르기까지 그 양상도 다양하다.

플롯을 이해하는 관점은 크게, '형식적 접근'과 '주제적, 의미론적 접근'이 있었다. 전자는 고립된 서사 단위로 행위를 선정하고 이 행위들이 어떻게 결합되었는가를 따져 플롯을 파악하고자 하였다면, 후자는 담화의 질서를 분석하되 이를 주제의 의미 질서가 재현된 것으로 이해하고자 하였다. 사실, 그 동안 문학교육적 방법으로 구체화된 것은 주로 전자의

---

36) 플롯에는 다양한 개념이 있다. 프린스Princd에 따르면, 1. 사건의 주요 개략, 프라이타크의 피라미드(Fretag's pyramid) 2. 여러 사건의 배열. 미토스와 슈제. 3. 이야기 구성소의 목표지향적이고도 전진적인 전체적, 동태적 조직화. 4. 스토리에 대립하는 인과성에 중점을 둔 이야기가 있다. 기존의 플롯 교육이 주로 관심을 두고 있는 것은 1, 2, 4이다.(J. Prince, 이기우·김용재 역(1992), 『서사론 사전』, 민지사.

시각이라 할 수 있겠다. 그러나 서사 추론교육의 관점에서는 후자의 접근이 더 필요하다.

의미론적으로 접근한다면, 플롯을 이해하는 일은 텍스트 내의 정보를 추론하여 주제를 능동적으로 구성하는 활동으로 이해될 수 있다. 루카치, 커모드, 르꾀르, 이후, 플롯은 서사의 형식일 뿐 아니라 서사적 이해의 핵심으로 이해되어 왔다. 곧, 플롯은 파편화된 삶에 의미 있는 질서를 부여하고, 주체적인 시각으로 세계를 파악하는 정신 활동의 핵심인 것이다. 이런 관점에서 본다면, 플롯 이해는 주어진 서사 도식들을 환원하는 작업으로만 그쳐서는 안 된다. 독자들은 소설을 통해 잘 짜여진 플롯을 접하지만 실제의 독서 과정에서 플롯 해석은 "가려진 것처럼 보이는 것 속에서 찾아내고 창안해 내야 하는 능동적인 작업 과정"으로서 자신의 정신적 활동을 펼쳐나가는 형태로 존재하기 때문이다.37) 플롯보다는 플롯팅(plotting) 혹은 줄거리 구성하기(emplot)의 개념을 쓰는 것도 이 때문이다.

이런 관점에서 본다면, 서사 도식이나 플롯 유형을 단순 적용하는 식의 교육은 비판되어야 한다. 아직도 문학교육에서는 서사 일반의 행위 도식(의도-결과)이나 프라이타크의 의미 도식(발단-전개-절정-위기-결말)을 적용하는 과정으로 플롯을 이해하는 것이 현실이다. 이 경우, 분석의 절차는 객관화될 수 있겠지만 독자 자신의 서사적 이해를 표출하고 작품 고유의 의미 질서를 해석하는 플롯의 본질적 속성은 사라지기 마련이다. 또, 플롯을 형식과 주제, 서사 전개와 의미 논리로 이원화하는 것도 문제가 된다. 행위 단위를 추출하고 이것의 인과적 재배열 논리로 플롯을 해석하다 보면, 플롯의 또 다른 축인 작품의 심층적인 의미 구조나 주제

---

37) Brooks, P.(1984), *Reading for the plot : Design and Intention in narrative*, Random Home.

와의 연관을 놓치고 만다.

그렇다면 허구 세계의 인식적 가치를 충분히 살리고 추론적 실천의 역동성을 강화하기 위해서는 어떻게 해야 하는가?

먼저, 플롯 해석이 지니고 있는 의미 구성의 역동적 속성에 주목해야 한다. 플롯 해석은 텍스트에 주어진 구조를 발견하는 작업이 아니라 스스로 구조화를 수행해 나가는 과정이라 할 수 있다. 독자는 텍스트 내의 다양한 정보들 중에서 서사 변화의 논리를 설명할 수 있는 개연적인 가설을 세우고, 이를 중심으로 특정 방향의 의미 질서를 만들어 나간다. 에코의 지적대로 구조는 독자가 기대하고, 갭을 메워나가면서, 다양한 의미론적 가능성 중에서도 특정의 경로들을 '선택한 구조화의 결과'로 존재하는 것이다.38) 그런 점에서 플롯은 '텍스트 기호의 결과'가 아니라 '이해의 결과'이다. 독자가 플롯을 이해하는 과정은 이미 정해진 길을 가는 목적론적 과정이라기보다는 머뭇거리며 스스로 길을 찾고, 의미를 만드는 일종의 실천이자 또 하나의 허구 만들기라 할 수 있겠다. 특히, 허구 서사물은 다양한 가능 세계들을 다루고 있어, 독자가 선택할 수 있는 대안적 선택이 폭넓다. 이 점이 고려되어야 한다.

둘째, 서사 전개와 주제 전개를 통합적으로 고려해야 한다. 플롯을 스토리의 인과적 변형으로 보는 시각은, '스토리와 플롯' 혹은 '스토리와 담화'의 이분법을 강조한다. 그러나 이 이분법은 텍스트 내에서의 기능 연관을 중시하는 구조론적 관점에서나 가능한 것이다.39) 담화와 무관하게

---

38) Echo, Umberto, *The Role of the reader : Explorations in the Semiotics of Texts*, Indiana University Press, 김운찬 역(1996), 『소설 속의 독자』, 열린책들.

39) Schen, D.(2002), "Defense and Challenge, Reflections on the relation between story and discourse", *Narrative*, Vol 10, No. 3, Ohio State University.,는 '스토리와 담화'의 관계에 대한 인식이야말로 서사론의 패러다임을 가장 잘 반영하고 있는 사례라고 하였다. 그만큼 양자의 관계는 본질론적인 것이 아니라는 얘기다.

존재하는 스토리의 본질적 사건이 존재할 수 있느냐도 문제가 되지만 자연적 시간과 인과적 시간의 이분법 역시 타당하지 않다. 오히려 플롯은 주제 전개의 논리와 밀착한다. 컬러 Culler. J.40)는 플롯이 '사건/행위의 조직 및 배열의 논리'와 '주제의 논리'를 동시에 지니고 있다고 보았고, 또 서사 의미론에서도 플롯 개념에서 통사론적 전개와 의미론의 통합을 시도하고 있다. 이러한 견해는 플롯의 이해가 형식과 의미를 아우르는 것이어야 함을 보여준다.

셋째, 허구적 서사 세계의 다층성과 이질성을 종합적으로 고려하는 추론이 필요하다. '가능 세계'41) 이론에서 본다면, 소설은 '다르게 존재할 수 있음'의 이질적인 세계들이 복합적으로 배치되어 양립, 갈등, 충돌하는 영역이라 할 수 있다. 플롯을 추동하는 서사적 움직임(move)의 방향성은 바로 이 다양한 세계들 간의 갈등과 해결의 지향에서 결정된다. 가능 세계는 아직 현실로 실현되지는 못하였으나, 실현될 수 있는 잠재적 현실성을 나타내는 주체의 양상 범주와 관련된다. 가령, 어떤 인물이 지니고 있는 희망 사항은 아직, 어떤 사건이나 행위의 사실로 가시화되지 않은 것이지만 언제든지 서사적 변화를 일으킬 수 있는 잠재성을 지니고 있다.

전통적 플롯 논의에서는, 이미 있었던 스토리를 플롯으로 변형하는 식의 추론을 하였기에 이런 가능성에 대한 파악은 큰 의미를 지니지 않았다. 그래서 사실로 가시화된 사건과 사건, 사건과 상태의 결합을 중심으

---

40) Culler, Jonathan(1997), "Story and Discourse in the analysis of Narrative", *The Pursuit of Signs*, Routledge & Kegan Paul, pp.169~187.

41) '가능 세계들'(possible worlds)는 논리학으로 보면, 현실은 아니지만 존재하고 있는 대안적 세계이다. 이 개념은 서사론에 도입되어 소설 세계의 복수성을 특성화하는 은유로 표현되었는데, 아직 엄밀하게 정련된 것으로 보기는 힘들다. 파벨의 경우는 "서사 영역"(narrative domain) 개념으로 설명하였다. Pavel, Thomas G. (1980), "Narrative Domains", *Poetics Today*(4), pp.105~114.

로 기능적 인과성을 따졌다. 그러나 사건은 실제 사실로 존재하는 것이
아니라 논리적 가능성으로 잠재적으로 존재하다가 특정의 상황과 맥락에
서 표면화됨으로써 비로소 존재한다고 본다면, 사건이 일어날 가능성과
일어나지 않을 가능성을 동시에 파악하되 사건이 일어난다면 어떤 세계
들과의 관계에서 어떤 방향으로 일어나는가를 이해하는 일이야말로 변화
의 의미를 이해하는 데 매우 중요하다고 할 수 있다. 소설 내에 직접, 혹
은 간접으로 드러난 가능성의 세계들을 고려할 때, 우리는 서사 세계의
전체상과 서사적 변화의 역동성을 추론할 수 있다.

그렇다면, 이 허구에서 '가능 세계'란 은유는 어떻게 구체화될 수 있는
가? 서사 의미론에 기댄다면, 이 서사 세계는 두 층위로 분리될 수 있
다.42) 하나는 의미의 변형이 발생하지 않는 현실적 세계(actual world)
이고, 다른 하나는 인물에 따라 의미의 변형이 발생하는 가능성의 세계
(possible worlds)이다. 이 상대적 세계는 주로 등장 인물들의 영역(domain)
으로 나타난다.

현실 세계는 모든 인물들이 현실이라고 믿고 공유하는 세계이다. 〈춘
향전〉에서 춘향이가 기생이고, 이도령이 양반이라는 사실, 또 이들이 함
께 정을 나누었던 그네나 광한루의 존재는 독자가 소설의 세계를 인정하
고 독서를 진행하기 위해서는 반드시 승인해야 하는 현실들이다.

그러나 모든 인물들이 이 현실 세계를 동일하게 받아들이는 것은 아니
다. 따라서 소설에는 상대적 세계도 있다. 이는 인물들의 주관적 태도에
의해 현실을 변형한 '양상화'된 세계이다. 랸은 양상(modality) 범주를 활
용하여 서사의 상대적 세계를 '인식의 세계, 의도의 세계, 모델들의 세
계, 대안적 세계로 구조화한 바 있다.43) 인식의 세계는 '—라고 안다'와

---

42) Ryan, Marie-Laure(1985) "The Modal Structure of Narrative Universe",
    Poetics, 11,North-Holland Publishing Co, pp.717~755.
43) Ryan, Marie-Laure(1985), op. cit., p.735.

같이 현실이나 다른 인물에 대해 알고 모르고, 혹은 이렇게 저렇게 생각하는 이념의 세계이다. 의도의 세계는 '―하고자 한다'와 같이 인물이 특정의 목표와 계획을 세우고 전진하는 세계이다. 모델 세계들은 '―되어야 한다'는 당위적 세계로, 바람이나 도덕, 의무 등에 속한다. 이를 도표화하면 다음과 같다. 이를 표로 구조화하면 다음과 같다.

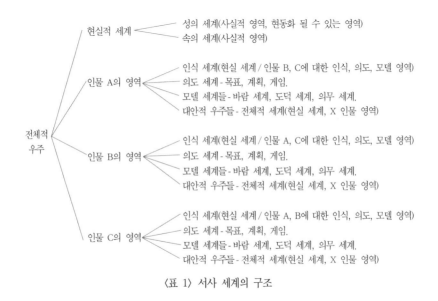

〈표 1〉 서사 세계의 구조

　이와 같은 양상 범주는 서사 세계들의 이질적이고 다층적인 관계를 보여줄 뿐 아니라 사건과 행위의 의미를 섬세하게 추론하고 기술할 수 있다. 기존의 현장 문학교육에서 관습적으로 활용하고 있는 추론 범주는 주로 주인공의 '의도'와 '목표'를 중심으로 한 아리스토텔레스의 '행위 구조'를 바탕으로 한 것이었다. 근대 소설의 경우에도 인물의 '이상'(이념)과 현실, 개인의 욕망과 사회적 규범의 갈등이라는 특정의 층위만이 중시되었다. 그러나 이 범주들만으로 서사적 우주의 전체상을 파악하거나 서사 방향의 가능성과 불가능성을 동시에 파악하기에는 다소 역부족이다.

양상 범주는 동일한 스토리라 하더라도 담화에 따라 달라지는 주제를 정교하게 해석할 수 있다. 가령, 우리가 잘 알고 있는 ① 왕이 죽었다. ② 슬퍼서 왕비가 죽었다"는 스토리를 예로 들어 보겠다. 이는 사건만을 추상화한 것이고, 실제 텍스트는 어떤 형태의 '양상'으로 존재할 것이다. 가령, 〈1〉 "왕이 죽었다. 이 소식을 왕비는 들었다. 너무 슬퍼서 왕비는 죽었다."와 〈2〉 "왕이 죽었다는 소문이 나돌았다. 너무 슬퍼서 왕비는 죽기로 결정하였다. 그리고 죽었다. 그런데 그 소문은 거짓이었음이 밝혀졌다."라는 서사 담화가 있다고 가정해 보자. 〈1〉과 〈2〉는 왕과 왕비의 죽음이라는 사건을 다루고 있다는 점에서는 공통적이지만 양상 구조는 매우 달라져 있다. 그리고 그 결과 주제 역시 크게 다르다.

〈1〉의 경우, 사건은 왕비의 슬픔이라는 정서적 반응이 분기점이기에 주제는 왕비와 왕의 사랑, 혹은 왕비의 정절로 정리될 수 있을 것이다. 그러나 〈2〉 왕비의 죽음에는 슬픔의 감정과 잘못된 인식이 모두 원인으로 작용하고 있다. 오히려 전후 맥락으로 보면, 핵심은 오히려 왕비의 오인에 있다. 잘못된 앎에 의한 인생의 비극이라는 주제가 되는 것이다. 게다가 왕이 죽지 않았을 가능성 역시 잠재적으로 남아 있어 또 다른 사건을 예고하고 있다. 이처럼 의미론의 범주로 서사 담화 텍스트를 해석하는 것은, 플롯의 형식적 측면과 내용적 측면을 통합적으로 보완할 수 있는 방안이 될 수 있다.

3. 허구적 서사물의 플롯 이해에 수반되는 서사적 추론의 유형

앞에서 플롯 해석의 인지적 특징과 추론을 위한 의미론적 범주를 살펴
보았다. 이를 교육적으로 실천하기 위해서는 서사 추론의 유형과 요소들
을 구체화하고 체계화할 필요가 있을 것이다. 이를 바탕으로 이후, 추론
능력의 레벨화도 가능하리라 본다.

기존에 논의된 서사 추론의 유형은 매우 다양한 편이다. 이 중에서
도 플롯 이해 활동의 본질적 특징에 적합한 것으로는 워렌 William H.
Warren[44] 등이 줄거리 구성에 필요한 하위 유형으로 제시한 틀을 참조
로 할 수 있겠다. 그들은 1) 논리적 추론 2) 정보적 추론 3) 가치 추론
으로 유형화하였는데, 이는 사실과 가치, 정보와 논리를 고루 갖추고 있
어 서사 추론을 균형 잡힌 시각으로 다룰 수 있다. 특히, 플롯 해석이 독
자가 서사 텍스트에 주체적으로 의미를 부여하는 정신적 활동이라는 본
질을 잘 살릴 수 있다고 보고 이 틀을 유지하되 그 하위 요소는 플롯 해
석과 관련된 내용을 구안하도록 하겠다.

1) 논리 추론 : 전체 서사 구조의 추론

(1) 서사적 문제의 추론

논리적 추론은 왜? 어떻게? 라는 질문을 통해, 서사 텍스트 내의 여
러 정보를 연결짓고, 심층적인 의미를 파악하는 추론의 유형이다. 플롯
해석에서는 가장 핵심적인 추론이라 할 수 있겠다.

먼저, 작품의 전체를 통어하는 주제, 곧 의미 질서를 파악하기 위해서

---

44) William H. Warren & David W. Nicholas, Tom Trabasso(1979), "Event
    Chains and Infrerences in understanding Narratives", Roy O, Freedle,
    New Directions in Discourse Processing, Ablex.

는 서사적 문제의 추론이 필요하다. 서사적 문제는 서사 텍스트의 여러 요소들을 위계적으로 총괄하면서도 서사적 변화를 추동하는 동력이다. 이는 독자의 관심과 흥미, 긴장을 유도하여 주제를 효과적으로 드러내기 위한 수사적 기획으로 바르트가 지적한 '해석학적 약호'와 유사하다. 마치 수수께끼와 같이 특정의 행위가 갖는 요점이나 목적, 취지에 대한 의문을 제기함으로써 작품 전체를 이해할 수 있도록 하는 것이다. 이를 파악할 수 있는 단서는 작품 전체에 걸쳐 있겠지만, 무엇보다 모순적인 정보들의 배열로 만들어진 수수께끼(crux)가 주요 단서가 될 수 있다.

〈봄봄〉의 서사적 문제를 추론해 보자. 이 소설은 데릴 사위의 장가 들기 경험에 대한 이야기이다. 이 소설의 문제적 상황은 계약 기일이 지나도록 장인이 결혼 약속을 지키지 않는다는 것이다. 이 갈등적 상태는 장인과 예비 사위 사이의 '싸움'이라는 사건을 만든다. 그런데 흥미로운 점은 사위(화자)의 '싸움'에 대한 모순적인 태도이다. 사위는 한 편으로는 장인에 대해 끊임없이 불만과 비판을 하고 몸으로 싸우면서도, 동시에 "장인이 미워서 그런 것은 아니다"라고 누누이 강조하는 다소 수수께끼적인 태도를 보여주고 있다. 따라서 이 소설의 서사적 문제는, 이들이 왜 싸우고 왜 화해하게 되었는지의 문제 곧 "장인과 데릴사위의 다툼과 화해"라고 할 수 있겠다. 그러나 이 서사적 문제들이 언제나 해결되는 것만은 아니다. 해결되지도 않는 영원한 수수께끼로 남겨지는 경우도 많다. 이 때문에 소설은 오랜 세월을 거쳐 다시 읽혀지고 재생산된다.

(2) 양상 범주에 의한 서사 전개의 의미 추론

다음, 이 서사적 문제가 서사의 진행과 함께 어떻게 전개되고, 해결되는가를 살펴 주제에 접근할 수 있겠다. 이 때, 사건과 행위, 상태는 그 행위 주체와 무관하게 고립된 항목으로 존재하는 것이 아니라 누구의 시각에서, 어떤 양상의 층위에서 경험되었는가에 따라 그 의미가 달라진다는 점이 강조되어야 한다. 때문에 스토리가 아닌 담화 차원에서 접근할 필요가 있다. 먼저, 주요 서사 흐름(서사적 변화 과정)을 두고 이와 연관된 인물들의 다양하고도 이질적인 가능 세계들을 별자리처럼 배합한 뒤 의미를 추론하는 작업을 한다. 이로써 사실 세계 뿐 아니라 가능 세계가, 주인공 뿐 아니라 다양한 인물들이, 그리고 행위를 접하는 이들의 다양한 양상적 층위가 종합적으로 고려되는 다상관 변인의 심층적 서사 사고가 가능해지기 때문이다.

〈봄봄〉을 사례로 살펴보겠다. 일단, 이 작품에서의 주요 서사적 변화는 1) 장인에 대한 심리적 갈등 상태 → 2) 갈등의 외적 극화 → 3) 장인과의 심리적 화해로 되어 있다. 이 흐름은 다시 아래 5개의 주요 장면으로 살필 수 있다.

1) 사위와 장인의 심리적 갈등 상태
  ① 장인은 점순이의 키를 핑계로 '나'의 의견을 묵살한다.
  ② '나'는 계약이 잘 못 되었음을 뒤늦게 알았다.(장인에 대한 나의 인식.)
  ③ '나'는 장인이 자신을 장가 보내야만 한다고 생각한다.(장인에 대한 나의 믿음.)
  ④ '나'는 점순이의 키가 컸으면 하고 바란다.(점순이에 대한 나의 바람.)

2) 사위와 장인 갈등의 외적 표면화 1
  ⑤ 나는 아프다는 핑계로 일을 안 하고 누웠다.(나의 계획.)
  ⑥ 장인이 나를 때렸다.
  ⑦ 나는 구장에게 판단 가자고 주장하였다.(나의 계획.)
  ⑧ 내가 장인을 미워한 것은 아니다.(나의 장인에 대한 인식.)
  ⑨ 나는 점순이가 마음이 큰 것을 알았다.(나의 점순에 대한 인식.)

⑩ 구장님에게 판단을 갔다.

⑪ 구장이 장인이 결혼시켜 줄 터이니 그냥 살라고 주장했다.(구장의 사건에 대한 판단.)

3) 갈등적 사건의 종결 1

⑫ 나는 끽소리 없이 그냥 왔다.(구장에 대한 나의 판단.)

4) 사위와 갈등의 외적 표면화 2

⑬ 내가 싸우게 된 것은 몽태 때문이라고 생각한다. (나의 몽태에 대한 인식.)

⑭ 몽태는 장인집에서 나오라고 주장하고 나를 야단쳤다.(몽태의 나에 대한 인식.)

⑮ 나는 몽태의 말을 듣지 않는다.(나의 몽태에 대한 인식.)

⑯ 싸우게 된 이유는 장인이 딸에게 인심을 잃었기 때문이다.(나의 장인 대한 인식.)

⑰ 나는 점순이에게 야단을 맞았다.

⑱ 나는 매우 슬프고 한심했다.(점순에 대한 나의 정서적 반응.)

⑲ 나는 또 들어 누워 아프다고 하였다.

⑳ 장인과 싸움이 붙어 서로 때리다가 얻어 터졌다.

5) 갈등적 사건의 종결 2

㉑ 장인인 유달리 착한 사람이라고 알게 되었다.(나의 장이에 대한 인식.)

㉒ 장인이 가을에 성례 시켜 준다고 하였다.(나의 장인에 대한 인식)

㉓ 장인은 드디어 나를 사위로 인정하였다.(장인의 나에 대한 인식)

㉔ 나는 영문을 모른 채 맞고 있었다.(나의 현실 상황에 대한 인식)

 1)-5)는 이 소설의 서사의 주요 분기점이다. 이 분기점은 서사 세계 내의 현실 세계와 가능 세계들이 충돌한 결과 발생한 것이다. 이 소설을 구성하는 현실적 세계를 추론해 보자. 이 소설에는 다음과 같은 사실들이 있다. ① 나는 점순이가 자라면 성례시켜 준다고, 장인과 계약하였다.

② 나는 무보수로 3년 7개월 장인 집에서 일했다. ③ 장인은 마름이다. ④ 나와 점순이는 결혼하지 못하고 있다. ⑤ 나와 장인이 있는 곳은 농촌이다. ⑥ 마을에는 구장이 있다 등이다. 이 현실 세계는 적어도 이 소설이 하나의 세계로 존재하기 위해서는 반드시 인정해야 한다.

다음, 이 현실적 세계에 대한 인물의 가능 세계들이 있다. 인물은 어떠한 가능 세계들로 대응하며, 이 세계들은 어떠한 위계적 구조를 지니고 있는가? 이소설의 주요 인물은 '나', '점순이', '장인', '몽태'이다. 서사의 주요 분기점은 이들 세계들 간의 갈등과 충돌에 의해 발생한다.

1)의 상황은 장인과 사위의 심리적 갈등에 의해 만들어진다. '현실 세계'에 대한 장인과 사위의 인식, 희망, 바람의 양상이 다르기 때문에 발생한 것이다. 장가도 못간 채 일만 죽도록 하는 현재의 상황을 '나'는 잘못된 계약과 비도덕적인 장인 때문이라고 생각하고 어떻게든 장가를 가려고 계획한다. 반면, 장인은 이 현실이 당연하다고 생각한다. 계약은 타당한 것이기 때문에 점순이가 클 때까지 기다려야 한다고 주장한다. 결국 이 대립은 '계약자와 계약자' 사이의 서로 다른 인식을 전제로 한 갈등인 것이다. 그런데 흥미로운 것은 (8) "장인과 싸운 것은 장인이 미워서 그런 것은 아니었다."는 대목이다. 이 대목은 소급 제시를 통해 '싸움'을 당연한 것으로 전제하면서도 '나'의 태도상의 변화를 보여주는 것이어서, 앞에서 추론한 '나'의 가능 세계만으로는 해석되지 않는다. 이를 논리적으로 해명하기 위해서는 이면에 감추어져 있던 또 다른 가능 세계를 추론하거나 앞에서 예상했던 것과는 다른 방향의 서사 변화를 예상해야 한다. 그 방향에 따라 갈등 상황은 그대로 갈 수도 있고 가지 않을 수도 있다. '장인님'과 '장인님 녀석'이 팽팽히 맞서는 상황인 것이다.

다음 2) 장면을 보자. 일단, 서사 흐름은 처음의 갈등 상황을 그대로 유지한다. 그러나 2) 장면에 오면서 '나'의 가능 세계 층위에 변화가 생긴다. 점순에 대한 생각이 주로 개진되고 있고, 장인에 대한 인식에는 변함이 없지만 '점순이'에 대한 인식은 변화하고 있는 것이다. 앞에서는 '장인'의 말을 듣고 그녀의 '키'만을 문제 삼았다면, 이제는 '자신'의 시각으로 그녀의 성숙한 모습을 발견하고 있다. 여자 점순이가 보이기 시작한 것이다. '나'는 점순에게 잘 보이고 싶은 바람'이라는 또 다른 가능 세계를 갖는다. 이후, 행동의 방향도 달라진다. 장인의 부당함을 호소하기 위해 구장 집을 찾아가 놓고도 막연하기만 한 구장 말에 아무런 대꾸 없이 나온다거나, 몽태의 충고와 만류를 흘려 듣고, 또 '점순'을 의식하여 장인과 싸움을 더 크게 벌인다. 이는 그의 내면에서 가능 세계들의 위계가 바뀌었기 때문에 일어난 일들이다. 곧 장인에 대한 비판적 인식보다는 점순이에 대한 애정이 더 중요하게 된 것이다. 이 때문에 장인과의 갈등 성격도 변모된다. 1) 장면에서는 '계약자' 대 '계약자'의 갈등에 의한 것이었다면, 2) 장면에서는 남자 대 남자의 대결이라는 면모를 지닌다. 싸움이 희화적이고 과장된 힘 겨루기와 같은 모습이 되고 있는 것은 이 때문이다. 이렇게 보면, 마지막 장면에서의 급전, 곧 맞으면서도 '우리 장인님처럼 좋은 분이 없다'는 상황을 무리 없이 이해할 수 있다. 급전은 이면적으로만 흘러오던 점순이에 대한 '욕망'이 전면으로 나타난 결과 생겨난 것이기 때문이다. 결과적으로 우리는 이 소설은 두 개의 플롯이 동시에 전개되었음을 알 수 있다. 하나는 장인과의 관계에서 생긴 플롯이고, 또 다른 하나는 점순과의 관계에서 생긴 플롯이다. 장인과의 갈등이 격화되는 과정은 곧, '나'의 세계에서는 점순에 대한 애정이 강렬해지는 과정이기도 하였다. 이것이 싸움과 화해의 원인이 되고 있는 것이다.

여기까지는 주인공인 '나'의 가능세계만을 중심으로 하여 읽은 것이다. 가능 세계들은 여러 인물들, '몽태', '점순이', '장인' 세계들의 관계 속에서 구축된다. 이 소설은 나름의 의도로 '나'를 초점화자로 내세우고 다른 인물의 세계는 후경화하고 있지만, 전체 서사 세계에서는 서로가 서로를 비추고 조명하면서 다양한 잠재적 의미들을 실현한다. 가령, '나'는 장인의 약속을 철썩 같이 믿고 화해하게 되었지만, '몽태'의 말에 비추어 볼 때 장인의 약속은 반복된 거짓일 수 있는 가능성도 크다. 따라서 장인은 자신의 약속을 지켰을까 이후, 두 사람은 결혼하게 되었을까? 회의적인 질문을 던져 볼 수 있는 것이다. 물론 '나'의 가능 세계에서는 이런 질문은 우문이다. 그러나 작가는 간접적으로 '나'는 계속 속아 왔듯이 이후에도 또 속고 말 것이라는 점을 암묵적으로 제시하고 있다. 특히, 마지막 장면에서 '나'의 회화적인 모습에서 '나'의 말은 아이러니적 뉘앙스를 풍기게 되고 '나'는 순진하고 어리석은 존재가 되고 있다. 이 소설에서 플롯은 표면과 이면의 사건이 동시적으로, 그것도 역방향의 의미로 구성되어 있다. 플롯 분석이 보이는 세계 뿐 아니라 보이지 않는 세계를 고려해야 하고, 이들을 통일성 있게 고려해야 함을 보여주는 것이다.

(3) 주제 추론

그렇다면 이러한 서사 전개에서 우리는 어떠한 주제를 발견할 수 있을까? 이 소설의 서사 문제가 "사위와 장인은 왜 싸우고 화해하였는가?"였다면, 그 답으로 본다면 사위는 예비 신부에 대한 남자로서의 자존심을 지키고자 장인과 열정적으로 싸웠던 것이지만 동시에 자신의 열정에만 매몰되어 정작 현실적 상황을 제대로 파악하지 못한 채 맹목적으로 화해하고 말았다고 볼 수 있다. 이에 주제는 '애정의 열정과 맹목'으로 요약될 수 있다. 그러나 이는 주인공 '나'의 가능 세계로만 본 것일 뿐이다.

오히려 소설 전체를 보면 또 다른 문제가 생기고 있다는 점에서 '문제제기'의 구조이며, 근대 소설 특유의 아이러니적 구조를 보여준다. 주인공 '나'의 바람과 희망은 언제나 잠재적 가능 세계로만 머무른 채 현실 세계화되는 반면, 장인의 인식과 바람은 언제나 자기 마음대로 현실 세계가 되는 권력적 힘을 가지고 있기 때문이다. 모든 인물들은 가능 세계를 가지고 있지만, 이 중에서도 현실 세계를 구축할 수 있는 힘을 지닌 존재는 바로 장인의 것이다. 리꾀르의 의견대로, 허구적 서사 세계물의 플롯이 현실 세계에 대한 재기술이고 의미론적 실천이라고 한다면, 이러한 주제는 민중 특유의 발랄한 열정과 에너지와 함께 식민지적 현실 특유의 완악한 힘을 동시에 보여준다고 하겠다.

2) 정보 추론 : 숨은 이야기의 추론

전통적 관점에서 보자면, 플롯의 해석에는 '논리적 추론'이 필요하다. 그러나 서사 세계를 다양한 가능 세계들이 포진되어 있는 '우주'라 하고, 그 전체상으로 플롯을 해석한다면, 잠재된 가능 세계들과 생략된 내용을 '복원'하기 위한 '정보적 추론' 역시 매우 중요하다. 이 정보적 추론은 '누가', '언제', '어디서', '무엇을' 등과 관련된 질문이다. 이 추론에 대해 기존45)에는 대명사 추론, 지시사 추론, 시공간 추론, 세계 프레임 추론 등의 미시적 전략이 제시된 바 있지만 보다 다양한 전략이 개발될 수 있을 것으로 보인다.

기존의 플롯 해석은 사건/상태, 서사적 요소/비서사적 요소의 이분적 대립을 설정하고 주로 전자적인 요소를 중시하였다. 그러나 플롯 해석에서 다양한 의견이 생기는 것은 후자의 요소 때문이다. 플롯화된 텍스트는 다양한 가능 세계들의 단선적 전개 과정에서 정보를 지연하여, 빈자리, 갭, 암시적 정보 등을 많이 거느리고 있기 때문이다. 그러나 이 지연

---

45) William H. Warren & David W. Nicholas, Tom Trabasso(1979), op. cit., 참조.

되고, 암시되며, 생략된 암시적 정보야말로 서사의 전체적 우주상을 구축하는 데에는 필수적이다.

〈봄봄〉을 중심으로 하여, 먼저, 스토리와 담론의 시간적 차이에 의해 숨겨진 이야기를 추론하도록 하겠다. 이 작품에서 스토리 시간은 싸움이 일어난 전후의 불과 이틀 정도이다. 그러나 서사 담론에서는 훨씬 오래 전으로 거슬러 올라가 장인과 사위가 만나게 된 사연, 사위가 이 마을까지 오게 된 사연, 예전에 있었던 일이 이야기된다. 그러나 부분적인 내용만 언급되기 때문에 독자는 무슨 일이 있었는지, 그 사건을 추론해야 한다. 가령, "너 이 자식, 왜 또 이래?"라는 장인의 대화로, 독자는 이번 싸움 이전에도 두 사람 사이에는 지속적인 갈등이 있었다는 사실, 그럼에도 해결되지 않았다는 점을 이해할 수 있다. 그래서 '나'는 일이 잘 해결될 것을 기대하지만 그렇지 않을 수도 있다는 점을 예측할 수 있도록 한다. 또, "그래 내 어저께 싸운 것인지 결코 장인님이 밉다든지 해서가 아니다"와 같은 문장 역시, "어저께 싸운 일"이란 무엇인지에 대한 예상적인 추론을 불러 일으킨다. 독자는 이런 맥락을 이해함으로써만이 서사의 우주상을 전체적으로 이해할 수 있다.

다음, 서사 전개와 연관된 정보 파악을 넘어서, 일종의 이면적 이야기(shadow story)를 추론하는 일도 중요하다. 이면적 이야기는 동일한 사건을 겪었다고 하더라도 주체의 목소리에 따라 다르게 만들어지는 이야기들이다. 〈봄봄〉은 '나'라는 동종화자에 의해 재배열된 내용이기 때문에 텍스트에 제시된 부분은 극히 제한적이라 할 수 있다. 전경화는 되지 못했지만 실제로 존재한 것으로 보이는 동시다발의 여러 사건들과 후경화된 인물들의 시각과 행위, 반응 등이 서사 세계에는 존재한다. 이를 추론해야 서사 세계의 전체상을 그릴 수 있다. 가령, 구장 집에서의 장면을 보면, 소설 텍스트에는 '나'의 시각만이 서술되어 있다. '나'는 "장인님이 뭐라고 귓속말로 수군수군 "하였다고만 하였지만, 이 장면에 대해서는 나 외에도 구장, 장인, 몽태와 점순 등이 모두 각자의 시각으로 다시 이야기할 수 있다. 과연, 이들 인물의 시각으로 이 장면을 이야기한다면 그들은 무슨 말을 할 것인가? 마지막 장면 역시 마찬가지다. 만약 훗날, '몽태'가 이 장면에 대한 이야기를 전해 들었다면, 그는 무슨 이야기를 할 것인가, 또, 마지막 장면에서 '빙장님! 인제 다시는 안 그러겠어유"라고 말할 때 점순이와 점순 아버지의 생각은 무엇이었을까? 그 다성적인 목소리를 복원하는 것은 각 인물들이 구축하고 있는 그들의 가능 세계들을 이해하여 허구 세계에서 울리고 있는 잠재적 의미의 가능성을 추론하는 일이다.

3) 가치 추론 : 독자의 가치 평가적 실천

인물의 행위나 스토리의 합당함에 대한 자신의 판단을 담는 추론이다. 앞에서도 살펴보았듯이 허구적 서사물의 의미는 결정되어 있다기보다는 잠재적인 가능성 속에서 열려져 있다. 의미는 독자의 판단과 평가에 의해 비로소 현동화 되는 것이다. 때문에 플롯 이해에는 독자 자신의 서사적 이해, 곧 텍스트 세계를 평가하고, 의미화 실천하는 양상이 그대로 투사된다. 그는 작품의 시대적 맥락을 고려하면서도 나름의 시각으로 텍스트의 의미 질서를 평가함으로써 자신의 시각에서 작품을 재정의하고, 다시 이야기하는 것이다. 이 재정의는 주제 서술에서 무엇을 핵심 개념을 삼아 서술할 것인지를 결정하는 주요 변인이 된다. 이는 '정신 활동으로서의 플롯 이해'라는 본질에 부합하는 것이며, 이 과정을 통해 독자는 자신의 서사적 정체성을 형성할 수 있다.

〈봄봄〉을 예로 들어 본다. 이 작품에서는 '나'의 행위와 의식을 어떻게 평가할 수 있겠는가?에 따라 매우 다양한 주제와 플롯이 도출될 수 있다. 인생의 봄을 맞이한 총각의 자연스러운 욕망인가? 아니면 현실의 완악한 힘에 영락없이 패배당한 어리석음인가? 아니면 발랄한 민중의 생명 에너지인가? 아니면 닫힌 현실의 폐쇄 회로인가? 이에 대해 어떻게 생각하느냐에 따라 〈봄봄〉은 해학의 서사, 아이러니의 서사, 사랑의 서사, 성장의 서사 등 다양한 플롯으로도 이해될 수 있을 것이다. 여기에는 사랑, 가족, 행복, 성취, 민중 등 이 소설이 다루는 주요 개념에 대한 독자 자신의 배경 지식과 가치관이 투영된다. 이 작품에서 가장 행복한 혹은 성공한 인물은 누구로 볼 것인가? '나'인가, '장인인가' 아니면 '점순인가', 또, 이 작품에 나오는 '가족'의 이미지를 어떻게 평가하는가? 이 작품의 '결말'에 대해 어떻게 생각하는가? 등은 독자 자신의 가치관에 의해 결정되는 내용이다.

이러한 가치 추론을 살리려면, 독자는 자신의 서사 추론을 한 편의 텍스트로 제시할 수 있도록 해야 한다. 물론 그 텍스트는 개인적인 해석 텍스트나 반응 일지가 될 수도 있을 것이고, 또 토론 텍스트가 될 수도 있을 것이다. 그러나 이러한 텍스트의 산출을 통해 자신의 가치관을 반영하면서도 텍스트에 근거한 합리적 추론을 할 수 있으며, 궁극적으로는 서사적 사고 능력을 향상시킬 수 있을 것이다.

4. 서사적 합리성을 위한 서사 추론 교육

이제까지 서사적 사고력의 관점에서 소설 플롯 교육 방안을 모색하였다. 필자는 특히, 서사적 사고력, 혹은 서사 추론 능력이 단시 소설 이해의 효용을 넘어서 제반의 창의적 지식 생산 활동을 위해 필요하다는 점을 강조하였다. 서사 추론 교육은 궁극적으로 '서사적 합리성'(Narrative

Rationality)'의 발달을 추구할 수 있다. 논증과 같은 특정 형식의 논리만이 '합리적인 것'으로 인정받을 수 있는 것은 아니다. 서사 역시 서사만의 합리성을 지닌다. 그것은 시민화된 존재로 '좋은 삶'을 살기 위한 지혜로운 이성, '좋은 이성'의 측면이다. 이 이성은 가치와 사실, 이성과 감성, 지성과 상상력의 통합이라는 의의를 지닌다. 가령, 길거리에서 만나기로 했는데 친구가 약속을 지키지 않았다고 해 보자. 우리는 그 친구를 어떻게 이해할 것인가? 그 이해의 수준은 자의 서사 추론 능력에 따라 달라질 것이다. 만약, 소설 플롯 교육을 받은 학습자라면, 드러나지는 않았지만 암묵적으로 존재하는 다양한 가능세계 속에서, 그리고 그 세계들의 복잡한 위계적 구조를 고려하면서 합리적으로 해석할 수 있을 것이다. 친구 내면의 다양한 가능 세계, 그리고 현실 세계와 다른 인물들의 존재와 역학 관계 등을 중층적으로 조명하여, 해당 사건을 합리적으로 설명하고 예상할 수 있다는 것이다.

소설 플롯 교육은 독자의 능동성과 함께 텍스트의 중층적 세계를 종합적으로 고려하는 방향으로 이루어져야 할 것이다. 같은 소설이나 영화 텍스트를 감상하고도 능력과는 무관하게 다른 시각으로 플롯을 다양하게 이해하는 경우를 왕왕 경험하고, 상식적으로 생각하면서도 정작 문학교육의 현장으로 오면 이 사실은 더 이상 당연하지 않은 것이 우리의 현실이다. 이 글에서는 서사 의미론과 해석학적 서사론에 기초하여 서사 변화를 전체적인 서사 세계들이 구축하는 가능 세계들과의 관계 속에서 해석해야 한다는 점을 밝혔다. 다음은 〈봄봄〉뿐 아니라 다른 작품에도 적용될 수 있도록 하기 위하여 추론 유형을 제시한 것이다.

〈논리적 추론〉
- ㆍ서사 텍스트에 제시된 갈등이나 모순적인 정보를 단서로 하여 서사적 문제를 추론한다.

‣ 서사적 문제가 서사 전개 과정을 거쳐 어떻게 변화, 심화, 변모, 해결
  되는가를 살핀다.
‣ 서사 전개 과정에 현실적 사실들과 인물들의 가능 세계들이 어떻게
  연관되어 있는가, 이들의 위계 구조는 어떠하며 이들은 어떻게 충돌,
  갈등하는가, 그래서 어떻게 변모되는가를 살핀다.
‣ 인물들이 지니고 있는 가능 세계를 '인식', '의도', '모델', '대안적 세
  계'의 양상적 범주로 추론한다.
‣ 이를 종합하여 주제를 추론한다.

〈정보적 추론〉
‣ 서사 담론에 부분적으로 언급된 과거 사건을 단서로 전체 사건을 추
  론한다.
‣ 초점화자는 아니지만 사건/행위에 관여하는 인물들의 숨은 이야기(심
  리, 태도, 반응)를 추론한다.

〈가치 추론〉
‣ 작품의 주요 사건, 인물, 결말을 독자 자신의 시각으로 평가한다.
‣ 이 평가를 반영하여 플롯의 유형을 결정하고 주제를 서술한다.

이러한 추론 유형은 허구적 서사 외에도 비허구적 서사의 추론에도 적
용가능하다고 본다. 허구 세계에서 다루는 가능 세계는 결코 예술의 전
유물만은 아니기 때문이다. 그것은 일종의 대안적 논리로 우리의 일상
세계에서도 꿈과 희망, 믿음과 가치, 의무, 유토피아 등으로 존재한다.
따라서 소설 읽기에 동원된 서사 추론 능력은, 세계 읽기, 자신과 다른
사람의 삶 읽기로 전이될 수 있다. 역사적 서사물이나 개인의 자서전 서
사, 기행적 서사물의 이해와 쓰기에도 활용될 수 있는 것이다.

이 글의 의의는 서사 추론의 유형화를 통해 서사적 사고력 교육을 체
계화힐 수 있는 단초를 잡았다는 데 두고 싶다. 추론 능력의 평가와 수
업 내용 등 실천적 연구는 다음을 기약한다.

제 3 장

텔레비전 서사 문화 비평 교육

1. 소통적 관점에서 텔레비전 문화 접근하기

현대 사회에서 텔레비전은 가족이나 학교처럼 사회화의 역할을 담당하고 있다. 텔레비전은 우리가 현실을 인식하고 느끼는 기본 방식을 형성하고 기호 환경을 구성한다. 하지만 텔레비전에 대한 사회적·교육적 인식은 긍정적인 시각보다는 부정적인 시각이 더 압도적인 듯하다. '바보상자', '정보의 쓰레기'라는 일상의 은유에도 반영되어 있듯이 사람들은 텔레비전을 즐겨 보면서도 그것의 중요성은 대단히 과소평가하는 경향이 있다. 여기에 보호주의적 미디어 교육 이론가들은 텔레비전이 폭력적 성향이나 반사회적 태도를 양산한다고 하여 우려를 제기하는가 하면, 비판 커뮤니케이션 이론가들은 그 이데올로기적 기능을 경고하고 있다.

물론 이러한 비판적 인식은 매우 값진 것이다. 그럼에도 우리가 놓치지 말아야 할 것 중의 하나는, 텔레비전이 현대인이 사회와 소통하는 데 있어 가장 중요한 매체라는 점이다. 현대사회에서 텔레비전은 가장 친근한 존재로[46] 개인과 사회를 연결 짓고 공동체의 문화를 생산, 재생산, 변형하는 핵심적인 제도라 할 수 있다. 텔레비전은 공동체의 '합의된 서사'(consensus narrative)를 형성하는 대표적인 문화적 구성물인 셈이다.

이런 이유로 이 글에서는 텔레비전을 매개로 한 사회적 커뮤니케이션에 주목한다. 곧, 텔레비전을 개별 텍스트로 보는 시각을 지양하고, 생산과 제작, 장르나 개별 프로그램 텍스트, 수용자 등의 개별적인 요소들이 포괄되는 사회적 소통의 중층적인 연관성을 중시하면서 텔레비전 특유의 커뮤니케이션 방식에 논의의 초점을 두는 것이다.

'서사문화'를 문제 삼는 것도 이 때문이다. 기존 연구에서 '서사'란 개념은 주로 텔레비전의 장르 관습이나 이데올로기 분석에 활용되어 왔었다. 이 개념이 수행한 비판적 기능을 십분 인정하지만 그럼에도 아쉬운 것은 서사의 커뮤니케이션 능력을 충분히 고려하지 못했다는 점이다. 서사는 화자와 청자 사이에서 이루어지는 보편적인 커뮤니케이션의 형식이다. 텍스트 자체를 넘어서 화자와 청자, 맥락이 복합적으로 작용하는 것이다. 이에 이 글에서는 '서사 문화'(narrative culture)란 용어를 사용함으로써 텔레비전 소통의 중층적인 요소를 포괄적으로 다루고자 한다. 이러한 접근은 국어교육의 장에서 이루어지는 텔레비전 교육의 또 다른 방향을 열어 줄 수 있을 것으로 기대한다.

텔레비전 교육의 필요성과 가능성은 다양한 관점에서 논의[47]되었지

---

46) 2000년 한국인은 평일 하루 평균 2시간 24분을, 일요일은 3시간 46분을 TV시청으로 보냈다고 한다. 실제적인 하루의 여가 시간을 고려한다면 엄청난 시간이다.(한국 정보 문화 센터(2005. 5), "2000 정보 생활 실태 및 정보화 인식 조사")

47) 대표적인 연구물은 다음과 같다. 김태환(2000), "국어과 텔레비전 리터러시 교육 방안 연구", 서울대 대학원 석사 학위 논문. 최인자(2001), "재난 보도에 나타난 TV뉴

만, 대부분은 미디어 리터러시나 텔레비전 리터러시의 개념으로 하여 학습자의 능동적 '읽기' 교육의 측면이 중요하게 다룬 바 있다. 이는 분명 의미 있고 또 중요한 접근이지만 학습자 개인의 능동적 소통에만 초점을 맞추다 보니까 정작, 텔레비전을 매체로 하여 이루어지는 사회적 소통 문화를 전체를 다루지 못하는 한계가 있다.[48]

이 글의 논의 절차는 다음과 같다. 먼저, 텔레비전 소통의 특징을 '공공성' 범주에서 살피도록 하겠다. 다음, 이에 기반하여 텔레비전 서사문화의 문제적 양상을 지적하도록 하겠다. 물론, '공공성'의 문제는 비판과 대안을 모두 제시할 수 있어야 하겠지만 이 글에서는 비판의 측면에만 한정하여 논의하도록 하겠다. 최종적으로 이 논의는, 국어교육에서 텔레비전 교육이 소통적 차원에서의 서사문화를 다룸으로써 '소통'을 의사 전달이라는 협의의 차원으로 이해함에서 벗어나, 사회적 실제에 입문하고 참여하는 적극적인 차원이 되어야 함을 지적할 것이다. 이를 위해 소통 현상에 대한 구체적 분석이나 새로운 해석보다는 텔레비전 소통의 중층성을 체계화하면서 기존 논의와 모색들을 메타적으로 성찰하는 데 주안점을 두도록 하겠다.

스의 서사적 특성", 『국어교육의 문화론적 지평』, 최인자(2001), "사회적 정체성과 스피치 패턴의 연관을 중심으로 한 TV 드라마 교육", 『국어교육의 문화론적 지평』, 소명출판. 김정자(2002), "국어교육에서 미디어 교육의 수용", 국어교육학연구 15. 국어교육학회. 권순희(2002), "텔레비전 뉴스의 표현 분석과 국어교육", 어문 연구 30. 한국어문교육연구회. 류수열(2003), "문학교육의 외연과 텔레비전 오락 프로그램의 가능성", 국어교육학연구17, 국어교육학회. 김대행(2004), 『방송의 언어문화와 미디어 교육』, 서울대 출판부. 정현선(2004), 『대매체 시대의 국어교육과 문화교육』, 역락. 최인자(2005), "한국 청소년 수용자의 텔레비전 드라마 수용 양상과 그 매체교육적 시사점", 한중인문학연구 16. 한중인문학연구소.
48) 이 점은 사실, '텔레비전 리터러시'의 중요한 항목이기도 하다. David Bianculli (2000), *Teleliteracy : Taking Television Seriously*, Syracuse, pp.150~155.

2. 텔레비전 매체의 소통적 특징과 '공공성' 문제

1) 텔레비전 매체의 소통적 특징

먼저 텔레비전의 소통적 특징을 살피도록 하겠다. 텔레비전은 매스 미디어의 속성을 강하게 갖고 있는 매체이다. 물론, 현대와 같이 다매체, 다채널 상황에서는 전통적인 의미에서의 매스 미디어적인 속성이 완화되기도 한다. 컴퓨터와 융합하여 프로그램을 저장하고 편집하며 하이퍼텍스트의 속성을 부여 받아 자기 의도대로 접속해 나갈 수도 있다. 그러나 이것은 어디까지나 매스 미디어의 '확장'이나 '보완'은 아니라고 본다. 생산의 측면에서 보면 여전히 대자본의 방송 기업이 대중에게 일종의 문화 상품을 제공하는 기본 기제 상에서 움직이기 때문이다.

매스 커뮤니케이션의 조건은 크게 두 가지로 규정된다. 하나는 1) 고정된 집단으로서가 아니라 다양한 사회적 상황 속의 무한정한 수신자들에게 접근할 수 있는 커뮤니케이션 회로라는 점이고 2) '산업' 수단에 의하여 주어진 메시지를 만들어 내고 전달하는 생산 수단이라는 것이다.[49] 이처럼, '다양한 이질 집단'을 수용자로 설정해야 한다는 점과 메시지 생산의 산업적 성격은 매스 커뮤니케이션을 일방적인 소통으로 규정짓는 매우 중요한 근거가 되었다. 이러한 특징 때문에 텔레비전 매체와 시청자와의 관계는 커뮤니케이션이라기보다는 대중적 소비로 이해되어 왔다.

그러나 이러한 견해는 텔레비전 매체의 특징의 일면만 고려한 것이라 할 수 있다. 대중매체라는 조건은 오히려 텔레비전이 제작자, 텍스트, 시청자 간의 사회적 커뮤니케이션 흐름을 강화하기 때문이다.[50] 제작자

---

49) 박정순(1995), 『대중매체의 기호학』, 나남출판.
50) Hoynes, William, 전석호 역(2000), 『미디어 소사이어티』, 사계절.

는 텔레비전을 통해 시청자와 소통해야 하고, 시청자 역시 텔레비전을 통해 사회와 소통한다. 주목할 점은 이 소통이, 개인 시청자와 개별 제작자 사이의 소통이 아니라 이들 개인을 넘어선, 문화가 개입한 집합적 자아와의 소통이라는 점이다.51) 제작자는 이질적인 다수의 대중과 소통하기 위해 그 시대의 문화를 참조해야 한다. 수용자 역시 텔레비전 메시지가 참조하는 문화적 약호와 관습에 동조하고 공모함으로써만이 그 의미를 해독할 수 있는 것이다. 따라서 텔레비전은 일종의 음유시인처럼 그 시대의 문화들을 소통시키는 일종의 중재자라고 할 수 있다. 텔레비전은 보다 넓은 사회 문화적 체계 및 정치 체계로부터 주제, 처방, 의제, 사건, 인물 등을 이끌어 낸다. 이런 점에서 텔레비전은 개별 텍스트라기보다 소통의 장이고 이야기 공간인 셈이다.

텔레비전 문화는 구비 문화적 특성을 지니고 있다. 그것은 문자 매체가 지니고 있는 명료성, 보편성, 추상성, 서사적 전개와는 달리, 일시적이고 삽화적이며, 구체적이고 극적이다. 또, 다른 영상 매체인 영화와도 달라서 맥락 의존적이며, 대단히 약정적인 약호를 가지고 있다. 영화가 완결된 메시지로 승부한다면, 텔레비전은 담화성이 강하여 수용자에게 말 걸기를 시도하면서 대화와 공모를 만들어 나가는 것이다.52) 텔레비전은 시청자와 문화적 약호를 공유하고 있는가가 매우 중요하다. 메시지를 일방적으로 전달하기보다는 수용자들과 조율하는 것도 이 때문이다. 수용자의 반응, 요구, 비판에 의해 텔레비전 프로그램의 내용이 바뀌거나 종영 계획 등에 변경이 생기는 경우는 흔히 볼 수 있는 사례이다.

이런 특징은 텔레비전의 영상에도 그대로 반영되어 있다. 언뜻 보면, 텔레비전 화면 속에 비친 세계는 현실 그 자체의 모습인 것처럼 보이기도 하지만 이는 문화의 관습적 약호의 부가적 의미에 따라 만들어진 것

---

51) John, Fiske, 이익성 역(1994). 『T.V 읽기』, 현대문화사.
52) John, Fiske, 이익성 역(1994), 위의 책, 20~70면.

이다. 수용자는 사실적 화면을 보고 있는 듯하지만 실제로는 그 문화적 약호에 적극적인 공모를 하고 있는 것이다. 이처럼 텔레비전 '방송 약호'는 구비언어의 '제한된 약호'적 특성을 지니며 또, 단순하지만 즉각적인 소구력을 지닌다는 특징이 있다. 그 즉각성은 사람들이 공통적으로 갖고 있는 것을 불러들임으로써 가능한 것이다. 따라서 텔레비전은 공동체 지향적이라 할 수 있으며, 수용자들과 그들의 사회를 연결시켜 준다.53)

그러나 이러한 기능에 대한 평가는 입장에 따라 다양하다. 긍정적으로 보는 입장은, 대중매체가 공동체 구성원들에게 공동의 문화적 자원과 소통의 채널을 마련해 주는 '공통의 언어'라는 점에 주목한다.54) 그것은 인쇄 매체와 같은 특권화된 계층 중심의 소통 체계를 파괴하고 사회의 모든 구성원들에게 말을 건다는 점에서 현대 사회에서의 대표적인 공공 영역이라 할 만하다. 지구의 구석에서 일어난 일이라도 지구촌 사람들은 텔레비전을 통해 즉각적이고 동시적으로 사건을 공유하고 소통할 수 있다.

현상학적 접근에서도 텔레비전은 다른 매스 커뮤니케이션에 의한 소통의 단절을 오히려 회복할 수 있는 매체라고 지적하고 있다.55) 그 이유는 텔레비전 방송이 대화자들이 공존하는 세계를 구성하기 때문이다. 스캐널의 설명을 빌리자면, 개별 텔레비전 프로그램들은 시청자에게 끊임없이 말을 걸어오고 있다가 순간, 어느 개인이든지(anyone) 특정한 메시지에 집중하게 되었을 때, 비로소 의미적 차원에서 특별한 수용자(some-one)가 된다고 한다. 개인은 이와 같은 대화가 일상적으로 지속되는 과정에서 수용자 공동체 안에서의 '우리'(we-ness)라는 의식을 형성할 수 있다.56)

---

53) 박정순(1995), 『대중매체의 기호학』, 나남. 313~356면.
54) David Biabculli(2000), *Teleliteracy : Taking Television Seriously*, Syracuse.
55) 이에 대한 설명은 김예란(2003), "텔레비전 이야기 문화에 관한 연구", 한국언론학보 47호, 38~39면을 주로 참조하였다.
56) Scannell, P.(2000), "For-anyone-as-someone structures", *Media, Cultures*

시간적 차원에서 보아도 그러하다. 일단 방송은 집단적 대화가 공존할 수 있는 조건으로 '현재'를 구성한다. 방송의 이야기를 통하여 과거와 미래에 대한 그림이 그려지면서, 우리의 '지금'을 통하여 일상의 역사성이 성립된다. 따라서 텔레비전은 이질적인 질서나 가치체계가 직접 대면하고, 접합하는 소통과 이야기의 공간이라 할 수 있다.

이 이야기 공간에는 복잡다단한 여러 요소가 참여한다. 국가적 규제가 있는가 하면 개인의 일상적 습관성도 있고, 광장의 공공성이 있는가하면 거실에서 편안한 휴식을 취하는 수용자의 개별성도 함께 존재한다. 집합성과 개별성, 공공 영역과 사적 영역, 자아와 세계가 상호의존적으로 매개, 결합되어 있는 곳이다.

하지만 비판적 커뮤니케이션에서는 텔레비전으로 소통되는 공통문화를 지배 이데올로기와 연관지어 비판한다. 그것은 특정 집단만의 시각과 가치, 세계관을 편향적으로 드러낸다는 것이다. 이른바 텔레비전을 '신화' 구조로 설명하는 것이 그러한 방식이다. 존 피스크 J. Fiske[57]는 텔레비전의 의미 작용을 세 단계로 나누면서, 첫 번째 단계는 독립적인 사물, 두 번째 문화적 의미(신화, 내포), 세 번째 단계는 세계적 실재에 대한 일관된 관점과 원칙(이데올로기)으로 나누어 텔레비전이 보여주고 있는 세계는 현실이 아니라 현실에 대한 그 공동체의 문화임을 밝혔다. 특히 텔레비전은 자신을 자연화시킴으로써, 자신의 약호와 실제의 경계를 희미하게 만들고 상식을 현실처럼 유지하는 역할을 한다. 그 결과 텔레비전으로 소통되는 문화는 대단히 보수적이고 지배적인 문화가 된다.

위의 두 견해는 모두 타당하지만 텔레비전의 한 면만 고려하고 있다는 공통점이 있다. 현상학적 접근은 텔레비전에 개입하는 정치 경제적 측면

and Society, vol. 22, pp.5~24. 김예란(2003), "텔레비전 이야기 하기 문화에 관한 연구", 한국언론학보 47권, 6호, 한국언론학회 39면에서 재인용.
57) John Fiske, 이익성 역 (1994), 위의 책. 참조.

은 배제하며 비판적 접근은 문화를 단일한 것으로 봉합한다. 텔레비전의 문화는 순수하고 일관된 이데올로기적 입장으로 통합되기 어려운 다양한 담론, 이데올로기적 위치, 서사적 전략 이미지 구성 등을 포함한다. 그것은 단일한 중심이 있다기보다 근본적인 사회적 갈등을 문화의 차원에서 재생산하는 경합의 지형(contested terrain)을 드러낸다.

텔레비전은 다성적 텍스트이다. 여기에는 다양한 가치와 목소리, 모순이 종합적으로 존재하며, 은유, 모순, 과장, 상호 텍스트성 등이 혼재 되어 있어, 수용자들이 다양하게 해석할 여지가 많다. 특히 개별 프로그램은 다른 프로그램과 배우, 제작진, 뉴스 사건 등으로 상호 텍스트적인 연관을 맺는데 이 연관이 서로 이질적이고 상호 충돌함으로써 발생하는 모순과 갭은 독자로 하여금 적극적이고 능동적으로 의미를 구성하도록 한다. 가령, 드라마의 인기 배우는 극중 드라마 뿐 아니라 오락 프로그램에 출연하여 자신의 실제 생활을 이야기할 수도 있고, 또, 다큐멘터리나 뉴스 등의 기록적 서사물에도 나타날 수도 있다. 이러한 여러 텍스트들의 간섭으로 하여, 드라마 시청자는 드라마에 제시된 성격과는 전혀 다른 의미로 받아들일 수 있다는 것이다.

또, 텔레비전의 메시지 구조 자체가 수용자들의 능동적인 역할을 요구하도록 되어 있다. 텔레비전은 '흐름'으로 존재한다. 우리가 시청하는 개별 프로그램들은 단지 그 자체로만 존재하는 것은 아니다. 그것은 여러 프로그램들의 연속 속에서 그 사이에 삽입된 광고와 프로그램 예고 등의 연속 속에서 경험한다. 개별 프로그램이 아니라 프로그램들의 접합과 연결로 이루어진 하나의 흐름 속에서 수용하는 것이다. 이 흐름은 단일한 하나의 일관된 흐름이라기보다는, 단절되고 분절된 흐름이다. 일련의 논리적 일관성이나 완결성보다는 탈중심화된 파편적 흐름으로 존재하는 것이다. 수용자들은 마치 자유스러운 대화처럼 이 프로그램에서 저 프로그램으로 이 채널에서 저 채널로, 프로그램에서 광고로 파상적 흐름을 경험한다.

이런 이유로 텔레비전은 특정의 지배적 문화와 이데올로기가 단순 전달되는 공간으로 보기 힘들다. 텔레비전은 다양한 문화적 흐름들이 끊임없이 충돌하고 사라지고 강화되며 만들어지는 장소인 동시에 그 자체가 새로운 생성적 실천의 공간이기 때문이다.58) 텔레비전은 저항과 지배, 유토피아적 지향과 이데올로기적 억압이 역동적으로 존재하는 곳이다. 59) 이러한 '소통'의 역동성을 이해하기 위해서 텔레비전 연구 역시, 제작자, 텍스트, 매개자, 수용자, 맥락의 중층적인 구조를 고려하여야 하고 또, 진정한 소통이 되기 위한 '공공성'을 문제 삼게 된다.

2) 텔레비전 소통에서의 '공공성' 문제

대중 매체에서 '공공성'의 문제는 매체의 이데올로기성 못지않게 핵심적인 범주이다. 이 개념은 매체가 정치권력이나 경제적 자본의 영역과 별도로 존재하는 제3의 영역임을 밝히면서도, '투명성', '형평성', '공정성' 등의 내포를 지니는 다소 제도적인 규범 차원에서 추상화된 감이 있다. 그러나 공공성은 정치적 의미망을 넘어서는 것이다. 공공적 영역은 개인적 차원을 넘어서 사회적 행위와 의사소통을 창출하는 일종의 담론적 공론 형성의 차원을 지칭한다.60) 특히, 현대 사회는 통신과 대중매체의 발달로, 과거에는 사적인 선택의 영역으로만 간주되었던 문화적 체험(오락과 여가)을 공개적인 의사소통의 영역으로 들여오면서 사적인 영역과

---

58) 전규찬(1995), "TV 오락을 둘러 싼 문화 정치학 분석" 한국방송학보 5권 1호, 한국방송학회
59) Kellner, Douglas 강상욱 역(1995), 『텔레비전 민주주의 위기』, 이진.
60) 심광현(1995), "'문화사회'를 향한 새로운 문화운동의 과제", 『문화사회와 문화정치』, 문화과학사.

공적인 영역의 경계를 무너뜨리고 있다. '공공성'의 개념은 이런 차원에서 텔레비전의 포괄적인 사회적 커뮤니케이션을 비판과 대안의 관점에서 이해할 수 있다는 장점이 있다.

그러나 여전히 '공공성'을 어떻게 이해할 것인지에 대한 개념의 문제가 남는다. 하버마스는 공공성을 인간이 자신의 계급이나 직분과 초월하여 본연의 의사소통적 이성을 동원하여 공동의 이해에 관심을 두며 타자와 상징적 상호관계를 맺어 나갈 수 있다는 의미로 이해했다. 제3의 영역을 둔 것은 의미 있으나, 이 개념은 비현실적이고 특정 문화 중심이며, 공공성에서의 계급성 문제를 포착하지 못하는 한계가 있다.61)

이를 보다 유연하게 살린 한나 아렌트 Hana Arendt62)는 사적인 것과의 대립으로서의 공공성 개념63)을 재규정함으로써 더욱 현실적으로 만들고 있다. 그녀에 따르면 공공성은 인간 개인의 삶에서 필수적인 것이다. 복수적 존재로서의 인간은 다른 사람들과의 연대적 관계가 형성되지 않는다면, 새로운 창발성도 자신의 개성도 불가능하다. 공공성은 자신을 초월한 공통의 관심사를 바탕으로 다른 사람과의 연대와 자기 개성의 실현이 가능해지는 것이다. 공공성은 개성에 적대적이지 않으며 오히려 개성에 가장 화려한 날개를 달아주고 보편적인 것으로의 억압 대신에 개인의 자율적 자유를 보장한다. 따라서 이미 만들어져 있는 명사적인 것이라기보다, 개인들의 참여에 의한 공공의 장으로서의 동사적인 성격이 강하게 부각된다.64)

---

61) 하버마스를 비판하는 이론가들은 이 모델이 18세기, 프랑스 살롱이나 영국의 티하우스였다는 것, 그리하여 잘 차려 입은 부르주아들이 정돈된 논리로 역사와 세계에 대한 열정적인 토론활동을 하였다는 것을 이상화함으로써 서구부르주아 남성들의 논리 중심적 문화를 일반화하고 있다는 점을 지적한다.

62) Hanna Arendt(1996), 이진은 · 태정호 역, 『인간의 조건』, 한길사.

63) 기존의 공공성 개념은 ① 가치중립적이고 초지단적인 의미 ② 공익 ③ 관료 / 국가 / 자본으로 사용되었다.

64) 김선옥(2002), "문화와 소통 가능성 : 한나 아렌트 판단 이론의 문화론적 함의", 정

이러한 공공성의 개념은, 신문 매체의 새로운 동향으로서의 '공공 저널 리즘' 차원에서 주로 논의된 바 있다. 언론이 전문 언론인들의 전문적 활동이 아니라, 공공 생활에 참여하고 있는 사람들의 일반적인 활동으로 개방해야 한다는 전제하에서 시민들에게 정보를 전달하는 매체가 아니라, 시민들의 적극적인 참여에 의해 만들어 가는 매체를 구상하고 있다.65) 그러나 텔레비전은 그 친숙성, 일상성, 대중성으로 하여, 다른 매체에 비해 사람들의 다양 다기한 문화적 취향 수준이나 의식 수준에 맞는 문화 내용을 균형 있게 공급해 줌으로써 문화적 민주주의를 가능케 할 수 있다.

3. 텔레비전 서사 문화의 특징과 문제적 양상

1) 텔레비전 이야기 제작과 유통에서의 정치·경제적 맥락

먼저, 텔레비전의 이야기를 제작하고 유통하는 문화를 성찰하도록 하겠다. 다른 커뮤니케이션에 비해, 대중매체는 이야기하는 화자의 존재가 명시적이지 않다는 특징을 지닌다. 엄밀히 말해, 화자는 방송사도 전문 제작인만도 아니어서 어떤 단일한 저자(authorial)의 정체성을 지니고 있지 않다. 또한 여기에는 방송과 관련된 국가 정책과 광고주, 자본가의 중층적인 사회적 관계가 개입한다. 물론 이는 상업적 이윤을 추구함과 동시에 공공적 기능을 수행하는 텔레비전의 이원적 특징을 보여주는 정황이라 할 것이다. 하지만 텔레비전의 제작이 특정의 목적과 의도를 가

치사상 연구 6집, 한국정치사상학회. 169-222면. 이은선(1998), "한나 아렌트의 '인간의 조건'과 '공공성'에로의 교육", 교육철학 제 29집. 한국교육철학연구회. 16~ 41면.
65) 김민남(1998), 『공공저널리즘과 한국언론』, 커뮤니케이션 북스.

지고 이루어진다고 할 때, 공공성은 주요하게 다루어져야 할 것이다.66)

한국의 텔레비전 방송 제작에서 가장 가시적인 영향력을 행사한 것은 정치적 권력이다. 1980년대 국가 주도의 공영 방송, 1990년대 민영 방송과 공영 방송의 공존 정책에서도 볼 수 있듯이 정권의 변화에 따라 방송 정책도 크게 변화하였다. 이와 같은 정치적 영향력은 이중의 의미가 있다. 하나는 그만큼 방송이 정치로부터의 자율성을 얻지 못했다는 것이고 또 다른 한편으로 방송은 공적 영역이어서 시장의 룰에만 맡길 수 없다는 인식이 그것이다.67) 그러나 정부가 방송 정책을 수행한다고 해서 그것이 공공적으로 되는 것은 아니다.

국가는 각종 제도나 방송 주체 등의 선정을 통하여 텔레비전에 직·간접으로 관여한다. 국가의 텔레비전 개입이 가장 두드러지는 부분은 공영 텔레비전 제도를 통한 방송 소유와 운영이다. 공영 방송의 경우 국가는 경영진 임면권을 장악하며 준국가 기구인 방송위원회로 방송을 감독하기 때문이다. 또한 방송허가는 대체로 국가가 정한 방송 관련법, 정책적 배려에 근거하는데 이로써 텔레비전은 각종 제약에 처하게 되고 또 심한 경우 그 허가가 취소되기도 한다. 방송윤리위원회와 심의 위원회의 활동은 방송 소통에 제도적 규약으로 작용한다.

이러한 개입을 통해 국가는 텔레비전을 통하여 국내의 갈등을 배제하고 통합을 이끌어 내려고 하며, 국가의 정책적 과제들을 마치 국민적 합의처럼 전파한다. 특히, 우리나라의 텔레비전에 과도하게 나타나는 국가주의적 이데올로기를 문제적 양상으로 지목할 수 있다.

또한 간접적이지만 텔레비전 제작에 강력하게 개입하는 것은 자본의 힘이다. 자본의 입장에서는 텔레비전을 대중의 시간을 통제, 관리할 수

---

66) 이수영(1997), "'공론장'으로서 한국의 케이블 텔레비전", 한국언론학보 42권 2호. 한국언론학회.
67) 원용진(2000), 『텔레비전 비평론』, 한울 아카데미, 78~79면.

있는 일종의 산업이다. 1990년대 이후, 한국의 텔레비전은 정치적 영향
보다도 자본의 상업주의적 전략이 더욱 극대화되고 있는 것으로 나타났
다. 이를 선명하게 보여주는 것이 텔레비전 편성 전략이다. 90년대는 민
영 방송의 도입으로 하여 80년대에 비해 국가 주도권이 약화되었음에도
불구하고 정작 텔레비전은 오락 프로그램을 더욱 집중적으로 배치되었다
고 한다.68) 시청률 경쟁에 열을 올리면서 프로그램이 더욱 표준화, 단
일화 되고 있는 것이다.

　이러한 문제는 케이블 텔레비전과 위성 방송 등이 보급된 다매체, 다
채널 상황에도 그대로 적용된다. 분명, 채널 수의 확대가 시청자의 다양
한 선택권을 보장할 수 있는 기회69)임에도 불구하고 오히려 현실적으로
는 방송사, 채널 간 경쟁 때문에 프로그램 제작의 모방과 중복이 더욱
가속화되고 있다. 여기에 텔레비전은 다양하고 종합적인 스타 시스템을
통해 방송 상품 소비를 관리한다. 스타의 범위를 영화처럼 특정 주인공
에만 한정하는 것이 아니라 감독과 조연, 코메디언, 프로그램 진행자,
PD, 스포츠 선수, 인쇄 매체의 작가에 이르기까지 확장하는가 하면70)
그들의 이미지도 신화적으로도, 혹은 일상적으로도 변모시킴으로써 토크
쇼, 퀴즈나 게임, 스타 선출 프로그램, 쇼 등 다양한 프로그램을 스타 시
스템 생산에 활용하는 것이다.

　또한 텔레비전 제작물의 경제적 유통 구조 역시 문제이다. 미디어의
수는 늘어났지만, 정작 방송 컨텐츠를 유통하는 채널은 지상파 방송을

---

68) 강대인(1991), "다매체 시대의 방송편성에 관한 고찰", 계명대학교 사회과학연구소,
　　사회과학논집 10. 275~288면. 강대인(1993), "한국 텔레비전 편성의 특성과 전략
　　에 관한 연구", 고려대학교 박사학위 논문. 조성호(2000), "텔레비전 방송사의 편성
　　전략 분석", 한국방송학보 14-1.
69) 강대인(1991), "다매체 시대의 방송편성에 관한 고찰", 사회과학논집 10. 계명대학
　　교 사회과학연구소, 275~288면.
70) 김호석 (1999), "텔레비전과 스타 시스템", 『텔레비전 문화 연구』, 한나래.

중심으로 하는 단선적이고 독과점 체제가 그대로 유지되고 있다.71) 방송 프로그램의 유통은 대부분, 지상파 방송 3사가 네트워크 체제를 구축하여 제작과 유통 부문을 수직적, 수평적으로 통합하고는 자체 제작과 내부 유통을 근간으로 한다. 이런 유통 구조는 방송 프로그램의 질적 저하는 물론이고 독립 제작 시장을 활성화하지 못하고 창작 의욕을 줄이게 된다. 결국, 텔레비전이 수행해야 하는 다양한 문화간의 교류와 생성이 제작과 유통 능력을 장악한 몇몇 지상파 방송에 의한 보다는 표준적이고 정형화된 관습으로 통제되는 것이다.

그러나 이러한 맥락적 요소들이 곧바로 텔레비전 제작에 곧바로 들어오는 것은 아니다. 방송 제작은 제작자들의 실천적인 노력을 통해 구체화되기 때문이다. 기존 연구72)에 따른다면 이들은 문화화의 규범적 권력에만 종속되지는 않으며 방송 제작을 자신의 언어를 구성하고 실천하는 역동적 과정으로 이해하고 있었다. 관습이나 제도적 공식의 준수가 요구되는 것도 사실이지만 제작자들은 집단적인 협업의 제작 과정에서 자신들의 담론을 실천하고자 노력하고 있다는 점이 확인되기도 하였다. 또한 이들은 자신의 제작을 자신의 개인적 창의성을 실현하기보다는, '사회에 떠도는 다양한 이야기 조각의 그물을 짜 맞추고 들어 올려 새로운 이야기의 망을 짜는 존재'라고 하여, 사회와의 '소통 행위'로 자신의 제작을 규정짓고 있음을 확인할 수 있었다.

---

2) 텔레비전 서술 방식의 특징과 문제적 양상
: 매개되지 않는 커뮤니케이션에 대한 환상

텔레비전은 화자와 청자, 그리고 이들이 나누는 이야기로 되어 있다.73) 그러나 우리가 텔레비전의 서사적 소통을 인식하기는 쉽지 않다. 그 이유는 텔레비전은 이야기를 '전달하는 주체'를 드러내지 않기 때문이다. 텔레비전 뉴스에서 이야기를 전달하는 사람은 '앵커'가 아니다. 텔레비전 뉴스의 시작을 보면, 먼저 시그널 음악과 로고가 뜨고 나서 앵커가 인사하고 뉴스를 시작한다. 시그널 음악과 로고는 앵커와는 다른 차원의 화자가 있음을 보여주는 것이다. 뉴스에는 영상, 음성, 스토리를 전체적으로 총괄하는 초월적 서술자가 있다. 그는 자신의 의도를 효과적으로 드러내기 위해 텍스트 내의 다양한 화자, 가령, 앵커, 리포터, 인물을 설정하는 것인데, 시청자들은 그 구안된 인물들만을 보게 된다.

이러한 서술 특징으로 만들어지는 것은 "매개되지 않은 커뮤니케이션"이라는 환상이다. 초월적 서술자에 의한 '매개' 과정을 생략함으로써, 텔레비전의 즉시성, 현장성, 자율성에 대한 환상이 생긴다. 시청자들은 뉴스에서 보도되는 영상물이 녹화된 것이고, 앵커도 대본을 읽는 것인데 그럼에도 불구하고 마치 지금 일어나고 있는 현장을 보는 듯한 생생감을 느끼며 직접 그 자리에 있는 듯한 착각을 하게 된다. 또한 텔레비전 영상이 지니고 있는 강력한 '즉시성, 모방성, 현실성은 보는 주체와 대상의 거리를 좁히고, 보는 것과 보이는 것의 경계를 무너뜨린다. 영상은 상징적 기호가 아니라 현실 세계 내의 자연적인 기호로 지각되며, 재구성된

---

73) 텔레비전에는 세 층위의 이야기 구조가 존재한다. 방송사의 메타 담론인 '편성 프로그램', '개별 프로그램 장르', '개별 텍스트'이다. '편성은 끊임없니 프로그램 프름을 선분화하면서 그 자체가 권력으로 작동한다. 그러나 편성에 대한 논의는 별도로 하지 않고, 앞의 1장에서 논의한 것으로 대신하도록 한다.

제 2의 현실이라기보다는 원래 현실의 사건과 사물 그 자체에 인식되는 '즉각적인 전달성'으로 이해되는 것이다.

여기에는 다양한 서술 방식이 활용되기도 한다. 먼저, '직접 언술'(direct address)의 방식이 있다. 텔레비전 텍스트 내 서술자로―뉴스 앵커나 토크쇼 진행자, 사회자, 기자 ― 가 등장하는데, 이들은 실제로는 렌즈를 보고 말하지만 시청자에게는 자신들에게 직접 말을 거는 것처럼 보이게 함으로써 현장감을 살린다. 또, 직접 언술이 아니더라도 텔레비전 텍스트는 '화자와 청자'의 소통을 직접 제시함으로서 현장감을 높일 수도 있다. 가령, 뉴스에서 기자는 앵커에게 말하고 토크쇼에서 사회자와 손님 또 방청객의 소통 상황을 중개하는데 이를 통하여 시청자는 마치 이들의 대화를 엿듣는 듯한 느낌을 갖게 된다. 이는 '이야기꾼 화자'와 '이야기를 듣는 청자' 사이의 시간적 차이를 없애고, 마치 바로 눈앞에서 이야기를 서로 나누는 식의 전통적인 구술의 이야기 상황을 연출하는 것이다. 텔레비전 화면은 편집된 것임에도 불구하고, 담화 시간과 수용 시간 사이의 시간적 갭을 대폭 줄여 '생생함'(liveness)의 느낌을 살리는 것이다.

텔레비전에 나타난 이 다양한 화자 혹은 서술자들 곧 방송 서술자, 앵커, 초대 인물은 위계 속에서 재구성되고 불구하고 마치 이들의 말은 자유롭게 표현된 듯한 인상을 갖게 되는 것이다. 쇼 프로그램 역시 마찬가지이다. 출연자와 진행자는 정해진 대본과 카메라 연출에 의해 만들어진 존재임에도 불구하고 시청자들은 그들이 자율적으로 선택하여 행동하는 듯한 느낌을 들게 한다. 물론 우리는 텔레비전 제작에 대한 다양한 정보를 알고 있다. 또, 텔레비전이 현실이 아닌 제작된 인물이라는 것을 안다. 그러나 보는 순간만큼은 그 담론의 진실성을 믿게 되는데 그것은 불연속적이고 순간적으로 텔레비전의 담론으로 형성화되기 때문이다.74)

---

74) 이수연(1999), "텔레비전 담론의 이해: 담론성, 주체성, 희극성", 황인성(편저), 『텔레비전 문화 연구』, 한나래.

매개되지 않은 소통의 환상은 텔레비전의 화면을 자연화 한다.

3) 텔레비전 텍스트의 서사 구조의 특징과 문제적 양상
: '우리'와 '그들'의 이분법적 대립과 획일성

텔레비전 프로그램의 대부분은 서사의 구조로 의미화되어 있다. 그 서사구조는 특정의 의미와 가치로 시청자를 안내한다. 특정의 공동체는 특정의 이야기 문화를 통해 공동체 구성원들의 '상식'과 '공동 지식 창고'(common stock of knowledge)를 형성하게 된다. 하지만 이 상식과 공통감각이 과연, 사회 집단들의 다양한 문화를 교류하고 소통하는 과정으로 되어 있는지 아니면 특정의 시각과 관점을 자연화하는 것으로 되어 있는지는 또 다른 논란의 요소가 있다. 그것은 문화적 매개의 역할이 이중적이기 때문이다. 긍정적으로는 문화 민주주의와 공공 영역 창출이라는 과제를 담고 있지만 부정적으로는 특정 계급과 집단의 편향된 시각으로 사회적 불평등을 가속화하고, 그 사회의 지배적인 이데올로기와 신화를 강화하기도 한다. 한국의 텔레비전에서는 주로 후자의 관점에서 논의된 바 있다. 뉴스 보도, 오락 프로그램에서 이를 살피기로 한다.

먼저, 뉴스/보도물의 장르에 나타나는 서사 구조는 "대립을 설정하고 이를 해결하는" 과정으로 이루어져 있다. 이들은 다양한 사회적 문제를 다루고, 또 새로운 형식이 개발되고 있지만 소재를 처리하는 방식은 여전히 과거와 별로 다르지 않는 전형적인 패턴이 드러난다. 그 패턴은 몇 가지로 정리될 수 있다. 가령, 사회 갈등적 이슈를 다룰 때는 좀 더 근본적인 사회 구조적 차원에서 다루지 않고 계층 간의 문화적 현상적 차이만 부각한다. 또, 다양한 사건을 특정의 반복되는 서사 구조의 틀로 환원하여 '균형(equilibrium) → 힘(force) → 불균형(disequilibrium) → 〈힘〉 →

균형'로 배치함으로써 갈등과 차이를 무화함으로써 해결되지 않은 복잡한 사건임에도 불구하고, 사회적 안정감을 꾀하는 것이 그것이다. 서사 구조는 다양한 인과 관계와 관련 행위자를 생략하고, 특정 사안에 대한 특정의 도식으로 정리해 버린다. 또, 사건은 사회적 이슈를 다루고 있음에도 불구하고, 그 결말은 개인적 윤리 차원으로 환원하는 예도 반복된다.

이러한 서사 구조는 복잡다단한 현실과 집단 간의 갈등적 이해관계를 단순화한다. 텔레비전의 텍스트에 반영된 문화적 가치들은 사회 집단의 다양한 가치와 삶의 방식을 전달하기보다는 '우리와 그들'이라는 이분적인 가치로 주류와 비주류를 제시하는 특징이 강하다.75) 따라서 문제적 사건과 존재는 주류 문화의 시각에서 '그들'로 배치함으로써 자신과 무관한 사안으로 대상화하게 되는 것이다.

이는 서사 구조 뿐 아니라 서사 담론에서도 그대로 반영된다. 화면의 편집 기술은 우리/그들에 대한 정서적 태도를 형성한다. 대상이 되는 문제적 집단들은 표면적 서사 층위에서는 인간적 유대를 이야기하지만, 실제 화면으로 나타나는 것은, '그들'에 대한 부정적인 영상과 이미지이다. 카메라의 시선과 움직임은 '우리'와 '그들'이라는 정서적 거리로 분화하여, 대상을 받아들이게 하는 것이다.76)

오락 프로그램도 유사한 문제가 반복된다. 시청자들의 즐거움과 웃음 유발하려는 목적의 오락 프로그램은, 중심화된 도덕 질서와 가치 의식을 뒤흔들어 윤활의 역할과 전복의 임무를 맡는다. 이를 위해 텔레비전 오

---

75) 졸고 (2001) "재난 보도에 나타난 TV뉴스의 서사적 특성", 『국어교육의 문화론적 지평』, 소명출판. 백선기(2001), "텔레비전 뉴스의 구성 양식과 재현", 『텔레비전 문화의 기호학』, 커뮤니케이션 북스. 황인성(1999), "텔레비전 영상 저널리즘 재현 장치와 소외 집단", 『텔레비전 문화 연구』, 한나래. 원용진(2000), 『텔레비전 비평론』, 한울 아카데미.

76) 황인성(1999), "텔레비전 영상 저널리즘 재현 장치와 소외 집단", 『텔레비전 문화 연구』, 한나래.

락은 '이것 아니면 저것', '우리 편 아니면 저편'으로 단정하여 구분, 선택하게 만드는 사회적 질서, 정상의 규칙을 위반하기도 한다. 그리고 이러한 전복/ 위반/ 역전은 약자들 간의 '우정의 관계'에 기초한 발랄한 반란을 발동시키며, 동시에 강자의 입장에서는 약자와의 두문 정서적 연대의 수단이 되기도 한다는 점에서 텔레비전이 공통의 문화를 만들어가는 데에 이바지하기도 한다.

토크쇼를 비롯한 공중 악세스 프로그램의 경우도, 외견상으로는 다양한 사회 집단의 인터뷰자들이 자신의 삶을 사회에 펼쳐 놓는 듯하지만 이 역시, 이미 정해진 이야기 포맷과 정해진 위치에서 이야기를 실현하기 때문에 대부분의 대화가 궁극적으로는 지배적인 사회 담론의 가치 도식으로 환원된다. 가령, 주부 대상의 토크쇼에서 초대 손님들은 자신의 다난한 삶을 이야기하고, 그 이야기 과정을 통해 치료 받는 것으로 되어 있지만, 이들의 이야기는 정신과 의사의 치료와 사회자의 구조화된 질문으로 재구성되면서, 궁극적으로는 여자의 '행복', '성공'에 대한 가부장적 신화로 종결된다.

TV 드라마는 나름의 특유한 서사 구조를 가지고 있다. 드라마는 시청자의 일상적 삶과 함께 시간을 보내게 되는데, 이 때문에 서사는 처음과 끝의 확연한 처음과 끝이 없이, 갈등의 부단한 지속과 지연의 서사체로 이루어진다. 따라서 드라마에서는 서사적 긴장감 대신에 이야기의 줄거리를 다변화하는 방식으로 시청자의 흥미를 끌게 된다. 서사의 통합적인 축(syntagmatic axis)보다는 존재물들, 곧 배경과 인물들(paradigmatic)의 등장으로 핵심 변화가 이어지는 것이다. 특히 이 중에서도 핵심은 '인물'이 된다. 사람들은 대부분, 드라마를 보면서, 특정의 인물에 매료된다. 그러나 텔레비전에서 '인물'은 소설의 캐릭터(character)와 달리, 사회 문화적 전형의 레파토리들을 재현하는 형상(figure)으로서의 성격을 띠며,

이들 유형화된 인물은 드라마 내에서 다소 고정적인 역할과 서사적 기능을 담당함으로써 그 집단에 대한 평가적 이미지를 만든다. 따라서 각 유형의 인물들이 어떤 서사적 기능으로 평가되는가를 통해 작품의 심층 의미를 형성하는데, 여기에서 주류 집단과 비주류 집단, 우리와 그들에 대한 평가를 고착시킨다.

한 걸음 더 나아가, 개별 장르들은 포괄적인 서사 구조로 편입되는 양상을 나타내기도 한다. 유사한 사건에 대한 뉴스와 드라마, 광고와 휴먼 다큐멘터리의 이야기들은 장르별 차이도 있겠지만 비슷한 서사 도식이 반복되기도 한다. 텔레비전을 보면 매번 비슷비슷한 내용이 반복되는 인상을 갖게 되는데 바로 그것은 바로 이러한 서사 도식들이 이른바 '마스터 플롯'(master plot), 곧 그 사회가 공유하고 있는 심리적, 정서적, 의식적 가치를 드러내는 이야기들로 반복되기 때문이다. 뉴스, 드라마, 휴먼 다큐멘터리는 사회적 모순과 갈등, 문제를 노골적으로 드러내다가 종국에는 해결로 이르고 만다는 신화적 구조는 반복적으로 나타나는 것이다. 이러한 특징은 텔레비전을 둘러싼 문화적 소통이 단선적이고, 일방적인 모습으로 나타나도록 한다.

4) 수용자 이야기 문화의 특징과 문제적 양상
  : 수용 경험의 사사화와 식민화

다음, 수용자의 이야기 문화를 살핀다. 90년대 이후, 수용자 연구는 수용자의 능동적인 의미 구성을 밝히는 데 초점을 맞추어 왔다. 수용의 즐거움, 저항적/일탈적 해독이라는 범주가 주된 틀이었고, 여성이나 노동자 등이 드라마, 뉴스에서 보여주는 하위 문화적 실천의 성격이 강조되었다.77) 그러나 수용자 개인의 능동성이란 수용에 개입하는 사회 문화적 요소를 섬세하게 고려하지 못할 염려도 있다.

영화와 달리 텔레비전의 수용은 다층적인 맥락78) 속에서 이루어진다. 일차적으로 보면 텔레비전의 수용은 가족이나 학교 혹은 직장의 동료, 또래 집단 간의 일상적 대화와 매개되어 있다. 거실에서 다른 일상적 삶과 병행하면서 이루어지는 텔레비전 시청은, 컴컴한 방에서 오로지 자막만을 마주 대하고 있는 영화 다른 것이다. 한 질적 연구에 따른다면, 텔레비전 뉴스를 시청하는 동기로 한국의 남자와 여자들은 모두 사회로부터 격리되지 않고 다른 사람들과의 대화 거리를 만들기 위한 것이라고 지적된 바 있다.79) 청소년들의 텔레비전 시청 역시 또래 집단과의 문화를 유지, 형성하기 위한 경우가 많았다.80) 수용자 개인의 차원을 넘어서 수용 공동체의 집단 속에서 이루어지는 것이다.

또, 텔레비전 수용은 이른바 2차 텍스트들, 가령, 각종 인쇄 매체에 나타난 텔레비전 관련 기사나 전문가 비평, 인터넷에서 올려진 제 3자의 논평에 의해 매개된다. 이러한 비평이 수용의 매뉴얼이 되고 있는 형편

---

77) 주된 연구로는 다음이 있다. 강만석(1997), "의미-재미-권력의 문제를 통해 본 신수용자론 연구", 성균관대 박사학위논문. 박명진(1992), "TV 드라마가 생산하는 '즐거움'의 다원적 기능에 관한 연구", 방송문화진흥회. 박명진(1991), "즐거움, 저항, 이데올로기", 서울대 사회과학 연구소 13. 박동숙(1999), "수용자 해독의 힘:문화연구의 관점", 〈매스미디어와 수용자〉(김정기 외), 커뮤니케이션 북스. 박동숙(1999), "팬은 누구인가: 대중문화의 주체적 수용자", 매스미디어와 수용자(김정기 외), 커뮤니케이션 북스. 이오현(2002), 텔레비전 드라마 수용자 연구, 한국언론학회 46. 이수연(2002), 텔레비전 드라마의 즐거움: 남성 시청자와 모래시계", 한국언론학보 34호. 윤선희(1997), "〈애인〉의 정신분석학과 수용자의 주체구성", 〈애인〉(황인성·원용진), 한나래. 황인성(1999), "트렌디드라마의 서사적 구조와 텍스트적 즐거움에 관한 이론적 고찰", 한국언론학보 43. 한국언론학회.
78) 홍석경(1997), "TV 드라마와 사회적 커뮤니케이션 양식", 『애인』(황인성·원용진), 한나래, 전규찬(1997), "〈애인〉을 둘러싼 이야기들", 『애인』(황인성·원용진), 한나래.
79) 박동숙(1998), "여성의 TV 뉴스 보기", 한국방송학보 10. 한국방송학회.
80) 신승렬(1996), "아동의 텔레비전 시청에 관한 문화기술적 연구", 서울대 대학원 석사학위논문. 이선영(1996), 청소년의 텔레비전 오락 프로그램 수용에 관한 연구, 이화여대 석사학위논문.

인데, 문제는 이들 2차 텍스트의 질이다. 이들 비평은 심도 깊은 성찰을 담고 있는 내용보다는 프로그램 선전이나 홍보, 재미 중심의 내용으로 국한되거나 무조건적인 비난에 그치는 측면이 강한 것으로 나타나고 있다.[81]

이러한 점에서 본다면 수용자의 수용은 다소 비주체적이고, 식민화되고 있다 하겠다. 물론 '능동적 수용자상'에 대한 이론적 고찰도 있었지만, 실제 청소년들의 수용의 이야기를 분석하면 역시 주체적/ 비판적 읽기가 부족한 것으로 나타난다.[82] 이들은 드라마의 사회적 성격에 대한 인식이나 비판적 성찰 의식이 약하며 텔레비전을 여가 시간의 개인적인 오락으로만 이해하는 태도가 강했다. 비판적 수용조차 스스로의 생각과 판단으로서가 아니라 2차적 텍스트의 내용을 그대로 옮겨 놓는 방식이 많았다.

이는 텔레비전 수용자가 인터넷의 공론장과 결합하였을 때에도 그대로 반복된다. 온라인과 연계함으로써 텔레비전의 이야기는 청자에 의해 다시 이야기되는 구비 문화적 특징을 지니게 된다. 하지만 대부분의 수용자는 사소하고 개인적 차원에서의 의견만을 개진함으로써 텍스트에 전제된 선호된 해석만을 그대로 추수하는 경향이 많았다.[83] 이러한 양상은 수용자의 이야기가 자신의 주체적인 담론을 실천적으로 개진하는 것이 아니라 텍스트나 다른 담론에 의해 식민화되고 있는 모습이라 할 수 있겠다.

---

81) 전규찬(1997), "〈애인〉을 둘러 싼 이야기들', 『愛人-TV 드라마 그리고 사회』, 한나래. 김훈순(1999), "텔레비전 드라마와 신문 텍스트 담론: 농촌 드라마 〈전원일기〉와 리얼리즘", 『텔레비전 문화 연구』, 한나래.
82) 최인자(2005), "한국 청소년 수용자의 텔레비전 드라마 수용 양상과 그 매체교육적 시사점", 한중인문학연구, 16. 신승렬(1996), "아동의 텔레비전 시청에 관한 문화기술적 연구", 서울대 대학원 석사학위논문. 이선영(1996), 청소년의 텔레비전 오락 프로그램 수용에 관한 연구, 이화여대 석사학위논문.
83) 한희정(1998), "인터넷 게시판 수용자의 드라마 해독 연구", 한국방송학보 16-2. 한국방송학회. 김종군(2003), "현대 드라마의 구비문학적 위상", 구비문학연구 16. 한국구비문학회.

매체의 발달로 대중매체는 명실상부하게 '사용자 중심의 매체'(user's media)로 바뀌고 있다. 미디어의 수용을 넘어서 수용자는 프로그램의 선택과 제작에까지 자기 의사를 즉각적으로 반영할 수 있고, 프로그램 제작자는 자기 정보에 대한 수용자의 반응을 온라인으로 즉각 확인하여 반영하여 서비스를 개선하거나 확대할 수 있게 되었다. 이는 수용자의 참여적 권한이 강화되는 모습이라 할만하다. 그러나 '공공성'의 관점에서 본다면, 다소 문제적인 양상도 발견된다. 새로운 세대 수용자들은 대중의 정보보다는 자기 나름의 개인적 정보에 가치를 두는 세대이다. 대중 정보는 사회생활을 유지하기 위한 극히 일부분의 범위 내에서만 인정하고, 개인적인 정보에만 충실하는 것이다. 텔레비전이 본래 지니고 있던 '공동 문화'에의 참여의 기능이 오히려 위축될 수 있음을 보여준다. 텔레비전조차도 정보는 '독방' 생활을 만족하기 위한 수단으로 전락하는 것이다.[84]

이는 글로벌 텔레비전이라는 다채널 상황에서도 마찬가지이다. CNN 인터네셔널 매체, 초국가적 위성 방송 채널의 시청 등으로 하여 안방에서도 다른 나라의 텔레비전을 자유롭게 시청하는 이른바 'TV 이민'이 일상화되고 있다. 이들은 국내 공중파 텔레비전에서 만족되지 않는 대안적 정보나 오락을 선택적으로 추구하고 있다는 점에서 일단, 능동적인 수용의 측면이 있다.[85] 그러나 텔레비전이 중개하는 글로벌 이벤트는 시청자와 물리적, 심리적 거리감을 가질 수밖에 없다. 글로벌 이벤트가 나의 이벤트가 아니라는 경험이 축적됨으로써 '산보'나 '방황' 식의 시청 방식이 몸에 배게 된다.[86] 다양한 선택권 가운데 정착 주체적 참여는 배제

---

84) 강대인(1991). "다매체 시대의 방송 편성에 관한 고찰", 사회과학논총 10, 계명대학교 사회과학연구소,

85) Baker, Chris, 하종원 외 역(2001), 『글로벌 텔레비전』, 민음사. 손승혜(2002), "글로벌 텔레비전 시대의 수용자 능동성", 한국 언론학보, 48-4, 한국언론학회. 127~152면.

86) 마동훈(1999), "글로벌 텔레비전과 문화 연구", 『텔레비전 문화 연구』, 한나래.

될 수 있다는 것이다.

4. '사회적 소통의 실제'에 입문하는 텔레비전 교육

이 글은 현대 사회의 대표적인 대중매체라 할 수 있는 텔레비전의 서사문화적 특징과 그 문제적 양상을 공공성의 범주를 중심으로 살펴보았다. 텔레비전은 단일 텍스트라기보다는, 제작자, 텍스트, 수용의 사회적 커뮤니케이션을 매개하는 존재다. 이러한 포괄적인 커뮤니케이션 양상을 서사 문화의 개념으로 엮고자 하였으며, 특히, 문화적 다양성과 참여, 자유와 평등의 개념이 포함된 공공성에 초점을 두고 기존 논의들을 성찰하고자 하였다. 텔레비전은 구비 문화적 속성을 지니고 있으며, 열린 텍스트로서 개인과 사회를 연결짓고, 문화와 문화를 연결하여 문화 간 교류와 참여를 진작시킬 수 있다는 점을 매체적 특징으로 지닌다.

텔레비전 이야기 제작의 문화를 살펴 본 결과, 시청률을 의식한 상업주의적 의도가 중요하게 자리 잡고 있었다. 이는 다매체, 다채널의 상황에서도 방송 편성도 모방과 중복으로 단일화되는 경향으로 나타났으며, 전문 제작인을 강박하는 주요 요인이었다. 텔레비전 텍스트의 이야기 형태는 다소 획일적이고, 이분법적인 틀을 강화하는 방식으로 이루어져 있었다. 서술 매개자를 생략하고 엿보거나 직접 대화하는 환유적 이미지를 생산함으로써 소통에서의 즉시성, 현시성의 효과를 만들고, 시청자가 주어진 화면에 동일시하는 효과를 자아내고 있었다. 개별 프로그램 텍스트의 서사 구조는 '우리'와 '그들'의 이분 대립이 무한히 은유적으로 확장해 나가는, 신화적 서사 구조에 충실하고 있었다. 뉴스 프로그램은 '질서: 무질서'의 대립이, 오락 프로그램은 '정상:비정상'의 대립이 또 공중 악세스 프로그램의 경우도 다양한 사람들의 이야기를 지배적인 신화 중심으로 재편성하고 있었다. 수용자의 이야기들은 저널리즘 등의 비평 담론의 영향을 많이 받고 있는데, 이들 담론의 다소 이분적인 시각과 단편적 서술에 의거하여 비판조차도 이들의 견해를 따르고 있었다. 또, 수용자들은 온라인 등으로 또 다른 수용 이야기를 펼치고 있었으나, 저항적 해독에는 미치지 못하고 있었으며, 다채널, 다매체 등의 상황이 오히려 수용 경험을 사사화하는 등의 문제점을 보여주고 있었다. 이 글은 텔레비전의 소통 현상을 개별적, 구체적으로 논의하지는 못했다는 한계를 지니고 있지만 그럼에도 불구하고 텔레비전을 매개로 한 사회적 소통 현상 전반을 다루었다는 점에서 그 의의를 찾을 수 있겠다.

이러한 연구 결과를 국어교육에서 수용한다면, 텔레비전을 통하여 '사회적 소통의 실제'에 입문하고 참여하는 교육의 가능성을 생각해 볼 수 있다. 그간 매체 교육이 비판적 인식력이라는 보편적 사고력 교육이나 정보화 시대에 대처한다는 효용성의 차원에 관심을 두었다면 이제는 사회 문화적 실제에의 참여를 통하여 '공공성'에 대한 인식을 부각시킬 필요가 있다고 본다. 이는 한나 아렌트의 말대로 지나치게 극대화된 주관의 세계에서 비롯된 '세계 소외'를 극복할 수 있는 방안이라 하겠다.

제 4 장

'진정성' 윤리 중심의 대화적 서사 교육

1. 대화적 서사 장르의 중요성

이 글은 '일상 대화 중 실현되는 이야기'를 중심으로 하여 대화적 서사 문화 교육의 가능성을 검토하고자 하며, 특히 '진정성'이라는 윤리적 범주에 주목하고자 한다.

서사교육이란 개념은 '소설'이라는 장르적 분과의 틀에서 벗어나 광범위한 서사 현상을 통합하고, 텍스트와 문화, 주체를 포괄하는 교육의 장을 기획하고 있다. 특히, 국어문화교육의 관심과 함께 '서사'는 국어교육의 중요한 범주가 되고 있다. 서사는 경험을 이해하는 필터이자 동시에 공동체를 형성하고 문화를 만들어가는 핵심적인 매체이기 때문이다. 인간은 자신의 삶을 이야기로 살아가며 이 이야기를 다른 사람과 다시 이야기함으로써 새로운 삶을 기획할 수 있다. 근대의 과학주의에 밀렸던 서사는 이제 다시 근대와 탈근대를 동시에 극복하려는 대안적인 문화의 중심에 서 있다.87) 근대적 주체가 탈맥락적 추상적 의식 차원에만 존재하는 형식적 존재였고, 탈근대적 주체가 극단적인 맥락과 상대주의로 생활 세계 및 공동체로부터 유리되었던 존재라면, '이야기하는 존재'는 사회적 관계를 유지하며 전통과 미래의 역사적 지평 속에서 부단히 생성해 나가는 존재이다. 이렇게 보면 서사교육은 특정의 표현 양식, 텍스트군을 교육한다는 차원을 넘어서 새로운 주체 형성, 문화교육적 비전과 만나기도 한다.

이 글에서 '대화적 서사물'을 논의하는 것도 이런 문제의식에 맞닿아 있다. 우리 일상 대화 중 많은 부분은 자기가 겪은 사건을 누군가와 이야기하는 서사물로 채워져 있다. 일상 생활에서 우리는 이야기꾼이다. 이야기를 통해 혼란스러운 현실을 이해하기도 하고, 또 분노나 울분을 토하기도 하며, 장래에 대해 대처한다. 그리고 이 과정에서 인간은 당면한 문제를 해결하며 특정 공동체의 문화에 입문하게 되는 것이다.

특히, 우리는 이 일상의 서사물을 통하여 무엇이 옳고, 그르며, 무엇이 행복한 삶인가에 대한 도덕적 가치관을 갖게 된다.88) 많은 대화적 서사물은 도덕적 쟁점을 포함하며 이에 대해 가치 평가를 지니고 있다는 점에서 일종의 윤리적 담론이기 때문이다. 그러나 이들은 영화, 뉴스, 노래처럼 완성된 텍스트로 존재하지 않기 때문에 자각적이지 않은 상태로 존재한다. 따라서 '서사'라는 틀은, 일상 대화의 많은 부분을 비평, 성찰하고, 또 그 질을 높여 나갈 수 있는 의미 있는 역할을 담당할 수 있다. 대화적 서사물(conversational narrative)이 일반 화법교육을 넘어서 서사

---

87) Scharg, C. O.(1997), *The Self after postmodernity*, Yale University, 문정복 · 김영필 역, 『탈근대적 자아를 넘어서』, 울산대학 출판부.
88) Ochs, Elinor & Capps, Lisater(2001), *Living Narrative*, Havard University Press.

문화교육 차원에서 논의되어야 하는 것은 이 때문이다.

대화적 서사물은 전통적인 서사론보다는 사회 언어학이나 대화 이론에서 주로 논의되었다. 우리나라에서 '대화적 서사물'에 대한 연구는 그리 많지 않은 편이다. 문학교육에서는 서사의 구어적 연행에 대해 연구된 바 있었다. 임경순[89]은 구어 문학 창작의 시각에서 이야기 구연 교육의 중요성을 제시하였으며 이정애[90]는 구어에 한정된 것은 아니지만 경험 담 의 중요성과 교육 방향을 제시한 바 있다. 7차 국어 생활 교과서에서도 생활 속의 이야기, 곧 '자기 경험 이야기'하기를 넣고 있어 매우 고무적이다. 또 서유경[91]도 고전소설을 자료로 말하기 교육의 방향을 제시한 바 있다. 하지만 이들은 그 선도적 관심에도 불구하고 주로 자기 완결적인 서사 연행(performance)의 활동에 초점을 두고 있어, 대화적 서사의 본질이라 할 수 있는 상호작용성을 충분히 고려하고 있지 못하다는 아쉬움이 있다.

이 글은 대화적 서사의 구어 매체적 속성에 중점을 둘 것이다. 논의 절차는 다음과 같다. 먼저, '대화적 서사'의 특성을 살피고, 다음, 이 서사에서 '진정성'이 어떤 역할을 하는지를 구체적인 대화 사례에서 살피도록 하겠다. 마지막으로 이 진정성의 윤리가 서사문화교육 설계에서 어떻게 수용되어야 할 것인지에 대해 제안하도록 한다. 대화적 서사물은 기존의 문자적 서사에 바탕을 두었던 서사에 대한 개념이나 서사능력에 대한 새로운 시각을 제기하며, 동시에 서사문화교육에서 다루어야 할 일반적인 내용에 대한 시사점도 제공한다. 구체적인 자료보다는 일반적인 특

---

89) 임경순(2004), 「이야기 구연의 방법과 의의에 대한 연구」, 국어교육 114호, 한국어교육학회.
90) 이정애(2003), "경험담의 구연적 특성과 화법교육적 의의", 화법연구 5, 한국화법학회.
91) 서유경(2004), '문학을 활용한 말하기 교육 내용 연구', 국어교육 114, 한국어교육어학회.

성 중심으로 논의를 풀어나가고자 한다.

2. 대화적 서사의 특징과 진정성 윤리

먼저, 대화적 서사의 특징을 살피기로 한다. '대화적 서사'에 대한 엄밀한 규정은 다소 어려운 과제인 듯하다. 일단 일반 대화와 어떻게 구분되는지가 분명치 않다. 버거(Berger)는 대화적 상호작용이 일련의 시간 흐름으로 되어 있다는 점에서 '대화' 자체를 '서사'로 보기도 한다. 우리말의 언어 감각에서도 '이야기 하자'라는 말은 '대화하자'라는 말과도 유사하다. 하지만 모든 대화가 서사의 핵심 요건인 '시간적 연속을 지닌 사건의 재현'을 담고 있는 것은 아니다.

큐아스토오프(Uta M. Quasthoff)[92]에 따른다면, 대화적 서사는 대화의 내용과 형식면에서 다른 담화와 구별되는 특징을 지니고 있는바, 내용 면에서는 '화자가 참여자 혹은 관찰자로 개입한 과거의 단일 사건'을 다루며, 형식면에서는 '기록'(report)과 '재연'(replay)의 두 패턴이 있다고 설명한 바 있다. 형식을 다소 편협하게 이해하고는 있지만, 이 규정은 일반 대화 중에서도 특정의 내용과 형식을 지닌 담화로 대화적 서사를 설정하는 데 도움이 된다.

사회 언어학과 서사론의 연구 결과에 따른다면, 대화적 서사물[93](con-

---

92) Ochs, Elinor & Capps, Lisaster(2001), op. cit., p.72.
93) 본고에서 사용하는 '대화적 서사물'이란 개념은 일상 대화 상황에서 이루어지는 개인적인 경험과 사건에 대한 이야기물이다. 이 서사물은 일차적으로는 '구어적 서사물'(oral narrative)의 일종이라고 할 수 있다. 하지만 구어적 서사물은 매우 다양한 모드가 존재한다. 우리가 흔히 '스토리텔링'이라고 말하는 이야기 구연이나 구어로 된 서사적 설명, 일화나 유머, 삶의 이야기 등이 모두 이에 속한다. 그러나 이들이 모두 대화적 서사물인 것은 아니다. 대화적 서사물은 '일상적 대화 상황에서 자연 발생적으로 이루어진다'는 점에서 문학적 서사물(literary narrative)과 대립되는

ersational narrative)은 구어로 수행되는 서사물이며, 사적인 담론 상황
에서 개인적인 경험과 사건에 대해 다른 사람과 상호작용하면서 수행되
는 특징을 지니고 있다. 좀 더 자세히 살펴보면, 먼저, 대화적 서사는 자
연스러운 일상 생활에서 발생한다. 같은 구어적 서사물이라도 '구연 혹은
연행'의 스토리텔링은 한 사람의 이야기꾼이 다른 청중에게 전시하는
(display) 맥락에서 이루어진다면, 대화적 서사물은 일상 대화에서 자연
발생적으로 생겨난다는 점에서 차이가 난다. 대화적 서사물은 일종의 생
활 서사(natural narrative)인 것이다. 또, 대화적 서사는 구어적 매체로
전개되는 이야기이다. 특히, 대화라는 언어적 상호작용의 과정 속에서
만들어지기 때문에 고전적인 서사와는 다른 특성을 지니게 된다. 단적인
예로 '처음-중간-끝'이라는 플롯의 완결성보다는 대화에서의 상호작용
이 서사의 핵심적인 동력이 된다. 그러면서도 자신이 보고, 듣고, 경험한
개인적인 사건과 연관되는 이야기이다. 사적인 담화 상황에서 실현되는
것이다

대화적 서사는 전통적인 설화나 민담의 문자적 서사와 놓고 보더라도
다른 특성을 지니고 있다.94) 일단, 이야기 주체가 복수이다. 이야기꾼-
청취자의 엄밀한 구분보다는 한 사람이 이야기를 꺼내면 다른 사람들은
관련 사건, 심리적 반응, 정보를 덧붙이며 이야기에 개입하는 식의 협동
적인 상호작용 속에서 실현되는 것이다. 청자는 각별한 역할을 지닌다.

'생활 서사물'(natural narrative)이며 그 중에서도 대표적인 양식이다(Fludernik,
Monika(1996), Toward 'natural' narratology, Routledge). 따라서 '대화적
서사물'이란 개념은 단지 '구어적 서사물'이란 매체적 특징 뿐 아니라 '일상 서사', '경
험 서사'로 서사와 문화의 관련성을 중시한다. 논자에 따라 'personal storytelling',
'oral narrative', 'personal narrative', 'conversational narrative' 등의 다양한
개념이 있지만, 본고에서는 사적 대화 상황에서 개인의 경험에 대한 이야기라는 측
면에서 'conversational narrative'라고 지칭하기로 하겠다.
94) 이에 대해서는 Ochs, Elinor & Capps, Lisater(2001), op. cit., pp.1~58의
논의를 주로 참조하였다.

아무리 좋은 이야기라도 청자가 가지고 있는 '이야기 가치(tellerablity)'의 기대에 적합하지 않다면 화자는 이야기를 계속할 수 없다. 또 청자는 다양한 방식으로 지속적인 관심을 표현하거나 스토리에 참여하여 자신의 라인을 개척하기도 한다. 질문하고 놀라움을 표현하고 공감하며 또 작중인물의 입장이 되어 참여하기도 하면서 이야기의 적극적인 주체가 된다.

또 이 대화적 서사물에는 어떤 화행이 병행된다. 문제를 해결하기도 하고 회상하고 기억하며, 위로, 오락, 기도, 설득이나 충고, 비판 등의 다양한 활동을 수행하는 것이다. 문자 서사가 주로 '기술, 연대기, 평가, 설명'의 요소로 구성된다면 대화적 서사는 이 외에도 '질문, 명료화, 도전, 성찰' 등의 화행적 요소를 통해 다양하게 전개한다.[95]

대화적 이야기의 구조 역시 매우 역동적이다. 처음 이야기를 시작한 사람의 의도대로 처음, 중간, 끝의 구조가 유지되는 것이 아니라 함께 이야기를 나누는 사람들의 개입과 참여에 의해 변화하기도 하고 결말이 유보되기도 한다. 특히, 사적인 담화는 공적인 담화에 비해 비교적 느슨하고 유연한 담화 구조를 취할 수 있어 더욱 열린 서사의 형태를 취하게 된다. 따라서 화자는 있었던 일을 전달하는 것에 그치는 것이 아니라 일을 어떻게 해결해야 하고 또 어떤 방식으로 대처해야 하는지를 선택하고 결정하는 과정이 동시에 일어나게 된다.

대화적 서사는 공동체가 지향하는 도덕과 가치를 전승, 전파, 형성한다는 점에서 도덕 담론으로 기능한다.[96] 대화적 서사는 주로 기대지평에 어긋난 예상치 못한 사건을 다룸으로써 사안을 이해하고 공동으로 문제를 해결하게 되는데 이 과정은 무엇이 옳은 것인지에 대한 도덕적 갈등과 쟁점을 바탕으로 하여 우리에게 '좋은 삶이란 무엇이고' '나는 무엇

---

95) Ochs, Etinor & Capps, Lisater(2001), op. cit., p.19.
96) 이왕주(2002), 「도덕교육에서 패러다임의 전환과 서사도덕」, 『서사와 도덕교육』, 부산대학교출판부.

을 추구해야 하는가'라는 인식을 추구한다고 할 수 있다. 따라서 대부분
의 대화적 서사에는 '도덕적 위치'(moral stance)가 존재한다.

이와 같은 상호작용적 특징을 고려할 때 서사에서 '진정성' 문제역시
새로운 접근이 필요하다. 곧 자신의 내면을 솔직하게 드러낸다는 표현적
진정성을 넘어서 소통적 진정성이 필요한 것이다. 자신의 진실에 충실했
다고 해서 반드시 좋은 이야기가 될 수 있는 것은 아니라는 얘기다.

> 철수 : 나 황당한 일 당했어.
> 영희 : 무슨 일인데?
> 철수 : 글쎄, 영화관 내 옆에 앉아 있던 사람이 내 발을 꽉 밟는 거야.
> 영희 : 응 그랬군.
> 철수 : 그래.

두 사람이 나누는 이야기이다. 그러나 이야기를 하는 사람은 한 사람
뿐이다. 대화의 협동이 부족하다는 점은 이야기의 빈약함, 나아가 도덕
적 기능까지 약화시키고 있다. 청자와 화자는 사안에 대한 나름의 도덕
적 위치를 형성하고 있지 않으며, 이에 따라 사건 전개 역시 매우 평면
적이다. 이는 철수와 영희가 자신의 의견과 경험을 진솔하게 표현했느냐
의 문제와는 다른 차원의 것이다.

여기서 생긴 문제를 상호 주관적 '진정성'(authenticity)의 개념으로 설
명할 수 있다. 타일러(Taylor Charles)[97]에 따르면, 상호주관적 차원에
서의 진정성은 내면적 진실성과 사회적 책임을 동시에 지니는 태도라 할
수 있다. 진정성을 지닌 주체는 인습에서 벗어나 주체적이고 창발적인
자기표현을 중시하지만 동시에 자신을 다시 공론의 장과 사회 역사적 지
평에서 검증하고 비판함으로써 일종의 공적 책임을 충족시켜야 하는 요

---

97) Taylor Charles, 송영배 역(2001), 「불안한 현대사회」, 이학사.

구를 만족시키고자 한다.98) 위의 예문에서 본다면, 철수와 영희는 자신의 경험을 솔직하게 표현했는지는 몰라도 공동체적 맥락에서 상호 간의 사회적 책임을 느끼면서 묻고, 해명하고, 성찰하려는 의지가 없었다는 점이 그 한계인 것이다.

이러한 상호주관적 진정성은 대화에서 '의미의 합법성과 개방성'을 열어준다. 어떤 합리적인 절차를 가지고 있지는 않지만 자신과 타자에 대한 상호책임의 의식은 개인의 이야기가 타인의 지평에 연결되고 융합되는 과정에서의 도덕성을 발휘하도록 하는 것이다. 정리한다면, 상호주관적 차원에서의 '진정성'은 자신의 내면에 충실한 표현적 차원과 함께 자신을 넘어선 의미 지평에서 개방적으로 사회적 책임감을 실천하려는 태도로 정의될 수 있다. 이는 진정성의 문제를 공동체와 개인의 상호조율 속에서 파악하려는 것이다. 이러한 진정성을 갖춘 대화적 서사는 기존의 도덕과 가치를 반복, 확인하는 데 그치는 것이 아니라 탐색하고, 생성할 수 있도록 해 준다

흥미로운 점은, 이러한 특징이 구어적 서사에만 한정되는 것이 아니라 서사성의 중요한 본질이기도 하다는 점이다.99) 다성적 소설이나 디지털 서사에서도 핵심은 상호작용성이다. 다성적 서사는 권위적인 특정 화자의 시각보다는 복수의 목소리로 쟁론하며 끝의 완결성보다는 '미완성'의 지속적인 과정을 즐긴다. 디지털 서사도 마찬가지이다.100) 그런 점에서

---

98) 타일러(Taylor, C.)는 진정성은 "오로지 형식적인 측면에서만 자기 연관적일 뿐, 내용적인 측면에서는 자기를 넘어서 보다 넓은 전체 세계로, 즉 타인, 문화, 공동체, 더 나아가 자연과 연결될 때 올바로 성취될 수 있다"고 하였다.(박구용(2002), "진정성의 윤리와 인정의 정치", 용봉논총, 전남대인문과학연구소.)

99) Ochs, Elinor& Capps, Lisa (2001), op. cit., p.3.

100) 이 글에서 다루는 '상호주관적 진정성'이 바흐찐의 '다성성' 개념과 다소 유사한 것은 사실이다. 하지만 다성성 개념의 경우, 자아와 타자의 상호연관을 강조할 뿐 공동체와 개인의 길항 관계를 다루지는 않는다. 본고의 관심은 대화적 서사에서는 자신을 표현하면서도 동시에 공동체적인 책무에도 충실하는 노력이 필요하다는 점을 '진정성'의 범주로 살펴려는 것이다. 물론 대화적 서사물은 근본적으로는 다성적 서

대화적 서사는 서사의 원형적 본질을 간직하고 있으며, 서사성에 대한 포괄적이면서도 새로운 시각으로 안내한다.101)

3. 대화적 서사의 진정성 구현 양상

그렇다면, 이 진정성이 대화적 서사의 내용과 형식에는 어떻게 나타나는가? 진정성은 이야기 수행 태도와 관련되는 것이지만, 서사 활동의 전 과정에 나타난다는 점에서 포괄적으로 볼 필요가 있다. 사실, 대화적 서사는 표면적으로는 다채로운 발화 현상으로 나타난다. 그러나 동시에 그 이면에서는 일종의 구조가 있다. 대화적 서사물의 구조에 대해서는 라보프(Labov)102), 옥스(Ochs, E.)103) 등의 논의가 있었다. 물론 대화적 서

사라고 할 수 있다. 그러나 그렇다고 해서, 다성적 서사로 대화적 서사물의 논의를 대신할 수는 없다고 본다.

101) 전통 서사론의 논의에서 대화적 서사물은 소외되었었다. 주로 사회언어학자들이나 대화 연구자에 의해 논의가 된 것은 바로 이 때문이다. 그러나 대화적 서사는 서사론의 새로운 지평을 보여주는 것으로 인식되며, 생활 서사 (Fludernik, M)나 사회 서사론(Herman)의 개념이 그것이다. Fludernik, Monika(1996), *Toward 'natural' narratology*, Routledge. Herman, David Edt(1999), *Narratologies: New Perspectives on Narrative Analysis*, Ohio State University Press.

102) 라보프는 개인별 인터뷰 내용에서 반복되는 일반적인 서사 구조를 '방향(orientation) - 시작(initiation) - 갈등(complexiation) - 평가(evaluation) - 정리(coda)' 등으로 정리한 뒤, 상황이나 집단의 관심이나 평가적 판단에 따라 이 구조가 어떻게 다르게 나타나는지를 제시하였다. 하지만 다소 형식에 치우쳤고 또 상호작용을 충분히 고려하지 못한 측면이 있다. Reinhart(1997), "Narrative Theory and Narative Development : The Labovian Impact", *Journal of Narrative and Life History* 7, Lawrence Erlbaum Associates.

103) Ochs(2001)는 서사를 '층위'와 '가능성'으로 설정하고 층위 차원에서는 서사가 이루어지는 일반적 구조를, 가능성의 차원에서는 집단이나 상황에 따른 개별적 이야기들이 나올 수 있는 가능성 두 축을 제시하고 있어 본 논의에 도움이 된다. 일단 그의 논의를 앞세워 대화적 서사문화를 분석할 수 있는 틀을 마련하도록 하겠다. 그에 따르면, 대화적 서사의 구조적 층위는 ① 이야기 주체의 상호작용(teller-

사 구조 자체도 논의의 대상이 되지만 본고에서는 진정성이 실현되는 구체적 양상을 살피는 데 목적이 있으므로 해서, 헐리데이의 의미론에 기반하여 1) 상호작용 2) 구조 3) 재현의 축을 중심으로 하여 기존의 논의들을 총괄하도록 하겠다. 이 부류는 헐리데이의 의미론에 바탕을 둔 것이다. 대화적 서사 뿐 아니라 모든 언어 활동을 논의할 수 있는 핵심 범주이기에 다른 영역에서도 활용 가능하다고 본다.

1) 상호작용적 층위에서의 양상 : 응답의 책임감과 개방성

대화적 서사는 주체들 간의 상호작용으로 진행된다. 상호작용은 참여자의 참여 유형과 개입 정도, 그리고 집단이나, 상황에 따라 무수하게 달라질 것이지만, '진정성'의 유무, 혹은 강약 역시 상호작용 방식에 중요하게 작용한다. '진정성'이 강한 경우, 상호작용의 개방성, 상호 교섭의 측면이 두드러지게 나타나게 된다. 다음의 예104)를 살펴보자.

> 현욱 : 상의도 없이 덜렁 보증을 섰던 말여? 옛날 애인이 측은해 보여
>   서? 자네 지금 나이가 몇인데 그런 생각을 한겨?
> 태민 : 조용히 얘기해 이 사람아! 나도 어쩔 수 없었으니까. 대충 거절하
>   려고 했는데 사정을 들어보니까 그럴 수가 없더라고.
> 현욱 : 아무리 그래도 그렇지... 이 친구 틀림없어.
> 태민 : 뭐가? 틀림없다니 그게 무슨 소리야?
> 현욱 : (찬찬히 본다)
> 태민 : 이 사람이 왜 이래? 그러지 말고 얘길 해봐.
> 현욱 : 아직도 미련이 남았어, 아니 혼을 빼앗긴 거란 말여.

---

ship), ② 이야기 가치(tellablity), ③ 담론 상황과의 연관성(embedness), ④ 시간성(linarity), ⑤ 도덕적 위치(moral stance)가 있다. Ochs, Elinor& Capps, Lisa(2001), op. cit., pp.10~30.
104) 〈대추나무 사랑 걸렸네〉(KBS 염현섭 연출, 양근승 극본) 중에 방영된 대목이다.

태민 : 혼을 빼앗겨? 내가?

현욱 : 재작년 언젠가 나하고 읍내 나갔다가 있었던 일 생각 안나?

태민 : 아— 그 땐— 그 땐 말야.

현욱 : 그 때도 자넨 제 정신 아니었다고. 읍내 나가면 점잖기로 소문난 자네가 그렇게 큰 소리로 여자 이름을 부르며 택시 꽁무니를 쫓아갔던 거 생각 안나?

태민 : 하도 오랜만에, 그것도 아주 우연히 길에서 만났으니까 그랬었지.

현욱 : 어이구 잘도 둘러댄다.

태민 : 그나저나 웬일인지 통 연락도 안 되고 나 정말 답답해 죽겠어.

이 이야기는 두 사람의 절친한 친구가 나눈 사적 대화이다. '외도'라는 개인적인 문제를 이야기하고 있음에도 불구하고 화자와 청자는 공저자이며 공동의 이야기를 만들어 가고 있다. 사건 정보를 가진 사람은 '태민'이지만, '현욱'의 다양한 응답과 질문은 이야기를 다양한 맥락에서 풍요롭게 구성하는 핵심 요소로 작용한다. 또, '태민' 역시 '현욱'의 질문에 응답의 책임을 지고 자신의 의견을 피력하고 있다. 두 사람은 모두 서로에 대해 응답의 '책임'을 느끼고 있고 있는 것이다. 만약, 이 책임의식이 없었다면 서사는 한 사람이 간단히 사건을 설명하는 식, 혹은 자신의 이야기를 일방적으로 전달하는 식의 '전시 텍스트(display text)'에 불과하였을 것이다.

또, 그 응답의 방식 역시 다채로우며 또한 역동적이다. 보완적 설명이나 해명을 요구하는가 하면, 반대되는 사건을 제시하고 반박하기도 한다. 이는 한편으로는 응답자 자신의 개인적 판단을 스스럼없이 제시하는 것이고 다른 한 편으로는 자신의 이야기를 공동의 지평에서 검증하고 책임을 인정받으려는 지향을 지니고 있기 때문에 가능한 것이다. 그 결과 이야기 수행은 매우 개방적이고 성찰적인 태도로 나타나고 있다. 아울러

이러한 상호작용은 화행이 이루어지는 담론 상황과 밀접한 관련을 맺는
다. 친구 관계를 유지하고 정서적 친밀감을 유지하려는 의도가 사회적
책임감과 연관되는 것이다.

2) 내용(재현) 층위에서의 양상
: 낮은 이야기 가치와 역동적인 도덕적 위치

다음, 진정성이 이야기에 재현된 내용 층위에 관여하는 방식을 살펴보
도록 하겠다. 내용 층위는 이야기 가치(tellability)의 특징과 도덕적 위치
(moral instance)의 측면에서 논의할 수 있다.

먼저, 무엇을 이야기할 만한 것으로 선택하느냐 하는 '이야기 가치'의
층위이다. '이야기 가치'에는 이야기할 만한 가치가 높은 것(highly tell-
able narrative)과 낮은 것(lowly tellable narrative)이 있다. 전자는 사건
의 예외성이 높은 경우이다. 또 사건의 가치가 높지 않더라도 화자는 특
별한 수사적 방법으로 산문적인 사건들을 예외적이고 뭔가 새로운 것이
있는 것처럼 변형하기도 한다. 반면, 후자는 예외성이 부족한 사건이고,
또 듣는 사람들의 관심이 상대적으로 낮은 것이기에 화자는 두렵고 주저
하면서 이야기를 꺼낸다. '진정성'을 지향할 경우, 이야기 가치는 상대적
으로 높지 않다. 또, 이야기 가치를 높이고자 수사적인 미화를 하지 않
는다. 다음의 예105)를 살펴보자.

> 명주 : 묻고 싶은 것이 있는데, 넌 어떻게 하얀 벽지에 불과한 그림을 1
> 억 8천에 샀니?
> 백희 : 왜? 안 되니?
> 명주 : 물론 너 돈 주고 네가 산 그림이지. 하지만 난, 네 친구야. 친구가

---

105) 연극 〈아트〉에 나온 부분을 재구성한 내용이다.

　　바르지 못한 일을 한다면 이야기 할 권리가 있다고 생각해. 넌,
　　지금 허영에 영혼을 팔고 있는 거야.
백희 : 그건 너의 판단일 뿐이야. 너도 내가 얼마나 모더니즘 미술들을
　　좋아했었는지 알잖아. 무조건 비싼 돈을 지불하면 허영이니? 너
　　도 너만의 기쁨을 위해 투자하는 게 있잖냐. 난, 저 그림이랑 있
　　으면 행복해. 친구면서 무조건 몰아세운다고 생각은 하지 않니?
명주 : 그래 넌 미술 작품들을 좋아했었지. 그렇게 보면 전혀 이해가 안
　　되는 것은 아니야. 하지만 지나치게 비싸다고 생각하지는 않니?
백희 : 물론, 네 월급을 생각하면 미안한 생각도 있어. 하지만 나도 자랑
　　하려고 이 물건을 산 것만은 아니야. 난 이 그림으로 내 삶을 다
　　시 살필 거야.

　이 대화는 한 명의 친구가 다른 친구의 행위에 문제를 제기하는 이야
기로 되어 있다. 이 화제는 사실, 듣는 사람이나 하는 사람이나 쉽게 꺼
내기는 힘든 내용이다. 생각하기에 따라서는 사생활 간섭이 될 수도 있
기 때문이다. 그럼에도 '명주'는 '친구'니까 친구의 행위에 대한 시비를 할
수 있다고 생각하며 조심스럽게 말을 꺼내고 있다. '백희'도 처음에는 자
신의 일에 간섭한다고 생각해서 비난하지만 곧, 자신의 행위를 해명하는
방식으로 이야기에 참여하고 있다. 이 이야기의 내용은 사실, 극적 재미
도 이야기적 흥미도 없다고 할 수 있다. 곧 낮은 이야기 가치를 지니고
있는 것이다. 그럼에도 진지하게 지속되는 이유는 그 사건에 대한 도덕
성의 시비가 중요하다고 보기 때문이다. 서사적 대화에서의 진정성은 높
은 이야기 가치의 흥미나 긴장보다는 낮은 이야기 가치에서의 도덕적 논
란을 중시하는 양상을 띤다.

　그렇다면, 이 이야기에 표현된 도덕적 위치(moral stance)는 어떤 특징
이 있는가? 일상적 대화물은 공동체의 도덕적 이해와 가치관이 가장 농
밀하게 녹아 들어가 있다. 대화적 서사물은 주로 주인공이 사회적 기대
를 어겼을 때 일어난 삶의 사건들과 연관되는데, 이 사건을 이야기하는

과정을 통해 공동체 구성원들은 그들이 믿고, 가치 평가를 하는 것이 무엇인가를 점검하고 강조하고 나누게 되기 때문이다. 그 도덕적 가치 평가는 '세상을 어떻게 살아야 하는지'와 관련하여 무엇이 좋고 나쁘며, 옳고 그른지, 또 도움이 되고 해가되며 세련되고 거친 것인지에 대한 인식과 평가, 그리고 '그가(나는) 누구인가'와 관련된 정체성이나 사회적 역할에 인식 등으로 구성된다.

위 예에서 두 사람은 그림 구입이라는 행위를 둘러싸고 논쟁의 서사를 펼치고 있다. 이들이 논쟁을 벌이는 이유는 사건의 옳고/그름, 좋고/나쁨을 판단하는 도덕적 위치가 서로 다르기 때문이다. 개인적 취향을 존중하는 평가와 사회적 책무를 존중하는 평가가 엇갈리는 것이다. 그런데 이들의 대화는 각자 가치관의 다름을 확인하는 데 그치는 것이 아니라 무엇이 옳고, 그른 것인지를 검증하고 해명하는 탐색의 서사로 진행되고 있다. 개인을 넘어선 차원에서 어떻게 사는 것이 바람직한지, 또 가장 자신다운 일인지를 놓고 토론하는 식의 이야기를 하는 것이다. 또한 대화가 진행됨에 따라 자신의 확고한 도덕적 위치를 변화시켜 나가기도 한다. 그리하여 이야기 참여자는 단일한 도덕적 위치보다는 다양한 위치를 복합적으로 고려하고 있는 것이다. 마지막 대화에서 '명주'는 '그림 구매'가 단순한 허영이 아니라 친구의 취미이기도 하다는 점을 발견한다. 자신의 가치도 새롭게 성찰할 수 있게 된 것이다.

'진정성'의 윤리를 지니고 있는 화자는 확고한 자신의 도덕적 위치를 끝까지 주장하지 않으며 공동의 의미 지평에서 변화, 다원화함으로써 다각도적인 평가를 하는 모습으로 나타난다.

3) 서사 구조에서의 양상
: 비선형적 서사를 통한 경험의 복합성 모색

그렇다면, 이러한 상호주관적 진정성이 이야기 구조에서는 어떤 양상으로 나타날까? 이야기 구조를 플롯 구조와 시간 구조로 나누어서 살펴도록 하겠다.

먼저 플롯 구조를 살핀다. 대화적 서사물에는 중핵 사건과 비중핵적 사건이 동시에 존재한다. 대화적 서사에서 서사 전개 과정은 대단히 유연하며 반복, 고저, 볼륨 등의 다양한 음성 표지로 나타난다.

> 보비 : ① 그렇대, 하여간 무슨 이윤지는 모르겠는데, 더 충격적인 건 이옥림이 채였다는거야. 아인 오빠가 찼대, 것도 아주 냉정하게.
> 용우 : (놀라) 아인형이? 이 옥림을.??
> 순신 : (안 믿긴다는 듯) 또 시작했다. (하다가) 확실한거야? 어떻게 알았는데.
> 보비 : 화장실에서 윤정이랑 정민이가 막 옥림이 걱정하더라, 우연히 들었어. 너무 충격적이지 않냐? ② 그래두 둘이 좋아지낸 게 1년인데, 아인오빠 성격에 그냥 싫증나서 그런 건 아닌 거 같구.
> 세리 : (픽 해서) 으이그- 으이그- 이옥림 이제 어쩌니? 그러게 오락가락 그 변덕 좀 줄이고, 목소리 좀 줄이라구 내가 그렇-게 누누이 말했잖어.
> 보미 : 그래두 오빠 있어서 미술숙제 도움두 받구. 쌓은 정이 얼만데.
> 순신 : (핸드폰 꺼내더니) 잠깐, 형 번호가... (하면서 찾다가 그만두는) 전화하기두 그렇구, ③ 아- 진짜 이옥림 땜에 이제 형하구 편하게 지내기두 다 틀렸네.
> 보매 : (에후) 사람 맘 떠나는 거 정말 한 순간이구나.
> 세리 : 내가 그래서 연애를 못한다니까? 한 순간에 깨질 그런 사랑, 해서 뭐해. 허무하잖어.
> 용우 : 수백만 번 허무해두 한 번 해 보기나 했음 좋겠다!

> 욱 : (앉으며) 무슨 얘기했냐?
> 용우 : (둘러대는) 어, 암것도 아냐.
> 욱 : (웃으며) 내 욕했구나? 무슨 욕했냐. 어?
> 순신 : (고민하다) 저기 있잖아.
> 계단 두 개 세 개 한꺼번에 마구 뛰어서 아인화실쪽으로 올라가는 욱.
> 순신 : (갈등하며) 아인 형이랑 이옥림. 깨졌대. 정말 몰랐냐? 아인 형이
>   찼대는데?
> 뛰어 들어오는 욱, 하지만 아무도 없다. 핸드폰으로 아인에게 전화하는
> 욱. 하지만 받지 않는 듯 음성 녹음 남긴다.
> 욱 : (너무 격하게 소리지르진 말고) 뭐예요. 형! 이렇게 사람 뒤통수 치
>   는 게 어딨어요! 전화 안 받으면 다예요? 비겁해, 엄청 비겁한 거
>   알아요. 지금?106)

이 대화에서 사건의 진행과 연관된 플롯적 요소는 대략 ①, ②, ③이
다. 나머지는 비플롯적 요소로 사건에 주석을 달거나 상세히 설명하고,
대립되는 의견을 제시하는 이른바, '평가적 요소'들이다. 또, 플롯적 요소
도 라보프 등이 명시하였던 에피소드형이나 갈등 중심의 전개는 거의 나
타나지 않는다. 일관된 어떤 결말이 나는 것이 아니라 지속적으로 다른
생각들이 이야기에 참여하면서 다중적인 플롯 라인이 형성되고 있기 때
문이다. 그 결과 서사는 비선형적인 서사가 된다. 일관된 의미 질서보다
는 각자의 입장에서 파편적인 세부적인 사실을 제시하거나 서로 다른 관
점을 특별한 '통일성'에 대한 고려 없이 이야기하기 때문이다. 대화가 이
처럼 비선형적인 구조로 전개되는 이유는, 일어난 사건을 단일 시각이
아니라 다양한 시각으로 비추며 또 분명한 결론보다는 다양한 의문을 통
해 사건을 깊이 있게 파고들기 때문이다. 그리고 사건을 개인적 의미로
만 국한하는 것이 아니라 상호 연관된 공동체의 지평에서 고민하고 해결

---

106) 성장 드라마 〈반올림〉(KBS2)의 한 장면이다.

하고자 하기 때문이다. 이러한 이유로 대화적 서사물의 비선형적 구조는 서사적 진정성과 관련지어볼 수 있다.

또, 시간 구조 역시 복잡하다. 원래, 대화적 서사는 문자적 서사와 시간 구조가 다르다. '끝'과 '결말'을 알지 못한 채 '현재'의 사건을 해석하고 가능한 문제들을 해결해야 하기 때문이다. 이는 시간 구조로 본다면, 과거와 현재가 동시에 상호작용하는 측조(sid-shadowing)107)이라고 할 수 있다. 전조(fore-shadowing)와 후조(back shadowing)가 상대적으로 안정된 이야기 흐름과 연관된다면, 측조는 일종의 열린 구조라 할 수 있다. 처음-중간-끝의 일관성을 바탕으로 하는 '문제'-'해결'의 이야기라기보다는 다양한 목소리와 관점이 경합하고 다양한 시간대의 다양한 사건들이 모순적으로 결합하는 비선형적인 시간 구조인 것이다.

위의 예문에서도 친구의 실연 사건을 추적하다가도 '사랑'에 대한 다양한 의견과 주석, 과거와 미래에 대한 논의들이 분분하게 펼쳐지고 있다. 만약, 단선적인 논리로 사건의 논리를 분명히 세운다면 분명한 원인과 뚜렷한 해결을 제시할 수 있겠지만, 이렇게 되면 사건을 단선적으로 해석하고 기성의 서사 도식을 그대로 활용하여 삶의 우연적, 다층적인 측면을 이해할 수 없게 될 것이다. 이런 점에서 대화적 서사의 비선형적 시간 구조는 의견의 불일치, 가정적 추론, 혼돈 등을 포괄하고 삶의 우연성과 복합성, 다층성을 깊이 있게 성찰하는 기능을 수행한다고 할 수 있겠다.

---

107) 플롯을 구성하기 위해서는 특정의 전망으로 의미적 통일성을 구해야 하는 만큼 그 전망에 따라 시간성이 구분될 수 있다. 과거의 기점으로 현재와 미래의 사건을 제시하는 후조(back shadowing), 미래의 시점으로 과거와 현재를 제시하는 전조(fore- shadowing), 과거와 현재가 동시에 상호작용하는 측조(sid-shadowing)가 있다. 전조와 후조가 상대적으로 안정된 이야기 흐름과 연관된다면, 측조는 일종의 열린 서사로 통일된 플롯보다는 개방되고 다양한 플롯이 열린다(Ochs, Elinor & Capps, Lisater(2001), op. cit., 참조)

4. 서사 윤리를 통한 주체 형성

이제까지 대화적 서사물의 특징과 진정성이 표출되는 구체적인 양상을 살펴보았다. 사실, 대화적 서사가 교육의 장에서 주목받지 못한 이유는 여러 가지가 있을 것이다. 장르가 불투명하여 하여 일반 대화 원리 속에 파묻혀 왔거나 아니면 문자적 서사의 구조와 동일하게 취급되어 왔다는 점도 있을 것이다. 또, 우리나라 문화 풍토에서 '사적 경험에 대한 이야기'는 '수다'와 같은 것으로 취급되면서, 공적 담론 위주의 교육 장르에서 상대적으로 소외된 측면도 있다. 그러나 대화적 서사는 일상적인 삶에 편재하는 강력한 문화 텍스트이며 도덕적 담론으로서의 기능을 한다는 점에서 서사문화교육의 중요한 자료가 되어야 한다.

이 글에서는 서사문화교육의 핵심 범주로 '진정성'을 제안하였다. '진정성'은 '통일성'과 함께 서사 활동의 두 축으로 자리잡아야 한다. '통일성'의 범주가 일관된 의미 질서 발견을 중시한다면, 진정성은 경험의 복잡성과 다양성, 대안 가능성을 모색하려는 욕망을 강조한다. 특히, 진정성은 솔직한 태도라는 차원을 넘어서 의미에 대한 개방성, 사회적 책임성, 도덕적 탐색, 경험의 복합성과 우연성을 이해하고 모색하려는 특징을 지닌다.

이 진정성은 서사적 상호작용의 태도, 내용, 표현 형식 모두에 관여한다. 상호작용의 '태도'에서는 개인의 경험적 진실에 충실하면서도 공동의 의미 지평에서 서로 교환하고, 해명하려는 태도를 지칭한다. '내용'에서는 도덕적 위치와 판단의 다양성과 역동성을 허용하여 경험의 입체성을 성찰할 수 있는 범주를 지칭한다. 또, '구조'에서는 비선형적이고 다성적이며 파편적인 서사 구조를 통하여 과거와 현재, 미래의 역동적인 만남을 추구할 수 있다. 물론 통일성과 진정성의 범주는 서로 대립적인 것은 아니며, 양자 간의 적절한 균형을 유지하는 일이야말로 탁월한 이야기꾼이 갖추어야 할 주요 요건이라 할 수 있겠다. 서사 활동은 리꾀르가 말한 대로, '불협화음 속에서의 협화음'을 구성함으로써 이루어지기 때문이다.

이 진정성의 범주는 서사교육이 추구하는 이야기적 자아라는 새로운 주체 상의 모색에서도 중요하다. 여러 명의 화자가 모여 함께 이야기를 나누는 이야기 상황을 통해 주체는 사회적인 자아로 존재하며, 또 이전의 이야기나 다른 전통 및 역사의 맥락의 큰 이야기를 맥락으로 삼음으로써 역사적인 자아가 될 수 있는 것이다. 진정성의 모델에 기초한 학습 공동체를 기획하는 작업이 필요하다.

'진정성'은 현대 서사문화, 혹은 대화적 서사문화를 비평하는 주요 범주가 될 수 있다. '진정성'은 특히, 현대 언어문화 성찰에서 매우 중요하다. 현대 극대화된 개인주의적 문화에서는 대화 역시 나르시시즘적인 형태를 띠고 있다. 개인주의적 자유 그리고 핸드폰 등의 소통 매체는 개인적인 표현에만 국한되는 나르시즘적 소통을 강화하고 있다. 여기에서는 이야기가 표출되기만 할 뿐이다. 또 반대의 급부로는 정보 전달이라는 도구적 이성주의가 존재한다. 여기에서는 정보라는 효용적 가치의 기준에 의거하여 탈주체적으로 이루어진다. 반면, '진정성'의 범주는 개인적인 표현성과 사회적 책임감을 동시에 문제 삼는다는 점에서 현대 언어문화를 비평하는 주요 범주가 될 수 있다고 본다.

제 5 장

영상 서사물의 수사적 읽기 교육

1. 서론

인류 문화사에서 매체 변화는 문명사적 전환의 분기점이 되어 왔다. 문자 매체를 중심으로 설계되었던 근대 국어교육은 새로운 매체 환경을 맞이하여 다양한 이론적, 실천적 대응을 하고 있다. 그 결과 2007년도 개정 교육과정에는 '매체 언어' 영역이 선택 과목으로 독립, 신설되는 쾌거를 이루었다. 이는 1990년대 후반부터 전개된 문학교육의 확장이라는 시도가 결실을 얻은 것이라 할 수 있다. 그러나 매체 언어는 다양한 매체의 특수성을 전제로 하는 것이기에 그 교육 내용에서는 매체별로 특화된 세부 내용이 보완될 필요가 있을 것이다.

영상 서사물 교육은 1990년대 문학교육을 문화교육의 시각으로 확장해야 한다는 취지하에 지속적으로 논의되었다. 그러면서 영상 서사물 교육을 바라보는 관점과 쟁점 역시 부단히 변화되어 왔다. 1990년대 초반 만 해도, 쟁점은 소설교육에서 '영상 서사물'을 가르쳐도 되느냐 혹은 소 설교육의 내용 범주를 영상 서사물로까지 확장할 수 있느냐가 문제였다. '영화'가 주된 장르였고, 영상물의 파편성, 즉물성, 즉흥성에 대한 우려를 어떻게 해결할 수 있느냐가 이론적 관건이었다. 그러나 이 문제는 문학 수용의 역사성을 거론함으로써 자연스럽게 해결되었고, '소설교육'은 '서 사 문화 교육'의 틀로 확장되었다. 이후, 영상 서사물은 학습자의 일상적 서사 경험을 만드는 대중문화라는 시각에서, 대중매체교육의 관점으로 논의되었다. 영화나 텔레비전 드라마 등이 주된 장르였고 영상물의 이데 올로기를 비판적으로 읽는 '비판적 문식성' 교육[108]의 틀이 주된 방법이 었다. 그러나 비판적 문식성의 일반 틀이 압도하여 서사물 고유의 미적 장치를 충분히 고려하지 못한 측면도 있다. 이후, 매체 교육 논의에서도 수용자의 능동적 성찰과 즐거움, 창조성이 강조되면서 영상 서사물 교육 역시, 생산과 창조의 영역을 고려하여 학습자의 매체 생산이나 스토리텔 링 교육이 부각되었다.[109]

전반적인 논의의 흐름은, 영상 서사물이 문자 서사물의 '보완' 혹은 '확 장'의 차원을 넘어서 점차 그 자체의 본질적 특성을 고려하는 방향으로 나아가고 있다. 그럼에도 아직 아쉬운 점은 '영상 서사물'의 서사적 본질, 그리고 서사문화 교육의 시각으로는 본격적으로 거론되고 있지 않다는 점이다. 문자 서사물과의 차이를 표나게 내세워 영상 언어적 요소만을 강조하거나, 아니면 일반 매체교육의 시각을 중시하여 비판적 문식성의

---

108) 김성진(1998), "국어교육의 대중문화 수용을 위한 시론", 국어교육연구 제 5집, 서 울대 국어교육연구소. 박기범(2005), "소설과 영화를 통한 서사교육", 국어교과교 육 10, 국어교과교육학회. 졸저(2001), 『서사문화와 문학교육론』, 한국문화사.

109) 정현선(2004), 『다매체 시대의 국어교육과 문화교육』, 역락. 최병우·이채연·최 지현(2000), 『매체언어와 국어교육 : 매체언어와 교수학습 방법에 관한 연구』, 서 울대국어교육연구소.

보편적 틀을 그대로 활용해 왔다. 그러나 영상 서사물의 기본 언어인 '이미지'는 우리의 인식과 세계 구성을 논의할 수 있는 주요 범주이자 서사물의 의미를 생성해 나가는 기본 단위이다.110) 영상 서사물은 서사 보편의 특징을 지니면서도 동시에 영상 언어만의 고유성이 있어 '영상 서술학'의 차원에서 논의될 필요가 있으며, 아울러 '서사문화'라는 큰 틀에서 영상 서사물과 문자 서사물을 통합적으로 교육하는 방안을 모색할 필요가 있다. 그리하여 학습자가 서사문화를 미적으로 향유하고 주체적으로 비판하며 나아가 생산적인 참여를 할 수 있는 내용을 체계적으로 구안할 수 있다.

이를 위해서는 무엇보다 영상 텍스트가 의미를 어떻게 생산하고 자신이 원하는 의도를 설득하는지 수용자에게 어떠한 인지적, 정서적 효과를 자아내는지를 살필 수 있어야 있어야 한다. 여기에서 중요한 것이 바로, 영상 서사물의 '수사적 읽기'이다. 수사학적 읽기는 텍스트에서 '그럴 듯함'을 만들어 내는 설득 전략에 관심을 두되 그것을 텍스트 내부에서만이 아니라 맥락 전체에서 이해하고자 한다. 영상 서사물은 영상, 소리, 언어의 복합적인 정보의 결합을 통해 표면적인 정보와는 전혀 다른 심층의 의미를 생산한다. 바르트가 이미지의 수사학에서 밝혀 낸 현대 사회의 신화 구조가 그것이다. 특히 서사는 특유의 장르적 장치를 통해 핍진감을 만들어 내기 때문에 서사가 전제하는 의도와 은밀한 문화적 가치 등은 표면적으로 드러나지 않는 경우가 많다. 수사적 읽기는 서사 텍스트가 독자에게 어떠한 인지적, 정서적 반응을 유도하고, 또 어떤 신념과 가치를 당연한 것으로 받아들이도록 만드는지를 파악하는 일이라 할 수 있다.

이 글에서는 소설 원작이 영상 텍스트로 변용된 텍스트를 삼아 그 수

---

110) 나병철(2006), 『소설과 서사문화』, 소명출판.

사적 전략을 읽는 방법으로 서사문화교육 방법을 살피고자 한다. 변용 텍스트는 원전과의 비교를 통해 수사적 전략을 보다 구체적으로 드러내기 때문에 효과적인 제재가 될 수 있다. 이 글에서 다룰 텍스트는 문학 작품 〈소나기〉(황순원 원작)를 TV 드라마화화 한 〈소나기〉(염일호 극본, 고영탁 연출 KBS HD TV문학관)와 애니메이션 〈소나기〉(김미정, 이혜란, 박준범 연출)이다. 두 작품은 각각 HD드라마와 애니메이션의 특징을 지니고 있는데, 두 장르는 디지털 시대 영상 매체의 진화를 가장 적극적으로 보여 주는 장르라는 점에서 영상 서사물의 다양한 양상을 살필 수 있다는 장점도 지닌다.

이 글은 개별 작품 이해보다는 영상 서사물 읽기 방법 자체에 초점을 둔다. 또, 새로운 읽기 방법론이나 이론 개발보다는 서사교육 내용의 구조화를 고려하여 읽기 전략을 체계화하는 데 중심을 두도록 하겠다.

2. 디지털 문화 환경과 영상 서사물의 수사적 읽기

먼저 영상 서사물의 매체적 특징을 살피면서, 수사적 읽기의 중요성에 대해 언급하도록 하겠다. 영상 서사물은 도상적 기호를 주요 표현 수단으로 삼는다. 도상적 기호는 세계 대상과의 유사성을 전제로 하고 있기 때문에 우리는 영화를 보면서 마치 어떤 대상이 실제 눈앞에 있는 듯한 착각을 한다. 그러나 실제로 영상이 전하는 것은 사물 그 자체보다 '대상에 대한 이미지'라고 할 수 있다. 이미지는 사물이 어떤 사람의 눈에 어떻게 비추어지는가에 의해 형성된다.[111] 곧, 이미지는 사물을 직접 제시하면서도 보는 사람이 사물을 보는 방법과 견해, 시각과 관점 등과 관련되는 주관적인 요소의 의미가 개입되어 있는 것이다. 그래서 이미지는

---

111) Berger. J, 박범수 역(1990), 『본다는 것의 의미』, 동문선.

사물의 입자인 동시에 우리 의식의 분자라 할 수 있으며, 물질적인 동시에 문화적이며, 사물의 입자인 동시에 우리 의식의 분자라고 할 수 있다.112) 텔레비전 뉴스의 영상조차 현실 그대로가 아니라 특정의 효과와 의도를 충족시키기 위해 만들어진 어떤 이미지가 아니었던가. 이런 이유로 이미지는 언어와 같이 읽고 써야 할 대상이 된다. 이미지를 읽는다는 것은 그 이미지가 전달하는 주관적인 의도와 의미를 해석하는 것이고, 또 쓴다는 것은 마치 언어와 마찬가지로 이미지를 통해 자기 생각을 만들고 생산하는 것을 의미한다.

특히, 디지털의 문화 환경은 영상 서사물 읽기에서 더 많은 주의를 요한다. 디지털 문화 환경은 전통적인 영상 서사물조차도 새로운 미학적 특성으로 변모시키고 있다. 사실, 고전적 의미에서의 영상 서사학을 이끌었던 영화는 아날로그적이라 할 수 있다. 그것은 도상적 기호에만 충실하였기에 현실의 재현 여부가 중요하였고, 또 작품을 만들어 낸 작가의 창작 의도와 장인 정신을 강조하였다. 그러나 디지털 시대는, 영상 자체가 자기 자신을 복제함으로써 현실 재현의 긴장보다는 시뮬라르크를, 그리고 텍스트 그 자체보다는 커뮤니케이션의 상호작용에 의한 역동적인 의미 생성을 추구하고 있다. HD 드라마는 고화질, 와이드 화면, 디지털 영상 합성 기술, 컴퓨터 그래픽 등 방송 영상 기술의 발전을 통해 기존 드라마와는 다른 형태의 문법을 시도하고 있다.113) 또, 애니메이션 역시, 영상, 소리, 음향의 느슨한 결합으로 새로운 리얼리티를 창조하고 있다.

이런 점에서 영상 서사물 교육은 수사적 읽기 교육에서 출발해야 한다. 수사학은 논증의 타당성이나 진실의 문제보다는 '그럴 듯함'(veri-stimilitude)과 관계한다. 이 관점에서는 텍스트를, 현실 반영이나 진실의

---

112) 나병철(2006),『소설과 서사문화』, 소명출판.
113) 주창윤(2003),『영상 이미지의 구조』, 나남출판.

표현과 같은 본질주의적 관점에서가 아니라 관객의 심리나 정서, 의식을 유발하기 위한 설득적 장치로 이해한다. 그리하여 영상으로 재현된 세계가 특정의 시각과 관점으로 비추어진 세계라는 것, 그리고 그 관점과 시각을 그럴듯하고 개연성 있는 것으로 믿게 하기 위해 어떠한 영상 언어를 동원하고 있는지를 이해하는 일을 중심으로 삼는다. 이것은 작가와 텍스트, 맥락을 동시에 입체적으로 고려하는 일이 된다.

다만, 이러한 접근이 비판적 읽기에만 한정될 필요는 없다고 본다. 비판적 읽기는 영상 이미지의 이중적 의미를 통하여 영상에 담긴 이데올로기적 기능을 분석하는데 주안점을 두었다. 그러나 또 다른 한편으로, 영상 서사물은 인간이 지니는 이미지의 표현 가능성을 높이기도 하였기 때문이다. 벤야민이 밝혔듯이 영상은 인간의 감각적 제한을 극복한다. 전경 쇼트(long shot)로 인간 감각의 제한을 넘어서기도 하고 극단적인 클로즈업으로 극세한 것을 표현할 수도 있다. 영상은 현실 그 자체라기보다는 특정 방식의 정신적 자세와 태도를 반영하는 것이다. 들뢰즈는 영상 서사물이 이미지의 운동 특히 다양한 표현 기법(클로즈업, 다양한 시점)을 통하여 사회적 규범과 관습에 예속된 상태에서 벗어난 탈영토화된 이미지를 제시한다는 점에 주목한 바 있다. 이런 논의들은 이미지가 이데올로기적 봉합을 시도할 뿐 아니라 탈주할 수 있다는 가능성을 강조하고 있다. 이 둘을 아우를 때, 영상 서사물의 수사적 읽기는 비판적 창조의 역할을 수행할 수 있겠다.

이 글에서는 수사적 읽기를 위해 텍스트 차원과 맥락 차원에서의 서사 전략을 분석하고, 이를 바탕으로 서사물의 사회 문화적 의미를 살펴보도록 하겠다. 이는 텍스트, 상호텍스트, 이데올로기를 입체적으로 고려하려는 시도라 할 수 있다. 그리고 영상 텍스트 차원에서는 스토리와 담론 층위로 나누어 살펴보도록 하겠다.

3. 영상 서사물의 수사적 읽기 : 〈소나기〉를 중심으로

1) 텍스트 차원의 서사 전략

(1) 스토리 층위의 서사 전략

① 계열체적 구조와 인과화 전략

먼저 스토리 차원에서의 서사 전략을 분석하도록 하겠다. 스토리는 사건을 통시적, 공시적으로 조직하고 인물에 특정의 기능을 부여하는 방식으로 구성된다. 사건의 통합체적 구조가 사건을 시간적 배열로 결합하는 조직 원리라고 한다면, 반면, 계열체적 구조는 처음과 끝의 의미 구성에서 특정의 패턴을 선택, 대체하여 의미 구조를 만드는 원리이다. 그런데 영상 서사물의 경우 문자 서사물과 달리 사건의 통합체적 구조보다는 계열체적 구조에 주목할 필요가 있다. 영상 서사물은 화면에는 영상, 언어, 소리 등 다양한 정보가 들어가 있어 의미 잉여성이 발생하며 이에 따라 서사적 시간성보다는 공간성이 더 강화되기 때문이다. 곧, 한 화면 안에 반복적으로, 선택 혹은 배제되는 여러 미장센들, 또, 특정의 사건과 행위들이 선택, 배열되는 특정의 패턴들이 의미의 함축에 더 중요하게 개입하는 것이다.

먼저, HD 텔레비전 드라마 〈소나기〉114)로 이를 살펴보도록 하겠다. 이 드라마는 TV 문학관이 HD 드라마화하면서 첫 작품으로 방영되었다. HD 화면은 일반 화면에 비해, 고화질/고밀도, 대형 화면이고 색채감이 높고, 고품질의 음향을 마음대로 구사할 수 있기 때문에 시청자의 몰입감을 확대시킬 수 있는가 하면, 컴퓨터와의 호환성 등으로 수용자의 실재감(presence)을 높일 수 있는 것으로 평가되고 있다.115) TV 문학관

---

114) 이 작품은 MBC HD TV 문학관 제 1회(2005년)로 방영되었다. 연출은 고영탁, 극본은 염일호이다.

〈소나기〉역시 이러한 특징을 잘 살리고 있다. 가을의 농촌 풍경은 주로 심도 깊은 전경 화면을 통해 섬세하게 그려지고 있고, 높은 채색의 화면은 시골의 일상성을 잘 보여준다.

그런데 주목할 점은 이러한 영상 기술의 변모가 스토리 문법의 변모를 가져오고 있다는 점이다. 화면이 넓고 해상도가 높아 다양한 영상 정보를 섬세하게 표현할 수 있다는 이점은 스토리에서의 공간적 배경이나 작중 인물의 폭을 확장한다. 화면에 나타난 소년과 소녀는 더 이상 소설처럼 익명의 심리적 존재일 수만은 없다. 화면 속의 이들은 시골집에서 여러 명의 가족들과 생활하고, 또 친구들과 학교 다니는 일상적 존재의 모습으로 재현될 수밖에 없기 때문이다. 화면 속에 나타난 그들의 일상적 삶과 풍속은 비록 위성 사건이고 배경 화면에 국한되는 것이라 하더라도 계열체적 구조에서 본다면 새로운 의미를 생성하는 기제가 된다.

먼저, 공간 이동을 중심으로 〈소나기〉의 서사 전개 과정을 살핀다.

1. 산: 소년이 산에서 내려옴. 2. 개울가: 소녀와의 첫 만남. 3. 윤초시 집: 소녀와 어머니는 할아버지 집으로 옴. 4. 소년의 집: 소년과 소년 동생의 일상. 5. 산 속의 무덤: 소녀는 아버지의 무덤으로 가고, 어머니는 떠남. 6. 소녀의 방: 홀로 남은 소녀는 자기 방에서 움. 7. 소년의 집: 소년의 부모는 소녀의 이야기를 주고 받음. 8. 학교: 아이들이 학교 운동장에서 뛰어 놀고 소녀와 처음 대면함. 9. 개울가: 소년과 소녀의 만남. 10. 밭: 소년은 얼굴이 하얗게 될 수 없는지 부모에게 물음. 11. 소년의 집: 저녁 소년과 동생은 장난을 치며 숙제함 12. 학교: 소년은 어머니와 함께 소녀는 양평댁과 함께 학교 운동회에 참여함. 13. 개울가: 소녀가 소년에게 바보라고 함. 14. 소년의 집: 소년은 동생을 괜히 때려 줌. 15. 학교: 소녀가 결석함 16. 개울가 :소녀의 행동을 따라 함. 17. 들판: 열심히 일하는 소년의 부모 18. 소녀의 집: 소녀는 할아버지를 무서워함. 19. 소년의 집: 소년은 잃어버

---

115) 주창윤(2007), "텔레비전 드라마의 미학적 성격", 『TV드라마와 한류』, 박이정, 경상대 인문학적 연구소.

린 고무신 때문에 고민하고 아버지는 이를 시장에서 사 주겠다고 약속함. 20. 장터: 시골 장터에서 윤초시와 소녀의 아버지, 그리고 옛하인이 싸움. 21. 소녀의 집: 소녀의 부모가 윤초시의 몰락을 걱정함. 22. 개울가: 소년과 소녀의 만남 23. 가을 산: 소년과 소녀가 산으로 소풍을 갔다가 소나기를 만남 24. 징검다리: 소년이 소녀를 업고 건너감 25. 소년의 집: 동생과 소년의 장난. 26. 소녀의 집: 소녀는 병이 나고 윤초시가 그녀를 업고 의사를 찾아 나섬. 27. 징검다리: 소년은 시냇가에서 기다림. 28. 읍내 다방: 윤초시가 집을 내 놓음. 29. 소년의 집: 시골집에서 추수함. 30. 소녀의 집: 윤초시는 대추를 따서 소녀에게 줌. 31. 개울가: 소녀가 스웨터에 물이 들었음을 이야기함. 32. 소년의 집: 아버지가 윤초시 집안으로 가기 위해 닭을 잡음. 33. 학교: 소녀는 결석함. 34. 개울터: 소년은 고무신을 잃어버림. 35. 소녀의 집: 소년의 부모가 소녀의 죽음을 알림. 36. 소녀의 집 앞: 소년은 소녀의 집 앞까지 달림. 37. 개울가: 소년은 소녀를 생각하며 앉아 있음.

이 드라마의 중심 사건은 역시 〈소년과 소녀의 만남과 헤어짐〉이다. 스토리의 통합체에서는 소설 원작의 스토리와 큰 차이를 보이지는 않는다. 그러나 계열체에서 본다면, 소설 원작과는 크게 달라진다. '소년의 집'과 '소년의 집'의 비교 대조에 의해 이분법적 구조를 양산하기 때문이다. 가령, 소녀가 어머니와 함께 돌아오고 난 뒤 (3)에는 원작에는 없는 소녀 집안의 이야기가 제시된다. 부자이지만 화목하지 못한 가족, 또 어린 딸을 두고 개가하는 어머니의 비정함 그래서 '도시'를 떠나 고향으로 돌아온 온 가족의 이야기가 그것이다. 반면 뒤이어 등장하는 (3)의 '소년의 집'은 (3)과는 대립되는 화기애애하고, 가족이 많으며, 성실하게 고향에 뿌리를 내리고 자신의 노동으로 존재이다. 이러한 비교와 대조는 (6)과 (7), (18)과 (19), (25)와 (26), (29)와 (30), (35)과 (36)에 반복되면서, 시골:농촌, 엄마의 존재:엄마의 부재, 화목한 가족:불화하는 가족, 행:불행의 이분법이 양산된다.

이러한 대조의 의도는 무엇일까? 그것은 소녀의 죽음, 윤초시가의 몰락에 대한 동기화를 마련하는 전략과 연관지어 해석해 볼 수 있다. 사실, 소설 원작에는 소녀 죽음의 원인이 뚜렷하지 않다. 표면적으로는 소나기를 맞고 병이 났기 때문으로 되어 있으나 이 역시 분명하지는 않고 일종의 서사적 '갭' 상태로 남겨져 있다. 드라마가 이 갭은 소년과 소녀의 집안의 비교/대조에 의해 자연스럽게 그 갭이 메워진다.

드라마에서는 비교/대조의 편집 방식에 의해 소녀의 집에는 어머니가 없다는 사실이 결손적 요소로 부각된다. 가난하지만 행복한 집에서 건강하게 살아가는 소년과의 대비 효과이다. 엄마와 이별하면서 겪는 심리적 충격, 어머니 없는 삶의 안타까움 역시 강화된다. 이러한 대조의 구조는 인과의 논리로 대체되어 이 드라마에서 소녀의 죽음은 어머니의 부재, 어머니의 재가에 의해 동기화되고 마는 것이다. 일반적으로 서사적 인과는 서사 텍스트 내에서 통일성을 갖추고 배열된 정보에 의해 구성된다. 그 자체는 합리적이지 않지만 서사 텍스트 내의 여러 요소들에 의해 타당하고 자연스러운 것이 되는 것이다. 어머니의 이혼이 곧 소녀의 죽음의 원인이 된다는 설정은 다소 논란거리가 될 수 있지만, 이 서사물에서는 행복한 소년과 불행한 소녀의 비교/대조라는 계열체적 이분법에 의해 그 타당성을 획득하고 있는 것이다.

반면 애니메이션 〈소나기〉116)는 소년 인물의 심리적 변화를 주요 스토리 라인으로 설정하여 전개하고 있다. 이 역시 통합체에서는 원작과 유사하게, 소년이 소녀를 만나 사랑하고 이별하는 장면으로 되어 있다. 화소별로 정리하면 다음과 같다.

1. 시골 풍광 - 맑은 날에 소나기 오기 시작하면서 소년이 지난 날을 회상함. 2. 학교 - 소년은 전학 온 소녀를 보고 관심을 가짐. 3. 개울가 - 소년은 개울가에서 놀고 있는 소녀에게 말을 걸지 못한 채 기다림. 4. 마을 - 소

---

116) 이 작품은 김미정, 이혜란, 박준범의 공동 연출로 'c.studio'에서 제작하였다.

녀가 소년에게 함께 놀러 가자고 함. 5. 산 속 - 소년과 소녀는 산 속에서 함께 놀면서 즐겁게 보내다가 비를 맞음. 6. 학교 - 소년은 소녀를 찾지만 찾지 못함. 7. 학교 가는 길 - 소년은 학교 가는 길에 죽은 새를 발견함. 8. 언덕 위 - 소년은 소녀를 만났으나 이사 간다는 말을 전해 들음. 9. 밤의 들판 - 소년은 들판을 뛰어 다니며 소녀를 그리워 함. 10. 소녀의 집 - 소년은 소녀의 집에 찾아 갔으나 가지고 간 제비꽃을 전해주지 못함. 11. 소녀의 집 - 소년은 소녀의 집 대문에 '상'이라고 적힌 글자를 봄. 12. 언덕 - 소년은 제비꽃을 보면서 소녀를 그리워함.

그러나 이 서사의 계열체는 첫사랑이라는 감정과 관련된 부분으로만 구성되어 있다. 소년의 감정과 관련된 부분이다. 소녀와 첫만남을 가졌을 때의 떨림, 그녀와 만나고 싶은 바람, 그녀와 놀라 갔을 때의 환희, 그녀가 오지 않았을 때의 혼란, 그녀가 죽었을 때의 슬픔과 아쉬움 등이 선택되어 있다. 반면, 이러한 감정의 배경이 되는 다른 요소는 과감하게 생략되어 있다. 소년이 어디 살고 누구와 사는지 소녀 역시 누구와 어디서 사는지 등은 나와 있지 않다. 그럼에도 그의 감정이 설득력을 얻는 것은 음악과 함께 제시되는 감정 표현 중심의 화면 때문이다. 가령, 2의 화소를 보면, 소년의 운명적인 느낌을 전달하기 위해 다른 요소는 전혀 움직이지 않은 채 소녀의 얼굴만 소년의 시선과 함께 움직이는 것으로 처리하고 있다. 8의 화소 역시, 두 사람의 흩날리는 머리카락, 또, 소녀의 멀어짐을 반복적으로 보여주기, 또 팬 이동하는 소년과 소녀의 얼굴을 통하여 인물의 흔들리는 마음, 혼란과 아쉬움 등이 복합적으로 그려낸다. 이러한 계열체는 수용자로 하여금 그 감정의 타당성에 대한 의문을 잠재우고, 그들의 감정에 동화되도록 기능한다.

② 처음과 끝의 수사학
영상 서사물은 많은 정보를 동시에 제공하기 때문에 서사적 일관성이

나 통일성이 상대적으로 약한 편이다. 영상 서사물에서는 이를 위해 '의
미의 정박'을 위한 수사적 장치를 활용한다. 이는 "텍스트에서 독자를 지
도하며, 거기에서 어떤 것은 피하고 어떤 것은 받아들이도록 해 주는 것
이다. 섬세한 배치를 통해서 텍스트는 독자를 사전에 선택된 의미로 원
격 조정하는"117) 장치이다. 이와 관련하여 대중 서사물에서 주목할 것
은, '처음 효과'와 '최신 효과'118)를 만드는 '처음'과 '끝'의 수사학이다.
이들은 수용자가 복잡한 텍스트의 정보를 단순화하여 이해할 수 있도록
도와준다.

 드라마 〈소나기〉의 첫 장면은 상징을 활용하여 '처음 효과'의 차원에서
이해될 수 있다. 이 화면은 소년이 산에서 소를 데리고 오다가 '소나기'
를 맞고 잠깐 넘어진 뒤 다시 산을 내려가는데 이 때 '소나기'라는 자막
이 나온다. 이는 작품 내의 다양한 하위 플롯들과 정보들을 '소년의 성장'
이라는 테마로 압축하는 '최신 효과'를 발휘한다. 이는 결말 장면과 일관
성을 지니고 있다. 결말 장면에는 소년의 어두운 얼굴이 다소 웃음으로
변화하고 겨울을 지내고 성장하는 모습이 나타난다. 이로써 전체 서사
과정에 나왔던 다양한 이야기며 요소들을 깔끔하게 봉합하여 수용자로
하여금 해결의 만족감을 느끼게 하고 작품 전체에 대해 또 다른 의문을

---

117) Barthe, R(1993), 김인식 편역, 『이미지와 글쓰기 : 롤랑 바르트 이미지론』, 세
  계사.
118) 처음효과(primary effect)는 텍스트의 도입부에서 제공된 정보의 단면이나 인물
  의 태도가, 관객이 이후의 내용을 이해하고 해석하도록 유도한다는 데에서 기인한
  다. 관객은 처음의 정보 의미나 인물의 태도를 오래 지속하는 경향을 보인다는 것
  이다. 따라서 영상은 최 초의 인상을 부단히 강화하는 방식으로 이 일차 효과의 힘
  을 활용한다. 물론, 이 일차 효과의 내용과 대립되거나 대체하는 내용을 의도적으
  로 제시할 때, 극적 반전이 생긴다. 반면, 최신 효과(recency effect)는 텍스트의
  마지막 시퀀스에 제시되는 해결 국면을 통하여, 이전까지의 모든 정보를 동화시키
  도록 관객을 유도하여 서사의 완결성을 이끄는 것이다. 이러한 텍스트의 서두와 말
  미의 내용은, 그 사건의 단초나 최종적 결과의 제시라는 정보 제공의 차원 뿐 아니
  라 관객이 텍스트를 수용하는 과정 자체에 근본적인 변화를 줄 수 있다는 것이다.
  (서정남(2004), 『영화 서사학』, 생각의나무.)

제기하지 않고 감정적 '설득'의 효과를 만들어 내고 있는 것이다.

디지털 애니메이션 〈소나기〉 역시, 의미의 정박을 위한 처음과 끝의 수사학을 활용하고 있다. 이 작품의 첫 장면은 "초여름이면 어떤 사람이 생각난다. 왜일까. 그 애가 소나기처럼 왔다가 사라졌기 때문일까?"라고 하여 소녀의 죽음과 소년의 안타까움이라는 작품의 기본 틀을 미리 공개 하고 있다. 또, 작품의 결말 부분에서도 "너에게 전해 주지 못한 내 마음. 소나기"라고 하여 소년의 '내적 독백'을 공개하고 있다. 이 처음과 끝의 구조는 기본적으로 회상 구조라고 할 수 있다. "죽은 소녀에 대한 그리움→소년과 소녀 사이에 있었던 일→소년의 그리움"이 그것이다. 이러한 설정은 애니메이션이 음성과 대화를 전혀 사용하지 않기 때문에 발생하는 의미의 잉여를 봉합하는 역할을 수행할 수 있다. 따라서 스토리전개 자체에 대한 질문들, 가령, 무슨 일이 일어날 것인가? 또, 무엇을 의미하는가? 등과 같은 '기의적' 측면에서의 관심보다는 각 장면에서 다양한 방식으로 표현되고 있는 '소년'의 심리와 감정의 '기표'를 느끼고, 즐길 수 있도록 해 주는 것이다. 이와 같은 단선적 결말을 '센티멘털리즘 서사'로 설명할 수 있을 것이다.119) 모든 복잡 다다단한 갈등을 쉽게 이해할 수 있는 도식으로 평이하게 완결함으로써 수용자의 정서에 만족감을 주는 것이다. 이처럼 처음과 끝의 설정은 수용자에게 인지적, 정서적 안정감을 유도하는 수사적 기능을 담당한다.

(2) 서사 담론 층위의 서사 전략

① 시청각 이미지의 배치 논리 : 화면의 안과 밖

영상 서사물의 서사담론은 일차적으로는, 음향, 영상, 언어가 다양한 방식으로 결합하여 구성된다. 동일한 스토리라 하더라도 시각적 요소(화

---

119) 김혜련(2005), 『아름다운 가짜, 대중문화와 센티멘털리즘』, 책세상.

면의 질감, 부감, 양감, 심도)와 청각적 요소(자연 음향, 배경 음악), 언어적 요소가 결합되는 다양한 방식에 따라 사건의 의미는 달라질 수밖에 없다.

우리가 이미지를 읽을 때, 일차적으로 고려해야 할 것은 프레임의 구도이다. 일반적으로 영상 서사물의 기본 단위를 보통은 '쇼트'(shot)로 삼지만, 수사적 관점에서 볼 때, '프레임'(frame) 역시 대단히 중요하다. 프레임에는 초점화 주체의 관점과 시각이 반영되어 있기 때문이다. 화면으로 비추어진 대상들이, 화면의 전경, 중경, 하경 중 어디에 위치하고 있는지, 무엇은 선택되고 무엇은 삭제되는지, 무엇이 전경화 되고 있는지 등은 이미지를 결정하는 주요 요소가 된다. 특히, 영상물은 일반 그림과는 다른 동영상이다. 움직이는 그림이기 때문에 '지금, 여기'에 내화면으로 비추어지는 화면 영역은 '그 때, 거기'라는 외화면 영역과 대체되거나 확장된다. 곧, 움직이는 프레임들에 의해 내화면과 외화면 영역은 상호 교섭(긴장과 길항)하며 이 때 비로소 영상의 의미가 발생하는 것이다. 따라서 외화면은 단지 배제된 화면을 넘어서 "잠재되거나 가상의 장소일 뿐 아니라 멸실의 장소이고, 지금 보이는 장소가 되기 오래 전 과거의 장소이며 미래의 장소"이다.[120]

TV 드라마 〈소나기〉는 소년과 소녀의 가족을 각기 다른 화면의 프레임으로 잡고 있어 흥미롭다. 윤초시네 집안의 장면은 대부분 전경 화면으로 잡으면서, 인물들 간의 대립선을 강조한다. 할아버지와 며느리는 소녀를 사이에 두고 대각선의 구도로 배치되어 있어, 팽팽한 심리적 긴장을 드러낸다. 그리고 이들의 대화 장면은 나누어 찍기로 진행된다. 특히, (5)의 '무덤 앞 장면'도 주목할 만하다. 롱숏으로 찍은 이 화면은 오른 쪽에는 소녀와 할아버지, 무덤을, 왼쪽 후경에 떠나는 소녀의 어머니를 배치하고 있다. 이 프레임만으로도 소녀의 어머니가 가족에서 차지하

---

120) 서정남(2004), 『영화 서사학』, 생각의나무.

는 주변부적인 위치와 쫓겨나듯이 떠나고 있는 그녀의 상황을 이해할 수 있다. 다음에 이어지는 장면은 (6)소녀의 방이다. 내화면은 방에서 혼자 울고 있는 소녀를 나타낸 미디엄 숏이지만, 앞 장면에서 '떠나버린' 어머니를 외화면으로 전제하고 있기 때문에 소녀가 울고 있는 방은 '어머니가 없는 방'이라는 의미를 획득하게 된다. 이처럼 '어머니가 없다'는 외화면적 요소는 소녀의 집에 의미를 부여하는 주요 변수이다. 소녀의 병, 소녀의 당돌함과 고집스러움은 이러한 맥락에서 이해될 수 있는 것이다. 이와 같은 내면 화면과 외화면의 상호 교섭에 의해, TV 드라마 〈소나기〉는 소녀의 죽음을 어머니의 떠남과 개가와 연결되고 있다.

반면, 소년의 집은 대부분 미디어엄 숏으로 가족 모두를 프레임 안에 넣는다. 대화 장면조차도 거의 나누어 찍기를 하지 않고 있어 서로가 서로를 의지하는 관계임을 보여준다. 특히, 소년의 동생이 나오는 장면은 특정의 배경 음악을 쓰고 있는데, 이 배경 음악은 소년의 동생이 나타나지 않아도 그를 대체하는 효과를 낸다. 소리는 내화면 외에 부재하는 존재들, 곧 외화면의 존재들을 상기시켜 동시적으로 존재하는 효과를 자아내고 있는 것이다. 이처럼 소녀와 소년의 '반목한 집안'과 '화목한 집안'의 이분법은 프레임 안의 도상적 기호로 상징화된다.

한편, 애니메이션 〈소나기〉는 애니메이션의 다양한 표현 방법을 활용한다. 특히, '소년과 소녀'의 감정적 변화를 강조하기 위해 인물들의 얼굴만으로 화면을 과감하게 단순화하는 방법을 자주 쓰고 있다. 소년의 관심을 드러내기 위해 얼굴의 부분(팔, 목, 입, 눈)을 한 쇼트씩 드러내는 극단적인 클로즈업 화면을 쓰거나(장면2), 또, 소녀가 죽고 난 뒤에도 그녀를 잊지 못하는 소년의 마음을 표현하기 위해 소녀의 영혼과 소년을 동시에 병치하여 물리적 법칙을 무시하고 대신 주인공의 의식 흐름, 내적 독백, 욕망 등을 직접 표출하거나(장면9), 또 두 인물의 심리를 비교하기 위하여 화면 안에 이질적인 공간에 존재하는 인물을 병치하기도 한다. 그러나 TV드라마에 비해, 외화면과 내화면의 상호작용이 활발하지는 않은 편이다. 각 화면들이 마치 정지 사진처럼 그 장면 자체로 독립해 있고, 또 다소 느슨하게 연결되어 있기 때문이다. 따라서 그 화면 내의 이미지 구도가 중요한 편이다. 특히, 애니메이션 〈소나기〉는 단순과 과장의 방법으로 내화면의 요소를 강조하는 '닫힌 화면'의 모습을 드러낸다.

② 정서적 거리 조절을 위한 시청각적 초점화 방식

영상적 서사물은 일단, 대상을 직접 눈으로 '보여' 준다는 점에서 즉물적이고, 즉각적인 리얼리티를 획득한다. 그러나 이 리얼리티는 카메라의 눈, 그러니까 특정의 관점에 의해 매개된 것이다. 그럼에도 독자들은 카메라의 눈이 보여주는 대로 볼 수밖에 없다. 따라서 카메라가 무엇을 어떻게 초점화하는가에 따라 관객이 대상을 수용하는 정서적 거리가 조절된다. 영상 서사물은 영상이라는 특성상 단일 시점만으로는 서사 정보를 충분히 제공할 수 없어 다양한 초점화자를 설정하는 경우가 많다. 또, 시각적 요소 뿐 아니라 배경 음악 등의 청각적 요소도 초점화의 기능을 행사하기 때문에 한결 입체적인 방식으로 서사의 거리를 조절할 수 있다. 초점화자와 초점대상, 초점 방법의 세 가지가 어울려 만들어 내는 초점화 방식에 대한 이해는 영상물의 심층 해석에서 매우 중요하다.

TV드라마 〈소나기〉는 영상물 특유의 다성적이고 입체적인 초점화를 다양하게 활용하고 있다. 소설 〈소나기〉는 외부 화자의 시점을 근간으로 하여 관찰자적 시점을 유지하면서도 간간이 소년 인물 화자를 사용하고 있다. 그러나 드라마 〈소나기〉는 한 장면이라고 하더라도, 소년, 소녀, 외부화자의 시각적 초점화와 배경 음악의 청각적 초점화를 교차한다.

가령, 개울가에서 소년과 소녀가 처음으로 만나는 장면을 보자.

먼저, 카메라는 외부 화자의 시점으로 전체 상황이 제시된 뒤, 소년의 시점으로 소녀와 그녀의 어머니를 비춘다. 부드러운 파스텔톤의 화면은 소년의 심리 역시 전달한다. 그 다음 쇼트는 소녀의 시점이다. 당황하는 소년의 얼굴이 화면으로 나타나면서 소년을 바라보는 소녀의 호기심을 전달하고 있다. 그 다음은 다시 외부 화자에 의한 초점화이다. 외부 화자는 이들 인물의 전체상을 다시 한 번 전체적으로 보여준다. 이와 같은 초점의 이동은 동일 장면이라도 유동적인 이미지를 만들어내면서 관객들에게 보는 즐거움을 준다.

여기에 피아노 음악의 청각적 초점화가 덧붙여진다. 뉴에이지풍의 피아노 음악이다. 이 음악은 자연 채광이나 심도 깊은 화면과 결합하면서 농촌의 전원적 분위기를 돋보이게 하고 있다. 아울러 소년과 소녀의 순수성에 대한 함축적 의미를 만들어 내기도 한다.

이러한 청각적 초점화는 극중 인물이나 상황을 정서적으로 평가하면서도 음악 특유의 정서적 감염력을 통해 시청자를 정서적으로 설득하는 주요 기제라고 할 수 있겠다. 배경 음악은 초점 화자가 상황이나 다른 인물을 바라보는 시각, 특히 감정적 태도를 매우 적극적으로 반영한다. 소년의 집은 주로 명랑하고 발랄한 모드의 음악으로, 소녀의 집은 우울하고 비극적인 분위기의 모드가 주를 이룬다. 또, 배경 음악의 초점화자도 다양한 편이다. 〈소나기〉에서도 소년의 주제 음악과 외부 화자의 주제 음악이 번갈아 가면서 나타나고 있다.

반면, 애니메이션 〈소나기〉의 경우 드라마에 비해 시점은 다소 단일하다. 외부 화자와 소년만이 초점화자이고 소녀는 초점 대상일 뿐이다. 초점화의 방식은 시청각 방법을 모두 사용하고 있는데, 그 방식은 드라마와는 다소 다르다. 이 작품에서는 현실 원칙을 거의 무시한 채 초점화자의 주관적 시각으로 현실을 과감하게 변형하고 재구성한다. 가령, '소년'

의 인물 시점을 사용한다고 할 때, 화면은 그의 감정 상태에 따라 달라진다. 소녀의 모습이 흔들리기도 하고, 영상이 되기도 하며, 부분적 파편으로 조각나기도 한다. 이와 같은 변형을 통하여 독자들은 주인공의 심리를 독자들도 적극적으로 이해하고 동감할 수 있게 된다.

이 작품에서도 청각적 초점화는 주로 배경 음악과 음향 효과에 의지한다. 드라마와는 달리, 대화 음성을 전혀 사용하지 않고 화면 내 문자에만 의지하여 내용을 전개하고 있기 때문에, 주제 전달에 큰 역학을 하는 것은 배경 음악이다. 배경음악은 역시 뉴에지 풍의 피아노 음악이다. 이는 단순히 배경 음악을 넘어서, 사건 전개와 인물을 평가하는 영향력을 발휘한다. 전체적으로 영상과 소리, 언어 등이 느슨한 네트를 형성하고 있고, 장면별 통합체적 기능이 약화되고 있어 기표의 유희를 강화한다.

③ 관객의 나르시시즘 시선 유도

카메라는 육체의 한계를 벗어나 인간의 정신과 표현의 욕망에 충실할 수 있다. 영상 기호학에서는 영상의 이미지가 관객 자신의 이상적인 자아상이나 혹은 나르시시즘적인 요소와 연관된다는 점을 지적한다. 관객은 영상 서사물을 보면서 마치 백일몽에서와 같이 자신의 욕망과 꿈을 만나 시각적 쾌락을 얻을 수 있다. 물론 관객이 이렇게 수동적으로만 존재하는 것은 아닐 터이다. 그러나 적어도 영상을 제작하는 입장에서는 관객들의 욕구를 고려하고, 만족시킬 수 있는 영상물을 만드는 것이 중요한 과제인 것은 사실이다. 그들은 특정의 시청자 집단을 상성하고 그들 시선으로의 바라봄을 화면에 적용하여 쾌락과 만족감을 선사하고자 한다.

이러한 특징은 문학 각색 영상물에서 확연히 나타난다. 소설의 영상적 변형은, 문자를 단지 영상적으로 번역하는 과정일 뿐 아니라 특정 집단의 시선을 화면에 투영하는 과정이기도 하다. 소설 〈소나기〉는 '소년'과 '소녀'의 만남, 그리고 첫사랑의 죽음을 경험하면서 한 소년이 성숙하는 과정에 대한 이야기이다. 그러나 TV 문학관 〈소나기〉에서는 이 기본 줄거리 외에 시골의 풍광, 그 속에서 토속적인 삶의 방식이 전경화 되어 마치 〈전원일기〉류의 복고적 가족 드라마의 영상을 보여주는 데에 많은 시간이 할애되고 있다. 이들 영상은 줄거리와 무관한 채 확장되어 있다. 시골 장터의 다방, 뻥튀기, 고무신 가게, 시골 초등학교의 운동장과 운동회, 꽃다발, 무우 먹기, 시골의 가을 들녘과 같은 시골의 자연들, 소녀의 마음을 전한 '검정 고무신' 등. 이들은 복고적 향수를 달래주기에 충분하다. 또, 등장인물의 성격화도 그렇다. 소년의 부모는 고생하면서도 오로지 자식만 바라보고 산다는 전형적인 한국형 부모의 모습이고, 윤초시는 고향과 전통을 지키는 지사와 같은 이미지이며, 원작에는 없는 '봉순'과 '양평댁'은 순박한 시골 사람의 도식에 충실하다.

그렇다면, 이러한 기표들에 내재된 수사적 의도는 무엇일까? 앞에서 분석한 기표들이 주로 고향에 대한 향수를 불러 일으키는 복고적 이미지들로 되어 있다고 할 때, 영상물 〈소나기〉는 '도시인 어른'을 집단 시청자로 상정하고, 그들이 그리워하는 과거 자신의 어린 시절과 어머니, 고향의 이미지들을 영상으로 호출하려는 의도를 지니고 있음을 알 수 있다. 시청자는 이러한 화면을 통해 '소년'에서 자신의 어린 시절 모습을, 또 '시골'에서 그들의 고향을 생각하며 즐거워할 수 있는 것이다.

반면, 애니메이션 〈소나기〉의 경우, 순정적이고도 낭만적인 사랑을 꿈꾸는 여성 수용자의 시각을 만족시키는 기표들로 채워져 있다. 소년은 오로지 소녀만을 위해 존재한다. 그는 생활도, 이념도, 특별한 성격도 없다. 또, 드라마처럼 사랑을 매개로 하여 정신적으로 성장하지도 않는다. 모든 기표들은 처음부터 끝까지 오로지, 소녀에 대한 소년의 변하지 않는 사랑만을 다룰 뿐이다. 그는 오로지 소녀만을 바라보면서 즐거워하고 슬퍼한다. 첫 만남에서의 운명적인 떨림, 아름다운 추억, 이별의 슬픔들. 이 감정은 행위나 사건의 측면보다는 순간적인 이미지의 기표로 전달되고 있다. 이러한 영상 기표들은 '변하지 않는 남자의 순정한 사랑'을 욕망하는 여성 관객의 시선을 만족시킨다.

2) 맥락 차원의 서사 전략 해석

(1) 이미지 도식의 반복과 차용

앞에서 텍스트 차원에서 영상물을 분석하였다. 그러나 영상의 이미지는 작가의 의도와 함께 당대의 사회 문화적 상황이라는 맥락 속에서 수사적으로 결정된다. 특히, 이들은 그 사회에 존재하는 다양한 이미지 자원과 도식을 활용, 재생산, 변형하여 자신의 텍스트로 만든다. 이는 영상 언어의 본질적 속성 때문에 불가피한 것이기도 하다. 곧, 도상 기호는 언어적 기호에 비해 의미가 상대적으로 열려 있기 때문에 관객과의 소통을 위해서라도 그 사회에서의 이미지 도식, 서사적 관습 등과 상호 텍스트적 연관을 맺지 않을 수 없는 것이다. 그러나 이 도식과 관습은 독자들과의 소통을 원활히 하는 측면도 있겠지만 동시에 이데올로기적인 기능을 행사하기도 한다.

먼저, 가장 흔한 이미지 도식으로는 관습적인 '상징 도상'을 들 수 있다. 가령, 드라마 〈소나기〉에서 나오는 '검정 고무신'의 이미지가 이에 해당된다. '검정 고무신'은 소녀가 자신의 마음을 직접 드러낸 상징물 중의 하나이다. 하지만 두 사람의 감정을 매개하는 존재가 특별이 '검정 고무신'인 이유는 그것이 소년의 가난하면서도 성실한 삶을 의미하기 때문이다. 구두와 비교되면서 가난한 시절 어렵게 살던 시절을 환기하고 있는 것이다. 반면, 애니메이션 〈소나기〉에서는 '검정 고무신' 대신에 '소녀의 머리핀'이 나온다. 소녀는 자신의 마음을 전하기 위해 자신의 머리핀을 선물하는데 이는 소녀의 여성성을 전달하는 상징물이다.

또, 등장 인물 이미지 역시 더 이상 현실 재현의 논리로 설명될 수 없다. 거대한 문화 산업의 기호 환경과 텍스트적으로 연관되기 때문이다. 작중인물의 성격은 시나리오 극본에 제시된 성격으로만 한정되지는 않는다. 극중 인물의 이미지 뿐 아니라 그 배우의 자연인으로서의 이미지, 그리고 그가 다른 텍스트로 확보하고 있는 이미지가 인물의 성격화에 개입하기 때문이다. 배우의 이미지와 스타 시스템도 등장인물의 관습적 이미지를 가동시키는 원인이 된다. 가령, 드라마 〈소나기〉에서 윤 초시 역을 맡고 있는 배우 신구는 특유의 정의롭고, 대의에 충실한 카랑카랑한 이미지로 대중에게 인식되어 있다. 윤 초시의 몰락이 마치 전통의 몰락인 것 같은 느낌이 풍기는 것은 이 때문이다. 게다가 원작에는 없는 '양평댁'(신신애 분)을 등장시켜 가볍고 촐랑거리는 이미지와 대비시킴으로써 그이 올곧은 선비 이미지는 더 강하게 부각된다. 반면 소년의 아버지(박찬호)는 이 배우의 순하고 성실한 이미지를 활용하고 있다. 이에 따라 '시골 농군'의 순박함이 강조되고 있다.

(2) 기본 플롯(master plot)과 장르 코드의 차용

또, 대중 영상 서사물은 공동체가 보유하고 있는 서사문화 관습을 반복, 변형함으로써 설득력을 높인다. 그 중의 하나가 '기본 플롯'(master plot)의 활용이다. '기본 플롯'은 공동체 구성원들이 마음 깊숙이에서 가지고 있는 가치, 희망과 공포와 함께 오랫동안 이야기되고, 또 이야기되는 플롯 골격이다.121) 여기에는 이들 구성원들의 정체성이나 가치들이

---

121) Abbott, Porter H(2002), *The Cambridge introduction to Narrative,*

녹아들어가 있으나 지속적으로 이야기되면서 '보편적'인 것처럼 인식되기 때문에 서사의 그럴듯함을 높기도 한다. 근대에서의 '진보' '성공'의 플롯이 그러할 것이다.

소설 〈소나기〉는 첫사랑, 소녀의 죽음, 고향 등의 다양한 모티프적 자원을 지니고 있어 대중 서사물에 반복적으로 다시 이야기되어 왔다. 드라마 〈소나기〉의 경우, 이 중에서도 '고향'의 기본 플롯을 차용하고 있다. '고향'의 플롯은 한국인 특유의 토착적 정서에 바탕을 두고 산업화 이후 각박한 도시 생활에 대한 대타항으로서 시골이라는 이미지를 만들어 왔다. 드라마 〈소나기〉는 '시골'이라는 공간적 배경을 '고향'의 플롯으로 변용하여 도시 시청자의 욕망에 응답하면서, 시골을 인정과 모성적 가족애가 가득한 공간으로 의미화하고 있다. 그러나 독자들에게는 이것이 변형으로 느껴지지 않을 만큼 자연스럽다. 반면, 애니메이션 〈소나기〉는 '첫사랑'의 기본 플롯을 차용하고 있다. 원작 〈소나기〉에는 소년 소녀의 애정이 간접적으로 표현되어 있는 반면, 이 작품에서는 소녀에 대한 잊지 못할 사랑의 기억을 밝힘으로써 첫사랑의 기본 플롯에 충실하다. 이 작품이 순정의 서사로 단순화되어 있음에도 큰 거부감을 느끼지 않는 것은 이 때문이다.

또, 영상 서사물의 생산에 관여하는 코드로 '장르' 역시 중요하다. 장르는 생산과 소비에 모두 관여하는 일종의 서사 문화 관습이다. 어떤 장르적 코드를 선택하느냐는 단지 형식의 문제만이 아니라 내용이나 주체성의 형식과도 연관된다. 드라마 〈소나기〉의 경우, 전원 드라마와 성장 드라마, 멜로드라마의 요소를 혼합하고 있다. 소년과 소녀의 사랑이야기라는 점에서는 멜로드라마이지만 소년의 정신적 성장을 함께 다루고 있고 동시에 고향과 가족의 인정의 세계를 표현하고 있다는 점에서는 전원

Cambridge University Press.

드라마적 요소가 있다. 반면, 애니메이션 〈소나기〉는 남녀의 애정만을 중심으로 하는 '순정 서사'의 코드를 주로 활용하고 있다 하겠다.

3) 영상 서사물의 이데올로기 분석 : 사회 · 문화적 의미 읽기

그렇다면, 이러한 두 텍스트가 생산하는 사회 문화적 의미들은 무엇일까? 앞에서의 분석들을 볼 때, TV드라마와 애니메이션은 모두 원작의 내용을 기본 서사 구조로 수용하고 있었다. 그러나 다양한 하위 플롯을 첨가하고 영상적 변형을 시도함으로써 각기 다른 사회 문화적 의미를 생산하는 것으로 보인다.

먼저, 드라마 〈소나기〉를 보자. 앞서 우리는 이 작품이 소년과 소녀의 사랑 이야기를 근간으로 하면서도 두 집안을 비교, 대조하는 방식으로 사건을 조직하고 있음을 살펴보았다. 또한 서사 담론에서는 HD 고화질 화면의 장점을 살려 농촌 현실적 일상을 풍부하게 드러내되 도시인들의 복고적 전원주의의 시각에서 기표들을 배치하고 있음도 살펴보았다.

이 드라마에서 소년과 소녀의 사랑은 이분법적 의미망의 틀 속에서 전개된다. '시골' 대 '도시', '소작인' 대 '지주', '화목한 가족' 대 '화목하지 않은 가족', '자식을 위해 희생하는 부모' 대 '자신의 욕망만 따르는 부모' 등이 그것이다. 이와 같은 비교와 대조는 소녀의 슬픔과 죽음, 그리고 소년의 아픔과 성장이라는 중심 사건에 은밀한 동기로 작용하여 선악의 이분적인 구도에서 사건들을 계열화한다. 그리하여 소녀의 죽음은, 개가한 며느리와 가족의 붕괴, 양반 가족의 몰락과 전통적 고향의 상실과 연관된다. 반면, 소년의 성장은 화목한 가족과 성실한 소작농, 고향을 지키는 그들의 의지와 연관된다. 등장인물의 배치도 그러하다. 고향을 지키며 사는 우리의 전통적 가치를 지키며 살아가는 윤초시와 고향을 버리고 새로운 문물에 영합하여 이기적인 삶을 사는 옛 하인, 또, 자신의 신분

에 맞게 행동하는 소년의 아버지와 자신의 신분을 넘어지는 행동을 서슴
지 않는 옛 하인, 시골의 어린이들과 도시의 어린이, 자신의 행복을 위
해 딸을 버린 소녀의 어머니와 오로지 자식만을 위해 헌신하는 소년의
어머니 등 등장인물도 이 이분적 틀 속에서 전개된다. 그 결과 가족의
화목과 고향의 복고적 이미지를 강조하는 의미로 종결되고 있다. 다음은
선과 악을 중심으로 의미의 계열체이다

선	악
화목한 가족	화목하지 않은 가족
자식을 위해 희생하는 어머니	자신의 욕망을 추구하는 어머니
전통	새로운 문물
사회 규범에 충실함	사회 규범을 넘어서고자 함
변함	변하지 않음
소작인	지주

　이러한 연결은 결코 자연스럽지 않음에도 불구하고 당연한 것처럼 이
야기됨으로써 이데올로기들을 재생산한다. 이혼 여성에 대한 처벌, 가족
중심의 행복, 고향으로서의 자연 등의 의미가 그것이다. 많은 갈등이 있
지만, 궁극적으로는 선의 축 곧, 가족, 고향 중심으로의 문제 해결을 꾀
함으로써 계층이나 지역의 문제를 제시하는 듯하지만 봉합해 버리는 것
이라고도 할 수 있다. 이는 드라마가 전제하는 '합의된 서사'일 것이다.
그러나 이 합의는 서사 내의 사회적 갈등과 대립을 무마하고, 봉합한다
는 점에서 이데올로기가 될 수 있다.
　반면, 애니메이션 〈소나기〉는 애니메이션 특유의 단순화와 과장을 통
하여 소년과 소녀의 이야기를 순수한 '사랑'만으로 이야기하고 있다. 드
라마가 사회적 맥락으로 확장, 변형하고 있다면, 반면 애니메이션은 개

인의 심리적 맥락으로만 축소, 변형하고 있는 셈이다. 소년의 초점만을 극단적으로 내세워 제시된 서사 담론은 '사랑에 대한 낭만적 의미'를 확대 강화한다. 사랑은 변하지 않는 영원한 것이라는 낭만적 의미가 그것이다.

4. 영상 서사물의 수사적 읽기 교육 전망

이제까지 디지털 문화 환경을 고려하면서, 영상 서사물의 수사적 읽기를 통해 서사 문화 교육의 방법에 대해 살펴보았다. 특히, 이 글에서 선택한 HD 드라마와 애니메이션은 디지털 영상의 특징을 잘 반영하고 있다. 영상 서사물은 문자 서사물에 비해 시간적 계열체의 요소보다는 공간적 통합체적 요소가 상대적으로 강하다. 때문에 스토리의 전개 뿐 아니라 서사 담론의 전개가 각별한 영향을 미치기도 하다. 특히, 두 장르 모두 영상, 소리, 언어의 요소를 느슨하고도 다양한 방식으로 결합하여 기표의 유희를 활성화하면서도 동시에 처음과 끝의 수사학을 통하여 이미를 정박하고 센티멘털의 서사를 강화하였다. HD드라마는 전통적 드라마와 달리 광각 렌즈를 자유자재로 활용할 수 있어 스토리를 확장하면서도 '처음과 끝'의 구조를 통하여 의미 이분법을 강화하였다. 반면, 애니메이션은 다양한 방식의 표현으로 현실 세계로부터 일탈하면서도 집중, 단순화하였다. 이와 같은 수사적 읽기를 통해 텍스트와 맥락, 작가의 의도와 독자의 반응을 입체적으로 고려하면서도 영상 서사 특유의 장르적 특성을 고려하는 방향으로 영상 서사물 교육이 이루어져야 할 것이다.

제 6 장

한국 TV 토크쇼의 서사 패턴과 그 문화적 기능 읽기

1. 토크쇼와 문화 분석

서사는 사람들이 세계를 이해하고 삶을 기획하는 데 필요한 문화 문법을 제공한다. 이에 따라 서사물은 그 사회의 문화를 진단하는 데 중요한 자료가 된다. 최근 서사론이 문자 뿐 아니라 영상이나 사이버 공간 등 다양한 매체의 서사물로 확장되고 있는 것도 이러한 관점과 관련되어 있다고 하겠다. 그럼에도 불구하고 음성 매체로 실현되는 대화적 서사물(conversational narrative)에 대한 관심은 아직은 미미한 듯하다. 하지만 말, 곧 일상적 대화야말로 우리의 삶에 밀착해 있다는 점에서 우리 문화를 형성하는 근본이 아닐까. 가족 문화는 가족 간에 주고받는 이야기 방식과 학교 교실 문화 역시 교사와 학생이 나누는 대화 방식과 밀접한 관련을 같다는 점을 고려한다면 말이다.

　이런 관점에서 토크쇼를 문제삼는다. TV 토크쇼를 가장 영향력 있는 프로그램의 하나로 보고, 여기에서 오고가는 이야기들을 우리 사회의 사고틀은 물론이고 사회적 관계와 생활 방식을 규정짓는 중요한 역할을 한다는 가정에서 출발함을 의미한다. 특히, 토크쇼는 뉴스나 드라마와는 달리 가장 일상 대화에 가까운 말들로 되어 있어 시청자에게 신뢰감을 준다. 하지만 토크쇼의 이야기가 일상의 대화인 것은 아니다. 그것은 방송사의 의도적인 기획 하에서 사회 · 문화적으로 재구성된 것이기 때문이다. 이런 이유로 토크쇼의 담론은 일상 언어와는 구별되는 '미디어 장르'로 접근[122]할 필요가 있다.

　미디어 장르로서의 토크쇼가 지니는 특성과 매력은, 그 애매함에 있다. 토크쇼에는 상호 모순되는 특성들이 동시에 존재한다. 실제 인물의 실제적인 대화, 이야기 상황을 보여주고 있다는 점에서는 논픽션이지만 그것이 어떠한 일정한 연출의 의도적인 개입에 의해 구성된다는 점에서 픽션의 요소가 가미된다. 또한 사회자와 게스트가 나누는 이야기들은 대부분 '사적인 화제'들이지만, 이것은 개인의 거실에서 진행되는 것이 아니라 공공의 영역에서 수행되는 것이기에 사적인 것과 공적인 것이 묘하게 결합되어 있다. 토크쇼의 이데올로기적 기능에 대해서도 이중적인 평가가 존재한다. 개인적인 경험의 대담한 분출을 통해 지배적인 이데올로기를 뒤흔들 수 있다는 평가가 존재하는가 하면 위계적이고 정형화된 틀로 기존의 이데올로기를 강화하는 방향으로 나아간다고 평가하기도 한다.[123] 토크쇼의 기호 체계 역시 매우 중층적이다. 음성 언어 뿐 아니라, 영상 이미지, 음악, 화면에 첨가된 문자 등이 복합적으로 작용하는 것이다.[124]

---

122) Fairclough, N.(1995), *Media Discourse*, London : Edward Arnold.
123) Joanna Thornborrow(1997), "Having their say : The Function of stories in talk-show discourse", *Text 17* (2), Mouton Publishers. p.243.

그렇다면, 한국의 토크쇼는 어떠한가. 여기에 연역적인 단정은 금물일 것이다. 그것은 그 사회 특유의 미디어의 기능, 언어문화의 특성과 상황 등에 따라 달라질 수밖에 없기 때문이다. 자니윤 쇼 등이 미국의 토크쇼 포맷을 그대로 모방한 적이 있지만 실패하였던 것을 기억할 수 있겠다. 이런 점에서 한국의 토크쇼의 특성을 문화론적 차원에서 이해할 필요가 생긴다. 곧, 미디어 텍스트를 사회, 문화의 거시적 맥락 속에서 접근하자는 것이다. 이는 화면에 비추어진 현실을 특정 의도 속에서 재구성된 것으로 보고 그 숨겨진 의도와 시각, 그것의 사회, 문화적 의미화 코드들을 분석하는 일과 관련된다.

토크쇼의 경우 사회자와 게스트가 나누는 이야기로 진행되지만 어떠한 게스트에게 어떠한 화제의 이야기를 하게 할 것인가, 또 이야기 주고 받는 상호작용의 패턴은 어떻게 되는가, 누가 질문하고 누가 응답하며 나아가 질문과 응답의 방식은 어떻게 구성할 것인가 등은 그 화제에 대한 우리 사회의 지배적 담론이나 게스트의 사회적 정체성에 대한 인식이 중요하게 작용한다. 토크쇼에 등장하는 이야기 패턴을 우리 사회의 문화적 요소와 관련지어 이해할 수 있다는 것이다.

이 글에서는 아침 시간대에 방송되는 주부 대상 토크쇼를 대상으로 하여 그 이야기의 패턴과 문화적 기능을 분석하고자 한다. 이는 주부 대상 토크쇼를 광의의 여성적 서사(female narrative)와 관련지어 살피려는 것이다. 자니스 페크(Janice Peck)[125]는 주부대상(Day time talk show) 토크쇼가 사적인 대화, 정서적 표현, 결말 없는 이야기, 이야기 과정 자체의 즐김 등의 특징을 들어 여성적 서사로 분석한 바 있다. 하지만 토

---

124) 백선기 · 정현주(1998), "텔레비전 토크쇼의 의미구조와 이데올로기", 기호학연구, Vol.4 No.1, 한국기호학회, 218~219면.

125) Janice Peck(1995), "TV Talk show as Therapeutic Discourse : The Ideological Labor of the Televisied Talking Cure", *Communication Theory*, p.59.

크쇼를 미디어 장르로 본다면, 이러한 서사 패턴이 해당 프로그램 프로
듀서의 자의적인 선택에 따른 것이 아니라는 점에서 사회, 문화적 맥락
에 대한 인식이 요구된다. 곧, 그것은 주부 대상 토크쇼에서의 이야기
패턴을 분석하면서 동시에 그러한 패턴을 주 시청자인 '여성'이란 누구인
가에 대한 한국 사회의 인식, 또 당대 한국 사회에서의 가족관이나 라이
프 스타일 인식 등의 사회 · 문화적 맥락 속에서 해석할 필요가 있다는
것이다. 미디어 장르가 구성된 것이라면, 주부 대상 프로그램에서의 재
현되는 이야기는 실은 우리 사회가 주부들에게 들려주고 싶은 이야기일
수 있다.

이 글의 연구 방법론은 서사론이다. 서사론의 관점에서 볼 때 토크쇼
는 매우 풍부한 이야기 자원을 지니고 있다. 토크쇼의 주된 화제가 삶의
'문제와 해결'이라는 점, 그리고 '말'로만 이루어지는 자칫 지루하기 쉽다
는 프로그램상의 단점 때문에 다양한 이야기 패턴을 활용한다.특히, 이
야기는 개인 경험에 대한 다각도의 가치평가를 수반할 수 있기 때문에
토크쇼가 단선적인 이야기가 아니라 역동적인 상호작용으로 이어질 수
있는 자원(resource)이 된다는 연구 결과도 있다.126) 토크쇼에 주고 받
는 대화를 '대화적 서사'(conversational narrative)로 볼 경우, '서사'론의
시각은 1) 게스트, 사회자, 시청자가 함께 협동하여 일정한 흐름과 구조
를 지닌 채 하나의 주제에 대해 말하는 상호작용의 과정을 해명할 수 있
고 2) 이야기 되는 대상 중 초점화되는 가치를 통해 생산되는 이데올로
기를 분석할 수 있고 3) 토크쇼의 다양한 대화 패턴, 그 유형과 기능을
포괄하기 쉽다는 장점을 지닌다.

연구 자료는 오전 시간대에 방영되는 주부 대상 프로그램인 〈토크쇼,
임성훈과 함께〉(MBC)과 〈아침마당〉(KBS)이다. 2003년 3월 한 달 동안

---

126) Joanna Thornborrow(1997), "Having their say : The Function of stories
 in talk-show discourse", *Text 17*, Mouton Publishers.

에 방영된 프로그램이다. 연구 절차는 다음과 같다. 먼저, 2절에서는 주부 대상 한국 TV 토크쇼에 나타나는 서사 담화 패턴을 분석한다. 서사의 형식과 내용을 이분할 수는 없겠지만, 서사 형식에서는 화제적 틀 (topical frame)과 상호작용의 틀(interactional frame)을 분석할 것이며, 서사 내용에서는 서사의 초점, 재현된 자아상(혹은 가족상, 라이프 스타일)을 살핀다. 3절에서는 앞에서 분석된 서사담화 패턴이 주된 시청자인 여성와 관련하여 그 문화적 기능과 역할을 살피도록 하겠다.

2. 주부 대상 TV 토크쇼의 서사 패턴

1) 로맨스형 서사 패턴

이 패턴은 성공한 사람을 게스트로 초빙하여 성공의 과정, 비결을 듣는 포맷이다. 인터뷰 형식으로 진행되는 가장 고전적인 유형이다. 하지만 여기에는 전형적인 틀이 반복되고 있어 다양한 인물이 게스트로 초대되지만 진행된 이야기는 거의 유사하다 할 수 있다. '고난과 위기, 그리고 그 극복'라는 서사틀이 그것이다. 이는 일반적인 인터뷰 형식이라 할 수 있으나, 주부 대상 프로그램에서 이 패턴은 이들의 고난과 성공이 '여자와 남자' 라는 성적 이분법이나 혹은 '부부' 가족 관계 내에서만 조명된다는 특징을 지닌다.

가령, 이야기의 진체적인 주제를 담고 있는 제목을 살펴보면, 〈아줌마의 힘, 2003년도 주부스타〉(MBC, 2003. 3. 5), 〈딸들 앞에 다시 서리라〉(MBC, 2003. 3. 10), 〈평강 공주와 온달의 시한부 사랑〉(MBC, 2003. 3. 17) 〈하루에 333만원을 버는 여자〉(MBC, 2003. 3. 20), 〈매춘·마약 중독자가 '성녀'가 되기까지〉(2003. 12. 5) 〈춤바람(?)난 부부〉(KBS, 2003.

3. 13), 〈개를 사랑한 남자〉(KBS, 2003. 3. 20) 등이다. 이런 제목은 개인의 성공을 가족 관계, 혹은 성적 정체성과의 관련[127] 속에서만 문제 삼는 것이다. 게스트의 직업, 학력, 계층 등의 사회적 요소는 여성과 남성, 아내와 남편, 어머니와 아버지 등의 가족 관계로 개인화, 탈맥락화, 추상화된다.

이러한 단순화는 특히, 사회자의 인터뷰 질문 방식에서 잘 드러난다. 사회자의 질문은 게스트의 개인적 정체성과 관련된 "당신은 누구입니까?"('who are you?')의 질문이 아니라 사회적, 외적 성취와 관련된 "당신은 무엇입니까?(what are you?)에 관한 질문이다. 가령, 미용사를 취재한 〈꿈을 손질하는 여자〉(MBC, 2002. 1. 25) 경우, 사회자는 그가 '어떤' 미용사인가, 어떠한 철학, 어떠한 스타일을 추구하는 미용사인가가 아니라 어떻게 해서 '성공'한 미용사인가 특히 불운한 여자이지만 어떻게 성공을 거두었는가에 대한 사실 확인과 그 방법에 관한 질문이 주를 이룬다.

따라서 질문 유형 역시 포괄적인 질문보다는 세부적인 사실과 관련된 구체적 질문이 더 많다. "언제 갔었어요?", "어떻게 갔었어요?", "어떤 상태였어요?", "누구랑 함께 동반했어요?", "참 좋았겠네요." 등. 이러한 질문에서는 게스트가 자신의 관점에서 화제 틀을 정할 수 없다. 대신 요구되는 정해진 주체 위치에서 세부적인 내용만을 채울 뿐이다. 짧은 답변, 빈번한 이야기 교대 역시 이와 관련된다. 또한 게스트의 내적 반응이나 의지 등의 감정적 상황과 관련된 질문이 많다는 점도 특징적이다. 이에 따라 이야기의 초점은 주관적이고 개인적인 감정적, 내면적 상황으로 제한된다.

---

127) Janice Peck(1995), "TV Talk show as Therapeutic Discourse : The Ideological Labor of the Televisied Talking Cure", *Communciation Theory*, pp.58~81.

그런데 이러한 방식은 전문가 초빙 토크쇼와 다르다는 점이 흥미롭다. 문화 예술 영역에서의 전문가를 초빙하는 〈조영남이 만난 사람들〉을 보면, 사회자는 "어떤 것이 좋은 시라고 생각하세요?", "법이 무엇이라 생각하세요?", "인생에서 가장 행복했던 일은 무엇입니까?" 등의 포괄적인 질문을 던지고 있다. 이에 따라 게스트는 스스로 화제의 초점을 잡는다. 뿐 아니라 "소개해 주세요."처럼 정보를 요청하는 질문이 주를 이루며, 이야기 교대 시간도 길다. 이러한 차이는 모두 게스트의 '개인적 고유함'을 강조하느냐 아니냐와 관련되는 것이다.

그럼에도 이 로맨스형 서사패턴에서는 '과거의 불행→현재의 행복→미래의 끊임없는 발전' 등의 단선적인 시간 구조가 반복된다. 실패와 불행은 과거의 것이고, 현재는 완벽한 행복과 성공만이 있다. 갈등이 있다고 하더라도 모두 현재의 노력에 의해 극복할 수 있는 것으로 이야기된다. 특히 서사적 초점은 '문제와 방해물, 그러나 의지에 의한 해결'의 드라마에 있다. 특히, 주인공의 도덕적 의지나 초인적 노력 등에 초점을 맞추기 때문에 게스트가 전문인이라 하더라도 그 전문 영역과 관련된 정보, 철학이나 소신은 부수적인 것이다. 주인공은 '영웅'으로 형상화되는 것이다. 영웅의 고난 극복의 행위와 의지, 드라마틱한 작용과 반작용, 고난과 해결의 쌍곡선은 자연적이고 천형적인 고난(운명시됨)에 개인적인 의지로 해결했음이 강조된다.

그렇다면 여기서 재현되는 자아상은 무엇일까? 오프라 윈프리 등의 서구적 토크쇼에서는 일상적인 규범에서 어긋난 일탈적인 자아, 극단적인 자아의 모습이며 시청자들은 이러한 인물을 통해 '부담없이 일탈의 여행을 추구한다는 점128)을 지적한 바 있다. 그러나 한국의 토크쇼는 이

---

128) Nelson & B.W. Robinson(1994), "'Reality Talk' or 'Telling Tales' The Social Construction of Sexual and Gender Deviance on a Television Talk Show", *Journal of Contemporary Ethnography*, April, pp.51~78.

런 모습과는 거리가 있다. 성공적 자아의 모습에서는 자신의 독특한 내면, 개성, 철학을 가진 개성적 자아가 아니라 사회적으로 인정되는, 공적 경력 사항의 '제도적 자아'(institutional ego)이며 독특한 의지와 철학으로 그 자아에 적응한 '기능적 자아'이다. 전문직이라 할지라도, 그 사람의 직업과 관련된 소신이나 철학, 독특한 정체성과 관련된 내용은 삭제되고, 그 직업에 도달하기까지의 고난에 찬 '과정'만이 기능적으로 부각되는 것이다.

2) 치료형 서사 패턴

이 토크쇼 유형은 문제성 있는 부부를 치료하는 포맷으로 되어 있다. 참여자는 치료 받을 부부와 치료하는 전문가 게스트(의사, 경륜있는 연예인)이다. 소재는 인간 관계(주로 부부관계)의 갈등이며 참여자는 게스트와 전문가 게스트이며 시청자 참여 프로그램으로 진행된다. 이러한 포맷에서 서사의 초점은 정상적인 부부 관계에 방해가 되는 일탈적인 행동과 그 해결책에 있다. 제목을 살펴보면, 〈아내를 미워하는 남편〉(KBS, 2003. 3. 4), 〈한 남자의 두 여인〉(KBS, 2003. 3. 11), 〈아내의 복수〉(KBS, 2003. 3. 18), 〈술 먹는 아내〉인데, 이는 정상적인 부부관계를 전제로한 '일탈과 정상'의 범주에서 성립된 것이다. 때문에 돈을 벌지 못하는 남편, 외박하는 아내, 집에만 있는 남편, 남편을 돌보지 않고 일에만 충실한 아내 등이 문제적인 주인공으로 등장한다. 또한 이러한 문제성과 일탈을 대부분 게스트 개인의 성격 장애, 혹은 관계 장애의 차원에서 다루어지기 때문에, 해결 역시, '치료' 차원에서 수행된다고 할 수 있다.

이러한 치료적 담화는 기본적으로 수평적인 관계보다는 수직적 관계, 곧 치료하는 사람과 치료받는 사람이라는 권력 관계를 전제로 하기 마련이다. 이 권력에 의해, 치료하는 사람은 어떠한 질문(특히, 매우 사적인 질문)이라도 할 수 있으며 동시에 자신에 대해서는 어떠한 정보도 노출하지 않는다. 외국의 경우, 이러한 권력은 주로 '남—녀' 관계, 곧 '남자 전문가／사회자'와 '여성 게스트'라는 단선적인 관계로 설명되었다. 129)하지만 우리나라의 경우 '남／녀'뿐 아니라 '장(長)／유(幼)'의 문제도 개입한다. '남편' 게스트를 야단치고, 혼내주는 여성 전문가 게스트는 연륜에 의해 그 권력을 인정받는다.

특히, 주목할 것은 한국의 토크쇼에서는 사회자 역시 치료자로 등장한다는 점이다. 일반적으로 사회자는 게스트들의 이야기를 이끌어내고, 상대방간의 이해와 공감을 유도하며, 게스트와 전문가간의 소통을 도와주는 역할을 한다. 특히, '-라면' 식의 잠정적이고 가정적인 화법을 통해 상대방에 대한 이해의 폭을 넓히는 중계자의 역할이 중심이 된다.130)

그러나 또한 사회자는 초월적이고 권위적인 화자로 치료에 참여하기도 한다. 특히 KBS 〈아침마당〉 진행자(이상벽, 이금희)의 경우 이러한 사회자의 역할은 더욱 두드러진다. 이들은 이야기의 방향을 미리 정하고 이 화제틀에 맞추어 이야기 흐름을 재단하는 권능을 지니고 있다. 뿐 아니라 특정 게스트의 이야기를 대신하고 유도하고 설복하며, 문제에 직접 개입하여 게스트의 이야기를 방해하고, 가로막고 혼내고 훈계한다. 가령, KBS 2003년 1월 14일에 방영된 〈남편은 술타령, 아내는 돈타령〉의 경우, 이금희 사회자는, "말도 안 되는 얘기를 계속 하잖아요. 고물을 치료

---

129) Janice Peck(1995), "TV Talk show as Therapeutic Discourse : The Ideological Labor of the Televisied Talking Cure", *Communciation Theory*, pp.58~81.
130) 금요일 프로그램에 나타난 전체적인 서사 구조와 상호작용의 흐름을 정리하면 다음과 같다. 1)사회자의 전체적 문제틀 오리엔테이션. →2) 개인 인터뷰 (① 문제 지적(사회자)해명, 상술, 혹은 반박→재반박, ② 대안적 가능성, 임의적 위치에서 가정적인 질문→응답, ③ 게스트의 문제 제기→사회자 및 또 다른 게스트의 응답, 해명) →3) 진리 탐색 (속 마음 이야기 하기) →4) 전문가, 인생 선배의 진단 및 치료→5) 시청자 조언→6) 편지 공개, 문제 해결)

한다느니 하면서"라는 말로 게스트의 말을 자른다. 아울러 이상벽 사회자는 남편 게스트가 자신의 말에 복종하지 않고 자신이 잘한 점을 이야기하고자 할 때 조목조목 들어 무엇을 잘못했는지를 설교한다. 이는 사회자가 자신의 주관적인 평가나 도덕적 가치 판단을 직접적으로 제시하는 장면이라 할 수 있다. 이러한 스타일은 매우 권위적이고 초월적인 화자의 모습이라 할 수 있다.

이러한 초월성이 가능한 것은, 정해진 화제틀로 이미 결론을 정하고 그 방향으로 몰아 가기식 진행을 하기 때문이다. 정해진 시간 속에 '강요된 화해'를 해야 한다는 시간적 중압 속에서 서로 잘 연결도 되지 않는 이질적인 사안들을 털어 놓는 것이다. 따라서 비록 표면적으로는 이야기 과정에서 결론이 도출되는 열린 서사의 형식을 취하고 있지만 실제적으로는 정해진 결론을 향해 나아가는 닫힌 서사라 할 수 있다. 과정상의 어떠한 이야기도 두 사람의 화해, 갈등 해결이라는 미리 마련된 결론으로 봉합되는 전조('fore-shadowing')의 서사 시간을 취하는 것이다.

이러한 진행에서 게스트들의 상호작용 방식은 어떠한가. 게스트의 역할은 주어진 질문에 파편적인 답변만을 하거나, 부정과 반대를 표현하는 등 매우 수동적으로 참여한다. 이러한 상호작용 패턴 하에서는 게스트들이 자기 주도하에, 자신의 이야기를 표현할 기회가 매우 적다. 오히려 이들의 이야기는 이미 정해진 사회자의 질문 틀 속에서 재구성되기 때문이다. 대단히 사적이고, 개인적인 세부 사실들이 말해지지만 그럼에도 불구하고 그들의 삶의 문제는 방송사의 의도와 사회적 상식이라는 타인의 문제 틀 속에서 이야기되는 것이다.

특히, 시청의 홍미를 의식하여 사건을 과장하고 문제만을 드라마틱하게 드러내는 '폭로성' 질문이 많다. 가령, 앞의 1월 14일 방송의 경우, 사회자(이상벽)는 문제 사안과는 거리가 멀면서 지나치게 구체적인 질문들, 가령, "술을 얼마나 마셨어요?", "무슨 술을 마셨어요?" 등을 던진다. 또한 게스트들의 삶의 이야기를 '문제' 중심의 단답형으로 유도하기 때문에 파편적인 이야기들은 극단적으로 과장된다. 이러한 질문은, 표면적으로는 게스트들의 사적 문제를 치료한다는 명분을 지니고 있지만 이면적으로는 사적 이야기를 시청자들이 엿보게 함으로써 가학적 쾌감을 부추키는 역할을 한다.

이처럼 치료형 서사는 이성적 측면보다는 감정적 측면의 치료에 초점을 두고 있다. 이는 치료 주체에서도 확인되는데, 의사인 뿐 아니라, 연륜 있는 연예인 그리고 사회자, 그리고 경험 있는 시청자들이 치료의 담화에 참여하고 있다. 또한 이들의 치료, 해결은 실제적인 것보다는 이야기 화행 자체, 곧 속 시원하게 말해본다는 언술의 쾌감에 의한 것이다. 일탈적인 사건들을 사회자가 말하게 만들어 시청자들의 선정적인 관심을 불러들인 뒤 한꺼번에 해결되는 과정을 보여주는 것이다. 특히, 〈아침마당〉의 경우, '김지미'는 개인적 카리스마로, 마치 어른이 아이를 다루는 것처럼 야단치고, 훈계한다. 게스트는 자신이 야단맞고, 정신 차리기 위해 나왔다는 식의 새디즘적인 발언을 하기도 하였다.

이러한 담화에서 재현되는 것은 가족 내에 소속된 기능론적 자아상이다. 게스트는 자신의 역사와 삶을 고유한 존재가 아니라 문제 있는 남편, 희생당한 아내 등으로 틀 지워지고 이 틀에 의해서 그들의 삶이 반추된다. 또한 이야기하기도 전에 이미 나쁜 남편 그래서 반성해야 할 존재로 규정되어 버리게 된다. 술 먹는 남편의 솔직한 내면을 자기의 목소리로 표현할 수는 없다. 치료라는 이름으로 정작 자신의 삶과 내면은 전문가의 입을 빌어서만이 이야기되기 때문이다. 게스트는 범죄아, 일탈아라는 주체 위치를 부여받고, 올바른 길로 계몽된다.

3) 토론형 서사 패턴

이 패턴은 가족 내 갈등을 소재로 하되 가족을 이편과 저편으로 양분하고 게스트와 시청자도 특정 입장을 옹호하며 토론하는 포맷으로 되어 있다. 문제 해결 그 자체보다는 다양한 의견의 교류를 추구하며, 가족 내 해결되지 않는 문제를 외부 사람들과 공유한다는 취지를 지니고 있다. 대립되는 두 입장을 만들고 자신의 입장에서 상대방을 설득하는 이야기라는 점에서 토론이지만 논증 형식이 아닌 서사 형식으로 진행된다는 특징을 지닌다. 앞의 '치료형' 패턴이 다소 극단적이고 일탈적인 가정 내 문제를 다루고 있다면, 이 경우 다소 일상적이고 보편적인 문제를 다루고 있으며, 또한 다자 토론 구도로 되어 있다는 점이 다르다.

가족 내 사적인 문제들을 왜 공개적으로 이야기하는가. 이는 갈등을 면대면으로 해결하지 않는 우리나라의 대화 문화, 특히 가족 내 개인적인 대화가 발달하지 못한 우리나라의 가족 문화와 연관될 것이다. 안젤리아(Angelia K)는 '서사적 토론'(narrative argument)은 서사가 지니고 있는 공감적 이해의 힘을 발휘하여 낯선 타자의 문화에 대한 합리적 이해를 가능케 하며, 누구와 함께 생각할 수 있는(think with others) 기회를 제공한다는 점에서 민주적인 소통 방식의 하나131)라고 제시한 바 있다. 이런 시각에서 본다면, 가족 구성원들은 이러한 서사 토론을 통해 서로를 타자로 설정하고 이해를 구한다고 할 수 있을 것이다.

KBS 〈아침마당〉은 금요일, 〈긴급회의, 터넣고 이야기 합시다〉라는 포맷으로 프로그램화하고 있다. 이 패턴에서는 '이야기하기'하는 과정, 곧 서사 시간의 현재성이 중요하다. 과거에 대한 이야기가 아니라 현재에 대한 이야기이며, 새로운 미래를 만들어가려는 이야기이기 때문이다.

---

131) Angelia K. Means(2002), "Narrative Arugement : Arguing with Natives", *Constellations* V. 9, Number 2, Blackwell Publishers, pp.225~226.

이 때문에 화제도 이야기 하는 과정에서 지속적으로 바뀐다. 그런데 여기서 의제 구성의 권한을 맡은 사람은 남자 사회자(이상벽)와 남자 게스트(윤문식)이다. 이들은 웃음을 유발하고 게스트를 희화화하며 단정적인 화법으로 문제를 규정함으로써 의제를 결정한다. 이런 모습은 여성 사회자(이금희)와 여성 게스트(전원주)의 역할과는 대조적인 것이다. 이들 여성은 게스트들의 입장을 대변하거나 만들어진 의제를 보완하는 보조적인 역할을 담당하기 때문이다. 이런 남녀의 불균등한 역할 모델은 그 자체로, 여성은 이해력이 부족하고 잘 다투며 미숙한 반면 남성은 인생의 지혜를 더 많이 알고 있고 성숙하며 대범하다는 이미지를 생산한다.

특히, 남자 사회자는 연장자로서 자신을 내세우고, 또 대접받는 분위기를 만든다. 이에 따라 토론 의제가 중년 남자의 시각을 반영한 경우가 많다. 가령, 여성들의 '자아'와 가족 내 역할과의 갈등이 있다면, 우선적으로 강조되는 것은 가족 내 역할 모델이다. 아무리 꿈이 있어도 여자는 여자고, 며느리는 며느리다. 가족을 지키면 자신을 버려야 하고 자신을 지키려면 가족과 버려야 한다는 식의 이분법에 바탕을 두고, 무엇을 선택할 것인가를 논의하는 것이다. 제목에서도 이는 드러난다. 2003년 3월에 방영된 프로그램 제목을 보면, 〈앞 못보는 어머니 누가 모셔야 하나요?〉 〈헛바람 난 우리 엄마(?)〉 〈시누들의 천방지축, 올케 길들이기〉 〈마마보이, 아들의 반란〉으로, 토론 의제는 대부분, 전통적인 가족상에 비추어 구성원의 개성과 가족 내 역할 사이의 갈등을 문제 삼는다. 토론의 결과 역시, 개인의 개성은 허용되지만 이는 전통적인 가족문화에의 순응을 전제로 개인적 변용을 허락하는 차원으로만 한정된다. 이렇게 볼 수 있는 이유는, 궁극적으로 서사의 결론은 '착한 며느리', '성실한 남편', '다정한 아내' 등이라는 윤리적인 선/악 판단으로 몰아가기 때문이다. 그러나 윤리적 가치로는 문화의 다양성이나 개성을 전면 수용할 수는 없다.

이러한 패턴의 서사적 상호작용은, 갈등에서 공감과 화해를 도출하는 과정으로 진행된다. 사회자는 긴장된 갈등 상황을 이완하기 위하여 웃음을 유도하고, 구체적인 질문을 던져 '상황'과 '이야기'를 이끌어 낸다. 여기서 '의견'이 아닌 '이야기'를 묻는다는 것은 토론의 진행을 위해 매우 효율적이다. 이야기는 개인의 구체적인 정황을 도출하여 공감 가능성을 높이기 때문이다. 또한 전문가 게스트들은 해결을 위하여 예정과 미래 추측의 서사를 구사하는 전략을 사용하기도 한다. 가령, "이 사람들은 잘 할 것이다.", "지금, 하려고 한다." 등등. 이러한 미래적 서사를 통해 합의의 가능성을 확대하는 것이다.

4) 에피소드형 서사 패턴

이 패턴은 개인의 사생활을 소재로 환담을 즐기는 서사 유형이다. 유명인의 사생활, 보통의 시민들의 색다른 삶을 소개한다. 여기에서는 게스트의 정체성, 곧 "당신은 누구입니까?"(Who are you?)와 관련된 질문이 주를 이룬다. 이 포맷은 〈토크쇼, 임성훈과 함께〉에 주로 많이 나오는데, 평범하지 않은 직업의 평범한 생활, 혹은 평범한 직업의 평범하지 않은 생활을 다루어 신기함과 흥미를 이끌어 낸다. 이야기의 소재는 과거보다는 주로 현재적 삶이며 스토리의 일관성 보다는 파편적인 교체를 중시한다.

여기에서의 화제 틀은 인터뷰자 개인이 겪은 경험의 신기함, 남다름이다. 구체적인 제목을 살펴보면, MBC의 경우, 〈대장부 같은 아내, 새색시 같은 남편〉, 〈포천 新홍부전〉, 〈면목동의 마방발 라나링시〉, 〈다산왕〉, 〈17세에 한국으로 시집온 베네수엘라 아줌마 안나아자리〉 KBS의 경우 〈꽃피는 팔도강산, 우리는 관광가이드〉, 〈전원 집합, 키작은 거인들〉, 〈별난 이름, 별난 인생〉 등이 있다. 여기서 서사의 초점은 '문제'와 '해결'이라기 보다는 파편적인 에피소드 그 자체이다. 문제의 진지함이나 어려움은 에피소드의 작은 일부일 뿐이다. 그래서 결론은 언제나 '행복'이다.

게스트들은 외국인 부부, 대가족, 장애인 부부, 비혈족 가족 등, 다소 특이한 가족 스타일을 지니고 있는 일종의 문화적 주변부의 존재들이다. 그러나 이들의 이야기는 사회자의 시각에 의해 재구성된다고 할 수 있다. 가령, 외국인 부부 게스트의 삶을 이야기할 경우, 그들이 한국 문화에 적응하는 고통이나 문제는 행복을 위한 사소한 과정으로 치부된다. "누구나 약간 문제는 누구나 있잖아요. 크게 싸우지는 않았어요."식의 피상적인 질문과 답변 속에서 이미 결론된 '행복'이 반복적으로 주장된다.

이러한 서사 패턴에서는 서사 내용보다도 서사적 상호작용 그 자체가 핵심이 된다. 사회자와 게스트는 상호작용을 통해 협동의 서사를 펼쳐나가는데, 즉흥적인 현장성이나 유연함이 부각된다. 이야기 교대 역시, 빠른 리듬과 느린 리듬을 적절히 활용하며, 치고 받는 등의 게임적 요소가 강하다. 물론 사회자는 완급 조절이나, 화제 전환의 역할을 통해 진행자로서의 역할에 충실하지만, 사회자는 상황에 따라 '우매하고', '뻔뻔하며', '무식하고', '게으른' 페르소나를 연출함으로써 상대방을 부각시키기도 하고, 또한 조크나 유머를 날려 상대방을 끌어 내려 웃음을 자아내기도 한다.

이에 따라 서사 구조는 '산만하게 늘어진', 이완된 형태로 진행된다. 문제와 해결보다는 에피소드식 '상술'(recount)의 서사가 되는 것이다. 흥미로운 것은 이들 환담형 패턴도 게스트의 지명도에 따라 서사의 핵심이 달라진다는 점132)이다. 유명인의 경우, 사생활이나 개인 내면 중심으로

---

132) Schutz, Astrid(1997), Self-presentational tactics of talk-show guest : A comparison of politicians, experts, *Journal of applied social psycho-*

해서 개인의 퍼스낼러티가 중심이 되는 반면, 보통인의 경우, 시민의 대표로서의 탁월한 의지와 사명감 등의 제도적인 자아상이 핵심이 된다. 그리하여 보통 시민은 사회적 역할 속에서 인정되는 반면, 유명인은 일상적이고 개인적인 생활 속에서 부각된다.

3. 여성들에게 들려 주는 이야기, TV 토크쇼의 문화적 기능

이 글은. 토크쇼는 실제 현실의 언어를 그대로 보여주는 것이 아니라 특정의 사회, 문화적 의도로 재구성된 언어를 제시한다는 점에서 세미픽션이라는 전제에서 출발하였다. 이런 전제에 따른다면 주부 대상 토크쇼는 실제 여성들의 이야기라기보다는 우리 사회의 '여성'에 대한 이러저러한 관점과 대상이 반영된, 그래서 우리 사회가 여성들에게 들려주고 싶은 이야기라는 가정이 가능하다.

그렇다면, 이제는 앞의 네 가지 서사 패턴들이 어떠한 문화적 기능을 지니는가라는 질문을 던져 보고자 한다. 물론 문화적 기능을 가시적인 결과로 확인하기에는 어렵다. 하지만 토크쇼 텍스트가 재현하는 사회적 관계, 정체성, 그리고 사회 · 문화적 의미를 분석하고 나아가 담화 기능 차원에서 심리적 효과를 분석한다면 간접적으로나마 이런 문제를 해결할 수는 있을 것이다. 특히, 토크쇼는 텔레비전의 다른 어떠한 장르보다도 동일시 효과를 전제로 한다. 토크쇼는 사적 공간에서 나누는 사적 대화 형식으로 포맷되어 있기 때문에, '친밀감과 익숙함'을 전제로 한 '면대면' 대화와 같은 효과를 발휘한다. 이 때문에 사회자와 게스트의 대화는 마치, 시청자 자신이 게스트들과 대면하면서 함께 이야기를 나누는 것과

같은 친밀감을 느낀다. 물론 이는 '모방된 친밀성'(simulated intimacy)133)
에 불과하다.

먼저, 이들 텍스트가 생산하는 사회, 문화적 의미를 살펴보도록 하겠
다. 앞에서 분석한 이야기들의 문화적 키워드는 '성공'과 '행복' '사랑(화
해)' '가족'에 집중되어 있다. 이 주제들은 여성의 삶에서 가장 중요한 것
으로 선택된 것인데, 토크쇼에서는 이 문제를 개인적이고 감정적인 차원
에서 접근하여 신화를 만들어낸다. '성공'에 대해서는 의지와 꿈을 가지
고 도전만 한다면 '누구든 노력만 하면 성공할 수 있다는 믿음'을 준다.
성공의 여부는 주인공의 개인적 의지나 감정에 있다는 점을 부각시켜 현
실적이고 구체적인 정보는 괄호치고 대신 위안과 희망주기에 주력한다.
또한 도달하려는 '목표'에 대해서는 문제삼지 않고, 고난 극복의 과정만
을 문제삼기 때문에 금욕적인 삶의 방식을 중시하고 있다. 이에 따라 '가
족을 위해 자아를 희생하는 여성상을 강조하게 된다. '행복'에 대해서도
모든 가족, 모든 존재들은 행복하다는 점을 반복 제시한다. 그것은 게스
트 자신의 말보다는 경쾌한 음악이나 밝은 오버 나레이션의 효과로 표현
되기 때문에 '행복'에 대한 인식은 제거된다.

또한 이들 토크쇼 이야기 패턴은 '여성'을 바라보는 특정의 시각을 생
산하고 있다. 그것은 자기 개인의 삶을 남성 전문가/사회자에게 치료받
는 다소 소극적이고 수동적인 자아상이다. 남자 사회자/전문가 게스트
와 여자 사회자/전문가 게스트와의 불평등한 역할 분담은 여자와 남자
의 불평등한 관계를 생산한다. 여러 이야기가 전개되지만, 궁극적으로
이는 남자 사회자/전문가 게스트가 정해 놓은 화제틀로 걸러진다. 이들
은 화제를 결정하고, 결정하고 전문적인 지식을 제시하며, 확언하며 훈

---

133) Janice Peck(1995), TV Talk show as Therapeutic Discourse : The Ideo-
    logical Labor of the Televisied Talking Cure, *Communciation Theory*,
    pp.58~81.

계한다. 반면 여성 사회자/게스트는 남자 사회자를 보완하거나 따라가며 전문적 지식보다는 연륜과 경험을 반영하며 감정적인 부분을 호소한다. 이러한 구조에서 여성 게스트의 자아는 가족 내 역할 속에서 부수적인 것으로 다루어진다. 여성 게스트들에게 '당신은 어떠한 사람입니까'라는 자신의 정체성을 스스로 규정할 수 있는 질문은 주어지지 않는다. 대부분은 '어떻게 성공했고', '어떻게 가족으로 복귀하며', '어떻게 행복한 가족을 구성할 것인가'하는 기능적이고 방법적인 질문이 주된 화제가 된다. 이는 비록 게스트가 '화제의 인물'이지만, 그들의 삶은 그들의 시각에서 말해지는 것이 아니라 정해진 역할, 정해진 가족상의 틀에서 재구성됨으로 해서 비슷한 이야기가 반복되고 있다. 표준적 가족상과 전근대적인 남녀 이미지가 그대로 온존하고 있는 것이다. 이런 점에서 TV 토크쇼는 문화적으로 대단히 보수적인 기능에 충실하고 있다.

특히, 토크쇼의 기능은 정서적 위안과 치료에 집중되어 있다. 여기에서는 여성들의 불만과 불안, 문제들을 담고 있지만 이는 지나치게 과장되거나 개인화되기 때문에 시청자들이 함께 공감하는 사회적 문제가 되지는 않는다. 게스트의 문제는 지나치게 '특별나고, 개인적인 병리로 재현되기 때문에, 시청자들은 '내 삶은 그래도 저 정도는 되지 않는다'는 식의 가학적인 만족감과 엿보기의 즐거움을 주며, '누구나 사는 것은 그렇다는 식'의 위안도 준다. 또한 해결하기 어려운 삶의 문제들도 '이야기하는' 과정에서 즉석으로 해결되기 때문에 해결의 쾌감을 느끼기도 한다. 그러나 이러한 위안은 자신의 삶이나 현실에 대한 새로운 자각을 전제로 한 것은 아니다. 그렇기 때문에 표준에 이탈된 개인적 목소리나 다양한 삶에 대한 이해를 차단하고 표준에만 순응하는 온존한 주체 형성으로 이어지게 된다.

4. '순응적 여성 주체'와 주부 대상 TV 토크쇼

이 글은 오전 시간대에 방영되는 주부 대상 TV 토크쇼를 대상으로 하여, 그 하위 프로그램의 서사 패턴을 분석하고 문화적 기능을 해석하였다. 토크쇼는 가장 텔레비전 장르라고 지적되어 왔다. 텔레비전의 친숙하고, 편안하며, 익숙한 느낌은, 토크쇼의 개인 거실에서 사회자와 게스트가 사적 대화를 나누는 듯한 이미지에 충실히 반영되어 있기 때문이다. 하지만 토크쇼에서 다루어지는 언어들은 그 사회의 언어문화나 미디어의 기능 속에서 선택된 것이기 때문에 토크쇼의 한국적 특징을 규명할 필요가 있다. 본 연구 결과에 따른다면, 주부 대상의 한국 토크쇼에 활용되고 있는 서사패턴은 크게 로만스형, 치료형, 토론형, 에피소드형 서사가 있었다. 이들은 저녁 시간대에 방영되는 프로그램과 겹치는 것도 있지만, 상호작용의 틀이나 화제틀에서는 다른 점이 발견되었으며, 이는 이들 패턴이 '주부' 혹은 '여성'에 대한 우리 문화적 조건과 연관되어 있기 때문인 것으로 해석할 수 있다.

먼저, 로만스형 패턴은 게스트의 성공담을 듣는 포맷으로 되어 있지만 그 '성공'은 대부분 여성 / 남성, 가족 내 위치와 관련지어 이야기된다. 성공을 주로 게스트의 정서나 의지와 연관짓기 때문에 구체적이고 현실적인 정보보다는 누구나 성공할 수 있다는 식의 성공에 대한 신화를 제공하는 데 주력한다. 치료형 서사는 부부간의 문제를 치료하는 이야기인데, 전문가 게스트뿐 아니라 사회자 역시 치료하는 사람으로 등장한다는 특징을 지니고 있다. 특히 사회자는 이미 정해진 화제틀로 세부적인 내용만을 질문하기 때문에 게스트들은 자신의 삶을 자신의 시각에서 말할 수 없다. 토론형 서사 역시, 가족 내 문제를 찬성과 반대로 나누어 토론하지만 사회자는 초월적 화자로 개입하여 서사 흐름을 재단한다. 에피소드형은 개인적인 환담을 나누기 때문에 사회자와 게스트와의 협동적 서사로 이어간다. 주부 대상 프로그램은 시청자와 게스트가 대부분 여자임에도 불구하고, 화제틀을 결정하고, 상호작용의 흐름을 재단하며, 결정적인 말을 할 수 있는 존재는 남자 사회자와 남자 전문가 게스트로 되어있다는 점에 주목할 필요가 있다. 이에 따라 여성들은 자신의 개인적인 문제를 남성의 시각 속에서 치료받고, 해결하는 소극적인 주체로 표상되고 있다. 아울러 삶의 문제를 극단적으로 개인화하여 사회적 문제로 공감하는 대신, 엿보기의 가학적인 만족감을 선사하여 흥미와 오락적 측면을 강화하고 있다. 이에 따라 여성들은 사회가 정해놓은 표준의 시각에서 자신의 삶을 맞추는 순응적인 주체로 형성될 우려가 있다.

제 4 부

서사문화교육의 방법

제 1 장 _ 서사 텍스트 교재 선정의 원리

제 2 장 _ 서사적 대화를 활용한 문학 토의 수업

서사 텍스트 교재 선정의 원리

1. 학습자의 발달 특성과 서사 텍스트 교재 선정

이 글은 학습자의 발달 특성에 기반한 서사 텍스트1) 선정 원리를 이론적으로 모색하고, 체계화하고자 한다. 특히, 청소년 학습자를 중심으로 논의하겠다.

문학교육에서 무슨 텍스트로 가르칠 것인가는 매우 중요하면서도 그 해답이 시원하지 않은 문제이다. 열린 교재관이나 목표 중심 수업 설계에 따라, 교재 선택의 폭은 확장되고 있음에도 불구하고 정작, 어떤 교재를 선택해야 하는지에 대해서는 체계화된 이론이 부족하다. 특히 교재

---

1) 이 글에서 '텍스트'는 교재로서의 텍스트를 말한다. 이는 교과서 제재(subject) 층위 이전에 교육을 위해 동원할 수 있는 문학 혹은 문학적 텍스트 전체이다.(박인기 (1989)), "문학교과 교재론의 이론적 접근과 방향", 『운당 구인환 선생 화갑 기념 논문집』, 한샘.) 특히 이 글에서는 교과서 개발이나 수업 계획을 염두에 두고 논의를 진행하도록 하겠다.

선정이 학습자의 발달 특성을 고려야 한다는 점에는 많은 사람들이 동감하고 있지만 아직은 당위적 차원에 머무르고 있는 실정이다. 게다가 더욱 문제적인 것은 교재 선정과 관련된 논쟁 국면에서도 합리적인 판단을 이끌어 내고 의견을 소통할 수 있는 기본 범주조차 공유하고 있지 못하다는 사실이다. 이것은 그간 교재 선정이 다소 관행적이거나 인상 비평적 차원에서 이루어져 왔기 때문이라 할 수 있다.

교재론 분야는 문학교육 이론 분야 중에서도 상대적으로 많은 주목을 받지 못하였다. 이는 목표 중심 교육과정에서 '활동'이 크게 부각되면서 텍스트가 다소 주변화된 정황과도 무관하지 않을 것이다. 그러나 문학교육에서 텍스트의 역할은 매우 중요하다. 텍스트는 학습자의 문학 경험을 형성하는 중핵 변인 중의 하나이기 때문이다. 우리는 중학교 시절의 문학 교실을 '〈소나기〉를 배웠던 시절'로 기억하지 '소설의 인물에 대해 배웠던 시절'로 기억하지 않는다. 텍스트를 괄호치고는 학습자가 겪는 문학 경험의 전체상을 파악할 수 없다.2) 또, 주목할 점은 텍스트는 문학의 교육적 작용에서 가장 큰 영향력을 발휘한다는 점이다. 텍스트는 인간의 사고와 마음을 발전시키는 문화적 매체이기 때문이다.

구성주의 이론은 독자가 텍스트를 구성해 나간다는 점을 강조하지만 역으로 독자는 텍스트에 의해 구성되기도 한다. 텍스트가 독자를 구성한다는 구조론적 명제는 정전 비판의 핵심적 역할을 수행하기도 하였지만, 역으로 우리는 텍스트의 구성적 역할을 통해 문학교육에서 추구하는 인간 발달의 비전을 구체화할 수 있다. 이런 맥락에서 영국과 미국 교육과정, 그리고 우리나라의 개정 교육과정에서도 텍스트의 수준과 범위를 제

---

2) 이는 교육과정 뿐 아니라 문학교육이론에서도 경계해야 할 대목이다. 텍스트와 주체가 분리된 상태로 이루어지는 문학 활동, 문학 경험, 문학 내용의 설정은 추상적일 수 있다. 이 때 '주체'가 꼭 경험 주체여야 한다는 점을 의미하는 것은 아니다. 다만 특정 시기 학습자의 특성을 고려해야 한다는 것이다.

시하고 있는데 이는 매우 바람직한 현상으로 보인다.

교재 선정 원리에 대해서는 여러 논자들의 논의가 있었다. 그 중 가장 많이 이루어진 접근법은 학습자의 일반 발달 도식으로부터 텍스트 선정의 위계화 원리를 도출하는 것이다.3) 주로 피아제 Piaget의 인지 발달과 콜버그 Kohlberg의 도덕성 발달 모델이 원용되었다. 반면, 일반 발달 이론보다는 문학 능력의 발달에서 접근한 논의도 있었는데, 경험적 문학 수행 능력4)이나 독자의 흥미도 발달5)을 문제 삼았다. 또, '청소년 독자'의 특성을 강조하는 논의도 있었는데, 청소년 독자를 위한 도서 선정의 원리로 '위계화'와 '다양화'를 지적한 논의6)나 청소년 문학의 관점에서 교재 선정을 논의한 연구7) 등이 그것이다.

이러한 연구들의 가장 큰 장점은, 학습자의 특성을 객관적으로 이론화함으로써 교재 선정의 이론적 준거를 모색하고자 하였다는 점이다. 학습자에 대한 지식이 텍스트에 대한 지식만큼이나 중요한 것으로 바뀌는 흐름은 매우 긍정적이라 할 수 있겠다. 그러나 아쉬운 점은, 문학 경험의 특성을 충분히 고려하지 않은 채 일반 발달 도식을 다소 기계적으로 적용하거나, 문학 경험에 작용하는 중층적인 요소를 충분히 고려하지 못하고 있다는 점이다.

기존 논의에서 던졌던 기본 질문은 "학습자가 이 수준의 텍스트를 읽

---

3) 우동식(1992), "문학 제재 선정 기준의 설정과 적용에 관한 연구", 교원대 석사학위논문. 김중신(1994), "소설교재의 위계화 가능성에 대한 고찰", 국어교육연구 1, 서울대 국어교육 연구소. 신헌재(1995), "아동을 위한 서사 문학 작품 선정의 기준 고찰", 국어국문학 114, 국어국문학회.
4) 김상욱(2001), "초등학교 아동 문학 제재의 위계화 연구", 국어교육연구 12. 국어교육학회.
5) 정동화(1977), "독서 흥미의 발달연구", 국어교육 30, 한국어교육학회.
6) 서울대 국어교육연구소는 1994년, '독서 체계 연구 1차년도' 작업에서 청소년 도서 선정의 제 원리, 가령, 위계성, 적절성, 균형성, 다양성 등을 제안한 바 있다.(김대행 (1994), "독서 체계 연구", 국어교육연구 1, 서울대 국어교육연구소)
7) 류덕제(2001), "청소년 문학과 문학교육의 방향", 문학과 교육 17호.

을 수 있는가?"하는 문제였다. 교재 선정에서 학습자의 수용 가능성을 예측하는 일은 중요한 일이긴 하지만, '수용적 적합성'만을 문제 삼을 경우 텍스트가 지닌 발달적 효과를 충분히 고려하기는 힘든 측면이 있다. 문학교육의 큰 흐름도 문학을 통한 인간 발달의 범교과적 에너지가 강조8)되고 있는 방향이라는 점에 비추어 볼 때, 이젠 '수용적 적합성'을 넘어서 '발달 적합성'이 핵심 이슈가 되어야 한다. 이미, 영국 교육과정도 제반의 인간 발달적 가치에 기반하여 언어 교육을 종합적으로 고려하고 있으며, 그 결과 정신적 발달, 사회적 발달, 도덕적 발달의 체계를 제시9)한 바 있다.

이 글에서는, '발달 적합성'10)이란 개념으로 발달의 중층적 기제와 총체성을 고려하고자 한다. 이는 텍스트 선정이 학습자의 발달 상황에 기초할 뿐 아니라 발달을 불러 들여야 한다는 점을 강조하는 것이다. 이를 위해 첫째, 학습자의 발달이 이루어지는 중층적 변인을 살필 것이며, 둘째, 또 서사 경험의 기제에 개입하는 발달적 요소를 추출하되, 셋째, 청소년 발달 특성에 부합하는 내용으로 교재 선정 원리를 논의하고 구체적인 예시도 제시하도록 하겠다. 이 글은 위계화보다는 체계화에 관심을 두고 있다. 다소 원론적이고 추상도 높은 서술이 될 수도 있겠지만, 교재 선정에서 논의될 수 있는 기본 범주 마련에 중점을 두고자 한다.

---

8) 김창원(1997), 초·중등 문학교육의 연계 연구, 한국초등국어교육학회 13집. 박인기(2003), "발달로서의 서사", 내러티브 7호, 한국서사학회. 선주원(2005), "범교과적 관점에서의 청소년 문학교육연구", 청람어문학 30권, 청람어문교육학회. 김종철(2006), "7차 교육과정 국어과 1종 도서에 대한 비판적 검토", 서울대 국어교육소 발표대회.
9) 우리말교육연구소(2003), 『외국의 국어교육과정』 1·2. 나라말.
10) '적합성'(good of appropriateness)은 맥락적 발달 이론에서 발달과 맥락과의 상호성을 중시하기 위한 개념이다. 이 글에서는 텍스트와 발달의 상호관련성을 드러내기 위해 이 개념을 사용하고자 한다.

2. 텍스트 선정에서 학습자의 발달 특성을 어떻게 고려할 것인가

1) '발달 적합성'의 문제

텍스트 선정에서 학습자 변인은 교과 내용과 함께 가장 핵심적인 변인 중의 하나이다. 특히, 구성주의나 수용 이론의 영향으로 '학습자' 변인의 비중은 날로 커지고 있고 학습자에 대한 실증적 연구도 증가하고 있다. 분명, 학습자에 대한 이해와 지식이 문학교육의 질적 심화에 중요하다는 인식은 타당하다. 그러나 정작 학습자의 발달을 문학교육 실천에서는 어 떻게 고려할 것인가의 문제 역시 성찰되어야 한다.

간혹, '학습자를 위하여'라는 다소 모호한 명제가 당위적 명분이 되어 이론의 합리성이나 과학성을 제한하고, 심지어는 교과서나 교육과정 검 열의 단골 메뉴로 작동하기도 한다.11) 무엇이 학습자를 위하는 것인지, 학습자의 특성을 고려한다는 것은 무엇인지에 대한 다양하고 합리적인 이론이 필요하다는 것이다. 그렇지 않다면, '학습자 중심'은 마치 '휴머니 즘'의 이념처럼 그것이 가진 추상성의 부피감으로하여 '이데올로기적 권 력'을 행사하는 일종의 '신화'가 되어 버린다. 따라서 문학 교재 선정에서 학습자의 발달 특성을 어떻게 고려해야하는지, 그 발달적 적합성의 판단 근거는 무엇이어야 하는지에 대해 살펴보고자 한다.

먼저, 문학교육에서는 문학교육적 지향과 연관된 특정의 발달 요소들 을 재구성하여 고려해야 한다. 대부분의 교과교육학에서는 발달 심리학

---

11) 이와 관련하여서는 7차 초등학교 교과서 심의에서 있었던 일화를 예로 들 수 있다. 5학년 국어교과서에서 "작품에 나오는 인물의 다양한 삶을 이해한다."는 항목을 구현 한 교과서 단원 심원 과정에서 심의진에서는 초등학생들에게는 우울한 소재(가난, 죽음) 등이 적절하지 않다고 판단하면서 대신 신지식인, 벤처 등의 사례가 적절한 것 으로 제안된 바 있다. 여기서도 초등 학습자들의 구체적인 발달 정보 없이 다소 직관 인 차원에서 적절하다 혹은 적절하지 않다, 의 판단을 하고 있음을 볼 수 있다.(양정 실(2005), "문학 독서 교육의 제재", 『문학 독서교육, 어떻게 할 것인가』, 푸른사상.)

을 원용하고 있으나, 이는 주로 발달의 현상적 원리와 기제를 설명한 것이기에 특정 방향으로의 교육적 실천을 추구하는 교과 교육에는 적합하지 않은 측면이 있다. 가령, 피아제 Piaget의 인지 발달론의 경우, 수학 능력을 중심으로 구조화된 것이어서 상상력과 놀이와 창조를 비이성적인 것으로 배제하였고, 예술적 상상력을 논리적 사고보다 더 낮은 수준의 사고로 이해하고 있다. 사정이 이러함에도 문학교육에서도 단순 원용한다면, 문학적 사고의 특수성에 주목하고 상상력을 개발하려는 문학교육 원래의 취지에 부합하지 못하게 된다. 따라서 어떤 능력이 어떻게 발달해 가는가의 문제보다는 그 교과가 추구하는 "가치로운" 인간을 만들기 위하여 무엇을, 언제, 어떻게 가르쳐야 하는가의 실천적 문제를 중심으로 접근해야 할 것이다.12) 곧, 문학교육에서는 제 발달 이론을 '국어교육적' 혹은 '문학교육적' 발달 이론으로 재구성할 필요가 있다는 것이다.13)

둘째, 발달의 연속적 측면과 불연속적 측면을 동시에 고려해야 한다. 18세기 이후 발달론은 인간 발달의 단선적 계열성을 체계화하였다. 문학 교육에서도 학습자의 발달론은 주로 '위계화', 곧 연속적인 측면을 중심으로 도입되었다. 이 경우, 청소년이 성인으로까지 이어지는 수직적 과정을 중시하기 때문에 청소년은 '작은 성인'으로 인정된다. 그의 고유한 자질은 다음 단계인 '성인'을 위한 준비적인 성격으로 이해될 뿐이다. 그러나 청소년은 미성년의 결핍적 존재일 뿐 아니라 그 시기만의 특권을 (관심, 취향, 성향) 누리는 존재이기도 하다. 따라서 '발달 적합성'에서는

---

12) 임충기(1988), "인간 발달의 교육적 조망", 논문집, 서원대학교. Egan, Kieran, (1998) *Imagination in Teaching and Learning*, The University of Chicago Press.

13) 이와 관련된 흥미로운 연구로는 고영화(2007), "시조교육의 위계화 연구", 서울대 박사학위논문이 있다. 그녀는 고전시가 교육의 위계화에서 '사회 인지' 발달의 중요성을 부각시켰다. 이는 문학 경험이 지닌 사회적 속성 때문인데, 이런 문제의식은 이 글도 공유하고 있다.

두 기준을 모두 고려할 필요가 있다. 한편의 축에서는 '수준'의 차이를 중심으로 수직적인 위계성을 확보하고 다른 한편으로는 학습자의 관심을 배려하는 수평적 분화를 고려하는 것이다.

셋째, 발달 적합성에는 가치적 해석이 성찰되어야 한다. 학습자의 실제적 발달 상황에 대한 실증적 연구의 필요성이 부각되고는 있지만, 발달은 경험적 발견의 대상이기도 하지만 동시에 이념적 합의의 대상이기도 하다. 발달 심리의 실증적 논의들에도 문화적 가치와 신념을 배제하기는 힘들다. 가령, 콜버그 L. Kohlberg의 발달 이론에는 남성 중심의 가치관이, 피아제 Piaget 이론에는 서구 남성 중심주의가 스며들어 있다. 따라서 어떠한 발달을 의미 있는 것으로 인정할 것인가, 혹은 어떤 발달을 추구할 것인가에 대한 가정적 전제를 성찰하는 일이 무엇보다 중요하다. 발달은 교육의 전제이기도 하지만, 동시에 교육의 결과이기도 한 것이다. 이렇게 보면 실증적으로 검토되는 학습자의 현재적 흥미와 수준은 징후에 불과한 것일 뿐 교육은 이를 적극 해석하여 그 잠재성을 도와주어야 할 것이다.14) 부르너 Bruner가 발달연구를 '정책 과학'이라고 한 것도 이처럼 발달의 사실과 가치는 뗄 수 없기 때문이다. 그런 점에서 '발달 적합성'에는 교육이 어떠한 문화와 가치를 선택할 것인가의 문제가 판단되어야 한다.

넷째, 발달의 중층적 기제를 고려해야 한다. 문식성의 발달은 인간 발달의 사회·문화의 제 요소와 연관되기 때문이다. 발달은 개인의 생애사적 전개 과정이기도 하지만, 동시에 그가 속한 사회, 문화적 관습에 부응하는 과정이기도 하다. 문화적 관점에서 보면 발달은 그 공동체가 기대하고 인정하는 문화적 적합성에 따르기 때문에 사회 문화적 맥락에 따라 다양한 패턴이 존재할 수밖에 없다. 그럼에도 맥락과 무관하게 개인

---

14) John, Dewey, 박철홍 역(2002), 『아동과 교육과정』, 문음사.

의 항존적, 구조적 '발달' 단계만을 고수한다면, 다양한 역할과 맥락을 고려하지 못한 채 발달을 표준화하는 우를 범할 수 있다.

2) 발달의 중층적 변인 : 학습자의 관심 · 수준 · 역할

그렇다면, 이제 텍스트의 '발달 적합성'을 판단하는 데 관여하는 중층적 변인들을 살펴보도록 하겠다. 먼저, 학습자의 발달 '수준'의 변인이 있을 수 있다. 이는 제반 능력의 발달적 위계와 연관되는 것인데, 단선적이고 연속적인 일련의 발달 과정에서 학습자의 수준을 평가할 수 있다.

또, 학습자의 '관심' 변인이 있다. '관심'(interest)은 삶의 문제에 처하면서 지니게 되는 일련의 심리적 경향이라 할 수 있다. 이는 나이 또래의 삶이 초래한 본질적 결핍, 그리고 이 문제를 해결하려는 열망에서 기인하기 때문에15) 일시적으로 지나가는 흥미와는 그 속성이 다르다. 그러나 이는 그 시기 고유의 인지적, 정의적 경향성에 바탕을 두고 있기 때문에 발달의 불연속적 측면이라고 할 수 있다.

이 두 요소는 기존에도 많이 언급된 것이다. 반면, 그 동안 별로 언급되지 않았던 변인으로 '역할'이 있다. 이는 학습자에게 공동체에서의 어떠한 위치와 역할을 부여할 것인가의 문제이다. 인간은 나이가 들어감에 따라 심리적 요소 뿐 아니라 공동체에 참여하는 방식과 사회 문화적 역할에 변화가 생긴다. 그리고 이러한 역할의 변화는 발달의 중요한 지표이자 동력이 된다.16) 발달에 대한 맥락주의적 관점에서는, 개인의 발달은 문화 공동체의 발달, 종족 발달의 장과 상호의존적으로 엮이면서 이

---

15) Weinstein, G. · Fantini M.D. 윤팔중 역(1992), 『정의 교육과정』, 성원사, pp. 47~49.
16) Rogoff, Barbara(2003), *The Cultural Nature of Human Development*, Oxford University Press.

루어진다는 점을 강조하고 있다. 개인은 결코 혼자만의 고립된 장에서 발달하는 것이 아니며, 공동체 문화 속에서 요구하는 가치와 기대 속에서 발달하며, 또 역으로 개인의 발달에 의해 문화와 종족의 발달도 이루어진다는 것이다. 학습자 개인의 발달은, 고정된 '생체 발달 시계'를 반복하는 기성 인류사의 복습 과정이 아니라 문화적 공동체와 인류 종족의 발달에 대한 비전 창출 과정이기도 하다.

이를 텍스트 선정에 적용한다면, 개인의 발달을 고려하는 일과 문화 공동체의 미래적 비전을 투영하는 일은 분리되지 않는다. 기존에 존재하였던 이분법, 곧 '좋은 텍스트'와 '적합한 텍스트', '재밌는 텍스트'와 '의미 있는 텍스트', '문화적으로 가치 있는 텍스트'와 '학습자의 발달 시기에 적합한 텍스트', '문학사적으로 가치있는 텍스트'와 '청소년의 삶에 의미있는 텍스트'는17) 단순 논리에 불과하다. 일례로, 교재 선정 과정에서 흔히 보는 장면은 청소년의 흥미와 관심, 취향을 살려 대중문화나 청소년 문학을 가르쳐야 할 것인가, 아니면 교육적 효과를 살려 정전을 가르쳐야 할 것인가를 두고 갈등하는 것이다. 그러나 이 문제를 '역할' 발달의 관점으로 본다면, 둘 중의 하나를 선택해야 하는 이분적인 상황으로 귀착되지 않는다. 왜냐하면 청소년의 취향 문화를 고려한다고 하더라도 그것은 개인적으로 '재미있는' 작품이 아니라, 우리 공동체의 새로운 문화 창조 비전 면에서도 역할을 하는 '가치 있는' 작품이어야 하기 때문이다. 이처럼 발달적 적합성의 판단 변인을 학습자의 수준, 관심, 역할로 한다면, 발달의 연속성과 불연속성, 사회적 요소와 개인적 요소를 종합적으로 고려할 수 있다는 이점이 있다.

---

17) 이런 경향은 정전 중심의 교재관을 지닌 사람이나 청소년 문학론, 혹은 제도 밖에서의 문학교육을 주장하는 사람 모두에게서 발견된다. 그러나 발달과 교육을 상호적으로 본다면, 청소년의 관심과 문학사적 평가를 이분화하는 시각은 재고될 필요가 있다. 이분법의 부조리함에 대해서는 우한용 교수의 언급도 있었다. 우한용(1988), "문학교육의 이념과 문학 교재론의 방향", 문학교육학회 학술발표대회.

3. 청소년의 발달 특성과 서사 텍스트 선정 원리

1) 서사 경험의 기제와 그 발달적 요소

그렇다면, 이제는 서사교육으로 좁혀서 서사 텍스트 선정에서 고려해야 할 발달 적합성에 대해 논의해 보도록 하겠다. 먼저, 서사교육에서 중요하게 고려해야 할 발달 영역은 무엇일까? 이에 대한 답은 별도의 지면이 필요할 만큼 광범위한 내용이겠지만, 이 글에서는 서사 경험18)의 기제에 대한 논의와 서사교육의 지향점을 분석하여 대략적으로 논의하고자 한다. 보다 정밀한 논의는 다음을 기약한다.

서사 경험에 대한 리차드 게리그Richard J. Gerrig의 연구를 보면19), 서사 경험은 독자가 등장인물에 자신을 전이시켜 그의 역할을 수행하는, 연행적이면서도 사회적인 경험으로서의 속성을 지니고 있다고 한다. 독자는 배우처럼 다양한 인물들을 연행하면서 그 세계를 생생하게 느끼고 '살아내는' 것이다. 이 때 그는 '나'이면서도 동시에 또 다른 사람이기도 하는 공유적 자아를 경험한다. 이러한 과정은 역할 이행을 통한 강렬한 전이 체험이며, 전인격적인 참여의 경험이라 할 수 있다. 이 과정에서 독자는 자신의 신념과 행동을 결정하며, 그 결과 자아를 형성, 창조, 변화시키고, 정체성을 만들어 나가게 된다. 이런 논의는 〈돈키호테〉나 〈제인 에어〉와 같은 작품에 잘 나타나 있다.

그런데 이러한 경험은 독자의 발달 수준과 관심, 역할에 따라 상이하게 나타날 수밖에 없다. 이른바 '최소화의 법칙' 때문이다. 독자는 '자신의 현실 경험과 관심, 배경 지식과의 유사성에 입각하여 서사 세계에 반

---

18) 텍스트보다는 '텍스트 경험'을 문제 삼은 이유는 우리가 발달 특성이라고 할 수 있는 것은 매우 추상적인 것이어서 이를 텍스트 차원에 직접 반영하는 것은 다소 무리가 따르기 때문이고, 또 동일한 텍스트라도 다르게 경험될 수 두었기 때문이다.

19) Gerrig, J. Richard(1993), *Experiencing Narrative Worlds*, Yale University.

응하기 때문에, 그의 제반 능력과 관심에 따라 허구 세계에 대한 경험은 다르게 나타난다. 앞에 서술된 내용에서, 서사 경험에 직접적인 영향을 미치는 변인을 추출한다면, 학습자의 자아 수준이나 인지 능력의 발달 정도, 공감 능력을 포함한 도덕성 발달 정도, 역할 발달의 수준을 꼽아 볼 수 있을 듯하다.

먼저, '자아 개념의' 수준은 독자가 허구적 인물의 자아를 이해하는 방식이나 자신과 허구적 인물을 연관 짓는 방식을 결정한다. 초기 아동기와 같이 자아를 일관된 어떤 속성으로 이해하지 못하는 시기라면, 작중 인물의 정체성이나 성격보다는 개별 에피소드에서 담당하고 있는 인물의 기능이 결정적인 영향을 미칠 것이다. 반면, 청소년처럼 신념이나 가치를 지닌 이념적 자아의 이미지가 싹트기 시작하면, 허구 세계에서도 인물의 이념과 가치관이 서사 경험을 형성하는 주요 변수가 된다.

또, 독자의 인지 발달 수준도 독자가 사건과 행위, 배경, 작중 인물을 추론하는 방식을 결정한다. 구체적 조작기의 아동이라면, 행위를 인물의 심층적인 동기나 환경 요소를 연관 지어 이해하기는 힘들 것이다. 따라서 인물의 행위에 대한 표층적인 정보가 나타나야 할 것이다. 공감력과 같은 도덕성 발달 수준도 어떤 인물의 유형과 공감할 수 있는가를 결정할 수 있다. 아동기라면 자신과 상황이 유사해야 공감할 수 있겠지만, 청소년기에는 보편적 정황에 감동할 수도 있다. 또, 독자가 어떠한 역할을 부여받는지에 따라 서사 경험의 양상은 달라질 수 있다. 단순 독자로 즐거움만을 얻는 역할인지, 자신이 해석한 결과를 책임 있게 발표해야 하는 역할을 부여받았는지에 따라 서사 경험 역시 달라지는 것이다.

이러한 변인들은 그 동안 서사교육이 추구했던 가치, 혹은 발달적 지향성과도 크게 다르지 않다. 그 동안 서사교육은 서사를 통한 인간 발달의 총체를 추구하고자 해 왔다.[20] 서사 텍스트의 읽기와 쓰기를 통해 학습자가 자기와 세계를 이해함은 물론이고 자신의 정체성을 창조하고 나아가 세계에 대한 새로운 가능성을 찾을 수 있도록 해 왔던 것이다. 서사교육 역시, 서사 경험을 형성하고 있는 자아 정체성 형성, 인지적 발달, 도덕성 발달, 역할의 발달을 추구하는 것이다. 이에 이 글에서는 이 네 가지 요소로 체계화하겠다.

2) 청소년의 발달적 특성과 서사 텍스트 선정의 원리

이제는, 청소년 학습자의 관심, 수준, 역할의 발달적 특징을 고려하여 서사 텍스트 선정 원리를 구안하도록 하겠다. 발달은 평형과 불균형, 위기와 기회의 역동적인 갈등 상황 속에서 전개되기 때문에 특정 지표로 정리된 발달 단계보다는 발달의 과정과 메커니즘을 통찰하는 일이 더 중요하다. 그래야 현재의 수행이나 능력의 개별적 사실에 국한되지 않고, 발달의 전 과정에 입각한 논의를 펼칠 수 있기 때문이다.

(1) 자아 발달의 적합성

먼저 자아 형성의 문제와 연관된 선정 원리에 대해 서술하겠다. 그 동안 청소년 독서교육의 중요한 과제로 합의한 것에는, '자기화', '자기 향상'[21]이 있다. 자아 정체성 향상은 독서의 본질적 요인이기도 하지만, 특히, 청소년기에는 가장 핵심적인 과제에 해당된다. 그것은 청소년기의 발달 과제가 자아 정체성의 모색에 있기도 하지만, 청소년 독자의 문학적 전유 방식 자체가 자아 모색과 밀접한 연관을 지니기 때문이다. 청소년 문학논자인 도넬소와 닐센K.L. Donelso & A. P. Nilsen은, 연령별 문학

---

20) 우한용 외(2001), 『서사교육론』, 동아시아.
21) 김대행(1994), "독서 체계 연구", 국어교육연구 1, 서울대 국어교육연구소. 박인기 (1994), "문학 독서 방법의 상위적 이해", 국어교육연구 1, 서울대 국어교육연구소.

적 읽기를 특성을 살피면서 중학생은 "책 속에서 자기 발견하기"(Finding oneself in books). 고등학생은 "자신을 넘어선 모험하기(venturing beyond self)"22)라고 하여, 청소년들의 문학 활동이 자아를 발견하고 확장하는 일과 밀접히 연관되어 있음을 밝혀 주었다. 청소년들은 그들 특유의 불안정과 불균형의 심리 때문에 책에서 자기와 유사한 상황을 발견하고 정서적 안정과 성숙을 추구하는 것이다. 이들에게 책은 기존 권위에 저항하면서 자아를 모색하도록 도와주는 매체이기도 하다. 이런 점에서 서사 텍스트 역시 정체성에 대한 이들의 관심과 자아 발달의 수준을 바탕으로 하면서도 이들의 자아 형성을 이끌어 줄 수 있는 텍스트를 중심으로 선정해야 한다.

그렇다면, 이에 적합한 어떠한 텍스트적 조건은 무엇일까? 이에 대한 답은 정체성 발달의 기제에서 실마리를 찾을 수 있다. 정체성은 에릭슨이 지적한 것처럼, 개인과 그가 속한 사회의 역할 규정, 금기, 가능성 간의 교차점에서 파생된다. 아동기가 존재적 안전감을 유지할 수 있었던 것은, 주어진 사회적 역할, 또 '착한 소년/소녀'의 관습적 역할에 동일시하고, 또 인지적 지능의 미숙으로 다양한 역할 모델들 사이의 모순, 불일치를 자각하지 못하였기 때문이다. 그러나 청소년기는 급격한 신체적, 정신적 변화가 이루어짐에도 불구하고 사회적 위치는 변하지 않는, 그래서 불협화음이 일어나면서 정체성의 '위기'가 발생한다.

---

22) 이들은 청소년 문학론에서 문학적 전유의 방식을 전 7단계로 나눈 바 있다. 1단계 (탄생-유치원 시기) : 쓰여진 텍스트에서 즐거움과 이로움에 대한 이해(Under-standing of pleasure and profit from printed words), 2단계(초등학교) : 해호화 배우기(Learning to decode), 3단계(후기 아동기) : 자신을 잃고 몰두하기(Losing oneself in books), 4단계(중학생) : 자신을 발견하기 위한 책 읽기(Finding oneself in books). 5단계(고등학생) : 자신을 넘어 모험하기(venturing beyond self), 6단계(대학생) : 폭넓게 읽기(reading widely), 7단계(성인기) : 미적 감상이 그것이다.(Kenneth. L. Donelso & Alleen Pace Nilsen(1997), *Literature for today's Young Adults*, Columbia University.)

특히, 청소년기에는 추상적 사고가 발달함에 따라 기존의 만들어진 역할 모델에 동일시하기보다는 나름의 이상적 가설 등을 동원하여 새로운 역할 모델과 정체성을 실험하고, 창조하며, 모색하는 노력을 펼치게 된다. 이것이 바로 청소년기의 '정체성 유예와 실험'이다. 그들은 어디에도 소속되지 않은 채, 자아 통합을 시도한다. 그러나 신체와 정서·정신의 성숙이 불일치하고, 사회적으로도 다양한 진로를 선택해야 하며, 과거의 자아와 현재의 자아, 미래의 사이에서 혼돈을 느끼기 때문에, 그들은 언제나 내가 누구이고, 또 무엇을 할 수 있는지, 또 하고 싶은지에 대해 그들은 불안을 느낀다. 그러나 이 '위기'와 '혼돈'은 당연하고도 필연적인 것이다. 이 시기의 '정체성 유예와 실험'을 하지 못한다면 건강한 정체성을 가질 수 없기 때문이다.

아울러 주목할 점은 청소년기는 가치관, 세계관과 같은 삶의 원칙이나 형이상학적인 설명을 추구하는 시기라는 점이다. 이들은 자신의 삶을 이끌어 나갈 신화 혹은 이야기의 사상적 뼈대(Ideological Setting or Plot)를 탐색하기 시작한다.[23] 그 방식은 전통과 문화의 권위적 담론들과 투쟁하고 갈등하면서이다. 이들의 자신의 이념을 외부의 권위에 의해서가 아니라 자신의 내적 설득력으로[24] 정체성을 확보하고자 한다.

이로써 볼 때 서사 텍스트는 그들이 자기 나름의 역할 모델에 대한 이상적 가설을 동원하고, 또 새로운 역할 모델과 정체성을 실험할 수 있어야 한다는 조건을 갖추어야 한다. 곧, 관습적인 역할 모델을 반복하고 있는 서사보다는, 새롭고 다양한 성격, 사고 방식, 행동 양상, 아이디어, 목표, 사회적 관계를 실험할 수 있도록 하는 서사이어야 한다는 것이다.

---

23) 양유성(2004), 『이야기 치료』, 학지사.

24) 바흐찐은 내적으로 설득력 있는 담화와 외적으로 권위 있는 담화를 구분 지으면서, 전자를 성장 소설에 등장하는 담화로 제시하기도 하였다. 여기서 '내적으로 설득력이 있다'는 것은, 청소년들이 자기 나름의 이론적 가설을 통해 파악하고 선택해야 한다는 것이다. M. Bakhtin. 전승희 외 역, 1998, 『장편소설과 민중언어』, 창작과 비평.

그래야 청소년들은 서사 텍스트를 통하여 '내적으로 설득력 있는 담론'을 스스로 만들어 낼 수 있다. 실제로 학습자들에게 긍정적인 평가를 받고 있는 작품들은 이러한 기준에 충실하다. 가령, 7차 교육과정 국어 교과서에서 학습자들이 가장 '재미'와 '의미'가 있는 작품이라고 뽑은25) 〈봄봄〉도 이런 관점으로 설명할 수 있다. 〈봄봄〉은 청년기의 화자가 등장하여, 권위자인 장인과의 심리적 갈등을 표 나게 내세우고 있는 작품이다. 그 과정에서 기성세대의 위선이 폭로되면서 심리적 보상을 주고, 그러면서도 화자 스스로 해체되어 과도하게 동화된 자아에 현실 원칙을 일깨움으로써 통찰력을 제공하는 것이다. 이로써 청소년 독자는 자신의 내면적 관심에 맞닿는 즐거움과 함께 새로운 지적 안목을 얻을 수 있다.

그러나 이러한 발달적 관심은 자아 발달의 수준에 따라 전기 청소년기(13세~15(16세)와 후기 청소년(16(17)세~19세)26)으로 구분할 수 있다. 전기 청소년기는 간주관적 상호성에 기초한 '자아'상을 지닌 단계이다.27) 이 시기의 자아는 객체/ 타자가 나름의 욕구와 관심, 희망을 지닐 수 있다는 점을 무시하지는 않지만, 자신과 관계하지 않는 타자, 또 타자와 별도로 존재하는 자기 자신에 대해서는 인식하지 못한다. 타자와의 상호적 관계 속에서만 자신을 깨닫는 것이다. 자아는 관계를 지닌 존재가 아니라 관계 그 자체라 할 수 있다. 따라서 이들은 작중 인물과 동일시하고, 이들과 공유하는 과정에서 자기 자신에 대한 인식도 형성해 나간다. 반면, 후기 청소년은 형식적 조작기가 완성되면서 자기 주도적 권위와 정체성, 심리적 통제와 이데올로기를 모색한다. 일관된 가치관, 세계관

---

25) 김종철(2006), "7차 교육과정 국어과 1종 도서에 대한 비판적 검토", 서울대 국어교육 연구소 발표대회.

26) 이 글에서는 청소년기를 전기 청소년과 후기 청소년으로 나누는 용법을 그대로 사용하기로 한다.

27) Cicchetti, Dante, Hesse, Petra(1982), *Emotional Development*. Jossey-Bass, Publishers, pp.108~109.

을 추구하면서 이념적 자아를 형성하기 시작하는 것이다.

이런 점에서 본다면, 중, 고등학생은 자아 형성에서 각기 다른 단계에 있다고 하겠다. 이를 배려한다면, 전기 청소년에는 청소년의 현실 상황과 유사하거나 동일시, 공감할 수 있는 '작중 인물' 과'소설적 상황'을 지닌 텍스트를, 후기 청소년이라면 독자 자신의 신념과 가치관에 기반하여 '자기 주도적인 응답'을 하거나 자신의 이념을 밝힐 수 있는 텍스트가28) 각 시기의 자아 발달에 적합하다고 하겠다.

(2) 인지 발달의 적합성

청소년기는 사고력이 혁명적으로 변화하는 시기이다. 이 시기에는 형식적 조작이 가능함으로 해서 상상력이 비약적인 성장을 하게 되고 서사 경험에도 큰 변화를 가져온다. 구체적 조작기와 이 시기의 사고가 다른 점은 추상적 사고, 미래에 대한 가능성의 사고, 자기 자신에 대한 성찰의 사고가 가능하다는 것이다.29) 추상적 사고가 가능해진다는 것은 현재의 사실을 주어진 사실 그대로 인정하기보다는 이상과 당위, 등의 가설적 조작을 통하여 다양한 가능 세계를 고려하고, 현실을 변형하여 판단할 수 있음을 의미한다. 그 결과 현실과 이상의 갈등이 강화되기도 하지만, 자기 자신과 세계를 미래 지향적으로 이해할 수 있다. 또, 자기 자신을 성찰하고, 사고 자체가 다음 사고의 대상을 삼을 수 있게 됨에 따라 새로운 정신세계를 열어 나갈 수도 있다.

이러한 인식의 발달로 하여 청소년은 '허구성'에 대한 인식이 아동기와

---

28) 이정우의 독서 경험도 이와 유사하게 서술되어 있다. 그가 어두운 사회 현실에 관심을 갖게 된 과정을 보면, 먼저 〈화수분〉과 같이 정서적으로 친근감을 느꼈던 공유의 경험이 나오고 이후 〈운수 좋은 날〉과 같은 '아이러니적 고통'에 대한 이해로 나아가고 있다. 이정우(2006), 탐독, 아고라.

29) Breger, Louis(1974), 홍강의 역(1998), 『인간 발달의 통합적 이해』, 이화여자대학교출판, pp.108~109.

는 큰 차이를 보인다. 아동기는 공상과 놀이, 허구와 실재를 변별하지 못했던 반면, 청소년기는 추상적 사고를 통해 허구를 현실에 대한 대안적 사고, 혹은 모델로 인식할 수 있게 된다. 이로써 상상력은 비약적으로 발전한다. 비고츠키 Vygotsky도 말했듯이, 청소년기의 이성 능력 발달은 감각적 구체성에 의존했던 아동기의 상상력과는 달리, '비평적 사고'를 통해 경험적 직접성을 넘어서는 것이다.30) 이들의 상상력은 추상적 개념, 이성적 비판 능력에 의해 오히려 확장되는 것이다. 이 시기는 이성과 상상이 행복하게 만나는 유일한 시기이다.

또, 인지 발달의 수준은 서사적 추론 능력에도 큰 영향을 미친다. 아동기가 주로 명시적으로 드러난 행위적 요소에만 초점을 두었다면, 청소년기는 텍스트 이면에 심층적으로 제시되고 있는 인물의 동기, 목표, 지각 등을 추론할 수 있다. 그리고 후기 청소년기가 되면, 광의의 사회적, 심리적 접근이 이루어져서 인물을 다양한 정황 맥락에서 이해할 수 있게 된다.31) 지속적인 인지 발달을 통하여 청소년들은 텍스트의 표층보다는 심층으로, 행위나 사건을 다양한 요소와 연관지어 해석할 수 있도록 한다.

이러한 논의를 서사 텍스트 선정에 반영한다면, 전기 청소년기에는 서사의 구조가 단순하고 강렬하여 구성 요소간의 포괄적인 연관보다는 인물과 같은 특정의 요소가 부각된 단선적인 서사 텍스트가 적합하다고 할 수 있다. 문제 해결이나 소망 충족의 플롯을 지닌 소설이 그 예가 되겠다. 또, 청소년의 생활이나 욕망과 유사하여 작품 이해에 요구되는 배경 지식이 적고, 구체적 형상이 뚜렷하게 나타나는 작품이 적당하다. 당대석인 이슈를 담고 있거나 리얼리즘적 소설이 이에 해당될 것이다. 반면,

---

30) L.S. Vygotsky,(1991), "Imagination and creativity in the adolescent", *Soviet Psychoogy*, Vol 29. No. 1. M. E. SHARPE, INC, pp.72~88.

31) Richard Beach, Linda Eendeg(1987), "Developmental Difference in Response to a story", *Research in the Teaching of English*, Vol 21, No. 3.National Council of Teachers of English. p.287.

후기 청소년기는 함축된 정보량이 많고, 아이러니나 양가적 의미와 같이 여러 요소를 복합적으로 의미를 분석할 수 있는 텍스트가 적합하다. 또한 배경 지식이나 비판적 사고력을 동원하여 상상력을 확장할 수 있어야 한다. 설화나 동화, 우화와 같은 무시간적 텍스트보다는 역사성을 지니거나 사회적 이슈를 지닌 소설들, 또 시공간적 배경이 이질적인 서사가 그 예가 될 수 있다.

그런데 인지 발달의 수준 뿐 아니라 인지적 관심, 혹은 경향에도 주목할 필요가 있다. 청소년은 현실에 대한 총체적인 인식을 발전시켜 나가는 과정에서 이상주의적, 그리고 낭만주의적 경향을 지니고 있다.

추상적 이상주의 경향은 자신의 추상적 가설을 과도하게 동화함으로써 발생하는 주관주의이다. 그들의 미래 지향성이 지나치게 강화될 때 나타나는 것이다. 게다가 이들은 자신의 성찰을 통해 얻은 것이 마치 자기만의 고유한 것, 자기들이 발견하여 세상에서 처음 있게 된 것인 양 받아들이면서 성인을 비롯한 다른 집단을 배제한다. 이것의 장점은 새로운 사고방식을 발견하는 창조적 혁명 단계32)로까지 발전시킬 수 있다는 점이다. 그러나 이 이상주의의가 창조적 사고로 전환되기 위해서는, 성인 역할, 경력, 업적, 그리고 인생 계획들을 사회 속에서 탐색하는 활동이 필요하다.

또 이들에게는 낭만적 인지 경향도 있다. 이는 주로 전기 청소년들에서 나타난다. 이들은 아동기처럼 외부 세계의 존재를 자신의 주관으로 동화하지는 않지만, 이 세계가 이상하고도 생경한 법칙에 의해 작동되는 냉혹하면서도 신비스러운 것이라는 점을 깨닫고는 지적 안정감에 위협을 받는다.33) 이에 자신을 세상에서 가장 힘 있고 고귀하며 용기 있는 것들과 연합하고 동일시하여 위기를 극복하고자 하는 것이다. 가령, 영웅,

---

32) Louis, Breger, 홍강의 역(1998), 위의 책. 참조.
33) Egan, Kieran(1990), *Romantic Understanding*, Routledge.

국가, 관념 등과 같은 초월적 존재들이 위협적인 존재와 투쟁하여 영광을 얻는다는 식의 낭만적인 이야기에서 위안을 얻는 것이다. 그러나 이러한 관심은 후기 청소년기가 되면서 점차 철학적 관심으로 넘어간다. 그것은 특수한 삶의 양식을 넘어서 삶의 양식 전체를 이해하고자 하는 태도를 지니게 되는 것이다.

청소년의 이러한 관심은 그들만의 삶에서 배태된 것으로 성인들의 인지적 관심과는 다소 거리가 있다. 그러나 발달의 불연속성을 고려한다면, 이것을 섣부르게 수정, 교정하는 접근은 타당하지 않을 것이다. 자신의 관점을 그 한계까지 충분히 진행해야 그 다음 단계로의 발달도 가능하기 때문이다.

이러한 연구 결과로 우리는 청소년들이 '의미있는' 반응을 보이는 텍스트의 내용을 예측할 수 있다. 전기 청소년은 주관적 이상에 강렬하게 몰두하거나 내용과 형식면에서 혁신성과 개성을 앞세운 텍스트, 또 초월적이며 힘 있는 것들에 동일시할 수 있는 텍스트가 이들의 관심에 부합할수 있다. 실제로 외국의 경우, 중학생의 교재 선정 목록에는 초월성이나 이국적이고 낭만적인 이야기, 개인적 이상과 관련된 이야기가 많다. 34) 다음, 후기 청소년은 전기 청소년의 관심을 이으면서도 과도한 주관주의가 현실과의 대결을 통해 조절되는 텍스트가 필요하다. 주관적 이상이 현실과의 조우를 통해 수정되는 과정을 담은 텍스트나 이념과 현실과의

---

34) 청소년 문학의 고전적 저서에서는(G. Robert Carlsen, 1967) 단계별 텍스트로 다음과 같이 소개하고 잇다. 초기 청소년(12~15세) : 동물 이야기, 모험 이야기, 미스테리 이야기, 초자연적인 현상에 대한 이야기, 스포츠 이야기, 다른 지역의 청소년 이야기. 가정과 가족 이야기, 유머, 과거를 배경으로 한 이야기, 환타지. - 중기 청소년(16세~17세) : 모험에 대한 비허구적 서사물, 역사 소설, 낭만적 소설, 청소년 생활에 대한 이야기. - 후기 청소년(18세~19세) : 개인적 가치를 추구하는 이야기, 특이하고 신비로운 인간 경험의 이야기, 청소년에서 성인으로의 발전 과정을 다룬 이야기가 그것이다.(G. Robert Carlsen(1967), *Books and the reader*, Bantam Books.)

관계 등을 사고할 수 있는 텍스트가 그것이다.

(3) 도덕성 발달의 적합성

도덕성의 발달은 서사 경험에서 매우 중요하다. 서사는 근본적으로 인물과 세계, 인물과 인물의 가치 갈등을 다루기 때문이다. 기존 연구는 주로 콜버그Kohlberg의 도덕적 추론 발달과 연관지어 논의되었다.[35]

도덕성은 도덕적 추론 능력 뿐 아니라 도덕적 감정, 공감 능력 등의 다양한 요소로 구성된다. 도덕적 추론 능력이 딜레마 상황 속에서의 가치 선택 양상을 살필 수 있다는 이점은 있으나, 허구적 서사물의 도덕적 상황과 현실적 세계에서의 도덕적 추론은 동일하게 적용할 수 없다는 문제도 간과할 수는 없다. 허구 세계는 현실 세계의 추론을 그대로 적용하기보다는 도덕적 가치를 다양하게 실험하는 성격을 지니고 있기 때문이다. 가령, 전기와 후기 청소년기는 콜버그Kohlberg의 도식에 따른다면 '인습기'에 해당되는데 구체적으로는 "3단계 : 착한 소년, 소녀의 지향"과 "4단계 : 법과 질서 지향" 단계에 속한다. 그런데 이 단계의 가치 판단은 주로 '사회적 규칙, 관습, 권위' 그리고 '권위적 인물이나 자신이 좋아하는 사람의 승인 여부'에 기초하는 것이기 때문에 이를 서사 텍스트에 적용하면 전래 동화, 설화, 대중매체의 서사와 같이 관습적인 가치를 옹호하는 텍스트가 중심이 된다. 앞에서 '자아 정체성 발달'의 문제를 살폈지만, 청소년기는 오히려 관습적인 모델에서 나아가 새로운 역할 모델을 추구하는 텍스트가 더 의미가 있다고 본다.

그런 점에서 도덕성 발달 중에서도 서사 경험과 밀접한 연관을 지니는 것은'도덕 감정의 발달'의 요소라 할 수 있겠다. 이에 따라 작품 세계의

---

35) 김중신(1994), "소설교재의 위계화 가능성에 대한 고찰", 국어교육연구1, 서울대 국어교육 연구소. 황혜진(2006), "가치 경험을 위한 소설 교육 내용 연구", 서울대 대학원 박사학위논문.

어떤 부분에 공감할 것이냐를 예측할 수 있기 때문이다. 도덕 감정은 타자에 대한 애정과 공감 능력을 말한다. 이 역시 연령에 따라 그 발달 수준이 달라지는데, 전기 청소년기는 타자의 정신적 이미지 전체를 이해할 수 있어 주로 인물에만 공감하는 반면, 후기 청소년은 인물이 처하고 있는 조건에 대한 공감 역시 가능해진다. 그리하여 타인의 고통을 집단의 고통으로 일반화하여 이해할 수 있게 되는 것이다.36)

이러한 연구 결과에 따른다면, 전기 청소년이라면 작중 인물과 독자와의 정서적 연관이 강한 작품을 선택할 필요가 있는 반면, 후기 청소년이라면 서사적 상황과 조건에 대한 공감 능력을 바탕으로 보편적 정황, 다양한 계층에 대한 상황적 이해와 공감을 유도할 수 있는 작품이 적합할 것이다.

(4) 역할 발달의 적합성

한 개인이 공동체에 어떤 방식으로 참여하고 어떤 역할을 담당하는가는 그가 발달함에 있어 매우 큰 영향을 미친다. 청소년, 성인으로 발달하는 과정은 그가 속한 공동체에서의 역할과 참여 방식이 확장, 변화되는 과정이다. 청소년기는, 아동기와 성인기 사이에 존재하는 과도기적 단계이다. 치숄름 Chisholm에 따른다면37), 이 시기의 '역할'은 자기 자신에 대해 생각하고, 자신의 일을 자립적으로 해 낼 수 있고, 성인의 책임 있는 삶을 위한 제반 영역에서의 숙련이 필요한 시기라고 한다. 그러니까 자신을 정립하는 일과 함께 예비 성인으로서 책임있는 역할을 담당할 수 있는 일을 동시에 교육받아야 하는 것이다.

---

36) Rich, John M. DeVitis · Josep L., 추병완 역(1999), 『도덕 발달 이론』, 백의, 2장.
37) Rogoff, Barbara(2003), *The Cultural Nature of Human Development*, Oxford University Press.

그러나 근대 도시 문명사회에서 청소년은 '예비 성인으로서의 책임 있는 역할'과는 거리가 먼 듯 하다. 육체적으로는 성인과 큰 차이가 없지만 사회적 역할에서는 큰 차이가 있기 때문이다. 그들은 결혼도 투표도 할 수 없고 오로지 소비 생활에서만 주인이 된다. 근대 이후 청소년은 사회에서 '생산적인 역할'로부터 분리된 것이다. 그러나 이러한 사정은 문화의 영역에 오면 달라진다. 청소년은 현실로부터 상대적으로 자유롭다는 이점으로 다양한 의미 실험에 몰두하면서 새로운 문화 주체로 빠르게 성장하였다. 한국 근대 문화 형성 과정에서 이들은 '새로움'의 취향을 통해 근대 문화 창조의 주역으로 기능하였다.38) 게다가 새로운 복합 매체 시대의 신속한 적응 능력을 보이면서 매체 문화도 선도하고 있다.

사회 역사적 발달 이론에 따르면, 개인의 발달은 그가 속한 문화 공동체의 실제 도구/문화에 참여적 변형(transformation of participation)을 실천할 때 성취된다.39) 그리고 개인이 자신의 발달로 성취해 낸 결과는 곧 문화 공동체의 발달로 이어진다. 청소년에게 '참여적 변형'의 역할을 부여한다면, 우리는 미래 지향적 관점에서 그들의 문화를 중요한 자원으로 인정하고, 교재 선정에 적극 반영할 수 있겠다. 특히, 학습자는 나름의 사회 문화적 위치 속에서 문화적 자원과 유산을 지니고 있는 존재이고, 또 교육이 학습자의 문화와의 대화하며 문화적으로 응답하는 실천(Culturally Responsive Practice)40)이라고 한다면 더욱 그러하다.

문학 독자의 발달 과정에서도 '역할의 발달'은 성장을 구획짓는 의미있는 변수이다. 41)초기 아동기 독자의 역할이 '즐기는 향유자'의 역할에

---

38) 천정환(2004), "식민지 시기의 청년과 문학·대중문화", 오늘의 문예비평 55, 산지니.
39) Rogoff, Barbara(2003), *The Cultural Nature of Human Development*, Oxford University Press.
40) Birr, Elizabeth Mo Je & Hinchman,. Kathleen(2004), "Culturally Responsive Practices for Youth Literacy Learning", Tamara L. Jetton & Janice A. Dole, *Adolescent Literacy Research and Practice*, Guilford.

머문다면, 전기 청소년은 자신의 생각을 펼치는 '사색자'의 역할을 취할 수 있다. 반면, 후기 청소년은 '해석자'의 역할을 즐길 수 있어, 작품이 생산된 포괄적인 사회 문화적 위치를 해석하고 비판적으로 개입할 수도 있다. 바로 이 '해석자'의 역할은 앞에서 논의한 '변형적 실천의 역할'과 맥을 함께 한다. 이 역할은, 텍스트와 독자 자신을 연결 짓는 활동에서 나아가, 텍스트가 차지한 사회 문화적 위치를 해석하고 비판하며, 참여하는 활동까지를 펼칠 수 있기 때문이다.

그렇다면, 이 논의가 지닌 텍스트 선정에서 지니는 시사점은 무엇인가? 청소년에게 변형적 실천의 역할을 부여한다면, 텍스트는 현실 문화 공동체의 다양한 문화유산으로 확장되어야 하며, 그 접근 범위도 넓혀져야 한다. 곧, 보호주의적 관점에서 나아가 실제의(authentic) 다양한 문학 문화와 대면하고, 책임 있는 역할을 할 수 있는 기회를 줄 수 있다는 것이다. 이를 위해서는 텍스트 내적 요소 뿐 아니라 매체, 장르, 작가, 서사문화에서의 위치와 범위 등, 문학의 장을 형성하는 다양한 요소들을 종합적으로 고려할 필요가 있다. 가령, 동일한 작품이라도 어떤 '매체'나 '장르'를 선택할 것인가, 또, 작가의 선택에서도 어떠한 사회 문화적 위치, 서사 문화 내에서의 위치를 우선시할 것인가가 문제는 학습자의 문화적 '역할'을 어떻게 부여할 것인가의 문제와 직결되어 있다. 가령, 친일 작가와 같은 이념적 논쟁에도, 그 이면을 보면 학습자의 역할을 어떻게 볼 것인가의 문제가 담겨 있다. 청소년에게 '참여적 변형'의 역할을 부여하고, 그들의 문화적 자원을 의미있게 활용하기 위해서는 고전 문학 뿐 아니라 청소년 문학, 당대 문학, 대중문화, 현실적·사회적 이슈와 관련된 논쟁적 텍스트로 확장할 수 있겠다.

---

41) Appleyard, J. A. S. J(1990), *Becoming a Reader-The Experience of Fiction from childhood to Adulthood*, Cambridge University Press.

3) 서사 텍스트 선정의 세부 원칙 예시

앞에서 제시한 발달적 적합성은, 텍스트 선정에서 내용, 형식, 표현을 분석하는 주요한 근거가 될 수 있을 것이다. 여기서는 텍스트 내용을 중심으로 세부 원칙의 예를 제시하고자 한다.

	중학생	고등학생
자아 형성의 발달적 적합성	‣ 정체성의 혼돈과 불안에 대해 정서적 안정감을 줄 수 있는 서사 ‣ 주인공 중심의 비교적 단순하면서도 강렬한 서사	‣ 다양한 역할 모델을 통해 미래의 성적, 이념적, 직업적인 정체성을 상상, 실험할 수 있는 서사 ‣ 가치관, 세계관을 확고히 하고 공고히 할 수 있도록 인물간의 다양한 이념 차이를 드러내는 다성적 서사
인지적 발달 적합성	‣ 인물의 이상 추구, 소원 성취를 다룬 서사 ‣ 이국적 시공간, 초현실적인 존재나 영웅과 같은 강력한 인물, 관념이 등장하는 낭만적 경향의 서사 ‣ 특정한 사실이 구체적이고, 세부적으로 제시되어 있는 기록적 서사 ‣ 자신을 성찰하는 내면적 경향의 서사 ‣ 내용과 형식에서 '혁신성'이 강한 서사	‣ 인물의 이상 추구와 현실의 팽팽한 긴장을 다룬 서사 ‣ 역사와 현실의 총체성을 다루고 있는 깊고 풍부한 내용의 서사 ‣ 사회적, 현실적 이슈를 심층적으로 살피고 있는 서사 ‣ 자기 자신의 사고를 성찰하는 내면적 경향의 서사 ‣ 혁신성도 강하지만 동시에 현실적 타당성에 대해서도 긴장을 지니고 있는 서사
도덕적 발달 적합성	‣ 중학생 수준의 경험으로 공감할 수 있는 인물 중심의 서사	‣ 인간 보편의 전형적인 상황을 담고 있는 상황 중심의 서사

역할의 발달적 적합성	‣ 청소년 문학 작품 ‣ 당대적 문학 작품 ‣ 새로운 매체로 변형된 텍스트들	‣ 비평적, 사회적 이슈가 되는 작가와 비평가의 텍스트들 ‣ 작가, 비평가, 독자의 수용과 창작 과정이 담긴 텍스트 ‣ 다문화적 텍스트

4. 문학 텍스트 선정을 위한 제도와 정책 제언

이제까지 청소년 학습자를 대상으로 한 서사 텍스트 선정 원리를 살펴보았다. 애초의 기획이 텍스트 선정의 원리를 체계화하자는 것이었지만 워낙 추상도가 높은 의제였던 만큼 결론은 낮익은 내용들로 정리되는 듯하다. 그럼에도 의의가 있다면, 지금까지 교과서 개발을 비롯하여 텍스트 선정이 학문적인 성격보다는 다소 정치적이고, 관습적인 판단에 근거하였는데, 이제는 서로 간의 의견이라도 소통하고 조율할 수 있는 기본 범주라도 마련했다는 것이다.

이제까지 논의된 내용은, 문학 텍스트 선정은, 기본적으로 학습자가 텍스트를 이해하고 받아들일 수 있느냐의 '수용적 적합성'보다는 학습자의 발달 기제에 대한 이해를 바탕으로 발달을 도모하는 '발달 적합성'에 기초해야 한다는 것이었다. 이 '발달 적합성'은 발달의 연속성과 불연속성, 발달의 사실과 가치, 발달의 개인성과 사회성을 복합적으로 고려해야 한다. 특히, 교과교육에서는 발달 심리학의 일반 도식을 기계적으로 적용하기보다 문학 경험, 혹은 서사 경험의 기제와 교육적 지향성에 기초하여 재구성해야 한다고 보았다. 이에 청소년 학습자를 위한 서사 텍스트 선정 범주로 1) 자아 발달의 적합성 2) 인지 발달의 적합성, 3) 도덕성 발달의 적합성 4) 역할 발달의 적합성을 제시하였다. 다음, 청소년의 발달적 특징을 분석하여 서사 텍스트 선정의 원칙을 제시하였다. 물론 이는 실제 청소년 학습자의 발달 상황에 대한 경험적 연구들로 보완되어야 할 것이다. 그리고 이론적으로도 '교재 비평'을 활성화하여 특정 작품의 교재적 타당성을 이론적으로 설명하는 논의가 지속적으로 이루어져야 할 것이다.

그러나 교재 선정에는 여전히 이론적으로는 해결되지 않는 문제가 있다. 교육적 목적에 부합하는 교재가 일단 있어야 하고, 교육 주체들이 상시적으로 의견을 모을 수 있는 기구가 있어야 하기 때문이다. 청소년 학습 독자의 관심과 발달이 항시 변화할 수 있다고 할 때, 학생, 교사, 학자, 창작인이 모두 참여할 수 있는 제도적 장치와 정책은 매우 중요한 역할을 한다. 미국의 경우에도 국제 독서 협회(IRA)와 미국 아동 도서 위원회(TCBC)가 지속적으로 참여하여 아동, 청소년을 참여시키는 장기간의 제재 선정 체제인 '아동 도서 선정 위원회 TCBC(The Children's Book Council)의 사례가 있다고 한다. 우리나라에도 학회, 청소년, 교육 당국이 함께 논의할 수 있는 교재 선정 관련 정책 기구를 만드는 등의 제도적인 보완책이 있어야 할 것으로 생각된다.

제 2 장

서사적 대화를 활용한 문학 토의 수업

1. 문학 수업, 왜 바뀌지 않을까

수업은 문서상의 교육과정을 구체화하여 교사와 학습자의 경험을 형성하는 교육 실천 행위이다. 수업 모형의 구체상이 정립되지 않고서는 문학교육의 철학과 목표, 내용을 '경험 가능한' 현실로 구상할 수 없고, 문학교육의 변화도 크게 기대하기 힘들다. 그러나 문학의 교수 학습 분야는 상대적으로 논의가 빈약한 편이다. 그간의 연구를 검토하면, 모형42)

---

42) 문학 수업 모형과 관련된 대표적 연구는 다음과 같다. 한철우 교수(1995), "문학영역의 교수 학습 모형", 선청어문 23. 서울대 국어교육연구소. ① 반응 중심 수업 모형-경규진(1994), "반응 중심 문학교육의 방법 연구", 서울대 박사 논문. 류덕제(1997), "학습자 중심 문학교육론의 정립을 위한 시론적 연구, 문학과언어 18, 1997. 김성진(2004), "문학 교수 학습 방법론 연구", 국어교육학 연구 21집, 국어교육학회. ② 일반 교육학 교수 원리에 기반한 모형-구인환 외(1999), 『문학교육론』, 삼지원. ③ 토론 수업 모형-김상욱(2004), "문학적 사고력과 토론의 중요성", 한국초등국어교육 24집, 한국초등국어교육학회.

으로 지칭할 수 있는 것이 7차 교육과정에서 명시한 '반응 중심 모형', '가치 탐구 모형' 그리고 구인환 외의 '문학 작품 해석 모형', '토론 모형'이 있고, 이외에 '감상 교수 모형', '대화 중심 교수 모형', '갈등 교육 모형', "문제 중심 모형' 등이 있었다.43)

   기존 문학 교수법에 대한 논의에서 가장 큰 화두는 역시, 학습자의 능동적인 의미 구성의 문제라고 할 수 있다. 이에 대해서는 몇 유형의 접근이 있었다. 첫째, 문학적 의미 구성과 연관된 특정의 문학 활동 중심 수업 방법 개발이다. 가령, '반응'중심, '대화' 중심, '탐구' 중심, '감상' 활동, '문제' 중심 등이 그것인데, 각 문학 활동의 원리에 기반하여 수업 과정의 절차가 연구되었다. 이러한 작업은, 문학 수업의 과정적 활동과 방법적 지식을 제공하고 있다는 점에서 의의가 있다. 둘째, 의미 구성이 이루어질 수 있는 '맥락'과 관련된 연구44)가 있다. 이러한 접근은 의미 구성을 교실 내 의사소통 방식과 연관지어 논의하였다는 점에 그 의의가 있다. 셋째, 실제 문학 교실의 경험을 성찰한 경험 연구45)가 있다. 여기에는 수업 경험의 실제적 장면에 대한 구체적이고도 심층적인 논의가 이

---

43) ① 감상 중심 모형-최지현(1998), "문학 감상 교육의 교수 학습 모형 탐구", 선청어문 26, 서울대 국어교육과. ② 대화 중심 모형-선주원(2002), "대화적 소통으로서의 소설교육, 한국어문학교육 11, 한국어문학교육학회. 최미숙(2006), "대화 중심의 현대시 교수 학습 방법", 국어교육학연구 39, 국어교육학회. ③ 갈등 모형-정재찬(1995), "현대시 교육의 지배적 담론에 대한 연구", 서울대 박사학위 논문. ④ 문제 중심 모형-최인자(2001), "문제 중심 서사 창작 교육 방법 연구", 『서사교육론』, 동아시아. ⑤ 탐구 모형-김상욱(1996), "탐구로서의 소설 교육 방법", 『소설 교육 방법 연구』, 서울대 출판부.

44) 최인자(2006), "청소년 문학 경험의 질적 이해를 위한 독서 맥락의 탐구", 독서연구 16, 한국독서학회. 양정실(2006), "해석 텍스트 쓰기의 서사교육 방법 연구", 서울대 박사학위 논문.

45) 김남희(1997), "현대시 수용에 관한 문화 기술적 연구", 서울대 석사 학위 논문. 염창권(2002), "초등학교 문학 수업의 문화 기술적 연구", 문학교육학 9호, 한국문학교육학회. 정현선·이미숙(2006), "초등학교 저학년 문학 수업에 대한 실행 연구", 문학교육학21, 한국문학교육학회.

루어졌다.

그러나 이와 같은 이론적 다양화에도 불구하고, 실제 문학 수업의 현장은 크게 변화하지는 않은 듯하다. 아직도 교사 중심의 관습화된 문학 독서가 주를 이루고 해석적 정답을 요구하는 분위기에서 학습자들의 문학적 경험은 유실된 채 '필기'의 경험46)으로만 남고 있다. 그러나 그간 연구에서 수업이 이루어지는 복잡한 요소를 중층적으로, 다변화하여 고려하지 못하였다는 반성도 필요할 듯하다. 수업의 표준적인 절차 뿐 아니라 수업이 이루어지는 다양한 목표와 '맥락'47)을 섬세하게 고려하여야, 교수 학습 활동에 적합한 최적의 맥락을 창조할 수 있다는 인식이 필요하다. 가령, 수업 모형 상으로는 '학습자의 반응을 형성한다'고 되어 있지만, 실제 문학교실에서 이 진술을 실천하기는 매우 힘들다. 사회 인지론의 학습이론에서 말하는 것처럼, 학습자의 사고 활동은 교실 공동체의 사회 문화적 맥락의 관습과 분리될 수 없기 때문이다. 의미 구성은 그 문화에 적합하게 응답하는 과정에서 만들어지고, 위치지어지는 것이다. 이렇게 보면, 학습자들은 자발적으로 생각할 줄 모르는 것이 아니라 자신의 사고가 존중받지 못하고, 말할 기회가 없는 정황 맥락 때문에 자발적으로 사고하지 못한다는 해석도 타당하다.

이런 점에서 우리는 학습자의 문학적 의미 구성을 형성하는 문학 교실에서의 복합적인 맥락과 개별 요소에 관심을 두어야 한다. 수용 이론의 변모 과정을 보아도, 초기에는 반응의 개인적 특성에 관심을 두었지만

---

46) 학습자들이 모든 문학 텍스트를 이렇게 경험하는 것은 아니었다. 문학교실, 취향 중심의 독서 클럽, 교사와 함께 한 독서 클럽은 각기 다른 모습으로 나타났다. 최인자 (2006), "청소년 문학 경험의 질적 이해를 위한 독서 맥락의 탐구", 독서연구 16, 한국독서학회.

47) 수업에 작용하는 맥락에는 거시적, 미시적 맥락이 존재할 수 있겠다. 거시적 맥락에는 사회 문화적 요인, 학교 전체의 시간적 일정, 교육 정책, 제도 등이, 미시적 맥락에는 교실 환경, 교사와 학습자의 사회적 관계, 그리고 인식과 태도 등이 있을 수 있다.

점차 그러한 반응이 도출된 '맥락'적 요소에 비중을 두고 있다.48) 지금까지 '맥락'적 변인으로 주목하고 있는 것에는 상호작용의 형식, 교사의 신념, 텍스트 장르 등이 있었지만, 특히 이 글에서 관심을 갖고 있는 것은 학습자의 의미 구성에 영향력을 발휘하는 '매체', 또는 '해석의 언어'와 '상호작용의 패턴'이라는 변인이다.

문학교육에서 추구하는 문학적 사고력이나 경험은, 문학적 텍스트 그 자체에서 나오는 것이 아니라 학습자와 교사의 상호작용에 의하여 사회적으로 구성된다. 매체나 해석의 언어, 상호작용 패턴에 따라 학습자들의 문학적 반응이나 경험이 달라질 수 있다는 점은 이미 여러 연구자들에 의해 제기되고 있다.49) 가령, 초등학생에게는 '쓰기'에 비해 '스토리텔링'이나 '대화'와 같은 구어적 매체가 자기 표현을 보다 효과적으로 유도하며, 중학생의 경우는, '해석적 쓰기'가 자기 정체성의 향상에 긍정적 영향이 있다.50) 그렇다면, 효과적인 문학 수업 모형을 개발하기 위해서는 어떤 수업 맥락이 어떤 반응을 형성하는가에 대한 경험적 연구가 전제되어야 할 것이다. 그러나 이는 현재의 연구 상황으로는 힘들기 때문에, 이 글에서는 '서사적 대화'에 대한 이론적 연구를 토대로 문학 토의 수업 모형을 구안하고자 한다.

---

48) James Flood, Julie M. Jensen, Diane Lapp & James R. Squire eds (1991), *Handbook of research in teaching the English language arts*, *Macmillan publishing company*, pp.664~690. Hancock, M. R(1993), "Exploring the meaning-making process through the context of literature response Journals : A Case study investigation", *Research in the Teaching of English*, 27, pp.335~368.

49) 이 연구는 주로 외국에서 이루어졌다. 기존 문학 반응 연구에서 활용한 매체, 상호작용 방식에 대한 종합적 정리는 다음의 논문을 참조할 수 있다. Applebee, A. N(1977), "The elements of response to literary work: What have we learned? : What have we learned?, *Research in the Teaching*, 11, pp. 255~271

50) 한국에서의 논의로는 양정실(2006), "해석 텍스트 쓰기의 서사교육 방법 연구", 서울대 박사학위 논문.

이 글에서 다루고자 하는 것은 문학 토의 수업에서 '서사51)', 특히 '서사적 대화'의 상호작용 방식을 원용함으로써 학습자의 자발적인 의미 구성 활동을 활성화하고자 하는 것이다.

여기에는 두 가지 의도 및 가정이 있다. 하나는 서사가 인간이 본원적으로 가지고 있는 의미 생성 도식이라는 점에 주목하고, 문학 학습의 장면에 도입하여 학습자들의 적극적인 의미 구성과 해석 활동을 이끌어 내려는 의도이다. '서사'는 혼돈스러운 경험에 의미를 부여하고, 성찰하며, 비판할 수 있는 '발견적 도구'라는 점에서 문학 텍스트에 재현된 경험을 해석함에도 유의미할 것이라 가정하는 것이다. 또 다른 하나는 학습자들이 익히 잘 알고 있고 누리고 있는 일상의 언어문화 자원을 수업 상황으로 끌어 들여, 창의적이고 자발적인 참여를 극대화하자는 것이다. 서사 혹은 이야기는 아동기와 청소년 학습자들이 정신적 에너지를 쉽게 발산하는 일상의 자원이기에, 그들의 상상력을 이끌어 내기에 용이하다.52)

이런 가정들에는 문학 수업은 뚜렷한 목적과 도달점을 향해 가기보다는 의미 탐구 과정에 중점을 두어야 한다는 인식이 깔려 있다.53) 21세기와 같은 불확실성의 시대, 정보는 많아지고 의미는 실종되는 급변의 사회에서 교육은 학습자의 의미 탐구 능력 자체를 중시하는 방향으로 나아갈 필요가 있다. 이에 문학이 지닌 특유의 불확정성은 의미 탐구의 중요한 자원으로 인식될 필요가 있다.

또한, 이 연구에서는 수업 모형에서 수업 활동의 절차 뿐 아니라 교실 환경을 구성하는 심리적, 사회적, 기호적 측면의 제 요소를 종합적으로

---

51) 이 글에서는 'narrative'를 서사로 번역한다. 'narrative'는 비교적 긴 시간의 이야길르 표현하는 반면, 이야기는 짧은 일화를 지칭하는 것으로 사용한다. 이 연구에서는 길고 짧음 보다는 '구어 매체'적 속성을 강조하도록 한다.
52) Kieran Egan(1988), *Teaching as Story Telling*, Routledge, p.17.
53) 강현석(2005), "합리주의적 교육과정 체재에서 배제된 내러티브 교육과정의 가능성과 교과목 개발의 방향", 교육과정연구 23, 한국교육과정연구학회.

고려하고자 하였다.54) 수업 활동의 표준적인 절차만으로는 복잡한 교실 상황에 주체적으로 대응해야 하는 교사의 교육적 판단에 크게 도움을 줄 수 없다고 보았기 때문이다. 수업 모형은 수업에서의 추구할 가치와 철학부터 어떤 분위기를 조성해야 하는가하는 '수업 문화'의 관점에서 고려되어야 한다. 학교는 미래의 문화에로 초대하고 입문하는 준비과정이 아니라 그 자체가 특정의 문화에 입문하는 실천적 현장55)이라고 보면 더욱 그러하다.

2. 문학 토의 수업에서 '서사적 대화'의 가치와 의의

먼저, 문학 토의 수업에서 '서사적 대화'의 상호작용 방식이 지니는 가치와 의의에 대해 살피기로 하겠다.

'서사적 대화'56)는 자신의 삶의 경험을 다른 사람과 대화 속에서 이야기하는 장르이다. 삶의 사건을 시간적, 인과적으로 제시한다는 점에서 서사적 요소를, 그리고 이를 일방적인 전달이 아닌 다른 사람과의 대화적 상호작용 과정에서 제시한다는 점에서 대화적 요소를 지니고 있다.57)이 대화는 우리의 일상적 언어에 많은 부분을 차지한다. 우리는 자기가 겪은 여러 사건과 경험을 다른 사람에게 이야기함으로써, 당혹한

---

54) Jamie Myers(1992), "The social context of school and personal literacy", *Reading Research Quarterly* 27, A Journal of International reading association, p.307.

55) Jerome Bruner. 강현석 외 역(2005), 『부르너의 교육의 문화』, 교육과학사.

56) 박용익(2006), "이야기란 무엇인가?", 텍스트 언어학 20, 텍스트 언어학회. Ochs, Eliner(2001), Living Narrative: creating lives in everyday storytelling. Harvard University. 고미숙(2002), "인간 교육을 위한 서사적 대화 모형 연구", 교육 문제 연구 16, 고려대 교육 문제 연구소.

57) 일반 스토리텔링이 주로 스토리텔러가 자신의 이야기를 일방적으로 제시함에 반해, 내러티브 스토리텔링은 함께 상호작용한다는 점에서 구별된다.

일에 의미를 정돈하고, 문제를 해결하며, 위안을 얻기도 하고, 미래를 모색하기도 하기 때문이다. 또, 이러한 일상 속의 대화를 통해 우리는 자기 정체성을 확인하고 자기가 속한 공동체에서 추구하는 문화를 접하게 된다.

우리가 문학작품을 읽고, 그 작품에 대해 이야기하는 것에도 이러한 서사적 대화의 요소가 들어가 있다. 소설을 읽고 난 뒤, 둘러 앉아 소설 속 인물의 미심쩍은 행위에 대해 이러저러 그 의미를 따져보기도 하고, 나름의 평가를 하기도 하며, 텍스트에 드러나지 않은 내용을 예상하기도 한다. 이런 대화는 대부분 파편적으로 끝나지만, 적어도 여기에 참여한 사람들은 매우 자발적이고 또 적극적으로 작품을 해석하며, 해석의 열린 가능성을 맛볼 수 있다.

문학 토의 수업에서 서사적 대화의 형태로 작품 해석을 한다면, 이는 2차적인 담론이나 특정의 비평적 개념, 원리를 적용하는 방식의 해석이 아니라, 작품 내의 인물, 사건들을 이야기의 형상으로 재구성하여 전체 해석의 살을 붙여 나가는 형태가 된다.[58] 곧, 작품의 이야기를 다시 만드는 방식으로 해석하는 것이다.

이러한 해석에서 사용되는 언어는 설명의 언어와 이해의 언어 중, 이해의 언어라 할 수 있다. 설명이 특정의 원리, 이론, 명제에 기반하여 텍스트를 분석하는 방식이라면, 이해는 부분들을 조합하여 전체를 구축하는 방식인데, '서사'적 대화는 후자에 기대는 것이다. 물론 양자가 서로 결합되어야 해석의 타당성이 보장되겠지만, '이해'를 중심으로 할 때 문학의 해석은 탐구의 성격을 띠게 된다. '탐구'(exploration)는 알려진 것을 전달하는 것이 아니라 알려지지 않는 것을 발견해 나가는 과정이다. 어

---

58) Haroutunian-Gordon, Sophie, "The Role of Narrative in Interpretative Discussion", *Narrative in Teaching learning, and Research*, Teachers College, Columbia University.

떤 원리나 개념, 방법에 근거하지 않기에 해석은 선택 가능한 여러 대안 중에서 새로운 의미를 찾아 나가는 탐구의 행위가 되는 것이다.

다음은 구체적 설명을 위한 예시59)이다.

철수: 난 에밀의 행동을 보고 진짜 놀랐어. 그게 애야? 애가 어떻게 무섭고 매몰찰 수 있어? 그건 애가 아니야.

영희: 맞아. 나도 그렇게 생각해. 흥분도 하지 않고. 애들이었다면, 차라리 때려주고 말았을 거야. 반면, 멍청히 앉아 있는 '나'는 얼마나 어린 애 같니? 그는 너무 허구적인 인물이라고 생각해.

영미: 그렇게 생각해? 하지만 에밀은 주인공 '나'가 정신 차리도록 하기 위해 그렇게 한 게 아닐까. 실은 나도 예전에 진짜 가지고 싶었던 연필을 문구점에서 슬쩍한 적이 있었거든. 크.(야~) 그 때는 아무도 나의 범죄를 몰라 야단맞지는 않았지만, 나 자신이 양심의 가책 때문에 마음이 불편하더라구. 그 불편하게 하는 것 자체가 벌이었어. 에밀은 똑똑한 아이니까, 그걸 노린 것일 수도 있어.

영미: 그래도, 다른 곳에 보아도 에밀이 그렇게 친구를 위하는 것처럼 보이지는 않더라구. 만약 그렇다면, 그건 에밀을 너무 똑똑한 아이로 본거야. 오히려 그런 행동은 돈 많은 집 아이의 거만처럼 보였어. 봐라. 에밀은 아주 부잣집에 살았지? 그 집 분위기 봐. 내 주변 아이들을 봐도 그렇거든. 그 아이의 환경을 생각해 보면 그게 맞을 거 같아.

철수: 아 만약 그렇게 보면, 에밀은 부잣집에서 혼자 크면서 친구들과 사귀는 방법을 몰랐을 수도 있어. 바깥으로 드러난 얼굴에 비해 속마음은 달랐을 수도 있을 것 같은데.

이 대화는 교사 개입 없이 진행하였지만, 서사적 대화를 활용한 해석

---

59) 이 자료는 본 연구와는 무관한 상황에서 채록한 문학 토의 수업이다. 헤르만 헷세의 〈나비〉를 읽고, 학습자들은 자신의 상처받았던 경험, 혹은 상처를 주었던 경험과 연관지어 토론했다. 필자는 이들의 토론을 보면서, 이 논문을 구상하게 되었다. 학습자들이 다른 토론과는 달리, 대단히 열정적으로 참여하면서 자기 이야기를 하려고 하였고 또 제법 당당하게 자기 나름의 경험을 내세우는 모습이 인상적이었던 것이다.

적 탐구의 모습이 잘 나타나 있다. 먼저, 토론자들은 자신에게 쉽게 납
득되지 않았던, 작품 속의 문제적인 사건/행위를 화제로 그 원인, 배경,
심층 동기 등에 대해 추궁하고 있다. 이들에게 작중 인물은 단지 허구
세계 속의 인물이 아니라 친구처럼 실제하는 인물이다. 이들은 자기 경
험과 연관지어 문제적 상황을 이해할 수 있는 이러저러한 가능성을 탐색
하면서 작품의 심층 해석으로 달려가고 있다. 이 과정에는 특정의 비평
적, 문학적 개념이 등장하지 않는다. 다만, 서사의 문제 상황을 자기 경
험의 언어로 해석하며, 참여자들의 다양한 입장과 관점을 수렴하여 텍스
트에 대한 심층 이야기를 재구성하고 있는 것이다. 이들의 분위기는 논
쟁적 토론과는 다르다. 다른 사람의 이야기에 공감하며, 유대적 관계를
유지하는 경향이 강하기 때문이다.

  그렇다면, 이처럼 해석 활동에서 서사적 대화를 도입할 때 얻는 이점
은 무엇일까? 우선 학습자의 상상적 이해와 문학적 경험을 활성화할 수
있다. 서사는 상상력과 호기심을 자극하고 그 속에 몰입하도록 한다. 학
습자들은 작품을 이야기하고 다시 이야기하는 과정에서 일종의 '상상적
구체화 envisioning'의 과정을 밟아 나갈 수 있는 것이다. 이 때 독자는 문
학의 허구 세계를 언어적 구성물이 아니라, 실제 현실적 존재물로 상상
하고 체험할 수 있다. 가령, 그들은 〈무진기행〉에서 '무진'이란 장소가 존
재하지 않는다는 것을 알면서도, 토의 과정에서는 마치 '무진'이 실제 존
재하는 것처럼 말하고, 또 인물 '안'에 대해서도 마치 이웃사람이나 친구
처럼 말한다. 이 과정에서 독자는 문학 세계를 살아 내는 문학적 경험을
할 수 있다.

  여기서, 학습자들은 일반적인 문학 교실과는 다른 독자의 역할을 경험
할 수 있다. 그것은 서사 세계를 모방된 현실로 이해하고 실제의 세계처
럼 경험하는 '서사적 청중 narrative audience'60)의 역할이다. 일반적인 문

학 해석의 교실에서, 학습자는 작가가 요구하는 '함축된 독자'의 역할에 충실하다. 텍스트의 내적 단서에 충실하고 작가의 의도에 부합하려고 하는 '작가적 청중authorial audience'의 위치에서 이해하는 것이다. 반면, 서사적 청중으로서에서 학습자들은 텍스트가 모방하고 있는 대상을 마치 현실인 것인양 경험적인 것으로 이해한다.

다음, 학습자는 '자신의 경험과 연관하여 작품을 자발적으로 해석하고 심층적인 추론을 할 수 있다. '서사적 청중'의 역할을 통해, 학습자들은 문학 작품 속의 상황을 자신의 경험으로 쉽게 전이(connecting to personal experience)시킬 수 있다. 때문에 작품의 해석에 자신의 경험적 지식을 투사할 수 있으며, 자신의 삶의 경험과 연계하여 주체적인 해석, 자기화된 이해를 시도할 수 있다.

가령, 학습자들은 '저자적 청중'의 위치에서 와는 다른 질문을 던질 수 있다. 디즈니 영화 〈신데렐라〉에서, '노래하는 생쥐'도 과연 '쥐'라고 할 수 있을까?, 나아가 '열심히 일하면 행복하게 된다는 것'이 과연 현실 경험에 비추어 볼 때에도 타당한지, 또 '계모와 이복동생이 무조건 나쁘다고 할 수 있는지', '신데렐라처럼 남을 도와주면 행복해질 수 있는 것인지', 혹 '신데렐라가 예뻐서 행복해진 것은 아닌지', 또, '집안 일이 그렇게 즐거운지' 등의 질문이 그것이다. 이러한 질문은 허구적 텍스트나 판타지 장르를 이해할 때 인정해야 하는 계약 조건을 무시한 것이지만, 작품 이면의 논리를 비판적으로 해석할 수 있는 질문들이기도 하다. 그리하여 텍스트에 존재하는 빈틈, 수수께끼, 암시, 모호함 등을 보다 비판적으로 통찰하기도 한다. 여기에 역할을 하는 것은 사회, 역사적 '배경 지식'이나 '문학적 지식'이 아니라 개인의 삶의 경험적 지식이다. 청소년들

---

60) '작가적 청중'과 '서사적 청중'은 문학 독자의 이중적 역할을 잘 설명한다. Peter J. Rabinowitz and Michael W. Smith(1998), *Authorizing Readers*, Teachers College Press, pp.21~26.

이 혼자 읽을 때는 공감적인 형태로 읽지만, 토의 상황에서는 보다 비판적이고 다양한 의제를 논의하였다는 연구 결과 역시 이와 연관된다고 하겠다.61)

셋째, 서사적 대화는 자기 정체성을 쉽게 드러낼 수 있도록 하면서도 동시에 서사 특유의 공감력으로 학습 공동체를 형성할 수 있도록 한다. 서사적 대화는 자기 노출을 쉽게 할 뿐 아니라, 상호간의 공감적 이해를 도와준다는 특징62)이 있다. 참여자들은 이야기의 '개요'와 같은 형식으로 작품에 대한 자신의 평가를 쉽게 노출할 수 있다. 가령, 위의 예에서 '진짜 놀랐어' 등과 같은 화자의 평가도 형식화된 토론 절차와는 다르게 매우 자연스럽게 제시할 수 있는 것이다. 또, 이야기가 진행되면서 청자의 또 다른 평가를 듣는다고 해도 서사 특유의 공감 기제 때문에 이를 받아들이고 자신의 해석을 변화시켜 나가기가 훨씬 용이하다.63) 서사적 대화에서 이야기는 쉽게 공동 창작될 수 있다.64) 이런 점에서 토론 모델이 지닌 경쟁적 특성을 누그러뜨리고, 교실의 해석 공동체를 구축할 수 있는데 도움을 준다.

이러한 의의는 특히 전기 청소년들(13세~16세)의 문학 역할 발달에서 매우 중요하다. 문학 독자의 발달 과정 생애사적으로 연구한 J. A

---

61) Haroutunian-Gordon, Sophie(1995), "The Role of Narrative in Inter-pretative Discussion", *Narrative in Teaching learning and Research.* Teachers College, Press

62) 고미숙(2002), "인간 교육을 위한 서사적 대화 모형 연구", 교육 문제 연구 16, 고려대 교육 문제 연구소.

63) Haroutunian-Gordon, Sophie는 해석적 토론에서 '서사'는 참여자들이 자신의 의견을 수정, 변형하는 데 가장 큰 힘을 발휘한다고 지적하였다. Haroutunian-Gordon, Sophie(1995), "The Role of Narrative in Interpretative Discussion", *Narrative in Teaching Learning, and Research.* Teachers College, Press.

64) Carol S. Witherell & Hoan Tan Tran and John othus(1995), "Narrative landscape and the moral imagination" *Narrative in Teaching Learning and Research,* Teachers College Press.

Appleyard[65]에 따른다면, 전기 청소년기(13세~16세) 학습자들은, '사유자 The reader as thinker'로서의 특성을 지닌다고 한다. 이는 후기 청소년(17세~19세)이 보여주는, 문학적 형식의 분석이나 사회 역사적 맥락에 바탕을 둔 해석자로서의 모습과 구별되는 것이다. 이들 전기 청소년은 문학 작품(특히 허구적 서사물)에서 세계나 자기 삶에 대한 진실을 찾고자 하며, 특히, 삶의 의미, 가치들, 믿음, 모방을 위한 역할 모델, 이상적 이미지에 대한 안목을 발견하고자 애쓴다. 그들은 비평적 거리보다는 감정 이입에 더 몰두하며, 작품 세계를 자기 삶과 연관 지어 모방하려는 경향이 강하다. 이것은 그들이 비판적 의식이 약해서가 아니라 아동기의 무의식적인 향유의 단계에서는 벗어나되 배경 지식에 기초한 해석이 아니라 자신의 삶의 문제와 연관지어 사고하는 방법으로 성찰 단계로 나아가고 있기 때문이다. 이러한 발달 단계에서, 소집단 문학 토론은 그들의 반응과 해석을 독려할 수 있다는 점에서 매우 의미가 있다. 문학 작품에서 풀리지 않는 딜레마와 문제들을 붙들고, 지속적으로 탐구하는 활동은 이들 단계에서 사고력이나 언어 능력을 발달시키는데 매우 중요하다.[66]

이런 점을 종합할 때, 서사적 대화의 문학 토의 수업은 서사를 활용하여 학습자들이 상상력을 발휘하여 자발적으로 의미를 구성할 수 있도록 하며 특히, 자신의 경험과 연관하여 심층 추론하는 '사유자로서의 독자' 형서에 그 의미가 있다.

---

65) J. A. Appleyard, S. J(1990), *Becoming a Reader*, Cambridge University Press, pp.94~113.

66) Jack Thomson(1997), *Understanding Teenager's Reading*, Metheun,

3. 서사적 대화를 활용한 문학 토의 수업 설계 원리

이 글에서는 행위적 절차만을 고려하는 행동주의적 도식성을 우려하여, 수업 설계의 근간이 되는 심리적, 사회적, 기호적 요소를 고려하여 수업 설계의 원리를 잡고자 한다. 서사적 대화는 우리가 일상생활에서 자연스럽게 사용하고 있는 대화 양식이지만, 지나치게 주관적인 의미로 귀착될 수도 있고, 또 의미 없이 늘어질 수 있다는 점에서 구조적인 설계가 필요하다. 수업을 형성하는 사회·심리·기호의 기제67)를 활용하여 서사적 대화를 최적화하기 위한 제반 요건을 제시하도록 하겠다.

(1) 심리적 측면 : '학습자에의 권한 부여'와 '관찰자적 태도' 그리고 '진정성'

수업 설계에서 교사와 학습자의 가치관 및 태도와 같은 심리적 측면은 매우 중요하다. 교실 공동체가 어떠한 가치와 믿음을 지니고 있고, 무엇을 존중하느냐 하는 것은 문학적 반응이나 사고 양식에 큰 영향력을 행사하기 때문이다.

서사적 대화의 수업에서 교사는 학습자를 이야기의 주체이자 자율적 사고 주체로서의 권한을 부여(empower)하는 자세를 지녀야 한다. 또 학습자도 스스로 생각할 수 있고, 또 자기 생각이 중요하다는 점을 자각할 수 있어야 한다. 그럴 때라야 그들은 질문하고 자신의 지식을 활용하며 나아가 자기 이해를 확장한다.68) 이 과정은 권위적 독해 방식이나 암묵

---

67) Jamie Myers(1992), "The social contexts of school and personal literacy", *Reading research Quarterly* 27, A Journal of the International Reading Association, p.307.
68) Elizabeth E. Close, "Literature Discussion : A Classroom Environment fot Thinking and Sharing", *English Journal*, Vol. 81. No 5. Sep. 1992, p.66.

적으로 동의하고 있던 문화적 전제를 벗어던지고 대화적 주체로 자리 매김하는 과정이기도 하다.

기존의 경험적 연구에 따르면 문학 토의 과정에서 학습자들은, 기존 전통적인 해석에 다루지 못했던 새롭고도 비판적인 이슈를 제기한다고 한다.69) 가령, 미국 도시 중학교의 교실에서 〈햄릿〉을 읽고 난 뒤, 한 여학생이 '햄릿'의 어머니 '게투르드'의 재혼을 어떻게 평가할 것인지의 의제를 제기하였다. 그녀의 재혼이 개인적인 선택인지 아니면 가부장적 사회의 희생양인지가 분명하지 않다는 것이다. 그녀는 자신에게 더 친근감이 있었던 '게투르드'를 중심에 놓음으로써 그 동안의 '햄릿' 중심 읽기에 가려진 새로운 문제를 던졌던 것이다. 이는 경험에서 출발한 소박한 것이었지만, 심층적으로는 페미니즘 비평에서나 다룰 법한 문제 의식을 내포하고 있다. 이런 사례는 우리나라의 수업 사례담에서도 보면 쉽게 발견되며, 소개되기도 한다.70) 그러나 대부분, 교사들은 당황하며 이를 의미있는 자원으로 활용하지 못한다. 학습자들을 사고하는 주체로 존중하지 못하기 때문이다.

---

69) Pace, Jane S Townscend, Barbara G. "The many faces of Gertrude(2005): Opening and closing possiblities in classroom Talk", *Journal of Adolescent & Adult Literacy* : Apr 48. 7.

70) 필자는 초임 교사들의 생애사를 연구하다가 이러한 경험담을 여러 차례 들은 바 있다. 3년차 초임 교사는 〈소나기〉를 배우는 수업 중에서 어떤 학생이 과연 소년은 순진한 존재인가? 라는 질문을 던졌던 사례를 소개하였다. 그 학생이 보기에는 시골 생활에 익숙한 소년이 소나기가 올 것을 전혀 알지 못했다는 점도 적절하지 않고, 또, 산에서의 소녀에 대한 행동들 역시 또래 소년이 가질 법한 욕망과는 너무 거리가 멀기 때문에 오히려 위선적인 측면이 있다는 것이다. 작가는 소년을 순진하게만 그리고 있지만, 이는 생활인으로서의 소년을 완전히 배제한 결과 가능했던 일종의 아동 천사주의라는 진단이다. 이런 이슈는 작가의 사회 문화적 위치는 물론이고 청소년의 이미지 재현에 대한 문화론적 쟁점을 함축하고 있다. 이 학생의 대답을 들었던 초임 교사는 자신도 이 학생의 해석이 그럴듯하다고 생각했지만, '정답'이 아니라는 생각에서 모른 척 지나갔다고 털어 놓았다. 이런 사례는 흔하게 볼 수 있을 것으로 판단된다.

학습자를 '사고하는 존재', '대화적 주체'로 간주하기 위해서는, 먼저, 그들 해석이 그들 자신의 삶의 문제와 세계관의 반영이라는 인식이 필요하다. 곧, 텍스트의 내적 통일성에 의한 '적합성'보다는 주체성을 존중할 필요가 있다는 것이다. 그리고 또 비록 자의적이고 피상적인 해석이라고 하더라도, 학습자들이 대화 과정을 통해서 변화, 수정해 나가는 '이념자'로서의 발전 과정(becoming ideloge)을 중시해야 한다. 학습자의 능동성은 '반응' 차원에서만 존중하고, '해석'은 객관적 타당성만을 중시한다면, 문학 교실은 전문가의 독서 관습만이 목소리를 얻는 '단성적 독서 교실'이 되어 버린다.

또, 학습자들의 참여를 위해서는 '안전한' 분위기의 구축이 중요하다. 안전함은 교실 독서 토론에서 자기 표현과 의미의 공유를 위해 꼭 필요한 요소들이다. 안전함이 없다면, 학습자들은 해석 과정에서 자신이 느끼는 혼돈과 딜레마, 그리고 질문을 거침없이 드러내기 힘들다. 이야기한다고 하더라도, 확신에 찬 관습적인 판단만을 말한다.

그러나 이런 점만이 강조된다면, 문학 해석은 학습자의 주관적이고 경험적인 의미만을 극대화할 수도 있다. 이 경우, 문학이 본래 지니고 있는 경험적 확장의 기능은 상실되고 되고 만다. 이를 저지하기 위해서는 토의 참가자는 '관찰자적 태도'와 '진정성'의 윤리를 지녀야 한다.

학습자는 '관찰자'(the role of the spectator)적 역할을 수행하는 태도를 지녀야 한다. 이 역할은 상황에 즉각 대응해야 한다는 압박에서 벗어나, 자신의 삶과 타인(허구적 인물 포함)의 삶, 작가의 삶과 개인의 삶을 조응시키면서 새로운 의미 가능성을 탐색하려는 태도가 전제되어 있다. 문학적 경험은 현실 경험과의 일대일 대응이 아니라, 이를 확장하고, 대안적 의미와 새로운 가능성을 탐구하는 데 있다는 점을 인식하고, 자신의 경험에 충실하면서도 의미의 새로운 가능성을 열어 둘 수 있는 태도인 것이다. 이것이 없다면, 자신의 주관적 의미와 경험 세계의 편협함에서 벗어나기 힘들다.

또한 학습자는 '진정성'(authenticity)을 중시하는 심리적 태도가 중요하다. '진정성'은 내면적 진실성과 사회적 책임감을 동시에 고려하는 태도로서, 인습에서 벗어나 주체적이고 창발적인 자기표현을 하려고 하지만 동시에 사회적 공론의 장에서 자신을 검증받고 공적인 책임을 다하려는 의지를 전제로 한다.71) 토론의 참여자들은 자신의 개성적이면서도 솔직한 이야기를 하면서도 동시에 자기 이야기를 전체 학급 구성원에게서 검증받으려 한다는 점에서 개방적이면서도 합법적인 태도를 지녀야 한다. 그래서 자기 표현에도 열성적이지만 자신이나 다른 사람의 의견을 검증하고 공유하려는 데에도 열심히 참여한다. 이런 태도가 있어야 서사적 상호작용이 빈번히 일어나고 서사적 대화의 내용도 풍요로워진다. 특정한 형식적 절차가 없지만, 이런 특성을 갖춘다면 서사적 대화도 질적 깊이를 갖추어 나갈 수 있다. 서사적 대화가 질적 깊이를 갖추기 위해서는 이러한 태도적 변인이 결정적이다.

(2) 사회적 측면 : 학습 공동체 창조와 교사의 역할

수업 설계에서의 사회적 측면은 대화 참여자의 사회적 역할과 참여 방식을 어떻게 구성할 것인가의 문제이다. 교실 대화는 그 방향에 따라, 다양한 해석의 가능성을 열리게 할 수 있고, 또 그것을 닫게 할 수도 있다. 교실 내 사회적 관계의 질이 문학 경험의 질의 수준을 결정한다.

서사적 대화로 토론하는 문학 교실은, 모든 참여자들이 대화적 관계를 유지해야 한다. 스토리텔링은 화자가 더 많은 정보를 가지고 있기 때문

---

71) 이 개념은 타일러가 개인의 자발성을 살리면서도 상호 소통 가능성을 확보하게 위해 제안한 개념이다.(Taylor, Charles(2001), 송영배 역, 『불안한 현대사회』, 이학사). 필자는 이 개념을 대화적 서사 교육의 핵심으로 설정한 바 있다.

에 수직적 소통의 성격을 갖게 되지만, 서사적 대화에서는 화자가 청자에 응답하고, 청자가 다시 화자에 응답함에 따라 수평적 형태의 소통을 하게 된다. 서사적 대화에서 이야기는 이야기를 하는 사람과 듣는 사람 사이에서 만들어지는 공동 창작의 것이기 때문이다.

서사적 대화는 대화성 dialogic을 바탕으로 한다. 그러나 그 대화성은 일반적인 토론, 토의 모형에서의 그것과는 다소 구분된다. 토의 토론 모형은 대부분 '담론적 위치'를 정해 놓고, 의견 담합을 벌인다. 이 때 참여자들은 나름의 완성된 해석의 결과로 의견을 조정하기 때문에 대화를 통해 문학적 이해가 만들어지는 탐구 과정을 맛보기 힘들다. 또 찬/반, 혹은 이것/저것의 '담론적 위치'를 확보하는 과정에서 '대화를 통한 서로의 이해하기 힘들다. 그러나 서사적 대화에서 참여자는 토론 모형과 같이 담론 위치'로 참여하는 것이 아니라, 나름의 경험과 신념을 지닌 정체성의 존재로 참여한다. 또, 이야기 과정에서 타자를 이해하고 쉽게 공감할 수 있기 때문에 그들은 학습 공동체를 만들어 갈 수 있다.72) 한 편의 이야기를 공유하는 과정을 통해, 학습자들은 상호 이해에 도달하는 것이다.

이 '대화성'은 문학적 상상력의 폭을 확장하는 데 매우 중요하다. '대화 (dialogic)'는 과정적 속성을 지니고 있어 문학적 이해의 역동적인 변화를 만들기 쉽고, 또 의견의 차이와 유대를 지니기에 지적 갈등 상황과 인지적 불협화음을 유도하여, 상상력을 확장하기에 용이하기 때문이다. 학습자들은 대화 과정에서의 다양한 사고들과 조우함으로써 비판적이고 자발적인 사유 주체가 될 수 있다.73) 대화에 의해 이들은 교사나 특정 비평적 담론의 권위적 담론에 일방적으로 종속되는 과정이 아니라, 바흐찐

---

72) 이흔정, "내러티브의 교육과정적 의미 탐색", 한국 교육학 연구 10권 1호, 한국교육학회, p.160.

73) Barbara G. Pace(2006), "Between response and interpretation: Ideological becoming and literacy events in critical readings of literature", *Journal of Adolescent & Adult Literacy* 49. 7, pp.585~586.

식으로 말해서 내적으로 설득력 있는 담화를 구축할 수 있다.74)

그러나 대화성이 제대로 실현되기 위해서는 교사의 개입이 필수적이다. 서사적 대화는 산만하고, 느슨하여 개인적인 이야기의 나열만이 이루어지거나 의미 생성 없는 지루한 맴돌기가 이어질 수 있기 때문이다. 교사는 학습자들이 문학 경험의 질적 향상을 위해 학습자의 소통을 의도적으로 조직하는 노력을 해야 한다.

먼저, 교사는 학습자들이 자신의 해석을 이끌어 대화 주체가 될 수 있도록 효과적인 '질문'을 활용해야 한다. 그 질문에는 두 가지 기능이 있는데, 하나는 생각을 유도하는 것이고, 생각을 공유할 수 있도록 하는 것이다. 생각을 유도하는 질문은, 텍스트 내로 수렴되는 정해진 답이 있는 것이 아니라, 수수께끼와 딜레마와 문제성이 있는 요소를 학습자 스스로 의제로 삼을 수 있도록 해야 한다. 특히, 대화 주체로 학습자를 세우기 위해서는 학습자들의 의견을 받고 왜 그렇게 그런 생각에 이르렀는지를 질문하는 것이 필요하다.

또, 그는 여러 이야기들을 공유하고, 서로 소통할 수 있는 계기를 만들어야 한다. 이를 위해 학습자와 학습자의 이야기, 텍스트와 텍스트 상호연관 될 수 있도록 한다. 그러나 실제로 학습자와 학습자들의 이야기

---

74) 다년간의 문학 토의 수업을 진행한 미국의 클로즈 경우, 토의식 수업을 통해 얻을 수 있는 이점을 다음과 같은 경험적 교훈으로 제시하고 있다. 1. 문학은 다른 방식으로 이해될 수 있다. 2. 작품에 대한 자기 자신의 반응을 결정하기 전에, 다른 사람이 생각하는 것이 무엇이이며 접근할 수 있는 다양한 측면은 무엇인지를 이해하는 것은 매우 가치롭다. 이해는 텍스트를 다 읽었다고 해서 완성되는 것은 아니다. 3. 문학은 실제적이다. 곧, 교실에서 논의되는 이슈와 문제들은, 사람들이 현실적 삶에서 부딪히는 문제와 이슈와 연관되어 있다. 4. 문학적 토론은 다른 사람과의 의견의 차이가 공격받을 염려가 없다는 점에서 아이디어를 실험하고, 공유하는 데 필요하다. 5. 사고가 학급에서 공유되고, 또 읽는 것 자체에 대해 깊이 있게 이해할 필요가 있다. 6. 학급 구성원들의 아이디어는 매우 소중하다. Elizabeth E, Close, "Literature Discussion : A Classroom Environment fot Thinking and Sharing", *English Journal*, Vol. 81. No 5. Sep, 1992.

가 소통될 수 있도록 하기 위해서는, 이들 이야기의 이면에 존재하는 사회 문화적 배경을 고려할 필요가 있다. 수업에서의 대화는 곧 사회적으로는 다양한 문화들간의 교류라는 인식이 필요한 것이다.

또, 교사는 학습자들이 대화 과정에서 다양한 해석적 위치(interpretive stance)를 활용하여 다양한 관점에서 가능성을 탐구하도록 한다. 이는 상상적 이해를 확장하고 정교화하는 데 필요한 것이다. 이에 대한 랑거 J. Langer의 연구75)를 살펴보면, 그녀는 삶의 경험과 텍스트 사이의 역동적인 관계를 고려하여 네 개의 해석적 위치를 제안하고 있다. 첫째, 삶의 경험으로부터 텍스트를 이해하기, 둘째 텍스트 내부에서 텍스트를 파악하기, 셋째, 텍스트로부터 삶의 경험을 성찰하기, 넷째, 외부에서 텍스트의 경험을 객관하기 등이 그것이다. 이는 이후, 문학 토의 수업의 전개 과정에서 상술하도록 하겠다.

(3) 기호적 요소 : 가능성 탐구를 위한 기호

문학 토의에서는 어떤 언어를 사용하느냐에 따라 의미의 개방성이 열릴 수도 있고, 닫힐 수도 있다. 서사적 대화는 화자와 청자의 역동적인 상호작용에 의해 전개되는 서사이기 때문에 의미 구성에 매우 개방적이다.

서사적 대화의 교실에서는 기호의 개방성과 불확실성을 중시해야 한다. 텍스트 전체의 통일성보다는 텍스트 내 존재하는 빈틈과 간극, 수수께끼, 모순, 아이러니 등의 요소에 더 강조점을 두는 것이다. 서사 해석에서 문제적 뉘앙스는 풀어야 하는 과제이기도 하지만 즐기고 향유해야 하는 것이기도 하다. 쉽게 해석되지 않는 인물의 행위나 심리, 딜레마 등에 머리를 맞대면서 그 보이지 않는 이야기를 짜 맞추기 위해 깊이 숙

---

75) Judith A. Langer(1995), *Envisioning Literature*, Teachers College, pp. 14~18.

고하는 과정 자체를 즐기도록 해야 한다. 이를 위해서는 토론 과정에서도 시도적이고 임의적 기호들의 사용이 필요하다. 예를 들어, "아마도", "난 확실치는 않은데", "난 잘 모르는데"와 같은 내용은 모든 참여자들이 다양한 관점을 펼칠 수 있도록 해 준다.76)

3) 서사적 대화를 활용한 문학 토의 수업 전개 절차

이제까지 논의한 내용을 바탕으로 서사적 대화 수업의 전개 과정, 그리고 각 과정에서 할 수 있는 핵심 수행 활동을 구체적으로 제기하고자 한다. 경험적 연구가 보완되어야 하겠기에, 미국에서 자신들의 교육경험을 토대로 만든 랑거의 논의77)에 서사성을 첨가하여 구조화하였다.

(1) 토의 이전 단계

토의 이전에 학습자들은 텍스트와 연관된 자신의 체험 이야기를 쓴다. 이는 모든 학생들이 능동적으로 이야기에 참여할 수 있는 여건을 마련하기 위함이다.

(2) 토의 진행 단계

〈1단계〉: 자신의 삶의 이야기와 문학 텍스트 연관짓기
① 텍스트와 연관된 자기 이야기하기
학습자들은 미리 써 온 자신의 스토리를 자연스럽게 이야기한다. 이를

---

76) Jane S Townscend, Barbara G. Pace(2005), "The many faces of Gertrude : Opening and closing possiblities in classroom talk". *Journal of Adolescent & Adult Literacy: Apr 48. 7.*
77) Judith A. Langer(1995), op. cit., 참조.

통해 자신의 의견을 안전하게 털어 놓을 수 있는 분위기가 조성되며, 또한 서로 간에 유대감을 갖고, 상호 이해하는 학습 공동체를 만들 수 있다.

〈2단계〉: 상상적 이해에 초대되기

② 텍스트에 대한 초기 이해 초대하기

학습자는 읽기를 끝내면서 들었던 질문이나 생각을, 재빨리 간결하게 적는다. 이처럼 빠르고 간결하게 적는 것은 특정 개념에서 출발하지 않기 위해서이다. 가령, 랑거는[78] 구체적으로 "네 마음 속에 지금 막 드는 생각은 무엇이니?", "이 부분을 읽을 때 무슨 생각을 했니?", "너를 괴롭힌 것은 없었니?" 라고 질문하여 참여자의 순간적 반응을 확인하였다. 그러나 이 반응은 최초의 것이며 또, 임의적인 것이어서 토론이 진행되면서 변형, 확장된다는 점을 강조한다.

〈3단계〉: 텍스트의 이야기 구성/재구성하기

③ 서사적 문제 설정과 텍스트의 이야기 구성하기

이제는 텍스트에 대한 이야기를 본격적으로 구축한다. 학습자들이 스스로 해석의 딜레마와 이슈, 질문 등을 제기하는 것이 가장 중요하다. 학습자는 이 문제를 자기 삶의 경험과 연구지어 추론하면서 해석의 전체를 꾸려나간다. 교사는 학습자의 질문을 인정하면서도 다양한 관점에서 해석할 수 있도록 안내한다. 가령, 서사 텍스트내의 다른 요소나 다른 학습자들의 반응과 연관지을 수 있도록 하는 것이다. 이를 통해 학습자는 가설의 시나리오처럼, 가설석 추론을 통해 틱스트의 이야기를 다양한 시각에서 재구성할 수 있다.

---

78) Judith A. Langer(1995), op. cit., pp.11~40.

④ 다른 이야기와의 소통을 통해 해석 객관화하기

앞의 단계는 학습자가 자신의 해석에 퍼즐을 맞추어 나가는 과정이었다. 이제는 다양한 위치와 관점을 취하여, 주관적이고 사적인 해석이 확장된 지평에서 탐구될 수 있도록 한다. 학습자들도 자신의 초기의 이해가 재고찰, 전개, 새롭게 개진될 수 있다는 점을 인식한다.

여기서 교사는 제기된 이슈와 관련된 텍스트, 역사, 문학, 삶 등의 다양한 이슈와 연관지어 검토할 수 있다. 곧, 다양한 학습 독자 개인의 서사들, 문화적 서사, 보편의 서사, 텍스트의 서사를 던지면서 상호 조회하고, 연관지어 개개인의 지평을 확장하도록 하는 것이다. 그 결과 텍스트에서 삶으로, 인간 조건으로, 윤리적, 인간적인 문제로 토론의 의제를 보편화, 추상화 할 수 있다. 이 과정에서 초기의 이슈와는 달리, 이들 이해는 사회적, 정치적 이슈와 연관지어 탐구될 수 있다.

3) 토의 종결 후 : 해석의 이야기 성찰

토의가 종결된 후, 토의의 전 과정을 성찰하고 이야기로 정리함으로써 자신의 문학적 이해 지평을 넓힐 수 있다. 관련 이슈가 무엇이었고, 토의 과정에서 어떻게 변모되었는지 정리한다. 자신의 해석과 다른 사람의 해석의 차이를 이해하고, 타자의 의견이 자기 의견 형성에 어떠한 영향을 미쳤는지를 살펴보는 것이다. 이러한 수업에서는 '해석의 결과보다도 자신의 해석 과정에 대한 성찰을 더 중요시 할 수 있다. 특히, 문학적 경험은 언제나 지평의 변화를 가져오며 최종의 의견으로 종결되지 않는다는 점을 인식하게 함으로써 학습자가 새로운 해석을 준비할 수 있도록 한다.

4. 문학 수업에서 대화성의 원리

이제까지 서사적 대화의 요소를 도입하여 문학 토의 수업 모형을 구안하였다. 이 모형의 핵심 원리는 '대화성'이라고 할 수 있겠다. '대화성'은 문학 해석의 본질상 중요한 원리가 될 수밖에 없다. 문학 해석은 해석자의 주관적 경험 속에서 생생하게 의미화되어야 하기도 하지만 동시에 타자와의 만남을 통해서라야 다양한 해석의 '가능성'을 탐구할 수 있기 때문이다. 서사적 대화를 활용한 토론은 문학 작품과 자신의 삶에 대한 이야기, 그리고 다른 사람의 이야기와 및 텍스트에 대한 이야기를 나누면서 해석의 다양한 가능성을 탐구하는 방식이다. 그러니까 서사적 대화란 단순히 언어적 형식이 아니라 텍스트와 학습독자의 삶의 맥락을 연결하고 자신의 목소리를 찾도록 하며, 또 다른 사람들의 이야기에 대해 공감과 감염력을 높여 다양한 관점과 가능성의 탐구에 도움이 될 수 있다.

이 글에서는 서사적 대화가 성공할 수 있는 수업의 심리·사회·기호적 기제를 제시하였다. 심리적으로는 교사가 학습자의 사고와 자기 성찰을 존중하고 그것으로부터 해석과 재해석이 진행될 수 있도록 권한 부여를 해야 한다는 점과 자신의 개성적인 목소리와 사회 역사적 책임을 동시에 구현하려는 진정성과 관찰자적 입장을 지녀야 함을 지적하였다. 또 사회적으로는 학습자들이 학습 공동체를 구성할 수 있도록 도와주면서도 학습자가 다양한 해석적 위치를 고려할 수 있도록 해 주어야 한다. 또 기호적으로는 텍스트의 개방성과 불확성에 주목하고, 단정적이고 확신에 찬 표현보다는 임의적인 언어가 사용될 수 있도록 해야 한다. 문학 수업 설계는, 수업의 언어 형식을 비롯한 심리적, 사회적 요소를 입체적으로 고려하는 방식으로 이루어져야 한다.

▌참고문헌

▶▶▶ 제1부

강현석(2005), "합리주의적 교육과정 체제에서 배제된 내러티브 교육과정의 가능성과 교과목 개발의 방향 탐색", 교육과정연구 23, 한국교육과정학회.

고규진(2004), "다문화 시대의 문학 정전", 독일언어문학 23집, 독일언어문학회.

고은미(2000), 여성주의적 관점에서 본 판소리 〈심청가〉, 한국언어문학44집, 한국언어문학회.

김대행, 『국어교과학의 지평』, 서울대 출판부, 1995.

김만희·김범기(2002), "내러티브 사고의 과학교육적 함의", 한국과학교육학회지 22, 한국과학교육학회.

김상욱(2001), "서사교육의 교육과정", 우한용 외, 『서사교육론』, 동아시아.

_____(2007), "디지털 시대 문학의 수용", 『디지털 시대, 문학의 길』, 푸른사상.

김선욱(2002), 『한나 아렌트 정치 판단 이론』, 푸른숲.

김소희(2003), "열정의 교육서사를 향한 시론", 교육인류학연구 6, 교육인류학회.

김용범(2005), "고전소설 〈심청전〉과의 대비를 통해 본 애니메이션 〈왕후 심청〉 내러티브 분석", 한국언어문화, Vol.27, 한국언어문화학회.

김한종(1999), "역사수업 도구로서 내러티브의 구성형식과 원리", 사회과학연구 3, 한국사회과학연구회.

김혜순 외(2002), 『비교 문학의 새로운 조명』, 태학사.

김희용(2004), "내러티브(Narrative) 도덕교육의 성격과 실제", 교육철학 25. 한국교육철학회.

문영진(2001), "서사교육의 방향 설정에 관한 일 연구", 『동시대의 삶과 서사교육』, 한국문화사.

박기수(2004), 『애니메이션 서사 구조와 전략』, 논형.

박인기(2005), 『문학을 통한 교육』, 삼지원.

_____(2007), "디지털 환경과 문학 현상의 거시 전망", 『디지털 시대, 문학의 길』, 푸른사상.

서유경(2002), "공감적 자기화를 통한 문학교육 연구", 서울대 박사학위 논문.

_____(2008), "디지털 시대, 고전 서사물의 읽기 방식", 한국독서학회 21회 학술발표대회.

송무(2002), "고전과 이념", 시학과 언어학 3, 시학과 언어학회.

우한용 외(1988), 『문학교육론』, 삼지원.

우한용(2001), "서사의 위상과 서사교육의 지향", 『서사교육론』, 동아시아.

유영대(2000), "〈심청전〉의 여성 형상-곽씨부인과 뺑덕어미를 중심으로-", 한국고전여성문학연구 1, 한국고전여성문학회.

유인경(2002), "오태석 연극에 나타난 그로테스크-〈심청이는 왜 두 번 인당수에 몸을 던졌는가〉를 중심으로", 한국극예술연구, Vol.16, 한국극예술학회.

유정숙(2005), "최인훈의 희곡 '달아 달아 밝은 달아' 연구", 우리어문연구 27집, 우리어문연구학회.

이광복(2000), "독일 문학교육을 위한 새로운 문학교수법적 개념들", 독일언어문학 13집, 독일어문학회.

＿＿＿(2007), "문화적 기억과 상호텍스트성, 그리고 문학교육", 독어교육 39, 한국독어독문학교육학회.

이기현(1998), "정보사회와 매체 문화", 『매체의 철학』, 나남출판.

이재선(2002), "우리에게 '고전'이란 무엇인가?", 시학과 언어학 3, 시학과 언어학회.

임경순(2003), "서사교육의 지향", 『국어교육학과 서사교육론』, 한국문화사.

임정옥(2001), "문학교육의 비교문학적 방법론 연구", 우리말글 23, 우리말글학회.

정병헌(2000), "고전문학교육의 본질과 시각", 이상익 외 『고전산문교육의 이론』, 집문당.

정운채(2000), "〈심청가〉의 구조적 특성과 심청의 효성에 대한 문화론적 고찰", 이상익 외, 『고전산문교육론의 이론』, 집문당, 204~211면.

정재찬(1997), "사회·문화적맥락 중심의 문학교육과정 내용 체계", 『문학교육과정론』, 삼지원.

＿＿＿(2007), "상호텍스트성을 통한 현대시 교육 연구", 국어교육학연구 29, 국어교육학회.

조동일(2001), 『소설의 사회사 비교론』 1, 2, 3, 지식산업사.

조희정(2004), "고전 리터러시를 위한 새로운 구도", 국어교육학 연구 21집, 국어교육학회.

＿＿＿(2006), "고전 리터러시의 '시공간적 거리감' 연구, 국어교육 119, 한국어교육학회.

주형예(2007), "19세기 판소리계 소설 〈심청전〉의 여성재현-공감(共感)과 불화(不和)의 재현양식", 한국고전여성문학연구 14, 한국고전여성문학회.

최두석(1990), "심봉사-아버지가 죽었을 때 하던 일 중단하고 꼬박 삼년상을 치렀다는 한 양공주의 삶에 대하여", 〈성에꽃〉, 문학과지성사.

최문규 외(2003), "문화, 매체, 그리고 기억과 망각", 『기억과 망각』, 책세상.

최병우(2003), 『다매체 시대의 한국문학 연구』, 푸른사상.
최인훈(1979), 『옛날 옛적에 훠위이 훠이』, 문학과지성사.
한승희(1997), "내러티브 사고양식의 교육적 의미", 교육과정연구 15, 교육과정학회.
황영주(1999), "심청전 읽기로 본 한국에서의 근대 국가와 여성", 한국정치학보 34-4호,
    한국정치학회.
황혜진(2007), "문화적 문식성 교육을 위한 고전소설과 영상 변용물의 주제비교", 『고전
    소설과 서사론』, 월인.

Abbott H. Porter(2002), *The Cambridge Introduction to Narrative*, Cam-
    bridge University Press.
Assmann, Aleida, 변학수 외(1999), 『기억의 공간』, 경북대 출판부.
Bruner, Jerome(1994), "*Life as Narration*", Dyson, Anne Haas, Genishi,
    Celia, *The Need for story*, National Council of Teachers of English.
Bruner, Jerome, 강현석·이자현 역(2005), 『브루너 교육의 문화』, 교육과학사.
Calvin, Schrag, O, 문정복 역(1999), 『탈근대적 자아를 넘어서』, 울산대 출판부.
Chevrel, Yves, 박성창 역(2001), 『비교문학, 어떻게 할 것인가』, 민음사.
Deibert, Ronald J.(1997), *Parchment, Printing, and Hypermedia*, Columbia
    University Press.
Felski, Rita, 김영찬·심진경 역(1998), 『근대성과 페미니즘』, 거름.
Foster, Mark, 김승현 이종숙 역(2005), 『미네르바의 올빼미가 날기 전에 인터넷을 생
    각한다』, 이제이 북스.
Hass, Anne & Celia Genishi, Dyson(1994), *The Need for Story-Cultural
    diversity in Classroom and Community*, National Council of Teachers
    of English.
Hawkins, A. Hunsakerand, McEntyre, M. Chandler, 신주철 외 역(2000), 『문
    학과 의학교육』, 동인.
Herman, David, Jahn, Manfredand Marie-Laure & Ryan edt(2005), *Rout-
    ledge Encyclopedia of Narrative Theory*, Routledge.
John A. Robinson and Linda Hawpe(1986), "*Narrative thinking as a
    Heuristic Process*", Narrative Psychology, Sarbin, Theodore Ray Praeger.
Kermode, Frank(1975), *The classics*, The Viking Press.
Kroeber, Karl(1992), *Retelling／Rereading*, Rutgers University press.
McCormick, Kathleen(1994), *The Reading of Reading & Teaching of English*,
    Manchester University.

McGuire, Michael(1989), "The Rhetoric of Narrative", Britton, Bruce K, Pellegrini, Anthony D, *Narrative thought and Narrative language*, Lawrence Erbaum.

Meadow, Charles T.(1999), *A Web of Converging Media*, The Scarecrow Press.

Revy, Pierre, 김동윤 · 조준형 역(2000), 『사이버 문화』, 문예출판사.

Synyder, Ilana Edt(1998), "Rhetoric of hyper reading critically", *Page to Screen*, London and New York.

Zachary N, Adam(1995), *Narrative Ethics*, Harvard University Press.

▸▸▸ 제 2 부

김대행(1998), "사고력을 위한 문학교육의 설계", 국어교육연구 5집, 서울대국어교육연구소.

김상욱(2001), "초등학교 아동문학 제재의 위계화 연구", 국어교육학연구 12, 국어교육학회.

김은성(2003), "국어과 창의성 교육의 관점", 국어교육학 연구 18집, 국어교육학회.

김종철 · 김중신 · 정재찬(1998), 『문학영역의 수준별 수행평가 모형 탐색』, 서울대 국어교육연구소.

김중신(1994), "소설 교재의 위계화(位階化) 가능성에 대한 고찰", 국어교육연구 11, 서울대 국어교육연구소.

_____(1999), "문학교육장의 새로운 구성을 위하여: 창의적 사고력과 문학교육", 문학교육학 4호, 한국문학교육학회.

김창원(1997), "초 · 중등 문학교육의 연계 연구", 한국초등국어교육 13, 한국초등국어교육학회.

_____(2003), "창의성 중심의 국어과 교육과정연구 방향", 국어교육학연구 18집, 국어교육학회.

박영목(2003), "창의적 사고력 신장을 위한 국어교육의 내용과 방법", 한양대 교육문제연구소 창의성 교육 세미나 자료, 한양대학교 교육문제연구소.

박인기(2003), "생태학적 국어교육의 현실과 지향", 한국초등국어교육학회 학술대회 발표 자료집.

신헌재(1995), "아동문학 작품 선정을 위한 기준 고찰", 국어국문학114호. 국어국문학회.

우한용 외(2001), 『서사교육론』, 동아시아.

이삼형·유영희·권순각(2004), "언어적 창의력 프로그램 개발 연구", 국어교육학연구 19집, 국어교육학회.

이성영(2003), "생태학적으로 타당한 독서교육을 위하여", 한국초등국어교육학회 학술대회 발표 자료집.

임충기(1988), "인간발달의 교육적 조망", 논문집, 서원대, 98~100면.

최현섭(1994), "생태학적 국어교육관과 국어교육 평가", 한국초등국어교육 10집, 한국초등국어교육학회.

Applebee, A. N.(1978), *The child's concept of story: Ages two to seventeen*, University of Chicago Press.

Bakhtin, M, 이득재 역(1988), 『바흐친의 소설 미학』, 열린책들.

Bamberg, M.(1991), "Binding and Unfolding: Towards the Linguistic Construction of narrative discourse", *Discourse Process* 14, Sage Publication.

Bamberg, M.(1997), *Narrative Development Six Approach*, Lawrence Erlbaum Associates.

Bamberg, M.(1994), "Actions, events, scenes, plots and drama, Language and the constitution of part-whole relationships", *Languages Sciences*, Vol 6.

Belenky, M. F.(1986), *Women's ways of Knowing*, Basic Books.

Berman, Ruth A.(1994), *Relating Events in Narrative : A Crosslinguostic Developmental Study*, Lawrence Erlbayum Associates.

Bruner, J.(1986), *Actual minds, Possible Worlds*, Havard University.

Bruner, Jerome(1986), *Actual minds, Possible worlds*, Havard Univ Press.

Charlotte L. Doyle(1998), "The Writer Tell: The Creative Process in the writing of Literary Fiction", *Creativity Research Journal 11.*

Cohen, LeoNora M. and Gelbrich, Judith A.(1999), "Early Childhood Interest : Seeds of Adult Creativity", *Investigating Creativity in Youth : Research And Methods*, Hampton.

Csikszentmihaylyi, Mihaly, 노혜숙 역(2003), 『창의성의 즐거움』, 북로드.

Egan, Kieran(1992), *Imagination in teaching and learning : the middle school*, The University of Chicago Press.

Fishkin(1999), "Issues in studying Creativity in Youth", *Investigating Cre-*

ativity in Youth : Research And Methods, Hampton.

Gilbert, Pam(1994), "And They Lived Happily Ever After: Cultural Story-lines and the Construction of Gender", *The Need for Story*, Anna Haas Dyson & Celia Genishi, The National Council of Teachers of English.

Gilligan Carol, 허란주 역(1992), *In a Difference Voice*, 『다른 목소리로』, 동녘.

Heath, S. B.(1983), *Ways with words: Language, life, and work in communities and classrooms*, Cambridge university Press.

Michae, Bamberg & Damrad-Frye, Robin(1991), "On the ability to provide evaluative comments: further explorations of children's narrative competencies", *Child Language* 18, Cambridge University Press.

Michaels, S.(1981), "Sharing time : Children's Narrative Styles and differential access to literacy", *Language in Society*, 10, Cambridge University Press.

Nicolopoulou, Ageliki(1997), "Children and Narratives: Toward an Interpretive and Sociocultural Approach.", Michael Bamberg, *Narrative Development Six Approach*, Lawrence Eribaum Associates, Publishers.

Nolley, Saba Ayman(1992), "Vygotsky's Perspective on the Development of imagination and Creativity", *Creativity Research Journal* 5.

Reinhart. N.(1997), "Narrative Theory and Narative Development : The Labovian Impact", *Journal of Narrative and Life History 7*, Lawrence Erlbaum Associates.

Rhodes, M.(1987), "A Analysis of Creativity", Fishkin(1999), "Issues in studying Creativity in Youth", *Investigating Creativity in Youth : Research And Methods*, Hampton.

Robyn Warhol(2001), "How narration produces gender : Femininity as effect and effect in Alice Walker's The Coolor Purple", *Narrative 9*.Ohio State University Press.

Rostan, Susan Merril & Goertz, Jeanie(1999), "Creators Thinking and Producing : Toward a Developmental Approach to Creative Process", *Investigating Creativity in Youth : Research And Methods*, Hampton.

Runco, Mark A.(1999), "Developmental Trends in Creative Abilities and Potentials", *Encyclopedia of Creativity*, Academic Press, p.459.

Starko, Alane J.(1999), *Problem Finding : A Key to Creative Productivity*,

Anne S. Fishkin Edt, Investing Creativity In Youth : Research and Methods, Hampton Press, INC.

Vygotsky, L.S(1994a), "Imagination and Creativity in the Adolescent", *Soviet Psychology*, M. E. Sharpe INC.

Vygotsky, L.S(1994b), "Imagination and Creativity in the Childhood", *Soviet Psychology*, M. E. Sharpe INC.

Vygotsky, L.S, 팽영일 역(1999), 『아동의 상상력과 창조』, 창지사.

Wertsch, J. V.(1991), *Vocies of the mind : A Sociocultural Approach to Mediated Action*, Havard University Press.

▶▶▶ 제 3 부

강대인(1991), "다매체 시대의 방송 편성에 관한 고찰", 사회과학논총 10, 계명대학교 사회과학연구소.

강만석(1997), "의미-재미-권력의 문제를 통해 본 신수용자론 연구", 성균관대 박사학위 논문.

권순희(2002), "텔레비전 뉴스의 표현 분석과 국어교육", 어문 연구 30, 한국어문교육연 구회.

김대행 외(1988), "사고력을 위한 문학교육의 설계", 국어교육연구 5, 서울대 국어교육 연구소.

김대행 외(2004), 『방송의 언어문화와 미디어 교육』, 서울대 출판부.

김동규(1999), "한국 TV 방송 프로그램의 유통 메커니즘 연구", 한국방송학보 16-4.

김민남(1998), 『공공저널리즘과 한국언론』, 커뮤니케이션북스.

김선옥(2002), "문화와 소통 가능성: 한나 아렌트 판단 이론의 문화론적 함의", 정치사 상 연구 6집, 한국정치사상학회.

김성진(1998), "국어교육의 대중문화 수용을 위한 시론", 국어교육연구 제 5집, 서울대 국어교육연구소.

김예란(2003), "텔레비전 이야기 하기 문화에 관한 연구", 한국언론학보 47권, 6호, 한 국언론학회.

김정섭·박수홍(2002), "지식 창출을 위한 논리로서의 가추법과 교수 설계 적용을 위한 탐색", 교육공학연구 18, 한국교육공학회.

김정자(2002), "국어교육에서 미디어 교육의 수용", 국어교육학연구 15, 국어교육학회.

김종군(2003), "현대 드라마의 구비문학적 위상", 구비문학연구 16.한국구비문학회.

김중신(2003), "문학교육에서의 인지의 문제", 문학교육학 11, 한국문학교육학회.

김혜련(2005), 『아름다운 가짜, 대중문화와 센티멘털리즘』, 책세상.

김호석(1999), "텔레비전과 스타 시스템", 『텔레비전 문화 연구』, 한나래.

김훈순(1999), "텔레비전 드라마와 신문 텍스트 담론: 농촌 드라마 〈전원일기〉와 리얼리즘", 『텔레비전 문화 연구』, 한나래.

나병철(2006), 『소설과 서사문화』, 소명출판.

류수열(2003), "문학교육의 외연과 텔레비전 오락 프로그램의 가능성", 국어교육학연구 17, 국어교육학회.

마동훈(1999), "글로벌 텔레비전과 문화 연구", 『텔레비전 문화 연구』, 한나래.

박구용(2002), "진정성의 윤리와 인정의 정치", 용봉논총, 전남대인문과학연구소.

박기범(2005), "소설과 영화를 통한 서사교육", 국어교과교육 10, 국어교과교육학회.

박동숙(1998), "여성의 TV 뉴스 보기", 한국방송학보 10. 한국방송학회.

박동숙(1999), "수용자 해독의 힘:문화연구의 관점", 〈매스미디어와 수용자〉(김정기 외), 커뮤니케이션 북스.

_____(1999), "팬은 누구인가: 대중문화의 주체적 수용자", 매스미디어와 슈용자(김정기 외), 커뮤니케이션 북스.

박명진(1991), "즐거움, 저항, 이데올로기", 서울대 사회과학 연구소 13.

_____(1992), "TV 드라마가 생산하는 '즐거움'의 다원적 기능에 관한 연구", 방송문화진흥회.

박정순(1995), 『대중매체의 기호학』, 나남출판.

백선기(2001), "텔레비전 뉴스의 구성 양식과 재현", 『텔레비전 문화의 기호학』, 커뮤니케이션북스.

백선기·정현주(1998), "텔레비전 토크쇼의 의미구조와 이데올로기", 기호학연구, Vol.4 No.1, 한국기호학회.

서유경(2004), '문학을 활용한 말하기 교육 내용 연구', 국어교육 114, 한국어교육어학회.

서정남(2004), 『영화 서사학』, 생각의나무.

손승혜(2002), "글로벌 텔레비전 시대의 수용자 능동성",한국언론학보48, 한국언론학회.

송하춘 (2002), 『발견으로서의 소설 기법』, 고려대 출판부.

심광현(1995), "'문화사회'를 향한 새로운 문화운동의 과제", 『문화사회와 문화정치』, 문화과학사.

우한용 외(2001), 『서사교육론』, 동아시아.

원용진(2000), 『텔레비전 비평론』, 한울 아카데미.

윤선희(1997), "〈애인〉의 정신분석학과 수용자의 주체구성", 〈애인〉(황인성·원용진), 한나래.

이성규(1999), "텍스트에 제시된 정보의 통합 훈련이 추론 능력 신장에 미치는 효과 연구", 교원대 석사학위 논문.

이수연(1999), "텔레비전 담론의 이해: 담론성, 주체성, 희극성", 황인성(편저), 『텔레비전 문화 연구』, 한나래.

이수영(1997), "'공론장'으로서 한국의 케이블 텔레비전", 한국언론학보 42권 2호, 한국언론학회.

이오현(2002), "텔레비전 드라마 수용자 연구", 한국언론학보 46. 한국언론학회.

이왕주(2002), "도덕교육에서 패러다임의 전환과 서사도덕", 『서사와 도덕교육』, 부산대학교 출판부.

이은선(1998), "'한나 아렌트의 '인간의 조건'과 '공공성'에로의 교육", 교육철학 제 29집. 한국교육철학연구회.

이재선(1996), 『문학 주제학이란 무엇인가』, 민음사.

이정애(2003), "경험담의 구연적 특성과 화법교육적 의의", 화법연구 5, 한국화법학회.

임경순(2001), "서사표현교육의 방법과 실제", 『창작교육 어떻게 할 것인가』, 푸른사상.

_____(2004), 「이야기 구연의 방법과 의의에 대한 연구」, 국어교육 114호, 한국어교육학회.

전규찬(1997), "〈애인〉을 둘러 싼 이야기들", 『愛人-TV 드라마 그리고 사회』, 한나래.

정래필(2002), "플롯 구성을 활용한 이야기 쓰기 교육 연구", 서울대 석사학위 논문.

정현선(2004), 『다매체 시대의 국어교육과 문화교육』, 역락.

조성호(2000), "텔레비전 방송사의 편성 전략 분석", 한국방송학보 14-1.

주창윤(2003), 『영상 이미지의 구조』, 나남출판.

최병우·이채연·최지현(2000), 『매체언어와 국어교육 : 매체언어와 교수학습 방법에 관한 연구』, 서울대국어교육연구소.

최시한(2005), 『현대소설의 해석과 교육』, 문학과지성사.

최인자(2001) "재난 보도에 나타난 TV뉴스의 서사적 특성", 『국어교육의 문화론적 지평』, 소명출판.

한국 정보 문화 센터(2005. 5), "2000 정보 생활 실태 및 정보화 인식 조사".

한명희(2003), "이야기 구조의 구성모형에 관한 연구", 국어교육학연구 16, 국어교육학회.

한희정(1998), "인터넷 게시판 수용자의 드라마 해독 연구", 한국방송학보 16-2.한국방송학회.

홍석경(1997), "TV 드라마와 사회적 커뮤니케이션 양식", 『애인』(황인성·원용진), 한나래.

황인성(1999), "텔레비전 영상 저널리즘 재현 장치와 소외 집단", 『텔레비전 문화 연구』, 한나래.

_____(1999), "트렌디드라마의 서사적 구조와 텍스트적 즐거움에 관한 이론적 고찰", 한국언론학보 43, 한국언론학회.

채트먼, S, 한용환 역(2003), 『이야기와 담론』, 푸른사상.

Arendt, Hanna, 이진은·태정혹 역, 『인간의 조건』, 한길사.

Barthe, R(1993), 김인식 편역, 『이미지와 글쓰기 : 롤랑 바르트 이미지론』, 세계사.

Berger. J, 박범수 역(1990), 『본다는 것의 의미』, 동문선.

Biabculli,David(2000), _Teleliteracy : Taking Television Seriously_, Syracuse.

Brooks, P.(1984), _Reading for the plot : Design and Intention in narrative_, Random Home.

Bruner, Jerome, 강현석·이자현 역(2005), 『브루너 교육의 문화』, 교육과학사.

Charles, Taylor, 송영배 역(2001), 『불안한 현대사회』, 이학사.

Chris, Baker, 하종원 외 역(2001), 『글로벌 텔레비전』, 민음사.

Douglas, Kellner, 강상욱 역(1995), 『텔레비전 민주주의 위기』, 이진.

Echo, Umberto, 김운찬 역(1996), 『소설 속의 독자』, 열린 책들.

Eco, Umberto, 김주환·한은경 역(1994), 「논리와 추리의 기호학」, 인간사랑.

Elinor, Ochs & Lisater, Capps(2001), _Living Narrative_, Havard University Press.

Fairclough, N.(1995), _Media Discourse_, London : Edward Arnold.

Fiske, John, 이익성 역(1994), 『T. V 읽기』, 현대문화사.

Hawkind, Hunsaker & McEntyre, Marilyn Chandler, 신주철·이영미, 이영희 공역(2005), 『문학과 의학교육』, 동인.

Herman, David Edt(1999), _Narratologies: New Perspectives on Narrative Analysis_, Ohio State University Press.

Howard, Gardner, 문영린 역(2001), 『다중지능』, 김영사.

Jerome, Bruner(1986), _Actual minds, Possible worlds_, Harvard University.

Jonathan, Culler(1997), "Story and Discourse in the analysis of Narrative", _The Pursuit of Signs_, Routledge & Kegan Paul, pp.169~187.

Marie-Laure, Ryan(1985) "The Modal Structure of Narrative Universe", _Poetics_, 11, North-Holland Publishing Co.

Matter, Mandler, Jean(1984), _Stories, Scripts, and Stcenes : Aspects of_

Schema, Lawrence Erlbaum Associates.

Michael, Toolan, 김병욱·오연희 역(1993), 『서사론』, 형설출판.

Monika, Fludernik(1996), *Toward 'natural' narratology*, Routledge.

Peck, Janice(1995), "TV Talk show as Therapeutic Discourse : The Ideological Labor of the Televisied Talking Cure", *Communication Theory*.

Porter, Abbott, H(2002), *The Cambridge introduction to Narrative*, Cambridge University Press.

Ricoeur, Paul, 김한식·이경래 역(1999), 『시간과 이야기1』, 문학과지성사.

Ronen, Ruth(1990), "Paradigm Shift in Plot Models", *Poetics Today 2*, Winter. Porter Institute for Poetics and Semiotics.

Ronen, Ruth(1994), *Possible worlds in Literary Theory*, Cambridge.

Scannell, P.(2000), "For-anyone-as-someone structures", *Media, Cultures and Society*, vol. 22.

Scharg, C. O., 문정복·김영필 역(1997), 『탈근대적 자아를 넘어서』, 울산대학 출판부.

Schen, D.(2002), "Defense and Challenge, Reflections on the relation between story and discourse", *Narrative*, Vol 10, No. 3, Ohio State University.

Smith, Barbara Herrnstein(1997), 석경징 외 역, 「현대 서술 이론의 흐름」, 솔.

Thomas, Pavel, G.(1980), "Narrative Domains", *Poetics Today*(4), Porter Institute for Poetics and Semiotics.

Thornborrow, Joanna(1997), "Having their say : The Function of stories in talk-show discourse", Text 17 (2), Mouton Publishers.

Uwe Wirth(1999), "Abductive Reasoning in Peirce's and Davidson's Account of Interpretation", *Transactions of the Charles S. Pierces Society*, Winter, Vol 15.

Warren William H. & Nicholas,,David W.(1979), "Event Chains and Infrerences in understanding Narratives", Roy O, Freedle, *New Directions in Discourse Processing*, Ablex.

William, Hoynes, 전석호 역(2000), 『미디어 소사이어티』, 사계절.

▶▶▶ 제 4 부

강현석(2005), "합리주의적 교육과정 체재에서 배제된 내러티브 교육과정의 가능성과 교과목 개발의 방향", 교육과정연구 23, 한국교육과정연구학회.

경규진(1994), "반응 중심 문학교육의 방법 연구", 서울대 박사학위 논문.

고미숙(2002), "인간 교육을 위한 서사적 대화 모형 연구", 교육 문제 연구 16, 고려대 교육문제연구소.

고영화(2007), "시조교육의 위계화 연구", 서울대 박사학위 논문.

구인환 외(1999), 『문학교육론』, 삼지원.

김남희(1997), "현대시 수용에 관한 문화 기술적 연구", 서울대 석사학위 논문.

김대행(1994), "독서 체계 연구", 국어교육연구 1, 서울대 국어교육연구소.

김상욱(1996), "탐구로서의 소설 교육 방법", 『소설 교육 방법 연구』, 서울대 출판부.

_____(2001), "초등학교 아동 문학 제재의 위계화 연구", 국어교육연구 12. 국어교육학 회.

_____(2004), "문학적 사고력과 토론의 중요성", 한국초등국어교육 24집, 한국초등국어 교육학회.

김성진(2004), "문학 교수 학습 방법론 연구", 국어교육학 연구 21집, 국어교육학회.

김종철(2006), "7차 교육과정 국어과 1종 도서에 대한 비판적 검토", 서울대 국어교육 연구소 발표대회.

김중신(1994), "소설교재의 위계화 가능성에 대한 고찰", 국어교육연구 1, 서울대 국어 교육 연구소.

김창원(1997), 초·중등 문학교육의 연계 연구, 한국초등국어교육학회 13집.

류덕제(1997), "학습자 중심 문학교육론의 정립을 위한 시론적 연구, 문학과언어 18.

_____(2001), "청소년 문학과 문학교육의 방향", 문학과 교육 17호.

박용익(2006), "이야기란 무엇인가?", 텍스트 언어학 20, 텍스트 언어학회.

박인기(1994), "문학 독서 방법의 상위적 이해", 국어교육연구 1, 서울대 국어교육연구 소.

_____(2003), "발달로서의 서사", 내러티브 7호, 한국서사학회.

선주원(2002), "대화적 소통으로서의 소설교육, 한국어문학교육 11, 한국어문학교육학 회.

_____(2005), "범교과적 관점에서의 청소년 문학교육연구", 청람어문학 30권, 청람어문 학교육학회.

신헌재(1995), "아동을 위한 서사 문학 작품 선정의 기준 고찰", 국어국문학 114, 국어 국문학회.

양유성(2004), 『이야기 치료』, 학지사.

양정실(2005), "문학 독서 교육의 제재", 『문학 독서교육, 어떻게 할 것인가』, 푸른사상.

_____(2006), "해석 텍스트 쓰기의 서사교육 방법 연구", 서울대 박사학위 논문.

염창권(2002), "초등학교 문학 수업의 문화 기술적 연구", 문학교육학 9호, 한국문학교육학회.

우동식(1992), "문학 제재 선정 기준의 설정과 적용에 관한 연구", 교원대 석사학위논문.

우리말교육연구소(2003), 『외국의 국어교육과정』 1·2. 나라말.

우한용 외(2001), 『서사교육론』, 동아시아.

우한용(1988), "문학교육의 이념과 문학 교재론의 방향", 문학교육학회 학술발표대회.

이흔정, "내러티브의 교육과정적 의미 탐색", 한국 교육학 연구 10권 1호, 한국교육학회, p.160.

임충기(1988), "인간 발달의 교육적 조망", 논문집 22, 서원대학교.

정동화(1977), "독서 흥미의 발달연구", 국어교육 30, 한국어교육학회.

정재찬(1995), "현대시 교육의 지배적 담론에 대한 연구", 서울대 박사학위 논문.

정현선·이미숙(2006), "초등학교 저학년 문학 수업에 대한 실행 연구", 문학교육학21, 한국문학교육학회.

천정환(2004), "식민지 시기의 청년과 문학·대중문화", 오늘의 문예비평 55, 산지니.

최미숙(2006), "대화 중심의 현대시 교수 학습 방법",국어교육학연구 39, 국어교육학회.

최인자(2001), "문제 중심 서사 창작 교육 방법 연구", 『서사교육론』, 동아시아.

최지현(1998), "문학 감상 교육의 교수 학습 모형 탐구", 선청어문 26, 서울대 국어교육과.

한철우(1995), "문학영역의 교수 학습 모형", 선청어문 23. 서울대 국어교육연구소.

황혜진(2006), "가치 경험을 위한 소설 교육 내용 연구", 서울대 대학원 박사학위논문.

Applebee, A. N(1977), "The elements of response to literary work: What have we learned? : What have we learned?, *Research in the Teaching*, 11.

Appleyard, J. A. S. J(1990), *Becoming a Reader-The Experience of Fiction from childhood to Adulthood*, Cambridge University Press.

Appleyard,, J. A.(1990), *Becoming a Reader*, Cambridge University Press.

Bakhtin., M. 전승희 외 역(1998), 『장편소설과 민중언어』, 창작과 비평.

Beach, Richard & Eendeg, Linda(1987), "Developmental Difference in Response to a story", *Research in the Teaching of English*, Vol 21, No. 3, National Council of Teachers of English.

Carlsen, G. Robert(1967), *Books and the reader*, Bantam Books.

Cicchetti, Dante, Hesse, Petra(1982), *Emotional Development*. Jossey-Bass, Publishers.

Dewey, John, 박철홍 역(2002), 『아동과 교육과정』, 문음사.

Donelso, Kenneth. L. & Nilsen, Alleen Pace(1997), *Literature for today's Young Adults*, Columbia University.

E.D.(ADIE), Nelson & B.W. Robinson(1994), "'Reality Talk' or 'Telling Tales' The Social Construction of Sexual and Gender Deviance on a Television Talk Show", *Journal of Contemporary Ethnography*, April.

Egan, Kieran(1988), *Teaching as Story Telling*, Routledge.

Egan, Kieran(1990), *Romantic Understanding*, Routledge.

Egan, Kieran(1998) *Imagination in Teaching and Learning*, The University of Chicago Press.

Eliner, Ochs(2001), Living Narrative: creating lives in everyday storytelling. Harvard University.

Elizabeth Birr & Kathleen, Hinchman(2004), "Culturally Responsive Practices for Youth Literacy Learning", Tamara L. Jetton & Janice A. Dole, *Adolescent Literacy Research and Practice*, Guilford.

Elizabeth E, Close, "Literature Discussion : A Classroom Environment fot Thinking and Sharing", *English Journal*, Vol. 81. No 5. Sep, 1992.

Gerrig, J. Richard(1993), *Experiencing Narrative Worlds*, Yale University.

Hancock, M. R(1993), "Exploring the meaning-making process through the context of literature response Journals : A Case study investigation", *Research in the TeachIng of English*, 27.

Langer, Judith A.(1995), *Envisioning Literature*, Teachers College.

Louis, Breger 홍강의 역(1998), 『인간 발달의 통합적 이해』, 이화여자대학교출판.

Means, Angelia K.(2002), "Narrative Arugement : Arguing with Natives", *Constellations* V. 9, 2. Blackwell Publishers

Myers, Jamie(1992), "The social contexts of school and personal literacy", *Reading research Quarterly* 27, A Journal of the International Reading Association.

Pace, Barbara G.(2006), "Between response and interpretation: Ideological becoming and literacy events in critical readings of literature", *Journal of Adolescent & Adult Literacy* 49. 7. The Reading Association.

Peter J. Rabinowitz & Smith, Michael W.(1998), *Authorizing Readers*, Teachers College Press.

Rich, John M. DeVitis·Josep L. 추병완 역(1999), 『도덕 발달 이론』, 백의, 2장.

Rogoff, Barbara(2003), *The Cultural Nature of Human Development*, Oxford University Press.

Schutz, Astrid(1997), Self-presentational tactics of talk-show guest : A comparison of politicians, experts, *Journal of applied social psychology*, Vol.27 No.21.

Sophie, Haroutunian-Gordon,(1995), "The Role of Narrative in Interpretative Discussion", *Narrative in Teaching learning and Research*. Teachers College, Press

Taylor, Charles(2001), 송영배 역, 『불안한 현대사회』, 이학사.

Thomson, Jack(1997), *Understanding Teenager's Reading*, Metheun,

Thornborrow, Joanna(1997), "Having their say : The Function of stories in talk-show discourse", Text 17, Mouton Publishers.

Townscend, Pace, Jane & Barbara G.(2005) "The many faces of Gertrude: Opening and closing possiblities in classroom Talk". *Journal of Adolescent & Adult Literacy* : Apr 48. 7. The International Reading Association.

Vygotsky, L.S.(1991), "Imagination and creativity in the adolescent", *Soviet Psychoogy*, Vol 29. No. 1. M. E. SHARPE, INC.

Weinstein, G.·Fantini M.D., 윤팔중 역(1992), 『정의 교육과정』, 성원사.

Witherell, Carol S. & Tran, Hoan Tan(1995), "Narrative landscape the moral imagination" *Narrative in Teaching Learning and Research*, Teachers College Press.

▌찾아보기

ㄱ

가능 세계 208, 213, 221
가능성 367
가설 생성적 사고 181, 183, 188, 196
가추법 181, 186, 189
가치 추론 225
감정이입 136
경험담 257
계열체 205, 281, 285
고전 54, 62, 190
공감 55, 314, 359
공공성 231, 238, 253
공동체 234, 262
공상 136, 141
공통의 문화 247
과정 122
관습 120, 134, 135, 148, 294
관심 81, 122, 161, 167, 330
관심별 교육 154
관찰자 361
교섭 74
교재 326
구조 247, 263
구조론 211
기능 기억 57, 70
기표 65

ㄴ

낭만적 사고 148, 161
낭만적 사랑 71, 136
낭만주의적 스타일 163
내면화 134, 140
능동적 수용자 250

ㄷ

다기능 103, 106, 108
다매체 252
다성적 텍스트 236
다시 쓰기 61, 184
다층성 271
담론 위치 365
담화 행위 측면 89
대중 매체 232
대화성 365
대화적 서사물 256, 301
도덕적 위치 261, 267
도상 279
독서 문화 51
독창성 126
드라마 278
디지털 52, 279
딜레마 366, 367

ㄹ

로맨스 서사 305

링크의 수사학 59

ㅁ

매개 252
매개되지 않은 커뮤니케이션 243
매체 통합 131
맥락적 창의성 146
멜로드라마 296
모델 213
모방 131, 133, 137, 182
모성성 72
모티프 182, 185, 191, 198
문제 발견 126, 144
문제 설정 369
문제 해결 126
문제 해결력 118
문학 경험 324
문학 교실 351
문학 수업 모평 352
문화 비평 229
문화적 기억 17, 57, 67, 75
문화적 다양성 252
문화적 보편성 185
문화적 약호 233
문화적 정체성 86
미디어 장르 302
미학적 접근 159

ㅂ

반구조화된 질문 126
반응 일지 226

발달 120
발달 가설 112, 145
발달 과제 123
발달 모델 80
발달 연구의 사회 문화적 접근 83
발달 적합성 347
발달 지표 89
발달 프로필 80, 94, 107
발달의 불연속성 123
발달의 연속성 328
발달적 적합성 326
발생론적 문식성 160
변용 52, 53, 56, 66, 67, 277
변이체 185
변화 194
복합성 92, 99, 105, 114
불일치 59
비선형적 서사 269, 270
비의도적 창작 128
비판적 문식성 276
비판적 커뮤니케이션 235
비평 139, 142, 273
빈 자리 206

ㅅ

사건성 90
사사화 248
사유자 360
사회 문화적 발달 모델 86, 174
사회 문화적 변인 122
사회 문화적 의미 317
사회 문화적 정체성 87

사회 언어학 87

산출물 121, 122, 130

상상력 135, 227

상징 195

상호 매체 59, 75

상호 문화 66, 75

상호 이해 61

상호 텍스트 56, 236

상호작용 157, 314

상호적 읽기 61

생산력 122

생산적 상상력 197

생태학 114, 117

서사 105

서사 공간 233

서사 관습 184

서사 능력 19, 79, 80, 83, 86, 157

서사 도식 84, 181, 271

서사 문화 229

서사 발달 79, 84, 85, 89, 111, 156

서사 수행 능력 87, 111, 114

서사 수행 능력 발달 89

서사 스타일 87, 114, 156, 158, 162

서사 전통 192

서사 추론 99, 105, 185, 203, 226

서사 패턴 305, 312

서사 표현 능력 발달 79

서사 현상 204

서사문화 153, 273

서사의 소통적 요소 86

서사의 재현적 요소 86

서사의 평가적 요소 85

서사적 문식력 17

서사적 사고 18

서사적 사고력 179, 191, 204

서사적 상호작용 272

서사적 우주 214

서사적 이해 183

서사적 정체성 225

서사적 지식 183

서사적 층위 89, 96, 114

서사적 토론 312

서사적 통일성 114

서사적 합리성 226

설명 355

설명적 층위 90

성별 차이 83

성인기 창조성 124

성적 정체성 87

성찰 260

소통 98, 100, 106, 108, 229

소통적 층위 85, 96, 114

수사적 읽기 277

수용 가능성 326

수용자 250

수준별 교육 79, 154

숨은 이야기 223

스타 시스템 241

스타일 140

스타일의 발달 82

스토리 문법 84

신화적 단계 161

심층 면접 168

ㅇ

아동기 창조성 124
아이러니 222
애니메이션 64, 65, 278, 287
양상 212, 215
어린이 서사물(child narrative) 88
에피소드형 서사 314
여성상 67
여성성 295
역사적 창의성 146
역할 모델 313, 330
연령별 120
연상 134, 144
연속성 91
연속적 발달관 123
영상 서사물 275
영역별 121
위계 192
위계화 79, 153, 154, 205
위안 318
유산 194
유희 65, 131
은유적 발상법 197
응집성 99
의도 213
의도성 124
의도적 창작 131
의미 구조 103
의미론 212
이데올로기 240
이미지 287
이상적 학습자 154

이야기 가치 266
이타성 73, 74
이해의 언어 355
인식 213
인식적 가치 204
인터넷 소설 169
인터뷰 질문 306
잉여성 55

ㅈ

자원 86, 157, 185, 234
잠재적 의미 222
재생적 상상력 197
재중계 52
재현 86, 89, 295
재현 행위 89
적절함 198
적합성 363
전도 69
전략 87
전조 271
정보 추론 223
정보적 서사 추론 223
정서적 거리 290
정서적 결합 129
정체성 268
제작 239
주제 추론 222
줄거리 구성 능력 181, 188, 195, 210
중층적 세계 227
즐거움 65
지역별 120

직접 언술 244

진정성 258, 269

질서(order) 지향적인 서사 88

질적 평가 158

집단 인터뷰 126

ㅊ

차이성 185

창작 경험 117

창작 과정 124, 126, 192

창작 교육 201

창작 동기 131

창작 산출물 126

창작 태도 126

창조 과정 122

창조성 117

창조의 형식 124

창조적 재구성 182

청년기 창조성 124

초점 화자 291

초점화 290, 292

총체성 198

총체적 진실 190

최신 효과 286

추론 206

추론 능력 125

취향 167

치료 318

치료형 서사 308

침전 196

ㅌ

탈맥락 80

탐구 196

태도 122

텔레비전 229

토론형 서사 312

토의 349

토크쇼 301

통일성 91, 98, 105, 108

통합 18

통합체 281, 284

ㅍ

판단력 184

패턴 81, 100, 112, 120

편성 전략 241

평가 102, 105, 108

평가적 층위 85, 90, 96, 114

프레임 288

플롯 패턴 127, 186, 204

플롯의 의미론적 접근 209

ㅎ

하위문화 86

하이퍼 58

하이퍼 텍스트 58

하향식 모델 182

학습 공동체 364

합의된 서사 230

해석적 위치 367

해석학적 서사론 181

해석학적 순환 184

해석학적 약호 106

행위 195

행위 구조 214

향유 65

허구 136

허구적 서사물 203

혁신 196

현실적 세계 213

현실주의적 스타일 165, 167

혼돈(disorder) 지향적인 서사 88

화소 102

화행 260

환상 130

횡단적 발달 연구 156

횡단적 비교 연구(cross-sectional study)
  79

후조 271